붉은 망아지
불만의 겨울

THE RED PONY
by John Steinbeck

Copyright ⓒ 1933, 1937, 1938 by John Steinbeck
Copyright renewed John Steinbeck, 1961, 1965

WINTER OF OUR DISCONTENT
by John Steinbeck

Copyright ⓒ John Steinbeck, 1961
Copyright renewed Elaine Steinbeck, Thom Steinbeck, and John Steinbeck IV, 1989

All rights reserved.

Korean translation copyright ⓒ Viche, an Imprint of Gimm-Young Publishers, Inc., 2013
This Korean edition was published by arrangement with McIntosh and Otis, Inc.,
New York through KCC(Korea Copyright Center Inc.), Seoul.

이 책의 한국어판 저작권은 McIntosh and Otis, Inc.와 KCC를 통한 저작권자와의
독점계약으로 비채에 있습니다. 저작권법에 의해 한국 내에서 보호를 받는 저작물이므로
무단 전재와 무단 복제를 금합니다.

붉은 망아지 · 불만의 겨울

THE RED PONY &
THE WINTER OF
OUR DISCONTENT

I

존 스타인벡

이진 · 이성은 옮김 | 김욱동 해설

비채

차례

붉은 망아지

1. 선물	8
2. 깊은 산	55
3. 약속	80
4. 대장	111

불만의 겨울

1부	143
2부	411
해설	614
작가 연보	644

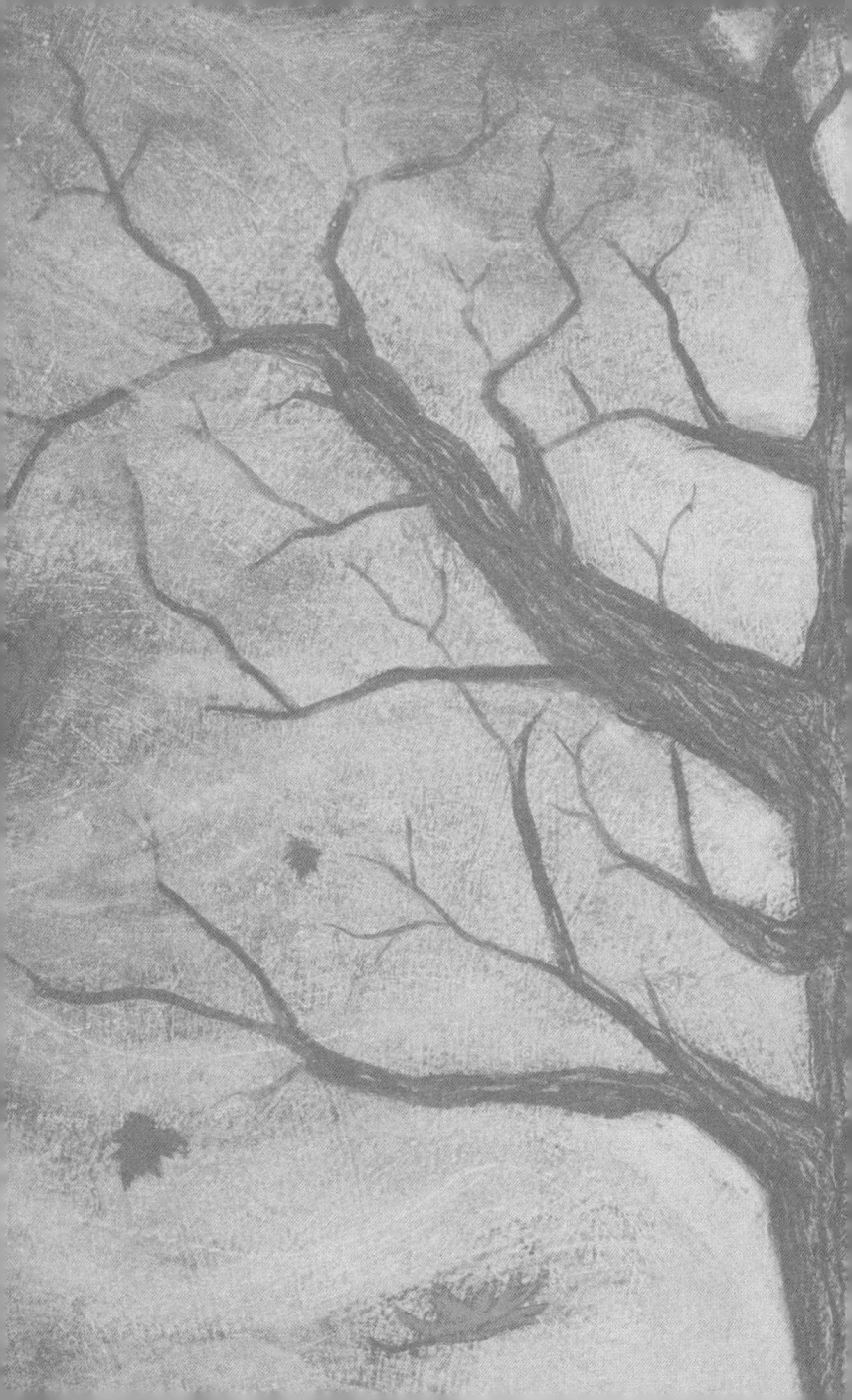

1
선물

  동이 트기 무섭게 빌리 벅이 일꾼들이 묵는 오두막에서 나와 잠시 베란다에 서서 하늘을 보았다. 빌리 벅은 어깨가 떡 벌어졌고 안짱다리에 키는 작고 팔자 콧수염을 길렀다. 손은 투박했고 손바닥은 근육으로 불거져 있다. 눈빛은 우수에 잠긴 듯 엷은 회색빛이었고 카우보이모자 밑으로 빠져나온 머리카락은 삐죽삐죽하고 거칠었다. 빌리는 베란다에 서서 셔츠를 청바지 속에 집어넣었다. 벨트를 풀었다가 다시 조였다. 벨트 구멍 양쪽으로 반질반질하게 닳아빠진 자리들이 빌리의 배가 긴 세월에 걸쳐 불어났음을 말해주었다. 빌리는 날씨를 확인한 뒤 집게손가락으로 번갈아 콧구멍을 틀어막고 코를 팽 풀었다. 그러고 나서 손을 비비며 축사로 향했다. 그는 나지막이 말을 걸면서 두 마리 말을 차례로 빗질하고 솔질했다. 안채에서 종이 울리기 시작했을 때에도 그는 빗질을 하고 있었다. 빌리는 빗과 솔을 서로 마주 끼워서 마구간 울타리에 올려놓고 아침식사를 하기 위해 안채로 향했다. 그는 몸가짐이 조심스러우면서도 시간을 일체 낭비하지 않는 사람이어서 티플린 부인이 종을 치고 있을 때 안채에 도착했다. 허옇게 머리가 센 티플린 부인이 그에게 고개 인사를 한 뒤 안으로 들어갔고 빌리 벅은 계단에 앉았다. 목장의 일꾼인 그가 식탁에 가장 먼저 앉는 것은 옳지 않을 것 같아서였다. 집 안에서 칼 티플린의 기척이 느껴졌다. 부츠에 발을 넣으며 쿵쿵거리는 소리였다.

요란한 종소리에 조디도 일어나지 않을 수 없었다. 조디는 이제 겨우 열 살이었다. 소년의 머리카락은 엷은 노란색 잡초 같았고 눈빛은 수줍으면서도 유순했으며 입은 생각에 잠길 때마다 씰룩거렸다. 종소리가 그를 깨웠다. 요란한 신호를 거역할 생각은 추호도 없었다. 소년은 지금껏 한 번도 그런 적이 없었다. 그가 아는 그 누구도 그런 적이 없었다. 그는 눈가에 흘러내린 머리를 쓸어 넘기며 잠옷을 벗은 다음 눈 깜짝할 새 옷을 입었다. 파란 샴브레이˙ 셔츠에 멜빵바지였다. 늦여름이라 신발 따위는 필요치 않았다. 부엌에서 조디는 어머니가 개수대에서 비켜서서 스토브 쪽으로 가기를 기다렸다가 세수를 하고 젖은 손으로 머리카락을 뒤로 넘겼다. 개수대에서 돌아서려는 순간 어머니가 갑자기 그를 돌아보았다. 조디는 멋쩍어하며 눈길을 피했다.

˙ 흰 씨실과 색 있는 날실로 희끗희끗하게 짠 직물을 가리킨다.

"조만간 머리 좀 잘라야겠다. 아침식사 준비 다 되었으니 어서 앉아. 그래야 빌리가 들어오지."

어머니가 말했다.

조디는 기름 먹인 흰 천을 씌운 긴 식탁에 앉았다. 식탁보는 닳아서 군데군데 직물의 결이 드러났다. 접시 위에 달걀 프라이가 일렬로 놓여 있었다. 조디는 달걀 프라이 세 개를 접시에 담은 다음 바삭바삭하고 두툼한 베이컨도 세 조각 담았다. 조디가 달걀노른자에 붙은 피 한 점을 조심스럽게 떼어 냈다.

빌리 벅이 요란한 발소리를 내며 들어왔다.

"먹어도 해로울 건 없어요. 수탉이 남긴 흔적일 뿐이니까."

키가 크고 엄한 조디의 아버지가 들어섰다. 바닥에서 나는 냄새로 보아 그가 부츠를 신고 있다는 것을 알 수 있었지만, 조디는 그래도 확인해보고 싶어 테이블 밑을 보았다. 그의 아버지가 식탁 위에 놓인 오일 램프의 불을 껐다. 창문마다 아침 햇살이 환하게 스며들고 있었기 때문이었다.

아버지와 빌리 벅이 그날 말을 타고 시내에 나갈 건지 묻지는 않았지만 조디는 속으로는 자기도 함께 가게 되기를 바랐다. 아버지는 엄한 사람이었다. 조디는 일체 토를 달지 않고 아버지 말에 순종했다. 칼 티플린이 식탁에 앉아 달걀 접시로 손을 뻗었다.

"빌리, 소들은 준비됐나?"

칼이 물었다.

"아래쪽 울타리 안에 풀어놓았습지요. 저 혼자 끌고 가도 됩니다."

빌리가 말했다.

"남자란 친구가 필요한 법이지. 더구나 목도 칼칼할 테고."

칼 티플린은 오늘 아침 기분이 좋아 보였다.

"몇 시쯤 돌아올 것 같아요, 여보?"

조디의 어머니가 부엌에서 머리를 들이밀며 물었다.

"모르겠어. 샐리나스에 만나야 할 사람들도 좀 있고. 어쩌면 어두워져서야 돌아올지도 몰라."

달걀과 커피, 커다란 빵들이 빠른 속도로 사라졌다.

조디는 두 남자를 따라 집 밖으로 나섰다. 그리고 말을 타고 여섯 마리의 젖소를 울타리 밖으로 끌어낸 다음 샐리나스로 향하는 언덕길을 오르는 그들을 지켜보았다. 그들은 늙은 젖소들을 푸줏간에 팔러 가는 길이었다.

그들이 언덕 너머로 사라지자 조디는 집 뒤편 언덕으로 올라갔다. 집 주위를 어슬렁거리던 개들이 등을 구부리고 아양을 떨며 이를 드러냈다. 조디는 녀석들의 머리를 쓰다듬어주었다. 두 녀석 중 '더블트리 머트'라는 놈은 길고 두툼한 꼬리에 눈동자가 노랬고, 양치기 개 '스매셔'라는 놈은 코요테를 물어 죽인 전력이 있었다. 스매셔는 그때 한쪽 귀를 잃었고, 그래서 녀석의 성한 귀는 여느 콜리의 귀보다 더 쫑긋하게 일어섰다. 그게 순리라고 빌리 벅은 말했다. 반가워서 미친 듯이 날뛰던 개들이 이제 코를 땅에 박고 본분으로 돌아갔다.

녀석들은 앞서 가면서 이따금 뒤를 돌아보며 소년이 따라오는지 확인했다. 개들이 닭장을 가로질렀다. 메추라기 한 마리가 닭들과 함께 모이를 먹고 있었다. 혹시라도 양을 몰게 될 때를 대비하려는지 스매셔가 연습 삼아 잠깐 닭을 모는 시늉을 했다. 조디는 널찍한 채소밭을 가로질렀다. 초록색 옥수수가 그의 키보다도 높이 자랐다. 호박들은 아직 초록빛이고 크기도 작았다. 그는 산쑥이 무성하게 자란 쑥대밭으로 향했다. 그곳에 가면 차가운 샘물이 관을 타고 흘러서 둥근 나무 물받이 그릇으로 떨어졌다. 조디는 몸을 숙여 이끼 낀 물받이 그릇에 입을 대고 물을 마셨다. 이곳 물은 맛이 기가 막혔다. 그는 돌아서서 목장 쪽을 돌아보았다. 움푹한 분지에 자리 잡은 흰색 집을 빨간 제라늄이 호위하고 있었고 삼나무 옆에는 빌리 벅이 혼자 사는 오두막이 있었다. 삼나무 아래 커다랗고 검은 무쇠솥도 보였다. 돼지를 잡아 끓이는 솥이었다. 산등성이 위로 해가 솟아오르면서 집과 축사의 흰 벽이 환하게 물들었고 젖은 잔디가 은은하게 반짝였다. 그의 뒤쪽으로 우거진 쑥대밭에서 새들이 마른 잎에 버스럭거리며 수선을 떨었고 다람쥐들이 산기슭에서 찍찍거렸다.

목장의 건물들을 바라보다가 문득 바람 속에서 불안한 기운이 느껴졌다. 무언가 달라진 것 같은, 무언가 사라진 것 같은, 그리고 새롭고 낯선 무언가가 보태어진 것 같은…….

산중턱에서 크고 검은 독수리 두 마리가 낮게 날고 있었다. 그림자가 그들보다 앞서 날며 빠르고 매끄럽게 땅 위로 미끄러졌다. 멀지 않은 곳에서 짐승이 죽었다. 조디는 느낄 수 있었다. 소가 죽었을까. 아니면 토끼가 죽었을까. 독수리는 무엇 하나 놓치는 법이 없었다. 제정신 박힌 사람들이 다 그러하듯이 조디도 독수리가 미웠지만 썩어가는 시체를 처치해주는 걸 생각하면 꼭 해로운 짐승이라고 말할 수는 없었다.

소년은 잠시 후 언덕을 내려왔다. 개들은 이미 오래전에 소년을 포기하고 일거리를 찾아 덤불숲으로 사라졌다. 아까 지나온 채소밭으로 되돌아온 조디는 잠시 멈춰 서서 발뒤꿈치로 머스크멜론을 밟아 뭉개보았지만 생각만큼 기분이 짜릿하지 않았다. 그런 짓을 하면 안 된다는 걸 조디는 너무도 잘 알고 있었다. 그는 발끝으로 으깨진 멜론 위에 흙을 덮었다.

집으로 돌아오니 어머니가 그의 거친 손을 보자고 했다. 어머니는 손가락과 손톱을 꼼꼼히 보았다. 그러나 학교 가기 전에 아이를 깨끗이 씻기는 건 부질없는 짓이었다. 학교 가는 길에 많은 일이 일어날 수 있기 때문이었다. 검게 금이 간 조디의 손톱을 바라보며 한숨을 쉰 뒤 어머니는 책과 점심을 챙겨 조디를 배웅했다.

조디는 학교로 출발했다. 길에서 하얀 석영 조각들을 주워 주머니에 넣었다가 이따금 길가에서 햇볕을 오래 쬐고 있는 새나 토끼를 만나면 꺼내서 던졌다. 다리 건너 교차로에서 친구 둘을 만나 학교까지 함께 걸었다. 이상한 걸음을 걸어보기도 했고 우스운 장난도 쳤다. 불과 이 주 전에 개학했기 때문에 아이들은 여전히 제멋대로였다.

오후 4시가 되자 조디는 언덕을 넘어서며 다시 목장 쪽을 내려다보았다. 말들을 찾아보았지만 축사는 비어 있었다. 아버지가 아직 돌아오지 않았다. 조디는 천천히 안채 쪽으로 걸었다. 오후에 해야 할 일들이 있었다. 그의 어머니가 양말을 기우며 베란다에 앉아 있었다.

"부엌에 도넛 두 개 있다."

어머니가 말했다.

조디가 쏜살같이 부엌으로 뛰어들어가 반 개를 입안에 넣고 나왔다. 어머니는 학교에서 뭘 배웠냐고 물었지만 도넛 때문에 우물거리는 조디의 대답에는 정작 귀를 기울이지 않았다.

"조디, 오늘 밤엔 장작 통에 장작을 제대로 쌓아놓거라. 어제는 장작들을 다 엇갈리게 놓아서 반도 다 못 채웠더구나. 오늘은 차곡차곡 쌓아. 그리고 조디, 암탉 몇 마리가 달걀을 숨겨놓은 것 같더라. 아니면 개들이 훔쳐 먹었거나. 혹시 숨겨놓은 둥지가 있는지 풀밭을 좀 살펴보렴."

조디는 여전히 도넛을 먹으며 밖으로 나가 할 일을 했다. 모이를 뿌리자 닭들과 함께 메추라기도 다가왔다. 이유는 알 수 없지만 아버지는 닭들이 모이를 먹으러 오는 걸 뿌듯해 했다. 메추라기가 도망쳐버릴지도 모른다면서 집 근처에서 총 쏘는 것도 허락하지 않았다.

장작 통을 가득 채운 뒤 조디는 22구경 권총을 들고 다시 쑥대밭으로 향했다. 물을 한 번 더 마신 다음 총으로 눈에 보이는 모든 것들을 겨냥해보았다. 바위를 겨누었고 새의 날개를 겨누었고 삼나무 밑의 검고 커다란 무쇠솥을 겨누었다. 그러나 총을 쏘진 않았다. 총알이 없었다. 열두 살까지는 실탄을 가질 수가 없었다. 집 방향으로 총을 겨누는 걸 아버지가 보는 날에는 그나마 일 년 더 늦추어질 것이다. 그 사실을 떠올린 뒤로 조디는 목장 쪽으로 다시는 총을 겨누지 않았다. 이 년은 기다리기에 너무 긴 시간이었다. 아버지가 주는 모든 선물에는 그 선물의 가치를 떨어트리는 여러 가지 조건들이 달렸다. 아주 훌륭한 통제 방식이었다.

저녁식사는 아버지가 오실 때까지 미루어졌다. 마침내 빌리 벽과 아버지가 돌아왔을 때 조디는 그들의 숨결에서 달콤한 브랜디 냄새를 맡았다. 조디는 속으로 기뻤다. 왜냐하면 브랜디 냄새를 풍길 때면 아버지가 조디에게 말을 걸어주기 때문이었다. 때로는 철없는 어린 시절에 했던 이상한 장난 이야기를 들려주기도 했다.

저녁식사 후 조디는 불가에 앉아 수줍고 공손한 눈빛으로 방구석을 훑으면서 아버지의 이야기를 기다렸다. 아버지에게 새로운 소식이 있는 게 분명했다. 그러나 조디는 이내 실망했다. 아버지가 완고한 손가락으로 그를 가리켰기 때문이었다.

"그만 가서 자는 게 좋겠다, 조디. 아침에 네가 할 일이 있으니까."

생각만큼 실망스럽지는 않았다. 늘 하는 따분한 일들만 아니라면 무슨 일이든 하고 싶었다.

조디는 바닥을 바라보다가 저도 모르게 질문을 던지고 말았다.

"무슨 일인데요? 돼지 잡아요?"

"그건 알 것 없다. 어서 가서 자."

그의 뒤로 문이 닫혔고 아버지와 빌리 벅의 웃음소리가 들려왔다. 농담이라도 한 모양이었다. 침대에 누워서 그들의 말을 엿들으려고 애쓰다가, 조디는 아버지가 변명하듯 하는 말을 들었다.

"하지만 여보, 절대 비싸게 산 건 아니라니까!"

축사 근처에서 올빼미가 쥐 잡는 소리가 들렸고 어느 과일나무의 가지가 집의 외벽에 스치는 소리도 들렸다.

조디가 잠들기 직전 음매! 하고 소가 울었다.

다음 날 아침종이 울렸을 때 조디는 평상시보다 더 빨리 옷을 입었다. 부엌에서 세수를 하고 머리를 빗는 동안 그의 어머니가 짜증을 내며 말했다.

"아침 든든히 먹기 전에는 못 나간다!"

조디는 식당으로 가서 기다랗고 흰 식탁에 앉았다. 접시에서 뜨거운 핫케이크 한 조각을 덜어놓고 그 위에 달걀 프라이 두 개를 얹은 다음 핫케이크를 또 한 장 올렸다. 그리고 통째로 포크로 찔렀다.

아버지와 빌리 벅이 들어왔다. 바닥에서 나는 소리로 보아 두 사람 다 바닥이 평평한 신발을 신고 있는 것 같았지만, 확실히 하기 위해 테이블 밑을 보았다. 아침이 밝았기 때문에 아버지가 오일 램프를 껐다. 아버지는 엄하고 무서운 표정이었지만 빌리 벅은 조디와 눈을 맞추지 않았다. 수줍게 무언가를 묻는 듯한 소년의 눈길을 피하면서 빌리 벅이 빵 한 조각을 커피에 적셨다.

칼 티플린이 퉁명스럽게 말했다.

"조디, 아침식사하고 나서 같이 나가자."

조디는 그때부터 음식을 잘 삼킬 수가 없었다. 왠지 불길한 기운이 감돌았다. 빌리가 잔 받침을 기울여서 잔에 흐른 커피를 쏟아버리고 손을 바지에 문지른 다음 두 남자는 식탁에서 일어나 아침 햇살 속으로 걸어나갔다. 조디는 조심스럽게 두 사람 뒤를 따라 밖으로 나갔다. 조디는 미친 듯이 내달리는 마음을 꼼짝 못하게 붙잡아놓으려 애썼다.

"여보! 애 학교에 늦게 하면 안 돼요!"

조디의 어머니가 소리쳤다.

두 사람은 돼지 잡는 나무 막대가 매달려 있는 삼나무를 지났고 검은 무쇠솥도 지났다. 그러니까 돼지를 잡는 일은 아닌 모양이었다. 햇살이 언덕 위로 내리쬐면서 나무들과 건물에 길고 어두운 그림자를 드리웠다. 그들은 그루터기 들판을 가로질러 지름길로 축사로 향했다. 조디의 아버지가 축사 문의 고리를 젖혔고 모두 안으로 들어섰다. 햇볕 속을 걷다가 들어선 축사 안은 한밤중 같았고 건초와 동물들의 체온으로 따스했다. 조디의 아버지는 축사 안의 마구간 쪽으로 향했다.

"이리 와봐라."

아버지가 명령했다.

조디의 눈에도 서서히 무언가가 보이기 시작했다. 마구간 안을 들여다본 조디는 깜짝 놀라 뒷걸음질쳤다.

빨간 망아지 한 마리가 그를 쳐다보고 있었다. 긴장한 두 개의 귀가 앞으로 구부러졌고 눈빛에는 반항기가 역력했다. 에어데일*처럼 털이 거칠고 두꺼웠고 갈기는 길고 뒤엉켰다. 조디는 목이 잠겨서 숨 쉬기가 힘들었다.

"빗질을 한참 해주어야 할 거다. 여물을 제때 주지 않거나 마구간을 지저분하게 하면 당장 팔아치울 거야."

조디는 더 이상 망아지와 눈을 맞출 수가 없어서 잠시 자기 손을 바라보다가 수줍게 "제 거예요?"라고 물었다. 대답은 없었다. 조디는 망아지에게 손을 내밀었다. 망아지는 회색 코를 들이밀며 킁킁거리더니 입술을 들추고 억센 이로 조디의 손가락을 꽉 깨물었다. 망아지가 재미있어서 웃는 것처럼 고개를 위아래로 흔들었다. 조디는 멍든 손가락을 바라보았다.

"무는 힘이 꽤 센데요!"

조디가 말했다.

아버지와 빌리가 안도하며 웃었다. 칼 티플린은 갑자기 멋쩍어져서 축사에서 나와 혼자 산기슭 쪽으로 갔지만 빌리 벅은 축사에 남았다. 빌리 벅과 얘기하기는 훨씬 쉬웠다.

● 대형 테리어 종의 개이다.

"내 거예요?"

조디가 다시 한 번 물었다.

빌리는 갑자기 말에 도통한 사람의 말투가 되었다.

"그럼요! 도련님이 이 녀석을 잘 보살피고 길들이기만 하면요. 제가 가르쳐드리지요. 아직 망아지라 당분간 타긴 힘들어요."

조디는 멍든 손을 다시 내밀었다. 이번에는 빨간 망아지도 코를 어루만지는 걸 개의치 않았다.

"당근이 있어야겠네. 아저씨, 그런데 얘는 어디서 샀어요?"

조디가 말했다.

"보안관의 경매에서 샀지요."

빌리가 설명했다.

"샐리나스에서 벌인 사업이 잘못되어서 빚을 지게 되었대요. 재산을 처분하고 있더라고요."

망아지가 코를 내밀고 거친 눈을 뒤덮은 이마 갈기를 흔들었다. 조디는 코를 쓰다듬어주었다.

"안장은 없어요?"

조디가 조심스럽게 물었다.

빌리 벅이 웃었다.

"깜빡했네요. 이리 오세요."

그가 마구실로 가서 빨간 모로코가죽*으로 만든 자그마한

---

* 무두질한 염소나 양의 가죽을 이른다.

안장을 꺼냈다.

"공연할 때나 쓰는 안장이긴 한데."

빌리 벅이 경멸하는 듯한 목소리로 말을 이었다.

"산길을 달릴 때는 좀 불편하겠지만 값이 싸서 사왔지요."

조디는 안장도 똑바로 쳐다볼 수가 없었다. 그는 할 말을 잃고 반짝거리는 빨간 가죽안장을 손끝으로 쓸어내렸다. 그리고 한참 뒤에, "이거 올리면 진짜 멋있겠다!"라고 말했다. 조디는 자신이 알고 있는 것들 중에 가장 웅장하고 가장 아름다운 것이 무엇인지 생각해보았다.

"망아지한테 아직 이름이 없으면 '가빌란 산'이라고 지을래요."

조디가 말했다.

그러나 빌리 벅에게도 의견이 있었다.

"이름이 너무 길어요. 그냥 '가빌란'이라고 부르면 어떨까요? '매'라는 뜻이잖아요. 녀석한테 어울려요."

빌리는 뿌듯했다.

"꼬리털을 모아주시면 새끼줄을 만들 수 있을지도 몰라요. 그걸로 고삐를 만들면 좋지요."

조디는 빨리 마구간으로 돌아가고 싶었다.

"쟤 데리고 학교에 가면 안 돼요? 애들한테 보여주면 안 돼요?"

그러나 빌리 벅은 고개를 저었다.

"아직 고삐에 길이 안 들었어요. 여기까지 끌고 오느라 얼마나 애를 먹었는데요. 거의 끌고 오다시피 했다니까요. 어서 학교 갈 준비하셔야죠."

"오늘 오후에 애들 데리고 와서 보여줄래요."

조디가 말했다.

그날 오후, 여섯 명의 남자 아이들이 평상시보다 삼십 분이나 일찍 목장으로 왔다. 아이들은 고개를 푹 숙이고 양팔을 흔들면서 씩씩거리며 언덕길을 달려 내려왔다. 그들은 안채를 지나고 그루터기 들판을 지나 곧장 축사로 달려갔다. 아이들은 망아지 앞에 수줍게 섰다. 그리고 전에 없던 존경과 경외의 눈빛으로 조디를 바라보았다. 어제까지만 해도 조디는 평범한 소년이었다. 푸른 셔츠에 멜빵바지를 입은 소년이었고 조금 겁쟁이로 여겨질 정도로 보통 아이들보다 말수가 적은 아이였다. 그러나 이젠 달랐다. 예로부터 인간은 걷는 사람보다는 말 탄 사람을 숭배했다. 사람들은 본능적으로 말을 탄 사람이 육체적으로는 물론 정신적으로도 더 우월하다는 걸 알고 있었다. 아이들 모두 조디가 마치 기적처럼 그들과 똑같은 신분에서 더 높은 신분으로 상승했음을 인정했다. 가빌란이 마구간 밖으로 고개를 내밀고 아이들에게 코를 대고 킁킁거렸다.

"한번 타보지그래?"

"축제 때 본 것처럼 말꼬리를 땋아보는 건 어때?"

"언제 탈 거야?"

아이들이 소리쳤다.

조디의 사기는 하늘을 찔렀다. 조디 자신도 말 탄 기수의 우월감을 느끼고 있었다.

"너무 어려. 아직은 탈 수가 없어. 긴 고삐를 달아서 내가 훈련시킬 거야. 아저씨가 가르쳐준 댔어."

"조금만 끌고 다녀보면 안 될까?"

"아직 고삐에 길이 안 들었어."

조디가 말했다.

녀석을 처음 끌고 나갈 때는 완전히 혼자이고 싶었다.

"이리 와서 안장 구경해."

빨간 모로코 안장을 보고 아이들은 너무 놀란 나머지 완전히 할 말을 잃었다.

"달릴 땐 별로 쓸모가 없겠지만, 얹어놓으면 멋질 거야. 숲에 갈 땐 그냥 맨 등에 탈까 생각 중이야."

조디가 말했다.

"안장 앞머리를 안 잡으면 올가미로 소를 어떻게 잡아?"

"평상시에 쓸 안장을 하나 더 장만해야 할까 봐. 어쩌면 아버지가 가축 돌보는 일을 도와달라고 할지도 모르니까."

조디는 아이들에게 빨간 안장을 만져보라고 했다. 말 목 띠의 놋쇠 체인도 보여주었고 굴레 장식 띠와 이마 밴드가 교차되는 양쪽 관자놀이 부분의 큼직한 놋쇠 단추도 보여주었다. 그 모든 게 너무도 근사했다. 한참 뒤에 아이들이 돌아섰다. 아이들은 빨간 망아지를 한번 타보려면 자기가 갖고 있는 것 중 무엇을 뇌물로 써야 할지 궁리하고 있었다.

조디는 마침내 아이들이 돌아가서 기뻤다. 그래서 마구간 벽의 선반에서 빗과 솔을 꺼내 들고 마구간 울타리 가로대를 내려놓은 다음 조심스럽게 안으로 들어갔다. 망아지의 눈이 반짝이면서 발길질을 하려는 듯 위치를 잡았다. 그러나 조디는 빌리 벅이 늘 하던 대로 망아지의 어깨를 어루만졌고 아치 모양의 늘씬한 목을 쓰다듬어 주면서 낮은 목소리로 "워 워…… 착하지……" 하고 얼렀다. 망아지가 서서히 긴장을 풀었다. 조디는 털 한 뭉텅이가 쌓일 때까지, 망아지의 털이 짙은 붉은 빛으로 반짝일 때까지, 빗질과 솔질을 했다. 솔질이 한 차례 끝날 때마다 조금 더 잘 할 수 있었을 것 같은 아쉬움이 남았다. 조디는 갈기를 열 개 남짓한 돼지 꼬리처럼 땋았고 이마 갈기도 땋아보았다. 그랬다가 풀어서 다시 가지런하게 빗었다.

어머니가 축사로 들어오는 소리가 들렸다. 어머니는 화가 나 있었다. 그러나 빗질을 하는 조디를 보고는 왠지 대견하다는 생각이 들었다.

"장작 통 채우는 거 잊었지?"

어머니가 다정하게 물었다.

"좀 있으면 어두워질 텐데, 장작이 하나도 없구나. 닭 모이도 안 줬잖아."

조디는 얼른 빗을 내려놓았다.

"깜빡했어요."

"앞으로는 네 할 일을 먼저 해. 그래야 안 잊어버리지. 내가 안 챙기면 앞으로도 자꾸 잊어버릴 것 같은데?"

"밭에서 당근 좀 따도 돼요?"

어머니는 잠시 생각해 보았다.

"크고 거친 건 따도 돼."

"당근이 털을 매끄럽게 해주거든요."

조디가 말했다.

이번에도 어머니는 조디가 대견하다는 생각이 들었다.

망아지가 온 뒤로 조디는 아침식사 종이 울릴 때까지 기다리지 않았다. 어머니가 일어나기도 전에 침대에서 빠져나와 옷을 입고 가빌란을 보기 위해 조용히 축사로 가는 것이 일과가 되었다. 대지와 숲과 집과 나무가 마치 흑백사진처럼 은빛을 머금은 회색과 검은색으로 물드는 조용한 아침이면 조디는 잠자는 바위들과 삼나무를 지나 살금살금 축사로 향했다. 그럴 때면 코요테들을 피해 나무에 숨어 있던 칠면조들이 졸다가 부스럭거렸다. 들판은 회색 서리가 덮인 듯 반짝였고 이슬 내린 길가에는 토끼와 들쥐의 발자국이 선명했다. 착한 개들이 조그만 집에서 킁킁거리며 나와서 털을 곤추세우고 낮게 으르렁거렸다. 그러다가 조디의 냄새를 맡으면 꼬리를 쫑긋 세우고 반겼다. 체구가 크고 털이 굵은 더블트리 머트와 원래 양치기 개였던 스매셔였다. 녀석들은 다시 게으름을 피우며 이내 따스한 잠자리로 돌아갔다.

조디에게 참으로 이상한 시간이었고 신비로운 여행이었

다. 마치 꿈의 연장 같았다. 처음 망아지를 갖게 된 날에는 마구간에 가보면 망아지가 사라졌을지도 모른다고, 어쩌면 처음부터 거기 없었는지도 모른다고 스스로를 고문하곤 했다. 그것 말고도 그가 개발해낸 고문이 또 있었다. 조디는 생쥐들이 빨간 안장을 갉아먹는 상상을 했다. 생쥐들이 가빌란의 꼬리가 성글어지고 가늘어질 때까지 갉아먹는 상상도 했다. 조디는 가장 빠른 길로 축사로 뛰어갔다. 녹슨 축사의 문고리를 젖히고 나서 아무리 조용히 들어가도 가빌란은 늘 마구간 울타리 너머로 그를 바라보고 있었다. 가빌란은 낮게 울면서 발을 굴렀고, 두 눈에는 마치 타다 남은 장작의 불씨 같은 붉은 섬광이 있었다.

말들이 일을 해야 하는 날이면 빌리 벅이 일찌감치 축사에 나와 마구를 채우고 솔질을 하고 있기도 했다. 빌리는 조디의 곁에 서서 가빌란을 찬찬히 바라보면서 말에 관한 많은 이야기를 들려주었다. 말은 발이 아주 민감한 동물이라 말의 다리를 들어서 발굽과 발목을 두드려 긴장을 풀어주는 연습을 해야 한다고 했다. 말이 얼마나 대화를 즐기는 동물인지에 대해서도 이야기했다. 항상 망아지와 대화를 나누어야 하고 무슨 일을 하건 그 이유를 설명해주어야 한다고. 사람 말을 알아듣는 건 분명하지만 얼마나 알아듣는지는 확실치 않다고. 말은 자기가 좋아하는 사람에게서 설명을 들으면 절대로 소란을 피우지 않는다고. 빌리는 자신의 경험을 들어 설명해주었다. 한번은 몹시 피로했던 말에게 조금만 더 가면 목적지라고 말해주었더니 갑자기 몸을 추스르고 기운을 내더라고. 또 한번은 너무 무서워서 밖으로 나오지 않으려는 말에게 별것 아니라면서 그가 무서워하는 걸 정확히 설명해주었더니 순순히 나오더라고.

매일 아침 그런 이야기를 들려줄 때면 빌리 벅은 스무 개 혹은 서른 개 정도의 지푸라기를 10센티미터 길이로 깔끔하게 잘라 모자 밴드에 끼웠다. 그러고 나서 낮 동안에 이를 쑤시거나 뭔가 씹을 것이 필요할 때마다 모자로 손을 뻗었다.

조디는 빌리 벅의 이야기를 열심히 들었다. 빌리 벅이 말 다루는 솜씨가 좋다는 건 자신은 물론 마을 사람 모두가 알았다. 빌리의 말은 머리가 망치처럼 생긴 인디언 조랑말이었지만, 대회에 출전하면 거의 매번 우승했다. 빌리는 말을 타고 올가미로 수소를 잡았다. 올가미를 이중 반 매듭으로 수소의 뿔에 걸어서 마치 낚시꾼이 물고기를 가지고 놀 듯 수소가 완전히 지쳐 나가떨어질 때까지 농락했다.

매일 아침, 조디는 망아지를 빗질하고 솔질한 뒤, 가로대를 내리고 말을 축사 밖으로 끌어내서 울타리를 두른 풀밭으로 데리고 갔다. 망아지는 울타리 안을 빙글빙글 돌다가 가끔은 앞발로 펄쩍 뛰어서 뒷발로 내려서기도 했다. 몸을 부르르 떨며 서 있다가 귀를 앞으로 쫑긋 세우거나 허옇게 눈을 부라리면서 겁에 질린 척하기도 했다. 그러다가 콧김을 내뿜으면서 물그릇 쪽으로 가서는 콧구멍까지 물에 첨벙 담갔다. 그럴 때면 조디는 으쓱해졌다. 그게 바로 말을 판단하는 기준이기 때문이었다. 멍청한 말은 입술만 살짝 물에 담그지만 똑똑한 말은 숨을 쉴 수 있을 정도만 남겨두고 코와 입을 풍덩 담갔다.

조디는 가만히 서서 망아지를 바라보았다. 그럴 때면 다른 말들에게서는 한 번도 알아차리지 못했던 것들을 발견하곤 했다. 마치 주먹을 움켜쥘 때처럼 탄력 있게 움츠러드는 매끄러운 옆구리 근육. 탄탄한 엉덩이 근육. 햇빛을 받으면 윤기가 흐르는 붉은 털.

말이라면 전에도 수없이 보았지만 이렇게 가까이에서 말을 관찰한 적은 없었다. 조디는 이제 망아지의 귀 움직임으로 표정을, 혹은 표정의 변화를 알아차렸다. 망아지는 귀로 말했다. 귀가 가리키는 방향으로 녀석의 기분을 알 수 있었다. 때론 딱딱하고 꼿꼿했고 때론 축 늘어졌다. 화가 나거나 무서울 때는 뒤로 젖혀졌고 불안하거나 궁금하거나 기분이 좋으면 앞으로 수그러졌다. 귀 모양이 그 순간의 망아지의 기분을 표현했다.

빌리 벅은 약속을 지켰다. 초가을이 되자 훈련이 시작되었다. 먼저 고삐에 길을 들였다. 첫 관문이었기 때문에 그게 가장 힘들었다. 조디는 당근을 한 개 들고 조랑말을 구슬리고 약속하고 고삐를 당겼다. 고삐가 당겨지는 것을 느끼면 망아지는 당나귀처럼 다리를 버티고 섰다. 그러나 서서히 고삐에 적응하기 시작했다. 조디는 말을 끌고 목장을 여기저기 돌아다녔다. 이어서 서서히 고삐를 놓았고 망아지는 이제 조디가 잡아끌지 않아도 그가 가는 곳은 어디든 따라다녔다.

이제 긴 고삐 훈련을 할 차례였다. 그것 역시 더딘 작업이었다. 조디는 원 한복판에 서서 긴 고삐를 잡았다.

조디는 혀끝으로 소리를 냈고 망아지는 긴 밧줄에 묶여 커다란 원을 그리며 걸었다. 한 번 더 소리를 내면 빠른 걸음으로 걸었고 또 한 번 소리를 내면 달렸다. 가빌란은 어느덧 원을 그리며 달리는 걸 즐기기 시작했다. 그러다가 조디가 "워!" 하고 외치면 달리기를 멈추었다. 머지않아 가빌란은 그 모든 것을 완벽하게 익혔다. 그러나 못된 짓도 많이 했다. 바지 위로 조디를 깨물었고 조디의 발을 밟기도 했다. 이따금씩 귀를 뒤로 젖히고는 세게 걷어찰 태세를 취했다. 나쁜 짓을 할 때마다 가빌란은 몸을 뒤로 젖히고 웃는 것처럼 보였다.

저녁 시간에 빌리 벅은 벽난로 앞에서 말 꼬리털을 모은 것으로 새끼줄을 만들었다. 조디는 봉지에 꼬리털을 모았다. 조디는 앉아서 천천히 새끼를 꼬는 빌리의 모습을 지켜보았다. 먼저 몇 개의 털을 꼬아 가느다란 줄을 만들었고 두 개의 줄을 엮어 새끼줄을 만들었다. 그리고 다시 몇 개의 새끼줄을 땋아 밧줄을 만들었다. 빌리는 그렇게 만든 밧줄을 발밑에 놓고 더 둥글고 단단하게 만들었다.

긴 고삐 훈련은 빠르게 완벽에 가까워졌다. 그러나 조디의 아버지는 망아지가 서고 출발하고 빨리 걷고 뛰는 것을 보면서 영 못마땅해했다.

"꼭 서커스 말 같구나. 그런 말은 못 써. 그렇게 재주나 부리게 만들면 말의 기품이 떨어지는 법이다. 서커스 말은 배우나 마찬가지야. 품위도 없고 개성도 없지."

그러고 나서 아버지는 "조만간 안장 훈련을 해도 되겠다"라고 덧붙였다.

조디는 마구실로 달려갔다. 그는 한동안 톱질 받침대에 안장을 올려놓고 올라타보곤 했다. 등자의 위치를 바꾸고 또 바꾸었지만 딱 맞는 위치를 찾을 수가 없었다. 때로는 목대와 멍에와 가죽 끈들이 즐비하게 걸려 있는 마구실에서 톱질 받침대를 타고 마구실 밖으로 달려나가 보곤 했다. 안장 앞머리에는 권총을 놓았다. 그의 옆으로 들판이 스쳤고 말발굽 소리가 귓가에 울려퍼졌다.

처음 안장을 얹는 건 까다로운 작업이었다. 빌리는 감초 막대를 이용하여 입에 재갈을 물리는 것에 익숙해지도록 훈련시키는 법을 설명해주었다.

"물론 강제로 밀어붙일 수도 있지만 그렇게 하면 좋은 말이 못 돼요. 항상 두려움이 조금 남아 있을 테니까요. 하지만 자기가 하고 싶어서 하게 되면 그때부터는 아무 거리낌이 없어요."

처음 재갈을 물렸을 때 망아지는 머리를 휘둘렀고 입가에 피가 흐르도록 혀로 재갈을 밀어냈다. 가빌란은 굴레를 여물통에 문질러서 벗겨내려고 했다. 귀가 이리저리 움직였고 눈은 반항기와 두려움으로 벌겋게 충혈되었다. 조디는 기뻤다. 우둔한 말들만이 훈련을 거부하지 않고 순순히 따르기 때문이었다.

처음 안장 위에 앉는 순간을 생각하면서 조디는 전율했다. 보나마나 망아지가 날 밀쳐내겠지. 그러나 그건 창피한 일이 아니었다. 곧바로 다시 일어나 안장에 올라타지 못하면 그게 창피한 일이었다. 조디는 말에서 떨어져서 우느라 다시 말을 타지 못하는 꿈을 꾸곤 했다. 그럴 때면 하루 종일 그 수치심을 떨쳐버릴 수가 없었다.

가빌란은 빠른 속도로 성장했다. 다리만 길쭉한 망아지의 태는 이미 완전히 벗었다. 갈기는 점점 더 길고 검어졌다. 매일 빗질하고 솔질한 덕분에 털은 오렌지 빛과 붉은 빛을 머금고 윤기가 흘렀다. 조디는 굽이 갈라지지 않도록 기름을 발라 깔끔하게 다듬었다.

꼬리털 밧줄이 거의 완성되었다. 조디의 아버지가 낡은 박차 한 벌을 내주었다. 아버지는 가장자리를 구부러뜨리고 가죽을 잘라내고 사슬을 조절해서 박차를 조디에게 맞추었다.

그러던 어느 날 칼 티플린이 말했다.

"네 말이 생각보다 빨리 자라는구나. 추수감사절까지는 탈 수 있겠다. 어때? 한번 해보겠니?"

"잘 모르겠어요."

조디가 수줍게 말했다.

추수감사절은 겨우 삼 주밖에 남지 않았다. 비가 오지 말아야 할 텐데. 비가 오면 빨간 안장에 얼룩이 질 것이다.

이제 가빌란도 조디를 알아보고 반겼다. 조디가 그루터기 들판을 가로질러 오면 히잉! 하고 울었고 휘파람을 불면 달려왔다. 조디는 그럴 때마다 당근을 주었다.

빌리 벅은 말 타는 법을 반복해서 설명해주었다.

"일단 말을 타면 무릎으로 말을 꽉 조이면서 손을 안장에서 떼야 합니다. 만약 떨어지더라도 절대 포기하면 안 돼요. 제 아무리 뛰어난 기수라도 그 기수를 떨어트릴 수 있는 말은 항상 있게 마련이니까요. 말이 우쭐대기 전에 얼른 다시 올라타야 돼요. 그러면 머지않아 말이 기수를 떨어트리지 않을 거고 또 시간이 지나면 아예 떨어트릴 수가 없게 되지요. 그렇게 길을 들이는 거예요."

"그전에 비가 오지 말았으면 좋겠어요."

조디가 말했다.

"왜요? 진흙탕에 처박히기 싫어서요?"

그런 이유도 있었지만 가빌란이 조디를 떨어트리려다가 혹시 미끄러지거나 넘어지면서 조디의 다리나 엉덩이뼈를 부러뜨려 놓을까 걱정이 되었다. 전에 그런 사고가 나는 걸 본 적이 있었다. 사람이 마치 짓밟힌 벌레처럼 바닥에서 몸부림치며 괴로워했고 조디는 자기도 그렇게 될까 두려웠다.

조디는 톱질 받침대에 올라가서 왼손으로 고삐를 쥐고 오른손에 모자를 들고 연습했다. 그런 식으로 양손에 무언가를 쥐어야만 떨어지려는 순간 안장 앞머리를 잡지 않을 것 같았다. 안장 앞머리를 잡았다가 어떻게 될지는 생각하고 싶지 않았다. 아마 아버지와 빌리는 그를 수치스럽게 여겨서 다시는 그에게 말을 걸지 않을 것이다. 어머니 귀에 들어가면 어머니도 조디를 수치스러워할 것이다. 게다가 학교에까지 소문이 퍼지면……. 상상만 해도 끔찍했다.

가빌란이 안장에 익숙해지자 조디는 등자에 자신의 체중을 실어보곤 했다. 그러나 다리를 내리고 타지는 않았다. 추수감사절까지는 금지되어 있었다.

매일 오후 조디는 망아지에 안장을 올리고 안장 띠를 꽉 조였다. 이제 망아지는 안장 끈을 조일 때 있는 대로 배를 부풀렸다가 끈을 조이고 나면 힘을 뺄 줄도 알았다. 조디는 망아지를 끌고 쑥대밭으로 가 둥근 초록색 물받이 그릇에서 물을 마시게 하기도 했고, 그루터기 들판을 지나 언덕에 올라서서 하얀 샐리나스 시내, 거대한 계곡에 펼쳐진 기하학적인 모양의 밭, 양 떼가 갉아먹은 나무들을 바라보기도 했다. 수풀을 지나 숲 속 조그만 공터에 가기도 했다. 그곳은 너무도 외진 곳이라 주위의 세상이 모두 사라지고 오직 하늘과 숲만이 선사시대의 유물로 남아 있는 것 같았다. 가빌란은 그곳을 좋아했다. 그곳에 갈 때면 머리를 높이 쳐들고 신이 난다는 듯 코끝을 씰룩거렸다. 그곳을 다녀온 날에는 그 둘의 몸에서 그윽한 산쑥 향이 풍겼다.

추수감사절은 더디 왔지만 겨울은 성큼 다가왔다. 낮게 드리워진 구름이 하루 종일 대지 위를 덮고 있다가 언덕 꼭대기를 스치고 지나갔고 밤이면 바람이 선선했다. 낮에는 마른 참나무 잎들이 떨어져 땅을 뒤덮었지만 그래도 나무들은 여전했다.

 조디는 추수감사절 전에 비가 오지 않기를 빌었지만 비는 기어이 오고야 말았다. 갈색 대지의 빛깔은 더 짙어졌고 나무들이 빗물에 반짝였다. 나무 그루터기들은 곰팡이가 피어 검게 변했다. 건초가리는 습기를 머금어 회색빛이 되었고 여름내내 도마뱀 초록빛깔로 지붕을 덮었던 이끼는 환하고 옅은 노란색으로 변했다. 비가 오던 주에 조디는 망아지를 마구간 안에 들여놓았다. 학교에서 돌아와 울타리 풀밭에서 훈련을 시키거나 물을 먹일 때만 데리고 나왔다. 가빌란은 한 번도 비를 맞지 않았다.

 눅눅한 날씨는 새 풀이 돋아나기 시작할 때까지 계속되었다. 조디는 비옷에 짧은 장화를 신고 학교까지 걸었다. 그러던 어느 날 마침내 쨍하고 해가 났다.

 "오늘은 가빌란을 풀밭에 풀어놓고 학교에 갈까 봐요."

 조디는 마구간에서 일을 하다가 빌리 벅에게 말했다.

 "햇볕을 쬐면 좋지요."

 빌리도 동의했다.

 "오랫동안 안에 틀어박혀 있는 걸 좋아하는 동물은 없으니까요. 참, 전 오늘 주인님하고 샘물가에 나가봐야 해요. 낙엽을 치우려고요."

 빌리는 고개를 끄덕이며 조그만 지푸라기 조각을 꺼내 이를 쑤셨다.

 "하지만 혹시라도 비가 오면······."

조디가 걱정했다.

"오늘은 비가 안 오겠는데요. 그만 하면 올 만큼 왔어요. 혹시 비가 와서 조금 맞는다고 해도 크게 해로울 건 없어요."

빌리가 소매를 걷고 팔에 밴드를 끼웠다

"혹시 비가 오면 가빌란을 안에 들여놔주세요. 가빌란이 감기라도 걸리면 못 타게 될지도 모르니까요."

"그러지요. 돌아오면 제가 돌볼게요. 하지만 오늘은 비 안 와요."

조디는 가빌란을 풀밭 울타리 안에 풀어놓고 학교에 갔다.

빌리 벅은 틀린 말을 하지 않는 사람이었다. 믿을 만한 사람이었다. 그러나 그날 날씨에 대해서만큼은 빌리 벅이 틀렸다. 정오가 조금 지나서 언덕 위로 구름이 몰려들더니 비가 쏟아지기 시작했다. 학교 지붕을 때리는 빗소리가 요란했다. 조디는 손가락 한 개를 들어 화장실 허락을 받은 뒤 집으로 뛰어가서 망아지를 안으로 들여놓고 싶었다. 그러나 그랬다간 학교와 집 양쪽에서 벌을 받을 것이다. 조디는 이내 포기하고 비를 조금 맞아도 해로울 것 없다는 빌리의 말을 위안 삼았다. 학교가 끝나기 무섭게 조디는 빗줄기를 뚫고 집으로 달려갔다. 길가의 양쪽 둔덕에서 진흙이 튀었다. 차갑고 거센 돌풍과 함께 비가 쏟아졌다. 조디는 진창길을 걸어 잰걸음으로 집을 향했다.

산마루에서 내려다보니 가빌란이 풀밭에서 처량하게 비를 맞고 있었다. 빨간 털은 거의 검게 변했고 온몸에서 빗물이 줄줄 흘렀다. 가빌란은 엉덩이로 비바람을 피하려 머리를 낮게 숙이고 있었다. 조디는 달려가서 축사 문을 열고 젖은 망아지의 이마 갈기를 잡아끌어 안으로 들여놓았다. 그러고 나서 삼베 자루를 찾아 말의 털과 다리, 발목을 닦았다. 가빌란은 침착하게 서 있었지만 느닷없이 몸을 부르르 떨곤 했다.

조디는 최대한 조랑말의 몸을 말려준 다음 집으로 가서 뜨거운 물을 들고 와 여물을 물에 개었다. 가빌란은 뜨거운 여물을 조금 깨작거렸지만 별로 입맛이 없는 모양이었다. 가빌란은 여전히 몸을 떨었고 축축한 등에서 약한 김이 올라왔다.

해가 질 무렵에야 빌리 벅과 칼 티플린이 집으로 돌아왔다.

"비가 와서 벤 허치의 집에서 비를 피했지. 오후 내내 비가 그칠 줄을 모르더라고."

칼 티플린이 말했다.

조디는 원망스러운 눈빛으로 빌리 벅을 바라보았고 빌리는 죄책감을 느꼈다.

"비가 안 올 거라고 했잖아요!"

조디가 빌리에게 소리쳤다.

빌리는 고개를 돌렸다.

"이맘때는 날씨가 워낙 변덕스러워서요."

그가 말했다.

그러나 그의 변명은 통하지 않았다. 일꾼에게는 실수가 용납되지 않는다는 걸 그 자신도 알고 있었다.

"가빌란이 흠뻑 젖었단 말이에요!"

"물기를 닦아주셨어요?"

"삼베 자루로 닦아줬어요. 따뜻한 여물도 줬고요."

빌리가 잘했다는 듯 고개를 끄덕였다.

"혹시 감기 걸리면 어쩌죠?"

"비 좀 맞았다고 감기에 걸리진 않아요."

빌리가 조디를 안심시켰다.

조디의 아버지가 그들의 대화에 끼어들며 훈수를 두었다.

"말이란 놈은 말이야. 애완용 개하고는 다른 거야."

칼 티플린은 병들고 약한 것들을 증오했다. 그는 나약함을 경멸하는 사람이었다.

조디의 어머니가 스테이크 접시를 식탁에 올려놓았다. 삶은 감자와 호박도 가져왔다. 테이블 위로 뜨거운 김이 피어올랐다. 모두 앉아서 저녁식사를 시작했다. 칼 티플린은 지나치게 응석을 받아주면 사람이고 동물이고 나약해진다며 투덜거렸다.

빌리 벅은 자신의 실수가 영 찜찜했다.

"담요를 덮어줬지요?"

그가 물었다.

"아뇨. 담요를 찾을 수가 없었어요. 등에 헝겊 자루들을 덮어줬어요."

"저녁 먹고 덮어줘야겠네."

빌리는 비로소 마음이 조금 가벼워졌다.

조디의 아버지가 불을 쬐러 거실로 들어가고 어머니가 설거지를 하고 있을 때 빌리는 램프에 불을 밝혔다.

조디와 빌리는 진흙탕을 걸어 축사로 향했다. 축사는 어둡고 따뜻했고 달콤한 냄새가 났다. 말들이 저녁식사로 건초를 먹고 있었다.

"램프를 들고 계세요."

빌리가 말했다.

빌리는 망아지의 다리를 만져보고 옆구리의 체온을 느껴보았다. 그는 자신의 뺨을 조랑말의 회색 주둥이에 댄 다음 눈꺼풀을 올려서 눈알을 살펴보았다. 입술을 뒤집어서 잇몸도 살펴보았고 귀에 손가락을 넣어보았다.

"영 신통치가 않네. 마사지를 좀 해줘야지."

빌리가 말했다.

빌리는 헝겊 자루를 찾아 가빌란의 다리에 대고 문지른 다음 가슴과 어깨뼈도 문질러주었다. 가빌란은 이상할 정도로 기운이 없었다. 가빌란은 잠자코 빌리에게 몸을 맡겼다. 빌리는 마구실에서 낡은 담요를 들고 와서 망아지의 등에 올려놓고 목과 가슴에 끈으로 고정했다.

"아침이면 괜찮을 거예요."

빌리가 말했다.

집으로 돌아오니 어머니가 그를 쳐다보았다.

"여태 안 자고 있었구나."

어머니가 말했다.

어머니는 한 손으로 조디의 턱을 괴고 다른 손으로 눈가에 내려온 머리카락들을 쓸어넘겼다.

"망아지 걱정은 하지 마라. 괜찮을 거야. 빌리는 이 동네 어떤 수의사 못지않으니까."

어머니까지 자신의 걱정을 알고 있는 줄은 몰랐다. 조디는 말없이 벽난로 쪽으로 가서 배가 델 정도로 불 가까이에 무릎을 꿇고 앉았다. 벽난로에 몸을 녹인 뒤에는 바로 잠자리에 들었다. 쉽게 잠을 이룰 수가 없었다. 한참을 잔 것 같아 눈을 떴다. 방 안은 여전히 어두웠지만 창가에는 동 트기 직전의 잿빛 여명이 드리워져 있었다. 조디는 일어나서 멜빵바지를 찾아 다리를 끼웠지만 그 순간 다른 방 시계가 2시를 알리는 종을 쳤다. 조디는 다시 옷을 벗어놓고 잠자리에 들었다. 다시 잠에서 깨어났을 때는 환하게 날이 밝아 있었다. 종소리를 못 듣기는 처음이었다. 조디는 벌떡 일어나 바지를 입고 셔츠 단추를 끼우며 밖으로 뛰쳐나갔다. 어머니가 잠시 그를 쳐다보다가 바로 하던 일로 돌아갔다. 걱정이 서린 따스한 눈빛이었다. 어머니는 가끔 눈빛을 전혀 바꾸지 않고도 입으로 미소를 지었다.

조디는 축사로 달려갔다. 달려가는 길에 듣고 싶지 않았던 소리를 듣고 말았다. 망아지의 거친 기침소리였다. 그때부터 조디는 전속력으로 달렸다. 마구간 안에 빌리 벅이 망아지와 함께 있었다. 빌리는 투박하고 억센 손으로 말의 다리를 문지르는 중이었다. 빌리 벅이 고개를 들고 호탕하게 웃었다.

"약간 감기 기운이 있는 것뿐이에요. 하루 이틀 정도 지나면 괜찮아요."

조디가 망아지의 얼굴을 보았다. 눈이 반쯤 감겨 있었고 눈꺼풀이 두껍고 건조했다. 눈가에는 눈곱이 끼어 있었다. 귀는 축 늘어졌고 머리도 낮게 숙였다. 조디가 손을 뻗어도 다가오지 않았다. 가빌란이 또 한 번 기침을 했고 그 순간 그의 온몸이 움츠러들었다. 양쪽 코에서 콧물이 줄줄 흘렀다.

"아주 많이 아프잖아요!"

조디가 빌리 벅을 바라보며 말했다.

"감기 기운이 좀 있는 것뿐이라니까요."

빌리가 우겼다.

"어서 가서 아침 드시고 학교 가셔야죠. 이 녀석은 제가 돌볼게요."

"하지만 아저씬 다른 일을 해야 할지도 모르잖아요! 그럼 가빌란을 혼자 둘 거잖아요!"

"아뇨. 한시도 안 떠날게요. 내일은 토요일이니 도련님도 하루 종일 같이 있을 수 있겠네요."

자신의 말이 또 한 번 틀린 셈이었기 때문에 빌리는 기분이 좋지 않았다. 이제 어떻게든 말을 낫게 해야 했다.

조디는 집으로 돌아가 멍한 표정으로 식탁에 앉았다. 달걀과 베이컨이 식어 기름이 엉겼지만 알아차리지 못했다. 그는 평상시 먹던 양만큼 먹었다. 학교를 쉬어도 되냐고 묻지도 않았다. 어머니가 접시를 치우면서 그의 머리를 뒤로 넘겨주었다.

"빌리가 잘 돌봐줄 거야."

어머니가 그를 안심시켰다.

학교에서 조디는 하루 종일 침울했다. 어떤 질문에도 대답을 할 수 없었고 어떤 글도 읽을 수 없었다. 망아지가 아프다고 말할 수도 없었다. 그러면 망아지가 더 아파질 것 같았다. 마침내 학교가 파하자 그는 두려움을 느끼며 집으로 향했다. 그는 천천히 걸었고 다른 아이들이 그를 지나치도록 내버려두었다. 그대로 계속 걷기만 했으면, 영원히 집에 도착하지 않았으면 좋겠다고 생각했다.

빌리는 약속했던 대로 축사에 있었고 말의 상태는 더 악화되었다. 눈은 거의 감겼고 막힌 코로 쉬는 숨에서 쉿소리가 났다. 그나마 드러난 눈동자 위에 뿌연 막이 생겼다. 앞을 볼 수나 있을까. 이따금 코를 풀기 위해 히잉! 하고 울었지만 그래봐야 코가 더 막히는 것 같았다. 조디는 멍하니 망아지의 털을 보았다. 털이 거칠고 텁수룩했고 윤기라고는 조금도 없었다. 빌리는 마구간 앞에 조용히 서 있었다. 조디는 묻고 싶지 않았지만 그래도 알아야 했다.

"아저씨, 괜찮을까요?"

빌리는 손을 가로대 사이로 뻗어서 말의 턱 밑을 만졌다.

"여길 만져보세요."

그가 말한 뒤 조디의 손을 망아지의 턱 밑 불룩한 혹에 가져다 댔다.

"이게 더 커지면 절개할 거예요. 그럼 좋아져요."

조디는 얼른 고개를 돌렸다. 혹에 대해서라면 그도 들은 적이 있었다.

"어디가 아픈 거예요?"

빌리는 대답하고 싶지 않았지만 대답해야만 했다. 세 번을 내리 틀릴 수는 없었다.

"호흡곤란이 왔어요. 하지만 걱정 마세요. 꼭 낫게 할 테니까. 가빌란보다 더 상태가 나쁜 망아지도 좋아지는 걸 봤어요. 수증기를 좀 쐬어줘야겠어요. 좀 도와주세요."

"네."

조디가 비참한 심정으로 대답했다.

조디는 사료실로 가서 빌리가 찜질 주머니를 만드는 것을 지켜보았다. 캔버스 천으로 만든 긴 자루에 말의 귀에 거는 줄이 달려 있었다. 빌리는 그 자루의 3분의 1을 겨로 채운 다음 말린 홉 열매 몇 줌을 넣었다. 그리고 마른 재료에 석탄산과 송진을 조금 부었다.

"제가 이걸 섞을 테니 얼른 가서 끓인 물 한 주전자를 가지고 오세요."

조디가 끓인 물 주전자를 들고 돌아왔을 때 빌리는 찜질 주머니를 가빌란의 코에 바짝 붙여서 머리에 버클로 고정해놓고 있었다. 빌리는 주머니 옆으로 난 구멍에 뜨거운 물을 부었다. 뜨거운 김이 나오자 망아지가 깜짝 놀랐지만 편안한 수증기가 망아지의 코와 폐로 들어가면서 막힌 호흡기를 뚫기 시작했다. 말이 거칠게 숨을 몰아쉬었다. 오한으로 망아지의 다리가 부르르 떨렸고 연기 때문에 눈도 질끈 감았다. 빌리는 물을 더 부었고 십오 분 동안 수증기가 계속 나왔다. 빌리는 마침내 주전자를 내려놓고 찜질 주머니를 풀었다. 망아지는 한결 상태가 나아진 것 같았다. 호흡이 편안해졌고 눈도 조금 더 크게 떴다.

"한결 나아졌지요? 이제 담요로 다시 몸을 덮어줘야 해요. 아침이 되면 아주 좋아질 거예요."

"오늘 밤에 나 여기 있을래요."

조디가 말했다.

"안 돼요. 그러시면 안 돼요. 오늘 밤엔 제가 담요를 가지고 와서 건초 위에서 잘 거예요. 내일 밤에 지키세요. 필요하면 수증기도 쐬어주고요."

저녁식사를 하기 위해 집으로 향할 때 벌써 어둠이 내리고 있었다. 누군가가 닭 모이를 주고 장작통을 채워놓았다는 걸 조디는 알아차리지 못했다. 조디는 집을 지나쳐서 어둑어둑해진 쑥대밭으로 가서 샘물을 한 모금 마셨다. 물이 얼마나 찬지 입안이 얼얼했고 소름이 돋았다. 언덕 위 하늘은 아직 환했다. 매 한 마리가 너무도 높게 날아서 저녁 햇살이 새의 부리에서 섬광처럼 반짝였다. 찌르레기 두 마리가 매를 유인하고 있었다. 적을 공격하는 찌르레기들의 몸뚱이도 반짝거렸다. 다시 비가 오려는 듯 서쪽 하늘에서 구름이 움직이고 있었다.

저녁식사 시간에 조디의 아버지는 한 마디도 하지 않았다.

그러나 빌리 벅이 담요를 들고 축사로 자러 들어간 뒤에 칼 티플린은 벽난로에 장작을 높이 쌓아놓고 이야기를 시작했다. 그는 발가벗고 돌아다니던 원시인 이야기를 했다. 원시인들은 말과 비슷한 꼬리와 귀를 갖고 있었다고 했다. 새들을 잡으려고 나무 사이로 뛰어다닌다는 모로 코조의 토끼 고양이 이야기도 했다. 금맥을 발견하고 그곳을 너무 감쪽같이 숨겨놓아서 결국 다시 찾지 못했다는 맥스웰 형제의 이야기도 다시 한 번 했다.

조디는 양손으로 턱을 괴고 앉아 있었고 그의 입술이 씰룩거렸다. 마침내 아버지도 조디가 이야기를 열심히 듣고 있지 않다는 것을 알게 되었다.

"우습지 않니?" 아버지가 물었다.

조디는 공손하게 웃으면서, "네, 아버지"라고 대답했다.

아버지는 화가 났고 속도 상했다. 그는 더 이상 아무 이야기도 하지 않았다. 잠시 후 조디는 램프를 들고 축사로 갔다. 빌리 벅이 건초 위에서 잠들어 있었다. 숨결이 폐에서 가르랑거리는 것을 제외하면 망아지는 상태가 조금 나아 보였다. 조디는 거칠고 붉은 털을 손끝으로 만져보다가 다시 램프를 들고 집으로 돌아왔다. 자리에 누웠을 때 어머니가 들어왔다.

"이불은 잘 덮고 자니? 겨울이 오고 있구나."

"네, 어머니."

"푹 자라."

어머니가 잠시 망설이는 듯 문가에 서 있다가, "망아지는 괜찮을 거야"라고 말했다.

조디는 피곤했고 곧바로 잠이 들어서 새벽이 될 때까지 한 번도 깨지 않았다. 아침종이 울렸고 빌리 벅은 조디가 집을 나서기도 전에 축사에서 돌아왔다.
"어때요?"
조디가 물었다.
빌리는 항상 아침식사를 게걸스럽게 했다.
"괜찮아요. 오늘 아침에 혹을 절개하려고요. 그러면 더 좋아지겠지요."
아침식사를 하고 나서 빌리는 가장 좋은 칼을 들고 나갔다. 바늘처럼 끝이 뽀족한 칼이었다. 빌리는 조그만 숫돌에 한참 동안 칼을 간 다음 칼끝과 날을 그의 엄지손가락 굳은살에 몇 번이나 시험해본 뒤 마지막으로 그의 윗입술에 대보았다.
축사로 가는 길에 조디는 그동안 어린 풀들이 얼마나 많이 자랐는지, 그루터기 들판이 새로 돋아난 푸른 잡초에 얼마나 많이 잠식당했는지 새삼 알아보았다. 쌀쌀하고 화창한 아침이었다.
망아지를 보는 순간 조디는 상태가 나빠졌음을 알 수 있었다. 눈은 거의 감겨 있었고 마른 눈곱이 덕지덕지 붙어 있었다. 머리는 너무 낮아서 코가 바닥에 깔린 건초에 닿을 지경이었다. 숨을 쉴 때마다 신음소리가 새어 나왔다. 병이 깊은 환자의 신음소리였다.

빌리가 힘없는 고개를 받쳐 들고 칼로 말의 목을 재빨리 그었다. 곧바로 노란 고름이 쏟아졌다. 빌리가 상처를 석탄산 연고로 닦아내는 동안 조디는 고개를 꼿꼿이 들고 있었다.

"이젠 괜찮을 거예요. 이 고름 때문에 아픈 거거든요."

빌리가 그에게 말했다.

조디는 빌리 벅의 말을 못 믿겠다는 표정이었다.

"아주 많이 아픈 거, 맞잖아요."

빌리는 어떻게 대답할지 잠시 생각했다. 이번에도 건성으로 소년을 위로할 수 있었다. 그러나 마지막 순간 마음을 바꾸었다.

"맞아요. 아주 많이 아파요. 하지만 더 아픈 말들도 낫는 걸 봤어요. 폐렴에 걸리지만 않으면 괜찮아요. 여기서 망아지를 지키세요. 혹시 상황이 더 나빠지면 절 부르시고요."

빌리가 나간 뒤에 한참 동안 조디는 망아지 곁에 서서 귀 뒤를 쓰다듬었다. 망아지는 건강할 때처럼 조디의 손길에 반응하지 않았다. 호흡은 더 가냘파졌다.

더블트리 머트가 축사 안을 들여다보았다. 그의 기다란 꼬리는 힘차게도 움직였다. 건강한 개를 보고 조디는 괜히 부아가 나서 검은색 돌을 하나 집어서 녀석에게 던졌다. 더블트리 머트는 깨갱! 하고 울면서 돌에 맞은 앞발을 보듬으려 돌아섰다.

아침이 되자 빌리 벅은 다시 돌아와서 찜질 주머니를 만들었다. 조디는 먼젓번에 그랬던 것처럼 망아지가 이번에도 한

결 좋아지는지 지켜보았다. 찜질 덕분에 망아지의 숨결이 조금 편안해졌지만 여전히 머리는 들지 못했다.

일요일은 더디게 지나갔다. 오후 늦게 조디는 집에서 침구를 들고와 건초 위에 잠자리를 만들었다. 허락은 구하지 않았다. 어머니의 표정으로 보아 그가 무슨 짓을 하든 이해해줄 것 같았다. 그날 밤 조디는 램프를 켜서 마구간 위의 철사 줄에 걸어놓았다. 빌리는 틈틈이 망아지의 다리를 문질러주라고 했다.

9시가 되자 축사에 세찬 바람이 몰아치기 시작했다. 조디는 망아지가 걱정이 되었지만 그러면서도 잠이 쏟아졌다. 조디는 잠자리 속으로 들어갔다. 꿈속에서도 망아지의 거친 숨소리가 들렸다. 어느 순간부터 뭔가 부딪치는 것 같은 소리가 반복해서 들렸고 조디는 그 소리에 잠에서 깼다. 축사 안으로 바람이 들이치고 있었다. 조디는 벌떡 일어나 축사 안을 둘러보았다. 축사 문이 열어젖혀져 있었고 망아지가 보이지 않았다.

조디는 램프를 들고 바람 속으로 뛰어나갔다. 가빌란이 고개를 떨어트린 채 천천히, 기계적으로 다리를 옮겨놓으면서, 비틀거리며 어둠속을 걷고 있었다. 조디가 달려가 망아지의 이마 갈기를 잡았다. 가빌란은 다시 순순히 축사 안으로 들어왔다. 신음소리가 더 커졌고 코에서는 휘파람 소리가 났다. 그때부터 조디는 잠을 자지 않았다. 망아지의 숨소리는 점점 더 거칠어졌다.

새벽녘에 빌리 벅이 들어오자 조디는 너무도 반가웠다. 빌리는 마치 처음 보는 망아지라는 듯 가빌란을 찬찬히 살펴보았다. 귀와 옆구리도 만져보았다.

"지금 할 일이 있는데, 보시면 안 됩니다."

조디가 그의 팔을 붙잡았다.

"혹시 총으로 쏘려는 건 아니죠?"

빌리는 그의 손등을 두드렸다.

"아니에요. 기관을 절개해서 숨을 쉴 수 있게 해주려고요. 코가 꽉 막혔어요. 상태가 좋아지면 조그만 놋쇠 단추를 기관에 넣어서 숨을 쉴 수 있게 해줄 거예요."

조디는 자리를 뜨고 싶어도 그럴 수가 없었다.

칼로 망아지를 베는 걸 보는 것도 끔찍했지만 망아지가 칼에 베이는 걸 알면서도 보지 않는 것은 그보다 더 끔찍했다.

"여기 있을래요. 그런데 꼭 그렇게 해야 돼요?"

조디가 괴로워하며 물었다.

"꼭 해야 해요. 그럼 여기 계세요. 머리를 붙잡아주셔도 되고요. 그럴 수 있으면요."

날카로운 칼이 도로 나왔고 빌리는 먼젓번처럼 조심스럽게 날을 갈았다. 조디가 망아지의 머리를 들어 목을 팽팽하게 했고 빌리는 말의 목을 위아래로 문지르면서 절개할 지점을 찾았다. 반짝이는 칼이 말의 살을 파고들 때 조디는 흐느껴 울었다. 망아지는 힘없이 뒷걸음을 치다가 갑자기 움직임을 멈추고 온몸을 부르르 떨었다. 솟구쳐 나온 피가 칼과 빌리의 손과 셔츠 소매를 적셨다. 빌리의 큼직한 손이 망아지의 목에 커다란 구멍을 냈고 그 구멍으로 피와 함께 공기가 빠져나왔다. 산소가 들어가자 망아지는 갑자기 기운이 나는 것 같았다. 망아지가 뒷다리를 쭉 뻗으며 일어서려 했지만 조디가 목을 붙잡았고 빌리는 새로 난 상처에 연고를 발랐다. 절개는 성공적이었다. 피가 멈추었고 조그맣게 보글거리는 소리와 함께 공기가 구멍으로 규칙적으로 들어가고 나왔다.

간밤의 돌풍이 예고했던 비가 축사 지붕을 때리기 시작했다. 그리고 아침종이 울렸다.

"먼저 가서 식사하세요. 이 구멍이 막히지 않게 지켜봐야 하거든요."

빌리가 말했다.

조디는 천천히 축사에서 나왔다. 너무 낙담한 나머지 간밤에 축사 문이 열려서 망아지가 밖으로 나갔었다는 말도 하지 못했다. 조디는 축축한 잿빛 아침 속으로 첨벙 첨벙 흙탕물을 튕기며 걸었다. 물웅덩이마다 일부러 흙탕물을 세게 튀기며 묘한 쾌감을 느꼈다. 어머니가 음식을 떠먹여주고 마른 옷으로 갈아입혀주었다. 어머니는 조디에게 아무것도 묻지 않았다. 조디가 대답을 하지 못하리라는 것을 알고 있는 것 같았다. 조디가 다시 축사로 가려고 집을 나설 때 어머니는 따뜻한 수프가 담긴 냄비를 내밀었다.

"이걸 갖다 먹여봐."

어머니가 말했다.

그러나 조디는 냄비를 받지 않았다.

"지금은 아무것도 못 먹어요."

조디가 말하고 밖으로 뛰어나갔다.

축사로 돌아갔더니 빌리가 나뭇가지 끝에 면 헝겊을 동그랗게 고정하는 법을 가르쳐주었다. 망아지의 숨 쉬는 구멍이 막혔을 때 엉긴 피를 닦아내기 위해서였다.

조디의 아버지가 축사로 와서 그들 곁에 섰다.

"조디, 나하고 나가지 않으련? 언덕 너머로 좀 달려볼까 하는데."

아버지가 조디에게 물었다.

조디는 고개를 저었다.

"가는 게 좋을걸. 여기 있는 것보다는."

조디의 아버지가 고집을 부렸다.

빌리가 화를 내며 그에게 돌아섰다.

"그냥 좀 놔두세요. 도련님 말이잖아요. 아닌가요?"

칼 티플린이 한 마디도 하지 않고 돌아섰다. 그는 무척 기분이 상했다.

아침 내내 조디는 상처 부위를 막히지 않도록 열어두어서 공기가 드나들게 했다. 정오가 되자 망아지가 코를 길게 빼고 힘없이 옆으로 드러누웠다.

빌리가 돌아왔다.

"오늘 여기서 밤을 새려면 지금 낮잠을 조금 자두는 게 좋을 거예요."

그가 말했다.

조디는 멍한 상태로 축사에서 나왔다. 차갑고 엷은 푸른빛으로 하늘이 개었다. 젖은 대지 위로 기어나온 벌레들을 잡느라 새들이 분주했다.

조디는 다시 쑥대밭으로 향했고 이끼 낀 물받이 그릇 가장자리에 앉았다. 조디는 집과 허름한 오두막과 음산한 삼나무를 바라보았다. 익숙한 풍경이었지만 이상하게 달라보였다. 그 풍경은 더 이상 조디에게 단순한 풍경이 아니었다. 그곳에서 일어나고 있는 일의 배경이었다. 차가운 한 줄기 바람이 동쪽에서 불어와 비가 그쳤음을 암시했다. 발치에는 새 잡초가 돋았고 샘물 주위 진흙탕에는 수천 개의 메추라기 발자국들이 나 있었다.

더블트리 머트가 슬금슬금 눈치를 보면서 채소밭을 지나 그의 곁으로 다가왔다. 녀석에게 돌을 던졌던 걸 생각하면서 조디는 개의 목을 쓰다듬어주었고 커다란 검은 코에 키스했다. 더블트리 머트는 가만히 앉아 있었다. 뭔가 심각한 일이 벌어지고 있다는 걸 자기도 안다는 듯이. 그의 커다란 꼬리가 묵직하게 바닥을 때렸다. 조디는 개의 목에서 진드기 한 마리를 잡아 엄지손톱으로 터트려 죽였다. 잔인한 짓이었다. 그는 차가운 샘물에 손을 씻었다.

찬바람이 몰아치는 것 말고는 목장은 고요했다. 점심을 먹으러 들어가지 않아도 어머니는 이해하리라. 잠시 후 조디는 천천히 걸어서 축사로 돌아갔다. 머트는 조그만 제 집으로 들어가 한참을 낮게 낑낑거렸다.

빌리가 일어서며 헝겊 뭉치를 내던졌다. 망아지는 여전히 옆으로 누웠고 그의 목에 난 구멍에서 숨이 들락날락했다. 망아지의 털이 윤기 없이 바짝 마른 걸 보고 조디는 마침내 망아지가 살아날 가망이 없음을 깨달았다. 전에도 개나 소의 죽은 털을 본 적이 있었다. 털이 마르는 것이야말로 확실한 신호였다. 조디는 망아지 앞에 털썩 앉아서 가로대를 내렸다. 그리고 한참 동안 망아지의 움직이는 상처를 바라보았다. 그러다가 어느 순간 졸기 시작했고 오후는 순식간에 지나갔다. 어두워지기 직전에 어머니가 스튜 한 그릇을 들고 와서 그의 앞에 놓아주었다. 조디는 아주 조금 떠먹었다. 어두워지자 조디는 램프를 망아지의 머리맡에 놓고 상처가 잘 열려 있는지 살펴보았다. 그러다가 다시 졸기 시작했고 한기를 느끼며 잠에서 깼다. 북부의 냉기를 품은 바람이 거칠게 들이치고 있었다. 조디는 잠자리에 깔아두었던 담요를 들고 와서 몸을 감쌌다. 가빌란의 숨소리가 마침내 조용해졌다. 목에 난 구멍은 부드럽게 움직였다. 올빼미들이 축사의 건초다락을 관통하고 날아가면서 생쥐를 잡으려고 날카롭게 울었다. 조디는 두 손으로 귀를 막고 잠이 들었다. 자면서도 바람이 더욱 거세진 것을 알 수 있었다. 바람이 축사를 세차게 때렸다.

눈을 떠보니 어느새 날이 밝아 있었다. 축사 문은 열려 있었고 망아지가 보이지 않았다. 조디는 벌떡 일어나 아침 햇살 속으로 뛰어나갔다.

망아지의 발자국은 선명했다. 어린 풀잎 위로 서리처럼 내린 아침이슬에 지친 말발굽이 끌리면서 가느다란 줄이 그어졌다. 발자국은 산마루 중턱의 쑥대밭 쪽으로 나 있었다. 조디는 발자국을 따라 뛰었다. 대지 곳곳에 박혀 있는 흰 석영에 햇살이 날카롭게 반짝였다. 발자국을 따라 걷는 동안 그의 앞에 그림자가 드리워졌다. 조디는 고개를 들고 검은 독수리들이 높이 그리는 원을 바라보았다. 그들의 원이 점점 더 낮게 이동하고 있었다. 그 무시무시한 새들은 언덕 쪽으로 사라졌다. 두려움과 분노에 사로잡힌 조디는 더 빨리 뛰었다. 발자국이 마침내 키 큰 쑥대밭을 지나 꼬불꼬불한 숲길로 접어들었다.

　언덕 위에 올라섰을 때 조디는 숨이 찼다. 조디는 멈추어 서서 거칠게 숨을 몰아쉬었다. 심장박동이 귓가에서 느껴졌다. 그리고 그 순간 그가 찾고 있던 게 보였다. 숲 속 조그만 공터에 빨간 망아지가 누워 있었다. 멀리서도 조디는 망아지의 다리가 천천히, 경련을 일으키는 것을 볼 수 있었다. 독수리들이 그들이 너무도 잘 알고 있는 죽음의 순간을 기다리며 망아지 주위를 맴돌고 있었다.

　조디는 미친 듯이 언덕 아래로 달렸다. 젖은 땅이 그의 속도를 더디게 했고 수풀이 그의 시야를 가렸다. 마침내 그가 도착했을 때에는 이미 모든 것이 끝나 있었다. 첫 번째 독수리가 망아지의 머리에 앉아 부리로 검은 눈을 쪼고 난 직후였다. 조디는 마치 한 마리 고양이처럼 독수리들이 그리는 원

안으로 뛰어들었다. 독수리들이 떼로 몰려들었지만 망아지의 머리에 앉아 있던 커다란 독수리는 한 발 늦었다. 날아오르려는 순간 조디가 독수리의 날개를 붙잡아 끌어내렸다. 몸체가 조디와 비슷했다. 독수리의 반대편 날개가 방망이 같은 위력으로 조디의 얼굴을 때렸지만 조디는 손을 놓지 않았다. 독수리의 발톱이 조디의 다리를 움켜잡았고 양 날개가 그의 머리를 양쪽에서 때렸다. 조디는 눈을 감은 채로 다른 손을 휘둘렀다. 어느 순간 조디의 손이 몸부림치는 독수리의 목을 움켜잡았다. 빨간 두 개의 눈이 그를 노려보았다. 침착하고 두려움 없는, 사나운 눈이었다. 독수리가 머리를 흔들었다. 그러더니 부리를 벌리고 썩은 내 나는 액체를 토해냈다. 조디는 벌떡 일어나 커다란 새의 몸에 올라탔다. 한 손으로 새의 목을 바닥에 고정하고 다른 손으로 날카로운 흰 석영 한 조각을 찾았다. 첫 번째 일격에 부리가 부서졌다. 부서진 부리 가장자리에서 검은 피가 뿜어져 나왔다. 조디는 다시 내리쳤고 이번에는 빗나갔다. 겁 없는 빨간 눈이 여전히 그를 노려보았다. 일체의 감정도 두려움도 없는 초연한 눈빛이었다. 조디는 내리찍고 또 내리찍었다. 빨갛게 짓이겨진 머리를 떨어트리며 독수리가 죽을 때까지. 빌리 벅이 다가와 그를 독수리에게서 떼어놓고 온몸을 떠는 그를 진정시키려고 꼭 끌어안을 때까지.

칼 티플린이 빨간 손수건으로 조디의 뺨에 묻은 피를 닦아냈다. 조디는 축 늘어진 채 잠자코 몸을 내맡겼다. 아버지는 발끝으로 독수리를 저만치 밀어놓았다.

"조디, 저 독수리가 망아지를 죽인 게 아니야. 넌 그것도 모르니?"

"알아요."

조디가 힘없이 대답했다.

걷잡을 수 없이 화가 난 사람은 빌리 벅이었다.

그는 양팔로 소년을 품에 안은 채 집으로 향하다가 칼 티플린을 향해 돌아섰다.

"알고말고요!"

빌리가 성난 목소리로 외쳤다.

"젠장, 지금 아이가 어떤 심정일지 알기나 하십니까!"

2
깊은 산

 한여름 오후의 뜨거운 열기 속에서 어린 소년 조디는 할 일을 찾아보려고 멍하니 목장을 내다보고 있었다. 축사에도 가 보았고 처마 밑 제비 집에 돌을 던져도 보았다. 그 바람에 조그만 제비 집이 망가지면서 지푸라기와 더러운 깃털들이 바닥에 떨어졌다. 그러고 나서는 상한 치즈로 쥐덫을 놓고 착하고 덩치 큰 개 더블트리 머트가 덫에 걸리게 만들었다. 조디는 자신의 잔혹성이 조금도 마음에 걸리지 않았다. 그저 길고 더운 오후가 따분할 뿐이었다. 더블트리 머트는 멍청하게 쥐덫에 코를 대고 킁킁거리다가 코에서 피를 흘리며 다리를 절었다. 어디를 다치건 머트는 다리를 절었다. 녀석은 늘 그랬다. 머트가 어린 강아지였을 때 코요테 덫에 걸린 적이 있었다. 그 뒤로는 야단만 쳐도 다리를 절었다.
 "조디! 개 그만 괴롭히고 할 일이나 찾아봐라!"

머트가 낑낑거리는 소리를 듣고 조디의 어머니가 집 안에서 소리를 질렀다.

조디는 괜히 심술이 나서 머트에게 돌멩이를 던졌다. 그러고 나서 베란다에 있던 새총을 들고 새를 잡으러 쑥대밭으로 향했다. 상점에서 산 고무줄로 만든 꽤 쓸 만한 새총이었지만 조디는 한 번도 새를 명중시킨 적이 없었다. 조디는 맨발로 흙을 차면서 채소밭을 가로질렀다. 가는 길에 총알로 쓰기에 딱 좋은 돌멩이를 찾았다. 둥글면서도 한쪽이 약간 평평하고 무게도 날아가기에 적합했다. 조디는 돌을 새총의 가죽 알 잡이에 고정한 채 쑥대밭으로 향했다. 조디의 눈이 가늘어졌고 입술은 씰룩거렸다. 조디는 그날 오후 처음으로 무언가에 집중하고 있었다. 쑥대밭 그늘에서 작은 새들이 나뭇잎에 버스럭거리다가 불안한 듯 조금 옆으로 날아가서 또 다시 버스럭거렸다. 조디는 고무줄을 뒤로 당긴 채 조심스럽게 걸었다. 조그만 개똥지빠귀 한 마리가 하던 일을 멈추고 조디를 바라보았다. 조그만 새가 날아가려고 몸을 웅크렸다. 조디는 살금살금 다가갔다. 한 발 한 발 조심스럽게. 6미터쯤 떨어진 곳에서 조디는 새총을 겨누고 쏘았다. 돌멩이가 획 날아갔고 막 날아오르려던 개똥지빠귀가 정통으로 맞았다. 머리가 부서지면서 조그만 새가 바닥에 툭 떨어졌다. 조디는 달려가서 새를 집어들었다.

"잡았다!"

조디가 외쳤다.

새는 살아 있을 때보다 훨씬 더 작아 보였다. 가슴 한구석이 불편하게 저렸고 그래서 조디는 주머니칼을 꺼내 새의 머리를 잘랐다. 양쪽 날개도 잘랐다. 그리고 수풀에 던져버렸다. 새 따위는, 새 목숨 따위는 아무래도 상관없었지만, 그가 새를 죽이는 걸 보았다면 어른들이 무슨 말을 했을지 정도는 알고 있었다. 어른들의 꾸중을 생각하면서 조디는 창피해졌다. 그래서 방금 저지른 일을 최대한 빨리 잊어버리기로, 그리고 누구한테도 말하지 않기로 결심했다.

이맘때면 숲은 몹시 건조했고 들판의 풀잎은 황금빛이었지만 둥근 물받이 그릇으로 흘러든 샘물이 넘치는 자리만은 언제나 짙은 초록빛깔의 고운 이끼가 촉촉하게 돋아 있었다. 조디는 이끼 낀 물받이 그릇의 물을 마신 뒤 차가운 물로 손에 묻은 새의 피를 닦았다. 그러고 나서 풀밭에 누워 여름 하늘에 걸린 탐스러운 구름들을 바라보았다. 한쪽 눈을 감고 원근법을 무시하면 구름을 끌고 와 손으로 쓰다듬을 수도 있었다. 조디는 보드라운 바람이 구름을 밀어내도록 도와주었다. 그가 도와서 구름이 더 빨리 움직이는 것 같았다. 그가 산꼭대기 쪽으로 밀었던 통통한 구름 하나를 산 너머로 힘껏 밀었더니 그의 시야에서 사라졌다. 이제 그 구름은 무얼 보고 있을까. 조디는 거대한 산을 제대로 보기 위해 일어나 앉았다. 겹겹이 포개진 산들은 서쪽으로 갈수록 점점 더 어두워지고 점점 더 황량해지다가 뾰족하게 높이 솟아오른 서쪽 봉우리에서 끝났다. 신비롭고 비밀스러운 산. 조디는 그 산에 대해 그나마 그가 알고 있는 것들을 생각해보았다.

"산 너머에는 뭐가 있어요?"

언젠가 아버지에게 물었다.

"산이 더 있겠지. 왜?"

"또 그 산 너머는요?"

"또 산이 있겠지. 왜?"

"계속 산만 있어요?"

"아니. 그 끝엔 바다가 있단다."

"그럼 산속에는 뭐가 있어요?"

"절벽하고 수풀하고 바위와 마른 땅."

"아버진 가본 적 있어요?"

"아니."

"거기 가본 사람이 있어요?"

"몇 사람은 가 봤겠지. 절벽이 있어서 아주 위험해. 미국의 그 어떤 곳보다 몬터레이 카운티에 미지의 땅이 많다는 기사를 읽은 적이 있단다."

조디의 아버지는 그 사실에 자부심을 느끼는 것 같았다.

"그 끝에 바다가 있다고요?"

"바다가 있지."

"하지만……."

소년이 우겼다.

"하지만 그 사이에는요? 그 사이에 뭐가 있는지는 아무도 몰라요?"

"아마 몇 사람은 알겠지. 뭐 별 게 있겠니? 물도 거의 없고. 그저 바위하고 절벽, 관목 숲뿐이겠지. 왜?"

"가보고 싶어서요."

"거길 뭣 하러? 아무것도 없다니까."

그러나 분명히 무언가가 있다는 걸 조디는 알고 있었다. 아직 아무에게도 알려지지 않은 무언가가, 그래서 더 멋진 무언가가, 아주 비밀스럽고 신비로운 무언가가 있을 것이다. 조디는 가슴속 깊이 알 수 있었다.

"깊은 산속에 뭐가 있는지 아세요?"

그가 어머니에게 물었다.

어머니는 잠시 조디를 바라보다가 다시 하던 일로 돌아가 바쁘게 움직이면서 "곰밖엔 없을걸" 하고 대답했다.

"어떤 곰이요?"

"그냥 산속을 돌아다니는 그런 곰들."

조디는 목장의 일꾼 빌리 벅에게 산속에 고대 도시가 숨겨져 있을 가능성에 대해 물었지만 빌리도 조디의 아버지와 의견이 같았다.

"그렇지 않을걸요. 먹을 게 있어야 사람이 살죠. 돌을 먹고 사는 사람들이 있다면 또 모를까."

조디가 알고 있는 건 그게 전부였다. 산은 그래서 그에게 더욱 소중했고 또 끔찍했다. 조디는 바다가 나올 때까지 계속 이어지는 산 너머의 산을 자주 생각했다. 아침이면 분홍빛으로 물든 산봉우리가 그에게 오라고 손짓했다. 저녁이 되고 산 너머로 해가 지면 산은 암울한 자줏빛이 되었고 그럴 때면 조디는 산이 무서워졌다. 때로 산은 너무도 비정하고도 무심해 보였고 그러한 초연함이 또 하나의 위협이 되었다.

조디는 동쪽 산으로 고개를 돌려보았다. 가빌란 산은 생명력이 넘치는 산이었다. 산등성이에 목장들이 있었고 산 정상에는 소나무들이 자랐다. 그곳엔 사람들이 살았고 오래 전에 산기슭에서 멕시코 사람들과 전투가 벌어지기도 했다. 그는 서쪽 산으로 다시 고개를 돌리면서 그 엄청난 대조에 조금 전율했다.

산 밑 분지에 자리 잡은 목장은 환하고 아늑했다. 집은 눈부신 흰색이었고 축사는 따스한 갈색이었다. 저 멀리 언덕 위에서 붉은 소들이 풀을 뜯으며 북쪽으로 움직이고 있었다. 오두막 옆의 검은 삼나무마저도 여느 때와 달리 아늑해 보였다. 닭들이 빠른 왈츠 스텝으로 농장의 흙을 훑고 다녔다.

그때 움직이는 물체 하나가 조디의 시선을 끌었다. 언덕 위로 한 남자의 모습이 서서히 드러났다. 샐리나스 쪽에서 조디의 목장 쪽으로 누군가 오고 있었다. 조디는 일어나 집으로 향했다. 손님이 오는 거라면 조디도 집에서 손님을 맞고 싶었다. 조디가 집에 도착했을 때에도 남자는 목장 쪽으로 난 길을 겨우 반쯤 지나 있었다. 남자는 어깨가 반듯했고 체구가 가냘팠다. 걸을 때 발꿈치가 바닥에 끌리는 것만이 그가 노인임을 말해주었다. 가까이 다가왔을 때 조디는 남자가 청바지에 같은 원단의 겉옷을 입고 있음을 알아보았다. 그는 투박한 농부의 신발을 신었고 낡은 챙 모자를 썼다. 어깨에는 불룩하게 꽉 찬 삼베 자루를 하나 메고 있었다. 잠시 후 그가 얼굴이 보일 정도로 가까워졌다. 말린 쇠고기처럼 얼굴색이 어두웠다. 어두운 피부에 푸른빛이 감도는 흰색 콧수염이 입 위로 늘어졌고 어깨 위에 늘어진 머리카락도 백발이었다. 얼굴은 뼈가 드러날 정도로 앙상했고 그래서인지 코와 턱이 더 뾰족하고 가냘파보였다. 눈동자는 크고 깊고 어두웠으며 그 위로 눈꺼풀이 늘어졌다. 홍채와 동공이 모두 검은 색이었지만 눈알은 갈색이었다. 얼굴에는 주름 하나 없었다. 노인은 셔츠를 안 입는 사람들이 대체로 그렇게 하듯 겉옷에 달린 쇠단추를 목까지 채웠다. 소매 밑으로 뼈가 불거진 손목과 복숭아 나뭇가지처럼 굳은살 박인 손이 드러났다. 손톱은 평평했고 뭉툭했으며 반짝거렸다.

노인이 집 앞에 조디와 마주 서며 삼베 자루를 땅에 내려놓았다. 그의 입술이 들썩이면서 차분하고 덤덤한 목소리가 흘러나왔다.

"여기 사시오?"

조디는 당황했다.

그는 집 쪽을 돌아보았다. 그리고 아버지와 빌리 벅이 일하고 있는 축사 쪽을 바라보았다. 어느 쪽에서도 도움을 받을 수 없는 것이 분명해지자 조디가 "네"라고 대답했다.

"다시 돌아왔어요. 지타노라고 합니다. 제가 다시 돌아왔어요."

노인이 말했다.

조디는 더 이상은 혼자 감당할 수가 없었다. 그는 갑자기 돌아서서 집 안으로 뛰어들어갔다. 그의 뒤로 방충문이 쾅 하고 닫혔다. 어머니는 부엌에서 아랫입술을 깨물고 머리핀으로 여과기의 막힌 구멍들을 뚫는 데 열중하고 있었다.

"웬 할아버지가 왔어요. 파이사노* 할아버지예요. 다시 돌아왔대요."

어머니는 여과기를 내려놓고 머리핀을 싱크대 뒤쪽에 꽂아두었다.

"그게 무슨 소리니?"

어머니가 침착하게 물었다.

"웬 할아버지가 왔다고요. 나와보세요."

"무슨 일로 오셨대?"

그녀가 앞치마 끈을 풀고 손가락으로 머리를 매만지며 물었다.

"저도 모르겠어요. 걸어왔나 봐요."

"그래?"

티플린 부인이 말했다.

지타노는 낡은 검은색 모자를 벗어 양손에 들고 있었다.

"지타노라고 합니다. 돌아왔어요."

"돌아오다니요? 어디로요?"

• 스페인과 인도, 멕시코의 혼혈인을 가리킨다.

지타노의 반듯한 몸이 앞으로 조금 숙여졌다. 그의 오른손이 언덕을, 들판을, 산을 빙 두른 뒤 다시 모자로 돌아갔다.

"이 목장으로요. 전 여기서 태어났습니다. 제 아버지도요."
"여기서요? 이 목장은 그렇게 오래되지 않았는데요."
어머니가 물었다.
"아뇨, 저기입니다. 저 맞은 편, 지금은 사라진 목장이요."
그제야 어머니도 이해했다.
"물에 휩쓸려간, 어도비 벽돌●로 지은 목장을 말씀하시는 건가요?"
"그렇습니다, 세뇨라.●● 목장이 파산하고 벽돌 위에 석회를 더 못 발라서 비에 무너져 내렸지요."
조디의 어머니는 잠시 침묵했다. 묘한 향수가 밀려들었지만 그녀는 이내 마음을 다잡았다.
"그런데 여긴 어쩐 일이신가요?"
"여기 살러 왔지요. 죽을 때까지."
그가 조용히 말했다.
"하지만 저흰 일꾼이 필요치 않아요."
"고된 일은 잘 못합니다, 세뇨라. 하지만 소젖을 짜고 닭 모이를 주고 장작은 팰 수 있어요. 그 이상은 못해요. 여기 머물겠습니다."
그가 바닥에 내려놓은 자루를 가리키면서, "이게 제 물건

● 점토와 짚으로 빚어 햇볕에 말린 벽돌이다.
●● '마님'을 뜻하는 스페인어의 호칭이다.

들입니다"라고 덧붙였다.

"얼른 축사에 가서 아버지 모셔와."

어머니가 조디에게로 돌아서서 말했다.

조디는 얼른 축사로 뛰어갔다. 잠시 후 칼 티플린의 모습이 보였고 그 뒤로 빌리 벅이 따라왔다. 노인은 여전히 그 자리에 서 있었지만 휴식을 취하고 있었다. 그의 온몸이 영원한 휴식을 취할 듯 축 늘어졌다.

"무슨 일이요? 조디가 왜 이렇게 흥분을 했지?"

칼 티플린이 물었다.

티플린 부인이 노인을 가리켰다.

"여기 살러 왔대요. 일을 좀 하면서 여기 있고 싶대요."

"우린 일꾼을 더 받을 수 없어. 더 필요하지도 않고. 게다가 이 영감은 나이도 너무 많아. 필요한 일은 빌리가 다 하고 있잖아."

마치 노인이 없다는 듯 이야기를 하다가 두 사람 다 지타노를 바라보며 머쓱해했다.

지타노가 헛기침을 했다.

"일을 하기엔 너무 늙었어요. 그래서 제가 태어난 곳으로 돌아왔습죠."

"영감은 여기서 태어나지 않았소."

칼이 날카롭게 쏘아붙였다.

"언덕 위 벽돌집에서 태어났습니다. 이 목장이 생기기 전에는 그 목장이 이 언덕의 유일한 목장이었어요."

"진흙탕에 다 무너져 내린 그 집말이요?"

"예. 저와 저의 아버지가 거기 살았지요. 이제 여기 살겠습니다."

"여기 살 수 없다고 하지 않았소! 우린 노인은 필요하지 않아요. 우리 목장은 큰 목장도 아니고 난 영감의 식사와 의료비를 지불할 능력이 없다고! 이웃이나 친지들이 있을 것 아니요! 왜 낯선 사람한테 구걸을 하는 거요!"

"전 여기서 태어났습니다."

지타노가 침착하게, 그리고 고집스럽게 말했다.

칼 티플린은 잔인하게 굴고 싶지 않았지만 그래야만 할 것 같았다.

"오늘 밤은 여기서 묵어가시오. 오두막 작은 방에서 묵으세요. 아침식사도 드리겠소. 하지만 내일은 떠나주어야겠소. 친지들한테로 가보시오. 낯선 사람들 틈에서 죽을 생각 마시고."

지타노가 검은 모자를 쓰고 자루를 들기 위해 몸을 숙였다.

"이게 제 물건입니다."

그가 말했다.

칼이 그에게서 돌아서었다.

"빌리, 어서 축사 일을 끝내세. 조디, 이 할아버지를 오두막 작은 방으로 안내해드려라."

아버지와 빌리는 축사로 향했다. 티플린 부인은 "담요를 갖다드릴게요"라고 말하며 돌아섰다.

지타노가 질문하는 듯한 표정으로 조디를 바라보았다.

"어딘지 알려드릴게요."

조디가 말했다.

오두막 작은 방에는 옥수수 껍질로 속을 채운 매트리스 침대와 양철통으로 만든 램프 한 개, 등받이 없는 흔들의자가 한 개 있었다. 지타노는 자루를 조심스럽게 바닥에 내려놓은 뒤 침대에 앉았다. 조디는 왠지 나가기가 싫어서 수줍게 방안에 서 있었다. 마침내 조디가 물었다.

"깊은 산에서 오셨어요?"

기타노가 천천히 고개를 저었다.

"아뇨. 샐리나스 계곡에서 일을 했지요."

오후에 떠올랐던 생각이 조디의 머릿속에서 떠나지 않았다.

"저 깊은 산속에 가본 적 있으세요?"

늙고 어두운 시선이 무언가에 고정되는 듯했다. 그의 시선은 그의 내면으로 향해서 그의 머릿속에 남아 있는 세월을 더듬는 것 같았다.

"꼭 한 번이요. 어렸을 때 아버지하고 갔었지요."

"산속 아주 깊은 곳까지요?"

"그래요."

"거기 뭐가 있던가요? 사람이나 집이 있던가요?"

조디가 물었다.

"아뇨."

"그럼 뭐가 있던가요?"

지타노의 시선은 여전히 내면을 향하고 있었다. 그의 미간에 작은 주름이 잡혔다.

"거기서 무얼 봤냐고요!"

조디가 다그쳤다.

"모르겠어요. 기억이 안 나요."

지타노가 말했다.

"아주 끔찍하고 메마른 곳이던가요?"

"기억이 안나요."

흥분한 조디는 더 이상 수줍지 않았다.

"정말 하나도 기억이 안 나요?"

지타노의 입이 단어를 찾으려는 듯 벌어졌다. 그의 머리가 단어를 찾는 동안 그의 입은 계속 그렇게 벌어져 있었다.

"아주 조용했어요. 그리고 아주 좋았어요."

지타노의 눈빛이 오래 전 기억 속에서 무언가를 찾은 것 같았다. 그의 눈빛이 부드러워졌고 그 눈빛 사이로 작은 미소가 드나드는 것도 같았다.

"그 후에 또 가본 적이 있나요?"

조디가 물었다.

"아뇨."

"가고 싶지 않았어요?"

이제 지타노의 얼굴에 짜증이 감돌기 시작했다.

"아뇨."

그의 퉁명스러운 말투 때문에 조디는 더 이상 그에게 말을 붙일 수가 없었다. 소년은 묘한 호기심에 사로잡혔다. 그는 지타노에게서 돌아서고 싶지 않았다. 그러나 어느덧 그의 수줍음이 되돌아와 있었다.

"나하고 같이 축사에 가서 구경할래요?"

조디가 물었다.

지타노는 일어서서 모자를 쓰고 조디를 따라나설 채비를 했다.

어느덧 해가 지고 있었다. 두 사람은 말들이 목을 축이는 물 그릇 앞에 섰다. 산기슭에서 어슬렁거리던 말들이 저녁 시간에 목을 축이고 있었다. 지타노는 커다랗고 쪼글쪼글한 손을 울타리 위에 올려놓았다. 말 다섯 마리가 와서 물을 마신 다음 흙에 코를 박고 킁킁거리거나 옆구리를 울타리의 반질반질한 말뚝에 문질렀다. 말들이 모두 물을 마신 뒤 늙은 말 한 마리가 언덕 위에서 힘겹게 걸어 내려왔다. 늙은 말의 치아는 길쭉하고 노랬다. 발굽은 삽처럼 평평하고 날카로웠으며 갈비뼈와 엉덩이뼈가 피부 밑으로 불룩하게 솟았다. 늙은 말이 절뚝거리며 다가와 요란한 소리를 내며 물을 마셨다.

"늙은 말 이스터예요."

조디가 설명했다.

"아버지와 제가 처음 산 말인데 이제 서른 살이 됐어요."

그는 지타노의 낡은 눈빛에서 반응을 찾았다.

"이제 아무 짝에도 쓸모가 없구나."

지타노가 중얼거렸다.

조디의 아버지와 빌리 벅이 축사에서 나와 그들 쪽으로 다가왔다.

"일하기엔 너무 늙었어. 밥이나 축내다가 곧 죽겠지."

노인이 중얼거렸고 칼 티플린이 노인의 마지막 말을 들었다. 노인에게 야박하게 군 자신이 미웠지만 어쩔 수 없이 또다시 냉정해졌다.

"진작에 이스터를 쏘아 죽였어야 했는데. 그랬으면 엄청난 고통에서 해방되었겠지."

칼 티플린이 말하며 지타노가 자신의 비유를 이해했는지 보려고 슬쩍 그를 쳐다보았다. 그러나 지타노의 크고 앙상한 손은 꿈쩍도 하지 않았고 그의 검은 눈동자도 말에게서 벗어나지 않았다.

"하여간 늙은 것들은 때가 되면 비참한 신세에서 벗어나게 해주어야 한다니까."

조디의 아버지가 말을 이었다.

"총 한 방이면, 머리에 탕 소리 한 번만 나면 그걸로 끝이잖아. 뻣뻣한 몸에 시린 이로 비참하게 사느니 그 편이 훨씬 낫지."

그때 빌리 벅이 끼어들었다.

"평생 일했으니 좀 쉴 권리도 있지 않습니까? 그저 저렇게 어슬렁거리면서 살고 싶을지도 모르지요."

칼은 앙상한 말을 계속 쳐다보았다.

"예전에 이스터가 얼마나 늠름했는지 자넨 아마 상상도 못 할걸. 훤칠한 목에 두툼한 가슴, 미끈한 몸통…… 다섯 칸짜리 울타리도 너끈히 뛰어넘었지. 내가 열다섯 살 땐 대회에 나가서 우승도 했어. 마음만 먹었으면 언제든 200달러에 팔 수도 있었지. 저 녀석이 얼마나 근사했는지 아마 상상도 못 할걸."

나약함을 경멸하는 칼은 얼른 마음을 다잡았다.

"하지만 이제 그만 쏘아 죽일 때가 됐어."

그가 말했다.

"전 저 말이 좀 쉴 권리가 있다고 생각합니다."

빌리 벅이 우겼다.

조디의 아버지는 문득 재미있는 생각을 했다. 그가 지타노를 돌아보았다.

"만약 산기슭에 햄하고 달걀이 자란다면 영감도 산기슭에 머물게 해드리겠소. 하지만 우리 집 부엌에는 영감님을 방목할 식량이 없다오."

그는 집으로 향하면서 빌리 벅에게, "산기슭에 햄과 달걀이 자란다면 얼마나 좋겠나?"라고 웃으며 말했다.

조디는 아버지가 노인의 아픈 곳을 찌르고 있다는 것을 알고 있었다. 조디 자신도 종종 당하는 일이었다. 아버지는 말로 조디에게 상처주는 방법을 너무도 잘 알고 있었다.

"괜히 말씀만 저렇게 하시는 거예요. 이스터를 쏘아 죽이 겠다는 것도 진심이 아니에요. 아버진 사실 이스터를 좋아하시거든요. 아버지가 처음 가진 말이었으니까요."

조디가 말했다.

두 사람이 나란히 서 있는 동안 높은 산 너머로 해가 저물었고 목장이 고요해졌다. 저녁시간이 되자 지타노도 이곳을 편안하게 느끼는 것 같았다. 지타노가 입술로 이상하고 날카로운 소리를 내면서 울타리 위로 손을 뻗었다. 늙은 이스터가 뻣뻣한 동작으로 그에게로 다가왔고 지타노는 갈기 밑으로 목을 쓰다듬어주었다.

"이스터가 마음에 드세요?"

조디가 조용히 물었다.

"마음에 들어요. 하지만 이 녀석은 이제 아무 쓸모가 없네요."

종소리가 목장에 울려퍼졌다.

"저녁식사 종이에요. 어서 가요."

집으로 걸으면서 조디는 지타노의 몸이 젊은 사람만큼이나 꼿꼿하다는 걸 다시 한 번 확인했다. 움직임이 조금 굼뜨고 걸을 때 발뒤꿈치를 끄는 것 정도가 그가 나이 들었음을 알려주는 징표였다.

칠면조들이 오두막 옆 삼나무의 낮은 가지로 무겁게 날아올랐다. 뚱뚱하고 매끄러운 고양이가 꼬리가 바닥에 끌릴 정도로 커다란 쥐를 물고 지나갔다. 산기슭의 메추라기가 맑은 물이 있는 곳을 친구들에게 알리고 있었다.

조디와 지타노가 뒷 계단을 올라갔고 티플린 부인이 방충문으로 그들을 바라보았다.

"어서 와라, 조디. 지타노, 저녁 드세요."

칼과 빌리 벅은 흰 천을 덮은 기다란 식탁에서 이미 식사를 시작했다. 조디는 의자를 움직이지 않고 앉았고 지타노는 모자를 손에 든 채 칼이 고개를 들 때까지 기다렸다.

"앉아요, 앉아. 떠나기 전에 속을 든든히 채워두는 게 좋을 거요."

칼은 자신이 마음이 약해져서 노인이 이곳에 머무는 것을 허락하게 될까 두려웠고 그래서 스스로에게 그것이 불가능한 일임을 반복해서 일깨우고 있었다.

지타노는 모자를 바닥에 내려놓은 뒤 수줍게 의자에 앉았다. 그는 음식에 손을 뻗지 않았다. 칼이 그에게 접시를 건네줄 때까지 기다렸다.

"자, 마음껏 들어요."

지타노는 천천히 음식을 먹었다. 고기를 조그맣게 잘라서 자기 접시에 담았고 으깬 감자도 조금을 덜었다.

그래도 칼 티플린은 걱정을 멈출 수가 없었다.

"이 동네에 친척이 없으시오?"

그가 물었다.

"제 처남이 몬터레이에 삽니다. 사촌들도 거기 있고요."

지타노가 뿌듯한 표정으로 대답했다.

"그럼 그리로 가면 되겠네."

"전 여기서 태어났거든요."

지타노가 책망하는 듯한 말투로 말했다.

조디의 어머니가 타피오카* 푸딩이 담긴 커다란 그릇을 들고 부엌에서 나왔다.

칼이 그녀를 보고 웃으며 말했다.

"여보, 아까 내가 뭐랬는 줄 알아? 만약 산기슭에서 햄하고 달걀이 자란다면 영감님을 늙은 이스터처럼 방목하겠다고 했지."

지타노는 조금도 동요하는 기색 없이 접시만 바라보았다.

"여기 계실 수 없어서 유감이네요."

티플린 부인이 말했다.

"다 끝난 얘기야."

칼이 퉁명스럽게 말했다.

식사를 끝내자 칼과 빌리 벅과 조디는 이야기를 나누기 위해 거실로 나갔지만 지타노는 가겠다는 인사도, 고맙다는 인사도 없이 뒷문으로 나갔다. 조디는 앉아서 몰래 아버지의 표정을 살폈다. 아버지가 얼마나 속이 상할지 조디도 알고 있었다.

"하여간, 이 동네에는 온통 늙은 파이사노들 천지야."

칼이 빌리 벅에게 말했다.

"부지런한 사람들이에요."

빌리가 그들을 옹호했다.

* 열대작물인 카사바의 뿌리에서 채취한 식용 녹말이다.

"백인들보다 훨씬 더 늦도록 일하죠. 백다섯 살 먹은 파이사노 노인이 말을 모는 것도 봤어요. 백인이 지타노만큼 나이를 먹으면 아마 40킬로미터도 못 걸을 거예요."

"그 사람들이 체력이 좋다는 건 나도 인정해. 자네 지금 저 영감 편을 들자는 건가? 이보게, 빌리. 난 이 목장이 은행에 넘어가는 걸 막으려고 고생이 이만저만이 아니라고. 먹여 살릴 식구가 늘지 않아도 이미 힘든 상황이야. 자네도 그걸 알지 않나."

"물론 알고말고요. 주인님이 부자였다면 분명히 이야기가 달랐겠지요."

"맞아. 더구나 피붙이도 없어 오갈 데 없는 사람이 아니야. 처남하고 사촌들이 몬터레이에 산다잖아. 그런데 왜 내가 저 영감 걱정을 해야 하지?"

조디는 가만히 앉아서 이야기를 들었다. 지타노가 차분한 목소리로 "전 여기서 태어났거든요"라고 말하는 소리가 들리는 것만 같았다.

지타노는 산처럼 신비로웠다. 보이는 곳까지는 겹겹이 쌓인 산뿐이지만 그 뒤로 아무에게도 알려지지 않은 멋진 낙원이 펼쳐져 있을 것 같았다.

지타노는 영락없는 노인이었다. 그 우울한 어두운 눈동자를 가만히 들여다보기 전까지는 그렇게 보였다. 그 눈 속에는 무언가 미지의 것이 감추어져 있었다. 그 안에 무엇이 있는지, 그 눈빛 뒤에 무엇이 감추어져 있는지 짐작할 수 있을 만큼 그는 많은 말을 하지 않았다. 조디는 오두막 쪽으로 끌리는 마음을 억누를 수가 없었다. 아버지가 이야기를 하고 있을 때 조디는 소리를 내지 않고 조용히 집에서 빠져나왔다.

밤은 칠흑처럼 어두웠고 먼 곳의 소리까지도 똑똑히 들렸다. 언덕 너머의 큰길에서 울리는 멍에종* 소리까지 들려왔다. 조디는 어두운 마당을 가로질렀다. 오두막의 조그만 방 창문에서 불빛이 새어나왔다. 어두운 밤이었기 때문에 조디는 조심스럽게 창가로 다가가 안을 들여다보았다. 지타노는 흔들의자에 앉아 창문 쪽으로 몸을 숙이고 있었다. 그의 오른팔이 그의 앞에서 천천히 앞뒤로 움직였다. 조디는 문을 열고 안으로 들어갔다. 지타노는 깜짝 놀라 몸을 벌떡 일으키면서 무릎에 놓인 물건 위에 사슴 가죽을 던지려고 했지만 가죽이 미끄러져 내렸다. 조디는 지타노가 손에 들고 있는 물건에 완전히 넋을 잃었다. 황금색 자루가 달린 결투용 칼이었다. 칼날은 어둠 속에서 한 줄기 광선처럼 반짝였다. 칼자루에는 구멍이 뚫려 있었고 섬세한 조각이 새겨져 있었다.

"그게 뭐예요?"

조디가 물었다.

지타노는 그저 원망스러운 눈초리로 조디를 쏘아볼 뿐이었다. 그는 바닥에 떨어진 사슴가죽으로 아름다운 칼날을 감쌌다.

---

* 길가에서 말과 충돌하는 것을 막기 위해 말의 멍에에 종을 달았다.

조디가 손을 내밀었다.

"봐도 돼요?"

지타노의 눈동자가 분노로 이글거렸고 그가 고개를 저었다.

"어디서 났어요? 그거 어디 있던 거예요?"

지타노가 조디를 똑바로 쳐다보았다. 마치 생각에 잠긴 듯한 표정으로.

"내 아버지한테서 받았지요."

"그럼 그분은 어디서 났어요?"

지타노는 사슴 가죽으로 싼 기다란 물건을 바라보았다.

"그건 모르겠어요."

"얘기 안 해주셨어요?"

"안 해주셨어요."

"그걸로 뭐 하시려고요?"

지타노는 흠칫 놀란 것 같았다.

"아무것도 안 해요. 그냥 지니고 있는 거예요."

"좀 봐도 돼요?"

노인은 천천히 반짝이는 칼을 꺼냈다. 램프의 불빛이 칼날에 미끄러졌다. 노인은 잠시 후 다시 칼을 가죽으로 감쌌다.

"그만 가세요. 자야겠어요."

조디가 문을 채 나서기도 전에 그가 램프를 불어 불을 껐다.

집으로 돌아가는 길에, 조디는 지금껏 그가 알았던 그 어떤 사실보다 분명하게 한 가지 사실을 깨달았다. 그 칼에 대해 누구에게도 말해선 안 된다는 것을. 말하는 순간 그 칼의 진실이 산산이 부서지리라는 것을.

어두운 마당을 가로지를 때 빌리 벅이 조디의 곁을 지나쳤다.

"두 분이 찾으시던데요."

빌리가 말했다.

조디는 얼른 집으로 들어갔다.

"어디 갔었니?"

아버지가 돌아보며 물었다.

"새로 놓은 덫에 쥐가 걸려들었나 보려고 나갔었어요."

"그만 들어가서 자거라."

아버지가 말했다.

아침식사 시간에 조디가 가장 먼저 앉았다. 그다음으로 그의 아버지가 들어왔고 마지막으로 빌리 벅이 들어왔다. 티플린 부인이 부엌에서 식탁 쪽을 내다보았다.

"그 영감님은 어디 가셨어요, 빌리?"

"산책을 나갔나 봅니다. 방 안을 들여다봤더니 없던데요."

빌리가 말했다.

"벌써 몬터레이로 떠났는지도 모르지. 갈 길이 머니까."

칼이 말했다.

"그건 아닐걸요. 자루가 방 안에 그대로 있던데요."

아침식사 후 조디는 오두막으로 가보았다. 햇살 속에서 파리들이 날아다녔다. 목장은 오늘따라 유난히 고요했다. 아무도 그를 보지 않는 게 확실해지자 조디는 작은 방으로 들어가 지타노의 자루를 뒤졌다. 면 속바지가 한 벌, 청바지 한 벌, 낡은 양말 세 켤레. 자루 안엔 그것 말고는 아무것도 없었다. 묘한 허탈감이 밀려들었다. 조디는 다시 집으로 돌아갔다. 아버지가 베란다에서 어머니와 이야기를 나누고 있었다.

"늙은 이스터가 마침내 죽은 모양이야. 오늘 아침에 다른 말들하고 물을 마시러 나오지 않았어."

아침나절에 산마루 목장의 제스 테일러가 말을 타고 찾아왔다.

"칼, 혹시 자네 그 늙은 말을 누구한테 판 건 아니겠지?"

"그럴 리가 있나. 왜?"

"오늘 아침 나갔다가 아주 재미있는 광경을 보았지 뭔가. 어떤 늙은이가 안장도 없이 말을 타고 고삐만 쥐고 있더라고. 그런데 큰길로 나가는 게 아니라 산 쪽으로 가는 거야. 총을 갖고 있는 것 같던데. 어쨌든 손에 뭔가를 들고 있는 거 같았어."

"지타노라는 영감이야."

칼 티플린이 말했다.

"혹시 내 총이 사라졌는지 확인해봐야겠군."

그가 잠시 집 안으로 들어갔다 나왔다.

"총은 다 있어. 어느 쪽으로 가던가, 제스?"

"그게 재미있단 말이야. 곧장 산속으로 들어가더라니까."

칼이 웃었다.

"하여간 도둑질에는 나이가 따로 없다니까. 늙은 이스터를 훔쳤구먼."

"뒤쫓아가보겠나, 칼?"

"뭐하러? 말을 묻는 수고를 덜었는데. 그나저나 총은 어디서 났는지 모르겠군. 산속에서 뭘 하려고 그러는지 원."

조디는 채소밭을 지나 쑥대밭으로 향했다. 그는 높은 산들을, 바다가 나올 때까지 끝없이 이어진 산 너머의 산들을 바라보았다. 어느 한 순간, 아득히 먼 산을 넘는 점 하나를 본 것도 같았다. 그는 지타노와 칼을 생각했다. 그리고 커다란 산을 생각했다. 그리움이 그를 감쌌다. 조디는 울어서 그 그리움을 쏟아내고 싶었다. 그는 둥근 물받이 그릇 근처의 풀밭에 누웠다. 두 팔로 눈을 가리고 한참을 그렇게 누워 있었다. 뭐라고 이름 붙일 수 없는 야릇한 슬픔에 휩싸인 채로.

3
약속

어느 봄날, 한낮이었다. 소년 조디는 수풀이 우거진 길을 지나 그의 집이 있는 목장을 향해 걸었다. 점심을 담았던 황금색 양철통을 큰북 치듯 무릎으로 치면서 혀로는 작은북 소리와 트럼펫 소리를 냈다. 학교에서 잽싸게도 뛰쳐나왔던 아이들은 제각기 다른 조그만 계곡으로 갈라져서 자기네 목장 쪽으로 난 마찻길로 접어들었다. 조디는 무릎을 높이 들고 발을 세게 구르며 혼자 행진하고 있었지만 그의 뒤에는 커다란 깃발과 칼을 든 가상의 군대가 뒤따라왔다.

그날 오후는 온통 봄의 초록빛과 황금빛이었다. 늘어진 참나무 가지 밑으로 엷은 빛깔 풀들이 자랐고 언덕 위 잔디 풀도 매끄럽고 두툼했다. 쑥대밭에도 은빛 풀잎이 새로 돋았고 참나무는 황금빛을 머금은 초록빛 두건을 썼다. 언덕은 온통 푸른 향기로 그윽했고 말들은 평지에서 힘차게 달리다가 멈추어서 어슬렁거렸다. 늙은 양들마저도 느닷없이 펄쩍 뛰어올랐다가 뻣뻣한 다리로 내려서서 풀을 뜯었다. 어리고 서툰 송아지들은 서로 머리를 맞대고 서로 밀치다가, 잠시 떨어졌다가, 다시 머리를 맞대고 서로를 밀쳤다.

조디가 이끄는 조용한 유령 군악대가 지나갈 때면 동물들이 풀을 뜯거나 놀던 것을 멈추고 구경했다. 조디가 갑자기 행진을 멈추었다. 유령 군악대도 어리둥절해하고 긴장하면서 멈추어 섰다. 조디는 무릎을 꿇고 앉았다. 군악대가 잠시 불안정한 대열로 서 있다가 서글픈 한숨과 함께 엷은 안개로 스러지며 홀연히 사라졌다. 조디는 땅속에서 뿔도마뱀의 뾰족뾰족한 머리가 움직이는 것을 보았다. 조디의 더러운 손이 뿔을 움켜잡고 버둥거리는 작은 짐승을 밖으로 끌어냈다. 조디는 녀석을 뒤집어놓고 엷은 황금빛 배를 드러나게 했다. 조디는 집게손가락으로 뿔도마뱀이 긴장을 풀 때까지, 마침내 눈을 감고 나른하게 누워 잠이 들 때까지 목과 가슴을 쓰다듬어주었다.

조디는 양철통을 열고 첫 번째 포획물을 집어넣었다. 그는 무릎을 조금 굽히고 어깨를 조금 웅크린 채 걷기 시작했다. 그의 맨발은 날렵하고도 조용했다. 오른손에는 긴 회색 소총을 한 자루 들고 있었다. 길가의 수풀은 느닷없이 생겨난 유령 호랑이들과 유령 곰들로 버글거렸다. 이번 사냥 여행은 대성공이었다. 우편함이 있는 갈림길에 이르렀을 때, 뿔도마뱀 두 마리와 조그만 도마뱀 네 마리, 파란 뱀 한 마리, 노란 날개 달린 메뚜기 열여섯 마리, 바위 밑에서 갈색의 축축한 영원* 한 마리를 잡았기 때문이었다. 그 모든 것들이 비좁은 양철통에서 벽을 긁어대고 있었다.

갈림길에서 소총이 사라졌고 호랑이들과 곰들도 산기슭으로 사라졌다. 양철통 속의 축축하고 보기 흉한 짐승들마저도 모두 사라져버렸다. 우편함에 조그만 빨간 깃발이 꽂혀 있었기 때문이었다. 우편물이 있다는 뜻이었다. 조디는 양철통을 땅에 내려놓고 우편함을 열어보았다. 몽고메리워드 백화점 카탈로그와 《샐리나스위클리》 한 부가 들어 있었다. 조디는 우편함을 쾅 닫고 양철통을 들고 빠른 걸음으로 언덕길을 내달려 목장으로 향했다. 조디는 축사를 지나고 해묵은 건초가리와 오두막과 삼나무를 지났다. 그는 방충문을 쾅 하고 닫으면서 "카탈로그 왔어요!"라고 소리쳤다.

티플린 부인은 부엌에서 엉긴 우유를 헝겊 자루에 떠 넣고 있었다. 그녀는 하던 일을 멈추고 수돗물에 손을 닦았다.

"엄마 부엌에 있다, 조디!"

조디는 부엌으로 달려가서 양철통을 싱크대 위에 올려놓았다.

"여기 있어요. 카탈로그 뜯어봐도 돼요?"

티플린 부인은 다시 스푼을 들고 치즈 만드는 일에 열중했다.

---

* 도룡뇽목 영원과의 동물이다.

"잃어버리면 안 된다, 조디. 아빠 보셔야 되니까."

그녀는 마지막 남은 우유덩어리를 긁어 자루에 넣었다.

"참, 조디, 아빠가 너 일 시작하기 전에 잠깐 보자고 하셨어."

그녀가 치즈 자루에 들러붙는 파리를 쫓으며 말했다.

조디가 깜짝 놀라며 카탈로그를 닫았다.

"네?"

"뭘 듣고 있었니? 아빠가 보자고 했다니까."

소년은 카탈로그를 조심스럽게 싱크대에 내려놓았다.

"제가 뭐 잘못했어요?"

티플린 부인이 웃었다.

"왜 그렇게 항상 떳떳하질 못하니? 무슨 짓을 했는데?"

"아무 짓도 안 했어요."

그가 얼버무렸다.

그러나 기억을 못하는 것뿐이었다. 어떤 짓이 나중에 죄악으로 판명 날지 미리 안다는 건 불가능했다.

그의 어머니는 속을 꽉 채운 주머니를 못에 걸어두고 개수대로 물이 뚝뚝 떨어지게 했다.

"네가 돌아오면 할 얘기가 있다고만 하셨어. 아마 축사 근처에 계실 거다."

조디는 돌아서서 뒷문으로 나갔다. 어머니가 그의 양철통을 열어보고 소리를 지르자 그제야 아차 하며 죄책감을 느꼈다. 조디는 서둘러 축사 쪽으로 걸었다. 집에서 울려퍼지는 성난 고함을 외면하려 애쓰면서.

칼 티플린과 빌리 벅은 풀밭에 둘러놓은 울타리에 기대어 서 있었다. 두 사람 모두 한쪽 발은 가장 낮은 가로대에, 양쪽 팔꿈치는 가장 높은 가로대에 얹었다. 두 사람이 이런 저런 얘기를 주고받는 동안 울타리 안쪽 풀밭에서 대여섯 마리의 말이 달콤한 풀을 만족스럽게 뜯고 있었다. 암말 넬리가 엉덩이를 말뚝에 문질렀다.

조디는 슬그머니 그들 곁으로 다가갔다. 티 없이 순수하고 무심한 분위기를 연출하고 싶어서 한쪽 발을 끌면서. 마침내 두 사람 곁에 서자 조디도 한쪽 발을 가장 낮은 가로대에 올려놓고 팔꿈치를 두 번째 가로대에 올려놓은 다음 풀밭을 바라보았다.

두 사람이 곁눈으로 그를 보았다.

"안 그래도 널 좀 보려고 했다."

칼이 어린 아이들과 동물들을 위해 특별히 준비한 듯한 단호한 목소리로 말했다.

"네, 아버지."

조디가 죄지은 사람처럼 말했다.

"빌리가 그러는데, 망아지가 죽기 전에 네가 아주 극진히 보살폈다면서?"

처벌의 기미는 없었다. 조디는 조금 용기를 냈다.

"네, 아버지."

"빌리가 그러는데, 네가 아주 침착하게 말을 잘 다룬다더구나."

조디는 문득 빌리가 너무도 따뜻하고 고맙게 느껴졌다.

빌리가 끼어들었다.

"제가 본 사람들 중에 말을 가장 잘 다루더라고요."

칼 티플린이 서서히 본론으로 다가갔다.

"만약 말이 한 마리 생긴다면 네가 잘 돌볼 수 있겠니?"

조디는 전율했다.

"네, 아버지."

"애비 말 잘 들어라. 빌리는 네가 말을 잘 다루려면 갓 태어난 망아지를 길러보는 게 가장 좋을 것 같다고 하는구나."

"그 방법밖엔 없습죠."

빌리가 끼어들었다.

"산마루 목장의 제스 테일러가 아주 좋은 종마를 갖고 있단다. 그런데 망아지를 얻으려면 5달러를 내야 돼. 내가 그 돈을 내주마. 하지만 여름 내내 네가 일을 해서 그 돈을 갚아야 한다. 그럴 수 있겠니?"

조디는 가슴이 떨려왔다.

"네, 아버지."

조디가 침착하게 말했다.

"절대 불평해선 안 돼. 할 일을 잊어서도 안 되고."

"네, 아버지."

"좋아. 내일 아침 넬리를 데리고 산마루 목장으로 가서 씨를 받도록 해라. 망아지를 낳을 때까지 넬리도 잘 돌봐야 한다."

"네, 아버지."

"이제 그만 가서 닭 모이를 주고 장작을 쌓아놓도록 해."

조디가 돌아섰다. 빌리 벅의 뒤를 지나면서 그는 손을 뻗어 하마터면 빌리 벅의 다리를 툭 칠 뻔했다. 조디는 갑자기 어른이 된 듯, 그리고 중요한 사람 된 듯 어깨를 흔들며 걸었다.

그는 전에 없이 진지한 태도로 주어진 일들을 했다. 그날 저녁에는 사료를 홱 뿌려서 닭들이 서로 밀치며 우왕좌왕하게 만들지 않았다. 너무 멀리 뿌려 어떤 것은 닭들이 아예 찾지 못하게 만들지도 않았다. 집으로 돌아가서 양철통에 질식하기 직전의 끈적끈적한 파충류들과 벌레들을 집어넣는 남자아이들에 대한 어머니의 탄식을 듣고는 다시는 그러지 않겠다고 다짐했다. 조디는 정말로 더 이상 바보 같은 짓은 하고 싶지 않았다. 양철 도시락 통에 뿔도마뱀을 집어넣기에 이젠 너무 커버린 것 같았다. 그리고 장작통에 장작을 너무 높이 쌓아놓는 바람에 거실에 들어서던 어머니에게 참나무 장작더미가 쏟아지는 사태가 벌어질까 두려울 정도였다. 일을 끝낸 뒤, 몇 주 동안 찾지 못했던 달걀들까지 다 찾고 나서 조디는 삼나무를 지나 오두막을 지나 풀밭으로 향했다. 물 그릇 안에서 그를 쳐다보는 사마귀로 뒤덮인 통통한 두꺼비를 보고도 아무런 감흥이 없었다.

칼 티플린과 빌리 벅은 보이지 않았지만 축사 반대편에서 울려퍼지는 금속성의 울림으로 보아 빌리 벅이 젖을 짜기 시작했음을 알 수 있었다.

다른 말들은 풀밭 저쪽에서 풀을 뜯고 있었지만 넬리는 신경질적으로 말뚝에 엉덩이를 문지르고 있었다.

"착하지, 우리 넬리……"

조디가 중얼거리며 천천히 암말에게로 다가갔다. 암말의 양쪽 귀가 뒤로 홱 젖혀졌고 입술이 노란 이빨 뒤로 말려들어 갔다. 암말이 머리를 흔들며 눈을 번득였다. 조디는 울타리 위로 올라가 걸터앉은 다음 아버지처럼 말을 내려다보았다.

조디가 그곳에 앉아 있는 동안 어둠이 내렸다. 박쥐와 쏙독새가 날아다녔다. 우유가 가득 찬 양동이를 들고 집으로 가던 빌리 벅이 조디를 보고 멈추어 섰다.

"한참 기다려야 해요. 아마 기다리기가 무척 지겨울걸요."

그가 다정하게 말했다.

"아뇨. 안 지겨워요. 얼마나 기다려야 돼요?"

"한 일 년쯤."

"그 정도는 기다릴 수 있어요."

종소리가 요란하게 울려퍼졌다. 조디는 울타리에서 내려와서 빌리와 함께 저녁식사를 하러 집으로 향했다. 조디는 빌리 벅의 우유 양동이를 같이 들었다.

다음날 아침식사 후 칼 티플린은 5달러짜리 지폐를 신문지로 싸서 조디의 멜빵바지 앞주머니에 핀으로 꽂아주었다. 빌리 벅이 암말 넬리를 끌고 나왔다.

"조심하세요. 잘못하면 물릴 수도 있어요. 고삐를 짧게 잡으세요. 넬리는 지금 검둥오리처럼 사납거든요."

조디는 고삐를 잡고 산마루 목장으로 향했다. 넬리는 이따금 뒤에서 고삐를 당기며 경쾌하게 걸었다. 길가의 야생 귀리 이삭도 이제 막 패기 시작했다. 등에 닿는 따스한 아침 햇살이 사랑스럽게 느껴져서 부쩍 어른스러워진 조디도 이따금 아이처럼 깡충깡충 뛰었다. 울타리 위에서 빨간 견장을 단 반짝이는 찌르레기들이 마른 울음을 울었다. 들종다리들은 냇물 소리를 냈고 야생 비둘기들은 파릇파릇 피어나는 참나무 잎사귀 사이에 숨어서 절제된 슬픔의 소리를 냈다. 들판에는 풀 위로 쫑긋하게 귀만 내놓고 토끼들이 일광욕을 즐겼다.

언덕길을 한 시간쯤 올라갔을 때 조디는 산마루 목장 쪽으로 난 좁고 가파른 경사 길로 접어들었다. 참나무 숲 속에 높이 솟아오른 빨간 축사 지붕이 보였고 집 근처에서 무심코 짖어대는 개 소리도 들렸다.

갑자기 넬리가 몸을 뒤로 홱 젖히는 바람에 조디는 하마터면 고삐를 놓칠 뻔했다. 축사 쪽에서 날카로운 히잉! 소리와 함께 나무 부러지는 소리가 들렸고 곧바로 웬 남자의 고함 소리가 들렸다. 넬리가 뒷걸음질치며 히잉! 울었다. 조디가 고삐를 당기자 넬리가 이를 드러내고는 조디를 들이받았다. 고삐 풀린 넬리는 수풀 속으로 달아났다. 참나무 숲에서 높은 말 울음소리가 다시 들려왔고 넬리가 그 소리에 답했다. 말발굽 소리와 함께 어디선가 종마가 나타났고 종마가 끊어진 줄을 따라 언덕 아래쪽으로 내달렸다. 종마의 눈빛이 불안하게 반짝였다. 단단하고 높이 솟은 콧구멍은 불꽃처럼 붉은 빛이었다. 검고 매끄러운 가죽이 햇살에 반짝였다. 종마는 얼마나 빨리 달려왔는지 암말을 보고도 갑자기 멈출 수가 없었다. 넬리의 귀가 뒤로 젖혀졌다. 넬리는 빙그르르 돌아서더니 종마에게 뒷발질을 했다. 종마가 다시 돌아서서 뒤로 다가왔다. 종마가 앞발로 넬리를 걷어찼고 그 바람에 넬리가 비틀거렸고 그 순간 종마가 암말의 목을 깨물어 피가 흘렀다.

넬리의 기분은 순식간에 달라졌다. 넬리는 갑자기 여성스러워졌다. 넬리가 입술로 종마의 목을 깨물었고 자신의 어깨를 종마의 어깨에 문질렀다. 조디는 덤불숲에 반쯤 몸을 숨기고 두 마리 말을 지켜보았다. 말발굽 소리가 들렸고 그가 채 돌아보기도 전에 누군가가 그의 멜빵을 잡아 번쩍 들어 말 위에 앉혔다. 제스 테일러가 소년의 뒤에 앉아 있었다.

"너 하마터면 죽을 뻔했구나. 선도그는 가끔 성격이 아주 사나워진단다. 줄을 끊고 문을 부수고 달려 나왔어."

조디는 잠자코 있다가 소리를 질렀다.

"저 말이 우리 말을 죽이겠어요! 어서 비키라고 하세요!"

제스가 웃었다.

"괜찮을 거야. 잠깐 집에 가 있자구나. 파이 한 조각을 먹으면서 기다려도 되고."

조디는 고개를 저었다.

"저 암말은 제 거예요. 망아지를 낳으면 제가 가질 거라고요. 제가 키울 거예요."

제스가 고개를 끄덕였다.

"그래, 아주 잘됐구나. 네 아빠도 가끔 그렇게 선심을 쓸 때가 있지."

잠시 후 위험한 순간은 지나갔다. 제스는 조디를 내려놓은 뒤 끊어진 종마의 고삐를 잡았다. 조디는 넬리를 끌고 그 뒤를 따랐다. 5달러를 내주고 파이 두 조각을 먹은 뒤에야 조디는 집으로 향했다. 넬리는 순순히 따라왔다. 너무도 유순해져서 조디는 나무 그루터기를 딛고 넬리의 등에 올라탔고 집으로 가는 길 내내 거의 말을 탔다.

아버지가 5달러를 내주었기 때문에 조디는 그해 늦봄과 여름 내내 일을 해서 그 돈을 갚아야 했다. 풀을 베면 조디가 갈퀴질을 했다. 쇠스랑을 장착한 말을 끌었고 압축기로 건초를 누를 때면 말을 끌어서 건초에 압력을 가했다. 아버지가 조디에게 젖 짜는 법을 가르쳐주고 소 한 마리를 그에게 맡겼기 때문에 밤낮으로 새로운 일이 추가되었다.

암말 넬리는 점점 더 느긋해졌다. 넬리는 노랗게 물든 언덕을 어슬렁거리면서 쉬운 일만 도맡아 했고 얼빠진 미소를 짓는 것처럼 입술이 안으로 말렸다. 넬리는 여왕의 기품을 지닌 채 천천히 걸었다. 마차를 끌게 되면 안정적으로 침착하게 끌었다. 조디는 매일 넬리를 보러 갔다. 그러나 아무리 찬찬히 뜯어보아도 변화의 징후를 찾을 수 없었다.

어느 날 오후, 빌리 벅이 축사에 들어와 쇠스랑을 벽에 걸어놓았다. 그는 허리 벨트를 풀고 셔츠 자락을 안에 집어넣은 다음 다시 벨트를 맸다. 그가 모자에서 조그만 지푸라기 하나를 꺼내 입에 물었다. 커다랗고 심각한 개 더블트리 머트가 뒤쥐를 잡으려고 땅을 파는 걸 돕던 조디는 빌리가 축사를 나설 때 몸을 일으켰다.

"넬리를 보러 가셔야죠."

빌리가 말했다.

조디는 얼른 빌리를 따라 나섰다. 더블트리 머트는 어깨 너머로 그들을 바라보다가, 다시 으르렁거리면서 열심히 땅을 파다가, 자신이 뒤쥐를 잡았음을 알리는 짧은 비명소리를 냈다. 머트는 흘금 뒤를 돌아보았고 조디와 빌리 모두 그에게 관심이 없음을 깨닫는 순간 마지못해 구멍에서 나와 그들을 따라나섰다.

야생 귀리가 여물어가고 있었다. 속이 꽉 찬 귀리들은 모두 고개를 숙였고 풀밭은 조디와 빌리가 걸어갈 때 서걱거리는 소리를 낼 정도로 메말랐다. 언덕을 반쯤 올라갔을 때 넬리와 회색의 거세마 피트가 보였다. 그들이 다가가자 넬리는 귀를 뒤로 젖히고 반항적으로 머리를 위아래로 흔들었다. 빌리가 다가가서 넬리의 갈기에 손을 대고 목을 두드려주자 넬리의 귀가 다시 앞으로 구부러졌다. 넬리는 조디의 셔츠 자락을 씹었다.

"정말 넬리가 망아지를 낳을까요?"

조디가 물었다.

빌리는 엄지와 검지로 암말의 눈꺼풀을 뒤집어보았다. 아랫입술을 만져보고 검은색의 거친 젖꼭지도 만져보았다.

"망아지를 낳아도 놀랄 일은 아닌 것 같은데요?"

그가 말했다.

"하나도 안 변했잖아요. 벌써 석 달이나 지났는데."

빌리가 평평한 이마를 손가락 관절로 문질러주자 암말이 좋아서 가르랑거렸다.

"제가 그랬잖아요. 기다리기 지겨울 거라고. 앞으로 다섯 달이나 지나야 징후가 보일 거예요. 여덟 달은 기다려야 망아지가 나올 거고요. 아마 1월쯤은 되어야겠지요."

조디가 깊은 한숨을 내쉬었다.

"너무 오래 걸리는 거 아니에요?"

"이 년은 있어야 말을 탈 수 있을 거고요."

"망아지 기다리다가 나 어른 되겠네!"

풀이 죽은 조디가 소리쳤다.

"그러게요. 할아버지 되겠네요."

빌리가 말했다.

"망아지가 무슨 색일 거 같아요?"

"그야 모르죠. 종마라면 검은색일 테고 암말이라면 적갈색이겠지요. 망아지는 보통 검은색이거나 적갈색이거나 회색이거나 아니면 얼룩말이지요. 어떤 색일지 미리 알 수는 없어요. 때로는 검은 암말이 흰 망아지를 낳기도 하니까요."

"난 검은색이면 좋겠어요. 검은색 종마."

"종마라면 거세를 해야지요. 주인님이 종마를 갖는 건 허락하지 않으실 테니까요."

"어쩌면 허락하실지도 몰라요. 사납지 않게 길들이면 되잖아요."

조디가 말했다.

빌리가 입술에 힘을 주었다. 입술 가장자리에 있던 조그만 지푸라기가 입 가운데로 움직였다.

"종마는 믿을 수가 없어요."

그가 냉소적으로 말했다.

"싸우기나 하고 말썽이나 피우지요. 수틀리면 일도 안 해요. 암말들을 불안하게 만들고 거세 소들을 발로 차고요. 주인님은 종마를 키우는 걸 허락하지 않으실 거예요."

넬리가 저만치로 가서 마른 풀을 뜯었다. 조디는 풀을 훑어서 이삭을 공중에 뿌렸다. 뾰족하고 털 난 씨앗들이 활처럼 멀리 날아갔다.

"아저씨, 송아지 낳을 때하고 비슷해요?"

"비슷하지요. 암말이 조금 더 예민하지만요. 어떨 땐 옆에서 도와주어야 해요. 또 가끔 일이 잘못되면……"

그가 말을 하다말고 잠시 멈추었다.

"망아지를 찢어서 꺼내야 돼요. 그래야 암말을 살릴 수 있으니까요."

"하지만 이번엔 그렇게 되지 않겠지요?"

"그럼요. 넬리는 튼튼한 망아지들을 많이 낳았으니까요."

"나도 옆에서 봐도 돼요? 꼭 날 불러줄 거죠? 내 망아지잖아요."

"그럼요. 불러드리고 말고요."

"말이 어떻게 새끼를 낳는지 이야기해줘요."

"소가 새끼 낳는 거 보셨잖아요. 거의 비슷해요. 암말이 낑낑거리면서 몸을 뻗다가 만약 제대로만 되면 머리하고 앞발이 먼저 나오지요. 송아지처럼 망아지가 앞발 발굽으로 양막에 구멍을 뚫고 나와요. 그러고 나서 망아지가 숨을 쉬기 시작하지요. 그때 옆에 있어주는 게 좋아요. 발에 힘이 없어서 양막을 찢지 못하면 질식할 수도 있거든요."

조디는 풀 한줌으로 자기 다리를 때렸다.

"아저씨, 우리가 곁에서 지켜줄 거죠. 그렇죠?"

"그럼요. 지켜주고 말고요."

두 사람은 언덕길을 내려가서 축사로 향했다. 조디는 하고 싶지 않지만 꼭 해야 할 말 때문에 괴로웠다.

"아저씨,"

조디는 비참한 심정으로 입을 열었다.

"이 망아지한텐 아무 일도 안 일어나게 해줄 거죠? 그렇죠?"

조디가 호흡곤란으로 죽어버린 빨간 망아지 가빌란을 생각하고 있다는 것을 빌리도 알고 있었다. 빨간 망아지가 죽기 전에 빌리는 한 번도 실수를 한 적이 없는 사람이었지만 이제는 실수를 저지를 수도 있는 사람이 되어버렸다. 그 사실이 빌리에게서 예전의 자신감을 빼앗아갔다.

"그야 모르죠."

그가 퉁명스럽게 말했다.

"무슨 일이든 일어날 수 있는 거고 그건 제 잘못이 아니니까요. 저라고 다 할 수 있는 건 아니거든요."

그는 잃어버린 자신의 특권을 생각하며 기분이 언짢아졌다. 빌리는 궁색하게 덧붙였다.

"제가 할 수 있는 일은 다 하겠지만 아무것도 약속할 순 없네요. 넬리는 좋은 암말이에요. 전에도 튼튼한 망아지들을 많이 낳았어요. 아마 이번에도 그럴 거예요."

그가 돌아서서 축사 옆에 있는 안장실로 들어갔다. 속이 상했다.

조디는 집 뒤쪽 쑥대밭을 자주 찾았다. 녹슨 쇠파이프를 타고 흘러나온 샘물이 가느다란 줄기로 낡은 초록색 나무 물받이 그릇에 떨어지는 그곳. 물이 넘쳐서 땅으로 스며드는 곳에는 항상 초록 이끼가 덮여 있었다. 언덕이 갈색으로 물들 때나 여름에 숲이 바짝 마를 때에도 그곳만큼은 항상 촉촉한 초록이었다. 샘물은 물받이 그릇으로 일 년 내내 흘러들었다. 그곳은 조디만의 은신처였다. 야단을 맞은 날에는 서늘한 초록빛 풀과 졸졸 흐르는 물소리가 그를 위로했다. 괜히 심술이 날 때에도 그곳을 찾으면 마음이 누그러졌다. 풀밭에 앉아서 졸졸 흐르는 물소리를 듣다보면 힘겨운 하루를 보내며 마음에 세웠던 장막이 무너졌다.

샘물이 사랑스러운 만큼 오두막 옆의 검은 삼나무는 혐오스러웠다. 목장의 돼지들이 항상 그 나무 밑에서 도살되었기 때문이었다. 돼지의 괴성과 피가 낭자한 돼지 도살 작업은 흥미진진했지만 그 장면을 볼 때마다 조디는 가슴이 아플 정도로 심장이 빨리 뛰었다. 삼각대 위에 놓인 무쇠솥의 펄펄 끓는 물속에 집어넣었다가 껍질을 벗겨 허옇게 된 돼지를 보고 나면 조디는 샘물가에서 마음을 가라앉혀야만 했다. 샘물과 삼나무는 정반대였고 서로의 적이었다.

빌리가 화가 나서 어디론가 가버린 뒤 조디는 집으로 향했다.

조디는 넬리를 생각했고 어린 망아지를 생각했다. 그런데 어쩌다 보니 검은 삼나무 아래, 돼지들을 매다는 곳 앞에 서 있었다. 조디는 이마에 흘러내린 마른 풀 같은 머리카락을 쓸어 넘기며 서둘러 걸었다. 도살대에서 망아지를 생각하면 불운이 올 것 같았다. 빌리에게 들은 말도 있어서 더더욱 그랬다. 그는 나쁜 조합으로 인한 사악한 기운을 떨쳐버리기 위해 그는 얼른 목장을 지나고 닭장을 지나고 채소밭을 지나 쑥대밭으로 향했다.

그는 풀밭에 앉았다. 샘물 소리가 귓가에 울려퍼졌다. 조디는 목장의 건물들과 곡식이 익어가면서 짙은 황금빛으로 물드는 언덕을 바라보았다. 넬리가 산기슭에서 풀을 뜯고 있었다. 언제나처럼 샘물이 시간과 거리를 뛰어넘게 해주었다. 검고 다리가 길쭉한 망아지가 젖을 달라고 넬리의 옆구리에 몸을 비비는 게 보였다. 훌쩍 자란 망아지에 고삐를 물리는 자신의 모습도 보였다. 눈 깜짝할 사이에 망아지는 커다란 말로 자랐다. 널찍한 가슴. 해마처럼 아치모양으로 휘어진 기다란 목. 검은 불꽃처럼 넘실거리는 꼬리. 그 말은 조디를 제외한 모두에게 심술궂었다. 학교 운동장에서 아이들이 한 번 타보게 해달라고 조르면 조디는 웃으며 그러라고 했다. 그러나 아이들이 타자마자 그 검은 악마는 아이들을 땅에 떨어트렸다.

'검은 악마!'

조디는 다시 물소리와 풀밭, 그리고 햇살이 있는 곳으로 돌아왔다.

그리고…….

인근의 목장 사람들이 모두 침대에 누워 잠을 청할 때면 요란한 말발굽 소리가 들리곤 했다. 그럴 때 사람들은 이렇게 말했다.

"조디가 검은 악마를 타고 나가는 모양이군. 보안관을 도우러 가는 게지?"

그리고…….

샐리나스 로데오의 경기장에 노란 흙먼지가 날리고 아나운서가 로프 콘테스트의 시작을 알렸다. 조디가 검은 말을 타고 출발선에 서는 순간 다른 사람들은 주눅이 들어 1위를 포기했다. 왜냐하면 조디와 검은 악마 팀은 그 누구보다 빨리 수소를 밧줄로 묶을 수 있기 때문이었다. 조디는 더 이상 한 명의 소년이 아니었고 검은 악마는 더 이상 한 마리의 말이 아니었다. 그 둘은 명예로운 한 몸이었다.

그리고……

대통령이 그에게 편지를 써서 워싱턴의 강도를 잡아달라고 부탁했다. 조디는 편안히 풀밭에 누워 있었다. 작은 물줄기는 여전히 이끼 낀 물받이 그릇으로 흘러들었다.

그해는 시간이 더디 흘렀다. 조디는 서서히 망아지를 포기하게 되었다. 넬리에게서는 아무런 변화도 발견할 수 없었다. 칼 티플린은 여전히 넬리에게 가벼운 수레를 끌게 했다. 건초 쇠스랑을 끌게 하거나 건초를 축사 안으로 들여놓을 때 수레를 끌게 하기도 했다.

여름이 지나갔고 따스하고 화창한 가을이 왔다. 목장에 거친 바람이 불기 시작했고 날씨가 서늘해지면서 옻나무가 붉은 빛으로 물들었다. 9월의 어느 아침, 아침식사를 하고 나서 조디의 어머니가 그를 부엌으로 불렀다. 그녀는 마른 여물이 가득 담긴 양동이에 뜨거운 물을 부어서 걸쭉하게 만들었다.

"왜요?"

조디가 물었다.

"어떻게 하는지 잘 봐라. 앞으로 매일 아침 네가 해야 할 일이야."

"이게 뭔데요?"

"넬리한테 줄 따뜻한 죽이야. 이걸 먹으면 몸이 건강해질 거다."

조디는 손등으로 이마를 문질렀다.

"넬리는 괜찮을까요?"

조디가 조심스럽게 물었다.

티플린 부인은 주전자를 내려놓고 나무 주걱으로 죽을 저었다.

"물론 괜찮고말고. 하지만 지금부터는 더 잘 돌봐야 해. 자, 어서 갖다 먹여라."

조디가 무거운 양동이를 무릎으로 치면서, 오두막을 지나고 축사를 지났다. 넬리는 머리로 물그릇의 물로 장난을 쳐서 풀밭에 물을 튀기고 있었다.

조디는 울타리에 올라가 뜨거운 죽이 담긴 양동이를 넬리 곁에 놓았다. 그러고 나서 뒤로 물러나 넬리를 바라보았다. 조금 달라졌다. 배가 불룩했다. 걸을 때 발이 바닥에 부드럽게 끌렸다. 넬리는 코를 양동이에 박고 뜨거운 아침식사를 정신없이 먹었다. 여물을 다 먹고 나서 넬리는 코끝으로 양동이를 살짝 밀어놓고 조용히 조디에게 다가와 뺨을 비벼댔다.

빌리 벅이 안장실에서 걸어왔다.

"일단 시작되고 나니 금방이지요?"

"갑자기 이렇게 된 거예요?"

"아뇨. 도련님이 한동안 안 봤잖아요."

빌리는 넬리의 머리를 조디 쪽으로 돌렸다.

"아주 유순해질 거예요. 눈빛이 얼마나 온순한지 보세요.

어떤 암말들은 괴팍해지기도 하는데, 이렇게 유순해지는 말들은 세상의 모든 걸 다 사랑하지요."

넬리가 빌리의 겨드랑이 사이에 코를 밀어 넣으며 팔과 허리에 코를 문질렀다.

"지금부터는 아주 잘 보살펴줘야 해요."

"얼마나 걸릴까요?"

조디가 숨을 헐떡이며 물었다.

빌리가 손가락을 꼽으며 중얼거렸다.

"한 세 달쯤? 정확히는 몰라요. 보통 열한 달 정도가 걸리지만 이 주가 당겨지기도 하고 한 달이 늦어지기도 하고 그래요. 그래도 별 탈이 없어요."

조디가 땅을 내려다보았다.

"아저씨, 새끼 낳을 때 나 꼭 불러줄 거지요? 그렇지요? 같이 보게 해줄 거지요?"

조디가 조바심을 내며 물었다.

빌리가 앞니로 넬리의 귀를 살짝 깨물었다.

"처음부터 보아야 한다고 주인님이 말씀하셨어요. 그래야만 제대로 배울 수 있으니까요. 그건 그 누구도 가르쳐줄 수 없는 거지요. 제가 어렸을 때 제 아버지가 안장 방석 놓는 법을 가르쳐주었던 것처럼요. 제가 꼭 도련님 나이였을 때, 아버지가 관청에서 짐말을 부리셨는데, 그때 제가 아버지 일을 도와드렸지요. 어느 날 제가 안장 방석을 주름지게 놓는 바람에 말 잔등에 상처가 났어요. 그런데 아버지는 저를 조금도 야단치지 않았어요. 대신 다음 날 제 등에 18킬로그램짜리 카우보이 안장을 지워주시더라고요. 안장을 등에 지고 말을 끌고 땡볕 속에서 산길을 걸어가야 했어요. 정말 죽겠더라고요. 하지만 다시는 안장 방석을 주름지게 놓지 않았어요. 그럴 수가 없었어요. 안장 방석을 놓을 때마다 등에 안장을 지고 가던 생각이 나서요."

조디가 손을 뻗어 넬리의 갈기를 어루만졌다.

"나한테 다 가르쳐줄 거죠? 말에 대해서라면 아저씨는 모르는 게 없으니까. 그렇죠?"

빌리가 웃었다.

"알다시피 전 거의 말이나 다름없어요. 어머니는 제가 태어났을 때 돌아가셨고 아버지는 마부였고 집에 소가 한 마리도 없어서 항상 말 젖을 먹고 자랐지요."

빌리가 사뭇 진지한 표정으로 말했다.

"말들도 그걸 다 알아요. 안 그러냐, 넬리?"

말이 고개를 들고 그를 똑바로 쳐다보았다. 말들이 좀처럼 하지 않는 행동이었다. 빌리는 흐뭇해졌고 우쭐한 기분이 들었다. 그는 조금 큰소리를 쳤다.

"좋은 망아지 한 마리 갖게 해드릴게요. 제대로 가르쳐드리죠. 제 말대로만 하시면 이 동네에서 가장 좋은 말을 갖게 될 거예요."

그 말에 조디도 마음이 따뜻해졌고 우쭐해졌다. 너무 우쭐해진 나머지 집으로 돌아갈 때 말 탄 기수처럼 다리를 구부리고 어깨를 흔들어보았다.

"워! 워! 검은 악마! 저기 가서 기다려!"

조디가 중얼거렸다.

겨울은 느닷없이 들이닥쳤다. 돌풍을 동반한 몇 차례의 큰비를 예고하는 소나기가 내린 후 거센 비가 계속 내렸다. 산기슭의 풀은 빗물에 빛을 잃고 검어졌고 겨울 강물이 계곡 사이로 요란하게 흘렀다.

버섯들이 돋아나기 시작했고 크리스마스를 앞두고 새 잔디가 자라기 시작했다. 그러나 크리스마스는 올해 조디에게 중요한 날이 아니었다. 아직 정해지지 않은 1월의 어느 날이야말로 다가올 몇 달을 결정지을 중요한 날이었다. 비가 내리면 조디는 넬리를 안으로 들여놓았고 매일 아침 따뜻한 여물을 먹였고 빗질을 해 주고 솔질을 해주었다.

넬리의 배가 얼마나 불룩해졌는지 조디도 놀랄 지경이었다.

"저러다가 터지겠어요."

조디가 빌리에게 말했다.

빌리는 커다란 손을 넬리의 불룩한 배에 올려놓았다.

"여길 만져보세요. 움직이는 걸 느낄 수 있을 거예요. 쌍둥이를 낳으면 깜짝 놀라겠지요?"

"쌍둥이일까요? 혹시 쌍둥이라고 생각하는 건 아니죠? 그렇죠, 아저씨?"

"아뇨. 하지만 간혹 그런 경우도 있거든요."

1월의 첫 두 주 동안은 내리 비가 왔다. 학교에 있지 않을 때면 조디는 대부분의 시간을 넬리와 함께 마구간 안에서 보냈다. 하루에 스무 번씩 조디는 망아지가 움직이는 걸 느껴보려고 넬리의 배를 만졌다. 넬리는 점점 더 유순하고 다정해졌다. 넬리는 조디의 얼굴에 코를 비볐다. 조디가 들어가면 작은 소리로 울었다.

칼 티플린이 어느 날 축사로 왔다. 그는 잘 손질된 암말을 보면서 갈비뼈와 어깨의 단단한 근육을 만져보았다.

"아주 잘했구나."

그가 조디에게 말했다.

조디는 그 뒤로 몇 시간 동안 우쭐한 기분이 들었다.

1월 15일이 되었는데도 망아지는 태어나지 않았다. 20일이 되자 두려움이 목 밑까지 차올랐다.

"괜찮을까요?"

그가 빌리에게 물었다.

"괜찮고말고요."

"정말 괜찮을까요?"

빌리가 암말의 목을 쓰다듬었다. 넬리가 불안하게 고개를 흔들었다.

"항상 똑같진 않다니까요. 좀더 기다려보세요."

1월 말이 되어도 말이 태어나지 않자 조디는 미칠 것 같았다. 넬리의 배는 집채만 했고 숨결은 거칠었고 양쪽 귀는 서로 붙을 듯이 쫑긋하게 섰다. 조디는 점점 더 불안해졌고 꿈

자리가 사나워졌다.

2월 2일 밤, 조디는 울면서 잠에서 깨어났다. 어머니가 조디를 불렀다.

"조디, 꿈을 꾸었나 보다. 깨었다가 다시 자렴."

그러나 조디는 두려움과 쓸쓸함에 휩싸였다. 그는 가만히 누워서 어머니가 돌아가기를 기다렸다가 옷을 입고 맨발로 밖으로 나갔다.

밤은 칠흑처럼 어두웠다. 엷은 안개비가 내리고 있었다. 삼나무와 오두막 그림자가 보였다가 안개 속으로 사라졌다. 축사 문을 열 때 끼익 하는 소리가 났다. 낮 동안에는 좀처럼 나지 않던 소리였다. 조디는 선반에서 램프와 양철 성냥통을 찾았다. 램프의 심지에 불을 붙인 뒤 짚이 깔린 긴 복도를 지나 넬리에게로 갔다. 넬리는 일어서 있었다. 넬리의 몸 전체가 좌우로 흔들렸다.

"착하지, 넬리…… 착하지……."

조디가 얼러도 넬리는 몸을 흔드는 것도, 두리번거리는 것도 멈추지 않았다. 조디가 마구간 안으로 들어가 넬리의 어깨에 손을 얹는 순간 넬리의 온몸이 부르르 떨렸다. 바로 위쪽 건초간에서 빌리 벅의 목소리가 들려왔다.

"여기서 뭐하세요?"

조디가 돌아서서 처참한 눈빛으로 빌리가 누워 있는 쪽을 바라보며 물었다.

"괜찮을까요?"

"그럼요. 괜찮고말고요."

"절대로 나쁜 일 일어나게 하지 않을 거죠, 아저씨? 정말 그럴 수 있죠?"

빌리가 신음소리를 냈다.

"제가 부른다고 했잖아요. 꼭 부를게요. 말 걱정은 그만하고 어서 돌아가세요. 도련님까지 걱정을 보태지 않아도 넬리는 지금 할 일이 태산이라고요."

빌리가 그런 식으로 말하는 것을 한 번도 들어본 적이 없었기 때문에 조디는 움찔했다.

"와보고 싶었어요. 자다가 깼거든요."

"그만 가서 주무세요. 괜히 넬리를 귀찮게 하지 마시고요. 좋은 망아지를 얻을 거라고 했잖아요. 이제 그만 가보세요."

조디의 말에 빌리가 조금 누그러진 목소리로 말했다.

조디는 천천히 축사를 나섰다. 램프의 불을 끈 다음 선반 위에 올려놓았다. 밤의 어둠과 서늘한 안개가 밀려와 그를 감싸 안았다. 조디는 빨간 망아지가 죽기 전에 그랬던 것처럼 빌리가 하는 말을 전부 믿을 수 있었으면 좋겠다고 생각했다. 램프의 불빛에 익숙해진 그의 눈이 어둠 속에서 무언가를 식별하기까지 잠시 시간이 걸렸다. 삼나무 위에서 잠들었던 칠면조들이 놀라며 버스럭거렸고 두 마리의 개가 자신의 임무에 충실하기 위해 달려 나와 나무 밑에 어슬렁거릴지도 모르는 코요테를 쫓는답시고 사납게 짖었다.

부엌문으로 들어온 조디는 의자에 부딪쳤고 그 소리에 칼이 침실에서 소리를 질렀다.

"게 누구요!"

티플린 부인의 졸린 목소리가 들려왔다.

"여보, 왜 그래요?"

잠시 후 칼이 양초 하나를 들고 침실 밖으로 뛰쳐나왔고 미처 방에 들어가지 못한 조디를 보았다.

"너 거기서 뭐하는 거냐?"

조디가 머뭇거리며 돌아섰다.

"말을 보러 갔었어요."

한밤중에 잠을 깬 것에 대한 분노가 아들의 행동을 이해해 주고 싶은 마음과 싸웠다.

"조디, 망아지에 대해서 빌리보다 더 잘 아는 사람은 이 근방에 없어. 빌리한테 맡겨둬."

조디의 입에서 저도 모르게 한 마디가 튀어나왔다.

"하지만 제 망아지는 죽었잖아요."

"그걸 빌리 탓을 하면 안 돼. 빌리가 살려내지 못했으면 그 누구도 살려내지 못했어."

칼이 단호하게 말했다.

"여보, 어서 발 씻고 자라고 해요. 저러다 내일 하루 종일 졸겠어요."

티플린 부인이 말했다.

막 눈을 감고 잠에 빠져들려는 순간 누군가가 그의 어깨를 거칠게 흔들었다. 빌리 벅이 램프를 들고 그의 곁에 서 있었다.

"일어나세요. 어서요."

그가 돌아서서 얼른 밖으로 나갔다.

"무슨 일이에요? 빌리, 당신인가요?"

티플린 부인이 소리쳤다.

"네, 마님."

"넬리가 산기가 보이나요?"

"네, 마님."

"알겠어요. 일어나서 뜨거운 물을 준비할게요."

조디는 빌리의 램프가 축사로 가는 길의 절반도 못 갔을 때 얼른 옷을 주워 입고 뛰쳐나갔다. 산봉우리에는 엷은 새벽의 기미가 보였지만 목장이 자리 잡은 움푹한 분지에는 아직 전혀 빛이 닿지 않았다. 조디는 미친 듯이 램프를 쫓아가서 축사에 들어서는 빌리를 따라잡았다. 빌리는 램프를 축사 벽의 못에 걸어놓고 겉옷을 벗었다. 그는 겉옷 속에 민소매 셔츠만 입고 있었다.

넬리는 뻣뻣한 자세로 몸이 굳은 채 서 있었다. 그들이 지켜보는 동안 넬리가 몸을 웅크렸다. 넬리의 온몸이 진통으로 비틀어졌다. 진통이 지나갔다. 그러나 잠시 후 또 한차례 진통이 밀려왔고 또 한차례 지나갔다.

빌리가 긴장된 목소리로 중얼거렸다.

"뭔가 잘못됐어."

그의 맨손이 넬리의 몸속으로 사라졌다.

"이런 젠장, 위치가 틀렸어."

다시 진통이 시작되었고 이번에는 빌리가 바짝 긴장했다. 빌리의 팔과 어깨의 근육이 불거졌다. 빌리가 숨을 헐떡였고 그의 앞이마에 땀방울이 맺혔다. 넬리는 고통의 괴성을 질렀다.

"잘못됐어. 돌릴 수가 없겠는걸. 잘못돼도 한참 잘못됐어. 완전히 거꾸로 섰어."

빌리가 중얼거렸다.

그가 거친 눈빛으로 조디를 바라보았다. 그리고 그의 손가락이 조심스러운, 아주 조심스러운 진단을 내렸다. 그의 얼굴은 점점 더 잿빛으로 굳어졌다. 그는 밖에 서 있는 조디를 잠시 쳐다보았다. 그리고 뒤쪽의 말똥을 치우는 창문 밑 선반에서 편자 망치를 젖은 오른손으로 집어들었다.

"잠깐 나가 계세요."

그가 말했다.

소년은 멍하니 서서 그를 쳐다보았다.

"나가세요. 시간이 없어요."

조디는 움직이지 않았다.

빌리는 넬리의 머리 쪽으로 다가갔다.

"젠장! 고개 돌려!"

이번에는 조디도 그의 말에 복종했다. 조디가 고개를 옆으로 돌렸다. 그는 빌리가 안에서 거칠게 중얼거리는 소리가 들렸다. 그리고 이어서 뼈가 부서지는 소리가 들렸다. 넬리의 섬뜩한 울음소리가 들려왔다. 조디가 돌아보았을 때 망치가 높이 올라갔다가 넬리의 이마를 다시 내리쳤다. 넬리는 옆으로 쓰러졌고 잠시 몸을 부르르 떨었다.

빌리가 얼른 커다란 넬리의 배로 달려들었다. 손에 큼직한 칼을 들고 있었다. 칼이 넬리의 살갗을 파고들었고 질긴 넬리의 뱃가죽을 갈랐다. 살아 있는 뜨거운 생명체의 시큼한 냄새가 진동했다. 다른 말들이 고삐에 묶인 몸을 뒤로 젖히며 울고 발길질을 했다.

빌리가 칼을 떨어트렸다. 그의 두 팔이 커다란 구멍 안으로 쑥 들어가서 커다랗고 희고 물이 뚝뚝 떨어지는 물체를 꺼냈다. 빌리는 그 물체를 감싼 양막을 이로 찢었다. 찢긴 구멍으로 조그만 검은 머리가, 조그맣고 매끄러운 귀가 나왔다. 꼴깍거리며 숨이 터졌고 또 한 번 숨이 터져 나왔다. 빌리는 양막을 걷어내고 칼로 탯줄을 잘랐다. 그리고 조그만 검은 망아지를 품에 안고 잠시 들여다보았다. 빌리가 천천히 돌아서서 조디의 발치에 망아지를 놓았다.

빌리의 얼굴과 팔, 가슴에서 피가 뚝뚝 떨어졌다. 그는 몸을 떨고 있었고 이는 딱딱 부딪쳤다. 목소리도 나오지 않았다. 그가 거친 속삭임으로 말했다.

"망아지 여기 있어요. 약속한 대로 망아지를 드렸어요. 어쩔 수 없었어요. 어쩔 수가 없었다고요."

그가 어깨 너머로 마구간 안쪽을 바라보며 말했다.

"가서 뜨거운 물하고 스펀지 가져오세요."

빌리가 말했다.

"어머니가 해주듯이 씻기고 말려주세요. 손으로 직접 먹여줘야 해요. 하지만 어쨌든 망아지는 얻었지요? 약속한 대로."

조디는 축축하고 헐떡이는 어린 망아지를 멍하게 바라보았다. 녀석이 턱을 들고 고개를 들어보려고 애썼다. 멍한 눈은 짙은 남색이었다.

"이런 젠장, 당장 가서 물 가져오라니까! 어서!"

조디가 돌아서서 축사 밖으로, 새벽 속으로 나섰다. 목 밑에서 배 속까지 온통 욱신거렸다. 다리는 뻣뻣했고 무거웠다. 망아지를 얻었다는 생각에 기뻐하고 싶었지만 빌리 벅의 피 묻은 얼굴, 그 지친 눈빛이 자꾸만 눈앞에 어른거렸다.

4
대장

 토요일 오후, 목장 일꾼 빌리 벅은 마지막 남은 묵은 건초를 긁어모아서 관심을 보이는 녀석들에게 울타리 너머로 던져주고 있었다. 하늘 높이 마치 대포가 뿜어낸 연기처럼 조그만 구름들이 3월의 바람에 동쪽으로 밀려가고 있었다. 산마루 숲에서는 그 바람 소리를 들을 수도 있겠지만 목장이 있는 분지에는 바람의 숨결조차 닿지 않았다.

 소년 조디가 집에서 버터를 바른 두툼한 빵을 뜯어먹으며 집에서 나왔다. 그는 빌리가 마지막 남은 건초를 긁어모으고 있는 것을 보았다. 조디는 일부러 발을 끌면서 걸었다. 구두 밑창이 닳는다고 잔소리를 들었던 바로 그런 방식으로. 조디가 지나갈 때 비둘기 떼가 검은 삼나무 위로 날아올라 원을 그리며 나무를 돌다가 다시 내려앉았다. 어지간히 자란 삼색털 얼룩 고양이가 오두막 베란다에서 뛰어내려 뻣뻣한 다리로 마당을 가로질렀다가 다시 되돌아왔다. 조디가 돌멩이 하나를 집어들었지만 그가 돌을 던지기도 전에 고양이는 오두막 베란다 밑으로 들어가버렸다. 조디는 돌멩이를 삼나무 쪽으로 던져서 흰 비둘기들이 차례로 날아오르게 만들었다.

건초더미 앞에 이르자 소년은 울타리에 기대었다.

"이게 다예요?"

중년의 목장 일꾼은 작업을 중단하고 갈퀴를 땅에 꽂았다. 그는 검은색 모자를 벗고 머리를 매만졌다.

"습기 때문에 눅눅해진 것 말고는 이제 건초가 없어요."

그가 말한 뒤 다시 모자를 쓰고 마른 가죽 같은 양손을 문질렀다.

"쥐가 엄청 많아요."

조디가 말했다.

"많고말고요. 득시글득시글해요."

"아저씨 일 다 끝나면 개들을 시켜서 쥐나 잡을까 봐요."

"그래도 좋지요."

빌리 벅이 말했다.

그는 눅눅해진 건초를 들었다가 공중에 뿌려보았다. 어디선가 쥐 세 마리가 튀어나와 순식간에 건초 밑에 숨었다.

조디는 만족스러운 한숨을 내쉬었다. 통통하고 매끄럽고 건방진 쥐 세 마리의 목숨도 머지않아 끝날 것이다. 장장 여덟 달 동안 놈들은 건초가리 속에서 살았다. 고양이와 쥐덫, 쥐약, 조디의 손길로부터 안전한 그곳에서. 그 안락함이 녀석들을 도도하고 건방지고 피둥피둥하게 만들었다. 그러나 이제 운명의 날이 다가오고 있었다. 녀석들의 목숨은 이제 하루도 더 못 갈 것이다.

빌리가 목장을 빙 두른 언덕 꼭대기를 바라보았다.

"그러기 전에 먼저 주인님한테 여쭈어보시죠."

"어디 계신데요? 지금 여쭈어볼게요."

"저녁식사하시고 산마루에 올라가셨어요. 곧 돌아오실 거예요."

조디가 다시 울타리 말뚝에 몸을 늘어뜨렸다.

"아버진 상관하지 않으실걸요."

빌리가 다시 일을 시작하면서 의미심장한 말을 던졌다.

"그래도 여쭈어보세요. 아버지가 어떤 분인지 잘 아시잖아요."

물론 조디는 알고 있었다. 그의 아버지 칼 티플린은 목장에서 벌어지는 모든 일을 허락받기를 바랐다. 중요한 일이건 아니건 상관없었다. 조디는 점점 더 말뚝에서 몸을 축 늘어뜨리다가 마침내 땅바닥에 앉았다. 그리고 바람에 밀려가는 조그만 연기 뭉치들을 바라보았다.

"비가 오려나?"

"그럴지도 모르죠. 바람이 꽤 불긴 하네요. 하지만 아직은 세지가 않아서요."

"쥐들을 죽이기 전에 비가 오지 말았으면 좋겠다."

조디는 어깨 너머로 빌리가 자신의 잔혹함을 알아차렸는

지 확인했다. 빌리는 말없이 하던 일에 열중하고 있었다.

조디가 돌아서서 바깥세상에서 목장으로 이어진 언덕길을 돌아보았다. 성근 3월의 햇살이 언덕을 씻어내렸다. 은빛 엉겅퀴와 푸른 빛 루핀, 쑥대밭에 피어난 양귀비 몇 송이가 보였다. 산 중턱에서 검은 개 더블트리 머트가 다람쥐 굴을 파고 있었다. 처음에는 앞발로 흙을 파헤치다가 잠시 멈추었다가 다시 뒷발로 파헤쳤다. 지금껏 땅굴을 파서 다람쥐를 잡은 개가 한 마리도 없었다는 사실을 애써 외면한 채 참 열심히도 파고 있었다.

어느 순간 검은 개의 몸이 뻣뻣해지면서 굴에서 뒷걸음을 쳤다. 녀석은 길이 나 있는 언덕 너머를 바라보았다. 조디도 그쪽을 보았다. 잠시 후, 창백한 하늘을 배경으로 말을 탄 칼 티플린의 모습이 드러났다. 그는 목장으로 돌아오고 있었다. 손에 무언가 하얀 것을 들고서.

소년은 벌떡 일어났다.

"편지다!"

조디가 소리쳤다.

조디는 집으로 향했다. 아버지가 편지를 큰 소리로 읽을 것이 분명했고 그때 집에 있고 싶었다. 조디는 아버지보다 먼저 집에 도착해서 안으로 뛰어들어갔다. 칼 티플린이 삐걱거리는 소리를 내며 안장에서 내려 말의 옆구리를 쳐서 축사로 보냈다. 빌리가 안장을 내리고 말을 들여놓을 것이다.

조디가 부엌으로 뛰어들어갔다.

"편지 왔어요!"

조디가 소리쳤다.

그의 어머니가 콩 냄비에서 고개를 들었다.

"누가 갖고 있는데?"

"아버지가요. 손에 들고 있는 거 봤어요."

그때 칼이 부엌으로 들어섰고 조디의 어머니가 "누가 보낸 편지예요?"라고 물었다.

칼이 얼굴을 찌푸렸다.

"편지 온 걸 어떻게 알았소?"

어머니는 소년 쪽으로 고갯짓을 했다.

"우리 참견대장 조디가 그러던데요."

조디는 창피했다.

아버지가 한심하다는 듯 그를 쳐다보았다.

"저 녀석 정말 참견대장이야. 제 할 일 빼고는 다 참견하고 있으니 원! 집안에서 일어나는 일에 죄다 나서려고 하고."

티플린 부인은 조디의 편을 들었다.

"딱히 할 일이 없으니까 그렇죠. 누가 보낸 편지예요?"

칼은 여전히 조디를 보며 얼굴을 찌푸렸다.

"너 조심하지 않으면 애비가 아주 바쁘게 만들어줄 거야!"

그가 봉투를 내밀었다.

"당신 아버지가 보낸 편지 같더군."

칼이 말했다.

티플린 부인이 머리에 꽂았던 핀을 뽑아 봉투를 열었다. 그녀는 입술에 야무지게 힘을 주었다. 조디는 어머니의 눈이 편지를 훑어 내리는 것을 지켜보았다.

"아버지가 토요일에 우리 집에 오셔서 며칠 머물 생각이시라고요. 그러고 보니, 오늘이 토요일이네. 편지가 늦었네요."

그녀가 우체국 소인을 확인했다.

"그저께 부친 편지예요. 어제 왔어야 했는데."

그녀는 추궁하는 듯한 표정으로 남편의 얼굴을 바라보았고 이내 표정이 어두워졌다.

"당신 왜 표정이 그래요? 아버지가 자주 오시는 것도 아니잖아요."

칼은 아내의 분노에서 고개를 돌렸다. 대체로 아내에게 엄한 그였지만 감정이 격해진 상태의 아내는 이길 수가 없었다.

"당신 도대체 왜 그래요?"

그녀가 다시 물었다.

"하루 종일 얘기만 하시잖아. 한 얘기를 하고 또 하고."

아버지의 말투에서 조디가 가끔 사용하는 변명의 느낌이 배어났다.

그녀가 칼을 비난하듯 말했다.

"그게 어때서요? 당신도 얘기하잖아요."

"물론 나도 얘기를 하지. 하지만 당신 아버지는 항상 똑같은 얘기만 하시잖아."

"인디언! 그리고 대륙횡단!"

조디가 흥분해서 소리쳤다.

칼이 갑자기 조디를 쏘아보았다.

"넌 좀 나가라, 이 참견대장. 어서! 당장 나가!"

조디는 비참한 심정으로 뒷문을 나선 뒤 문을 공들여 조용히 닫았다. 수치심에 젖은 조디의 풀 죽은 시선은 부엌 창문 밑에 뒹구는 묘하게 생긴 돌멩이에 머물렀다. 너무도 희한하게 생겨서 조디는 쪼그리고 앉아 돌멩이를 주워 손바닥 위에 올려놓았다.

열린 부엌 창문으로 아버지의 목소리가 또렷하게 들려왔다.

"조디 말이 맞아. 인디언들 이야기하고 대륙횡단 얘기만 늘어놓으시잖아. 인디언이 어떻게 말을 몰고 달아났는지는 내가 아마 천 번도 더 들었을걸. 똑같은 이야기를 토씨 하나 안 바꾸고 하고 또 하고……."

티플린 부인의 목소리가 갑자기 바뀌는 바람에 조디는 돌멩이에서 고개를 들었다. 어머니의 목소리는 한결 누그러들었고 차분했다. 조디는 목소리에 걸맞게 어머니의 표정도 바뀌었을 거라고 짐작했다.

"여보, 이런 식으로 생각해봐요. 그건 아버지의 삶에서 가장 큰 사건이었어요. 아버진 대륙을 가로질러 마차 행렬을 지휘했고 그 일이 끝났을 때 아버지의 삶도 끝났어요. 대단한 사건이었지만 오래 지속되진 않았죠. 그러니까 그 일을 하기 위해 태어났는데, 일단 그 일이 끝나고 나니 더는 그 일을 생각하고 얘기하는 것 말고는 할 일이 없어진 거나 마찬가지라고요. 만약 서쪽으로 더 갈 수 있었다면 아버진 갔을 거예요. 나한테도 그렇게 이야기했으니까요. 그러다가 바다를 보았어요. 그래서 멈추어야 했던 바로 그 바닷가에서 살고 계신 거고요."

어머니가 아버지의 허를 찔렀다. 허를 찔렀을 뿐 아니라 부드러운 말투로 그의 마음을 누그러뜨렸다.

"전에 나도 본 적이 있어. 당신 아버지가 바닷가로 내려가서 서쪽 바다를 바라보고 있는 거."

아버지의 목소리가 다시 조금 날카로워졌다.

"그리고 나서 당신 아버지는 술집에 가서 사람들한테 인디언들이 어떻게 말을 몰고 달아났는지 얘기하셨지."

어머니는 다시 아버지를 달래려 애썼다.

"아버지한텐 그게 전부였어요. 그러니까 인내심을 갖고 듣는 시늉이라도 해요."

칼이 짜증스럽게 고개를 돌렸다.

"정 못 참겠으면 오두막으로 가서 빌리하고 있어야지."

그가 짜증스럽게 말하고는 방으로 들어가서 문을 쾅 닫았다.

조디는 서둘러 할 일을 했다. 사료를 한줌 쥐어서 닭을 쫓지 않고 모이를 주었다. 둥지에서 달걀도 모았다. 그리고 팔 한가득 장작을 두 번 들고 와 장작 통에 넘칠 정도로 쌓았다.

어머니도 콩을 다 익혔다. 어머니는 스토브 밑의 장작을 뒤적인 뒤 칠면조 털로 스토브 주위를 쓸어냈다. 조디는 아직도 자신에 대한 원망이 남아 있는지 알아보려고 어머니의 표정을 살피면서 "할아버지 오늘 오세요?"라고 물었다.

"편지엔 그렇게 되어 있더구나."

"마중 나갈까요?"

티플린 부인이 스토브의 뚜껑을 쨍그랑 소리를 내며 닫았다.

"그럼 좋지. 마중 나가면 좋아하실 거다."

"그럼 그럴게요."

밖으로 나가서 조디는 개들에게 휘파람을 불었다.

"언덕으로 따라와!"

그가 명령했다.

두 마리 개가 꼬리를 흔들며 앞서 달려갔다. 길가의 쑥대밭에 새잎이 돋았다. 조디는 몇 개를 뜯어 잘게 조각을 낸 다음 손바닥에 비볐다. 짙은 쑥 향기가 진동할 때까지. 개들이 토끼를 쫓아 덤불속으로 들어갔다. 그것이 조디가 본 개들의 마지막 모습이었다. 토끼를 놓치고 나서 개들이 집으로 돌아갔기 때문이었다.

조디는 언덕 꼭대기까지 터벅터벅 걸었다. 길이 시작되는 지점에 이르자 오후의 바람이 그의 머리카락을 헝클었고 셔츠 자락을 펄럭였다. 조디는 발아래 펼쳐진 작은 언덕들과 산등성이들과 거대한 샐리나스 계곡 쪽을 바라보았다. 저 멀리 하얀 샐리나스 시내가 보였고 저물어가는 햇살에 반짝이는 도시의 창문들이 보였다. 그의 바로 아래쪽 참나무에서는 까마귀들의 회의가 열리고 있었다. 나무는 한꺼번에 울부짖는 까마귀들로 시커멓게 변했다. 그때 조디의 시선이 그가 서 있는 지점에서 시작되어서 다음 언덕 너머로 사라지는 마차 길로 향했다. 저만치에 암말이 끄는 마차 한 대가 보였다. 마차는 언덕 뒤에서 잠시 사라졌다. 조디는 자리에 앉아서 다시 마차가 나타날 지점을 바라보았다. 바람이 산꼭대기에서 노래를 불렀고 연기 뭉치 솜들은 서둘러 동쪽으로 향했다.

마차가 시야에 들어와 멈추었다. 검은 옷을 입은 남자가 마차에서 내린 뒤 말 앞머리 쪽으로 갔다. 멀리서 보고 있었지만 조디는 남자가 제지고삐*를 풀었다는 것을 알 수 있었다. 말의 앞머리가 앞으로 떨어졌기 때문이었다. 말이 앞으로 움직였고 남자는 천천히 말 옆에서 언덕길을 따라 걸었다. 조디는 반가운 비명을 지르면서 뛰었다. 놀란 다람쥐들이 길에서 달아났고 로드러너** 한 마리가 꼬리를 흔들며 마치 활강하는 매처럼 언덕 가장자리로 숨어들었다.

발걸음을 내디딜 때마다 조디는 자신의 그림자 가운데로 발을 디디려고 애썼다. 그의 발밑에서 돌멩이 하나가 굴러 내려갔고 조디는 계속 달렸다. 구부러진 길을 돌아서니 저만치 앞에 그의 할아버지와 마차가 있었다. 소년은 할아버지의 눈에 보이지 않을 때 달리던 걸 멈추고 점잖게 걸었다.

말은 비틀거리는 걸음으로 언덕길을 올라왔고 노인이 그

---

* 말이 머리를 숙이지 못하게 하는 고삐다.
** 뻐꾸기과 새의 일종이다.

옆에서 걸었다. 저무는 태양에 그들의 거대한 그림자가 뒤로 검게 늘어졌다. 할아버지는 검은색 브로드* 수트에 단화를 신었고 짧고 단단한 칼라에 검은 넥타이를 맸다. 손에는 테가 늘어진 모자를 들고 있었다. 흰 턱수염은 짧게 깎았고 눈 위의 흰 눈썹은 콧수염 같았다. 할아버지의 푸른 눈동자는 근엄하면서도 유쾌했다. 얼굴과 몸 전체에 완고한 노인의 기품이 배어났고 덕분에 그의 모든 동작이 어딘가 비현실적으로 보였다. 일단 자리를 잡으면 돌이 되어서 다시는 움직이지 않을 것 같았다. 그의 걸음걸이는 느리고도 단호했다. 한 번 내디딘 발걸음은 결코 돌이킬 수 없었다. 방향을 잡으면 왔던 길을 되돌아가지도, 빨라지지도, 느려지지도 않을 것 같았다.

조디의 모습이 시야에 들어오자 할아버지가 반갑다는 듯 모자를 천천히 흔들었다.

"조디! 할애비 마중 나왔구나! 그렇지?"

조디는 할아버지에게 다가가서 몸을 꼿꼿하게 펴고 발뒤꿈치를 조금 끌면서 그의 걸음걸이에 맞추어 걸었다.

"네, 할아버지. 오늘에야 편지를 받았어요."

조디가 말했다.

"어제 받았어야 했는데. 암, 그랬어야지. 다들 어떠냐?"

할아버지가 물었다.

---

* 면·레이온·명주 또는 그것들이 섞인 직물을 가리킨다.

"잘 지내세요."

조디가 머뭇거리며 말한 뒤 조심스럽게 제안했다.

"내일 저하고 쥐 잡으실래요?"

"쥐를 잡자고?"

할아버지가 껄껄 웃었다.

"요즘 사람들도 쥐를 잡는다니? 요즘 사람들은 워낙 허약해서 말이야. 그런데 쥐까지 잡아먹는 줄은 몰랐구나."

"아니에요, 할아버지. 그냥 놀이 삼아 잡는 거예요. 이제 건초가 거의 다 없어졌거든요. 쥐를 개들 쪽으로 몰 거예요. 할아버지는 그냥 구경만 하시면 돼요. 아니면 건초를 조금 두드리시던가."

근엄하고도 즐거운 눈동자가 조디에게로 향했다.

"그러니까 쥐를 먹으려는 건 아니란 말이지? 아직 그 정도로 팍팍하진 않은 게로구나."

조디가 설명했다.

"개들이 쥐를 잡아먹어요. 아마 인디언을 잡는 거하곤 많이 다를 거예요."

"많이 다르지. 하지만 나중에 기병대가 인디언을 사냥하고 아이들을 쏘고 천막을 불태웠을 때는 쥐 잡는 거하고 많이 다르지 않을걸."

두 사람은 언덕 꼭대기에 올라섰다가 다시 목장이 있는 분지로 향했다. 그들의 어깨에 내리쬐던 햇볕이 사라졌다.

"많이 컸구나. 2센티미터는 더 큰 거 같아."

할아버지가 말했다.

"그것보다 더 컸어요! 문에 표시를 해놓았는데, 추수감사절 때보다 2.5센티미터나 더 컸는걸요."

조디가 말했다.

"이 녀석, 물을 너무 많이 먹어서 보리가 되었나? 이삭이 패는지 어디 기다려볼까?"

할아버지가 굵은 목소리로 말했다.

조디는 얼른 노인의 표정을 살피면서 자신이 기분이 상해야 하는지 알아보았다. 할아버지의 날카로운 푸른 눈동자 속에는 그에게 상처를 주려거나 처벌을 하려거나 버릇을 가르치려는 기미는 보이지 않았다.

"어쩌면 돼지를 잡을지도 몰라요."

조디가 말했다.

"안 돼! 그러면 못 쓴다. 네가 나 듣기 좋으라고 괜한 소리를 하는구나. 돼지를 잡을 때가 아니잖니."

"라일리 아시죠? 그 커다란 산돼지요."

"라일리. 기억하고말고."

"라일리가 건초가리를 구멍이 나도록 파먹다가 건초더미에 깔려서 질식해서 죽었어요."

"돼지들이 하는 짓이 늘 그렇지 뭐."

할아버지가 말했다.

"그래도 라일리는 멧돼지치고는 아주 착한 녀석이었어요. 가끔 제가 올라타도 가만히 있었거든요."

문이 쾅 닫히는 소리가 들렸고 조디의 어머니가 베란다에서 환영의 의미로 앞치마를 펄럭였다. 칼 티플린도 할아버지를 맞이하러 축사에서 나왔다.

 해가 언덕 너머로 사라졌다. 안채 굴뚝에서 나오는 푸른 연기가 석양에 자줏빛으로 물드는 목장의 하늘에 여러 겹으로 쌓여갔다. 연기 같은 구름들은 바람에 밀려 하늘에 무심히 걸려 있었다.

 빌리 벅이 오두막에서 나와 대야의 비눗물을 바닥에 뿌렸다. 빌리 벅은 할아버지에 대한 예의를 갖추기 위해 주중인데도 면도를 했다. 할아버지는 빌리가 이 시대에 나약해지지 않은 남자 중의 남자라고 했다. 빌리는 중년이었지만 할아버지는 그를 소년 취급했다. 빌리도 안채로 달려갔다.

 조디와 할아버지가 도착하자 세 사람이 앞마당에서 기다렸다.

 "어서 오십시오. 기다리고 있었습니다."

 칼이 말했다.

 티플린 부인은 할아버지의 턱수염 옆에 키스를 했고 할아버지가 그녀의 어깨를 두드렸다. 빌리는 턱수염 밑으로 빙그레 웃으며 할아버지와 악수를 했다.

 "제가 말을 들여놓겠습니다."

 빌리가 말한 뒤 말을 끌고 돌아섰다.

 할아버지가 그를 바라보다가 돌아서면서 지금껏 백 번도 넘게 했던 말을 했다.

"아주 쓸 만한 청년이야. 저 친구 아버지를 내가 아주 잘 알았지. 노새 꼬리 벅. 사람들이 왜들 그렇게 불렀는지 몰라. 노새에 짐을 싣고 다녀서 그랬는지 원······."

티플린 부인이 돌아서서 할아버지를 집으로 안내했다.

"얼마나 머물 생각이세요, 아버지? 편지에는 말씀 안 하셨던데."

"나도 모르겠다. 아마 한 이 주쯤. 하지만 내가 당초에 생각했던 것만큼 오래 머문 적이 있어야 말이지."

잠시 후, 모두가 하얀 천을 덮은 식탁에 앉아 저녁을 먹었다. 양철통 램프가 식탁 위에 걸려 있었다. 식탁 옆 유리창의 바깥쪽으로 커다란 나방들이 날아와 부딪쳤다.

할아버지가 스테이크를 조그맣게 잘라 천천히 씹었다.

"배가 고프구나. 여기 까지 마차를 몰고 오다보니 입맛이 돌아서 그런지. 대륙횡단을 할 때도 꼭 그랬지. 매일 밤 얼마나 배가 고픈지 고기가 익기만 기다렸지. 매일 밤 물소 고기를 20킬로그램씩이나 먹어치웠어."

"여행을 다니다 보면 그렇지요."

빌리가 끼어들었다.

"제 아버지는 짐말을 부리는 마부였지요. 어렸을 때 저도 아버지를 도왔어요. 그때 아버지하고 저 둘이서 사슴 넓적다리를 다 먹어치운걸요."

"자네 아버지를 내 아주 잘 알지. 아주 훌륭한 일꾼이었어. 사람들이 노새 꼬리 벅이라고 불렀어. 노새에 짐을 싣고 다녀서 그랬는지 원."

"맞습니다. 노새에 짐을 싣고 다녔지요."

할아버지가 나이프와 포크를 내려놓고 테이블을 둘러보았다.

"한번은 고기가 떨어졌지."

할아버지의 말투가 묘하게 낮고 단조로워졌다. 수없이 얘기를 하면서 만들어진 특유의 말투였다.

"물소도 없었고 영양도 없었고 토끼들조차도 없었지. 사냥꾼들이 코요테 한 마리 잡지 못했어. 그때만 해도 팀의 대장이 망을 보던 시절이었어. 내가 대장이었기 때문에 난 눈을 뜨고 있었지. 왜냐? 사람들이 굶주리면 마차를 끄는 소를 잡아먹었거든. 그게 말이 되니? 그런데 실제로 다른 팀에서 사람들이 짐마차를 끌던 가축들을 잡아먹었다는 거야. 중간에서 끄는 가축들을 잡아먹다가 점점 더 뒤쪽 것들을 잡아먹고, 나중에는 선두마를, 결국에는 뒷말까지 잡아먹었다나. 팀의 대장인 나는 절대 그런 일이 일어나지 않도록 해야 했지."

커다란 나방 한 마리가 가까스로 방에 들어와 천장에 달려 있는 등유 램프 주위를 맴돌았다. 빌리가 일어서서 손바닥으로 나방을 잡으려고 했다. 그러나 칼이 나방을 잡아 손바닥에 짓이겼다. 그는 창가로 가서 나방을 밖에 버렸다.

"그러니까 그게 어떻게 된 거였냐 하면,"

할아버지가 다시 얘기를 시작하려는 순간 칼이 그의 말을 잘랐다.

"고기를 좀더 드세요. 저희는 푸딩을 먹으려고 기다리고 있습니다."

조디는 어머니의 눈빛에서 언뜻 분노가 스치는 것을 보았다.

할아버지는 다시 나이프와 포크를 들었다.

"하긴 지금은 무척 배가 고프구나. 얘기는 나중에 하마."

저녁식사가 끝나자 조디의 가족과 빌리 벅이 벽난로 앞에 모여 앉았고 조디는 기대에 들떠 할아버지를 쳐다보았다. 조디는 자신이 잘 알고 있는 징후를 확인할 수 있었다. 턱수염 난 할아버지의 얼굴이 앞으로 숙여졌고 근엄함을 잃은 눈빛은 신기하다는 듯 불빛을 바라보았고 길고 가느다란 손가락들은 검은 무릎 위에 깍지 끼워져 있었다.

"혹시 내가 그 얘기를 했던가? 피우트 족이 말 서른다섯 마리를 몰고 달아났던 이야기?"

"하셨어요. 타오 지방에 들어가기 직전의 일이었죠?"

칼이 끼어들었다.

할아버지는 얼른 사위 쪽을 돌아보았다.

"맞아. 내가 얘기한 모양이네."

"아주 여러 번 하셨죠."

칼이 차갑게 말했다. 그는 아내의 눈길을 외면하고 있었다. 그러나 결국 성난 아내의 눈초리에 "물론 언제든 다시 듣고 싶지만요"라고 덧붙였다.

할아버지는 다시 불을 바라보았다. 그의 손가락이 풀렸다가 다시 감겼다. 조디는 할아버지 기분을 알 것 같았다. 그의 마음이 얼마나 처참하게 무너져내리는지. 그의 마음이 얼마나 공허한지. 그 자신도 오늘 오후 참견대장이라고 꾸중을 듣지 않았던가? 조디는 기꺼이 참견대장이 되기로 했다.

"인디언 얘기 해주세요!"

조디가 말했다.

할아버지의 눈빛이 다시 근엄해졌다.

"남자애들은 늘 인디언 얘기를 듣고 싶어 하지. 어른들이 겪은 일인데, 정작 그 얘길 듣고 싶어 하는 건 애들이구나. 가만, 어디보자…… 내가 마차에 기다란 철판을 싣고 다니자고 제안했다는 이야기 했던가?"

조디를 제외한 모두가 잠자코 있었다.

"아뇨. 얘기 안 하셨어요."

"인디언들이 공격을 해오면, 우린 늘 마차를 둥그렇게 이어놓고 바퀴 사이에서 싸웠거든. 마차마다 총구를 뚫어놓은 긴 철판을 들고 다니다가 그걸 마차 바퀴 앞에 빙 둘러 세워놓으면 방패로 사용할 수가 있잖아. 철을 조금만 쓰면 사람들의 목숨을 구할 수 있었을 텐데, 도대체 내 말을 들어먹어야 말이지. 아무도 내 말을 듣지 않았어. 왜 그런 쓸데없는데 돈을 쓰냐면서. 물론 다들 평생 그렇게 하지 않은 걸 후회했겠지만."

조디가 어머니를 쳐다보았다. 표정으로 보아 어머니도 할아버지의 얘기에 전혀 귀를 기울이고 있지 않은 게 분명했다. 칼은 엄지손가락의 굳은살을 뜯어냈고 빌리 벅은 벽을 타고 기어오르는 거미를 바라보았다.

할아버지의 말투가 다시 회고조로 바뀌었다. 조디는 할아버지가 무슨 얘기를 할지 정확히 알고 있었다. 얘기는 담담하게 이어지다가 공격을 받는 대목에서 속도를 내다가 그 전투가 남긴 상처 얘기를 할 때 슬퍼지다가 넓은 평원의 무덤 얘기가 나오면 만가가 되었다. 근엄한 푸른 눈동자가 초연해졌다. 마치 정작 자기 자신은 얘기에 그다지 흥미가 없다는 듯한 표정이었다.

얘기가 끝나고, 그 얘기의 주인공에 대한 경의를 표하는 의미로 잠시 침묵이 흐른 뒤 빌리 벅이 일어서며 바지 매무새를 고쳤다.

"전 그만 일어나보겠습니다."

그가 말하며 할아버지를 쳐다보았다.

"저도 제 오두막에 뿔로 만든 화약통과 총알, 권총 같은 옛날 물건들을 아직도 보관하고 있습지요. 제가 그 말씀 드렸던가요?"

할아버지가 천천히 고개를 끄덕였다.

"그 이야기 들었네, 빌리. 내가 사람들을 이끌고 대륙을 횡단할 때 지녔던 권총이 생각나는군."

그 짧은 이야기가 끝나는 순간 빌리가 공손하게 "안녕히 주무세요"라고 말한 뒤 밖으로 나갔다.

칼 티플린이 화제를 돌리려 애썼다.

"여기하고 몬터레이 사이엔 어떤가요? 가뭄이 심하다고 들었는데요."

"가뭄이 심하지. 라구나 세카 쪽에는 물이 한 방울도 없어. 하지만 1887년 가뭄하고는 비교도 안 돼. 1861년도에는 코요테들이 다 굶어죽었지 아마. 올해는 그나마 비가 380밀리리터가 왔으니 다행이지."

"맞아요. 그런데 너무 일찍 왔어요. 지금쯤 와야 하는데."

칼의 시선이 조디에게로 향했다.

"조디, 넌 그만 잘 시간 되지 않았니?"

조디가 순순히 일어났다.

"묵은 건초더미 속에 있는 쥐들 잡아도 돼요?"

"쥐? 그럼. 잡아도 되고말고. 빌리 말이 이제 쓸 만한 건초가 없다더구나."

조디는 은밀하고 만족스러운 눈빛을 할아버지와 교환했다.

"내일 제가 전부 다 죽일 거예요."

조디가 선언했다.

조디는 침대에 누워 인디언들과 들소들의 신비로운 세계를 생각했다. 더는 존재하지 않는 그 세계. 그런 웅장한 시대에 태어났더라면 얼마나 좋았을까. 그러나 조디는 자신이 그런 시대의 영웅이 될 재목이 아니라는 것 또한 알고 있었다. 요즘에는 그런 일들을 할 수 있는 사람들이 없었다. 빌리 벅이라면 또 모를까. 그 위대한 종족들, 아무것도 두려워하지 않는 용맹스러운 사람들을 오늘날에는 찾아볼 수 없었다. 조디는 대평원을 생각했고 그 평원을 마치 지네처럼 횡단하는 마차들을 생각했다. 커다란 흰말을 타고 그 긴 행렬을 지휘하는 할아버지를 생각했다. 조디의 마음속에서 그 위대한 유령들이 지평선 끝으로 행진하다가 사라져버렸다.

그리고 조디는 다시 목장으로 돌아왔다. 빈 공간과 정적의 소리가 들려왔다. 개 한 마리가 벼룩 때문에 몸을 긁으면서 발꿈치를 개집에 부딪치는 소리가 들렸고 바람에 검은 삼나무가 신음하는 소리가 들렸다. 그리고 조디는 잠들었다.

조디는 종 치기 한 시간 반 전에 일어났다. 조디가 부엌에 들어섰을 때 어머니는 불을 지피려고 스토브의 장작을 꼬챙이로 쑤시고 있었다.

"일찍 일어났구나. 어디 가려고?"

어머니가 물었다.

"몽둥이를 구하려고요. 우리 오늘 쥐 잡기로 했거든요."

"우리라니?"

"할아버지하고 저요."

"꼭 한 사람을 더 끌어들이는구나. 혹시 일이 틀어지면 같이 혼나려고 그러지?"

"곧 돌아올게요. 아침 먹고 나서 바로 몽둥이 들고 나갈 거예요."

조디는 방충문을 닫고 서늘하고 푸른 아침 속으로 달렸다. 새벽 새들이 요란하게 지저귀고 있었고 목장의 고양이들이 마치 투박한 뱀처럼 언덕길을 달려 내려왔다. 녀석들은 어둠 속에서 뒤쥐를 잡고 있었을 것이다. 고양이 네 마리는 뒤쥐를 포식하고도 뒷문에 반원 모양으로 앉아 우유를 달라고 야옹거렸다. 더블트리 머트와 스매셔가 무슨 중대한 임무라도 수행하는 듯 덤불 가장자리를 킁킁거리고 다녔지만 조디가 휘파람을 불자 고개를 번쩍 들고 꼬리를 살랑거렸다. 녀석들이 달려와 몸을 비비며 하품을 했다. 조디는 개들의 머리를 쓰다듬어주고는 고물들을 쌓아놓은 곳으로 갔다. 그는 낡은 빗자루 손잡이와 짤막한 나무 조각 하나를 집었다. 조디는 도리깨를 만들기 위해 주머니에서 신발 끈을 꺼내 나무 조각을 빗자루 손잡이에 묶었다. 그는 새로 만든 무기를 휘두르다가 시험 삼아 바닥을 내리쳐보았고 새 무기의 위력을 깨달은 개들이 펄쩍 뛰면서 낑낑거렸다.

조디는 돌아서서 안채를 지나 살육의 현장을 잠시 둘러보기 위해 묶은 건초가리 쪽으로 갔다. 그러나 빌리 벅이, 뒤 계단에 앉아 그를 불렀다.

"어서 들어오세요. 아침식사 하셔야죠!"

조디는 방향을 돌려 집으로 향했다. 조디는 도리깨를 계단에 올려놓았다.

"이걸로 쥐를 몰 거예요. 녀석들 아주 피둥피둥하겠죠. 오늘 어떤 일이 일어날지 아마 꿈에도 모를걸요."

"언제 죽을지 모르기는 도련님도 마찬가지지요. 저도 마찬가지고요. 그건 아무도 모르는 거죠."

빌리가 의미심장한 말을 했고 조디는 조금 움찔했다. 빌리의 말이 사실이라는 걸 조디는 알고 있었다. 조디의 생각이 쥐 잡기에서 멀어졌다. 어머니가 나와서 종을 울렸고 그 순간 그는 생각에서 깨어났다.

그들이 식탁에 앉았을 때 할아버지는 아직 나오지 않았다. 빌리는 빈 의자를 가리켰다.

"어르신은 괜찮으신가요? 혹시 편찮으신 건 아니지요?"

"옷 입는 데 시간이 많이 걸리세요. 수염을 빗고 구두를 닦고 옷을 털고 그러시거든요."

티플린 부인이 말했다.

"마차 행렬을 이끌고 대평원을 가로질렀던 분이시라면 당연히 옷차림에도 신경을 써야겠지."

칼이 옥수수 죽에 설탕을 뿌리며 말했다.

티플린 부인이 그를 향해 돌아섰다.

"당신 제발 그만 좀 해요."

그녀의 목소리가 요구라기보다는 협박에 가까웠다. 그리고 그 협박에 칼은 짜증이 치밀었다.

"그 철판하고 서른다섯 마리 말 이야기를 도대체 몇 번이나 더 들어야 해? 다 끝난 얘기야! 다 지난 일을 도대체 왜 잊지를 못하는 거냐고!"

말을 할수록 그는 점점 더 화가 났고 점점 더 목소리가 커졌다.

"왜 똑같은 얘기를 하고 또 해야 하지? 대평원을 가로질렀다고? 그게 어쨌단 거야! 이제 다 끝났어! 아무도 그 얘기를 반복해서 듣고 싶어 하지 않는다고!"

그 순간 부엌문이 조용히 닫히는 소리가 들렸고 네 사람은 그 자리에 얼어붙었다. 칼은 옥수수죽 숟가락을 테이블 위에 내려놓고 손가락으로 턱을 어루만졌다.

다시 부엌문이 열렸고 할아버지가 안으로 들어왔다. 입가에 어색한 미소를 머금었고 눈을 가늘게 뜨고 있었다.

"잘들 잤니?"

그가 말하며 의자에 앉아 옥수수 죽을 바라보았다.

칼은 도저히 가만히 있을 수가 없었다.

"저, 제 얘기 들으셨습니까?"

할아버지가 짧게 고개를 끄덕였다.

"무슨 생각으로 그런 말을 했는지 모르겠습니다. 진심은 아니었어요. 그저 웃자고 한 소리였어요."

조디는 수치심에 어머니를 바라보았다. 어머니는 숨을 죽인 채 아버지를 바라보고 있었다. 아버지의 행동은 참으로 끔찍했다. 그런 말을 하는 건 스스로를 갈기갈기 찢는 것과도 같았다. 자신이 한 말을 주워담는 것도 끔찍했지만 자신이 한 말을 수치스러워하며 주워담는 것은 그보다 더 끔찍했다.

할아버지가 곁눈질로 칼을 바라보았다.

"난 지금 상황을 제대로 보려고 노력하고 있다네. 화나지 않았어. 자네 말이 맞는지도 몰라. 앞으론 조심하겠네."

"그렇지 않습니다. 오늘 아침에 제가 몸이 좀 좋지 않아서요. 그런 말을 해서 죄송합니다."

"미안해하지 말게. 나이가 들면 이렇게 분별이 흐려진다네. 어쩌면 자네 말이 맞는지도 몰라. 대륙횡단은 끝났어. 이제 잊을 때가 됐어. 다 지난 일이니까."

칼이 식탁에서 일어났다.

"전 먹을 만큼 먹어서 그만 가서 일을 좀 해야겠네요. 천천히 들게, 빌리."

그가 일어섰다. 빌리도 남은 음식을 허겁지겁 입에 넣은 다음 곧바로 뒤따라 나갔다. 그러나 조디는 자리를 뜰 수가 없었다.

"이제 옛날얘기 안 해주실 거예요?"

조디가 물었다.

"물론 해주고말고. 하지만 앞으로는…… 사람들이 듣고 싶어 할 때만 할 거다."

"전 듣고 싶어요, 할아버지."

"물론 듣고 싶겠지. 하지만 넌 아직 어려. 어른들이 겪은 일인데, 애들만 그 얘길 듣고 싶어 하는구나."

조디가 자리에서 일어났다.

"밖에서 기다릴게요, 할아버지. 쥐 잡을 도리깨 만들어놨어요."

조디가 문 앞에서 기다렸고 마침내 노인이 나왔다.

"할아버지, 어서 가서 쥐 잡아요!"

조디가 소리쳤다.

"난 그냥 햇볕에 앉아 있을란다. 조디. 쥐는 네가 잡으렴!"
"원하시면 제 도리깨 쓰셔도 돼요."
"아니. 난 그냥 여기 앉아 있을란다."

조디는 쓸쓸하게 돌아서서 묵은 건초가리 쪽으로 향했다. 통통한 쥐들을 잡을 생각을 하며 기분을 내보려고 했다. 그는 도리깨로 땅을 내리쳐보았다. 개들이 아양을 떨면서 주위에서 낑낑거렸지만 도저히 발걸음이 떨어지지 않았다. 집 뒤쪽에 할아버지가 베란다에 앉아 있었다. 할아버지는 작고 가냘프고 검었다.

조디는 가던 길을 돌아와서 노인의 발치에 앉았다.
"벌써 왔니? 쥐를 잡았어?"
"아뇨. 다음에 할래요."

아침의 파리들이 낮게 날아다녔고 개미들이 계단 위를 바쁘게 오갔다. 언덕 쪽에서 짙은 산쑥 향기가 풍겨왔다. 베란다의 합판이 햇살에 따스해지고 있었다.

할아버지가 언제 얘기를 시작할지 조디는 알 수 없었다.
"이러려고 여기 온 게 아닌데……"
자신의 거칠고 늙은 손을 바라보며 할아버지가 말했다.
"대륙횡단이고 뭐고 다 부질없는 일 같구나."

그의 시선이 산허리를 따라 올라가다가 죽은 나뭇가지 위에 꼼짝 않고 앉아 있는 매에게서 멈추었다.

"늘 옛날얘기를 하지만 사실 내가 진짜 하고 싶은 얘긴 그런 게 아니란다. 내 얘기를 듣고 사람들이 뭔가 느끼기를 바란 것뿐이야. 사실 중요한 건 인디언도, 모험도, 서부로 향했던 것도 아니었어. 그 많은 사람들이 마치 거대한 짐승처럼 한 몸이 되어 움직였다는 사실, 그리고 내가 그들을 이끄는 대장이었다는 사실이었지. 그 짐승은 서쪽으로, 서쪽으로 움직였어. 그 사람들 모두 제각기 다른 원하는 것들이 있었지만 그들 모두가 만든 그 커다란 짐승은 그저 서쪽으로 계속 행진하고 싶어 했어. 내가 대장이었지만 만약 내가 아니었다면 누군가 다른 사람이 대장이 되었겠지. 어디에나 우두머리는 있어야 하니까.

햇볕을 피할 곳이 없어서 뙤약볕에 드리워진 그림자들이 얼마나 선명했던지. 마침내 로키 산맥을 보았을 때 우린 모두 울었어. 모두 다 같이. 마침내 이곳에 왔다는 게 중요한 게 아니라 그 움직임, 서부로 향하는 움직임이 중요했던 거야.

마치 개미들이 알을 나르는 것처럼 우린 삶의 터전을 이곳으로 끌고 와서 터를 잡고 살았단다. 내가 대장이었지. 서쪽으로 향하는 여정은 신만큼이나 원대한 계획이었어. 그 느린 걸음이 조금씩 쌓여서 마침내 대륙을 횡단한 거지. 그러다가 우리는 바다에 이르렀고 우리 여정은 거기서 끝났어."

할아버지가 말을 멈추고 눈시울이 벌겋게 되도록 눈물을 닦았다.

"정작 내가 했어야 할 얘긴 바로 그거였단다."

마침내 조디가 입을 열었을 때 할아버지가 깜짝 놀라 그를 쳐다보았다.

"저도 언젠가는 사람들을 이끄는 대장이 되고 싶어요."

노인이 미소를 지었다.

"더는 갈 곳이 없단다. 바다로 막혀 있으니까. 앞으로 더 나아갈 수 없어서 바다를 미워하는 노인들이 바닷가에 살고 있는 거야."

"보트를 타면 되잖아요."

"갈 곳이 없어. 대륙은 이미 다 누군가 차지했으니까. 하지만 가장 나쁜 건 그게 아니란다. 서부개척은 이제 죽었어. 사람들은 더 이상 서부에 대한 열망이 없어. 이제 다 끝난 거지. 네 아버지 말이 맞아. 이제 다 끝났어."

그가 무릎 위에 손가락을 깍지 끼고 바라보았다.

조디는 서글퍼졌다.

"혹시 레몬에이드 한 잔 마시고 싶으시면 제가 만들어드릴게요."

할아버지는 거절하려다가 조디의 얼굴을 보았다.

"그거 좋겠구나. 그래. 레몬에이드 한 잔 마시자."

조디가 부엌으로 달려갔다. 어머니가 설거지를 마무리하고 있었다.

"레몬으로 할아버지한테 레몬에이드 만들어드려도 돼요?"

"너 마실 것도 만들고?"

어머니가 물었다.

"아뇨. 전 됐어요."

"조디! 너 아픈 거 아니니?"

어머니가 말한 뒤 갑자기 정색을 했다.
"저장고에서 레몬 한 개 가져와. 압착기는 내가 꺼내줄게."
어머니가 다정하게 말했다.

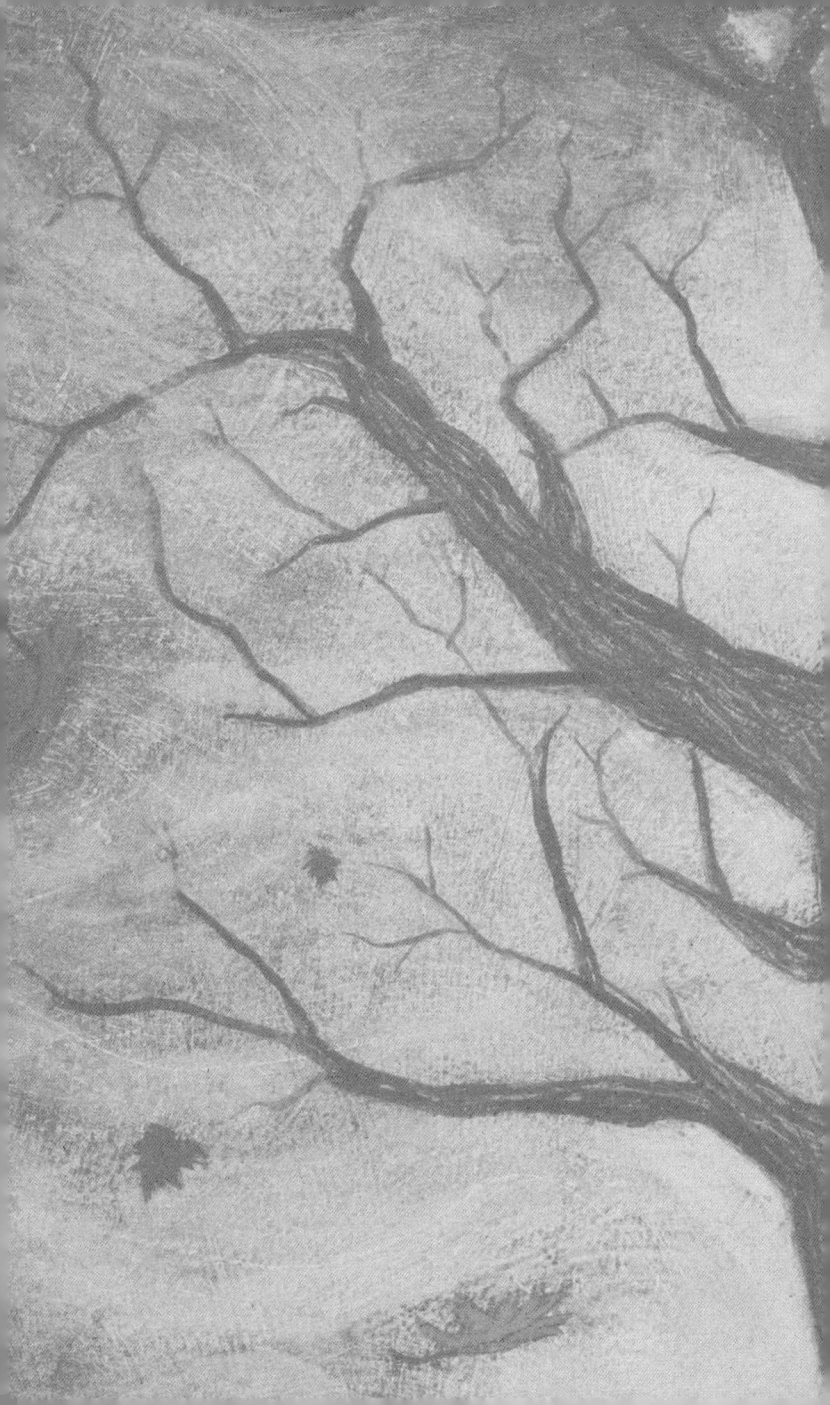

환하게 불타오르는 나의 누이 베스에게

1부

1

 화창한 황금빛 4월 아침이 흔드는 바람에 잠에서 깬 메리 홀리가 몸을 돌려보니, 남편이 새끼손가락으로 입을 개구리처럼 쩌억 벌리고 있었다.
 "바보 같아. 이선, 당신은 웃기는 재주가 있어요." 메리는 말했다.
 "자, 말해보오, 생쥐 양, 나와 결혼해주겠소?"
 "눈을 뜨니 바보가 되어버렸어요?"
 "일 년 중 때는 봄의 하루, 하루 중 때는 아침이로다."
 "바보가 된 게 맞나봐. 오늘이 성 금요일*인 건 알죠?"
 남편이 힘없이 말했다. "더러운 로마 군인들이 갈보리를 향해 모여드는군."
 "죄받을 소리 말아요. 마룰로가 11시에 가게를 닫게 할까요?"
 "사랑하는 여보. 마룰로는 가톨릭 신자에 이탈리아 이민자야. 아마 가게에는 얼씬도 하지 않을걸. 정오부터 사형집행이 끝날 때까지 가게를 닫아야겠어."
 "청교도같이 말하다니. 안 좋아요."
 "이 아가씨가 무슨 소리를 하시나, 우리 외가 쪽에서 사용하는 말투라고. 해적들이 쓰는 말이지. 그리고 당신도 알지

• 예수의 수난과 십자가에 못 박혀 죽은 것을 기리는 날이다.

만, 사형집행이 맞잖아."

"그분들은 해적이 아니에요. 고래를 잡으셨다고 당신이 직접 말해줬잖아요. 게다가 그분들, 대륙회의에서 무슨 증서도 받았다면서요."

"내 선조들이 쏜 포에 맞은 배들은 그들을 해적이라 여겼지. 그리고 저 로마 병사들은 사형집행이라 생각했고."

"나 때문에 당신 미쳤군요. 난 당신이 바보인 게 좋은데."

"난 바보야. 다들 알고 있지."

"당신은 늘 헷갈리게 한다니까. 당신은 마땅히 자랑스러워해야죠. 당신 가문에 청교도 조상들과 포경선 선장들이 있잖아요."

"그런가?"

"무슨 소리예요?"

"내 위대한 조상님들이 한때 소유했던 동네에서 자손이라는 녀석이 이탈리아 이민자가 운영하는 빌어먹을 식료품 가게에서 빌어먹을 점원 노릇이나 하고 있다는 걸 아신다면 그분들이 나를 자랑스러워하실까?"

"점원이라니요. 당신은 매니저나 마찬가지라고요. 장부 정리에 은행 거래, 물건도 주문하잖아요."

"물론이지. 거기다 가게 바닥도 쓸고 쓰레기도 버리고 마룰로에게 굽실거리기까지 한다니까. 내가 빌어먹을 고양이라도 된다면, 마룰로를 위해 쥐라도 잡아야 할걸."

아내는 남편을 그러안으며 말했다. "우리, 바보로 지내요.

불만의 겨울 145

성 금요일에 욕은 제발 하지 말고요. 사랑해요."

"좋아." 그가 입을 열었다. "다들 그렇게 말하긴 해. 하지만 그런 말을 한다고 해서 유부남 옆에 홀딱 벗고 누울 수 있다고 생각하면 안 돼."

"아이들 이야기를 하려고 했는데."

"감방에라도 들어갔어?"

"또 바보가 되셨나봐. 걔네들이 직접 말하는 게 좋을지도 모르겠네요."

"지금 당신이 말해주는 게……."

"마지 영 헌트가 오늘도 점괘를 읽어준대요."

"책을 읽듯이 말이야? 대체 마지 영 헌트가 누군데 동네 총각들이……."

"샘이 나서 이러는 건지 몰라도, 그러니까 내 말은 말이에요. 사내가 예쁜 아가씨를 모른 체할 때는……."

"아, 그 여자. 아가씨라니? 남편이 둘이나 있는데."

"두 번째 남편은 죽었어요."

"아침이나 줘. 당신은 그런 걸 믿는 거야?"

"글쎄, 카드에 귀인을 만난다고 써 있었대요. 마지가요. 가깝고 소중한 사람이래요."

"그 여자가 용을 안 쓴다면, 내게 가깝고 소중한 사람은 엉덩이를 걷어차이게 될 거라고……."

"식사 준비나 해야지. 계란으로 할까요?"

"그래. 왜 다들 성 금요일을 좋은 금요일Good Friday로 부르는 거야? 좋은 게 뭐가 있다고?"

"아! 당신!" 아내가 말한다. "늘 농담만 한다니까."

이선 앨런 홀리가 창문 가까이 자리 잡은 식탁으로 슬며시 다가가자 커피, 그리고 계란과 토스트가 담긴 그릇이 준비되어 있었다.

"기분이 좋군." 이선이 말했다. "왜 다들 성 금요일을 좋은 금요일이라고 부르는 거야?"

"봄이잖아요." 아내가 스토브 곁에서 대답한다.

"봄의 금요일이라고?"

"봄이라 나른해지잖아요. 아이들은 일어났어요?"

"설마. 게으르기 짝이 없는 새끼들. 깨워서 매질 좀 해야겠어."

"당신은 바보가 되면 말도 험하게 해요. 정오에서 3시 사이에 집에 오실래요?"

"아니."

"왜요?"

"여자들이 있잖아. 몰래 끌어들이겠지. 아마 그 마지란 여자가 말이야."

"이런 이선, 그렇게 말하지 말아요. 마지는 좋은 친구라고요. 당신에게 셔츠라도 벗어줄걸요."

"그래? 그 셔츠는 어디에서 나려나?"

"또 청교도 같이 말하신다."

불만의 겨울

"내 장담하지만 우리는 같은 피가 흐른다니까. 그 여자도 해적의 피가 흐른다 이거지."

"아이 참! 또 바보 같은 소리. 자 여기 물건 목록이에요." 아내는 남편의 가슴주머니에다 종이를 쑤셔넣었다. "많아 보여도 부활절 주말이잖아요. 잊지 마세요. 계란 두 꾸러미 가져오는 것도 잊지 말고요. 늦으시겠다."

"그래. 이러다 마룰로의 푼돈 손님을 놓치겠어. 그런데 왜 두 꾸러미야?"

"물들이게요. 앨런과 메리 엘런이 특별히 부탁했어요. 이젠 가셔야겠어요."

"알았어, 예쁜이. 하지만 위에 올라가서 앨런과 메리 엘런을 실컷 두들겨주면 안 될까?"

"아이들을 망친다구요, 이선. 당신도 알잖아요."

"잘 있으라, 오 조국의 함선이여." 이 말과 함께 이선은 방충문을 쾅 닫으며 황금빛 초록으로 빛나는 아침을 향해 걸어갔다.

그는 고색창연한 집을 뒤돌아보았다. 아버지가 살았고 증조부가 살았던 그 집은 반턱맞춤을 한 흰색 외벽에다 현관문에는 부채꼴 채광창이 나 있고, 애덤 양식●을 따른 우아한 지붕에는 망대가 세워져 있었다. 사람 허리만한 두께에 수령이 백 년이나 된 라일락이 꽃망울을 내는 사이로 푸르게 물들어

● 18세기 영국의 애덤 형제가 시작한 신고전주의 양식이다.

가는 뜰 깊숙이 집이 자리하고 있었다. 느릅나무길에 심어진 느릅나무마다 꼭대기를 맞댄 채 새로 나오는 잎사귀로 노랗게 물이 들었다. 막 은행 건물을 비추고 난 태양은 은색 저유 타워를 번쩍 비추면서 낡은 항구에서부터 해초와 소금냄새를 가져다 풍기기 시작했다.

이른 아침 느릅나무길을 걷는 생명체가 딱 하나 있었으니, 베이커 씨의 레드세터 종의 사냥개 레드 베이커로, 점잔을 빼며 천천히 걷다가 이따금 멈춰 서서는 느릅나무 밑동마다 통행인들이 남기고 간 흔적을 냄새 맡고 있었다.

"안녕하십니까, 선생님. 저는 이선 앨런 홀리입니다. 선생님이 소변을 눌 때 뵌 적이 있었습니다."

레드 베이커가 멈춰 서더니 깃털 같은 꼬리를 천천히 흔들며 인사에 답한다.

이선이 말했다. "제 집을 보는 중이었습니다. 옛날 사람들은 건물 짓는 법을 알았어요."

레드가 고개를 젖히고 뒷발을 들어 아무 생각 없이 갈비뼈를 툭툭 찼다.

"모를 수가 있었겠습니까? 돈이 있는데 말입니다. 칠대양에서 얻은 고래 기름과 경뇌유 덕이었어요. 선생님은 경뇌유를 아십니까?"

레드가 낑낑거리며 한숨을 쉬었다.

"모르시는군요. 향유고래 머릿골에서 짜낸 사랑스러운 장미향이 도는 투명한 기름입니다. 《모비딕》 좀 읽으세요, 개님. 제가 드리는 충고니까."

세터가 도랑에 서 있는 주철 말뚝 위로 다리를 들어올렸다.

이선은 길을 나서기 위해 몸을 돌리면서 어깨 너머로 말했다. "그리고 독후감 좀 써주세요. 선생께서 제 아들놈을 가르칠지도 모르니까요. 아들놈은 경뇌유건, 다른 무엇이건 제대로 쓸 줄을 몰라요."

느릅나무길은 이선 앨런 홀리 가문의 오래된 집에서 두 블록 떨어진 곳에 이르자 중심가로 비스듬히 이어졌다. 첫 번째 블록을 절반쯤 지나갔을 때, 말썽쟁이 참새 무리가 새로 돋아나고 있던 엘가 씨네 잔디밭에서 싸움질을 벌이고 있었는데, 단순하게 장난치는 정도가 아니라 워낙 사납고 시끄럽게 구르고 쪼아대고 눈알을 후벼대는 통에 이선이 다가가는 것도 몰랐다. 그는 걸음을 멈추고 녀석들의 싸움을 지켜보았다.

"작은 둥지에 함께 사는 새들은 다투지 않는 법이다." 이선이 말했다. "네놈들도 그럴 수 있지 않냐? 너희를 위해 말똥 한 무더기가 여기 있구나. 그런데 네놈들은 화창한 아침나절조차도 의좋게 지내지를 못해. 성 프란시스코가 너네 같은 놈들에게 친절하게 대하셨다니. 썩 꺼져버려!" 그가 참새들에게 달려들면서 발길질을 하자, 참새들은 문이 삐걱거리는 듯한 목소리로 사납게 불평을 늘어놓으면서 웅성웅성 와자하게 날갯짓을 하며 날아올랐다. "이거 하나 말해주마." 이선이 참새들을 향해 말했다. "정오에 태양이 어두워지고 어둠이 땅에 드리워지면서 너희는 두려워 떨게 되리라." 이선은 인도로 되돌아와 가던 길을 계속 갔다.

두 번째 블록에 있는 필립스 씨네 오래된 집은 이제 하숙집이다. 퍼스트내셔널 은행에서 출납원으로 일하는 조이 모피가 현관문을 나왔다. 그는 이를 쑤시면서 격자무늬 조끼의 매무새를 다듬고는 이선에게 "안녕하세요"라고 인사했다. "안 그래도 들르려던 참이었습니다. 홀리 씨." 그가 말했다.

"왜 다들 성 금요일을 좋은 금요일이라 부르죠?"

"라틴어에서 온 겁니다." 조이가 대답했다. "구더스goodus, 구딜리우스goodilius, 구덤goodum, 형편없다는 뜻입니다."

말처럼 생긴 조이는 웃는 것도 말처럼 웃어서, 기다란 윗입술이 들리면서 크고 네모난 이빨이 드러나 보였다. 조셉 패트릭 모피, 조이 모피, 조이 보이, '모프'라고 불리는 그는 뉴베이타운에 자리 잡은 지 이, 삼 년밖에 안 됐지만 굉장한 인기남이었다. 포커꾼처럼 눈을 내리깔고 뻔뻔스럽게 농담을 내뱉는 익살꾼이면서도, 들어본 적이 있건 없건 다른 사람들이 하는 우스갯소리에도 기분 좋게 말 울음소리를 냈다. 사리분별도 재빠른 모프는 무엇이든지, 거기다 마피아부터 귀족가문인 마운트배튼 집안에 이르기까지, 모든 사람에 대한 비밀 정보를 가지고 있었고, 마치 질문을 던지는 식으로 말꼬리를 올려 말하면서 비밀을 퍼뜨렸다. 그러다 보니 그의 말투에서 잘난 체하는 어감은 싹 빠지고, 듣고 있던 사람도 그 비밀에 한통속이 되어 마치 자신이 알아낸 것인 양 비밀을 옮겼다. 조이는 매력이 철철 넘치는 원숭이, 곧 도박꾼이지만 아무도 그가 내기 거는 것을 본 적이 없었고, 회계장부도 훌륭하게 정리하고 출납 일도 잘했다. 퍼스트내셔널 은행장인 베이커 씨도 조이를 철저히 신뢰한 까닭에 업무 대부분을 그에게 맡겼다. 모프가 모두와 친밀한 사이이긴 해도 결코 상대방의 이름을 부르지 않았다. 이선은 홀리 씨였다. 비록 잠자리를 함께한다는 소문이 나돌고 있어도 마지 영 헌트는 조이에게 영 헌트 부인이었다. 그는 가족이나 친척 없이 필립스 씨네 오래된 집에서 방 두 개와 개인 욕실을 빌려 홀로 지냈고, 식사는 대부분 포매스터 식당에서 했다. 그의 과거 은행업무 이력은 베이커 씨와 동료 직원들이 알고 있었고 흠잡을 데 하나 없는 것이긴 했으나, 조이 보이가 다른 누군가에게 일어났던 일을 말할 때 보면 마치 그 자신에게 일어났던 일인 양 말하는 버릇이 있어 의심을 사기도 했는데, 만약 정말 그렇다면, 그는 정말 산전수전 다 겪은 세상물정에 밝은 사람일 터였다. 생색 내지 않는 그의 태도에 사람들은 그를 더욱 좋아하게 되었다. 그는 손톱도 아주 말끔히 정리하고, 옷도 빈틈없이 잘 차려입어, 항상 깨끗한 셔츠에다가 광이 나는 구두를 신었다.

두 남자는 이제 중심가를 향해 느릅나무길을 함께 내려갔다.

"물어보고 싶은 게 있었습니다. 홀리 제독과 친척입니까?"

"홀시 제독을 말씀하시는 건가요?" 이선이 물어본다. "우리 가문에 선장님들은 많이 계셨지만, 제독이 계셨다는 이야기는 처음 들어보네요."

"듣자하니 할아버지께서 고래잡이 배 선장이셨다면서요. 아마 그래서 제독과 연관지어 생각했나봅니다."

"이런 동네에서는 신화가 떠도는 법이거든요. 내 아버지의 조상은 아득한 옛날에 해적질을 했고, 어머니 가문은 메이플라워호를 타고 왔다고 사람들이 말하는 것처럼 말입니다."

"이선 앨런 씨. 세상에, 그런 조상들도 있었습니까?"

"아마도요. 틀림없어요." 이선이 대답했다. "날씨 좋군요. 이보다 더 화창한 날을 본 적 있습니까? 그런데 제게 무슨 볼일이?"

"아, 네. 정오에서 3시 사이에 가게 문을 닫는 걸로 알고 있습니다만. 11시 30분쯤에 샌드위치를 두 개 만들어주시겠습니까? 가게로 가지러 달려가겠습니다. 우유도 한 병 부탁합니다."

"은행은 닫지 않나요?"

"닫습니다. 저는 아닙니다만. 힘없는 조이는 장부에 묶인 채 은행에 틀어박혀 있을 겁니다. 이런 황금연휴에는, 사람은 물론이고 키우는 개들까지 수표를 현금으로 바꾸니까요."

"그런 줄은 몰랐군요." 이선이 대답했다.

"아, 당연하지요. 부활절, 전몰장병기념일, 독립기념일, 노동절······. 황금연휴에는 늘 그렇습니다. 만약 내가 은행을 턴다면, 긴 연휴가 바로 코앞인 날 털겠습니다. 돈다발이 손님을 기다리면서 죄다 펼쳐져 있으니 말입니다."

"강도를 당한 적 있어요, 조이?"

"아뇨. 하지만 제 친구 놈은 두 번이나 당했습니다."

"친구 분이 뭐라고 하던가요?"

"겁에 질렸었다고 하더군요. 시키는 대로 했답니다. 바닥에 엎드린 채 놈들이 가져가도록 말이죠. 그런데 자신보다 돈이 더 큰 보험에 가입되어 있었답니다."

"가게 문을 닫으면 샌드위치를 가져다드리죠. 뒷문을 두드릴게요. 샌드위치는 어떤 걸로 해드릴까요?"

"신경 쓸 거 없습니다. 홀리 씨. 골목만 가로질러 가면 되니 말입니다. 호밀빵에 햄 샌드위치 하나와 치즈 샌드위치, 상추와 마요네즈를 곁들여서요. 그리고 우유 한 병과 나중에 마실 콜라 한 병 부탁합니다."

"질 좋은 살라미가 있는데 말이죠, 이름이 마룰로라고."

"괜찮습니다. 우리 마피아께서는 어찌 지내고 있습니까?"

"잘 지낼걸요."

"뭐, 홀리 씨가 이탈리아 사람을 좋아하지 않는다고 해도, 손수레 하나로 재산을 불릴 수 있는 사내는 존경해야 합니다. 마룰로 씨는 상당히 눈치가 빠릅니다. 그 양반이 얼마나 노련한지 사람들은 모릅니다. 이런 말 하면 안 되는데. 은행원은 말을 해서는 안 되는 법이거든요."

"별로 한 말 없습니다요."

그들은 느릅나무길이 중심가로 굽어들어 가는 모퉁이에 이르렀다. 자동으로 걸음을 멈추고 분홍색 벽돌과 벽토 무더기를 쳐다보니, 낡은 베이 호텔이 있던 곳은 새로 지을 울워스 호텔에 자리를 내주기 위해 해체되고 있었다. 노란색 페인트칠을 한 불도저와 건물 해체용 철구를 흔드는 커다란 기중기가 이른 아침 약탈자처럼 조용히 기다리고 있다.

"저게 늘 하고 싶었습니다." 조이가 말했다. "저 철구를 흔들면서 벽이 무너지는 것을 보면 분명 짜릿할 겁니다."

"벽이 무너지는 건 프랑스에서 수없이 봤어요." 이선이 말했다.

"맞습니다! 이선 씨 이름이 부둣가 옆 기념비에 새겨져 있더군요."

"친구 은행을 턴 강도들은 붙잡혔답니까?" 이선은 그 친구가 바로 조이라는 것을 확신했다. 누구라도 그렇게 생각했으리라.

"아, 그럼요. 쥐새끼처럼 잡혔습니다. 운 좋게도 강도 놈들이 영리하지 않았습니다. 조이 보이가 만약 은행 터는 법에 대해 책을 쓴다면, 경찰은 강도를 한 놈도 잡지 못할 겁니다."

이선이 웃었다. "어떻게 할 생각인데요?"

"다 줄이 있답니다, 홀리 씨. 신문도 읽었고. 게다가 경찰도 한 명 알고 지냈었습니다. 내 2달러짜리 강의 좀 들어보겠습니까?"

"75센트어치 정도로요. 가게 문을 열어야 하거든요."

"신사 숙녀 여러분." 조이가 말했다. "이 아침 이곳에 나온 저는, 아니지, 잘 들어보세요! 경찰이 어떻게 은행 강도를 잡느냐? 첫째, 적으세요, 전에 잡힌 적이 있는 놈이다. 둘째, 수

익배분을 두고 싸우다가 한 놈이 배반한다. 셋째, 여자들 때문이다. 여자들은 그냥 내버려둘 수 없죠, 그래서 네 번째 법칙에 말려드는 겁니다. 훔친 돈을 써야 한다는 법칙 말이지요. 돈을 헤프게 쓰는 사람들 중 처음 보는 놈들을 주목해보면 강도를 잡을 수 있습니다."

"교수 선생님, 그렇다면 어떤 방법을 써야 하나요?"

"양말 신는 것처럼 간단합니다. 죄다 반대로 하면 됩니다. 경찰에게 잡힌 적이 있거나 경찰 조서에 올라간 일이 있다면 절대로 은행을 털지 마세요. 결코 공모자를 둬서도 안 됩니다. 혼자서 하되 누구에게도 절대 이야기해서는 안 됩니다. 애인 따위는 잊어버리고. 그리고 돈은 쓰면 안 되고. 어디 치워두세요, 한 몇 년쯤. 그러다 돈을 벌 구실이 생기면, 한 번에 조금씩 꺼내서 투자를 하는 겁니다. 절대로 한꺼번에 다 써버리지 마시고."

"누가 알아보면 어떻게 하죠?"

"얼굴을 가리고 말을 하지 않았다면야, 누가 알아보겠습니까? 증인들이 하는 말 읽어본 적 있습니까? 바보천치들입니다. 내 경찰 친구놈 말이 상부에서 시켜 용의자 식별 과정에 줄을 서 있어본 적이 있었는데, 계속해서 걸렸다지 뭡니까. 증인들이 눈알이 튀어나올 만큼 맹세하길 무슨 일이었던 간에 친구 녀석이 했다는 겁니다. 여기까지가 75센트어치입니다."

이선이 주머니에 손을 집어넣었다. "외상으로 해야 할 것 같은데요."

"샌드위치 값에서 빼도록 하겠습니다." 조이가 말했다.

두 사람은 중심가를 건너 반대편 길에서 직각으로 꺾어진 골목으로 들어섰다. 조이는 퍼스트내셔널 은행의 뒷문으로 들어갔고, 이선은 맞은편 마룰로 식료잡화점의 샛문을 열었다. "햄과 치즈지요?" 그가 외쳤다.

"호밀 빵에요. 상추와 마요네즈도."

희뿌연 빛이 먼지투성이 쇠창살이 달린 창문을 통해 좁은 골목에서 창고로 들어왔다. 이선이 멈춰 선 어슴푸레한 공간에는 천장까지 짜 넣은 선반이 있고 통조림 과일과 채소, 생선, 가공 육류, 그리고 치즈가 담긴 종이 상자와 나무 상자가 쌓여 있었다. 그는 밀가루와 말린 콩, 완두콩 냄새, 시리얼 상자에서 나는 종이와 잉크 냄새, 치즈에서 진하게 나는 시큼한 냄새, 소시지, 햄과 베이컨의 악취, 샛문 옆에 놓여 있던 은색 쓰레기통에서 나는 양배추 쳐낸 것과, 상추, 사탕무 이파리의 쉰 냄새 속에서 킁킁거리며 쥐 냄새를 맡아보았다. 쥐가 풍기는 고약한 곰팡내가 나지 않는다는 것을 확인하자, 다시 샛문을 열고 뚜껑을 덮은 쓰레기통을 굴려 골목으로 내놓았다. 회색 고양이 한 마리가 쏜살같이 안으로 들어왔지만 내쫓았다.

"안 돼, 너는 안 돼." 그가 고양이에게 말했다. "생쥐나 시궁쥐야 고양이 먹이지만, 네 놈은 소시지를 갉아먹으려 드는구나. 물러가라! 알겠어? 물러가!" 고양이는 엉덩이를 깔고 앉아 분홍색 앞발을 핥더니, 두 번째 '물러가' 란 소리에 급히 달아나 은행 뒤로 서 있는 판자 울타리 위로 올라갔다. "주문 같은 효력이 있군." 이선이 큰소리로 말했다. 그는 창고로 들어가 샛문을 닫았다.

이제 먼지투성이 창고를 지나 가게로 이어지는 자재문으로 나가려는데, 칸막이 화장실에서 물이 뚝뚝 떨어지는 소리가 새어나왔다. 이선은 합판으로 된 화장실 문을 열어 불을 켜고는 변기 물을 내렸다. 그런 다음 유리 구멍에다 철사 그물을 쳐놓은 널따란 자재문을 밀고 들어가 발가락으로 나무 토막을 단단히 쑤셔 넣어 문을 고정시켰다.

커다란 앞 유리창 위로 쳐진 가리개 때문에 가게가 푸르스름했다. 역시 천장까지 짜 넣은 선반 위로 어슴푸레 빛나는 통조림과 병조림이 사람들의 배 속을 위한 도서관처럼 말끔하게 채워져 있다. 한쪽으로는 계산대, 금전등록기, 봉투, 끈과 함께 스테인리스에 흰색 에나멜 칠을 한 냉장고가 번쩍거리고 있었는데 냉장고 압축기가 나지막이 소리를 냈다. 이선이 스위치를 켜자 얇게 저며 익힌 냉육과 치즈, 소시지, 두껍게 토막낸 돼지고기, 스테이크와 생선 위로 차갑게 번쩍이는 푸른색 네온 불빛이 범람하듯 넘쳐났다. 대성당에 가면 볼 수 있는 반사광이 가게를 채웠다. 샤르트르 대성당에서 볼 수 있는 확산광처럼. 이선은 멈춰 서서 그 모습에 탄복했다. 토마토 통조림으로 이루어진 오르간 파이프, 겨자와 올리브 예배당, 그리고 정어리가 묻어 있는 타원형 무덤 수백 개.

"유니뭄 에 유니모룸." 그는 콧소리를 내며 기도문을 외우

듯 읊조렸다. "유니 유니마우스 쿠오드 유니버그 인 옴넴 유님, 도미네. 아아아아멘." 그의 노랫소리. 그러자 아내의 지청구가 들렸다. "바보 같은 소리잖아요. 게다가 다른 사람 기분을 해칠지도 모른다고요. 남의 기분 상하게 하고 다녀서는 안 돼요."

식료품 가게, 그러니까 마룰로의 식료품 가게 점원이면서 아내와 사랑스러운 두 아이가 있는 남자. 이 남자가 혼자인 시간이 있다면 언제이겠는가? 낮에는 손님들이, 저녁에는 아내와 아이들, 밤에는 아내, 낮에는 또 손님들, 저녁에 아내와 아이들. "화장실에 있을 때, 바로 그때지." 이선이 크게 말했다. 그리고 내가 수문을 열기 전, 바로 지금. 아! 어둑어둑한 데다가 코를 찌르는 쾌쾌한 냄새 가득한 이 얼빠진 시간, 꾀죄죄하지만 사랑스러운 이 시간. "귀염둥이, 누구 기분을 상하게 한단 말이야?" 그가 아내에게 말했다. "이곳에는 아무도 없어. 상하게 할 감정도 없고. 오로지 나와 내 유니뭄 유니모룸만 있지. 저 빌어먹을 가게 문을 열기 전까지 말이야."

그는 금전등록기 옆 계산대 뒤쪽 서랍에서 깨끗한 앞치마를 꺼내 펼치고는 끈을 똑바르게 한 다음 자신의 가는 몸통에다 걸치고 끈을 앞으로 한 바퀴 감아 뒤로 뺐다. 그런 다음 두 손을 등 뒤로 가져가 더듬더듬 나비매듭을 묶었다.

앞치마가 길어서 정강이 절반 지점까지 내려왔다. 이제 그는 오른손을 들어, 손바닥을 위쪽으로 해 헐겁게 컵 모양으로 움츠리고는, 이렇게 열변을 토했다. "들으라, 오 너희 통조림 배들아, 너희 피클과 야채겨자절임들아. '날이 밝자 백성의 원로들을 비롯하여 대사제들과 율법학자들이 모여 법정을 열고 예수를 끌어내어.' 날이 밝자마자 말이다. 그놈들은 일찍이도 일에 착수했다, 그렇지? 단 한순간도 지체하지 않았어. 이제 잘 봐라. '제6시● 경이 되매.' 아마 낮 12시쯤일 거다. '온 땅에 어둠이 임하여 제9시까지 계속되었다. 해도 어두워졌다.' 내가 시간을 어떻게 기억하는 거지? 세상에, 그분이 죽는데 오랜 시간이 걸렸군. 끔찍하게도 길어." 이선이 손을 떨어트리더니 복잡한 선반을 두리번거리며 쳐다보았다. 마치 선반 물건들이 대답이라도 하는 것처럼. "지금은 내게 말하면 안 돼, 귀염둥이 메리야. 너도 예루살렘의 딸인 거냐? '나를 위해 울지 말고.' 그분은 말했지. '너와 네 자녀들을 위하여 울어라……. 생나무가 이런 일을 당하거든 마른나무야 오죽하겠느냐?' 여전히 마음이 떨리는걸. 데보라 대고모님은 아는 것 이상으로 더 잘 말씀해주셨어. 아직 제6시가 아니다. 아직 아니야."

커다란 창문 위로 쳐진 녹색 가리개를 걷어 올리며 이선이 말했다. "들어오라, 날아!" 그러고는 앞문 자물쇠를 풀었다. "들어오라, 세계여!" 쇠창살이 쳐진 문들을 활짝 열어젖혀 닫히지 않도록 고정시켰다. 그러자 예상했던 대로 아침 햇살

● 현재의 12시, 정오를 의미한다.

이 인도 위로 부드럽게 내려앉았는데, 4월이 되면 중심가가 만과 딱 맞닥뜨리는 곳에서 태양이 솟아올랐기 때문이다. 이선은 인도를 쓸기 위해 화장실로 돌아가 빗자루를 챙겼다.

하루, 하루 종일이라는 시간은 그렇게 단순하지 않다. 태양이 하늘 꼭대기 천정을 향해 올라갈수록 환해지다가 다시 지는 변화뿐만 아니라, 계절, 더위나 추위, 잠잠하거나 사방에서 불어드는 바람 같은 수천 가지 요인에 의해 뒤틀리고, 냄새, 맛, 얼음이나 풀, 봉오리와 잎사귀, 검게 헐벗은 채 늘어진 가지들의 결 따위에 비틀어지면서, 감촉과 분위기, 색조와 의미가 변한다. 게다가 하루가 변하면 그것의 지배를 받는 벌레와 새, 고양이, 개, 나비, 그리고 사람들도 변한다.

이선 앨런 홀리가 누리던 고요하면서도 어둑하고 은밀하던 날은 끝났다. 아침이 밝은 인도를 기계적으로 비질하는 그 사내는 통조림 제품을 향해 설교하던 그 남자가 아닐 뿐더러, 유니뭄 유니모룸을 읊조리던 남자도, 심지어 얼빠진 사내도 아니었다. 그는 담배꽁초와 껌 포장지, 수정 중인 나무에 달려 있던 꽃봉오리 씌우개, 빗자루에 묻은 먼지를 모은 다음, 바람이 몰고 온 쓰레기 나부랭이를 도랑으로 쓸어내려, 은색 트럭을 타고 오는 마을 사내들을 맞을 준비를 했다.

베이커 씨가 단풍나무길에 위치한 자신의 집에서 나와 박자에 맞춰 점잖게 걸으며 붉은색 벽돌로 지은 바실리카 양식의 퍼스트내셔널 은행으로 향했다. 그런데 그 보폭이 하나같이 똑같지 않다면, 어머니 허리를 부러뜨리지 않기 위해 오래

전부터 생겨난 그의 걸음걸이 습관*이라는 것을 알아챌 사람이 누가 있겠는가?

"안녕하세요. 은행장님." 이선은 이렇게 말하면서 은행가가 입은 단정한 모직 바지에 먼지가 묻지 않도록 비질을 멈췄다.

"그래, 이선. 좋은 아침이군."

"네." 이선이 대답했다. "봄이 왔습니다, 베이커 은행장님. 마멋이 또 봄을 맞췄습니다."

"그래, 녀석이 또 맞았어." 베이커 씨가 잠시 말을 멈췄다. "자네하고 하고 싶은 이야기가 있네만 말이야, 이선. 자네 아내가 오빠의 유언으로 받은 돈 있지. 5,000이 넘었던 거 같은데, 안 그런가?"

"세금을 제하고 6,500입니다." 이선이 대답했다.

"그래, 그 돈이 은행에서 그저 잠자고 있어. 투자를 해야 된다 이거네. 그 문제에 대해 자네와 이야기하고 싶구먼. 자네 돈은 뭘 좀 해야 하네."

"6,500달러로는 할 일도 별로 없습니다, 은행장님. 응급할 때나 쓸모가 있겠죠."

"나는 놀고 있는 돈은 신뢰하지 않는다네, 이선."

"그러니까, 이 돈도 하는 일은 있습니다. 그냥 기다리는 거 말이지요."

은행가의 목소리가 싸늘해졌다. "이해할 수가 없단 말이

• 갈라진 곳을 밟으면 어머니 허리가 부러진다는 서양의 미신이 있다.

지." 하지만 억양에서는 그가 분명히 이해했을 뿐만 아니라 이선의 대답을 멍청하게 여긴다는 것이 배어 나왔다. 말투마저 이선을 신랄하게 비꼬고 있었고, 그 신랄함 때문에 이선은 거짓말을 해버렸다.

빗자루가 인도 위를 곡선 모양으로 세심하게 쓸어냈다. "이쪽입니다, 은행장님. 그 돈은 혹시 제게 무슨 일이 생길 때를 대비해 메리가 임시로 넣어둔 보호책입니다."

"그렇다면 자네 목숨을 안전하게 지킬 수 있게 일부를 사용해야지."

"하지만 단지 임시일 뿐입니다, 은행장님. 그 돈은 메리 오빠의 재산입니다. 장모님도 아직 살아 계세요. 앞으로 수년은 더 사실 겁니다."

"알겠네. 늙은이들은 짐이 될 수 있어."

"그분들은 또 당신들의 돈을 깔고 앉을 수도 있지요." 이렇게 거짓말을 하며 이선이 베이커 씨의 얼굴을 흘깃 쳐다보니, 은행가의 목깃 밖으로 희미하게 번지는 색이 보였다. "있잖습니까, 은행장님. 메리의 돈을 투자했다가 잃어버릴 수도 있는 겁니다. 제가 전에 돈을 잃었던 것처럼, 또 제 부친이 거액을 잃었듯이 말입니다."

"지나간 일이야, 이선. 지나간 일이라네. 자네가 된통 당한 거 내 알지. 하지만 시대가 변하고 있고, 새로운 기회가 열리고 있단 말일세."

"저도 기회가 있었습니다, 베이커 어르신. 분별력보다는 기회가 더 많았지요. 전쟁 직후에는 제가 이 가게 주인이었다는 걸 잊지 말아주세요. 집안의 마지막 사업 자산이었던 가게에 물건을 들이기 위해 부동산 절반을 팔아야 했습니다."

"나도 알아, 이선. 자넨 내 고객이잖나. 의사가 자네 맥박을 알듯이 난 자네 사업을 알고 있다네."

"물론 알고 있으시다마다요. 빌어먹을 파산 지경까지 가는 데 이 년도 채 안 걸렸습니다. 빚을 갚으려고 집 빼고는 죄다 팔아야 했습니다."

"그게 다 자네 탓은 아닐세. 군에서 갓 제대한 데다가 사업 경험도 전무했잖나. 게다가 자네가 불황과 정면충돌했다는 걸 잊지 말게나. 일시적 불경기라고 우리가 부르긴 했어도 말일세. 꽤 뼈가 굵은 사업가들도 파산했지."

"저는 폭삭 망했습니다. 역사상 홀리 가문 사람이 이탈리아인이 운영하는 식료품점 점원으로 일하는 것도 처음입니다."

"내가 이해가 안 되는 게 바로 그거네, 이선. 사람이라면 누구나 빈털터리가 될 수 있지. 내가 이해가 안 되는 점은 자네같이 가문과 배경, 학력이 좋은 남자가 왜 무일푼인 채로 있는가 하는걸세. 자네 피가 배짱을 잃지 않았다면야 영원히 그렇게 지낼 수 없네. 뭣 때문에 나가떨어진 건가, 이선? 뭣 때문에 계속 맥없이 주저앉아 있냔 말이야?"

이선은 분노가 치솟아 반박하기 시작했다. 당연히 당신은 모르시겠지, 한 번도 그래본 적이 없으니. 그는 껌 포장지와 담배꽁초를 작은 원모양으로 모아 피라미드 더미로 쌓은 다음 도랑 쪽으로 쓸어갔다. "사람들은 나가떨어지지 않습니다, 아니 그러니까 제 말은 아무리 큰 문제라도 다시 씨름할 수 있다는 겁니다. 서서히 좀먹기 때문에 사람들이 죽는 겁니다. 실패를 향해 조금씩 조금씩 밀려가지요. 그들은 서서히 겁을 먹게 됩니다. 저는 무섭습니다. 롱아일랜드 전기회사가 전등을 꺼버릴지도 모르니까요. 아내는 옷이 필요합니다. 아이들은 신발과 놀이거리가 필요하고요. 게다가 녀석들이 교육을 받지 못하게 되면 어떻게 합니까? 매달 내야 하는 고지서와 의료비, 이가 상하거나 편도절제술을 받아야 한다면, 아니 그걸 다 떠나 제가 병이 들어 이 빌어먹을 인도를 쓸지 못하게 된다면 어떻게 합니까? 당연히 어르신께서는 이해하실 수 없습니다. 그것은 서서히 찾아옵니다. 가지고 있던 배짱을 썩어 문드러지게 만들어버린다 이겁니다. 저는 다음 달 내야할 냉장고 할부값 말고는 생각할 수가 없습니다. 이 일이 싫지만 이 일자리를 잃어버릴까 무섭기도 합니다. 은행장님이 어떻게 이해하실 수 있겠습니까?"

"메리의 어머니가 있잖은가?"

"말씀드렸다시피. 장모님은 돈을 깔고 앉아 계십니다. 그렇게 깔고 앉은 채로 돌아가실 겁니다."

"난 몰랐네. 메리가 가난한 집안 출신인 줄 알았어. 물론 자네가 병이 들면 약이 필요할 테고, 아니 수술이나 심지어 충격이 필요할 수 있다는 건 나도 아는 바네. 우리 조상들은 용감한 분들이셨지. 자네도 알잖나. 죽음이 자신들을 좀먹도록 내버려두지 않으셨단 말일세. 그런데 이제 세월이 변하고 있네. 우리 선조들은 꿈도 꾸지 못했던 기회들이 있단 말이지. 게다가 이방인들이 그 기회를 채가고 있지 않나. 이방인들이 우리를 덮치고 있다 이걸세. 깨어나게, 이선."

"그러면 냉장고는 어떻게 합니까?"

"할 수 없다면 내보내야지."

"메리와 아이들은요?"

"한동안은 잊어버리게나. 자네가 구덩이에서 빠져나온다면야 더 좋아할 테니까. 처자식을 걱정한다고 해서 그들을 돕는 건 아니라네."

"메리의 돈은요?"

"성패를 걸지 않는 한 방법이 없다면 잃어버리게. 관리와 충고가 따른다면야 돈을 잃을 필요는 없지. 성패를 거는 건 손실이 아니네. 우리 선조들은 항상 위험을 예측했네만 손해를 보지 않았지. 내 자네에게 충격 좀 줘야겠군, 이선. 자네는 말이야, 돌아가신 홀리 선장님에 대한 명성을 저버리고 있네. 그분 명성에 빚을 지고 있다 이걸세. 그러니까, 그분과 내 아버지가 벨 아데어 호를 공동소유하셨잖나, 포경선 가운데 제일 늦게 건조된, 가장 훌륭했던 배 말일세. 엉덩이 좀 치우고 그만 일어나, 이선. 자네는 벨 아데어 호에 큰 빚을 지고 있어. 냉장고 할부 따위야 어떻게 되든 무슨 상관인가."

이선은 머뭇거리고 있는 셀로판 조각 하나를 빗자루 끝으로 살살 달래 도랑 가장자리로 쓸었다. 그가 부드럽게 말했다. "벨 아데어 호는 흘수선까지 불탔습니다, 어르신."

"나도 알아, 그런데 그 일이 우리를 멈추게 했나? 아닐세."

"배는 보험에 가입되어 있었습니다."

"그야 당연하지."

"글쎄, 저는 아니었지 뭡니까. 건진 것이라고는 집밖에 없습니다."

"그건 잊어버리게. 지나간 일에만 골몰하고 있군. 얼마 안 되는 용기, 담대함이라도 긁어모아야 하네. 그래서 내 자네에게 메리의 돈을 투자하라고 말하는걸세. 난 자네를 도와주려는 거네, 이선."

"감사합니다, 은행장님."

"우리는 자네 앞치마를 벗겨내고 말걸세. 자네는 홀리 선장님께 빚을 진 거야. 그분은 생각하실 수도 없는 일이겠군."

"아마 그러실 겁니다."

"다들 그렇게 이야기한다네. 우리가 자네 앞치마를 벗겨내겠네."

"메리와 아이들을 위한 것이 아니라 한다면……."

"식구들은 잊어버려. 내 분명히 말하지만, 그들을 위해서라도 말일세. 이 뉴베이타운에도 뭔가 흥미로운 일들이 일어날 거야. 자네도 함께할 수 있어."

"감사합니다, 은행장님."

"내 그것에 대해 생각 좀 해봄세."

"은행장님이 정오에 영업을 정지하셔도 모피 씨는 계속 일

불만의 겨울 167

할 거라고 하더군요. 제가 샌드위치를 만들어주기로 했습니다. 어르신께도 뭘 좀 만들어드릴까요?"

"괜찮아. 내 조이에게 일을 맡기려고 해. 좋은 사람이지. 내가 조사해볼 토지가 좀 있거든. 군 서기 사무실에서 말일세. 12시에서 3시까지 개인적인 시간을 보내기에 좋은 곳이라네. 자네를 위한 게 있을지도 모르지. 곧 이야기하세. 자, 그럼." 베이커 씨가 갈라진 틈을 피하기 위해 첫걸음을 넓게 내딛고 나서 골목 어귀를 가로질러 퍼스트내셔널 은행 정문으로 향하자, 이선은 그의 멀어지는 등을 향해 미소를 지었다.

이선은 비질을 재빨리 마쳤다. 이제 사람들이 하나둘 일터로 몰려가고 있었기 때문이다. 그는 가게 입구에 과일 매대를 세웠다. 그런 다음 주위에 지나가는 사람이 아무도 없음을 확인하더니, 쌓여 있던 개 사료 깡통 세 개를 치우고는, 그 뒤에서 달갑지 않은 조그만 돈주머니를 꺼내고, 개 사료를 다시 제자리에 놓은 뒤, 금전등록기의 '노 세일' 단추를 눌러 서랍을 열어 작은 고정 바퀴 아래 각각의 자리에다 20달러, 10달러, 5달러, 그리고 1달러짜리 지폐를 나눠 넣었다. 50센트, 25센트, 10센트, 5센트, 그리고 1페니짜리 동전을 현금 서랍 앞에 달려 있는 오크나무 컵에 저마다 넣고 나서 서랍을 쾅 밀어 닫았다. 손님은 겨우 몇 명밖에 없었다. 빵 한 덩어리나 우유 한 팩, 또는 떨어진 커피를 사러 심부름 온 아이들과, 자고 일어나 머리가 지저분한 어린 여자애들뿐.

연어 살빛 스웨터 차림에 가슴이 봉긋한 마지 영 헌트가 들어왔다. 허벅지를 부드럽게 감싼 트위드 스커트가 그녀의 자랑할 만한 엉덩이 바로 아래까지 올라가 있기도 했지만, 그녀의 두 눈, 근시인 갈색빛의 두 눈 속이야말로 이선은 볼 수 있어도 아내라면 결코 볼 수 없는 것이었다. 왜냐하면 아내들이 주위에 있을 때는 드러나지 않기 때문이었다. 그것은 남자를 노리는 약탈자, 여자 사냥꾼, 아르테미스의 눈초리였다. 홀리 선장은 그것을 '추파'라 불렀다. 그녀는 목소리에도 그런 기운이 있어, 나지막이 투덜거리던 목소리가 아내들을 향해 자신감 넘치는 가늘고 부드러운 소리로 바뀌었다.

"안녕하세요, 이쓰." 마지가 인사했다. "소풍가기에 좋은 날이네요!"

"안녕하세요. 커피가 떨어져서 사러 왔다는 데 내기를 걸까요?"

"두통약이 떨어진 것을 맞힌다면, 당신의 승리를 인정해드리죠."

"화끈한 밤이었나 봅니다?"

"조촐하게나마요. 순회 판매원 이야기를 듣느라고요. 이혼한 여자의 금고 같은 거죠. 서류가방에 공짜 샘플도 가득하고. 그이를 본다면 아마 북 치는 외판원이라 부르실 거예요. 어쩌면 아실지도 모르겠네요. 이름이 비거인가 보거인데, 비비디앤디 회사 판매원이랍니다. 그 사람이 이선 씨를 만나러 오겠다고 말해서 전해드리는 거예요."

"우리는 대부분 웨이랜즈에서 구매합니다."

불만의 겨울 169

"뭐, 오늘 아침 버거 씨 기분이 나보다 낫다면야, 북을 치면서 광고를 하러 오겠지요. 저기, 물 한 잔 주시겠어요? 약을 좀 먹어야겠네요."

이선은 창고로 가 종이컵에다 수돗물을 받아왔다. 그녀는 알약 세 개를 컵에 넣고서 거품이 일게 물에 녹였다. 그러더니 "건배"라고 말하면서 컵을 들이켰다. "요 녀석들아, 이제 일 좀 해봐." 그녀가 말했다.

"오늘 메리에게 점을 쳐줄 거라면서요."

"어머나, 세상에! 잊고 있었잖아. 사업으로 할까 봐요. 돈을 벌 수 있을 텐데."

"메리가 좋아해요. 점을 잘 봅니까?"

"잘하긴요. 사람들, 그러니까 여자들은 자신에 대해 이야기하도록 해준 다음 그 이야기를 도로 들려주면 투시력이 있다고 여기거든요."

"그렇다면 귀인을 만나게 된다는 건 뭡니까?"

"어김없이 하는 말이라니까, 정말. 하긴 남자 마음을 읽을 수만 있다면, 내 그런 배불뚝이들을 안 골랐겠지. 어휴! 내가 잘못 읽어낸 사람이 여럿인가 봐."

"첫 번째 남편은 죽지 않았습니까?"

"아니요, 두 번째 남편이요. 편히 쉬세요, 이 망할, 아니지, 신경 쓸 필요 없어. 편히 쉬길 빌 뿐이죠."

이선이 가게로 들어오는 늙은 에지진스키 부인을 정성껏 맞이해 날씨를 두고 몇 마디 인사까지 주고받으며 버터 100그램을 달아 파느라 꾸물거리는 사이, 마지 영 헌트는 편안하게 미소를 머금고는 금전등록기 옆 계산대 뒤로 진열된 황금색 딱지로 봉인한 푸아그라 통조림과 보석함 같이 조그만 통에 담긴 캐비아를 살펴보았다.

"이제." 노부인이 폴란드 말로 나지막이 투덜거리면서 비칠비칠 걸어 나가자 마지가 입을 열었다.

"이제, 뭐 말입니까?"

"생각을 해보았는데요, 제가 여자를 아는 만큼 남자를 안다면 간판을 내걸 수 있을 거 같아요. 제게 남자에 대해 가르쳐주는 거 어때요, 이선?"

"충분히 알고 있습니다. 아마 너무 많이 아는 거겠죠."

"오, 제발요! 바보 같은 짓 하고 싶을 때도 없어요?"

"지금 시작하겠습니까?"

"언제 저녁에 시간 나면요."

"좋습니다." 그가 대답했다. "그룹으로 합시다. 메리와 당신, 그리고 우리 아이 둘. 주제는 남자들. 그들의 약점과 어리석음 그리고 그 사용법."

마지는 이선의 말투를 무시했다. "늦게까지 일하지는 않으세요? 매달 1일 장부정리 같은 거요."

"물론 합니다. 집에 가지고 가서 합니다."

그녀는 머리 위로 두 팔을 들어 올리고는 손가락으로 머리칼을 훑었다.

"왜요?" 그녀가 물었다.

"상관할 일 아닙니다."

"그렇다면 제게 뭘 가르쳐줄 건지 생각해보시겠어요?"

이선이 대답했다. "이렇게 희롱하고 나서 그 겉옷을 벗기고 예수의 옷을 도로 입혀 십자가에 못 박으러 끌고 나갔다. 그들이 나가다가 시몬이라는 키레네 사람을 만나자 그를 붙들어 억지로 예수의 십자가를 지고 가게 했다. 그리고 골고다 곧 해골산에 이르렀을 때에……."

"아, 정말 기가 막혀!"

"네, 그렇습니다. 기가 막히는 일입니다……."

"당신 개자식인 거 알아요?"

"그럼요, 오 예루살렘의 딸이여."

갑자기 그녀가 미소를 짓는다. "내가 뭘 할 생각인지 아세요? 아주 좋은 점괘를 오늘 아침에 읽을 거예요. 당신은 거물이 될 거예요, 알아요? 만지는 건 죄다 황금으로 변할 테고, 사람들의 지도자가 된다 이거예요." 그녀는 서둘러 문으로 걸어가더니 뒤를 돌아보며 이를 드러내고 싱긋 웃었다. "당신이 그렇게 살 수 있을까요, 아닐까요? 또 봐요, 구원자 씨!" 화난 발걸음으로 인도에 부딪히는 구두 굽 소리가 몹시도 이상하게 들렸다.

10시가 되자 모든 것이 바뀌었다. 은행의 커다란 유리문이 양쪽으로 접히면서 열리자 사람들이 강물처럼 밀려들어 돈을 찾기 위해 잠깐 들어갔다 나오더니, 마를로 가게로 돈을 들고 와 부활절에 필요한 고급 식료품을 구입했다. 이선은 제6시가 될 때까지 소금쟁이처럼 분주했다.

읍사무소 지붕 꼭대기 탑에서 화재 경종이 화가 난 듯 뎅그렁 울리며 제6시를 알렸다. 손님들이 구운 고기를 담은 봉투를 안고서 쓸려나갔다. 이선은 과일 매대를 가게 안으로 들이고 앞문을 닫은 다음, 오로지 세상과 자신에게만 어둠이 내리도록 녹색의 두꺼운 가리개를 내렸고, 그러자 어둠이 가게로 드리워졌다. 냉장고 네온만이 으스스한 푸른빛을 내뿜었다.

계산대 뒤로 간 이선은 호밀 빵을 네 조각 두텁게 잘라 버터를 듬뿍 발랐다. 냉장고 문을 옆으로 밀어 열고 스위스 가공 치즈 두 장과 햄 세 장을 꺼냈다. "상추와 치즈." 그가 말했다. "상추와 치즈라. 남자가 결혼하면 나무에서 살게 된다네." 그는 병에서 마요네즈를 덜어 제일 위에 얹은 빵에다 바르고 나서, 뚜껑으로 샌드위치를 누르고는, 가장자리로 비쭉 나온 상추와 햄의 비계를 잘라냈다. 이제 우유 팩 하나와 포장지로 쓸 사각형 유산지 한 장을 꺼냈다. 그가 종이 끝을 말끔하게 접어 넣고 있자니, 앞문에서 열쇠가 쩔렁이면서 마룰로가 들어섰다. 곰처럼 덩치가 큰데다 헐렁한 윗옷을 입고 있어 양팔이 짧아 보였고 특히 몸통에 비해 짧은 팔이 두드러졌다. 모자를 뒤통수에 걸치고 있던 까닭에 뻣뻣한 철회색 앞머리가 모자 같았다. 마룰로의 두 눈은 축축이 젖어 교활하면서도 활기가 없었지만, 금을 씌운 앞니는 냉장고에서 나오는 불빛에 번쩍거렸다. 바지 제일 윗 단추 두 개가 열려 있어 진회색 속옷이 보였다. 그는 작고 통통한 엄지손가락을 아랫배 밑으로 말아올려 입은 바지에다 걸고 반쯤 컴컴한 곳에서 눈을 깜박이고 있었다.

"좋은 아침입니다, 사장님. 아니, 이제 오후겠네요."

"잘 있었나, 풋내기. 문을 잘도 빨리 닫았어."

"동네가 죄다 닫았습니다. 미사에 가신 줄 알았습니다."

"오늘은 미사가 없어. 일 년 중 미사가 없는 유일한 날이지."

"그렇습니까? 몰랐군요. 도와드릴 일이라도 있습니까?"

짧고 통통한 양팔이 쭉 펴지면서 팔꿈치 앞뒤로 흔들린다.

"팔이 아파, 풋내기. 관절염이지……. 더 나빠져."

"치료법이 없습니까?"

"죄다 해봤네. 뜨거운 찜질에, 상어 기름, 약. 그래도 아파. 모두 멋지게 문을 닫아버렸군. 우리 그럼 이야기나 해볼까, 어, 풋내기?" 그의 이가 번쩍거렸다.

"뭐 잘못된 거라도 있습니까?"

"잘못된 거라니? 뭐가 말인가?"

"그러니까, 잠시만 기다려주신다면, 이 샌드위치를 은행에 배달하고 오겠습니다. 모피 씨가 부탁한 겁니다."

"영리한 풋내기라니까. 서비스를 해주는군. 좋았어."

이선은 창고로 나가, 길을 건너서 은행 뒷문을 두드렸다. 우유와 샌드위치를 조이에게 전해줬다.

"고맙습니다. 이럴 필요 없는데."

"서비스입니다. 마룰로가 그러더군요."

"콜라 두 병 좀 차게 해주겠습니까? 입이 엄청 마르네요."

이선이 돌아와보니 마룰로가 쓰레기통을 들여다보고 있다.

"마룰로 사장님, 어디서 이야기하시겠습니까?"

"여기서 시작하지, 풋내기." 그가 쓰레기통에서 콜리플라워 잎사귀를 집어냈다. "자네는 너무 많이 잘라내."

"깔끔하게 하려는 것뿐입니다."

"콜리플라워는 무게로 파는 거야. 자네는 쓰레기통에 돈을 버리고 있어. 내가 아는 영리한 그리스 놈이 하나 있는데 식당을 아마 스무 개쯤 가지고 있지. 쓰레기통을 감시하는 게 가장 큰 비밀이라고 말해주더군. 버리는 건 팔지 못해. 그놈 참 똑똑하다니까."

"알겠습니다, 마룰로 사장님." 이선이 가게 앞쪽으로 초조하게 걸음을 옮겼고, 마룰로는 등 뒤로 팔꿈치를 이리저리 구부리며 따라왔다.

"자네 내 말대로 채소에 물을 듬뿍 뿌렸겠지?"

"그럼요."

주인이 상추 한 단을 집어 올렸다. "말랐군."

"그러니까, 참나, 사장님, 채소를 흠뻑 젖게 하고 싶지는 않아요. 3분의 1은 물로 변했을 겁니다."

"채소가 쌩쌩하니 싱싱하고 좋아 보인단 말일세. 내가 모를 줄 아나? 나는 손수레 하나로 시작한 사람이야. 단 하나로 말이지. 나도 알아. 풋내기, 자네는 요령을 배워야 해, 안 그러면 망해. 이제 고기를 보자고. 자네가 쓰는 고기 대금이

불만의 겨울 175

너무 많아."

"그거야 1등급 쇠고기를 광고하고 있으니까요."

"1등급이든 2, 3등급이든 누가 알아? 종이에 쓰여 있을 뿐이라고, 안 그래? 이봐, 우리 잘 좀 이야기해보자고. 계산서에 적힌 숫자는 무의미해. 아무도 15일까지 지불하지 않아. 장부 외 거래로도."

"그렇게 할 수 없습니다. 몇몇 손님들은 이십 년 동안 단골입니다."

"잘 들어, 풋내기. 체인점이라면 록펠러에게라도 단돈 5센트 외상을 주지 않을걸세."

"네, 하지만 이 사람들은 대부분 좋은 사람들입니다."

"뭐가 '좋은' 건가? 돈을 묶어놓고만 있을 뿐인데. 체인점은 트럭 단위로 사들여. 우리는 그렇게 못해. 요령 좀 배워, 풋내기야. 물론, 좋은 사람들이지! 그런데 돈도 좋은 거야. 상자에 고기 토막이 너무 많이 떨어져 있는데."

"비계와 부스러기입니다."

"다듬기 전에 무게를 잰다면야 괜찮아. 자네 앞가림부터 해야지. 자네가 안 하면 누가 할 건가? 요령 좀 배우라고, 풋내기." 이제는 금니가 반짝거리지 않는다. 입술이 꽉 죄인 작은 덫 같다.

미처 깨닫기도 전에 분노가 안에서 솟아오르자 이선은 놀라고 말았다. "나는 사기꾼이 아닙니다, 마룰로 사장님."

"누가 사기꾼인가? 다 사업 잘 되기 위한 거고, 망하지 않는 사업만이 잘되는 사업일 뿐이야. 베이커 씨가 무료 샘플을 나눠준다고 보나, 풋내기?"

이선의 머리끝까지 솟은 분노가 꽝 터지고 말았다. "잘 들으세요." 그가 외쳤다. "1700년 중반부터 홀리 가문은 이곳에서 살았습니다. 당신은 이방인일 뿐입니다. 그러니 알 리가 없겠죠. 우리 가문은 항상 이웃과 사이좋게 지내면서 예절 바르게 살았습니다. 시칠리아 섬 출신인 주제에 참견할 수 있다고 생각한다면, 큰 오산입니다. 제 일자리를 원한다면, 가지세요. 바로 지금 당장에 말입니다. 그리고 풋내기라 부르지 마세요. 주먹으로 코를 갈겨버릴 테니까……"

마룰로의 이가 이제는 죄다 번쩍인다. "좋아, 좋다고. 화내지 말게나. 자네를 도와주려는 것뿐일세."

"풋내기라 부르지도 마세요. 제 가문이 이곳에 뿌리내린 지 이백 년이나 됐습니다." 자신이 듣기에도 유치한 말이었던 까닭에, 이선의 분노는 점차 사라져버렸다.

"내가 영어를 썩 잘하는 건 아니야. 자네는 마룰로가 단지 재수 없는 이탈리아 놈들 이름이라고만 여기는데 말이야, 내 제니토리,* 내 이름은 아마 이, 삼천 년쯤 될걸세. 마룰루스는 로마 출신이네. 발레리우스 막시무스가 써놓았더군. 그런데 겨우 이백 년이 뭔가?"

"사장님은 이곳 출신이 아닙니다."

● 이탈리아어로 '부모' 란 뜻이다.

불만의 겨울 177

"이백 년 전에는 자네도 마찬가지야."

이제 분노가 죄다 빠져나가버린 이선은 사람으로 하여금 외부 현실이 과연 항구적인가 의심케 하는 무언가를 보게 되었다. 그는 자신의 두 눈 아래로 이탈리아 이민자인 과일 행상의 모습이 변화하는 것을 보면서 둥그스름한 이마, 강인한 매부리코, 맹렬하고도 대담무쌍한 눈빛의 움푹 들어간 두 눈을 보았고, 기둥과도 같은 근육이 지탱하는 머리와, 업신여김을 받는 상황에서조차도 수그러들지 않을 깊이 뿌리박힌 채 흔들림 없는 자신감을 보았다. 누구라도 경탄을 자아내게 하는 충격적인 발견이었다. 지금껏 이 모습을 알아보지 못했다면, 또 무엇을 보지 못한 것일까?

"이탈리아 이야기는 하실 필요 없습니다." 이선이 부드럽게 말했다.

"잘 되는 사업. 난 자네에게 사업을 가르치는 거야. 육십팔 년을 살았어. 아내는 죽었고. 관절염! 그래서 아파. 난 사업이 뭔지 보여주려는걸세. 어쩌면 자넨 배우지 못해. 사람들 대부분이 배우지 못해. 망하고 말지."

"제가 망했다고 해서 그런 얘기를 자꾸 늘어놓을 필요는 없습니다."

"아니야. 자네가 틀렸어. 나는 자네에게 사업이 잘 되는 법을 가르쳐서 다시는 망하지 않게 하려는 거야."

"퍽이나요. 벌인 사업도 없습니다."

"자넨 여전히 풋내길세."

이선이 말했다. "자, 보세요, 마를로 사장님. 사실상 저는 이 가게를 사장님을 위해 운영하고 있습니다. 장부를 정리하고, 은행 예금에, 물품도 주문합니다. 손님들을 관리하고요. 손님들은 또 옵니다. 그거면 잘 되는 거 아닙니까?"

"물론이야. 자네가 좀 배우긴 했군. 더 이상 풋내기는 아니야. 자네는 내가 풋내기라 부르면 화를 내는군. 자네를 뭐라고 부를까? 나는 모두를 풋내기라 불러."

"이름을 불러주세요."

"친근하게 들리지 않네. 풋내기가 친근해."

"위엄이 없습니다."

"위엄이 생기면 친해지지 않아."

이선이 웃었다. "이탈리아인 가게에서 일하는 점원이라면, 위엄이 있어야 합니다. 아내와 아이들을 위해서요. 아시겠습니까?"

"그건 가짜지."

"그야 당연하죠. 제가 정말 위엄이 있다면 그런 생각도 하지 않을 거니까. 연로한 아버지가 돌아가시기 얼마 전에 하신 말씀을 잊고 있었네요. 아버지는 모욕을 받게 되는 발단이 똑똑함과 안전함에 직결된다고 말씀하셨습니다. 아버지 말씀에 '개새끼'라는 말은 어머니에 대해 그다지 자신이 없는 사람에게만 욕일 뿐이라는 겁니다. 그러니 알베르트 아인슈타인을 어떻게 모욕할 수 있겠습니까? 그때는 그 사람이 살아있었죠. 그러니 원하신다면 당장 저를 풋내기라 부르세요."

"알겠나, 풋내기? 더 친근하잖나."

"그럼 좋습니다. 제가 어떻게 사업을 해야 한다고 말하고 싶은 겁니까?"

"사업은 돈이야. 돈은 친근하지 않아. 풋내기, 그런데 자넨 너무 친근해. 너무 상냥하다고. 돈은 상냥하지 않아. 돈에게 친구는 없어. 더 많은 돈만 있을 뿐이지."

"말도 안 됩니다. 마룰로 씨. 저는 상냥하고 친근한 데다 존경스럽기까지 한 사업가들을 많이 알고 있습니다."

"사업을 하지 않을 때야, 풋내기. 당연하지. 자네도 알게 될 거야. 알게 되는 순간 너무 늦어버리는 거네만. 자네는 가게를 친절하게 운영하고 있어, 풋내기. 하지만 이게 자네 가게라면 자네는 친절하게 망하게 될지도 몰라. 나는 학교처럼 진짜 수업을 가르쳐주는 거네. 잘 있게, 풋내기." 마룰로가 두 팔을 구부리더니 앞문으로 재빨리 나가면서 문을 쾅 닫아버리자, 이선은 세상 위로 내린 어둠이 느껴졌다.

앞문에서 날카롭게 두드리는 금속성 소리가 났다. 이선이 커튼을 옆으로 걷으면서 말했다. "3시까지 닫습니다."

"들어가게 해주세요. 말씀 좀 나누고 싶습니다."

낯선 사람이 안으로 들어왔다. 마른 체격에, 결코 젊었던 적이 없어 언제나 청춘일 것 같은 남자는 말쑥한 옷맵시에, 성긴 머리칼이 두피에서 반짝거리고, 두 눈은 유쾌하게 들떠 보였다.

"방해해서 죄송합니다. 이곳을 급히 떠나야 해서요. 따로 드릴 말씀이 있거든요. 노인네가 나갈 것 같지 않더군요."

"마룰로 말입니까?"

"네. 저는 길 건너편에 있었습니다."

이선은 티 하나 없이 깨끗한 그 사람의 두 손을 흘깃 쳐다보았다. 왼손 세 번째 손가락에 커다란 묘안석이 박힌 금반지가 보였다.

낯선 손님이 그 눈길을 알아챘다. "강도는 아닙니다." 그가 말했다. "어젯밤 친구 분을 만났습니다."

"네?"

"영 헌트 부인 말이에요. 마지 영 헌트."

"그래요?"

낯선 손님이 틈새를 찾느라, 관계를 맺을 만한 공통분모를 찾느라, 마음속으로 안절부절 냄새를 맡고 있다는 것을 이선은 느낄 수 있었다.

"좋은 친구라면서요. 부인이 댁 칭찬을 많이 하더군요. 그래서 제 생각에, 아, 제 이름은 비거즈입니다. 비비디앤디에서 이 지역을 담당하고 있습니다."

"우리는 웨이랜즈와 거래합니다."

"알고 있습니다. 그래서 온 거지요. 우리 회사를 알리는 데 조금이라도 관심이 있을 거라고 생각했거든요. 이 지역은 처음입니다. 빠르게 성장하고 있어요. 이곳에 발을 들여놓기 위해서는 양보도 좀 해야 되지 않습니까. 그것을 잘 이용한다면 수지가 맞을 겁니다."

"그런 일이라면 마룰로 씨와 이야기해야 할 거요. 그 양반은 늘 웨이랜즈와 거래합니다."

그의 목소리가 잦아든 건 아니나 어조가 더 비밀스러워졌다. "주문은 댁이 하나요?"

"뭐, 그렇습니다. 보시다시피 마룰로 씨가 관절염을 앓고 있는 데다, 다른 관심사도 있고 해서 말입니다."

"우린 가격을 할인시킬 수 있거든요."

"아마 마룰로 씨는 최대치로 할인한 가격으로 물건을 싸게 받고 있을 겁니다. 그 양반을 만나보시죠."

"제가 하고 싶지 않은 게 그겁니다. 저는 주문 책임자를 만나고 싶은데 바로 댁이란 말이죠."

"나는 점원일 뿐입니다."

"당신이 주문을 하잖습니까, 홀리 씨. 제가 5퍼센트씩 할인해드릴 수 있어요."

"품질만 똑같다면 마룰로 씨는 제안을 받아들일 겁니다."

"이해를 못하는군요. 나는 마룰로 씨가 필요한 게 아니에요. 그 5퍼센트는 현금으로 드릴 겁니다. 수표도 아니고, 남는 기록도 없고, 세금쟁이들하고 골치아픈 문제도 없이, 그저 빳빳하고 깨끗한 배춧잎이 내 손에서 당신 손으로, 당신 손에서 당신 주머니로 들어간다 이겁니다."

"마룰로 씨는 왜 할인을 못 받습니까?"

"가격협약 때문이죠."

"좋습니다. 만약 제가 5퍼센트를 받아서 마룰로 씨에게 넘겨준다면?"

"주인이란 사람들에 대해 잘 모르나 보군요. 만일 그 돈을 넘겨준다면, 그 양반은 당신이 주지 않은 돈이 얼마인지 궁금해할 거요. 그렇게 생각하는 게 당연하고."

이선이 목소리를 낮췄다. "그럼 나보고 윗사람을 배반하라는 겁니까?"

"누가 배반을 당한다고 이러십니까? 그 양반은 잃는 게 아무것도 없고 당신은 돈을 벌 뿐입니다. 사람이라면 돈을 벌 권리가 있다 이겁니다. 마지는 당신이 똑똑한 사람이라고 말하던데."

"날이 어둡습니다." 이선이 말했다.

"아니, 어둡지 않아요. 당신이 가리개를 내려서 그런 거죠." 킁킁거리며 냄새를 맡고 있던 그의 마음이 위험을 감지했다. 덫에 감긴 철사 냄새와 치즈 냄새 사이에서 혼란스러운 쥐처럼. "있잖습니까." 비거즈가 말했다. "생각해보세요. 우리와 거래를 좀 틀 수 있는지 말이죠. 올 때마다 들르겠습니다. 이 주마다 옵니다. 여기 명함이고요."

이선의 손은 요지부동이었다. 비거즈는 냉장고 위에다 명함을 두었다. "그리고 이건 새로운 동업자들에게 주는 작은 기념품입니다." 그가 옆 호주머니에서 지갑을 하나 꺼냈는데, 새끼 바다표범 가죽으로 만든 멋지고 아름다운 물건이었다. 그는 지갑을 명함 옆 흰색 자기그릇 속에다 놓았다. "작지만 멋진 물건입니다. 운전면허증과 회원 카드 등을 넣을 수 있죠."

이선은 대답이 없었다.

"이 주 후에 들르겠습니다." 비거즈가 말했다. "생각해보세요. 전 꼭 올 테니. 마지랑 데이트가 있거든요. 사실은 농담입니다." 대답이 없자 다시 말했다. "가보겠습니다. 곧 봅시다." 그런데 갑자기 그가 이선에게 바짝 다가섰다. "바보처럼 굴지 마세요. 모두 하는 겁니다." 그가 말했다. "모두 말이죠!" 그러더니 재빨리 밖으로 나가 조용히 문을 닫았다.

이선은 고요한 어둠 속에서 냉장고 네온 변압기가 나지막이 윙윙거리는 소리를 들을 수 있었다. 선반 위로 줄줄이 쌓여 있는 청중을 향해 그가 천천히 몸을 돌렸다.

"너희가 내 친구인 줄로만 알았다! 그런데 나를 위해 손 하나 까딱하지 않더구나. 좋을 때만 친구였던 굴, 피클, 케이크 믹스야. 더 이상 유니무스는 없다. 개에게 물렸거나, 새똥을 맞았을 때 성 프란시스코가 뭐라고 했을지 궁금한데. '고맙습니다, 견공, 그라치에 탄토,• 새 부인.' 이렇게 말했을까?" 샛문을 덜컹덜컹 두드리는 소리에 고개를 돌린 이선은 창고를 가로질러 재빨리 걸어 나가면서 투덜거렸다. "문을 열었을 때보다 손님이 더 많군."

조이 모피가 목을 부여잡고는 비틀거리며 들어섰다. "제발." 그가 끙끙대며 말했다. "도와주세요. 아니면 펩시콜라라

• 매우 감사하다는 뜻이다.

도. 목말라 죽겠습니다. 왜 이리 어두운 겁니까? 내 시력도 약해지는 건가요?"

"가리개를 내렸어요. 목마른 은행원들 맥 빠지게 하려고 말이죠."

그가 냉장고 쪽으로 앞장서 가더니, 서리가 낀 병 하나를 꺼내 뚜껑을 따고는 한 병을 더 꺼냈다. "나도 한 병 마셔야 겠습니다."

조이 보이는 불이 환한 냉장고에 몸을 기대고 병을 반쯤 들이키고는 내려놓았다. "이런!" 그가 말했다. "누가 돈주머니를 흘리셨군." 그는 지갑을 집어들었다.

"비비디앤디 회사 순회 판매원이 놓고 간 작은 선물입니다. 우리하고 거래를 좀 트고 싶어서 억지를 부리더군요."

"뭐, 잔챙이 거래를 하고 싶지는 않나 봅니다. 이거 고급인데요. 당신 머리글자도 새겨져 있습니다, 금박으로."

"그래요?"

"몰랐단 말입니까?"

"방금 전에 놓고 갔으니 말이죠."

조이가 가죽 반지갑을 홱 열더니, 신분증을 넣는 투명한 비닐 속지를 차르르 넘겼다. "뭐라도 가담하는 게 좋겠습니다." 그가 말했다. 그러고는 뒤쪽을 열었다. "바로 이런 걸 두고 진짜 사려 깊다고 말하는 거지 말입니다." 그는 엄지와 집게 손가락으로 20달러 지폐 신권을 꺼냈다. "그 회사가 이 동네로 진출하려는 건 알았지만, 탱크를 몰고 올 줄은 몰랐습니다. 기억할 만한 가치가 있는 기념품이군요."

"그게 거기 들어 있었나요?"

"내가 넣어놓기라도 했단 말입니까?"

"조이, 당신에게는 털어놓겠어요. 그자가 제안하길 어떤 거래든 트기만 하면 5퍼센트씩 준답니다."

"이야, 기막히게 멋집니다! 마침내 성공했군요. 게다가 공염불도 아니고 말입니다. 콜라는 공짜로 쏘세요. 오늘은 당신을 위한 날이니까."

"그러니까 나보고 그 제안을 받아들이라는 소리는 아니……."

"왜 안 됩니까? 가격에 부가되는 것도 아니라면 말이죠. 손해 보는 사람이 있습니까?"

"마룰로에게는 이야기하지 말라고 하더군요. 안 그러면 내가 더 받는다고 생각할거랍니다."

"당연하죠. 홀리, 도대체 왜 그럽니까? 당신 제정신이에요? 저 빛 때문에 그런 것 같군요. 얼굴이 창백합니다. 나도 창백합니까? 그 제안을 거절할 작정은 아니죠?"

"그자 엉덩이를 걷어차지 않은 것만으로도 골치가 아파요."

"아! 바로 그거군요. 당신과 같은 고루한 사람들이 겪는 문제 말입니다."

"그자 말이 다들 그렇게 한다는데요."

"그런 기회를 다들 얻는 건 아니죠. 당신은 행운아 중에 행운아예요."

"정직한 일이 아니에요."

"왜 아닌 겁니까? 누가 다치기라도? 법에 위반됩니까?"

"당신이라면 받아들이겠다는 말인가요?"

"받아들이세요. 나라면 정자세로 애원하겠습니다. 내가 하는 일에는 빠져나갈 구멍이 죄다 막혀 있습니다. 사실 은행에서는 뭘 하고 싶어도 죄다 법에 어긋납니다. 내가 사장이 아닌 한은 말이죠. 이해가 안 되는군요. 뭐가 무서워 주춤대는 겁니까? 만약 당신이 알피오 것을 빼앗기라도 한다면 그건 바른 일이 아니라고 말하겠지만, 그게 아니잖습니까. 당신은 그 사람들에게 호의를 베푸는 거고, 그 사람들도 당신에게 호의를 베푸는 겁니다. 빳빳한 새 배춧잎으로 말이죠. 어리석게 굴지 마세요. 아내와 아이들도 생각하세요. 애들 키우는 게 결코 한 푼 두 푼으로 되는 일이 아닐 겁니다."

"나가주세요."

조이 모피는 계산대를 세게 치며 채 비우지도 않은 콜라 병을 내려놓았다. "홀리 씨, 아니, 이선 앨런 홀리 씨." 그의 목소리가 차가웠다. "내가 정직하지 못한 짓을 한다거나 당신 보고 그런 짓을 제안하고 있다고 생각한다면……."

조이가 창고 쪽으로 성큼성큼 걸어 나갔다.

"그런 뜻이 아니었습니다. 아니었다고요. 하느님에게 맹세코 아닙니다, 조이. 단지 오늘 충격적인 일을 두어 번 당한 데다가 또, 오늘은 무시무시한 휴일이잖습니까. 무시무시한."

모피가 멈춰 섰다. "무슨 말입니까? 아! 네, 알겠습니다.

맞아요, 나도 압니다. 진심이라는 거 아시죠?"

"게다가 해마다, 그러니까 내가 어렸을 때부터 쭉, 그게 점점 심해져요. 아마 그 뜻을 너무 잘 알아서 그런가 봐요. 외롭게 외치던 그 '라마 사박다니'*가 들린다 이거예요."

"나도 알아요, 이선. 압니다. 하지만 거의 끝나갑니다. 이제 거의 끝나가요, 이선. 내가 자리를 박차고 나간 건 잊어주세요. 알겠습니까?"

그때 화재 경종이 뎅그렁 울렸다. 딱 한 번.

"이제 끝났군요." 조이 보이가 말했다. "다 끝났습니다. 앞으로 일 년 동안은." 그는 창고를 조용히 가로지르더니 천천히 샛문을 닫고 나갔다.

이선이 가리개를 올리고 가게를 다시 열었지만, 손님은 별로 없었다. 아이들이 우유 몇 병과 빵을 사러 왔고, 저녁식사 거리로 양고기 약간과 완두콩 통조림을 사러 보처 양이 왔다. 거리에는 사람들이 전혀 돌아다니지 않았다. 이선이 가게 문을 닫는 준비를 하던 5시 30분부터는 손님이 단 한 사람도 없었다. 그래서 문을 잠그고 집으로 출발하려고 하다가 가져가야 할 식료품이 생각나서, 다시 돌아가 커다란 봉투 두 개에다 식료품을 담고 문을 다시 잠갔다. 그는 만을 따라 난 길을 걸어가면서 부두의 말뚝 사이로 밀려드는 회색 물결도 보고 바다 냄새도 맡으며 불어오는 바람에 맞서 계선 부표 위에 서

---

* 예수가 십자가상에서 마지막으로 외쳤던 말로 '어찌하여 나를 버리셨나이까'란 뜻이다.

있는 갈매기에게 말도 걸어보고 싶었다. 오래전 갈매기가 빙글빙글 돌면서 미끄러지듯 나는 모습에 격앙할 정도로 흥분한 여류 시인이 쓴 시가 떠올랐다. 그 시는 이렇게 시작했다. "오! 행복한 새여. 너는 무슨 전율을 그리도 느끼는가?" 그런데 그 여류 시인은 결코 답을 찾지 못했고, 아마 알고 싶지도 않았을 것이다.

휴일을 위한 식료품 봉투가 무거워 걷기가 버거웠다. 이선은 피곤한 발걸음을 옮겨 중심가를 가로지른 다음 오래된 홀리 저택을 향해 느릅나무길을 따라 천천히 걸어갔다.

2

메리가 스토브에서 다가와 커다란 식료품 봉투 하나를 받았다.

"당신에게 할 말이 너무 많아요. 기다릴 수가 없을 만큼."

그가 아내에게 입을 맞추자 아내는 입술의 감촉을 느꼈다.

"왜 그래요?" 그녀가 물었다.

"좀 피곤해."

"하지만 세 시간 동안이나 문을 닫았으면서."

"할 일이 많았어."

"우울한 건 아니면 좋겠네요."

"우울한 날이야."

"멋지기만 한 날이었는데. 나중에 이야기할 테니 기다려 줘요."

"아이들은 어디에 있나?"

"위층에서 라디오 들어요. 애들도 당신에게 할 말이 있다네요."

"문젯거린가?"

"왜 그렇게 말해요?"

"모르겠어."

"몸이 좋지 않군요."

"제길, 그것도 그래."

"굉장한 이야깃거리가 있지만, 우리 둘에 대한 이야기는 저녁식사 끝날 때까지 기다리겠어요. 당신 엄청 놀랄걸요."

앨런과 메리 엘런이 계단을 급하게 뛰어 내려와서는 부엌으로 들어섰다. "집에 오셨어." 아이들이 말했다.

"아빠, 가게에 픽스 있어요?"

"시리얼 말이지? 물론이다, 앨런."

"좀 가져다주시면 좋겠어요. 상자에 그려진 쥐 가면을 오릴 수 있게 만든 걸로요."

"쥐 가면을 쓰기엔 네가 좀 크지 않았니?"

엘런이 말했다. "상자 뚜껑하고 10센트를 보내면 복화술에 쓰는 인형하고 설명서를 보내준대요. 방금 라디오에서 들었어요."

메리가 말했다. "너희가 하고 싶은 거 아빠에게 말씀드려."

"그러니까, 우리는 나라사랑 전국대회에 나갈 거예요. 1등상은요 워싱턴에 가서 대통령을 만나는 거예요. 부모님이랑 같이요. 다른 상도 많아요."

"좋네." 이선이 말했다. "무슨 대회인 거지? 뭐를 하면 되는 거야?"

"허스트 신문에 실린다고요." 엘런이 외쳤다. "전국에요. 우리나라를 사랑하는 이유를 주제로 글짓기를 하는 거예요. 수상자들은 모두 텔레비전에 나가요."

"상이 정말 굉장해요." 앨런이 말했다. "워싱턴에 가서, 호텔에서 자고, 쇼에도 나가고, 대통령도 만나다니. 이만 하면 굉장한 거 아니에요?"

불만의 겨울

"학교 공부는 어쩌고?"

"올 여름인데요. 독립기념일에 수상자를 발표해요."

"그래, 그렇다면 괜찮겠군. 그런데 우리나라를 정말 사랑해서 그러는 거야, 아니면 상이 좋아서 그러는 거야?"

"이런, 아빠." 메리가 말했다. "아이들 기분을 상하게 하지 말아요."

"나는 단지 시리얼과 쥐 가면을 구별하고 싶었던 것뿐이야. 두 개가 완전 뒤섞여버렸다니까."

"아빠, 어디서 참조를 할 수 있을까요?"

"참조라니?"

"네, 다른 사람이 말한 거라든지……."

"너희 증조부께는 꽤 훌륭한 책들이 있었지. 다락에 있다."

"어떤 책인데요?"

"아, 링컨 연설문이라든지, 대니얼 웹스터와 헨리 클레이의 글이지. 소로나 월트 휘트먼, 에머슨도 읽어봐. 마크 트웨인도 있고. 모두 다락에 있어."

"다 읽어보셨어요, 아빠?"

"그분이 내 할아버지였으니까, 가끔 내게 읽어주곤 하셨지."

"아빠가 글짓기를 좀 도와주면 좋겠어요."

"그러면 너희가 쓴 게 아니야."

"좋아요." 앨런이 말했다. "집에 픽스 가져오는 거 잊지 않으실 거죠? 철분과 뭐 그런 게 가득하거든요."

"노력해보마."

"영화관에 가도 돼요?"

메리가 말했다. "부활절 달걀 물들이는 거 할 줄 알았는데. 지금 삶고 있단다. 저녁 먹고 나면 일광욕실에다 내놓으렴."

"다락에 올라가서 책을 봐도 돼요?"

"다 보고 나서 불을 끈다면. 한번은 일주일 동안 켜져 있더구나. 당신이 켜놓은 거였어요, 이선."

아이들이 가고 나자, 메리가 말했다. "아이들이 대회에 나간다는데 기쁘지 않아요?"

"물론, 옳게 한다면야."

"당신에게 이야기해야지 못 기다리겠어요. 마지가 오늘 카드 점을 읽어줬어요. 세 번이나요, 그런 점은 난생처음 봤다고 이야기하면서요. 세 번이나! 나도 직접 카드를 봤어요."

"아이고! 이런!"

"일단 들어보면 의심이 사라질걸요. 귀인이라는 말만 하면 당신은 늘 농담을 하잖아요. 그런데 그게 무슨 뜻인지 당신은 생각도 못 할 거예요. 어디, 맞혀볼래요?"

그가 말했다. "메리. 당신에게 경고해야겠어."

"경고를 한다고요? 왜요? 당신은 아직 알지도 못하잖아요. 내 운세는 바로 당신이에요."

그는 험한 말을 나지막이 중얼거렸다.

"뭐라고요?"

"'기회가 희박하다'고."

"당신은 그렇게 여기지만, 카드 생각은 달라요. 세 번이나 마지가 똑같은 패를 뽑았다니까."

"카드가 생각을 해?"

"카드는 안다고요." 메리가 말했다. "마지가 내 카드를 읽었는데 다 당신에 관한 거였어요. 당신은 우리 동네에서 가장 중요한 사람 중 한 명이 될 거래요. 그렇다니까, 가장 중요한. 그리고 오래 걸리지도 않아요. 곧 그렇게 된대요. 마지가 카드를 뒤집을 때마다 돈, 더 많은 돈이 나왔어요. 당신이 부자가 된대요."

"여보." 그가 말했다. "제발 당신에게 경고 좀 할 수 있게 해줘, 제발!"

"당신은 투자를 하게 될 거예요."

"뭐로?"

"그러니까, 오빠 돈 있잖아요."

"안 돼." 그가 외쳤다. "손도 안 댈 거야. 그건 당신 거야. 그리고 영원히 당신 거고. 당신이 생각한 거야? 아니면……."

"그 친구는 말한 적 없어요. 카드도 그렇고. 당신이 7월에 투자를 하게 되면 그때부터 다른 투자가 줄줄이, 꼬리에 꼬리를 물고 이어진대요. 굉장하지 않아요? 마지가 이렇게 말했어요. '자기 운세는 바로 이선이야. 그 사람은 엄청난 부자가 돼, 아마 이 동네에서 제일가게 될걸.'"

"망할 년! 그 여자는 그런 말을 할 권리가 없어."

"이선!"

"그 여자가 뭣하고 다니는지 알아? 당신이 대체 무슨 짓을 하는지 아냔 말이야?"

"내가 좋은 아내라는 것과 마지가 좋은 친구라는 걸 알아요. 그리고 아이들이 듣는데 싸우고 싶지 않네요. 마지 영은 제일 친한 친구예요. 당신이 그녀를 좋아하지 않는다는 건 나도 알아요. 당신은 내 친구들을 질투하는 거 같아요. 그런 생각이 드네요. 내가 행복한 오후를 보내서 당신이 망치고 싶은 거예요. 그건 좋지 못해요." 메리의 얼굴이 분노 어린 실망감에 붉으락푸르락해지면서 자신의 백일몽을 막아선 이 장애물을 향해 앙심을 품었다.

"똑똑한 당신은 그저 자리에 앉아, 사람들을 갈기갈기 찢어버리죠. 마지가 다 지어냈다고 생각하지만, 천만의 말씀. 왜냐하면 세 번 다 카드를 내가 골랐거든요. 설령 그 친구가 했다고 해도 상냥하고 친절한 마음에 약간의 도움을 주기 위해서가 아니라면 뭐하러 그렇게 했겠나요? 어디 한번 말해봐요, 워낙 똑똑한 당신이니까 불쾌한 이유쯤은 찾아내보라고요!"

"나도 알았으면 좋겠어." 그가 대답했다. "단순히 장난으로 그런 건지도 몰라. 그 여자는 남자도 직업도 없으니까. 장난일 거야."

메리가 목소리를 낮추더니 경멸 어린 목소리로 말했다. "장난이라니요. 당신은 뺨을 맞아도 그게 장난인지 모르는 사람이에요. 마지가 어떤 삶을 겪고 있는지 당신은 몰라요.

글쎄, 이 동네에서는 항상 남자들이 그 친구 뒤를 쫓아다녀요. 거물이건 유부남이건, 귀엣말을 건네고 졸라대면서. 불쾌해서 어떨 때는 어디다 몸을 돌려야 할지도 모르겠대요. 그래서 마지는 내가, 여자 친구가 필요한 거예요. 아, 마지가 내게 해준 말을 당신네 남자들은 그냥 믿지 않으려고 할걸요. 세상에, 심지어 그 사내들 중 몇몇은 사람들 앞에서는 그 애를 좋아하지 않는 척하다가, 그 애 집에 몰래 들어오거나 전화를 해 만나보려고 난리래요. 그 사내들, 독실한 신자인 척 늘 도덕을 설교하고 다니면서 그런 짓거리를 한다고요. 그런데 당신은 장난이라고 말하다니."

"그자들이 누군지 그 여자가 말했어?"

"아니요, 그게 또 다른 증거예요. 마지는 그자들이 자기를 다치게 할지언정 어느 누구도 다치길 원하지 않아요. 그런데 내가 결코 믿지 못할 사람이 있다고 말하긴 했어요. 만약 내가 알기라도 하면 내 머리칼이 백발이 되어버릴 거래요."

이선은 숨을 깊게 들이마시고 잠시 멈췄다가 크게 한숨을 내쉬며 뱉어냈다.

"누군지 궁금해요." 메리가 말했다. "말하는 것으로 봐서는 누군가 우리가 잘 아는 사람이고 절대로 그럴 거라 믿을 수 없는 사람 같았는데."

"그래도 특별한 상황에서는 아마 말하게 될걸." 이선이 부드럽게 말했다.

"어쩔 수 없는 경우는요. 마지가 그렇게 말했어요. 오직 말할 수밖에 없는 상황이라면, 자신의 명예나 명성 같은 게, 당신도 알잖아요……. 당신은 누구일 거 같아요?"

"난 알 거 같아."

"알아요? 누구죠?"

"나."

메리가 입이 떡 벌어졌다. "아! 이 바보 같으니." 그녀가 말했다. "조금만 지켜보고 있지 않으면, 당신은 늘 날 속여먹는다니까. 뭐 우울한 것보다야 낫지만."

"이거 난감한데. 남자가 아내의 절친한 친구와 저지른 육욕의 죄를 고백해도, 조롱이나 받다니."

"그런 말 하는 거 아니거든요."

"차라리 남자가 부인하는 게 나았겠어. 그러면 적어도 아내가 의심이라도 해줘서 체면이 섰을 텐데. 여보. 내 모든 거룩함으로 맹세하지만 마지 영 헌트에게 말로나 행동으로 작업 건 적은 한 번도 없어. 이제 내가 죄를 짓지 않았다는 걸 믿어주려나?"

"당신!"

"내가 충분히 멋지고, 충분히 탐낼 만한 사람이라고 여기지 않는 거군. 달리 말해서 당신은 내가 성공할 거라고 믿지 않는 거지?"

"난 농담이 좋아요. 당신도 알지요. 하지만 지금 이야기는 농담으로 하면 안 돼요. 아이들이 다락에 있는 트렁크는 뒤지지 않았으면 좋겠는데. 제자리에 넣는 법이 없다니까요."

"내 한 번 더 말하지, 아름다운 아내여. 어떤 여자가, 머리글자가 엠 와이 에이치인데, 내 주위로 덫을 치고 있어, 이유는 오직 그 여자만 알아. 난 그 덫에, 그것도 하나 이상의 덫에 걸릴 심각한 위험에 처해 있어."

"당신의 운세에 대해 생각하는 게 어때요? 카드는 7월이라고 했어요, 그것도 세 번이나 내가 봤다고요. 당신은 돈을, 아주 많은 돈을 벌게 되고. 한번 생각해보세요."

"돈이 그렇게 좋아, 예쁜이?"

"돈을 좋아하다니? 무슨 말이죠?"

"돈이 그리도 필요해서 마술, 부적, 심지어 다른 어둠의 술수마저 정당화하는 거냐고?"

"말 한번 잘했어요! 당신이 먼저 시작했어요. 이번에는 당신이 내뱉은 말 뒤에 숨지 못하게 하겠어요. 돈이 좋냐고요? 아니요, 난 돈 좋아하지 않아요. 하지만 걱정도 좋아하지 않아요. 이 동네에서 고개를 들고 다닐 수 있으면 좋겠어요. 우리 아이들이 다른 아이들처럼 좋은 옷을 못 입어 위축되는 게 싫어요. 난 내 머리를 들고 다니고 싶다고요."

"그러면 돈이 당신 머리를 받쳐준데?"

"당신이 알고 지내는 거룩한 척 젠체하는 사람들 얼굴에서 냉소를 지워줄걸요."

"누구도 홀리 가문을 비웃지 않아."

"그건 당신 생각이죠! 당신이 보지 못하는 것뿐이에요."

"아마 내가 찾아보지 않아서겠지."

"지금 내게 당신네 거룩한 홀리 가문을 게워내는 건가요?"

"아니야, 여보. 더는 무기로도 쓸 수 없는걸."

"뭐, 그 사실을 알았다니 기쁘네요. 이 동네나 다른 동네에서나 홀리 가문 출신이라고 해도 식료품점 점원은 그저 식료품점 점원일 뿐이죠."

"당신, 실패한 원인이 내게 있다고 비난하는 거야?"

"아뇨. 물론 아니에요. 하지만 난 실패 속에서 뒹굴고 있는 당신을 비난해요. 구닥다리에다가 그 사내답지 않게 나약한 사고를 당신이 버리기만 한다면 그 속에서 나올 수 있어요. 모두 다 당신을 비웃어요. 아무리 위대한 신사라도 돈 한 푼 없다면 무능한 사람에 불과하다고요." 그 말이 머릿속에서 폭발하자, 그녀는 입을 다물고 부끄러워했다.

"미안해." 이선이 말했다. "당신이 내게 가르쳐준 게 있어. 세 가지 정도. 내 어리석은 토끼. 이제 세 가지는 결코 믿지 못하겠군. 참된 것, 있음직한 것, 그리고 논리적인 것. 내 운을 펼치기 위해 돈을 어디서 마련해야 할지도 이제 알겠어."

"어딘데요?"

"은행을 털 거야."

스토브 타이머에 달린 작은 종이 천천히 핑핑대며 돌기 시작했다.

메리가 말했다. "가서 아이들 좀 불러줘요. 캐서롤이 다 됐어요. 아이들에게 불 끄라고 말하고요." 그녀는 남편의 발걸음 소리에 귀를 기울였다.

3

 나의 아내, 나의 메리는 당신이 옷장 문을 닫듯이 잠에 빠져든다. 몇 번이나 부러운 마음으로 그녀를 지켜보았다. 그녀의 사랑스러운 육체는 마치 고치 속으로 들어가는 듯 잠시 꿈틀거린다. 한숨을 후 내쉬고 눈을 감으면 흐트러지지 않은 입술 위로 고대 그리스 신들의 지혜롭고도 냉담한 미소가 퍼지고, 입가에는 자는 내내 미소를 머금고, 목에서는 숨소리가 울리는데, 코 고는 소리가 아니라 새끼 고양이가 가르랑거리는 소리다. 잠시 그녀의 체온이 쑥 높아지면서 옆에 누운 내게도 그 온기가 전달되다가, 다시 온도가 내려가면서 그녀는 떠나버린다. 어디로 가는지는 모르겠다. 그녀는 꿈을 꾸지 않는다고 말한다. 꿈은 당연히 꿀 것이다, 물론. 다만 그 꿈이 괴롭지 않거나, 너무나 괴로워 깨기 전에 죄다 잊어버리는 것일 뿐. 그녀는 자는 것을 좋아하고 잠은 그녀를 반긴다. 나도 그랬으면 좋겠다. 나는 잠과 싸우면서, 동시에 갈망한다.
 아마도 그런 차이는 잠에서 스르륵 깨어나듯 쉽게 현재의 삶에서 다른 삶으로 들어가 자신이 영원히 살 것임을 나의 메리가 알기 때문에 생기는 것이리라. 그녀는 이 사실을 온몸으로 낱낱이 알기에, 마치 아무렇지 않게 호흡을 하듯 별 다른 생각이 없다. 그래서 그녀는 잘 시간이 있고, 쉴 시간이 있으며, 잠시나마 존재하는 것을 멈추는 시간이 있다.
 반면에 나는 머지않아 삶을 중단하리라는 것을 뼛속 깊숙이 아는 까닭에, 잠에 대항해 싸우다가, 그것에게 간청도 하고, 심지어 속여서라도 잠이 내게 이르도록 애를 쓴다. 내가 잠드는 순간은 커다란 고통이자 사투다. 왜냐하면 지금 이 순간에도 내게 강타를 휘두르며 날아드는 잠을 느끼면서 깨어 있기 때문이다. 그러다 일단 잠이 들게 되면 나는 아주 분주하다. 내 꿈은 일상의 문제들이 부조리 속으로 들어온 것으로, 마치 남자들이 뿔과 동물 가면을 쓰고 춤을 추는 것과 같다고나 할까.

시간적인 면에서 나는 메리보다 훨씬 적게 잔다. 자신은 잠이 아주 많이 필요한 사람이라고 아내가 말하면 나는 잠이 적게 필요한 사람이라며 맞장구쳐주지만, 사실 나는 전혀 그렇게 믿지 않는다. 몸속에는 물론 음식으로 늘어난 만큼의 에너지만 저장된다. 어떤 사람은 마치 아이들이 사탕을 게걸스럽게 삼키듯이 그 에너지를 재빨리 써버리지만, 사탕 껍질을 천천히 벗겨내듯 하는 사람도 있다. 진작 다른 아이들은 게걸스럽게 먹어치우고 났는데도 항상 사탕을 아껴두었다가 여전히 사탕을 먹고 있는 어린 소녀가 늘 있듯이. 나의 메리는 나보다 훨씬 오래 살 것 같다. 그녀는 나중을 위해서 자신의 목숨을 아껴둘 것이다. 그러고 보니 대다수 여자들이 남자들보다 오래 산다.

성 금요일은 늘 괴롭다. 아이였을 때도 나는 슬픔에 깊이 사로잡혔었는데, 십자가 처형의 고통 때문이 아니라, 십자가에 못 박힌 예수를 갉아먹었던 외로움 때문이었다. 게다가 사도 마태가 심어 넣었고, 뉴잉글랜드의 데보라 대고모가 간결하고도 딱딱 끊는 말투로 내게 읽어주던 그 슬픔에서 벗어나 본 적이 한 번도 없었다.

아마 올해는 더 심했나 보다. 우리는 그 이야기를 자신에게 비춰보면서 그 이야기와 동일시한다. 오늘 마룰로가 사업의 본질에 대해 가르쳐준 덕분에, 처음으로 나는 그것을 이해했다. 바로 뒤이어 처음으로 뇌물을 받아보았다. 내 나이에 그렇게 말하려니 이상하긴 하지만, 뇌물을 받았던 기억이 없다. 마지 영 헌트에 대해서도 생각해야 한다. 사악한 여자인가? 목적이 뭐지? 그 여자는 내게 무언가를 약속했는데 내가 받아들이지 않자 나를 위협했다. 사람은 자신의 삶을 벗어나 생각할 수 있을까? 아니면 그저 따라가야 하나?

나의 메리가 곁에서 나지막이 가르릉대는 소리를 들으며 나는 수많은 밤을 뜬 눈으로 지새웠다. 어둠 속을 뚫어지게 쳐다보면, 붉은 점들이 눈앞에서 헤엄치기 시작한다. 그것도 오래도록. 메리가 자는 것을 워낙 좋아하는 바람에 나는 되도록 그녀를 깨우지 않으려고 애쓴다. 정전기로 몸이 가렵더라도 말이다. 내가 침대를 떠나면 그녀는 잠에서 깬다. 걱정스러워서. 그녀가 유일하게 잠을 잘 수 없었던 적이 아팠을 때였기 때문에, 내가 그러면 아픈 줄 안다.

오늘 밤 나는 자리에서 일어나야 했다. 메리는 부드럽게 가르릉 숨을 내쉬었고, 나는 그녀 입술에 어린 고대의 미소를 볼 수 있었다. 아마 행운, 그러니까 내가 곧 벌게 될 돈에 대해 꿈꾸나 보다. 메리는 자부심을 가지고 싶어 한다.

특별한 장소에서라면 생각이 더 잘 될 거라고 남자들이 믿는 걸 보면 참 이상하다. 내게도 항상 그런 장소가 있는데, 거기서 하는 건 생각이 아니라, 느끼고 경험하고 기억하는 것이다. 그곳은 안전한 곳으로 누구에게나 분명 그런 곳이 있다. 비록 그런 곳에 대해 이야기하는 남자를 본 적이 한 번도 없었어도. 보통 때처럼 평범하게 행동하면 그렇지 않지만, 조용하고도 은밀하게 움직일 때 종종 잠든 사람을 깨우는 경우가 있다. 분명 잠든 사람들의 마음이 다른 사람의 생각 속을 헤매고 있는 게 틀림없다. 나는 일부러 화장실에 가고 싶다는 생각을 했고, 정말 그렇게 되자, 자리에서 일어나 볼일을 보러 갔다. 일을 마친 후 옷을 챙겨 조용히 아래층으로 내려가, 부엌에서 옷을 입었다.

메리는 내가 다른 사람들이 가지고 있지도 않은 골칫거리들로 괜히 고민을 한다고 했다. 어쩌면 그럴지도 모르지만, 이 경우에는 어스레한 부엌에서 일어날 법한 작은 소동이 내 눈앞에 보였다. 잠에서 깬 메리가 나를 찾느라 온 집 안을 뒤지고 얼굴에는 근심이 가득한 모습. 나는 메모지에 짧게 글을 남겼다. "여보. 잠이 안 오는군. 산책하러 나가. 곧 올게." 벽에 있는 스위치로 불을 켜면 제일 처음 보이도록 메모지를 부엌 식탁 중앙에 똑바로 놔두고 온 것 같다.

그런 다음 뒷문을 살그머니 열고 공기를 맛보았다. 차가운 공기에서 하얗게 굳은 서리 냄새가 났다. 나는 두꺼운 외투를 단단히 여미고 실로 짠 선원모자가 귀를 덮도록 푹 눌러썼다. 부엌의 전기시계가 나지막이 으르렁댔다. 3시 15분 전이다. 11시부터 붉은 점들을 어둠 속에서 지켜보며 누워 있었다니.

우리 읍 뉴베이타운은 유서가 깊은 멋진 곳으로, 미국 땅에서 최초로 터를 굳게 다진 대규모 읍 가운데 하나다. 읍의 최초 정착자들을 비롯한 내 조상들은 틀림없이 정처 없이 떠돌아다니고 의리라고는 찾아볼 수 없는 데다가 걸핏하면 싸움을 일으키는 탐욕스러운 선원들의 아들들이었을 텐데, 엘리자베스 여왕하에 있던 유럽에서 골칫거리 같았던 그들이 크롬웰의 지휘 아래 서인도제도를 점령했고, 왕좌로 돌아온 찰스 2세의 칙령을 받들어 마침내 북쪽 연안에 둥지를 틀게 되었다. 그들은 해적질과 청교도주의를 성공적으로 결합시켰는데, 자세히 살펴보면 두 개가 그리 다르지도 않다. 둘 다 반대라면 몹시 싫어하고 다른 사람의 재산을 탐하며 눈을 부라렸다. 그 둘이 하나가 되자 목숨이 끈질긴 만만치 않은 패거리들이 태어났다. 아버지는 내게 그들에 대해 알려줬다. 아버지가 조상 같은 분위기를 꽤 풍겼기는 해도, 조상이란 보통 자신들이 찬양하는 자질은 결여되어 있음을 나는 항상 알아챘다. 내 아버지는 점잖고 박식했지만, 무분별한 탓에 때론 기막힐 정도로 바보였다. 아버지는 토지며, 돈, 명성, 미래를 다 잃었다. 사실 앨런 가문과 홀리 가문이 지난 몇 백 년간 쌓아올린 전부를 거의 다 잃어버린 셈이다. 모든 것을 잃어버렸어도 가문은 남았고, 사실 그것이 아버지의 유일한 관심사였다. 아버지는 '유산 수업'이라고 부르는 것을 내게 가르치곤 했었다. 그래서 내가 그 늙은이들에 대해 많이 안다. 어쩌면 아마 그 수업 때문에 한때 홀리 가문이 소유하던 구역에서 시칠리아인 식료품점의 점원으로 일하는 건지도 모른다. 그 점을 원망하고 싶지는 않다. 우리를 망하게 한 건 경제불황도 불경기도 아니었으니까.

뉴베이타운을 멋진 곳이라 말하는 바람에 이 모든 이야기가 나오고 말았다. 나는 느릅나무길에서 왼쪽 대신 오른쪽으로 방향을 틀어 폴록길 쪽으로 빠르게 걸어 올라갔는데, 중심가에서 비스듬히 뻗어 있는 길이다. 중심가에는 우리 동네의 뚱뚱한 경찰관, 위 윌리가 순찰차 안에서 졸고 있겠지만 밤 깊은 그 시각에 그를 지나치고 싶지 않았다. "이렇게 늦은 시각까지 뭐하는 건가, 이쓰? 무슨 문제라도 있나?" 위 윌리는 외로움을 탈 때마다 말하는 것을 좋아해서, 이야기를 하다 보면 자신이 했던 말을 또다시 되풀이한다. 그의 외로움 탓에 몇 가지 자질구레하지만 추잡한 스캔들이 퍼져나갔다. 주간 경찰관은 스톤월 잭슨 스미스다. 그의 이름은 별명이 아니다. 스톤월 잭슨은 세례명으로, 그 이름 때문에 여타 스미스들과 구별된다. 왜 읍내 경찰들이 서로 상반되는 성격을 가져야 하는지 알 수 없지만 보통 다들 그렇다. 스미스는 워낙 정확해서 법정에 서지 않는 한 요일조차도 알려주지 않을 사람이다. 읍 경찰 업무는 스미스가 서장을 맡아 지휘한다. 그는 헌신적인 데다 최신 수사법을 연구하고, 워싱턴에서 연방수사국 훈련도 받았다. 내 생각에 그 사람은 사람들이 찾을 법한 훌륭한 경찰관으로, 큰 키에 말수가 적고 두 눈이 금속처럼 번득인다. 혹시 당신이 범죄를 저지를 작정이라면 서장만큼은 피해야 할 사람이다.

위 윌리와 마주치지 않으려고 폴록길 쪽으로 걸어가자니 이 모든 것이 떠올랐다. 뉴베이타운의 아름다운 주택들은 폴록길에 있다. 1800년대 초반에는 백 척이 넘는 포경선이 있었다. 포경선들이 일 년이고 이 년이고 남극해나 중국해까지 이르는 먼 바다에 나갔다가 돌아올 때면 배는 고래 기름으로 가득했고 떼돈을 벌어들였다. 그런데 포경선들은 다른 나라의 항구에도 들러서 새로운 생각뿐만 아니라 새로운 것들도 실어왔다. 그런 까닭에 폴록길에 가면 집들마다 중국 물건을 많이 찾아볼 수 있다. 옛날 선장 및 선주 가운데 몇몇은 취향도 좋았다. 집을 짓기 위해 전 재산을 다 털어 영국 건축가들도 불러들였다. 그래서 폴록길에 가면 애덤 양식과 그리스 부흥 양식에 영향을 받은 건물을 수없이 볼 수 있다. 바로 그 시기 영국도 그랬다. 하지만 부채꼴 채광창과 주름 장식이 있는 기둥, 그리고 격자무늬를 죄다 넣어 집을 지어도, 지붕에다 망대를 놓는 것은 결코 잊지 않았다. 그렇게 한 까닭은 정숙한 아내라면 배가 돌아오는지 지켜보기 위해 그곳에 올라갈 것이라고 생각했기 때문인데, 아마 아내 몇몇은 그렇게 했으리라. 내가 속한 홀리 가문, 그리고 필립스 가문, 엘가 가문,

베이커 가문은 오래된 가문들이다. 이 가문들은 느릅나무길에서 그대로 살았고 그들의 집은 소위 말하는 초기 미국 양식으로 지붕이 뾰족하고 외벽은 반턱맞춤을 했다. 내가 살고 있는 오래된 홀리 저택도 그런 양식이다. 게다가 거대한 느릅나무들은 그 집들만큼이나 오래되었다.

폴록길은 최근까지 가스 가로등이었다가 이제야 전기 가로등으로 바뀌었다. 여름이 되면 우리 읍내 건축물과 이른바 '낡은 세계의 매력'을 보기 위해 방문객들이 찾아온다. 왜 매력은 낡은 세계의 것이어야 하는가?

버몬트 앨런 가문이 어떻게 홀리 가문과 엮이게 됐는지는 잊어버렸다. 독립혁명이 끝나고 얼마 있지 않아 바로 생긴 일이다. 물론 기록도 찾을 수 있다. 다락 어딘가에 있을 거다. 아버지가 세상을 떠났을 무렵, 나의 메리가 홀리 가문의 역사에 대해 상당히 넌더리가 났기 때문에, 물건들을 다락에다 죄다 보관하자고 그녀가 말했을 때, 나는 아내의 기분을 이해할 수 있었다. 다른 이들의 가족 역사를 알아야 한다면 신물이 날 수 있다. 메리는 게다가 뉴베이타운 출신도 아니었다. 아내의 가문은 아일랜드 혈통이지만 가톨릭교도는 아니었다. 그녀는 언제나 그 점을 강조한다. 얼스터 가문. 그녀는 자신의 가문을 그렇게 부른다. 아내는 보스턴 출신이다.

아니 그렇지 않다. 그녀를 보스턴에서 만났다. 나는 우리 둘의 모습을 그릴 수 있다. 어쩌면 그때보다 더 선명하게. 주말 외박을 허락받아 나온 초조하고 겁에 질린 홀리 소위와 나굿나굿 꽃잎처럼 붉은 두 뺨에 웃음까지 향기롭던 사랑스러운 소녀, 그리고 이 모든 것이 전쟁과 학생 신분 때문에 수십 배로 크게 와닿았다. 우리는 지독할 만큼 진지했다. 나는 죽으러 나가는 길이었고 그녀는 내가 지니고 있던 용맹한 기억에 평생을 바칠 준비가 되어 있었다. 그것은 올리브색 군복을 입은 군인과 날염된 옷을 입은 여학생 수백만 명이 꾸던 똑같은 꿈 수백만 개 중 하나였다. 그리고 어쩌면 흔히들 그렇듯 결별 편지를 마지막으로 끝날 수도 있었을 테지만 그녀는 자신의 용사에게 일생을 바쳤다. 연하늘색 종이에 짙은 푸른색 잉크로 둥그스름한 필체를 또박또박 써내려간 흔들림 없이 향기롭던 그녀의 편지는 내가 있는 곳이라면 어디나 따라왔다. 부대원 전원이 그녀의 편지를 알아봤고, 내게 편지가 올 때마다 모든 병사들이 이상할 정도로 몹시 기뻐했다. 설령 내가 메리와의 결혼을 원하지 않았다고 해도, 아름답고도 정숙한 여인에 대한 전 세계의 꿈을 보존하기 위해서, 그리고 그녀의 한결같음 때문에 결혼을 할 수 밖에 없었을 것이다.

아일랜드 사람들이 살던 보스턴 셋집에서 느릅나무길에 있는 오래된 홀리 저택으로 이주할 때 그녀는 전혀 동요하지 않았다. 그리고 사업이 내리막길로 향하면서 서서히 낙담하던 시절에도, 아이들이 태어났을 때도, 또한 점원 생활만 줄곧 할 뿐 내가 정체되어 있어도 결코 동요하지 않았다. 그녀는 기다리고 있었던 것이다. 이제야 알겠다. 그렇게 오랜 시간을 기다리다가 결국 기다림에 지친 것 같다. 전에는 단 한 번도 강철같이 확고한 그녀의 기대가 드러난 적이 없었다. 왜냐하면 나의 메리는 조롱도 업신여기는 것도 모르니까. 수많은 고비를 만날 때마다 어떻게든 헤쳐나가려고 애쓰느라 그저 바쁠 따름이었다. 그런데 이전과 다르게 이제는 독약 같은 생각이 곪을 대로 곪았다는 사실이 다만 놀랍다. 밤거리에 내린 서리를 저벅저벅 밟고 가는 발소리와 겹쳐 이 모든 그림이 순식간에 떠오른다.

이른 새벽 뉴베이타운을 돌아다닌다고 해서 남의 눈을 의식해 은밀하게 할 필요는 없다. 위 윌리야 자질구레한 농담거리로 삼겠지만, 대다수 사람들은 새벽 3시에 만 쪽을 향해 걸어가는 나를 봐도 내가 낚시를 가겠거니 여기지 다른 생각은 하지 않으리라. 우리 동네 사람들은 온갖 종류의 낚시 방법을 알고 있고, 어떤 방법은 대대로 전해지는 가문의 요리법처럼 비밀이라서, 그런 것들을 높이 평가하고 훌륭하게 여긴다.

잔디와 인도 위에 내린 새하얀 서리가 가로등 불빛 속에서 수백만 개의 작은 다이아몬드처럼 빛났다. 그런 서리라면 발자국이 찍히기 마련인데 내 앞에는 하나도 없다. 나는 어릴 때부터 발자국이 하나도 찍히지 않은 눈이나 서리 위를 걸을 때마다 묘하게 신이 났었다. 마치 신대륙에 최초로 도착한 것마냥, 무언가 깨끗하고 새롭고, 아무도 사용하지 않아 더럽혀지지 않은 것을 발견할 때 느끼는 무척이나 만족스러운 기분이 든다. 고양이들이 보통 밤에 돌아다니긴 하지만 서리 위를 걷는 것은 좋아하지 않는다. 한번은 용기를 내서 서리가 내린 길을 맨발로 디딘 적이 있는데 두 발이 데이는 듯 했다. 그러나 이제는 덧신에 두꺼운 양말 차림이니 반짝이는 새로움 위에 최초의 상처를 남겨본다.

폴록길이 토키 길과 교차하는 곳, 힉스 길에서 막 벗어난 그곳에 자전거 공장이 있는데, 질질 끌면서 걸어간 발자국이 깨끗한 서리 위로 길게 이어져 있었다. 안주하지 못한 채 떠돌아다니는 유령, 데니 테일러가 어디 다른 곳을 찾아 그곳까지 느릿느릿 걸어갔다가 다시 또 다른 곳을 찾아 떠난 자국이다. 데니는 우리 읍에 사는 술주정뱅이다. 아마 읍내라면 다 있을 것이다. 데니 테일러는…… 읍에 사는 수많은 사람들이 고개를 천천히 가로저었다. 좋은 집안, 유서 깊은 집안의 마지막 자손이고 교육도 잘 받았다. 사관학교에서 무슨 문제가 있었던 거야? 왜 착실하게 살아가지 못해? 술로 자신을 죽이고 있다니 신사인 데니가 한참 잘못됐어. 술 먹을 돈을 구걸하다니 부끄러운 일이지. 부모가 세상을 떠나서 그 모습을 보지 못해 다행이라니까. 그랬다면 부모가 세상을 등졌을 테지만 이미 죽어버렸으니. 뉴베이타운 사람들은 이렇게 이야기한다.

내게 데니는 쓰라린 슬픔이자 죄책감의 대상이다. 나는 그를 도와야 한다. 애는 쓰고 있지만 데니가 받아들이지 않을 것이다. 데니는 동갑으로 함께 자랐고 몸무게와 힘도 비슷한, 형제처럼 가까운 유일한 친구다. 아마 내가 죄책감을 느끼는 이유는 형제를 지켜야 하는데 그를 구하지 못해서일 것이다.

가슴 깊이 절절히 느끼건만, 변명은 설사 정당한 것이라 하더라도 위안을 주지 못한다. 테일러 가문은 홀리나 베이커 가문, 또 다른 가문들만큼 유서가 깊다. 어린 시절을 기억할라치면 오른팔처럼 가깝게 내 곁에 있던 데니 없이는 소풍도, 서커스도, 대회도, 심지어 크리스마스도 어느 것 하나 떠올릴 수 없다. 우리가 대학을 같이 갔다면 이런 일이 일어나지 않았을지도 모른다. 나는 하버드로 갔다. 갖가지 외국어를 탐닉하고, 인문학에 푹 잠겨, 오래된 것과 아름다운 것과 애매모호한 것 속에 머물렀지만, 결국 식료품점을 운영하는 데 일절 쓸모없는 지식으로 내 자신을 만족시켰다. 게다가 그 밝고 신나는 인생행로에 데니가 함께하지 못하는 것을 늘 아쉬워했었다. 하지만 데니는 바다를 위해 자라났다. 우리가 어렸을 때조차 그가 해군사관학교에 가는 것은 분명하게 확증된 계획이었다. 국회의원이 새롭게 선출될 때마다 그의 아버지는 계획을 확실히 붙박았다.

삼 년간 이어진 영예는 퇴학으로 끝났다. 소문에 따르면 그 일로 인해 부모가 죽었고, 데니는 거의 죽은 거나 진배없었다. 남은 것이라고는 이 질질 끌며 걸어다니는 슬픔, 스컬버스터 한잔 마시기 위해 동전을 구걸하며 정처 없이 돌아다니는 밤의 슬픔뿐. 그렇게 동전을 구걸하는 자신을 용서할 수 없어서 그는 두 눈으로 사람들에게 용서를 구한다. 그는 윌버 가문이 배를 건조하던 조선소 뒤편 오두막에서 잔다. 나는 그가 집으로 향한 건지 아닌지 보려고 고개를 숙여 발자국을 살폈다. 서리 위에 발을 질질 끌고 간 자국이 다른 방향을 향하고 있으니 어디서라도 그를 만날지 모른다. 위 윌리가 그를 잡아두는 일은 없으리라. 그래봤자 무슨 소용이 있겠나?

내가 향하는 곳은 분명하다. 잠자리에서 나오기 전부터 그곳을 보고 느끼고 냄새 맡았으니까. 구항舊港은 이제 사라진 지 꽤 오래다. 방파제와 잔교가 새로 들어서고부터 모래와 토사가 끼기 시작하더니 과거 들쑥날쑥한 윗선 암초의 보호를 받던 거대한 정박지는 물이 얕아지고 말았다. 또한 조선대와 로프 공장, 창고, 그리고 온 가족이 모두 나와 고래 기름통을 만들던 통 제조업자들이 사라졌고, 돛대를 고정시키는 굵은 밧줄과 조상彫像이나 소용돌이 꼴 장식이 달린 뱃머리 기움 돛대를 앞으로 쭉 뻗은 채 포경선이 정박할 수 있었던 부두도 역시 사라져버렸다. 선박들은 주로 가로돛이 달린 세대박이 범선들이었다. 선미 돛대에는 하부 활대와 상부 가름대에 매단 후장 세로돛뿐만 아니라 가로돛도 달았다. 어떤 날씨에서라도 몇 년이건 바다를 견딜 수 있게 건조한, 선체가 두꺼운 선박들이었다. 뱃머리에다 삼각돛을 매다는 하부 활대는 튼튼한 장대로 따로 만들었고, 뱃머리에 단 뾰족한 이중 장대는 가름돛을 다는 상부 가름대 역할도 했다.

선박이 꽉 들어찬 구항을 새겨넣은 강판과 흐릿해진 옛날 사진이 내게 몇 장 있긴 하지만, 사실 그것들이 꼭 필요한 건 아니다. 구항과 그곳에 정박하던 배들은 이미 잘 알고 있다. 할아버지가 일각고래 뿔로 만든 지팡이를 사용해 항구를 그려 보여준 데다가, 한때 홀리 가문의 부두를 받치면서 조수로 닳고 닳은 말뚝 밑동을 그 지팡이로 툭툭 치며 내게 선박 명칭을 맹훈련시켜줬으니 말이다. 새하얀 턱수염에 성질 사납던 노인 영감. 나는 그가 너무나 좋아 마음이 아프기까지 했었다.

"좋아." 선교에서 확성기 없이 외쳐도 들릴 만큼 큰 목소리로 할아버지가 외치곤 했다. "범장을 모두 외쳐라, 크게 외치라고. 속삭이는 건 질색이다."

그러면 나는 크게 외쳤고, 할아버지는 박자에 맞춰 일각고래 뿔 지팡이로 말뚝을 세게 내리쳤다. "플라잉 지브." 내가 외쳤다. (탁!) "아우터 지브." (탁!) "이너 지브, 지브." (탁! 탁!)

"외치라니까. 네놈은 속삭이고만 있어."

"포어 스카이세일, 포어 로열, 포어 톱 갤런트 세일, 포어 상단 톱 세일, 포어 하단 톱 세일, 포어 세일." 하나하나 외칠 때마다 뒤따르는 탁 소리.

"중앙! 외쳐라."

"중앙 스카이세일." 탁!

그런데 고령이 되어감에 따라 할아버지는 자주 지쳤다. "중앙은 그만." 할아버지가 외치곤 했다. "선미를 해봐. 크게 외쳐."

"네, 알겠습니다. 미즌 스카이세일, 미즌 로열, 미즌 톱 갤런트 세일, 미즌 상단 톱 세일, 미즌 하단 톱 세일, 크로스잭……"

"그리고?"

"후장 세로돛입니다."

"어떻게 달지?"

"하부 활대와 상부 가름대로 답니다."

탁! 탁! 탁! 일각고래 뿔 지팡이가 물이 밴 말뚝을 두들겼다.

청력이 떨어질수록 할아버지가 사람들에게 속삭이지 말라고 다그치는 일이 더욱 잦아졌다. "만약 뭐가 사실이라면, 설사 사실이 아니더라도 네 생각이 그렇다면, 크게 말하거라." 그는 그렇게 외쳤다.

늙은 선장의 청력이 생이 끝나갈수록 제대로 작동을 하지 못했는지 모르나 기억력은 그렇지 않았다. 할아버지는 만 밖으로 항해를 나간 모든 선박의 용적 톤수와 항해 이력, 그리고 무엇을 싣고 돌아왔으며 그것을 어떻게 분배했는지를 훤히 꿰뚫고 있다는 듯 읊을 수 있었는데, 그가 선장이 되기 전에 고래잡이의 황금기가 거의 끝났다는 것은 뜻밖이었다. 그는 등유를 '스컹크 기름'이라고 불렀고, 등유 램프를 '구린내 통'이라고 불렀다. 전등이 도래해도 별다른 관심을 보이지 않았고, 아니 어쩌면 과거를 기억하는 것으로 그저 만족했는지 모른다. 나는 할아버지의 죽음에 놀라지 않았다. 배에 대해 맹훈련을 시켰듯이 자신의 죽음에 대해서도 노인이 나를 맹훈련시킨 탓이다. 나는 할 일을 죄다 알았다.

모래와 토사가 쌓여버린 구항 가장자리, 흘리 부두가 있던 바로 그곳에는 주춧돌이 그대로 있다. 썰물일 때는 모습을 드러내는데, 물이 높아지면 정사각형으로 다듬은 돌에 파도가 찰싹찰싹 밀려든다. 주춧돌 가장자리에서 3미터 떨어진 곳에 폭 약 1.2미터, 높이 1.2미터, 그리고 깊이가 1.5미터인 좁은 수로가 있다. 수로는 천장이 둥글다. 아마 한때 배수관으로 쓰였을 테지만, 육지 쪽 입구는 모래와 부서진 바위로 막혀버렸다. 이곳이 바로 모든 사람들에게 필요로 한 나만의 공간이다. 안에 들어가 있으면 바다 쪽에서 보지 않는 한, 눈에 띄지 않는다. 구항에는 이제 조개잡이꾼들이 쓰는 덜걱거리는 오두막 몇 채 말고는 아무것도 없고, 그마저도 겨울철에는 거의 버려져 있다시피 한다. 게다가 조개잡이꾼들은 원래 묵묵무언인 사람들이다. 하루가 지나도록 말 한 마디 않고, 고개는 아래로 하고 어깨는 구부린 채 걸어다닌다.

내가 향하는 곳이 바로 그곳이었다. 입대하기 전 그곳에서 밤을 지새웠고, 메리와 결혼하기 전에도, 그리고 엘런을 나으면서 아내가 몹시 아팠던 날 밤에도 몇 시간을 그곳에서 보냈다. 나는 어쩔 수 없이 그곳을 찾아가 수로 안에 들어앉아서는 잔물결이 주춧돌을 철썩이는 소리를 들으며 들쑥날쑥한 윗선 암초를 내다볼 수밖에 없었다. 침대에 누워 붉은 점이 춤추는 것을 지켜보면서도 그곳이 보였고 그곳에 내가 앉아 있어야 한다는 것을 알았다. 큰 변화가 생길 때마다 나는 그곳을 향한다. 큰 변화가 생길 때마다.

해안을 따라 사우스 데번이 뻗어 있고, 해변에는 연인들에게 혹시나 생길지 모를 곤란한 상황을 막기 위해 선량한 사람들이 세워놓은 가로등이 줄지어 있다. 연인들은 다른 곳을 찾아가야 한다. 읍에서 정한 조례에 따라 위 윌리가 한 시간마다 순찰도 돈다. 해변에 사람이라고는 그림자도 보이지 않았다. 항상 누군가는 낚시하러 나가거나, 낚시를 하면서 드나들기 마련인데 아무도 없다니, 이상한 일이었다. 나는 물가에서 몸을 낮춰 주춧돌이 튀어나온 부분을 찾아 그 좁은 배수관 동굴 속으로 몸을 구부리고 들어갔다. 내가 자리를 잡자마자 위 윌리의 순찰차가 지나가는 소리가 들렸다. 그날 밤 나는 그를 벌써 두 번이나 피했다.

좁은 구멍 속에 눈을 껌벅이며 부처처럼 책상다리를 하고 앉아 있기란 불편하고 어리석은 짓 같지만, 그럭저럭 돌이 내게 맞거나 아니면 내가 돌에게 맞춰 앉는다. 아마 그곳에 드나든 지 오래된 까닭에 내 등이 돌에 맞게 되었나 보다. 그 짓을 어리석다고 해도 나는 신경 쓰지 않는다. 간혹 가다 멍청한 짓을 하면 인생이 재미있다. 아이들이 얼음땡 같은 놀이를 하면서 숨넘어가게 웃는 것처럼 말이다. 게다가 그렇게 하다 보면 단조롭기만 한 흐름이 깨지면서 새로운 출발을 할 수 있다. 근심거리가 생길 때마다 나는 아내가 눈치채지 못하도록 멍청한 짓을 한다. 아내가 나를 찾아낸 적은 아직 없지만, 설령 있다 해도 나는 결코 모르리라. 나는 나의 메리에 대해 모르는 것이 너무나 많은데, 아내가 나를 얼마나 알고 있을까도 그중 하나다. 아내가 이 장소에 대해 알리라고는 생각지 않는다. 어떻게 알겠는가? 아무에게도 말하지 않았는데. 장소라는 말 외에는 이름도 붙이지 않았다. 어떤 의식이나 방식도 없다. 그저 이런 저런 일들에 대해 생각해보는 곳일 뿐이다. 사람은 그 누구도 진정으로 남을 알지 못한다. 기껏해야 남들이 자신과 같으리라 추측할 뿐이다. 이제 나를 지켜주는 가로등 불빛 아래 바람이 미치지 않는 이 장소에 앉아, 어두운 하늘로부터 슬금슬금 시커멓게 밀려드는 조류를 바라보며, 남자들은 모두 장소가 있는지, 장소가 필요한지, 아니면 원하긴 하는데 어디에도 없는지 생각해보았다. 이따금 나는 사람들 눈빛에서 어떤 표정, 즉 영혼의 전율이 잦아들면서 한 사람으로 돌아가 자신을 찬찬히 살펴볼 수 있는, 조용하고 은밀한 장소를 미친 듯이 갈망하는 동물과도 같은 표정을 보곤 한다. 물론 나도 자궁회귀 본능과 죽음에 대한 동경 이론을 알고 있긴 하지만, 어떤 사람들에게는 그 이론이 맞아 떨어질지 모르나, 내게는 맞지 않는 것 같다. 쉽지 않은 문제를 쉽게 이야기해버리는 수단일 뿐이다. 나의 장소에서 일어나는 모든 것을 나는 '조사하기'라고 부른다. 다른 사람들은 기도라고 할지 모르는데, 아마 같은 것이리라. 단순한 생각에 지나지 않는다고 여기지는 않는다. 만약 거기서 일어나는 일을 그림으로 그려본다면 아마 젖은 이불이 감미로운 바람결에 펄럭펄럭 마르면서 새하얗게 소독되는 장면일 것이다. 그것이 좋든 나쁘든, 내게 일어나는 일은 옳다.

허다한 걱정거리들이 어린 학생들마냥 주목을 받으려고

펄쩍 뛰고 손을 흔들어댔다. 그러다가 1기통 엔진이 달린 낚시배가 느리게 다가오는 소리가 들렸다. 낚싯배 돛대에 달린 전등이 윗선 암초 너머 남쪽으로 움직였다. 나는 하던 일을 모두 멈추고 배가 붉은 전등과 푸른 전등을 켜고 안전하게 수로로 들어갈 때까지 기다렸다. 들어가는 입구를 쉽게 찾아내는 것을 보니 이 지역 배다. 배는 물이 얕은 곳에 닻을 내렸고 작은 보트로 갈아탄 남자 둘이 뭍에 올랐다. 잔물결이 해변으로 스치듯 밀려들었고 방해를 받은 갈매기들은 얼마간의 시간이 지나서야 계류부표 위로 돌아가 앉았다.

항목 하나: 입가에 신비로운 미소를 머금고 잠들어 있는 내 사랑하는 메리를 생각해보자. 잠에서 깨어나 나를 찾는 일이 없으면 좋겠다. 그랬다 해도 내게 말해주겠는가? 글쎄. 메리가 내게 모든 일을 말하는 것 같아 보이긴 해도 사실 이야기하는 게 별로 없다. 운세도 생각해봐야 한다. 메리는 한 밑천 잡기를 원하는 건가, 아니면 나를 위해 그런 건가? 내가 모르는 이유로 마지 영 헌트가 농간을 부린 가짜 운수라는 사실은 그리 큰 의미가 없다. 가짜 운수라도 운수나 마찬가지인 데다 모든 운수들이 다 조금씩은 가짜일 수 있으니까. 분별력 있는 사람이라면 누구나 돈을 원하면 돈을 벌 수 있다. 그런데 사람들 대부분 진정으로 바라는 것은 여자나 옷 또는 존경이고, 그것들은 비켜나갈 뿐이다. 모건과 록펠러 같은 위대한 금융의 달인들은 그저 돈 자체만을 원했기에 돈을 번 것이다. 그들이 나중에 그 돈으로 무엇을 했는가는 다른 문제다. 내가

느낀 바로는 아마 자신들이 불러낸 유령에게 겁을 먹은 나머지 그것을 매수하려고 애를 썼던 게 아닌가 싶다.

항목 둘: 메리에게 있어 돈은 새 커튼과 아이들을 위한 확실한 교육 지원, 그리고 자신의 고개를 더 높이 치켜들면서, 나 때문에 좀 부끄러운 것이 아니라 자랑스러워하는 것을 뜻했다. 화가 난 채로 그렇게 말했지만 사실 맞는 말이었다.

항목 셋: 나는 돈을 원했는가? 음, 아니다. 내 안에 있는 무언가는 내가 식료품 가게 점원인 것이 싫었다. 군대에서 대위였긴 해도, 내가 무엇 때문에 장교 교육단에 들어갈 수 있었는지 알고 있었다. 가족과 인맥 때문이었다. 내 예쁘장한 두 눈 때문에 뽑힌 것은 아니었지만, 나는 훌륭한 장교, 그래, 훌륭한 장교가 되었다. 그런데 내가 다른 사람들에게 내 뜻을 강요해 그들을 복종시켜가며 지휘하는 것을 진정으로 좋아했더라면, 군대에 계속 머물러 아마 지금쯤 대령이 되었겠지. 그러나 나는 그렇지 않았다. 끝내길 원했다. 훌륭한 군인은 전투를 할 뿐 결코 전쟁을 하지 않는다고 사람들은 말한다. 그건 민간인들에게나 하는 소리다.

항목 넷: 마룰로가 사업에 관한 진실, 즉 사업이란 돈을 벌기 위한 과정이라고 말해줬다. 조이 모피도 숨김없이 말했고, 베이커 씨와 순회 판매원도 마찬가지다. 다들 가감 없이 털어놓았다. 그런데 난 왜 비위가 상하면서 썩은 달걀의 뒷맛만 남았나? 내가 너무 선량하거나, 친절하거나, 아니면 공정한 건가? 그런 것 같지는 않다. 내가 너무 자부심이 강한가? 글

쎄, 그런 면이 조금 있긴 하다. 내가 게으른가? 너무 게을러서 말려들지 못하나? 골칫거리나 혼란, 노력 따위는 전혀 바라지 않고, 그저 게으름에 불과한 소극적인 친절만 징그럽게 가득 차 있구나.

동이 트기에 아직 이른 새벽만의 고유한 냄새와 느낌이 있다. 이제 공기 중에 그것이 감돌면서, 바람도 가라앉는다. 샛별 또는 행성 하나가 동쪽 수평선에 선명하다. 그 별 또는 행성의 이름을 알아야 할 텐데 모르겠다. 동 트기 전에는 바람이 새롭게 일거나 잠잠해진다. 정말이다. 나도 곧 돌아가야 할 것이다. 저 별은 너무 늦게 떠오르는 바람에 해가 뜨면 곧 사라지겠지. '별은 넌지시 암시만 할 뿐 지배하지 않는다'란 격언은 무슨 뜻일까? 글쎄, 듣자하니 건실한 금융업자 상당수가 주식 구매에 대한 조언을 얻기 위해 점성술사를 찾는다고 한다. 별들이 상승 시세 쪽을 넌지시 가리킨단 말인가? 에이티엔티●를 별이 좌지우지하고? 내 운세는 멀리 떨어진 별처럼 달콤하지 않다. 게으른 데다 짓궂은 여자가 손에 쥔 닳고 닳은 타로 카드로 농간을 부려 뽑아낸 것일 뿐. 카드도 암시만 할 뿐 지배하지 않을까? 뭐, 한밤중에 나만의 장소로 나오게끔 카드가 내 마음을 넌지시 찌른 데다, 내가 질색하는 주제에 대해 원하는 것 이상으로 생각하게끔 만들긴 했다. 이것만 해도 마음이 쏠린 건 분명하군. 여태껏 없었던 교묘한

● 미국 최대의 통신회사다.

사업수단이나 나와는 거리가 먼 욕심에도 카드가 나를 움직이게 만들 수 있을까? 전혀 원하지 않던 것을 원하게 마음이 기울까? 잡아먹는 자와 잡아먹히는 자가 있다. 이 규칙부터 시작해보면 좋겠군. 잡아먹는 자는 잡아먹히는 자보다 부도덕한가? 결국에는 모두 잡아먹힌다. 모두. 가장 용맹하고 가장 교활한 놈마저 땅이 날름 삼켜버릴 테니 말이다.

클램 힐의 수탉들이 아까부터 울고 있지만 나는 그 소리가 띄엄띄엄 들렸다. 이 장소에서 곧장 떠오르는 태양을 볼 수 있게 좀더 머물다 갔으면 좋겠다.

나만의 장소에 왔을 때 특별히 하는 의식이 없다고 앞서 말했지만, 꼭 그렇지만은 않다. 때로 이곳에 올 때마다 기분전환으로 구항을 머릿속에 그려보기도 한다. 부두와 창고, 돛대로 이루어진 숲이며 삭구와 범포로 이루어진 덤불까지. 그리고 내 가문의 조상들도. 청년들은 갑판 위에, 성년들은 돛대 높이 매달린 채, 장년들은 선교에서. 그때는 매디슨 길을 돌아다녀도 허튼 수작이 없었고, 콜리플라워 잎사귀를 많이 쳐내지도 않았다. 그 시절에는 사람에게 위엄, 위상이 있었다. 사람이 숨을 쉴 수가 있었다.

어리석은 내 아버지가 그렇게 이야기했다. 그러나 선장이었던 할아버지는 못을 두고 싸움을 벌이고, 가게마다 사소한 일로 다투며, 선박의 널빤지와 내용골 하나하나마저 의심하고, 소송을 걸고, 게다가 살인까지 일어났던 것을 기억했다. 여자, 영광, 모험을 위해 그랬냐고? 천만의 말씀. 돈 때문이었다. 항해가 끝날 때까지 동업관계가 이루어지기란 몹시 드물었고, 항해가 끝나면 원인이 무엇인지 잊힌 뒤에도 심각한 반목이 계속되었다.

늙은 홀리 선장이 결코 풀지 못한 응어리, 용서할 수 없었던 범죄가 하나 있다. 구항 가장자리에 서거나 앉아 몇 번이고 내게 그 이야기를 해주었다. 우리는 그곳에서 상당한 시간을 보냈다. 할아버지와 나 말이다. 일각고래 뿔 지팡이로 할아버지가 여기저기 가리키던 것을 기억한다.

"윗선 암초의 세 번째 바위를 찾아봐라." 할아버지가 말했다. "찾았냐? 그럼, 그 바위와 만조 때 물 밖으로 보이는 포티 포인트의 끝을 이어보거라. 저기 보이지? 자, 그 두 개를 이은 선에서 약 반 런* 아래로 배가 누워 있다. 배의 용골뿐이지만 말이다."

"벨 아데어 호요?"

"벨 아데어 호지."

"우리 배였잖아요."

"동업관계였으니 반이 우리 거였지. 배는 정박 중에 타버렸다. 흘수선까지. 그게 사고였다니 믿을 수가 없었지."

"방화라고 생각하세요, 할아버지?"

"그래."

"하지만 할아버지는 아니잖아요."

---

* 해상 거리를 나타내는 단위이다.

"아니지."

"누가 했어요?"

"모른다."

"왜 그런 거예요?"

"보험 때문이지."

"그렇다면 지금과 다를 게 없네요."

"다를 게 없지."

"뭔가 달라져야 하잖아요."

"오직 한 사람이, 오로지 단 한 사람만이. 그게 유일한 힘이다. 단 한 사람만이 그렇게 할 수 있지. 다른 가능성은 없어."

아버지는 할아버지가 두 번 다시 베이커 선장에게 말을 걸지 않았다고 내게 말했지만, 베이커 선장의 아들인 베이커 씨에게까지 그런 건 아니었다. 할아버지라면 배를 한 척 더 태우느니 닫았던 입을 여는 쪽이었을 테니까.

이런, 집에 가야 한다. 그래서 집으로 갔다. 달리다시피 하며 아무 생각 없이 큰길로 올라섰다. 여전히 어두웠지만 바다 가장자리로 빛의 테두리가 생기면서 파도가 회색 강철처럼 보였다. 나는 전쟁 기념비를 돌아 우체국을 지나갔다. 출입구에 데니 테일러가 서 있었다. 내가 예상했던 모습 그대로 주머니에 두 손을 꽂은 채, 남루한 외투깃을 바짝 세우고, 귀 덮개를 내린 낡은 사냥용 챙 모자를 쓰고 있었다. 그의 얼굴은 추위와 질병으로 청회색빛이었다.

"이쓰." 그가 말했다. "귀찮게 해서 미안하다. 미안해. 술을 좀 마셔야 해서 말이지. 내가 그럴 필요가 없으면 부탁하지 않는다는 거 너도 알지."

"알았어. 아, 그러니까 난 잘 모르겠지만, 널 믿겠어." 나는 그에게 1달러를 줬다. "그거면 될까?"

그의 입술은 어린아이가 막 울음을 터트리려고 할 때처럼 부들부들 떨렸다. "고마워, 이쓰." 그가 대답했다. "그래. 이 돈이면 하루 종일 아니 어쩌면 밤새도록 마실 수 있을 거야." 술 마실 생각에 얼굴이 더 환해졌다.

"데니. 이제 그만해. 내가 잊어버린 줄 알았어? 너는 내 형제였어, 데니. 지금도 마찬가지고. 너를 돕기 위해서라면 무엇이든 다 할 거야."

그의 야윈 두 뺨에 얼핏 핏기가 돌았다. 그는 손에 쥔 돈을 쳐다보았는데, 벌써 스컬버스터를 한 모금 쭉 들이킨 듯했다. 그러더니 냉엄하고도 차가운 눈초리로 나를 쳐다보았다.

"일단, 제발 신경 좀 꺼, 젠장. 다음으로 너는 콩 한 쪽도 없어, 이쓰. 너도 나처럼 장님이라고. 다만 분야가 다를 뿐이지."

"내 말 들어, 데니."

"왜? 난 너보다 형편이 좋은데 왜 그러실까. 난 비장의 카드가 있다 이거야. 우리 시골 땅 기억나?"

"불에 타버린 곳 말이야? 우리가 지하실에서 놀던 집이 있던 곳?"

"제대로 기억하고 있군. 그 땅이 내 거야."

"데니, 그 땅을 팔면 새롭게 시작할 수 있어."

"안 팔아. 해마다 세금으로 군에서 땅을 조금씩 떼어가고 있어. 그래도 넓은 초원이 여전히 내 거라고."

"왜 땅을 안 팔겠다는 거야?"

"그게 바로 나니까. 그 땅이 바로 데니얼 테일러라 이거야. 내게 그 땅이 있는 한 어떤 빌어먹을 놈도 내게 이래라저래라 할 수 없고 어떤 개새끼도 나를 위한답시고 가둬둘 수 없다 이거야. 무슨 말인지 알겠어?"

"내 말 좀 들어봐, 데니……."

"듣고 싶지 않아. 이까짓 돈 때문에 내게 설교할 권리라도 있다고 생각하는 거라면, 자! 도로 가져가."

"그냥 둬."

"그럴 거야. 넌 지금 무슨 말을 하고 있는 건지 모르지. 단 한 번도 술주정뱅이였던 적이 없으니까. 베이컨을 포장하는 법 따위를 내가 네게 말하지 않잖아, 안 그래? 자, 이제 네가 가던 길을 가준다면, 나는 술을 마시겠어. 그리고 잊지 마. 내가 너보다 돈이 많아." 그저 눈길을 돌리기만 해도 세상이 없어진다고 여기는 어린아이처럼 그가 몸을 돌리더니 닫힌 출입문 구석에다 머리를 집어넣었다. 그러고는 내가 포기하고 갈 때까지 움직이지 않았다.

호텔 앞에다 주차를 하고 쪽잠을 자던 위 윌리가 잠에서 깨어 시보레의 창문을 내렸다. "좋은 아침이네, 이선." 그가 말했다. "일찍 일어난 거야, 아니면 늦게까지 돌아다닌 거야?"

"둘 다예요."

"끝내주는 여자라도 찾았나보군."
"그럼요. 윌리. 천상의 미녀였습니다."
"이봐, 거리의 여자와 어울려다닌다는 말은 아니겠지?"
"정말이라니까요."
"더는 믿을 수가 없군. 낚시를 하고 온 거겠지. 마누라는 잘 있나?"
"자고 있어요."
"교대하고 나면 나도 그러려고."

종전까지 그러고 있더라는 말은 그에게 하지 않고 자리를 떴다.

나는 조용히 뒷 계단을 올라가 부엌 등을 켰다. 내가 남긴 쪽지가 탁자 중앙에서 약간 왼쪽으로 놓여 있었다. 맹세컨대 나는 한가운데에 놔뒀었다.

내가 커피를 올리고 의자에 앉아 끓을 때까지 기다리는데, 막 끓어오르기 시작할 무렵 메리가 내려왔다. 잠에서 깨어난 내 아내는 어린 소녀 같다. 다 큰 애 녀석들이 둘이나 딸린 엄마라고는 생각할 수 없을 만큼. 그녀의 피부에서는 갓 베어낸 풀처럼 향긋한 냄새가 나는데, 아늑하고 편안한 냄새다.

"이렇게 일찍부터 일어나 뭐하는 거예요?"
"그것 참 좋은 질문이군. 내가 한숨도 못 잤다는 걸 알아줬으면 해. 문 옆에 있는 덧신을 봐. 얼마나 젖었는지 만져보라고."
"어디 갔다 온 건데요?"

"바닷가에 가면 작은 동굴이 있어, 우리 부스스한 예쁜이. 그 속에 기어들어가 밤새 명상을 했지."

"잠깐만요."

"그리고 바다에서 별이 떠오르는 것을 봤고, 그 별에 주인이 없으니까 우리 별로 삼았어. 그러고는 별을 길들이고 나서 좀더 커지라고 돌려보냈지."

"또 바보처럼 구시네. 당신은 방금 일어난 거고, 그래서 내가 깬 거예요."

"믿지 못하겠으면, 위 윌리에게 물어봐. 그 사람과 말도 주고받았으니까. 데니 테일러에게도 물어봐. 1달러를 줬거든."

"그러면 안 돼요. 또 술에 취할 거라고요."

"나도 알아. 녀석이 원하는 게 그거야. 우리 별은 어디서 잠을 잘까, 예쁜이?"

"커피 냄새가 좋지 않아요? 당신이 다시 바보처럼 구니까 기뻐요. 당신은 우울해지면 무섭거든요. 점을 본 건 미안해요. 내가 행복하지 않다고 생각지는 않았으면 좋겠어요."

"걱정하지 마, 카드에 나와 있으니까."

"네?"

"농담 아니야. 나는 돈을 벌 거야."

"당신 생각은 도무지 모르겠어요."

"그게 바로 진실을 말할 때 가장 어려운 점이지. 부활절 전날을 축하하기 위해 애들을 좀 두들겨 깨울까? 뼈는 절대 부러뜨리지 않겠다고 약속하지."

"난 얼굴도 아직 씻지 않았는걸요." 그녀가 말했다. "당신이 부엌에서 덜걱거리며 소리를 낼 줄은 상상도 못했어요."

아내가 화장실로 올라가자, 나는 그녀에게 썼던 쪽지를 내 주머니에 넣었다. 그런데 나는 여전히 모르겠다. 과연 사람이 다른 사람의 겉모습이라도 알 수 있을까? 당신은 거기서 어떤 사람이야? 메리, 듣고 있어? 당신은 누구냐고?

4

토요일 그날 아침은 어떤 무늬가 있는 듯했다. 다른 요일도 모두 마찬가지인지 궁금해진다. 매우 조용한 날이었다. 데보라 대고모의 나지막한 회색빛 속삭임이 귓가에 들렸다. "물론 예수님은 죽었지. 오늘이 바로 세상에서 그분이 죽은 날이란다. 그리고 남자와 여자도 모두 다 죽었어. 예수님은 지옥에 계시지. 하지만 내일이야. 내일까지만 기다리렴. 그러면 뭔가를 보게 될 거다."

나는 대고모가 선명하게 기억나지 않는다. 사람을 너무 가까이에서 보면 기억나지 않는 것처럼. 하지만 대고모가 내게 성경을 신문처럼 읽어줬던 것을 보면, 대고모에게 부활절이란 아마 이런 의미였나 보다. 영원히 계속해서 일어나는데 항상 신나고 새로운 어떤 것. 부활절마다, 예수가 죽은 자들 가운데서 정말 일어났다. 펑, 예상하던 일이지만 그럼에도 새롭다. 대고모에게 그 일은 이천 년 전 일어난 것이 아니었다. 바로 지금이었다. 대고모는 자신의 그런 생각을 내게도 심어놓았다.

전에도 가게를 열고 싶어 했던 적이 있었는지 기억이 나질 않는다. 지저분한 옷차림에 멍한 얼굴로 찾아오는 아침 손님들이 죄다 싫었던 것 같다. 그런데 오늘은 일하러 나가고 싶었다. 나는 메리를 전심으로 사랑한다. 어떤 면에서는 내 자신보다 더 사랑하지만, 아내가 하는 말을 언제나 집중해서 듣지 않는 것도 사실이다. 아내는 옷과 건강에 대한 지루한 이야기와 자신을 깨우치고 즐거움을 준 대화들을 늘어놓다가 내가 전혀 귀를 기울이지 않으면, 이렇게 외치곤 한다. "아니 모르고 있다는 게 말이 돼요? 내가 말했잖아요. 목요일 아침에 당신에게 말한 것을 난 똑똑히 기억하고 있다고요." 메리의 말은 한 치도 틀리지 않다. 분명 내게 말했으니까. 아내는 어떤 부분에 대해서는 하나도 빠짐없이 내게 말해준다.

오늘 아침은 아내의 말을 듣지 않았을 뿐만 아니라 거기에서 벗어나고 싶었다. 아마도 내 자신에게 말하고 싶었던 데다가 그녀에게는 할 말이 없었기 때문이다. 사실, 공평하게 따져보자면, 아내도 내 말을 듣지 않는 건 마찬가지다. 가끔은 다행스럽다. 그녀는 어조와 억양을 듣고 내 기분이나 건강이 어떤지, 피곤한지 즐거운지 등을 알아낸다. 그것도 좋은 방법이긴 하다. 그런데 이제 생각해보니 아내가 내 말을 듣지 않는 까닭은 내가 그녀에게 말한다기보다 내 안에 있는 어떤 음울한 경청자에게 말하기 때문이다. 물론 아내도 진정 내게 말을 하는 것은 아니다. 아이들 문제나 골치 아픈 큰 위기가 생긴 경우라면 다르지만.

말이라는 것이 듣는 사람의 성격을 어떻게 바꾸는지 자주 생각해보았다. 나는 플리머스록에 살던 작은 체구의 데보라 대고모나 늙은 선장 같이 죽은 사람들에게 대부분 말한다. 그들과 언쟁하는 경우도 있다. 한번은 먼지 풀풀 날리는 전투에 지친 나머지 늙은 선장을 불렀다. "싸워야만 합니까?" 그러자 아주 또렷하게 할아버지가 대답했다. "물론이다. 그리고 속삭이지 마라." 할아버지는 말로 다투지 않았다. 단 한 번도. 그저 내게 하라고 명령하면, 나는 그렇게 했다. 불가사의하거나 신비로울 건 없다. 당신 안에 틀림없이 자리를 잡고 있을 내면으로부터 조언이나 평계를 구하는 것과 한가지니까.

도움을 구하는 또 다른 방법으로, 오로지 말만 할 때가 있는데, 침묵을 지키지만 또렷이 의사를 표현하는 식료품점 통조림과 병 제품이 맡은 구실을 제대로 해준다. 지나가는 동물이나 새도 마찬가지다. 녀석들은 말다툼을 하지도, 했던 말을 반복하지도 않는다.

메리가 말했다. "벌써 가려는 건 아니죠? 세상에나, 삼십 분이나 남았어요. 일찍 일어나면 이런 여유도 생긴다니까요."

"나무상자를 잔뜩 풀어야 해." 내가 대답했다. "가게 문 열기 전에 선반에 올려야 할 것도 있고. 엄청 고민되는 일이야. 피클과 토마토를 같은 선반에 올려야 하나? 살구 통조림이 복숭아 통조림이랑 싸우지는 않을까? 옷을 입을 때도 색깔 배합이 중요하다는 거 당신도 알잖아."

"당신은 못하는 우스갯소리가 없다니까요. 그래도 기뻐요. 툴툴대는 것보다 나으니까. 툴툴대는 남자가 어디 한둘이어야 말이죠."

그래서 나는 일찍 나왔다. 레드 베이커는 아직 나오지 않았다. 다른 개들과 마찬가지로 녀석은 시간을 맞출 수 있을 만큼 정확하다. 정확히 삼십 분 후면 녀석이 위풍당당한 모습으로 동네를 한 바퀴 돌겠지. 조이 모피가 보이지 않는 걸 보니 나타날 것 같지 않다. 은행은 열지 않지만, 그렇다고 해서 조이가 안에서 장부정리를 하지 않는 건 아니리라. 읍내가 아주 조용하다. 물론 부활절 휴가로 많은 사람들이 여행을 떠났으니 당연한 일이다. 부활절과 독립기념일과 노동절은 가장 큰 휴일이다. 사람들은 원하지 않을 때에도 휴가를 간다. 느릅나무길에 사는 참새들마저도 멀리 떠났을 것이다.

스톤월 잭슨 스미스가 근무를 하고 있었다. 그는 포매스터 커피숍에서 커피를 한 잔 사서 나오는 길이었다. 워낙 야윈 체격이라 권총과 수갑이 너무 커 보였다. 경찰 모자를 비스듬히 쓰고는 뾰족한 거위 깃으로 이를 쑤신다.

"일이 많겠습니다, 스토니. 돈 벌기에 길고도 힘든 날이겠는데요."

"어?" 그가 말했다. "읍내에 아무도 없잖아." 자신도 이곳에 없기를 바란다는 뜻이었다.

"스토니, 살인사건이나, 뭐 소름끼칠 정도로 즐거운 일 없습니까?"

"꽤 조용해." 그가 대답했다. "애들 몇이 다리에서 차를 부쉈어. 그런데 망할, 지들 차였지 뭔가. 판사는 아마 다리 수리비를 내라고 할 거야. 플러드햄튼에 은행 강도가 들었다는 소식 들었나?"

"아니요."

"텔레비전도 안 봤어?"

"텔레비전이 없어요, 아직. 크게 털었나요?"

"1만 3,000달러라는군. 어제 문 닫기 바로 전이었다지. 세 놈이었다는군. 별 네 개짜리 경계령이 떨어졌어. 윌리가 지금 고속도로에 나가 있지, 욕을 잔뜩 퍼부으면서 말이야."

"잠은 충분히 잤겠죠."

"그래, 하지만 나는 못 자어. 밤새 순찰을 돌았거든."

"놈들을 잡을 거 같습니까?"

"아! 그렇겠지. 돈을 훔친 범인은 대개 잡아들여. 보험회사가 계속 들볶아대니까. 쉴 틈도 안줘."

"경찰에게 잡히지만 않는다면 크게 한탕하는 걸 텐데 말입니다."

"그렇고말고." 그가 말했다.

"스토니, 데니 테일러 좀 들여다봐주세요. 아파보였어요."

"시간이 해결할 수밖에." 스토니가 말했다. "하지만 들러보겠네. 부끄러운 일이지. 좋은 놈인데. 집안도 좋고."

"가슴이 아파 죽겠어요. 제가 좋아하는 놈이라서요."

"글쎄, 자네는 녀석을 위해 해줄 게 없어. 비가 올 거야, 이 쓰. 윌리는 젖는 걸 싫어하는데."

내 기억으로는 처음으로, 즐겁게 골목에 들어서서 신나게 뒷문을 열었다. 고양이가 문 옆에서 기다리고 있었다. 말랐지만 유능한 그놈이 뒷문으로 들어가기 위해 기다리지 않았던 아침이 단 한 번도 없었고, 나 역시 그놈에게 막대기를 던지거나 녀석을 쫓아내는 데 실패했던 적이 단 한 번도 없었다.

내가 기억하는 한 놈이 가게로 들어온 적은 없다. 녀석의 귀가 싸움에 갈가리 찢어져 있어서 나는 그 고양이를 '그놈'이라 부른다. 고양이들은 이상한 동물인가? 아니면 우리와 너무나 닮은 탓에 원숭이처럼 고양이도 기이한 동물이라 여기는 걸까? 아마 육백 번이나 팔백 번쯤 녀석이 들어오려고 시도했지만 단 한 번도 성공하지 못했다.

"깜짝 놀라게 해주마." 나는 고양이에게 말했다. 놈은 동그랗게 만 꼬리 한가운데 앉아서 앞발 사이로 꼬리 끝을 획 들어올렸다. 나는 어두운 가게 안으로 들어가, 선반에서 우유통 하나를 꺼내, 구멍을 뚫어 연 다음, 컵에다 따랐다. 그러고는 컵을 창고로 가지고 와 안에 놓고서 문을 열어놓았다. 놈이 나를 진지하게 쳐다보다가 우유를 보더니, 걸음을 옮겨 은행 뒤쪽 담장 너머로 미끄러지듯 넘어가버렸다.

녀석이 사라지는 것을 지켜보고 있자니 조이 모피가 손에 은행 뒷문 열쇠를 쥐고 골목으로 들어왔다. 밤새 눈 한 번 못 붙였는지 행색이 초라하다.

"안녕하세요, 홀리 씨."

"오늘은 문을 닫는 줄 알았어요."

"보아하니 절대 못 닫게 생겼습니다. 장부에서 36달러가 안 맞습니다. 어젯밤에 자정까지 일했습니다."

"모자란 건가요?"

"아뇨, 남았습니다."

"그럼 좋은 거군요."

"글쎄, 그렇지는 않아요. 어쨌든 찾아내야 하니까."

"은행이 그렇게 정직한가요?"

"은행은 그렇습니다. 안 그런 사람이 몇 있어서 문제지. 휴가를 가려면 꼭 찾아내야 합니다."

"나도 사업에 대해 좀 알았으면 좋겠어요."

"내가 알고 있는 전부를 한 문장으로 말해줄 있습니다. 돈이 돈을 낳습니다."

"내게는 별로 소용이 없군요."

"나도 마찬가집니다. 하지만 충고는 할 수가 있죠."

"어떤 충고 말입니까?"

"처음 제안은 결코 받아들이지 말 것이라든지, 누군가가 무엇을 팔고 싶어 한다면 이유가 있다, 원하는 사람이 있을 때만 물건은 가치 있다, 같은 거죠."

"그게 빠른 길인가요?"

"그렇죠, 하지만 첫 번째 충고 없이는 아무런 의미가 없습니다."

"돈이 돈을 낳는다?"

"그것 때문에 많이들 뒤처지는 겁니다."

"돈을 빌리기도 할 텐데요?"

"네, 하지만 신용이 있어야 하는데 그것 역시 일종의 돈입니다."

"식료품점에 붙어 있는 게 나을까요?"

"아마도요. 플러드햄튼 은행 소식은 들었습니까?"

"스토니가 말해주더군요. 웃겨요, 우리가 어제 이야기한 거 잖아요. 기억나요?"

"그 은행에 친구가 있습니다. 세 놈이라더군요. 한 놈은 사투리를 쓰고, 또 한 놈은 다리를 절었답니다. 세 놈이라. 틀림없이 경찰이 잡을 겁니다. 아마 일주일 안에, 아니면 이 주."

"설마요!"

"아, 글쎄요. 놈들이 똑똑하지 않아서 말이죠. 똑똑하지 않으면 법에 걸리게 되어 있습니다."

"어제 일은 미안해요."

"잊어버리세요. 내가 말이 많은 거니까. 그것도 또 다른 규칙입니다. 말을 하지 말 것. 그 규칙은 도무지 지킬 수가 없군요. 잠깐, 얼굴이 좋아 보입니다."

"그럴 리가요. 잠도 많이 못 잤어요."

"누가 아픕니까?"

"아니요. 왜 그런 밤이 있잖아요."

"맞습니다……."

가게를 쓸고 가리개를 올리면서도 일을 하고 있다거나 일이 하기 싫다거나 하는 마음은 전혀 들지 않았다. 조이가 말한 규칙이 머릿속에서 계속 맴돌았다. 그래서 선반에 있는 내 친구들과 그 문제를 토론했다. 큰 소리로, 아니 작은 소리였던가. 모르겠다.

"친애하는 친구들." 내가 말했다. "만약 그렇게 간단한 일이라면, 왜 더 많은 사람들이 성공하지 못하는 거지? 왜 사람들

대부분 같은 실수를 반복하는 거야? 빠진 거라도 있나? 어쩌면 약점 중의 약점은 친절일지도 몰라. 마를로가 말하길 돈은 감정이 없다더군. 그렇다면 금융업자들이 친절하다는 건 그들에게 약점이 되는 게 아닐까? 어떻게 훌륭한 보통 사람들을 전쟁터로 보내 살육을 저지르도록 할 수 있지? 그건, 적의 생김새가 우리와 다르거나 말씨가 우리와 다르면 가능해. 하지만 내전은? 음, 북부 양키들은 애들을 잡아먹고 남부 병사들은 죄수들을 굶어 죽게 했어. 그러면 가능하지. 곧 그리로 가마, 얇게 썬 비트와 양송이 통조림들아. 조금만 기다려. 내가 너희에 대해 이야기하길 바란다는 거 다 알아. 누구나 그래. 하지만 바야흐로 결론에 이르렀거든. 판단의 기준, 바로 그거야. 사고의 법칙이 물질의 법칙과 같다면, 도덕도 상대적이고, 예절이나 죄도 역시 상대적인 우주에서 상대적이 되는 거야. 그래야만 해. 거기서 벗어날 수 없어. 판단의 기준에서. 겉에 미키마우스 가면이 그려져 있고, 상표와 10센트를 보내면 복화술 도구를 보내준다는 너 시리얼아. 너를 집으로 데려가야만 한다만, 지금은 자리에 앉아 내 말 좀 들어. 사랑하는 메리에게 농담 삼아 던진 이야기는 진짜야. 나의 조상들, 대단한 존경을 받고 있는 선주들과 선장들은 독립전쟁 당시와 그 뒤 1812년에 상선을 습격할 수 있는 권한을 분명 가지고 있었지. 애국심 넘치는 아주 고결한 일이었고. 그런데 영국 입장에서는 해적들이라 이거야. 사실 그렇게 뺏은 것을 조상들이 자기 손에 넣어버렸으니까. 내 아버지가 다 탕진한 가문 재산이 그렇게 해서 시작됐지. 돈을 낳는 돈이 그렇게 해서 나오게 된 거라고. 자랑스러워할 만하지."

나는 토마토 페이스트가 담긴 큰 종이 상자를 가지고 와 칼로 찢어 연 다음, 매력적으로 생긴 작고 호리호리한 그 통조림들을 텅 빈 선반에 쌓았다. "아마 너희는 모르겠구나, 외국에서 왔다고 볼 수 있으니 말이야. 돈은 감정도 없을 뿐만 아니라 명예나 기억도 없단다. 돈이 수중에 잠시 있을 때라면야 당연히 존경할 만하지. 내가 돈을 비난하는 게 아니란 걸 명심해. 나는 돈을 아주 존경하니까. 신사 여러분, 우리 지역에 새로 온 이들을 소개하겠습니다. 어디 보자, 너네 케첩 옆에다 놓아야겠다. 새 집에 온 피클을 환영해라. 뉴욕 출신이네. 거기서 태어나 얇게 저며져 병에 담겼군. 난 친구들과 돈에 대해 토론하고 있었지. 아주 훌륭한 너희 일가 중 한 곳 말이다. 아! 이름을 알겠군! 아마 세계 모든 사람들이 알 테지. 아무튼 그 회사는 우리나라가 영국과 전쟁 중일 때 영국에 쇠고기를 팔면서 성공적으로 사업에 뛰어들었는데 말이야, 모두 그 회사의 재력을 존경하고 소유주 일가까지 존경하고 있지. 또 다른 명문가도 있는데, 아마 가장 큰 은행을 소유하고 있을 거다. 그 창업주는 말이야, 육군에서 소총 삼백 정을 사들였어. 총에 위험한 결함이 있다고 육군이 거절한 거라. 창업주는 아주 싼 가격에, 아마 한 정에 50센트씩 주고 사들였지. 얼마 있지 않아 프레몬트 장군이 영웅적인 서부여행 준비를 마치고는, 실물도 보지 않고 그 소총들을 한 자루에 20달러씩 주고 샀어. 그 총이 탐험 군인들 손에서 터졌는지 어쨌는지는 아무도 듣지 못했고. 바로 이런 식으로 해서 돈이 돈을 낳는 거야. 돈을 벌어서 그 돈으로 더 많은 돈을 모을 수만 있다면야 어떤 수단을 쓰든 상관없어. 빈정대는 게 아니야. 우리의 지배자이자 주인이신 고대 로마 이름의 마룰로 말씀이 맞다 이거지. 돈이 끼어들기만 하면 평범한 행동 규칙은 휴가를 가버린다니까. 내가 왜 너희 식료품들에게 이야기하겠니? 너희가 아마 신중해서 그럴 꺼다. 너희는 내 말을 되풀이하지도 않고 소문을 내지도 않아. 돈은 수중에 있을 때만 어리석고 무례한 물건이지. 가난한 사람들에게는 아주 매혹적이야. 만약 누군가가 돈에 적극적으로 관심을 가지게 된다면 말이야, 반드시 돈의 성질과 성격, 경향을 알아야 한다고 생각하지 않아? 아쉽게도 아주 소수의 사람만이, 그것도 위대한 사기꾼이나 구두쇠들만이 돈 그 자체에 관심을 가지고 있지. 그런데 공포에 벌벌 떠는 저 구두쇠들을 너희도 발로 차버릴 수가 있어."

이제 바닥에는 텅 빈 종이 상자가 가득 쌓여 있다. 상자를 정리해 보관해두려고 창고로 가지고 갔다. 많은 사람들이 거기다 물건을 담아 집으로 가져가기 때문에, 마룰로 말대로, "봉투를 아낄 수 있다고, 풋내기."

'풋내기'가 또 나왔군. 이제는 더 이상 신경 쓰지 않는다. 그가 나를 '풋내기'라 불러줬으면, 아니 '풋내기'라고 생각해줬으면 좋겠다. 상자를 쌓고 있는데, 앞문을 세게 두드리는 소리가 났다. 알이 커다란 낡은 은제 철도용 회중시계를 쳐다 보니, 이럴 수가, 난생처음으로 9시 정각이 지나도록 가게 문을 열지 않고 있었다. 9시를 십오 분이나 지난 시각이었다. 식료품들과 토론을 하는 통에 정신줄을 놓고 있었다니. 쇠창살이 쳐진 유리문 사이로 내가 본 것은 마지 영 헌트였다. 단한 번도 그녀를 제대로 쳐다보거나 구석구석 뜯어본 적이 없었다. 아마 그 때문에 그 여자가 점을 쳤나 보다. 자신이 존재하고 있음을 내가 확실히 알도록. 그래도 너무 갑자기 내가 변하면 안 된다.

나는 문을 활짝 열었다.

"이렇게 급하게 불러낼 생각은 아니었는데."

"어차피 늦었습니다."

"그래요?"

"그럼요. 9시가 지났군요."

그녀가 한가로이 걸어 들어왔다. 멋스럽게 튀어나온 그녀의 둥근 엉덩이가 천천히 흔들거렸다. 발걸음을 옮길 때마다 위아래로 왔다갔다 움직이면서. 가슴도 꽤 큰 터라 굳이 강조할 필요가 없었다. 강조하지 않아도 잘 드러났으니까. 마지는 조이 보이가 소위 말하는 '쭉쭉빵빵'이다. 아마 내 아들 녀석 앨런도 그렇게 말하겠지. 처음으로 그녀의 생김새를 쳐다봤다. 이목구비는 단정하고, 코는 약간 길며, 입술은 특히 아랫입술을 원래 크기보다 더 도톰하게 라인을 그렸다. 짙은 밤갈색으로 염색한 머리는 자연 갈색이 아니지만 예뻤다. 턱이 약하고 몽톡해도 뺨은 팽팽하게 근육이 잡혔고 광대뼈도 아주 넓었다. 눈도 관리를 잘 했다. 엷은 갈색인 눈동자는 빛의 변화에 따라 푸른색에서 강철색으로 변한다. 모든 것을 참아냈고, 또 참아낼 수 있는 강단 있는 얼굴이었다. 폭력이나 주먹질까지도. 그녀의 두 눈이 나를 향해, 식료품을 향해, 다시 나를 향해 휙휙 움직였다. 나는 그녀가 사물을 아주 세밀하게 살펴볼 줄 알고 기억력도 좋다는 인상을 받았다.

"어제 같은 문제는 아니길 바랍니다."

그녀가 웃었다. "어머, 아니에요. 순회 판매원을 매일 만나는 건 아닌걸요. 이번에는 정말로 커피가 떨어졌어요."

"대부분 그렇죠."

"무슨 뜻이에요?"

"뭐, 아침 손님 첫 열 분은 다들 커피가 떨어져서 옵니다."

"정말이에요?"

"그럼요. 참, 순회 판매원을 보내줘서 고맙다는 인사를 하고 싶군요."

"그 사람 생각이었어요."

"하지만 오게 만든 건 당신이니까. 무슨 커피 드릴까요?"

"상관없어요. 어떤 커피를 사가든 맛없게 만드니까."

"분량대로 넣습니까?"

"물론이지요. 그래도 맛이 형편없어요. 커피는 정말, 이런, '내가 좋아하는 차'가 아니라고 말할 뻔 했네요."

"말 한번 잘했습니다. 이 커피를 드셔보세요." 내가 선반에서 커피 깡통을 집어들자 그녀가 받으려고 손을 뻗는데, 바로 그 조그만 동작 하나에 그녀 온몸이 구석구석 움직이고 바뀌면서, 자신의 존재를 조용히 나타냈다. 내가 여기 있어요, 라고 다리가 말한다. 나예요, 허벅지도 나보단 못하죠, 부드러운 배까지. 모든 것이 새롭고 눈에 새로이 들어왔다. 나는 숨을 멈췄다. 메리가 말하길 여자는 원하기만 하면 신호를 보내기도 하고 보내지 않기도 한단다. 그게 사실이라면, 마지는 뽀족한 에나멜 구두코에서부터 부드럽게 물결치는 밤갈색 머리끝까지 통신망을 갖춘 여자였다.

"우울한 기분은 날려버리셨나 봐요."

"어제는 심했습니다. 도대체 왜 생기는지 모르겠군요."

"그러게 말이에요! 별것 아닌 걸로도 기분이 우울할 때가 있어요."

"점괘를 잘 뽑았던데요."

"기분 상하셨어요?"

"아닙니다. 그냥 어떻게 한 건지 알고 싶어서요."

"그런 거 믿지 않으시잖아요."

"믿음이 아니죠. 당신이 때마침 바로 맞힌 겁니다. 내가 생각하고 있던 것과 하고 있던 것을 말이죠."

"가령?"

"가령 이제 변화해야 할 때라든가."

"내가 카드를 조작했다고 생각하는구나, 그렇죠?"

"상관없습니다. 만약 그랬다면 왜 그런 겁니까? 그런 생각을 하고 있었습니까?"

그녀가 두 눈을 동그랗게 뜨고 나를 쳐다보았다. 의심의 눈초리로 이리저리 살피며 질문하는 듯한 표정으로. "네!" 그녀가 부드럽게 말했다. "그러니까 아니라고요. 한 번도 생각해본 적 없어요. 내가 카드를 조작했다면, 뭣 때문이었을까? 너무 어려운 질문인데요."

베이커 씨가 안을 들여다보았다. "좋은 아침, 마지." 그가 말했다. "이선, 내 제안에 대해 생각 좀 해보았나?"

"그럼요. 그래서 말인데 말씀 좀 나누고 싶습니다."

"언제든지, 이선."

"저, 주중에는 들를 수가 없습니다. 아시다시피, 마룰로가 가게에 거의 안 옵니다. 내일 댁으로 가도 되겠습니까?"

"예배 후에 보지, 좋아. 좋은 생각이네. 4시쯤 메리도 데려오게. 부인네들이 부활절 모자에 대해 수다 떠는 동안, 우리는 슬쩍 빠져나와……."

"묻고 싶은 게 백 가지도 넘습니다. 종이에 적는 게 나을 것 같은데요."

"뭐라도 환영일세. 그때 보자고. 안녕, 마지."

그가 나가자, 마지가 말했다. "빨리도 시작하네요."

"그냥 몸을 푸는 건지도 모르죠. 저기, 재미있는 일 하나 알려줄까요? 눈을 가리고 카드를 뒤집어서 어제와 같은 패가 나오는지 보는 겁니다."

"안 돼요!" 그녀가 말했다. "그렇게는 안 된다고요. 나를 놀

불만의 겨울 243

리는 건가요, 아니면 정말 해보고 싶은 거예요?"

"내 관점에서는 믿음의 문제가 아닙니다. 나는 텔레파시, 번개, 수소 폭탄, 심지어 제비꽃이나 물고기 떼가 있다고도 믿지 않지만 그것들이 존재한다는 건 압니다. 유령을 믿지 않지만 본 적도 있고."

"농담하지 마세요."

"농담이 아닙니다."

"다른 사람 같아 보여요."

"그럼요. 변하지 않는 사람은 아마 없을 겁니다. 오랫동안."

"무엇 때문에요, 이쓰?"

"모르겠습니다. 아마 식료품점 점원이 지긋지긋한가 봅니다."

"그럴 만도 하죠."

"정말로 메리를 좋아하는 겁니까?"

"그럼요. 왜 물어보시는 거죠?"

"당신은 아내와 같이 어울릴 만한, 그러니까, 아내와 너무 다릅니다."

"무슨 말씀인지 알겠어요. 그래도 나는 그녀가 좋아요. 사랑한다고요."

"나도 그렇습니다."

"운도 좋아."

"나도 압니다."

"메리 말이에요. 뭐, 가서 맛없는 커피나 만들어야지. 카드

패 뽑는 건 생각해볼게요."

"빠를수록 좋습니다. 신통력이 약해지기 전에요."

그녀가 또각또각 걸어 나갔다. 멋진 엉덩이가 살아 있는 고무처럼 씰룩거렸다. 전에는 그녀를 제대로 본적이 없었다. 평생 동안 얼마나 많은 사람들을 제대로 보지 못한 건지 궁금해진다. 생각만 해도 무섭다. 또다시 판단의 기준이다. 사람이 사람과 만나면 각자가 상대방으로 인해 변화되기 때문에 두 명의 새로운 사람이 생겨난다. 아마도 그것이 의미하는 바는, 제길, 이거 복잡한데. 나는 잠 못 드는 밤마다 그런 것들을 생각했나 보다. 정각에 가게 문 여는 것을 잊어버려 겁이 났다. 시카고에 유명한 누구처럼 살해 현장에 손수건이나 안경을 떨어트리고 온 거나 마찬가지랄까. 그게 무슨 뜻이지? 어떤 범죄? 무슨 살인사건?

정오에 상추와 마요네즈를 곁들여 햄 치즈 샌드위치를 네 개 만들었다. 햄과 치즈, 햄과 치즈…… 남자가 결혼을 하게 되면 나무에서 살게 된다네. 나는 샌드위치 두 개와 콜라 한 병을 들고 은행 뒷문으로 가서 조이 보이에게 전해줬다. "실수는 찾았어요?"

"아직. 거의 다 찾은 것 같은데, 보이지가 않습니다."

"월요일까지 미뤄놓는 건 어때요?"

"안 됩니다. 은행은 이상한 곳이라서 말입니다."

"때때로 무언가에 대해 생각을 하지 않으면, 저절로 떠오르는데요."

"그렇긴 하죠. 샌드위치 고맙습니다." 그는 상추와 마요네즈가 있는지 확인하려고 속을 들여다보았다.

식료품 업계에서 부활절 전 토요일 오후는, 글자도 모르면서 당당한 내 아들이 말하는 대로 '따분'하다. 그런데 두 가지 사건이 일어나면서 적어도 내 속 저 깊숙한 곳에서 흐르고 있는 것이 변화하고 있음을 보여주었다. 그러니까 어제나 혹은 그 전날 같았으면 하지 않았을 일을 내가 했다 이거다. 마치 벽지 견본을 보는 것과 같다. 새로운 무늬가 찍힌 벽지를 내가 펼쳤나 보다.

첫 번째로 마룰로가 온 일이었다. 관절염이 꽤 심했다. 두 팔을 역도 선수처럼 계속 구부렸다.

"가게는 어떤가?"

"손님이 없어요. 알피오." 전에는 그의 이름을 불러본 적이 한 번도 없었다.

"읍내에 사람이 아무도……."

"나를 '풋내기'라고 불러주는 게 더 좋아요."

"자네가 싫어하는 줄 알았는데."

"알고 보니 좋더군요. 알피오 사장님."

"다들 떠나버렸어." 관절에 뜨거운 모래라도 덮인 것 마냥 그의 어깨가 타는 듯이 화끈거리는 게 틀림없었다.

"시칠리아를 떠난 게 언제예요?"

"사십칠 년 전. 오래됐지."

"다시 가본 적은요?"

"없어."

"가보는 게 어떻습니까?"

"뭐하러? 죄다 변했어."

"궁금하지 않으세요?"

"별로."

"친척은 생존해 있어요?"

"당연하지. 동생과 동생 아이들, 그리고 그 녀석들이 낳은 아이들."

"친척들이 보고 싶을 것 같은데요."

나를 쳐다보는 그의 눈길은, 마치 내가 마지를 쳐다보았을 때처럼, 나를 난생처음 보는 것 같았다.

"풋내기, 무슨 꿍꿍이속이야?"

"관절염 때문에 힘들어하는 걸 보니 마음이 아파서요. 시칠리아는 따뜻한 곳이라고 생각했거든요. 고통을 싹 가시게 해줄지도 모르고."

그가 의심어린 눈초리를 내게 던졌다. "뭔 일 있나?"

"무슨 뜻입니까?"

"달라 보이네."

"아! 사소하나마 기쁜 소식이 있어서요."

"그만두는 건 아니고?"

"지금 당장은 아닙니다. 이탈리아를 방문하실 의향이라면, 약속하건대 제가 가게를 지켜드리겠습니다."

"좋은 소식이 뭔가?"

불만의 겨울 247

"아직은 말씀드릴 수 없습니다. 그게 그러니까……." 나는 손바닥을 앞뒤로 흔들었다.

"돈인가?"

"그럴 수도 있죠. 저, 사장님은 충분히 돈이 많아요. 시칠리아로 돌아가서 부자 미국인이 어떻게 생겼나 보여주는 게 어떻습니까? 햇볕도 좀 쬐고 말입니다. 가게는 제가 관리할 수 있어요. 아시잖습니까."

"그만두는 거 아니고?"

"어이구, 아닙니다. 제가 사장님을 버릴 사람이 아니라는 것 정도는 아시잖아요."

"자넨 변했어, 풋내기. 뭐 때문이지?"

"말씀드렸잖습니까. 가서 친척 아이들을 좀 안아주고 오세요."

"나는 더 이상 그곳 사람이 아니야." 그가 말했다. 하지만 내가 무언가를, 정말이다, 무언가를 그에게 심은 게 분명했다. 게다가 마를로가 그날 밤 늦게 가게에 돌아와 장부를 검사할 거라는 것도 나는 알았다. 그는 의심이 많은 놈이니까.

그가 막 떠났을 때, 이런, 어제와 같군. 비비디앤디 순회 판매원이 들어왔다.

"근무 중은 아닙니다." 그가 말했다. "몬토크에서 주말을 보낼 겁니다. 들렀다 가고 싶었어요."

"와줘서 기쁘군요." 내가 말했다. "이걸 주고 싶습니다." 나는 20달러 지폐가 삐져나온 지갑을 내밀었다.

"젠장, 호의의 표시입니다. 근무 중이 아니라고 말했는데요."

"가져가세요!"

"무슨 말을 하는 거죠?"

"내가 사는 곳에서는 뇌물수수가 성립되는 거니까."

"왜 그러세요, 기분이 상한 겁니까?"

"전혀."

"그럼 왜?"

"가져가요! 제시한 가격은 모두 거절합니다."

"맙소사. 웨이랜즈가 더 좋은 가격을 제안한 겁니까?"

"아닙니다."

"그럼 누구요? 저놈의 망할 할인점인가요?"

나는 20달러 지폐를 그의 가슴팍 포켓치프 뒤에 꽂아 넣었다. "지갑은 가지겠습니다." 내가 말했다. "멋진 지갑이군요."

"이봐요, 본사에 보고도 하지 않고 새로운 제안을 할 수는 없어요. 화요일까지는 좀 기다려주세요. 전화 드리겠습니다. '휴'라는 이름으로 전화를 걸 테니, 전 줄 아십시오."

"그 돈으로 공중전화를 걸면 되겠군요."

"아무튼, 결정은 하지 말아주세요, 네?"

"알겠습니다." 내가 대답했다. "낚시를 합니까?"

"여자들을 위해서요. 쭉쭉빵빵한 마지를 데려가려고 했습니다만, 가려고 하질 않더군요. 젠장, 목이 거의 꺾일 뻔 했습니다. 같이 갈 여자가 없어요."

"여자들이 점점 더 이상해지고 있습니다."

"내 말이요." 그런 대답은 십오 년 만에 처음 들어본 표현이었다. 그의 표정이 근심스러워 보였다. "연락할 때까지 아무것도 하지 마세요." 그가 말했다. "젠장, 시골내기를 속여먹는 줄 알았더니."

"주인을 무시할 수 없습니다."

"제길. 당신은 그저 밑돈을 올린 거예요."

"그 문제에 관해 이야기하고 싶다면 말이죠, 나는 그저 뇌물을 거절한 것뿐입니다."

그 말에 내가 달라진 것 같다. 사내가 존경의 눈초리로 나를 쳐다보기 시작하자 나는 그것이 좋았다. 기쁘기까지 했다. 그놈은 내가 자신과 같다고, 오히려 실력이 더 뛰어나다고 생각했다.

가게를 닫을 준비를 막 하려는데 메리가 전화를 했다. "이선." 그녀가 말했다. "제발 화내지 말아요……."

"예쁜이, 무슨 일인데?"

"그러니까, 친구가 너무 외로워하기에 내가, 글쎄, 마지를 저녁식사에 초대했지 뭐예요."

"안 될 게 뭐야?"

"화 안 났어요?"

"젠장, 아니라니까."

"욕은 하지 마세요. 내일이 부활절이잖아요."

"그 말을 들으니 당신을 꼭 안아주고 싶군. 4시에 베이커 씨 집에 가야 해."

"집으로요?"

"그래, 차를 마시러."

"부활절 예배 때 입는 옷을 입어야겠네요."

"그래, 좋은 옷으로."

"마지 때문에 화 안 났어요?"

"사랑해." 나는 말했다. 그리고 물론이다. 진심으로 사랑한다. 그러고 보니 남자가 얼마나 지독하게 변할 수 있는지 생각했던 게 기억난다.

5

 느릅나무길을 따라 걸어가서 집까지 이어진 자갈길에 이르자 걸음을 멈추고 그 낡은 집을 쳐다보았다. 집이 달라 보였다. 내 것같이 느껴졌다. 메리의 것도, 아버지 것도, 늙은 선장의 것도 아닌 내 것. 나는 집을 팔 수도 있고 태워버릴 수도 있고 가질 수도 있다.
 겨우 두 걸음 뒤로 물러서는데 방충문이 홱 열리면서 앨런이 잔뜩 흥분해서 소리를 질렀다. "픽스는요? 안 가지고 왔어요?"
 "그래." 내가 대답했다. 그런데 깜짝 놀랄 일이 벌어졌다. 아들이 고통과 상실감에 찬 비명을 지르지 않았다. 제 엄마에게 가서 내가 약속했던 일이지 않느냐고 호소하지도 않았다.
 아들은 "아!"라고 말하더니 조용히 물러났다.
 "잘 있었겠지." 물러나는 아들의 등에 대고 내가 말하자 아들이 멈춰 서서 대답했다. "다녀오셨어요." 마치 방금 배운 외국어라도 되는 것처럼.
 메리가 부엌으로 들어왔다. "머리를 잘랐군요." 그녀가 말했다. 아내는 열이 나거나 이발을 했거나, 내게 달라진 점이 있다면 어느 것이든 알아본다.
 "아니야, 예쁜이. 안 잘랐어."
 "아무튼, 난 준비한다고 정신이 없었어요."
 "준비라니?"

"말했잖아요. 마지가 저녁에 온다고."

"알아, 하지만 왜 이리 시끌벅적 신이 난 거야?"

"저녁식사에 손님을 초대한 게 얼마나 오랜만인데요."

"맞아. 정말 그렇군."

"검은색 정장 입을 거예요?"

"아니, 내 말쑥한 회색 정장 있잖아, 낡은 도빈 말이야."

"검은색을 입는 게 어때요?"

"내일 교회에 입고 가려고 다림질한 걸 망치고 싶지는 않아."

"내일 아침에 다시 다릴게요."

"나는 낡은 도빈을 입겠어, 당신이 우리 군에서 찾을 수 있는 가장 멋있는 정장일걸."

"얘들아." 그녀가 외쳤다. "아무것도 건드리지 마라! 견과류 접시도 꺼내놓았어요. 검은색 정장은 입고 싶지 않아요?"

"그래."

"마지는 잘 차려입고 올 텐데."

"마지도 낡은 도빈을 좋아해."

"어떻게 알아요?"

"내게 말해줬어."

"그럴 리 없어요."

"신문에다가 그렇다고 편지를 써서 보냈다니까."

"농담하지 말고요. 그 친구에게 친절하게 대할 거죠?"

"그 여자에게 구애를 할 건데."

불만의 겨울 253

"마지가 오니까 당신이 검은색 정장을 입을 줄 알았어요."

"이것 보세요, 예쁜 아가씨. 집에 들어올 때만 해도 무슨 옷을 입을까에 대해서는 눈곱만큼도 관심이 없었어. 그런데 당신 때문에 말이지, 이 초 사이에 낡은 도빈 말고는 다른 옷은 입는 게 불가능해졌군."

"그냥 심술궂게 굴고 싶어서요?"

"물론."

"아!" 그녀가 앨런과 같은 말투로 말했다.

"저녁은 뭐야? 고기와 어울리는 넥타이를 매고 싶은데."

"통닭구이요. 냄새 안 나요?"

"그런 것 같군. 메리, 나는 말이야……." 하지만 나는 말을 잇지 않았다. 뭐하러 그러겠는가? 전국적으로 퍼진 본능을 반대할 수 없는 노릇이다. 아내는 세이프 라이트 가게에서 열린 닭 할인 행사에 다녀왔다. 마를로 가게보다 싸다. 나도 물론 도매로 닭을 받긴 하지만 대형 체인점에서 여는 미끼상품 할인행사에 대해 메리에게 설명을 해줬다. 할인상품에 끌려 가게로 들어가면 할인품목이 아닌 상품 열두 개를 더 집게 된다. 단지 손이 닿는 곳에 있다는 이유로. 다들 아는 사실인데도 다들 그렇게 한다.

꽃처럼 예쁜 메리에게 해줬던 내 강연은 도로아미타불이 되고 말았다. 새로운 이선 앨런 홀리 가문은 전 국민과 함께 뜻을 같이해 어리석은 짓에 참여할 것이다.

메리가 말했다. "내가 신의를 저버렸다고는 생각하지 말아줘요."

"여보, 닭 한 마리 가지고 덕이니 죄니 따질 게 뭐야?"

"말도 안 되게 쌌어요."

"당신이 현명한, 아내다운 일을 했다고 봐."

"놀리는 거죠?"

앨런이 침실에서 나를 기다리고 있었다. "템플 기사단의 칼을 볼 수 있어요?"

"그럼. 옷장 구석에 있다."

아들은 칼이 있는 곳을 정확하게 알고 있었다. 내가 옷을 벗는 동안 아들은 가죽상자에서 칼을 꺼내 칼집에서 뽑고는 번쩍이는 도금 칼날을 불빛 속에 치켜들고 귀족처럼 자세를 취하더니 거울을 쳐다보았다.

"글짓기는 어떻게 됐니?"

"어?"

"'잘 못 들었습니다, 아버지'라고 말해야 되지 않나?"

"네, 아버지."

"글짓기는 어떻게 됐냐고 물었다."

"아! 잘이요."

"하고 있는 거야?"

"당연하죠."

"당연하죠?"

"당연하죠, 아버지."

"모자도 꺼내봐라. 선반 위에 있는 큰 가죽상자 안에 있어.

깃털이 좀 노랗게 변하긴 했지만."

나는 사자 발 받침대가 달린 밑바닥이 넓고 큰 낡은 욕조 속으로 들어갔다. 그 시절에는 욕조 안에서 호사를 부릴 수 있도록 욕조를 크게 만들었다. 나는 마룰로와 그날 하루가 내게서 다 떨어져나가도록 피부를 솔로 문지른 다음, 거울은 보지 않고 손가락 끝으로 수염을 만져가며 욕조 속에서 면도를 했다. 로마사람들이나 할 법한 퇴폐적인 목욕이라는 데 다들 동의할지도 모른다. 머리를 빗으면서 거울을 쳐다보았다. 오랫동안 내 얼굴을 보지 않았다. 매일매일 얼굴을 보지 않고 면도를 하는 게 그럭저럭 가능하다. 특히나 얼굴에 별로 신경을 쓰지 않는다면. 아름다움이란 오직 한 꺼풀에 불과한 것으로, 속에서부터 우러나와야 한다. 내가 무언가를 이루고 싶다면 후자에 해당하는 것이 좋으리라. 내 얼굴이 못생겼다는 말은 아니다. 단지 내 얼굴은 재미가 없다. 몇 가지 표정을 지어보다가 그만뒀다. 귀족적이지도 않고 위협하지도 못하고 자랑스럽지도 않은 데다가 웃기지도 않았다. 그저 똑같게 생긴 빌어먹을 얼굴이 찌푸리고 있을 뿐.

침실로 돌아와보니, 앨런이 템플 기사단의 깃털 장식이 달린 모자를 쓰고 있었다. 내가 써도 그렇게 바보 같아 보인다면, 사임을 하고 말겠다. 가죽으로 만든 모자 상자는 뚜껑이 열린 채 바닥에 놓여 있었다. 엎어놓은 죽그릇 모양을 하고 있고, 벨벳을 씌운 판지로 만든 받침대가 들어 있다.

"타조 깃털도 표백이 가능한지 아니면 새것을 하나 사야 할지 모르겠다."

"새 걸 살 거면, 이건 제가 가져도 되나요?"

"안 될 게 뭐야? 엘런은 어디 있니? 쳇소리 나는 녀석 목소리를 못 들었어."

"나라사랑 글짓기를 하고 있어요."

"그럼 너는?"

"난 생각 중이죠. 집에 픽스 좀 가져오실래요?"

"아마 까먹을지도 몰라. 나중에 네가 직접 가게에 들러 가져가는 게 어떠니?"

"좋아요. 뭐 좀 물어봐도 돼요…… 아버지?"

"나야 영광이지."

"중심가 구역 두 곳을 우리가 죄다 가졌던 적이 있어요?"

"그래."

"포경선도 있었고요?"

"그럼."

"그럼, 왜 지금은 없어요?"

"잃어버렸다."

"어떻게요?"

"그냥 갑자기 잃어버리게 됐어."

"농담이죠?"

"잘 해부해보면 꽤 엉터리 같은 진지한 농담이라는 걸 알게 될 거야."

"학교에서 개구리를 해부하고 있어요."

불만의 겨울 257

"잘됐구나. 개구리에게는 잘된 게 아니다만. 이 아름다운 넥타이 중에서 어떤 걸 매야 할까?"

"파란색이요." 아들은 건성으로 대답했다. "있잖아요, 옷을 다 입고 나면, 그러니까 다락으로 올라올 시간 있으세요?"

"중요한 일이라면 시간을 내야지."

"오시겠다고요?"

"그래."

"좋아요. 전 지금 올라가서 불을 켜야겠어요."

"넥타이만 매면 곧 올라가마."

아들이 카펫이 깔리지 않은 다락 계단을 밟고 오르는 소리가 공허하게 들렸다.

나비넥타이를 맨다는 생각을 하면서 넥타이를 매면 모양이 제대로 나오지 않지만, 손가락이 하는 대로 내버려두면 완벽하게 나비 모양을 만들어낸다. 나는 손가락에게 일을 위임하고, 낡은 홀리 저택에 있는 다락, 내 집, 내 다락을 떠올려봤다. 그곳은 신경이 쇠약한 사람이나 버림받은 사람들을 위한 거미줄 처진 어두운 감옥이 아니다. 다락에 난 작은 유리창이 워낙 낡은 탓에 유리창으로 들어오는 빛은 라벤더 색을 띠고 바깥 풍경은 마치 물속을 통해 들여다보는 세상처럼 흔들린다. 다락에 보관된 책들이 버려지거나 선원 협회에 넘어갈 날만을 기다리고 있지도 않다. 자신들의 선반 위에 편안하게 자리 잡고 앉아 다시 발견되기만을 기다리고 있다. 또 다락에는 당분간 유행에 맞지 않는 의자나, 엉덩이 닿는 부분이 푹 꺼진 의자들도 있는데 크고 감촉이 좋다. 다락은 먼지투성이 공간도 아니다. 집 청소를 할 때마다 다락 청소도 함께 하고, 대부분 문을 닫아 놓기 때문에 먼지가 들어가지 않는다. 어린 시절에는 책의 조그만 활자 사이를 헤집고 다니기도 하고, 상처 입은 고통에 또는 고독이 꼭 필요한 공허한 때에는 다락으로 가서 창문으로 들어오는 푸른빛 도는 보라색 빛줄기 속에서 온몸을 푹 감싸는 커다란 의자에 웅크리고 누워 있었던 기억이 난다. 그곳에서 까뀌로 직각이 되게 다듬은 커다란 들보가 지붕을 받치고 있는 모습도 관찰할 수 있었다. 들보들이 어떻게 장붓구멍으로 하나하나 이어져 참나무 못으로 제자리에 박혀 있는지도. 타닥타닥 떨어지던 빗방울이 지붕 위로 무섭게 쏟아져내릴 때도 그곳은 쾌적하고 안전한 장소다. 그리고 불빛으로 노르스름하게 물들었던 책들. 나이 들어 자식을 낳고 세상을 떠난 아이들의 그림책들. 《수다쟁이들》과 '롤로' 시리즈. 불, 홍수, 해일, 지진처럼 하느님이 일으키는 수천 가지 일들을 자세히 그려놓은 책이며, 단테의 시구가 사이사이 벽돌처럼 들어가 있던 구스타프 도어의 지옥 그림. 그리고 한스 크리스티안 안데르센의 가슴 찢어지는 이야기들과, 그림 형제가 쓴 소름 끼치도록 잔인하고 폭력적인 이야기들. 오브리 비어즐리의 삽화가 곁들여진 《아서왕의 죽음》은 말로리의 용맹스럽고 훌륭한 작품에 이상한 삽화를 그려넣은 역겹게 뒤틀린 창조물이었다.

안데르센이 얼마나 지혜로운 작가인가 생각했었던 기억이

난다. 왕은 자신의 비밀을 우물에 말했기 때문에 그 비밀이 안전했다. 비밀이나 이야기를 말하는 사람은 그것을 듣거나 읽는 사람을 반드시 염두에 두어야 한다. 독자 수만큼 다양하게 이야기가 변형되니 말이다. 다들 자신이 원하는 것만 읽어내거나 또는 그렇게 해서 자신의 생각대로 바꿔버린다. 누구는 몇 부분만 골라내고 나머지를 버리는가 하면, 다른 누구는 자신의 편견으로 이야기를 걸러버리고, 또 어떤 누구는 저만의 기쁨으로 덧칠해버린다. 이야기는 독자가 편안한 기분으로 책을 읽을 수 있도록 몇몇 접촉점을 가지고 있어야 한다. 그렇게 할 때만 독자는 기이한 것도 받아들일 수 있는 법이다. 내가 앨런에게 말해줄 이야기는 아마 메리에게 했던 바로 그 이야기를 다르게 변형한 것이 될 테고, 마찬가지로 만약 마롤로에게 그 이야기를 해줘야 한다면 마롤로에게 맞게 바꿔야 할 것이다. 그렇지만 안데르센의 우물이 아마 제일인 것 같다. 우물은 받기만 할 뿐 그것이 되돌려주는 메아리는 조용하고 곧 잠잠해져버리니까.

내 생각에 우리 모두, 혹, 우리 대부분은 측정하거나 설명할 수 없는 것이라면 그 무엇이든 존재하지 않는다고 부인했던 저 19세기 과학의 포로다. 우리가 설명할 수 없는 것들이 계속 발생하긴 하지만, 분명 우리의 인정을 받지 못하고 있다. 우리가 그것들을 보지 못하는 사이, 아이들과 미친 사람들, 바보, 그리고 신비주의자들처럼, 이유보다는 존재에 깊은 관심을 보이는 사람들에게 세상의 커다란 부분이 버려졌다.

낡았지만 사랑스러운 것들이 무척이나 많이 세계의 다락방에 쌓여 있다. 곁에 두는 것은 원하지 않으면서, 그렇다고 우리가 감히 내다버리지는 못하기에.

대들보에는 갓을 씌우지 않은 전구 하나가 달려 있었다. 폭 50센티미터, 두께 5센티미터 송판을 손으로 다듬어 깐 다락 바닥은 말끔하게 쌓아올린 트렁크와 상자, 종이로 싼 등이나 화병 및 온갖 종류의 추방당한 장식품을 넉넉하게 받치고 있었다. 그리고 대들보에 달린 전구가 책꽂이에 꽂아둔 대대손손 내려온 책들, 하나같이 깨끗하고 먼지 하나 없는 책들을 은은하게 비췄다. 메리는 엄격하고 타협을 모르는 먼지 약탈자로 고참 상사처럼 말쑥하다. 책은 크기와 색깔에 따라 배열되어 있다.

앨런이 책꽂이 꼭대기에 이마를 기대고는 책들을 노려보고 있었다. 오른손은 템플 기사단의 칼을 지팡이처럼 아래로 향하게 한 채 칼자루 끝을 잡고 있었다.

"네 자세가 상징적인 그림 같구나, 아들아. 제목을 '젊음, 전쟁, 그리고 학습'이라고 붙이면 되겠어."

"물어보고 싶은 게 있는데요, 참고할 만한 책들이 있다고 하셨잖아요."

"어디에 참고할 건데?"

"애국심을 좀 활기 있게 불어넣으려고요. 글짓기 때문에."

"그래. 애국심을 고취시키기 위해서라. 박자는 이렇게 맞추는 게 어떠냐? '쇠사슬과 노예라는 값을 주고 살 만큼 목숨이 그리 귀하고 평화가 그리 달콤한가? 전능하신 신이여, 그런 일은 절대 없기를! 다른 사람들은 무엇을 택할지 나 모르나, 내게는 자유가 아니면 죽음을 달라!'"

"대단해요! 최곤데요."

"당연하지. 그 시절에는 이 땅에 거인들이 살았었으니까."

"나도 그때 살았으면 좋았을 텐데. 해적선도 있고. 아, 세상에! 탕, 탕! 항복해라! 황금이 담긴 단지와 실크 드레스에 보석 장신구를 한 아가씨들. 정말 그때 살았더라면 좋았을 것 같아요. 우리 선조들 중에는 그런 사람들도 있었는데. 아빠가 그렇다고 말했잖아요."

"품위 있게 한 해적질이라고 볼 수 있지. 자신들을 사략선 선원이라고 불렀으니까. 하지만 멀리서 듣는 것만큼 달콤한 일은 아니었을 거야. 소금에 절인 쇠고기와 비스킷만 먹고, 괴혈병도 돌았으니까."

"그런 건 괜찮아요. 금을 손에 넣어 집으로 가져오고 싶어요. 이제는 그렇게 하면 안 되겠지만요."

"아니다, 오히려 조직이 더 커지고 잘 짜여 있지. 사람들은 그것을 외교라고 불러."

"학교에 텔레비전 프로그램에서 주는 상품을 두 개나 받은 남자애가 있어요. 50달러하고 200달러요. 어때요?"

"똑똑한 아이인가 보군."

"그 애가요? 전혀요. 속임수라고 했어요. 속임수를 배우고 나면 수법이 생긴대요."

"수법이라고?"

"네. 자신이 뭐 다리를 전다거나 늙은 엄마를 도와 개구리를 키운다는 식으로 말이죠. 그렇게 하면 관객들의 관심을 끌어 뽑힌대요. 그 애는 각종 전국대회가 다 실려 있는 잡지가 있어요. 아빠, 나도 그런 잡지 하나 사도 돼요?"

"이런, 해적질이 퍼졌군. 그런데 그런 충동은 좀처럼 줄어들지 않을걸."

"무슨 말이세요?"

"날로 먹는 거야. 노력도 없이 부자가 되는 거지."

"그 잡지, 사도 돼요?"

"라디오 방송국과 음반 회사 간의 뇌물수수 사건 이후로 그런 건 불명예스러운 일이 된 거 같은데."

"헐, 말도 안 돼. 아니에요, 아버지. 분야가 약간 바뀐 것뿐이에요. 나도 그렇게 터는 일에 끼어봤으면 정말 좋겠어요."

"남을 터는 일이지, 안 그래?"

"어떤 방법으로 얻든 돈을 얻을 수 있잖아요."

"나는 그렇게 보지 않는다. 그런 식으로 돈을 얻으면 돈은 상하지 않겠지만 그 돈을 얻은 사람은 다치기 마련이니까."

"어떻게 다친다는 건지 모르겠는데요. 법을 어기는 것도 아니잖아요. 우리나라에서 유명한 사람들 중에 누구도……."

"찰스야, 내 아들, 내 아들아."

"찰스라니 무슨 말이세요?"

"앨런, 꼭 부자가 되어야 하겠니? 그래야만 해?"

불만의 겨울

"내가 오토바이도 없이 살고 싶어 하는 줄 아셨어요? 오토바이 가진 애들이 스무 명은 된다고요. 게다가 텔레비전이 없는 건 둘째 치고 우리 가족이 차도 한 대 없이 산다는 게 어떤 건지 생각해보셨어요?"

"충격이 큰데."

"아빠는 그게 어떤 건지 몰라요. 하루는 수업시간에 우리 증조할아버지가 포경선 선장이었다는 주제로 글짓기를 했어요."

"그분은 선장이셨지."

"반 애들 전부가 웃었어요. 애들이 나를 뭐라고 부르는지 아세요? 웨일리라고 불러요. 어떨 거 같으세요?"

"상당히 나쁜데."

"아빠가 변호사나 은행원 뭐 그런 직업이었다면 그렇게 나쁘지 않았을 거예요. 내가 상금으로 돈을 따면 제일 먼저 뭘 할지 아세요?"

"아니, 뭘 할 거냐?"

"아빠에게 자동차를 한 대 사드려서 남들은 다 가진 차를 못 가져 기분이 더러운 일은 없게 해드릴 거예요."

내가 말했다. "고맙다, 앨런." 목이 말랐다.

"뭐, 괜찮아요. 어차피 난 면허도 아직 못 따니까요."

"그렇다면 우리나라의 위대한 연설을 죄다 찾을 수 있을 거다, 앨런. 몇 편을 좀 읽어보렴."

"그럴려고요. 필요하니까."

"분명 그럴 거다. 잘 찾아봐." 나는 조용히 계단을 내려가면서 입술에다 침을 묻혔다. 그래, 앨런이 맞다. 나는 기분이 더러웠다.

독서용 등불 밑 커다란 의자에 앉아 있으려니, 메리가 내게 신문을 갖다 주러 왔다.

"당신을 보니 위로가 되는걸, 씰룩이."

"그 양복 정말 잘 어울리는데요."

"당신은 패배도 인정할 줄 알고, 또 훌륭한 요리사야."

"넥타이가 당신 눈과 어울려요."

"뭔가 꿍꿍이가 있군. 다 보여. 비밀을 비밀로 맞바꿔주지."

"하지만 난 비밀이 없어요." 그녀가 말했다.

"만들어!"

"만들 수 없다고요. 자, 이선, 말해줘요."

"애들이 듣고 있는 거 아니야?"

"아뇨."

"뭐, 마지 영 헌트가 오늘 가게에 왔었어. 커피가 떨어졌다고 말하더군. 그 여자 내게 반한 거 같아."

"제발, 어서 말해줘요."

"그러니까, 우리는 점괘에 대해 이야기를 했는데 말이야, 점을 다시 쳐서 결과가 똑같은지 본다면 재미있을 거라고 내가 말했지."

"설마요!"

"그랬다니까. 그러자 그 여자도 재밌겠다고 하던걸."

"하지만 당신은 그런 거 안 좋아하잖아요."

"좋은 거라면 좋아해."

"오늘 밤에 해줄 거 같아요?"

"당신이 만약 내 생각에 대해 한 푼이라도 줄 의향이 있다면 말이지, 그 여자가 오는 게 바로 그 때문이야."

"이런, 아니에요! 내가 초대했다고요."

"당신이 그렇게 하도록 그 여자가 다 꾸민 다음에 말이지."

"당신은 마지를 좋아하지 않아요."

"그 반대야. 그 여자가 아주 좋아지기 시작했어. 게다가 존경하게 됐는걸."

"당신이 언제 농담을 하는지 알 수 있으면 얼마나 좋을까."

잠시 후에 엘런이 들어왔는데, 워낙 조용히 들어온 탓에 우리가 하던 말을 들었는지 아닌지 알 수 없었다. 아마 들었지 싶다. 엘런은 예민한 여자애인 데다가 열세 살이었다. 달콤하고도 슬프고, 명랑하면서 섬세하며, 필요할 때면 아프기까지 한. 딸아이는 밀가루 반죽이 굳기 시작하는 그런 단계에 있다. 예쁜 것 같기도 하고 아닌 것 같기도 하다. 딸아이는 늘 기대는 아이라, 내게도 몸을 기댄 채 입김을 내뿜는데, 딸의 숨결은 암소의 숨결처럼 달콤하다. 딸아이는 만지기도 잘한다.

엘런이 내 의자 팔걸이에 기대고는 가늘고 작은 자신의 어깨를 내 어깨에 가져다 댔다. 딸아이는 분홍색 손가락으로 내 양복 소매를 훑어 내려가다 손목에 난 털을 간질였다. 딸아이 팔에 난 금색 털이 불빛 아래서 금가루처럼 반짝거렸다. 딸아이가 엉큼한 구석이 있긴 하지만, 아마도 여자애들은 다 그럴 것이다.

"매니큐어를 발랐구나." 내가 말했다.

"분홍색이라면 엄마가 해도 된댔어요. 아빠 손톱은 거칠어요."

"그러니?"

"그래도 깨끗하네요."

"손톱을 문질러 닦았거든."

"앨런 오빠처럼 더러운 손톱은 싫어요."

"너는 앨런을 머리부터 발끝까지 다 싫어하는 것 같구나."

"맞아요."

"잘됐구나. 오빠를 죽이는 게 어때?"

"아빠는 바보 같아요." 딸아이가 손가락으로 내 귀 뒤쪽을 만지작거렸다. 이미 남자애들 몇 명을 아주 안절부절못하게 만들고 있겠지.

"글짓기를 하고 있다고 들었는데."

"고린내가 말했군요."

"잘 되고 있니?"

"아, 그럼요! 아주 좋아요. 다 끝나면 읽게 해드릴게요."

"영광이구나. 특별할 때 입는 옷을 입었네."

"이 낡은 옷이요? 새로 산 옷은 내일 입으려고 놔뒀어요."

"좋은 생각이야. 남자애들이 있을 테니까."

"난 남자애들이 싫어요. 정말로 싫다고요."

"나도 안다. 적개심이 너의 좌우명이잖아. 나도 남자애들은 별로 좋아하지 않아. 자, 잠깐만 아빠에게 기대지 마라. 신문을 읽어야겠다."

딸아이는 1920년대 유명 영화배우처럼 버둥거리더니 곧 복수를 했다. "아빠는 언제 부자가 될 거예요?"

그래, 딸아이는 분명 사내를 괴롭히게 될 거다. 나는 본능적으로 그 애를 잡아 철썩 때려주고 싶었지만 바로 그게 딸이 원하는 거였다. 딸아이는 아이새도도 발랐다. 표범의 눈빛처럼 딸아이의 눈빛에 동정심이라고는 담겨 있지 않았다.

"다음 금요일에." 내가 대답했다.

"그럼, 아빠가 서둘러줬으면 좋겠어요. 나는 가난한 게 지겹다고요." 그러고는 재빨리 문밖으로 나가버렸다. 밖에서 듣고 있던 누군가도. 나는 딸아이를 정말 사랑한다. 그래서 이상하다. 다른 사람이었다면 내가 싫어할 이유가 철철 넘치는 아이니 말이다…… 더군다나 나는 딸아이를 숭배한다.

신문 읽을 시간은 없었다. 마지 영 헌트가 도착했을 때까지 신문이라고는 펴지도 못했으니까. 그녀는 말쑥하게 차려입고 왔다. 미용실까지 다녀온 모양새다. 메리라면 어떻게 한 건지 알겠지만, 나는 모르겠다.

아침에 커피가 다 떨어졌다며 나를 찾아온 마지는 곰을 잡기 위한 덫 같았다. 저녁에 찾아온 그녀는 메리를 겨냥했다. 그 여자 엉덩이가 흔들거렸는지 아닌지, 나는 볼 수 없었다. 그녀가 입고 있던 단정한 정장 속에 뭐가 있었다 하더라도 숨어 있었다. 그녀는…… 다른 여자에게…… 완벽한 손님이었다. 도움을 주고, 매력적이고, 듣기 좋은 말을 잘 하며, 사려가 깊고, 겸손했다. 그러면서 나를 아침 대화 이후로 사십 년은 더 늙은 사람처럼 대했다. 여자라는 존재가 얼마나 경이로운지. 여자들이 하는 것이라면 무엇이든지 숭배할 수 있을 것 같다. 설령 그 이유를 이해하지 못하더라도.

마지와 메리가 자신들의 지루한 이야기를 즐겁게 나누는 동안, "머리는 어떻게 한 거야?" …… "좋은데." …… "딱 네 색깔이야. 매일 입어도 되겠어." 등 서로 악의 없이 상대를 알아보는 여자들만의 신호를 보내면서 말이다. 나는 이제껏 들어본 것 가운데 가장 여성스러운 이야기를 떠올려보았다. 두 여자가 만난다. 한 명이 외친다. "머리를 어떻게 한 거야? 가발처럼 보이잖아." "가발 맞아." "어머, 가발인 줄 전혀 모르겠는데."

어쩌면 이런 대화가 우리가 알고 있는, 또는 알 권리가 있는 것보다 더 깊이 있는 반응이리라.

저녁식사는 통닭구이가 훌륭하다며 외치는 감탄사와 그저 먹을 만할 뿐이라고 부인하는 감탄사의 연속이었다. 엘런이 모든 것을 다 기록할 듯한 눈초리로 우리의 손님을 살펴보았다. 머리와 화장의 세부적인 것 하나하나까지. 그 모습에 나는 여자들이 정말 어렸을 때부터 세밀한 관찰을 통해 자신들이 직감이라고 부르는 것의 기초를 쌓는다는 것을 알았다. 엘런은 내 눈을 피했다. 자신이 결정타를 날린 것을 알고 있었고 나의 복수를 기다리고 있었다. 아주 좋다, 나의 잔인한 딸아. 내가 상상할 수 있는 가장 잔인한 방법으로 복수를 해주마. 나는 잊어버리겠다.

저녁식사는 훌륭했지만, 회사 만찬처럼 맛이 과한 데다가 도가 넘쳤고, 평소에 사용하지 않는 접시들이 수북이 산을 이뤘다. 식사가 끝나자 커피도 나왔다. 평소에는 마시지 않는다.

"잠이 안 오면 어쩌시려고?"

"잠 못 들게 하는 건 없어요."

"나도 말입니까?"

"이선!"

그러고 나서는 조용하고도 지루하게 접시들만 치울 뿐이다. "도와줄게."

"괜찮아. 손님이잖아."

"그럼, 옮기기라도 할게."

메리의 두 눈이 아이들을 찾아내자 그녀의 영혼이 총검을 장착한 채 아이들에게 나아갔다. 아이들은 무슨 일이 벌어질지 알았지만 속수무책이었다.

메리가 입을 열었다. "그건 애들 몫이야. 좋아하거든. 아주 잘하기도 하고. 아이들이 자랑스러워."

"어머, 정말 멋지다. 요즘 아이들에게 드문 일인데."

"그러게. 아이들이 도와주고 싶어 하니 우린 정말 운이 좋지 뭐니."

나는 난리를 피울까, 아프다고 할까, 아니면 아름다운 저 옛날 그릇들을 떨어트릴까 하며 도망갈 길을 찾아 머리를 굴리는 아이들의 족제비같이 교활하고도 뻔한 마음을 읽을 수 있었다. 메리도 녀석들의 사악한 마음을 읽어낸 것이 틀림없다. 그녀가 말했다. "놀랍게도 그릇도 절대 깨지 않지 뭐야. 유리잔 하나도 흠집 내지 않아."

"세상에, 복 받았구나!" 마지가 말했다. "어떻게 그렇게 가르친 거니?"

"가르치긴. 그냥 자연스럽게 된 거지. 왜 있잖아, 어떤 사람들이 원래 선천적으로 서투른 것과 달리, 앨런과 엘런은 선천적으로 손을 사용하는 일에 밝아."

나는 아이들이 이 상황을 어떻게 하나 보려고 힐끗 눈길을 돌렸다. 꼼짝없이 걸려들었다는 것을 녀석들은 알았다. 아이들은 마지 영 헌트도 그걸 아는지 궁금해하는 것 같았다. 그래도 여전히 도망갈 구멍을 찾고 있었다. 나는 녀석들에게 쐐기를 박았다.

"칭찬 듣는 것도 당연히 좋아합니다." 내가 말했다. "그런데 우리가 애들을 잡아두는 것 같군. 얼른 설거지를 시켜야지, 이러다가 아이들이 영화를 보지 못하게 되겠는데."

마지는 아량을 베풀어 웃음을 터트리지 않았고 메리는 깜짝 놀란 표정을 지으며 내게 재빨리 감탄의 눈길을 보냈다. 아이들이 영화를 보러 가게 해달라고 부탁한 적은 없었으니까.

설령 십대 아이들이 소리를 내지 않는다 하더라도, 아이들이 나가고 나면 더 조용해지기 마련이다. 녀석들은 주위 공기를 끓어오르게 만든다. 아이들이 나가자 온 집안이 한숨을 내쉬며 진정되는 것 같았다. 폴터가이스트가 십대 아이들이 있는 집에서만 극성을 부리는 것도 놀라운 일이 아니다.

우리 셋은 이제 곧 나눠야 할 주제를 두고 조심스럽게 둘러앉았다. 나는 유리 장식장으로 가 기다란 손잡이가 실처럼 꼬인 백합 모양의 잔 세 개를 꺼냈는데, 영국에서 가져온 그 잔이 얼마나 오래된 건지는 하늘만 아실 거다. 나는 바구니로 덮어놓은 커다란 술병을 내 술잔에 따랐다. 술병은 세월이 묵어 빛이 바래고 거무스름했다

"자메이카산 럼주입니다." 내가 말했다. "홀리가 사람들은 선원이었죠."

"아주 오래된 건가 봐요." 마지 영 헌트가 대답했다.

"당신이나 나, 아니 내 아버지보다 오래된 겁니다."

"이 술을 마시면 생각이 없어지고 흥분하게 돼." 메리가 말했다. "이야, 이건 파티인걸요. 이선은 결혼식이나 장례식 때만 이 술을 내놓거든. 괜찮겠어요, 여보? 오늘 부활절 전날인데?"

"성찬식에서도 코카콜라는 쓰지 않아, 여보."

"메리, 자기 남편이 저렇게 즐거워하는 건 처음 봐."

"네가 읽어준 점괘 때문이야." 메리가 말했다. "하룻밤 사이에 저이가 바뀌었지 뭐야."

계량기와 눈금판과 기록표시기 덩어리인 사람은 얼마나

소름 끼치는 존재인가. 그것들 중 겨우 몇 개만 읽어낼 수 있건만, 그것도 정확하지 않으리라. 내 뱃속에서 타들어가는 붉은 고통의 불길이 위로 확 솟구치더니 갈비뼈 바로 아래쪽을 찌르면서 할퀴어댔다. 귓속에서 포효하며 일어난 거대한 바람이 돛을 말기도 전에 돛대를 잃어 속수무책이 된 배처럼 나를 몰아갔다. 나는 쓰디쓴 소금 맛을 보았고 고동치면서 울렁거리는 방을 보았다. 경고 신호란 신호가 죄다 위험과 엄청난 파괴와 충격을 경고하면서 빽빽 울렸다. 고통은 숙녀 분들이 앉아 있는 의자 뒤를 지날 때 나를 덮쳐서 심한 괴로움으로 배가되었다가, 갑자기 사라져버렸다. 나는 몸을 바로 세워 계속 움직였고 그녀들은 그런 일이 일어났는지조차도 몰랐다. 한때 사람들이 악마에게 홀릴 수 있다고 믿었던 이유를 이해하겠다. 내가 그것을 믿지 않는다고 자신하지는 못한다. 악마에게 홀린다! 무언가 이질적인 것이 소용돌이치며 생겨나면 모든 신경 하나하나가 이에 저항하지만 결국 싸움에 패해 다시 가라앉으면서 침입자와 평화협정을 맺는다. 침입, 그래 바로 그 단어다. 발염장치가 내뿜는 불처럼 푸른 불길로 둘러싸인 단어가 내는 소리를 당신이 상상할 수 있다면 말이다.

아내 목소리가 들렸다. "좋은 일에 대해 듣는 건 전혀 나쁘지 않아."

나도 목소리를 내보니 크고 좋은 소리가 나왔다. 나는 "설령 헛된 희망이라 할지라도 약간의 희망에는 누구도 다치지 않거든"이라고 말하면서 술병을 장식장에 넣고는, 자리로 돌아와 오래 묵은 향기로운 럼주를 반쯤 마시고 다리를 꼬고 앉은 다음 깍지를 낀 손을 무릎 위에 올렸다.

"나는 저이가 이해가 안 돼." 메리가 말했다. "늘 점치는 것을 싫어해서 농담을 하거든. 정말 이해가 안 돼."

신경 말단이 바람에 날리는 마른 겨울 풀처럼 바스락거렸고 깍지를 낀 손가락들은 압력 때문에 희게 변했다.

"영 부인, 그러니까 마지에게 내가 설명하지." 내가 말했다. "메리는 고귀하지만 가난한 아일랜드 가문 출신입니다."

"그렇게 가난하지 않았어요."

"말투에서 알 수 있지 않습니까?"

"글쎄, 그렇게 말씀하시니까……."

"어쨌든, 메리의 집안은 거룩하죠. 아니 그래야 해요. 할머니가 독실한 기독교인이었으니까. 안 그래, 메리?"

아내가 적의를 품는 것 같았다. 나는 계속 말을 이었다. "그런데 아내는 요정이 존재한다고 믿었어요. 비록 엄격하고 완고한 기독교 신학에서 그 두 가지가 서로 섞이지 않는데 말이죠."

"하지만 그건 달라요."

"물론 그렇지, 여보. 모든 것이 서로 달라. 당신은 모르는 것을 믿지 않을 수 있어?"

"저이를 조심해." 메리가 말했다. "말로 덫을 놓아 걸려들게 할 거야."

"무슨 소리. 나는 운이나 운세를 점치는 것에 대해 몰라.

어떻게 믿지 않을 수 있냐고? 존재한다는 건 믿지. 그런 일이 일어나니까."

"하지만 당신은 사실이라고 믿지 않잖아요."

"수백만 명이 점을 치고 돈을 내고 있다는 것이 사실이야. 관심 있어 하는 것만으로도 충분해. 안 그래?"

"하지만 당신은……"

"잠깐! 나는 믿지 않는다는 게 아니라 모르겠다는 거야. 그 둘은 같지 않아. 어떤 게 먼저인지 모르겠어. 운인지 운세를 점치는 건지."

"자기 남편이 무슨 이야기를 하는 건지 알 것도 같아."

"그래?" 메리는 기뻐하지 않았다.

"그러니까 어떻게든 일어날 일에 대해 점쟁이가 민감하다, 뭐 그런 뜻이죠?"

"그건 다릅니다. 하지만 카드가 어떻게 아는 겁니까?" 내가 말했다. "누군가가 뒤집지 않는다면 카드는 움직이지도 못하는데."

마지는 나를 쳐다보지 않았지만, 메리가 점점 불안해하면서 설명을 원한다는 것을 알아차린 게 분명했다.

"시험해볼 수는 없습니까?" 내가 물었다.

"어머, 재밌는 말씀이네요. 이런 것들이 시험을 괘씸하게 여기고 떠나버리는 것 같긴 하지만, 해본다고 나쁠 건 없어요. 하나 생각해보시겠어요?"

"럼주는 손도 대지 않는군." 두 사람은 잔을 함께 들어 올

불만의 겨울

려 살짝 입을 대고는 도로 내렸다. 나는 내 술잔을 비우고 술병을 꺼냈다.

"이선, 꼭 해야겠어요?"

"그래, 여보." 나는 내 잔을 채웠다. "눈을 가리고 카드를 뒤집는 게 어떻습니까?"

"점괘를 읽어야 하는데요."

"메리나 내가 카드를 뒤집고 당신이 읽는 거는요?"

"카드를 읽는 사람과 카드 사이에 친밀감이 있어야 하긴 하지만, 모르겠네요……. 해볼 수는 있어요."

메리가 말했다. "점을 치려면 올바른 방법으로 해야 한다고 봐요." 아내는 늘 그런 식이다. 변화를 원하지 않는다. 그러니까 작은 변화 말이다. 큰 변화야 다른 누구보다 잘 다룰 수 있다. 손가락이 베인 것에는 호들갑을 떨면서 목이 베이는 것에는 침착하고 유능하게 대처할 사람이다. 마지와 미리 말해놨다고 메리에게 이야기했는데도, 마치 여기서 처음 생각해낸 것처럼 보이는 것 같아 나는 불편함에 속이 울렁거렸다.

"아침에 이야기했잖습니까."

"네, 커피를 사러 갔을 때요. 온종일 생각하고 있었답니다. 카드도 가지고 왔어요."

메리는 열중한 상태를 화난 상태로 혼동하고 화난 것을 폭력으로 혼동하는 경향이 있고, 폭력을 아주 무서워한다. 술을 마신 삼촌 몇몇이 그런 두려움을 아내에게 불어넣었다. 유감스러운 일이다. 아내의 두려움이 점점 커지는 것을 나는 느낄 수 있었다.

"바보짓 그만합시다." 내가 말했다. "대신 카드놀이나 하죠."

마지가 내 전략을 알아봤다. 아마 그녀도 써본 적이 있을 것이다. "나는 괜찮아요."

"점괘는 나왔잖습니까. 나는 부자가 될 겁니다. 그렇게 되도록 놔두죠."

"거봐, 저이가 믿지 않는다고 내가 말했잖아. 여태 빙빙 둘러 말하다가 하지 않겠다니. 저이 때문에 정말 돌아버리겠어."

"내가 그래? 당신이 그러는 거 못 봤는데. 당신은 늘 내 사랑하는 아내야."

기류와 역류를 때때로 느낄 수 있다는 게 놀랍지 않은가. 항상 있는 일은 아니지만 때때로 말이다. 생각을 정리하는 데 마음을 사용하지 않아서인지, 메리는 주위의 분위기를 아마 더 민감하게 받아들이게 되는가 보다. 방 안의 긴장감이 점점 커져갔다. 아내가 더 이상 마지를 제일 친한 친구로 여기지 않을 것 같다는 생각이 내게 스쳤다. 아마 결코 편하게 대하지 못할 지도 모른다.

"카드에 대해 정말 알고 싶군요." 내가 말했다. "하나도 모르거든요. 집시들이 카드 점을 친다고 들었는데. 당신도 집시입니까? 집시를 알고 지낸 적은 없는 거 같은데."

메리가 입을 열었다. "처녀 때 이름이 러시아 이름이긴 하지만, 마지는 알래스카 출신이에요."

불만의 겨울 277

그 말에 넓은 광대뼈가 설명이 됐다.

마지가 말했다. "우리 집안이 어떻게 알래스카에 오게 됐는지, 네게 단 한 번도 털어놓은 적이 없는 부끄러운 비밀이 있어, 메리."

"러시아 사람들 땅이었죠." 내가 말했다. "우리가 사들인 거고."

"맞아요. 하지만 그곳이 시베리아와 같은 감옥, 그런데 더 무거운 중죄인들이 가는 곳이라는 거 알고 있었어요?"

"어떤 범죄 말입니까?"

"최고로 나쁜 죄요. 증조모님은 마법 때문에 알래스카에 유배되셨어요."

"뭐 때문이죠?"

"폭풍을 일으켰거든요."

내가 웃었다. "이제 보니 선천적으로 타고났군요."

"폭풍을 일으키는 거요?"

"카드 점을 읽는 거 말입니다. 아마 같은 거겠지만."

메리가 말했다. "농담이겠지. 사실이 아니야."

"농담일지는 몰라도, 메리, 사실이야. 그건 최악의 범죄였어, 살인보다 더 무거운. 난 아직도 증조모님에 대한 문서를 가지고 있어. 물론 러시아어로 되어 있지만."

"러시아어를 할 줄 알아?"

"이제는 조금밖에."

내가 말했다. "아마 마법은 여전히 가장 나쁜 범죄일 겁니다."

"내 말이 무슨 말인지 알겠지?" 메리가 말했다. "저이는 이리 갔다 저리 갔다 한다니까. 무슨 생각을 하고 있는지 절대로 알 수가 없어. 간밤에는 저이가, 글쎄, 날이 밝기도 전에 일어났지 뭐야. 그러고는 산책을 나갔다 왔어."

"난 악당이야." 내가 말했다. "구제할 수 없는 지독한 불한당이지."

"아무튼, 나는 마지가 카드를 뒤집어 보여줬으면 좋겠어요. 하지만 당신이 말한 것처럼 말고, 원래 하던 방식대로요. 이렇게 계속 이야기만 하다가는, 아이들이 집에 오지 못하게 될 거예요."

"잠깐 실례하지." 나는 계단을 올라가 침실로 갔다. 칼이 침대 위에 있었고 모자 상자는 바닥에 열려 있었다. 화장실로 들어가 변기를 내렸다. 온 집 안에 물 내리는 소리가 들렸다. 수건을 찬물에 적셔 이마에 갖다 댔는데 특히 눈 주위를 눌러 주었다. 두 눈이 압력 때문에 튀어나올 것 같았다. 찬물이 닿으니 좋았다. 나는 변기 의자에 앉아 축축한 수건에 얼굴을 묻었다가 수건이 미지근해지면 다시 물에 적셨다. 침실을 나오면서 상자에 들어있던 깃털 장식을 한 템플 기사단 모자를 집어 머리에 쓰고는 계단을 당당하게 걸어 내려갔다.

"어머, 당신 바보 같아요." 메리가 말했다. 기뻐하는 표정에서 안도감이 묻어났다. 고통스러운 긴장감은 사라졌다.

"타조 깃털도 표백이 되나?" 내가 물었다. "노랗게 변했어."

"아마 그럴걸요. 슐츠 씨에게 물어봐요."

"월요일에 가져가봐야겠군."

"마지가 카드 점을 봐줬으면 좋겠어요." 메리가 말했다. "정말 그랬으면 좋겠어요."

모자를 계단 끝 엄지기둥 위에 걸치니, 만약 그런 것이 있다면, 마치 술 취한 제독처럼 보였다.

"카드놀이용 탁자 좀 가지고 와요, 이쓰. 공간을 많이 차지할 거예요."

나는 복도 벽장에서 접이식 탁자를 꺼내 다리를 펼쳤다.

"마지는 등받이가 높고 딱딱한 의자를 좋아해요."

나는 식탁용 의자를 놓았다. "우리가 해야 할 게 있습니까?"

"집중하세요." 마지가 말했다.

"뭐에 대해서 말입니까?"

"가능한 아무것도 생각하지 않도록 말이에요. 카드는 소파에 놔둔 제 가방에 있어요."

나는 카드점에 쓰는 카드라면 지저분하고 두껍고 휘어 있을 거라고 생각했지만, 이 카드는 플라스틱 코팅이 된 것처럼 깨끗하고 반들반들했다. 카드놀이용 카드보다는 좁다랗게 길고 쉰두 장보다 더 많았다. 마지가 탁자 앞에 몸을 곧게 세우고 앉아 카드를 부채꼴로 펼쳤다. 밝은 색깔 그림에 짝을 이루는 패가 복잡했다. 이름은 불어로 되어 있었다. 렁프러흐,●

● '황제'라는 뜻이다.

레흐미,* 르 샤히오,** 라 쥐스티스,*** 르 마,**** 르 디아블르*****라고 적힌 카드와, 지구, 태양, 달, 별 등의 카드가 있고, 칼과 컵, 지팡이, 또, 추측 건데, 돈이 각각 한 조를 가지는데, 만약 드니에로가 의미하는 것이 돈이라면 말이다. 하지만 드니에로 카드의 상징은 무슨 장미 문장같이 생겼다. 이 카드들 밑으로 르 호와,****** 라 헨느,******* 그리고 르 슈발리에********가 조를 이룬다. 그다음으로 나는 이상하게 생긴, 좀 충격적으로 생긴 카드들을 봤다. 그 카드들은 번개에 쪼개지는 탑, 운명의 바퀴, 르 펑뒤라 불리는 교수대에 발이 매달린 남자, 그리고 죽음이었다. 라 모흐라 불리는 죽음 카드는 큰 낫을 든 해골 그림이다.

"좀 음울하군요." 내가 말했다. "그림은 보이는 그대로를 의미합니까?"

"펼쳐지는 방향에 따라 달라요. 위아래가 거꾸로 펼쳐지면 의미도 반대가 되거든요."

"의미도 다양하게 바뀝니까?"

"네. 그래서 풀이를 하는 거예요."

---

* '은둔자'라는 뜻이다.
** '전차'라는 뜻이다.
*** '정의'라는 뜻이다.
**** '바보'라는 뜻이다.
***** '악마'라는 뜻이다.
****** '왕'이라는 뜻이다.
******* '여왕'이라는 뜻이다.
******** '기사'라는 뜻이다.

카드를 잡기 시작하면서 마지는 격식을 차렸다. 불빛 아래 보이는 그녀의 손은 전에 내가 보았던 것, 즉 그녀가 보기보다 나이가 많음을 알려주었다.

　"어디서 배운 겁니까?" 내가 물었다.

　"할머니가 하시는 걸 보곤 했는데, 나중에는 모임이 있을 때마다 선보일 묘기로 시작하게 됐어요. 관심을 받는 방법으로요."

　"카드 점을 믿습니까?"

　"모르겠어요. 때로는 놀라운 일이 일어나기도 하는데. 잘 모르겠어요."

　"카드가 정신집중을 위한 의례 같은 것도 될 수 있습니까? 심령술 같은?"

　"그런 것 같기도 해요. 어떤 카드의 경우 예전과 다른 의미를 줄 때가 있는데, 그러면 보통 정확하게 맞아 떨어지거든요." 카드를 섞어 패를 나누고 다시 섞어서 나눈 다음 내게 패를 나누라며 카드를 전해주는 그녀의 두 손이 마치 살아 있는 생물체 같았다.

　"누구를 읽을까?"

　"이선을 읽어줘." 메리가 외쳤다. "어제 나온 점괘랑 맞는지 봐줘."

　마지가 나를 쳐다보았다. "머리칼은 옅은 색이고." 그녀가 말했다. "푸른 눈동자. 마흔 살 아래예요?"

　"그렇습니다."

"지팡이를 쥔 왕." 그녀가 카드를 한 장 뽑았다. "이건 당신이에요." 카드에는 왕관을 쓰고 예복을 입은 왕이 붉고 푸른 커다란 홀을 쥐고 있고 밑에는 흐와 드 바통이라고 적혀 있었다. 그녀는 그림을 위로 해서 카드를 깐 다음 다시 나머지 카드를 섞었다. 그러더니 카드를 재빨리 뒤집으면서 억양 없는 단조로운 말투로 말했다. 내 카드 위에 카드를 한 장 놓으면서 "이건 당신을 보호합니다." 그 위에 엇갈리게 카드를 놓고는 "이건 당신을 방해하네요." 한 장을 위쪽에다 올리고 "이건 당신을 왕위에 앉히고." 한 장은 아래쪽에 "이건 당신의 기초예요. 이건 앞에, 이건 당신 뒤에." 그녀가 탁자 위에 카드를 십자형으로 놓았다. 그러더니 재빨리 십자가 왼쪽으로 카드 네 장을 깔면서 말했다. "당신 자신, 당신 집, 당신의 희망과, 당신의 미래." 그 마지막 카드는 르 펑뒤, 거꾸로 매달린 남자였지만, 탁자 맞은편에 앉아 있던 내가 보기에는 똑바로 서 있었다.

"내 미래란 게 뭐 그렇지요."

"구원을 의미할 수도 있어요." 그녀가 아랫입술 가장자리를 집게손가락으로 더듬어 만졌다.

메리가 물었다. "돈도 나왔어?"

"응. 여기 있어." 그녀가 멍하니 대답했다. 그러다가 갑자기 카드를 모으더니, 카드를 몇 번이고 섞고는, 다시 단조로운 말투로 나지막이 중얼거리며 카드를 탁자 위에 깔았다. 카드 한 장 한 장을 살피기보다는 펼쳐진 카드를 한눈에 읽는 것 같았던 그녀의 눈빛이 몽롱하게 먼 곳을 응시했다.

훌륭한 수법이었다. 여성 전용 클럽이나 다른 곳에서도 볼 수 있는 끝내주는 솜씨였다. 아폴로 신전의 무녀도 분명 그런 모습이었으리라. 냉정하고 침착하면서도 갈피를 잡지 못하게 하는 표정. 사람들이 조마조마한 나머지 숨도 쉬지 못한 채 오랫동안 기다리게 할 수만 있다면, 그들은 어떤 것이든 믿게 될 것이다. 연출보다는 기술, 시간 조절에 달린 문제니까. 이 여자는 자신의 재능을 순회 판매원들에게 허비하는 사람이다. 우리에게는 아니 내게는 도대체 무엇을 원하는 걸까? 갑자기 그녀가 카드를 모아 탁탁 쳐가며 가지런히 만들더니 붉은색 상자에 집어넣었다. 상자에는 아이 밀러 카드 제조사라고 적혀 있었다.

"못하겠어." 그녀가 말했다. "간혹 이러네."

메리가 숨을 죽이고 말했다. "말하고 싶지 않은 거라도 본 거야?"

"아, 다 알려줄게! 어렸을 때 뱀이 허물 벗는 걸 본 적이 있어. 로키산 방울뱀이었는데, 처음부터 끝까지 다 지켜봤어. 그런데 카드를 보고 있으니까 카드는 사라져버리고 허물을 벗던 그 뱀이 보이네. 어떤 부분은 먼지투성이에 울퉁불퉁하고 어떤 부분은 윤기가 흐르는 새 피부고. 그 의미는 두 사람이 생각해봐."

내가 말했다. "최면 상태에 빠진 것 같군요. 전에도 이런 적이 있습니까?"

"세 번이요."

"그때는 이해가 됐었습니까?"

"아니었던 것 같아요."

"항상 그 뱀인가요?"

"아, 아니요! 다른 것도 보이는데, 늘 이상한 것들이에요." 메리가 열띤 목소리로 말했다. "어쩌면 이선의 운수가 변하는 걸 상징하는지도 몰라."

"네 남편이 방울뱀이라고?"

"어머! 무슨 뜻인지 알겠어."

"소름이 끼치는데." 마지가 말했다. "어릴 때는 뱀을 좋아하기도 했지만 어른이 된 뒤로 싫어졌어. 뱀만 보면 겁이 나. 집에 가는 게 좋겠어."

"이선이 데려다줄 수 있는데."

"말도 안 돼."

"기꺼이 해드리겠습니다."

마지가 메리에게 미소를 지었다. "남편은 여기 바로 네 곁에 둬야 해." 그녀가 말했다. "곁에 누가 없는 게 어떤 건지 넌 몰라."

"말도 안 돼." 메리가 말했다. "넌 손가락을 구부리기만 해도 남편을 얻을 수 있잖아."

"예전에는 그랬지. 하지만 좋은 게 아냐. 그렇게 쉽게 오는 사람이라면 가질 가치도 없지. 남편은 집에 모셔둬. 누가 가로챌지도 모르니까." 그녀는 외투를 입으며 말했다. 빨리 도망치려는 듯. "멋진 저녁이었어. 또 불러줘. 점괘에 대해서는 미안해요, 이선."

"내일 교회에 오는 거지?"

"아니, 오늘 밤에 몬토크로 가."

"하지만 너무 춥고 습하잖아."

"그곳 바다에서 맞이하는 아침이 난 참 좋더라. 잘 자." 내가 문을 채 잡아주기도 전에 그녀는 밖으로 나가버렸다. 마치 뒤에서 뭔가가 쫓아오기라도 하는 것처럼.

메리가 말했다. "오늘 밤에 거기 가는지는 몰랐어요."

하지만 나는 아내에게 이렇게 말할 수 없었다. 그 여자도 몰랐을 거야.

"이선. 오늘 밤에 나온 운수를 어떻게 생각해요?"

"말해준 게 없는데."

"잊어버렸군요. 돈이 생길 거라고 말했잖아요. 하지만 당신은 어떻게 생각해요? 아마 우리에게 말하고 싶지 않은 무언가를 마지가 본 것 같아요. 뭔가 무서운 거요."

"아마 예전에 보았던 뱀이 마음속에 남아 있었나 보지."

"당신은 그게, 그러니까 무슨 뜻이 있다고 보지 않아요?"

"여보. 점이라면 당신이 전문가잖아. 내가 어떻게 알겠어?"

"뭐, 그건 그렇고. 당신이 마지를 싫어하지 않아 기뻐요. 싫어하는 줄 알았는데."

"나는 음흉하거든." 내가 말했다. "생각을 숨길 수 있다고."

"내게는 그러지 말아요. 이어지는 영화까지 보고 올 건가

봐요."

"뭐?"

"아이들 말이에요. 늘 그러거든요. 설거지 일은 훌륭하게 처리했어요, 여보."

"난 엉큼한 사람이잖아." 내가 말했다. "그리고 다음은 당신을 눕힐 차례지."

6

 나는 결정을 바로 내리지 않고 후에 생각하려고 제쳐두는 버릇이 있다. 그러다가 어느 날, 시간을 잡아 문제를 다시 마주하면, 문제는 이미 완전히 풀려 해결이 나 있다. 틀림없이 다른 모두에게도 이런 일이 일어날 테지만, 알아낼 방법이 내게는 없다. 그것은 마치 마음속 어둡고 황량한 동굴에서 얼굴 없는 배심원들이 모여 결정을 내리는 것과 같다. 내 안에 있는 이 비밀스럽고 잠들지 않는 곳을 떠올릴 때면, 나는 항상 물결 한 점 일지 않는 어둡고 깊은 물, 어떤 산란 장소가 생각나고, 거기에서는 수면으로 겨우 형상 몇 개가 떠오를 뿐이다. 아니면 그곳은 거대한 도서관이어서 생명이 태어나 숨을 쉬기 시작한 첫 순간부터 거슬러 올라가 그동안 일어났던 모든 것을 기록해놓은 곳일지도.
 다른 누구보다 더 가깝게 이 장소에 다가가는 사람들이 있는 것 같다. 가령 시인들 말이다. 한번은 신문을 배달해야 하는데 자명종이 없을 때였다. 나는 신호를 보내 답을 얻는 방법을 터득했다. 밤에 잠자리에 누워서는 내 자신이 컴컴한 물 가장자리에 서 있는 모습을 보곤 했다. 나는 손안에 흰색 돌 하나를 쥐고 있다고 머릿속에 그려보았다. 둥근 돌로. 그런 다음 겉에다 진한 검은색으로 '4시'라고 쓴 다음 돌을 던져 가라앉는 모습을 지켜보았다. 몇 번이고 빙글빙글 돌면서 가라앉던 돌이 마침내 사라질 때까지 말이다. 효과가 있었다.

4시 정각에 나는 눈을 떴다. 나중에는 4시 십 분 전이나 4시 15분에 깨도록 할 수 있었다. 단 한 번도 실패한 적이 없었다.

그러다가 어떤 때는 이상하고 또 어떤 때는 무시무시한 것이 마치 커다란 바다뱀이나 크라켄이 심연에서 나오는 것처럼 표면 위로 솟구쳐 오른다.

불과 일 년 전 메리의 오빠 데니스가 우리 집에서 죽었다. 갑상선염으로 인해 분노의 체액이 몸속으로 파고들어 난폭하면서도 겁에 질린 채 사납게 변해서는 끔찍하게 죽었다. 말을 닮은 아일랜드 사람의 친절한 얼굴이 짐승처럼 변해갔다. 나는 그가 날뛰지 못하게 억누르기도 하고 생사를 오가는 악몽을 꿀 때면 진정시키고 안심하도록 도왔다. 그렇게 일주일이 지나자 그의 폐가 차오르기 시작했다. 나는 오빠가 죽는 것을 메리가 보지 않기를 바랐다. 아내는 죽음을 한 번도 본 적이 없어서, 이번에 그 모습을 본다면 자신의 친절한 오빠에 대한 달콤한 기억들이 깡그리 없어질지도 모른다. 그런데 내가 그의 침대 곁에 앉아 임종을 지키고 있자니, 내 컴컴한 물 밖으로 괴물이 하나 헤엄쳐 올라왔다. 나는 그가 미웠다. 나는 그의 목을 물어뜯어 죽이고 싶었다. 턱 근육이 팽팽해졌고 늑대가 사냥감을 죽일 때처럼 아마 내 입술도 조소를 머금었던 것 같다.

모든 일이 끝나자, 당황스러울 따름인 죄책감 속에서 내가 느꼈던 감정을 나이 많은 필 박사에게 고백했다. 그가 사망진단서에 서명을 했다.

"이상한 건 아니라고 생각하네." 그가 말했다. "사람들 얼굴에서 본 적이 있지만, 그것을 인정한 사람은 드물지."

"하지만 왜 생기는 겁니까? 나는 그를 좋아했습니다."

"아마도 오래된 기억 때문이겠지." 필 박사가 대답했다. "아마 무리를 이루어 살던 시절로 돌아가서 말이야. 무리 중에 병들거나 다친 구성원이 위험에 처했을 때로 말이지. 몇몇 동물들과 어류 대부분은 약한 형제를 갈기갈기 찢어서 잡아먹어버리네."

"하지만 전 동물이 아닙니다. 물고기도 아니고."

"물론, 아니지. 그래서 아마 그 감정이 이질적으로 느껴질 걸세. 하지만 존재하는 감정이네. 고스란히 존재하고 있어."

나이 지긋한 필 박사는 좋은 사람이었다. 피곤에 지친 노인. 그는 오십 년 동안 우리가 태어날 때 받았고 죽을 때 묻어주었다.

다시 어둠 속에 열리는 회합으로 돌아가보자. 시간을 넘어서까지 회의가 이어진 게 분명했다. 때때로 누군가가 평소와 반대로 행동하는 듯 보일 때면 우리는 이렇게 말하곤 한다. "그 사람이 그럴 리가. 그답지 않군." 하지만 그렇지 않을지도 모른다. 또 다른 견지에서 행동했다거나, 아니면 위에서 또는 밑에서 조여드는 압박 탓에 행동양식을 바꾼 것일 수도 있다. 전쟁터에 가면 많이 볼 수 있다. 겁쟁이가 영웅이 된다거나 용감한 군인이 화염 속에 휩싸인다. 또는 아침 신문에서도 읽을 수 있다. 흠잡을 데 없이 훌륭한 가정적인 남자가 아내와 자녀들을 도끼로 토막을 냈다는 기사 같은 것 말이다. 나는 사람이 언제나 변한다고 믿는 쪽이다. 그런데 그 변화가 눈에 띄는 특정한 순간들이 있다. 만약 내가 충분히 깊이 파내려가기만 한다면, 내가 세상에 태어났을 때나 또는 그 이전까지 거슬러 올라가 내 변화의 씨앗을 추적할 수 있으리라. 최근 여러 차례 일어난 작은 일들이 더 큰 일들로 모양을 갖춰가기 시작했다. 내가 정상적으로 향하던 방향 또는 정상적이라고 생각하게 된 방향과는 반대 방향으로 사건과 경험들이 마치 나를 슬쩍 찌르면서 밀쳐내는 것 같다. 진정한 희망이나 활력 따위 없이, 식구들 배를 채우고 입을 옷을 공급해야 한다는 의무감 속에 묶인 채, 정상적인 아니 심지어 도덕적이라고 여긴 습관과 태도에 갇혀 살던, 인생에 실패한 식료품점 점원이 가야 할 방향에서 말이다. 게다가 내 자신을 '좋은 사람'이라 부르면서 그렇게 사는 것에 우쭐했는지도 모른다.

나는 분명 주위에서 어떤 일이 일어나고 있는지 알고 있었다. 마룰로가 말해줄 필요도 없었다. 뉴베이타운 같은 크기의 동네에 살면 모를 수 없는 일이다. 다만 별로 생각을 하지 않았을 뿐이다. 도르카스 판사가 청탁을 받고 교통법규 위반 딱지를 없애주는 일은 비밀도 아니었다. 게다가 청탁은 청탁을 부른다. 읍장은 버드 건축자재 회사 사장이기도 한데, 높은 가격을 받고 비품을 읍에 팔았고, 그중 일부는 필요도 없는 것이었다. 새로 포장을 한 길이 깔리는 경우, 대개 베이커 씨와 마룰로를 비롯해 다른 사업체 사장 여섯이 그 계획이 발표되기도 전에 주변 지역 땅을 사놓았다는 사실이 결국 밝혀지기도 했다. 이런 일들이 비록 인간 본성을 그대로 보여줬긴 해도, 내 본성은 아니라고 나는 항상 믿었다. 마롤로, 베이커 씨, 순회 판매원과, 마지 영 헌트, 그리고 조이 모피까지 집결해서 나를 슬쩍 슬쩍 찔러댄 것이 하나로 쌓여 강하게 일격을 가하게 되자 결국 나는 '깊이 생각할 시간'을 따로 내야 했다.

나의 사랑스러운 아내는 미소를 입가에 머금고 가르랑거리며 잠에 빠졌다. 사랑을 나눈 후 밀려오는 평온한 만족감 속에서 위안과 위로로 몸이 더 달아오른 채.

지난밤 이곳저곳을 쏘다녔으니 졸음이 오는 게 당연할 테지만, 나는 전혀 졸리지 않았다. 다음 날 아침 늦잠을 잘 수 있는 경우라면 거의 졸리는 법이 없다. 붉은 점들이 내 눈에서 헤엄을 치고, 가로등 불빛 속에 천장에서 어른거리는 벌거벗은 느릅나무 가지 그림자가 불어오는 봄바람에 느리면서도 위엄 있게 실뜨기 모양을 만들어내고 있었다. 반쯤 열린 창문 앞에 처진 새하얀 커튼이 닻을 내린 배의 돛처럼 팽팽하게 부풀어 올랐다. 메리는 흰색 커튼을 자주 세탁했다. 아내는 흰색 커튼을 보면서 품위와 안전함을 느낀다. 그것이 다 그녀 속에 있는 아일랜드 사람의 허세 어린 영혼 때문이라고 내가 말하면 아내는 살짝 화가 난 척한다.

나도 만족스럽고 기분이 좋았지만, 자고 싶지 않았다. 이 좋은 기분을 샅샅이 맛보고 싶었다. 애들이 준비하고 있는 나라사랑 글짓기 대회에 대해서도 생각하고 싶었다. 그러나 다른 것을 비롯해 이 모든 생각 이면으로 내게 무슨 일이 일어나고 있는지, 또 그것을 어떻게 해야 할지 더 생각하고 싶었던 까닭에, 자연스럽게 마지막 생각거리를 제일 먼저 꺼내보니, 깊은 곳에 자리 잡은 어둠의 배심원들이 나를 위해 이미 결정을 내렸다는 사실을 알게 되었다. 일목요연하고 정확하게 말이다. 마치 달리기 경주를 위해 준비하고 훈련하다가 마침내 스파이크 운동화를 신고 출발선에 몸을 굽히고 있는 것 같았다. 그러면 이제 더는 도리가 없다. 총성이 울리면 달려 나갈 수밖에. 알고 보니 나는 스타팅 블록에 발을 디딘 채 오로지 총성이 울리기만을 기다리고 있었다. 게다가 총성도 맨 마지막으로 들었다. 안색이 좋아 보인다고 사람들이 온종일 말했는데, 평소와 달리 자신감에 차 달라 보인다는 뜻이었다. 오후에 찾아온 순회 판매원은 충격을 받은 표정이었다. 마룰로도 안절부절못하며 나를 살펴보았다. 게다가 조이 보이는 내가 저지른 일을 두고 자신이 사과하려고 했다. 다음으로 마지 영 헌트는 방울뱀까지 봐가면서 가장 날카롭게 그 변화를 눈치 챈 듯하다. 어떤 면에서는 내가 확신하기도 전에 그녀가 먼저 나를 꿰뚫어보고 나에 대한 확신을 찾아낸 것이다. 그리고 그 상징이 바로 방울뱀이었다. 어느새 나는 어둠 속에서 히죽 웃었다. 그러다가 혼란스러워진 그녀는 가장 오래된 수법을 썼다. 밀물 때 어떤 물고기가 잡히는지 알아보기 위해 던지는 미끼처럼 외도로 위협했다. 그녀의 숨겨진 육체가 비밀스럽게 속삭이던 말을 나는 기억하지 못한다……. 아니다, 움켜진 그녀의 두 손이 그려진다. 상황을 지배할 수 없을 때 생기기 마련인 잔인함과 초조함, 그리고 나이가 고스란히 드러나던 손.

밤마다 밀려오는 생각의 성질이 때로는 알고 싶기도 하다. 꿈과 아주 비슷하다. 어떨 때는 내가 그 생각들을 조종하다가도, 다른 때는 그 생각들이 나를 앞장서 다루기 힘든 튼튼한 말처럼 내게로 돌진한다.

데니 테일러가 생각났다. 그 친구 생각을 하면서 슬퍼하고 싶지 않은데 떠올랐다. 나이는 많아도 강인하던 한 상사가 예전에 내게 가르쳐줬던 수법을 써먹을 수밖에 없었다. 전쟁터에서는 낮과 밤 그리고 다음날 낮이 뭉텅이로 한 부분, 하나의 단위가 될 때가 있었다. 그 시간을 부분별로 나눠봤자 모두 그 욕지기나는 임무 때 발생하는 더럽고 불쾌한 일에 관한 것뿐이었다. 당시 나는 바빴고 이루 말할 수 없을 만큼 피곤했기 때문에 그 기간이 주는 고통을 모르고 넘어갔는지 몰라도, 나중에 그 낮과 밤 그리고 낮의 단위가 밤중에 내 생각 속으로 몇 번이고 계속해서 떠오르는 바람에 마치 한때 탄환 충격이라 불리던 전투 신경증 같은 정신병이 생길 지경이었다. 생각하지 않으려고 별의별 방법을 다 써보았으나 나도 모르는 사이 슬금슬금 되돌아왔다. 그 생각은 낮 동안 기다렸다가 밤이 되면 나를 덮쳤다. 한번은 위스키 기운에 울적해진 나머지 내 선임상사에게 털어놓았다. 그는 나이 많은 전문 군인으로 우리가 발발했는지도 잊어버리고 있던 전쟁에 참전한 양반이었다. 이제껏 받았던 훈장을 옷에 단다면, 단추 하나 달자리도 없을 그의 이름은 마이크 풀라스키. 시카고 출신의 폴란드 사람인데 독립전쟁 영웅 풀라스키 준장과는 아무 관계가 없다. 운 좋게도 그가 적당히 취해 있어 다행이었지, 아니었으면 장교와 사귀기를 꺼려하는 자신의 신념 때문에 입을 다물고 있었을 것이다.

마이크가 내 이야기를 끝까지 다 듣더니 내 두 눈 가운데 하나를 노려보았다. "맞습니다!" 그가 말했다. "그거라면 나도 압니다. 문제점은 바로, 사람들이 그것을 머릿속에서 떨쳐버리려고 용을 쓴다는 겁니다. 그건 안 통해요. 장교님은 그것을 뭐랄까, 환영해야 합니다."

"무슨 뜻입니까, 마이크?"

"그것을 그냥 어떤 기다란 것이라고 생각하세요. 처음부터 시작해서 끝까지 기억나는 건 죄다 떠올려보는 겁니다. 그 생각이 찾아올 때마다 맨 처음부터 끝까지 그렇게 해보세요. 곧 그 생각이 지쳐 부분 부분 사라질 거고, 머지않아 전체가 사라질 겁니다."

그 방법을 쓰자 효과가 있었다. 정신과 의사들이 이 방법을 아는지 모르겠으나 꼭 알아둬야 할 것 같다.

데니 테일러가 밤에 찾아오자 나는 마이크 상사의 치료법을 써먹었다.

우리 둘 다 같은 나이에, 덩치도 비슷하고, 몸무게도 비슷한 어린아이였을 때, 중심가에 있는 곡물사료 가게에 가서 저울에 올라가곤 했다. 내가 200그램 더 나가면, 다음 주에 데니가 나를 따라잡았다. 낚시도 사냥도 수영도 함께하고 언제 나처럼 같은 여자애들과 놀러 나가기도 했다. 데니네 집안도 뉴베이타운의 유서 깊은 대다수 집안처럼 유복했다. 폴록길에서 세로로 홈을 판 커다란 기둥이 서 있는 하얀 집이 테일러 저택이었다. 읍에서 약 4.8킬로미터 떨어진 시골에 별장도 있었다.

시골에는 키 작은 소나무와 벌채 후 다시 자란 오크나무, 그리고 히코리나 삼나무로 뒤덮인 언덕이 사방으로 굽이치며 이어졌다. 내가 태어나기 한참 전에는 이 오크나무가 괴물같이 워낙 거대한지라 지역에서 배를 건조할 때면 용골과 늑재, 그리고 선체 외판으로 쓸 요량으로 오크나무를 조선소에서 가까운 거리에서부터 베어 쓰다 보니 나무가 죄다 없어지고 말았다. 이 야트막한 시골에서도 주위 몇 킬로미터 이내에 유일하게 평평하게 펼쳐진 커다란 들판 한가운데 테일러 가문은 집을 지었다. 탁자처럼 평평하고 낮은 언덕으로 둘러싸여있는 것을 봐서 분명 과거에는 호수 바닥이었을 것이다. 그런데 아마 육십 년 전쯤, 별장이 불에 전소되고 나서는 결코 재건되지 않았다. 어렸을 때 데니와 나는 자전거를 타고 그곳을 돌아다녔다. 우리는 돌로 만든 저장고에서 놀기도 하고 낡은 주춧돌에서 벽돌을 가져와 사냥용 오두막을 짓기도 했다. 그곳에는 틀림없이 아름다운 뜰이 있었을 것이다. 군데군데 제멋대로 다시 자란 숲 사이에서 나무가 줄지어 서 있던 넓은 길과 산울타리며 뜰 가장자리 꽃밭의 흔적을 볼 수 있었다. 여기저기로

석조 난간도 뻗어 있었는데, 한번은 장식대 위에 놓는 목신牧神 판의 흉상을 발견하기도 했다. 얼굴을 아래로 해서 떨어진 흉상은 모래흙 속에 뿔과 수염이 파묻혀 있었다. 우리는 그것을 바로 세우고 깨끗이 닦은 다음 흉상을 보며 한동안 기뻐했지만, 욕심과 여자애들이 우리를 이겨버렸다. 결국 플러드햄튼까지 흉상을 수레에 싣고 가 고물상에다 5달러를 받고 팔았다. 그 흉상은 틀림없이 훌륭한 골동품이었을 것이다.

남자아이들이란 모두 친구가 있어야 하는 탓에 데니와 나는 친구였다. 그러다가 데니가 해군사관학교에 입학하게 되었다. 나는 제복을 입은 그의 모습을 딱 한 번 봤고 그 뒤로 수년 동안 보지 못했다. 뉴베이타운은 과거나 지금이나 빈틈없이 친밀하게 형성된 읍이다. 다들 데니가 퇴학당했다는 것을 알았지만 아무도 그 이야기를 꺼내지 않았다. 테일러 가문은 맥이 끊겼다. 홀리 가문이 그렇게 됐듯이. 나만 혼자 남았다. 물론 내 아들 앨런이 있긴 하지만. 데니는 가족들이 다 세상을 떠날 때까지 돌아오지 않았고, 다시 나타났을 때는 술주정뱅이가 되어 돌아왔다. 처음에는 나도 도우려고 애썼으나 데니가 원하지 않았다. 그는 누구도 원하지 않았다. 그럼에도 불구하고 우리는 가깝다. 매우 가깝다.

데니가 부분적으로나마 망각의 세계에 빠질 수 있게 1달러를 줬던 바로 그날 아침에 이르기까지 나는 기억나는 모든 것을 되짚어보았다.

메리의 소원, 앨런의 욕망, 엘런의 분노, 베이커 씨의 도움과 같이 외부에서 온 압력, 즉 느낌이 내 변화의 구조를 이루고 있었다. 모든 준비를 마치고 행동을 개시할 마지막 순간에 이르러서야 생각이 온전한 모습을 갖추고는 정당성을 증명하고 설명할 말을 풀어낸다. 초라하고 지루할 만큼 긴 내 점원 일이 미덕이 전혀 아니라 도덕적 게으름에 불과했다고 가정해본다면? 무엇에든지 성공하려면 담대함이 필요하니 말이다. 어쩌면 나는 결과가 두려운 나머지 그저 소심했나 보다. 한마디로 게을렀던 것이다. 우리 읍에서 성공한 사업은 복잡하거나 애매모호하지도 않고 그렇다고 널리 성공한 것도 아닌데, 그 까닭은 성공한 사업가들이 자신들의 사업 활동에 인위적인 제한을 두기 때문이다. 사업가들이 저지른 범죄는 시시한 것들이라 그들의 성공도 역시 변변치 못했다. 뉴베이타운의 읍사무소와 상업 지역이 철저하게 조사를 받기라도 한다면 법조항 수백 개와 도덕률 수천 개가 위반된 사실이 밝혀지겠지만, 그렇다고 하더라도 소소한 위반에 불과하다. 좀도둑질뿐이니까. 사업가들이 십계명의 일부를 어기긴 했어도 나머지는 지켰다. 게다가 성공한 사업가들 중 자신이 필요로 했던 것이나 원했던 것을 성취하게 된 사람은 마치 셔츠를 갈아입듯 쉽게 도덕적인 생활을 다시 개시했고, 자신의 태만했던 생활로 피해를 보는 일이 전혀 없었기에 항상 법에 걸리지 않을 것이라고 생각했다. 이런 생각을 하는 사업가들도 있을까? 모르겠다. 사소한 범죄들이 이렇게 묵과될 수 있다면, 순식간에 벌어지는 잔인하고 통 큰 범죄인들 안 될 게 뭔가? 느리면서도 지속적인 압박으로 사람을 죽이는 일이 자비롭게 칼로 재빨리 찔러 죽이는 것보다 덜 나쁜 살인죄인가? 내가 독일 병사들을 죽였다고 해서 죄책감을 느끼지는 않는다. 제한된 시간 동안 규칙 일부가 아니라 규칙 모두를 다 어겼다고 가정해보자. 일단 목표가 이루어지면, 규칙이 다시 유효하게 되지 않나? 사업도 일종의 전쟁이라는 것에는 의심의 여지가 없다. 그렇다면 평화를 추구하기 위해 사업에서 전면전을 펼치는 건 어떤가? 베이커 씨와 그의 친구들이 내 아버지를 총으로 쏜 것은 아니나, 그들이 아버지에게 조언을 했고, 아버지가 망했을 때 그들이 인계를 했다. 그것도 일종의 살인 아닌가? 우리가 존경하는 엄청난 부 가운데 냉혹함 없이 모아진 것이 있을까? 내가 알기론 전혀 없다.

　물론 한동안 규칙들을 제쳐놓아야 한다면, 내게 고통의 상처 자국이 남게 되겠지만, 지금 내가 지닌 실패의 상처보다 더 심하겠는가? 조금이라도 살아 있기 위해서는 상처를 지녀야 한다.

　이 모든 고민은 불안과 불만의 건물 꼭대기에 세워놓은 풍향계다. 전에도 벌어졌던 일이니 또 일어날 수 있다. 하지만 일단 저 문을 열어젖히고 나면 다시 닫을 수 있을까? 모르겠다. 문을 열기 전까지는 모를 것이다……. 베이커 씨는 알까? 그런 생각을 해본 적이나 있을까……? 베이커 집안이 보험금을 타내기 위해 벨 아데어 호를 태워버렸다고 늙은 선장은 생각했었다. 그 사건과 내 아버지가 겪은 불행 때문에 베이커 씨가 나를 도와주고 싶어 하는 것일까? 이것들이 그의 상처란 말인가?

거대한 배 한 척이 수많은 작은 예인선에 의해 방향을 바꾼 채 이리저리 떠밀려 끌려다니는 모습으로 지금 일어나고 있는 일을 묘사할 수 있었다. 일단 파도와 예인선 때문에 방향을 바꿨다면, 새로운 항로를 정하고 엔진을 돌릴 수밖에 없다. 모든 계획을 세우는 선교에서는 다음의 질문을 반드시 던져야 한다. 좋다, 이제 내가 어디로 가고 싶은지 알겠다. 그렇다면 그곳은 어떻게 가야 하며, 숨어 있는 암초는 어디에 있고, 날씨는 과연 어떻게 될 것인가?

내가 아는 치명적 암초 하나는 바로 남에게 말을 하는 것이다. 너무나 많은 사람들이 남들에게 배신을 당하기 전에 자신을 배신한다. 영광을 동경하는 일종의 갈망, 심지어 형벌에 대한 영광마저 갈망하는 탓에. 안데르센의 우물만이 유일하게 믿고 털어놓을 수 있는 친구다. 안데르센의 우물만이.

나는 늙은 선장에게 외쳤다. "이 항로로 정해야 합니까? 좋은 항로인가요? 목적지에 도착할 수 있겠습니까?"

그러자 선장은 처음으로 내게 명령하는 것을 거부했다. "네가 직접 알아봐라. 내게 좋은 것이라 한들 남에게 나쁜 것이 될 수 있다만, 끝나기 전에는 알 수 없는 법이지."

그 늙은 영감탱이가 나를 도와줄 수도 있었을 테지만, 그렇다고 해서 달라지는 것은 하나도 없었으리라. 아무도 충고를 바라지 않는다……. 확증만 바랄 뿐.

7

 잠에서 깨어나 보니 잠꾸러기 메리가 벌써 일어나 부엌에서 커피와 베이컨을 준비 중이었다. 냄새가 풍겨왔다. 당신이라도 부활을 위해서라면 보다 좋은 날을 골라야 할 것이다. 녹색과 푸른색에 황금빛으로 환한 날로 말이다. 나는 침실 창문에서 풀과 나무를 비롯한 모두가 되살아나고 있는 것을 볼 수 있었다. 부활을 위해 적당한 계절을 골랐구나. 나는 크리스마스 선물로 받은 잠옷 가운을 입고 생일선물로 받은 슬리퍼를 신었다. 욕실에 앨런이 쓰는 젤이 있어서 머리에 바르고 빗질을 했더니 두피가 모자라도 쓴 것처럼 답답했다.

 부활절 일요일은 아침식사로 달걀에 팬케이크, 그리고 죄다 오그라든 베이컨을 배 터지게 먹는다. 나는 메리에게 가만히 다가가 실크로 덮인 그녀의 엉덩이를 가볍게 툭툭 치며 말했다. "키리에 엘레이손!"●

 "어머나!" 그녀가 외쳤다. "당신이 다가오는 소리를 듣지 못했네요." 아내는 페이즐리 무늬가 그려진 내 잠옷 가운을 바라보았다. "멋져요." 아내가 말했다. "자주 입어주면 좀 좋아."

 "시간이 없잖아. 시간이 없어."

 "어쨌든, 멋져요."

 "당연히 그래야지. 당신이 골랐잖아. 이렇게 맛있는 냄새가

● '주여 불쌍히 여기소서'란 뜻의 기도 문구이다.

나는데 아이들은 아직도 자는 거야?"

"어머, 아니에요. 달걀을 숨기러 집 뒤로 나갔다고요. 베이커 씨가 바라는 게 뭔지 궁금해요."

재빨리 주제를 바꾸는 아내의 솜씨는 언제나 나를 놀라게 한다. "베이커 씨라, 베이커 씨. 아! 아마 내 재산을 불리는 걸 도와주고 싶을 거야."

"그분에게 말했어요? 카드에 대해서요?"

"당연히 아니야, 여보. 하지만 짐작을 했겠지." 그러고 나서 나는 진지하게 물었다. "자, 여보, 당신은 내가 사업에 뛰어난 두뇌를 가졌다고 생각하지, 안 그래?"

"무슨 뜻이에요?" 아내가 팬케이크를 뒤집으려다가 순간 멈췄다.

"베이커 은행장은 내가 당신 오빠 유산을 투자해야 한다고 생각하고 있어."

"그럼, 만약 베이커 씨가……."

"잠깐. 나는 그렇게 하고 싶지 않아. 그건 당신 돈이고 당신의 안전장치야."

"여보, 베이커 씨가 당신보다 그런 일에 대해서는 더 많이 알고 있는 거 아니에요?"

"모르겠어. 내가 아는 거라곤 내 아버지는 그렇게 생각했다는 거야. 그래서 내가 마루로 밑에서 일하는 거고."

"그래도 내 생각에는 베이커 씨가……."

"여보, 내가 하는 대로 따라주겠어?"

"그야, 물론이지만……."

"어떤 것이든?"

"장난치는 거예요?"

"완전 심각하다고, 완전!"

"난 당신을 믿어요. 그래도 베이커 씨를 의심할 수는 없어요. 그거야 그분이…… 그분이……."

"그 사람이 베이커 씨이기 때문이지. 그가 하는 말을 잘 듣긴 할 테지만 말이야, 그래도 나는 그 돈이 지금처럼 은행에 있었으면 해."

앨런이 새총에라도 맞았는지 뒷문으로 쏜살같이 들어왔다. "마룰로 사장님이에요." 아들이 말했다. "마룰로 사장님이 밖에 있어요. 아빠를 만나고 싶대요."

"뭣하러?" 메리가 묻는다.

"이런, 들어오시라고 해."

"그랬어요. 그런데 밖에서 보고 싶대요."

"이선, 무슨 일이에요? 잠옷 가운 차림으로 밖에 나갈 수는 없어요. 부활절 일요일이란 말이에요."

"앨런." 내가 말했다. "마룰로 사장님에게 내가 아직 잠옷 차림이라고 말씀드려라. 나중에 다시 오시라고 말씀드려. 그래도 급하다고 하면 아빠가 나가겠다고, 현관으로 오시라고 해." 아들이 달려 나갔다.

"뭐하러 왔는지는 모르겠어요. 가게에 도둑이라도 들었나 봐요."

불만의 겨울

앨런이 뒤에서 소리쳤다. "현관으로 가신대요."

"이런, 세상에, 그 양반이 당신 아침식사를 망치게 해서는 안 돼요, 알아들었어요?"

나는 복도로 나가 현관문을 열었다. 부활절 미사를 위해 가장 좋은 옷을 차려입은 마룰로가 현관 앞에 서 있었는데, 광택이 나는 검은색 조끼에 커다란 황금 시곗줄을 차고 있었다. 검은색 모자를 손에 쥐고 있던 그가 나를 보더니 출입금지 구역에 들어온 개처럼 안절부절못하며 미소를 건넸다.

"들어오세요."

"아닐세." 그가 말했다. "딱 한마디만 하면 돼. 그 녀석이 자네에게 어떻게 리베이트를 제안했는지 다 들었어."

"네?"

"자네가 어떻게 그놈을 내쫓았는지도 들었고."

"누가 말했습니까?"

"그건 말할 수 없네." 그가 다시 웃었다.

"그럼, 뭡니까? 내가 그걸 받아들여야 했다고 말하려는 거예요?"

마룰로가 한 발 앞으로 나오더니 아주 격식을 차려 내 손을 잡고 위아래로 두 번 흔들었다. "자넨 좋은 녀석이야." 그가 말했다.

"금액이 충분하지 않아 그런 겁니다."

"농담하나? 자넨 좋은 녀석이야." 그가 불룩 튀어나온 옆 호주머니에 손을 넣어 봉투를 하나 꺼냈다. "이거 받게." 그는 내 어깨를 가볍게 치더니 몹시도 쑥스러워하며 몸을 돌려 도망쳤다. 빳빳한 흰색 깃 위로 튀어나온 두툼한 목이 시뻘겋게 달아오른 채 짧은 두 다리로 부리나케 멀어졌다.

"그게 뭐예요?"

나는 봉투를 들여다봤다. 갖가지 색깔의 부활절 달걀 사탕이다. 가게에 가면 커다란 사각 유리항아리에 들어 있는 것들이다. "애들 주라고 선물을 가져왔네." 내가 말했다.

"마룰로가요? 선물을 가져오다니. 믿을 수가 없네요."

"아무튼 가져왔어."

"왜요? 그런 일 따위는 절대로 안 하는 사람이잖아요."

"아마 나를 몹시 사랑하나 보지."

"내가 모르는 일이라도 있어요?"

"여보, 세상에는 우리가 모르는 일이 수백만 가지는 된다고." 아이들이 열려 있는 뒷문으로 멀뚱거리며 들여다본다. 나는 봉투를 아이들에게 내밀었다. "아빠 팬이 주는 선물이다. 아침 먹기 전까지는 손대지 마."

교회를 가기 위해 옷을 차려입으면서 메리가 말했다. "도대체 뭣 때문인지 알고 싶어요."

"마룰로 말이야? 나도 그 이유를 알고 싶어."

"그래도 싸구려 사탕 한 봉지가······."

"덥석 받기에는 심각한 선물이라는 거야?"

"이해가 안 돼서 그러죠."

"마룰로는 아내가 죽었어. 아이는 물론이고 애완동물도 없고. 나이는 점점 들어가는데 말이야. 아마, 그래, 아마 외로워서 그런 거겠지."

"단 한 번도 우리 집에 온 적 없는 사람이잖아요. 그렇게 외로워할 때 월급 좀 올려달라고 해봐요. 베이커 씨 집도 들르지 않는 사람인데. 마음이 불안해요."

나는 들판에 핀 꽃처럼 화려하게 치장했다. 장례식 때 입는 점잖은 검은색 정장과, 워낙 빳빳이 풀을 먹여 태양빛을 그대로 반사하는 하얀 셔츠와 깃, 물방울무늬가 조심스럽게 드러나는 짙은 청색 넥타이까지.

조상이 일으켰던 폭풍을 마지 영 헌트 부인도 불러일으켰나? 마룰로는 어디서 그 정보를 얻은 거지? 버거 씨가 영 헌트 부인에게, 그리고 부인이 다시 마룰로에게 전하는 방법밖에 없다. 나는 말할 수 없는 이유로 그대 마지 영을 믿지 않노라. 이렇게 머릿속으로 흥얼거리면서 양복에 부활절 꽃 장식으로 꽂을 흰색 꽃을 찾아 뜰을 뒤졌다. 집의 주춧돌과 경사진 지하 저장고 문이 만나는 모서리에 일종의 보호구역이 있다. 보일러 때문에 땅이 따스하고 겨울에도 햇살이 마지막 한 줄기까지 잘 드는 곳이다. 그곳에 흰색 제비꽃이 자란다. 조상들의 무덤이 있는 공동묘지에서 야생으로 자라던 것을 가지고 왔다. 내가 할 꽃 장식으로 사자 얼굴같이 생긴 꽃 세 송이를 꺾은 다음, 작은 꽃다발을 만들어 아내에게 주려고 딱 열두 송이를 모아 연한 잎사귀로 감싼 뒤, 부엌에서 가져온 알루미늄 호일 조각으로 단단히 묶었다.

"세상에, 아름다워요." 메리가 말했다. "핀을 가져올 테니 기다려요. 머리에 달아야겠어요."

"처음 핀 거야, 제일 처음 핀 거라고. 내 하얀 새여. 나는 당신의 노예. 예수가 부활하셨도다. 세상이 모두 평안하구나."

"신성한 것으로 장난은 치지 말아요, 여보."

"도대체 머리를 어떻게 한 거야?"

"맘에 들어요?"

"마음에 쏙 들어. 항상 그렇게 해."

"당신이 좋아할지 모르겠더라고요. 마지는 당신이 결코 알아채지 못할 거라고 말했지만. 당신이 알아챘다고 내가 직접 말할 때까지 아무 말 하지 말아줘요." 아내는 머리에다 꽃을 꽂았다. 해마다 봄이 되면 에오스트레*에게 바치는 제물이었다.

이제 아이들이 검사를 받았다. 귀와 콧구멍, 신발을 닦았는지까지 하나하나 살펴볼 때마다 녀석들은 질색을 했다. 앨런은 머리에다 젤을 워낙 덕지덕지 발라 눈도 깜박할 수 없었다. 신발 굽은 닦지 않았어도, 볼록한 이마 위로 머리카락이 여름철 파도처럼 굽이치게 막대한 공을 들여 손질을 했다.

엘런은 천생 여자아이였다. 눈에 보이는 모든 것이 질서정연했다. 나는 다시 내 운을 시험했다. "엘런." 내가 말했다.

---

* 튜턴족의 봄 여신. 부활절을 뜻하는 영어 단어 '이스터'는 여기서 파생된 것이다.

"머리를 좀 다르게 했구나. 딱 어울리는걸. 메리, 여보, 마음에 들지 않아?"

"어머! 웬일로 칭찬을 다 하네요." 메리가 대답했다.

우리는 열을 지어 느릅나무길을 걷다가, 왼쪽으로 틀어 교회가 있는 폭록길로 향했다. 흰색 첨탑이 솟은 오래된 우리 교회는 크리스토퍼 렌●의 양식을 그대로 모방해서 지었다. 점점 늘어나는 사람들의 흐름 속에 우리도 섞였는데, 지나가는 여자마다 다른 여자들이 쓴 모자를 보며 즐거워했다.

"부활절 모자를 디자인한 게 있어." 내가 말했다. "얼굴을 가리지 않는 단순한 황금 가시관에다가 이마에는 진짜 물방울 루비를 다는 거야."

"이선!" 메리가 엄한 목소리로 말했다. "누가 당신이 하는 말을 듣는다고 생각해보세요."

"이런, 인기가 없겠는걸."

"당신은 지독한 사람이에요." 메리가 말했다. 물론 나도 그렇다고 생각했다. 오히려 지독한 것보다 더 심하다. 그런데 자신의 머리 모양을 두고 사람들이 하는 말에 베이커 씨가 어떻게 반응할지가 나는 정말 궁금했다.

우리 가족이 이룬 작은 개울이 다른 흐름들과 합쳐졌고, 품위 있게 인사를 주고받다 보니 그 흐름은 성 토마스 감독교회로 흘러들어가는 강줄기가 되었다. 우리 교회는 중도 고高교

● 영국의 건축가이다.

회*로, 중도에서 좀더 고교회 쪽일 것이다.

때가 되면 내 아들에게 삶의 신비를 전해야 한다. 틀림없이 녀석도 알고 있겠지만 말이다. 그래도 기억하고 있다가 머리칼에 대해서는 꼭 알려줘야 한다. 녀석이 머리칼에 대해 친절한 말만 한다면, 그 탐욕스럽고 좀스러운 마음이 원하는 것을 다 얻을 수 있을 것이다. 아들에게 경고도 해야 한다. 녀석이 사람들을 발로 차고, 때리고, 쓰러뜨리고, 함부로 대하고, 부딪칠 수는 있어도, 결단코, 절대로 결단코, 그들의 머리를 엉망으로 만들어서는 안 된다고. 이것만 알면 녀석은 거물이 될 수 있을 것이다.

베이커 씨네 가족이 바로 앞에서 계단을 오르고 있어서, 우리는 품위 있게 인사말을 건넸다. "차 마시러 오는 걸로 알고 있네."

"그야, 물론입니다. 행복한 부활절 되시길 바랍니다."

"저 애가 앨런인가? 엄청나게 컸군. 메리 앨런도 그렇고. 세상에, 아이들 크는 건 따라갈 수가 없어. 워낙 쑥쑥 자라니 말일세."

자신이 성장한 교회에는 무언가 매우 소중한 것이 있다. 나는 성 토마스 교회의 비밀스러운 구석은 죄다, 은밀한 냄새도 죄다 알고 있다. 저 성수반에서 영세를 받고, 저 가로대에서 견진성사를 받았으며, 바로 저 신도 좌석에 홀리 가문이 지금

---

* 고교회는 가톨릭 성향이 강한 교회 전통을 강조한다.

까지 않는다. 얼마나 오래됐는지는 하느님만 아실 터, 결코 수사적 표현으로 하는 말이 아니다. 수없이 저지른 신성모독 행동이 하나하나 기억나는 걸 보면 신성함이 내 속에 깊이 각인되어 있음이 틀림없다. 내 머리글자를 못으로 긁어 새겨놓은 곳도 다 찾아낼 수 있을 것 같다. 데니 테일러와 내가 외설적인 말로 빼곡히 채운 편지를 일반 기도서에 핀으로 고정시키다가 윌러 씨에게 들켜 벌을 받았을 때는, 더는 다른 편지가 없다는 것을 확인하기 위해 사람들이 기도서와 찬송가를 낱낱이 뒤졌었다.

한번은 성서대 아래 성가대석 의자에서 끔찍한 일이 벌어졌다. 그때 나는 레이스 옷을 입고 십자가를 나르면서 커다란 덩치로 소프라노를 불렀었다. 예배를 집전하던 감독은 마음씨 좋은 노인으로, 머리가 삶은 양파처럼 대머리였지만, 내게는 거룩한 빛을 발하며 빛나 보였다. 결국 감화를 받은 나머지 어리벙벙한 정신으로 행렬 끝에 있는 꽂이에다 십자가를 꽂은 다음 지탱해주는 황동 걸쇠를 내가 그만 잊어버리고 채우지 않았다. 제2일과*를 읽을 무렵 나는 공포에 질린 눈으로 그 무거운 황동 십자가가 흔들거리다가 그 거룩한 대머리 위로 떨어지는 것을 보았다. 도끼질에 장대가 박힌 암소처럼 감독이 나가떨어졌고, 나는 노래를 못하는 남자아이에게 레이스 옷을 뺏기고 말았다. 이름이 스컹크풋 힐이었던 그 아이

● 기도 때 읽는 신약성서 중의 일부를 말한다.

는 인류학자가 되어 서부 어딘가에서 살고 있다. 그 일은 좋든 나쁘든 의도만으로는 충분하지 않다는 것을 내게 증명해줬던 사건 같았다. 운이나 운명 아니면 다른 어떤 것이 예상하지 못한 일을 대신 떠맡는다.

우리는 예배를 끝까지 보면서 예수가 분명 다시 살아났다는 소식이 공표되는 것을 들었다. 그 공표를 들을 때마다 척추를 타고 전율이 퍼진다. 나는 선한 마음으로 성찬식에 참여했다. 아직 견진성사를 받지 않은 앨런과 메리 앨런은 가만히 있지 못하고 안절부절못하면서 엉덩이를 들썩거리다가 엄한 눈초리를 받아야 했다. 적의에 찬 메리의 두 눈은 사춘기 아이들의 갑옷마저 뚫어버릴 것 같았다.

이윽고 쏟아지는 햇볕 속에서 이웃 사람들과 악수를 나누며 인사를 건넸다. 들어오면서 우리가 인사를 건넨 모든 사람들에게 나가면서 다시 인사를 했다. 품위 있고 예절바른 태도로 장황하고 지루한 말을 계속해서 나눴다. 자신을 주목해달라고 자신을 존경해달라고 요구하는 조용한 애원이었다.

"안녕하세요. 오늘같이 좋은 날 기분은 어떠세요?"

"아주 좋습니다. 감사합니다. 어머니는 어떠세요?"

"연로해지시면서, 온몸이 쑤시고 결리신대요. 어머니에게 안부인사 전하겠습니다."

감정을 빼고는 모두 무의미한 말들이다. 생각의 결과대로 행동하는 사람이 있는가? 아니면 감정의 자극에 따라 행동하다가 이따금 생각대로 행동을 실행하는가? 햇볕 속에서 소규모 행렬을 이루어 걸어가던 우리 가족 앞에 베이커 씨가 인도의 갈라진 틈을 피해 걸어가고 있었다. 이십 년 전에 돌아가신 그의 어머니 허리가 이제는 안전한데도 말이다. 그리고 부인 아멜리아가 옆에서 걸어가고 있었는데, 남편의 들쑥날쑥한 큰 걸음을 따라잡느라 종종걸음으로 애쓰고 있었다. 눈이 반짝이는 작은 새 같은 여자다. 하지만 씨를 먹는 새 같다.

앨런은 자기 여동생 옆에서 걷고 있으면서도 둘 다 서로 모르는 사이라는 인상을 주려고 애쓰고 있었다. 딸은 오빠를 경멸하고 아들은 여동생을 지독히도 미워하는 것 같다. 아마 녀석들이 평생 그럴지도 모르지만, 장밋빛 구름과도 같은 사랑스러운 말로 감정을 숨기는 법을 배울 것이다. 아이들에게 점심을 주오, 내 여동생, 내 아내여…… 삶은 달걀과 피클, 땅콩버터 젤리 샌드위치, 그리고 나무통 냄새가 나는 붉은 사과를. 그리고 아이들이 자식을 수두룩이 낳도록 세상 속으로 풀어주오.

그런데 바로 그렇게 아내가 했다. 아이들은 점심이 담긴 종이봉투를 들고 혼자만의 세계로 걸어갔다.

"예배는 즐거웠어, 여보?"

"아, 물론이죠! 언제나 그런걸요. 하지만 당신은…… 난 가끔 당신이 믿는 건지 궁금해요. 정말, 진심이에요. 그러니까, 당신이 하는 농담을 이따금 보면……."

"이리 와서 앉아, 내 사랑."

"점심 차려야 해요."

"빌어먹을 점심 같으니."

"내가 말하려고 했던 게 바로 그거예요. 당신이 하는 농담 말이에요."

"점심은 성스러운 게 아니잖아. 날씨가 더 따뜻했다면 당신을 노 젓는 배에 태우고 방파제 너머로 가 도미를 낚을 텐데 말이야."

"우린 베이커 씨 댁에 가야 해요. 이선, 신을 믿는 건지 아닌지 당신은 알고 있어요? 왜 나를 시시한 호칭으로 부르죠? 당신은 내 이름을 안 부른다고요."

"반복과 지루함을 피하기 위해서야. 하지만 내 마음속에서 당신 이름이 종처럼 울리고 있어. 내게 믿음이 있냐고? 멋진 질문이야! 산탄총에 장전된 탄환처럼 쏟아지는 니케아 신조*의 반짝거리는 구절들을 하나하나 들추어내 내가 검사해야 되나? 아니야. 그럴 필요가 없어. 그건 유일무이한 거니까, 메리. 만약 믿음에 대한 내 마음과 영혼과 몸이 흰 강낭콩처럼 건조했다면 말이지, '여호와는 나의 목자시니, 내가 부족함이 없으리로다. 그가 나로 푸른 초장에 누이시며'란 구절에 여전히 배가 뒤틀리고, 가슴이 두근거리고, 머리에서는 불이 붙어야 할걸."

"이해가 안 돼요."

"착한 아가씨. 나도 그래. 내가 갓난아기였을 때, 온몸의 뼈

● 4세기에 공포된 기독교 신앙 고백문이다.

불만의 겨울

가 부드러워 쉽게 변할 수 있을 때 말이야. 작은 감독파 십자가형 상자에 넣어져 몸의 형태를 갖추게 되었지. 병아리가 알을 깨고 나올 때처럼 내가 상자에서 벗어나고 보니, 몸이 십자가 모양이었는데 그게 이상한 건가? 닭이 대충 달걀 모양이란 거 알고 있어?"

"당신은 그런 끔찍한 말을 애들에게도 한다니까요."

"녀석들도 내게 그래. 바로 어젯밤엔 말이지, 엘런이 묻더군. '아빠, 우리는 언제 부자가 되나요?' 하지만 내가 아는 대로 이렇게 대답하지는 않았어. '곧 부자가 될 거야. 그러면 너는 가난을 형편없이 다룬 것처럼 재물도 형편없이 다루게 될 거다.' 사실 맞는 말이라고. 그 애는 가난해서 질투심이 많아. 부자가 되면 속물이 될걸. 돈이 있다고 해서 병이 달라지지 않아. 증상만 바뀔 뿐이지."

"당신 자식들에 대해 그런 식으로 말하다니. 나에 대해서는 뭐라고 할 거예요?"

"당신은 안개 자욱한 삶에 축복이고, 소중한 사람이자, 광채야."

"취한 사람 같아요. 술 취한 사람."

"맞아."

"아니에요. 냄새를 맡을 수 없어요."

"당신은 맡고 있어, 나의 여보."

"도대체 왜 그래요?"

"이런! 당신도 알잖아, 안 그래? 변화가 일어나고 있어. 엄청난 대폭풍 같은 변화. 당신은 겨우 가장자리 물결만 느끼고 있군."

"당신이 걱정돼요, 이선. 당신 사나워졌어요."

"내 훈장 기억나?"

"전쟁에서 받은 훈장이요?"

"난폭하다고 받은 것들이지. 남들보다 더 난폭하다고 말이야. 세상 사람들도 마음속으로는 나 못지않게 살인을 저질러 봤을걸. 하지만 사람들이 상자를 하나 짜서 나를 마구 쑤셔넣더군. 그 시절 그때가 사람들을 학살하라고 요구하기에 나는 그렇게 했고."

"그때는 전시였고, 조국을 위해서 한 거잖아요."

"언제나 무슨 때이긴 해. 지금껏 나는 나만의 때를 피해왔어. 난 빌어먹을 만큼 훌륭한 군인이었지. 내 귀여운 호박 마누라. 영리하고 재빠르고 잔인한, 전시에 딱 맞는 효율적인 도구였어. 이번에도 그렇게 효율적인 도구가 될 수 있을지 몰라."

"지금 뭔가 하고 싶은 말이 있군요."

"슬프게도 그러네. 그런데 내 귀에는 무슨 변명처럼 들려. 그렇게 들리지 않았으면 좋겠어."

"점심 차릴게요."

"부활절 아침식사를 워낙 거하게 먹었더니 배가 안 고파."

"그래도 조금 먹어봐요. 베이커 부인이 쓴 모자 봤어요? 틀림없이 뉴욕에서 샀을걸요."

불만의 겨울

"머리에는 뭐를 한 거야?"

"당신도 알아챘어요? 거의 딸기 색깔이었죠."

"이방인들에게는 주의 길을 밝히는 빛이 되고 주의 백성 이스라엘에게는 영광이 됩니다."

"마지는 왜 이맘때 몬토크에 가고 싶어 했을까요?"

"이른 아침을 사랑해서 그래."

"아침 일찍 일어나는 친구가 아니에요. 그걸 두고 내가 농담도 했는데요. 게다가 마룰로가 달걀 사탕을 가지고 오다니, 이상하지 않아요?"

"그 두 사건을 연결시키는 거야? 마지가 아침 일찍 일어나고 마룰로는 달걀을 가지고 온다."

"바보 같은 소리 하지 말아요."

"아니야. 이번만은 절대로. 내가 비밀을 말해주면 당신 아무에게도 말하지 않겠다고 약속할 수 있어?"

"농담이나 하려고!"

"아니라니까."

"뭐, 약속할게요."

"내 생각에 말이야 마룰로는 이탈리아에 갈 거 같아."

"어떻게 알아요? 그 사람이 당신에게 말했어요?"

"꼭 그런 건 아니고. 이리저리 맞춰봤지. 이리저리 말이야."

"하지만 그러면 당신 혼자 가게에 있어야 해요. 도와줄 사람을 구해야 할 텐데."

"혼자서 할 수 있어."

"사실 지금도 당신이 혼자 일을 다 하잖아요. 조수로 쓸 사람을 들여야 한다니까요."

"기억해. 확실하지 않은 일이고 비밀이야."

"아, 난 약속은 절대 잊지 않아요."

"그래도 넌지시 알려줄 수는 있지."

"이선, 아니라니까요."

"당신이 누군지 알아? 머리에 꽃을 꽂은 귀여운 작은 아기 토끼야."

"부엌에서 좀 차려 드세요. 나는 화장을 고쳐야겠어요."

아내가 떠나자 나는 의자에 몸을 쭉 펴고 누웠는데, 마음 깊숙한 곳에서 이런 소리가 들렸다. "주여, 이제는 말씀하신 대로 이 종은 평안히 눈감게 되었습니다." 그런데도 잠이 들지 않았다면 벼락을 맞았겠지. 나는 어둠을 향해 절벽에서 떨어져버렸다. 거실 바로 그 자리에서. 그런 일이 자주 있는 건 아니다. 데니 테일러 생각을 계속 하고 있었던 터라 데니 테일러 꿈을 꾸었다. 우리는 작지도 크지도 않은 다 자란 어른이었고, 불에 타버린 별장의 주춧돌과 지하 저장고가 있는 호수의 평평하고 마른 바닥에 있었다. 무게를 이기지 못하고 휠 만큼 잎사귀가 통통하고 풀들도 살이 오른 이른 여름이었다. 살이 찐 것 같고 정신마저 이상한 기분이 들게 하는 그런 날 말이다. 데니가 기둥처럼 곧고 호리호리한 어린 노간주나무 뒤로 갔다. 그의 목소리가 마치 물속에서 말하는 듯 탁하고 기형적으로 들렸다. 그래서 가보았더니 그는 몸이 녹아서 흘러내리고 있었다. 나는 데니가 원래대로 돌아갈 수 있도록, 아래로 흘러내리는 젖은 시멘트를 고르게 하듯이, 두 손 바닥을 위쪽으로 쓸어올리려고 애를 써보았지만 할 수가 없었다. 그의 정수가 내 손가락 사이로 빠져나갔다. 사람들은 꿈은 한순간이라고 말한다. 그런데 이 꿈은 계속 이어지더니 내가 애를 쓰면 쓸수록 데니가 녹아내렸다.

메리가 깨웠을 때 나는 애를 쓰며 헐떡거리고 있었다.

"봄이라 나른해지네요." 그녀가 말했다. "그게 첫 번째 징후예요. 내가 한참 클 때 잠을 하도 많이 자니까 엄마가 그래디 의사선생님을 불렀지 뭐예요. 엄마는 내가 수면병이라도 걸린 줄 알았지만, 난 봄을 맞아 자라고 있었을 뿐이었어요."

"악몽을 꿨어. 남들은 꾸지 않았으면 좋겠어."

"혼란스러워서 그런 거예요. 올라가서 머리 빗고 세수 좀 해요. 피곤해 보여요, 여보. 괜찮은 거예요? 갈 시간이 다 됐어요. 당신 두 시간 동안이나 잤어요. 잠이 필요했던 게 분명해요. 난 베이커 씨가 무슨 생각을 하는지 알고 싶어요."

"알게 될 거야, 여보. 그리고 그가 하는 말을 죄다 경청하겠다고 약속해줘."

"하지만 당신하고만 이야기하고 싶어 할지도 모르는데요. 사업가들은 숙녀들이 듣는 걸 좋아하지 않잖아요."

"글쎄, 그렇게 할 수 없을걸. 난 당신이 함께 있으면 좋겠어."

"내가 사업 경험이 없다는 건 당신도 알면서."

"알아. 하지만 그 사람은 당신 돈에 대해 이야기할 거라고."

날 때부터 알고 지내지 않는 한 베이커 씨 가족들이 어떤 사람들인지 알 수 없다. 면식이 있거나 심지어 친구라 하더라도 별개의 문제다. 홀리 가문과 베이커 가문 모두 혈통과 태생, 경험, 그리고 과거 소유했던 재산 등 면면이 같은 까닭에 나는 그들을 안다. 이런 연유로 일종의 중심이 형성되어 외부인들에 대해서는 벽을 쌓고 해자를 파게 된다. 내 아버지가 집안 재산을 다 잃긴 했지만, 나는 밖으로 완전히 쫓겨나지 않았다. 베이커 가문 사람들이 나를 동족이라 여기기 때문에, 나는 아마 평생 홀리 가문 사람으로 받아들여질 것이다. 하지만 나는 가난한 동족이다. 신사라도 돈이 없으면 신사다운 행동들을 그만두게 된다. 돈 없이는 내 아들 앨런도 베이커 가문을 알 수 없게 될 테고, 외부인이 되어버릴 것이다. 이름이 어떻고 조상이 어떻든 간에. 우리는 땅 없는 목장주가 되었고, 군대 없는 장군이 되었으며, 걸어다니는 승마인이 되었다. 우리는 살아남을 수가 없다. 아마 그것이 내 안에 변화가 일어나고 있는 한 가지 이유이리라. 나는 결코 돈 그 자체만을 원해본 적도 없고 원하지도 않는다. 그러나 익숙하고 편안한 범주 속에다 내 자리를 지키기 위해서는 돈이 필요하다. 이 모두가 내 이성의 아래 그 어두운 곳에서 스스로 이루어진 것임에 틀림없다. 그것이 막연한 생각이 아닌 확신으로 떠올랐다.

"어서 와라." 베이커 부인이 말했다. "이렇게 와줘서 너무 기쁘네. 넌 우리를 잊고 지냈어, 메리. 날씨가 정말 좋지 않아? 예배는 즐거웠고? 목사님은 사제인데도 아주 재미있는 분 같아."

"서로 자주 못 만나는 것 같구먼." 베이커 씨가 말했다. "자네 할아버지가 바로 그 의자에 앉아 더러운 스페인 놈들이 메인 호를 침몰시켰다고 전하던 모습이 기억나는군. 그분은 마시던 차를 쏟았었지. 그런데 그게 차가 아니었지 뭐야. 홀리 선장은 차에다가 럼주를 넣곤 했거든. 그분은 호전적인 분이었어. 어떤 이들은 싸우기 좋아하는 사람이라고 생각하기도 했지."

이런 환대에 메리가 처음에는 당황스러워하다가 곧 만족스러워하는 것을 나는 알 수 있었다. 물론 내가 그녀를 상속녀의 자리까지 격상시켜놓았다는 것은 모르고 있었다. 돈에 대한 평판은 돈 자체만큼이나 융통성이 있다.

무슨 신경질환 때문인지 베이커 부인이 머리를 떨면서 목련 꽃잎처럼 얇고 섬세한 잔에다 차를 따랐는데, 차를 따르는 그녀의 손은 흔들리지 않았다.

베이커 씨가 스푼으로 신중하게 저었다. "차를 좋아하는 건지 차 마시는 의식을 좋아하는 건지 모르겠네." 그가 말했다. "나는 의식이라면 다 좋아해. 바보 같은 거라도 말이지."

"무슨 말씀인지 알 것 같습니다." 내가 대답했다. "오늘 아침예배를 드리는데 아주 편안했습니다. 놀라울 게 전혀 없었으니까요. 무슨 말씀이 나올지 듣기도 전에 알았거든요."

"전쟁 때 말이야, 이선. 이 이야기 좀 들어보시게나, 숙녀

분들. 어디서 이런 비슷한 이야기 들어본 적 있나 떠올리면서 말이야. 전쟁 때 나는 전쟁부에서 고문관으로 복무했네. 얼마간 워싱턴에서 지냈지."

"난 그곳이 몹시 싫었어." 베이커 부인이 말했다.

"어쨌든, 대규모 군대 다과회가 열렸어. 엄청난 모임이었지. 아마 손님만 오백 명이었을 게야. 제일 고위급 부인이 별 다섯 개짜리 장군 부인이었고 다음으로는 중장 부인이었지. 다과회를 주최한 전쟁부 장관 부인이 별 다섯 개짜리 장군 부인에게는 차를, 중장 부인에게는 커피를 따라달라고 부탁했다네. 그런데, 제일 고위급 부인이 거절하지 뭔가. 내 그 여자 말 그대로 옮겨보지. '커피가 차보다 윗자리라는 건 모두 안다고요.' 자, 이런 이야기 들어본 적 있나?" 그가 킬킬거리며 웃었다. "그런데 알고 보니까 위스키가 가장 윗자리더구먼."

"정말 불안한 곳이었어." 베이커 부인이 말했다. "버릇이나 습관이 생기기도 전에 사람들이 다른 곳으로 이사를 떠나지 뭐야."

메리가 모닥불 같은 불 위로 올린 둥그런 통에 물을 끓이면서 양철 국자로 차를 떠주는 보스턴의 아일랜드식 다과회 이야기를 꺼냈다. "게다가 차를 우리지 않아요. 차를 끓인답니다." 아내가 말했다. "그렇게 만든 차는 탁자에 칠한 니스까지 없앨 정도예요."

심각한 토론이나 행동을 할 때면 사전의식이 있기 마련이고, 그 문제가 첨예할수록 노랫소리는 길고 경쾌해야 하는 법이다. 저마다 깃털이나 색깔 조각을 덧붙이는 건 물론이고. 만약 메리와 베이커 부인이 이 심각한 문제의 일원이 아니었다면, 벌써 오래전에 자신들만의 이야기를 나누기 시작했으리라. 베이커 씨가 대화의 땅에다 와인처럼 기운 나게 하는 것을 쏟아붓자 메리도 그렇게 했다. 더욱이 그들이 보여준 관심에 메리는 기분도 좋고 흥겨워졌다. 이제 베이커 부인과 내 차례였고, 내가 마지막에 하는 것이 예의라고 생각했다.

부인이 차례를 잇더니 앞선 두 사람처럼 찻주전자에서 이야깃거리를 뽑아냈다. "차가 수십 종류씩 있었을 때가 생각나네." 부인이 즐겁게 이야기를 시작했다. "뭐, 다들 모든 것들에 대한 조리법을 대부분 가지고들 있었으니까. 아마 차로 만들어지지 않은 잡초나 잎, 꽃은 없었을 거야. 이제는 두 종류밖에 없지만. 인도차와 중국차. 중국차는 별로 많지도 않고. 쑥국화차와 캐모마일차, 오렌지 잎과 꽃차, 그리고 항라차 기억나?"

"항라차가 뭔데요?"

"뜨거운 물과 뜨거운 우유를 같은 분량으로 넣어. 아이들이 좋아하지. 우유와 물이 섞인 맛은 아니고." 베이커 부인 차례가 끝났다.

이제 내 차례가 돌아오자 보스턴 차 사건에 대한 몇 가지 의미 없는 말을 신중히 골라내려고 했지만, 언제나 의도대로 풀리지는 않는 법이다. 기다릴 새도 없이 뜻밖의 말이 튀어나와버렸다.

"예배를 드린 후에 낮잠을 잤습니다." 내가 말하는 소리가 들렸다. "데니 테일러 꿈을 꿨는데, 끔찍한 꿈이었습니다. 데니 테일러를 기억하고 있겠죠."

"불쌍한 녀석." 베이커 씨가 말했다.

"한때 우리는 형제보다 가까웠습니다. 저는 형제가 없으니까요. 우리는 아마 형제와도 같은 사이였을 겁니다. 물론 행동에 옮긴 적은 없지만, 데니를 지켜주어야 한다는 생각을 했었죠."

내가 대화 패턴을 깨버리자 메리는 짜증이 났다. 그래서 소심한 복수를 했다. "이선이 그 사람에게 돈을 줘요. 옳은 일이 아닌 것 같아요. 그 돈을 술 마시는 데 다 써버리니까요."

"이런!" 베이커 씨가 외쳤다.

"어쨌든 그 꿈은 아마 악몽이 아니었나 싶습니다. 나는 데니에게 준 게 거의 없거든요. 이따금씩 1달러를 줄 뿐입니다. 1달러 가지고 할 일이 술 마시는 것 말고 뭐가 또 있겠습니까? 만약 돈이 어지간히 있다면 좋아질지 몰라도 말이죠."

"그런 짓은 하면 안 돼요." 메리가 소리쳤다. "그러면 그 사람을 죽이는 거라고요. 그렇죠? 은행장님?"

"불쌍한 녀석." 베이커 씨가 말했다. "테일러 가문은 훌륭한 집안이었다네. 녀석이 그렇게 된 것을 보면 속이 상해. 하지만 메리 말이 맞아. 아마 죽을 때까지 술을 마실걸세."

"지금도 마찬가집니다. 하지만 저는 그 친구에게 무해합니다. 녀석에게 줄 돈이 웬만큼이라도 있어야 말이죠."

"원칙은 지켜야지." 베이커 씨가 말했다.

베이커 부인이 여자만의 잔인함을 보탰다. "어디 시설에라도 들어가서 보살핌을 받아야 해."

세 사람 모두 나 때문에 짜증이 났다. 나는 보스턴 차 사건만 이야기하고 멈췄어야 했다.

암암리에 만든 지뢰밭과 수중장애물을 빠져나가기 위해 온갖 촉각을 곤두세워야 하는 마당에, 장난이나 치면서 까막잡기 놀이나 당나귀 꼬리 붙이기 놀이를 하는 것을 보면 이상하긴 하다. 나는 베이커 가문과 홀리 가문이 이해가 갔다. 태양과 친숙하지 않은 시커먼 벽과 커튼, 음울한 고무나무. 초상화와 판화, 도자기와 고래 뼈 세공품에서 묻어나는 이전 시절들에 대한 추억이며, 현실과 영속성에 고정시켜놓은 직물과 목재. 의자는 유행과 안락함을 따라 바뀌지만 옷장과 탁자, 책꽂이와 책상은 굳건하게 과거에 연결되어 있다.

홀리라는 이름은 가족 이상이다. 그것은 집이다. 바로 그 까닭에 불쌍한 데니가 테일러 들판을 붙잡고 있는 것이다. 그 땅이 없다면 가족도 없다. 그리고 곧 이름마저 없어질 것이다. 그 자리에 앉아 있던 세 사람이 말투와 억양과 원하는 바에 따라 데니를 말소시켰다. 어떤 이들은 자신들이 존재한다는 사실을 스스로에게 확신시키기 위해 집과 역사가 필요한지 모른다. 고작해야 얇디얇은 관계가 있을 뿐인데도 말이다. 가게에서는 실패자에 불과한 점원이지만, 집에서는 홀리가 되는 나 역시 불안한 자리다. 베이커가 홀리에게는 도움의 손길을 내밀 수도 있으리라. 내 집이 없다면, 나 역시 말소되고 말았을 테지. 이것은 개인 대 개인의 문제가 아니라 집 대 집의 문제다. 실재하는 데니 테일러를 없애버리는 것에 나는 분개했지만, 그것을 멈추게 할 수는 없었다. 그런데 이 생각에 나는 명민해지면서 진정이 되었다. 베이커는 상상 속에나 있는 메리의 유산에 관여해보려고 홀리를 새로 단장시키기 위해 애쓸 것이다. 이제 나는 지뢰밭 가장자리에 있었다. 내 마음이 사심 없는 내 은인 앞에서 냉담해졌다. 마음이 굳어지면서 점점 신중하고 위험스러워지는 것을 느낄 수 있었다. 그러면서 마음의 지시에 따라 싸우고자 하는 기분이 들더니 통제되어 있던 야만성의 원칙이 떠올랐다. 제1원칙은 다음과 같다. '방어마저 공격으로 보이게 하라.'

내가 말했다. "베이커 은행장님. 배경까지 훑어볼 필요는 없겠네요. 제 부친께서 느릿느릿 홀리 가문의 재산을 남김없이 탕진한 과정을 저보다 더 잘 알고 계실 테니까요. 저는 전쟁터에 나가 있었죠. 어떻게 일어난 겁니까?"

"그 사람이 의도한 바는 아니었네. 다만 그의 판단이……"

"아버지가 명리를 개의치 않는 분인 건 압니다만, 그래도 어떻게 된 겁니까?"

"그러니까 말이야, 그때가 무모하게 투자를 하던 시절이었잖나. 그 사람도 무모하게 투자를 했네."

"조언을 받기는 했나요?"

"이미 쓸모없게 된 군수품에 투자했지 뭔가. 그래서 계약이 취소되자 다 잃고 말았지."

"어르신은 워싱턴에 있지 않았습니까. 그 계약에 대해 알고 있었나요?"

"전반적인 것만 알고 있었네."

"하지만 투자하지 않아야 한다는 정도는 알고 있었군요."

"그래. 투자하지 않았지."

"제 아버지에게 투자에 대한 조언을 했습니까?"

"난 워싱턴에 있었네."

"하지만 아버지가 홀리 가문 부동산을 저당 잡히고 돈을 빌렸다는 것을 아셨나요? 투자할 돈 말입니다."

"그래, 알고 있었네."

"그렇게 하지 말라고 조언했습니까?"

"난 워싱턴에 있었어."

"하지만 퍼스트내셔널 은행에서 유질처분을 했습니다."

"은행은 선택할 수 없어, 이선. 자네도 알잖나."

"네, 저도 압니다. 다만 은행장님이 아버지에게 조언을 하지 않은 게 안타까울 뿐입니다."

"은행장님을 비난해서는 안 돼요, 이선."

"이제 모든 사실을 알았으니까 됐어. 은행장님을 비난할 뜻은 없었어. 다만 무슨 일이 있었는지 내가 제대로 알고 싶어서 말이지."

베이커 씨가 말문을 열 준비를 미리 해뒀다고 나는 생각한다. 그 기회를 잃어버리자, 그는 암중모색을 해서라도 다음 수를 꼭 찾아야 했다. 그가 기침을 하더니 휴대용 화장지를 한 장 뽑아 코를 풀고는, 두 번째 휴지로 눈을 문질렀고, 세 번째 휴지를 뽑아서는 안경을 닦았다. 다들 시간을 버는 자신만의 방법이 있기 마련이다. 나는 파이프 담배에 담배를 채우고 불을 붙이는 데 오 분이나 걸리는 사람도 안다.

그가 다시 준비가 되자, 내가 말했다. "어르신에게 도움을 요청할 권리가 제게 없다는 거 알고 있습니다. 하지만 두 가문 사이의 오랜 협력관계를 꺼내신 건 은행장님이십니다."

"훌륭한 분들이지." 그가 말했다. "게다가 대부분 훌륭한 판단력에 신중한……"

"그래도 그렇게 맹목적이지는 않으셨습니다, 어르신. 일단 방향을 결정하고 나면 그대로 돌진한 분들이었다고 믿습니다."

"그러셨지."

"적을 침몰시키게 되더라도, 아니 배를 태우게 되더라도 말입니까?"

"물론 위임을 받은 일이었다네."

"제가 알기로 1801년에 말입니다. 적이 누구인지 그분들이 이의를 제기하셨습니다."

"전쟁이 끝나면 항상 일종의 재조정이 일어난다네."

"물론입니다. 하지만 과거사를 끄집어내서 이야기하고 싶지 않습니다. 솔직히 말씀드리자면, 베이커 어르신, 저는 재산을 원상복귀시키고 싶습니다."

"그래, 바로 그 정신일세, 이선. 한동안 난 자네가 유서 깊은 홀리 가문의 특성을 잃어버린 줄로 알았어."

"그랬습니다. 아니 어쩌면 그것을 계발하지 않았던 것 같습니다. 어르신이 도와주신다고 하셨잖습니까. 무엇부터 시작해야 될까요?"

"문제는 말이야, 자네에게는 시작할 자본이 필요하네."

"저도 압니다. 그런데 만약 제게 자본이 약간 있다고 한다면, 무엇부터 시작해야 합니까?"

"숙녀 분들에게는 지루한 이야기가 될걸세." 그가 말했다. "서재로 자리를 옮겨야겠군. 숙녀들에게는 사업 이야기가 지루하거든."

베이커 부인이 일어섰다. "메리에게 침실 벽지 고르는 걸 도와달라고 할 참이었어요. 견본이 위층에 있구나, 메리."

"저는 메리도 같이 들었으면……."

그러나 아내는 내 짐작대로 그들을 따랐다. "사업이라면 눈곱만큼도 모르잖아요." 그녀가 말했다. "그래도 벽지라면 잘 안답니다."

"하지만 당신도 관련된 일이야, 여보."

"혼란스럽기만 할 거예요, 이선. 당신도 알잖아요."

"당신이 없다면 내가 더 혼란스러워질지 몰라, 여보."

판에 박힌 벽지 핑계는 아마 베이커 씨가 제안했을 것이다. 나는 그의 아내가 벽지를 고른다는 걸 믿지 않는다. 우리가 앉아 있던 그 방의 칙칙하고 기하학적인 벽지를 고를 여자는 없을 테니 말이다.

"자." 여자들이 나가자 그가 말했다. "자네의 문제는 자본이네, 이선. 자네 집은 깨끗하군. 집을 저당 잡힐 수 있겠어."

"그렇게 하지는 않을 겁니다."

"뭐, 그 점은 존중할 수 있네만, 자네가 가진 유일한 담보일세. 거기다가 메리의 돈이 또 있지. 액수가 많지는 않지만, 약간의 돈으로 더 많은 돈을 얻을 수 있다네."

"아내 돈에는 손대고 싶지 않습니다. 그건 아내의 안전책입니다."

"돈이 공동예금 계좌에 있으니까 전혀 불지가 않잖나."

"제가 양심의 가책 따위는 버린다고 치면 말입니다. 무슨 말씀을 제게 해주고 싶으십니까?"

"메리 어머니 재산이 얼마인지 혹시 아는가?"

"아니요. 하지만 상당한 것 같습니다."

그가 아주 주의 깊게 안경을 닦았다. "내가 하는 말은 반드시 비밀에 붙여야 하네."

"물론입니다."

"다행히도 자네가 말 많은 사람이 아니란 거 내 알지. 홀리 가문 사람들은 다 그랬어, 아마 자네 아버지는 예외일 테지만. 자, 내가 사업가라서 아는데 말이야, 뉴베이타운이 발전하게 될 거야. 발전하는 데 필요한 건 다 있네. 항구며 해변, 육지의 물까지 말이지. 일단 발전이 시작되면 어떤 것으로도

막을 수 없다네. 훌륭한 사업가라면 자신의 고장이 발전하도록 돕는 게 의무지."

"그러면서 이윤도 얻고 말입니다."

"물론이네."

"왜 개발이 안 된 겁니까?"

"자네도 알고 있으리라 보네만. 바로 읍 의회 보수 골통들 때문이야. 그놈들은 과거 속에 살고 있어. 발전을 저지하고 있다니까."

이윤을 얻는 일이 어떻게 자선을 베푸는 일이 될 수 있는지 들어보면 언제나 흥미롭다. 미래를 내다보며 지역사회를 위한다는 겉옷을 벗어버리고 나니, 베이커 씨는 딱 그가 있어야 할 자리에 속한 사람이었다. 그를 비롯한 소수의 몇몇 사람들은 앞으로 필요한 시설을 사들이거나 장악하게 될 때까지만 현 관리들을 지지할 것이다. 그런 뒤에 의회를 뒤엎고 읍장을 내몬 다음 개발이 유행처럼 번지도록 만들 텐데, 그때가 되어서야 발전할 수 있는 주요 길목이 모두 그들 소유라는 사실이 밝혀질 것이다. 순수한 마음에서 그는 기꺼이 적은 몫이라도 내게 돌아올 수 있도록 날 끼워줄 것이다. 이 계획을 원래 내게 알릴 작정이었는지, 아니면 의욕이 넘치다 못해 과해서 그런 것인지는 모르겠지만, 대략적인 계획이 전달되었다. 읍 선거가 7월 7일에 열린다. 그때쯤이면 이 미래를 내다보는 무리가 개발을 장악하게 되겠지.

이 세상에 충고하는 것을 좋아하지 않는 사람은 없으리라.

내가 계속 주저하자, 스승은 더욱 맹렬해지면서 더 구체적인 사실을 알려줬다.

"생각 좀 해봐야겠습니다, 어르신." 내가 말했다. "어르신에게는 쉬워도 저에게는 수수께끼입니다. 게다가 메리하고도 의논해봐야 하고요."

"바로 그 점에서 자네는 틀린 거네." 그가 말했다. "오늘날에는 사업하는 데 왜 이렇게 치맛바람이 부는지 모르겠구먼."

"하지만 아내의 유산입니다."

"아내를 위한 최고의 일은 생각지도 못한 돈을 벌어다 주는 거네. 여자들은 그런 것을 더 좋아해."

"제 말을 배은망덕하다고 받아들이지는 마시길 바랍니다, 은행장님. 저는 생각이 느린 사람입니다. 곰곰이 생각 좀 해봐야겠습니다. 마룰로 씨가 이탈리아에 간다는 이야기 들으셨습니까?"

그의 눈이 날카로워졌다. "아예 간다던가?"

"아니요, 방문차 가는 거랍니다."

"흠, 혹시 그 사람에게 무슨 일이 생길지도 모르니 자네에 대한 보호책은 마련해줬으면 좋겠군. 그자가 젊지는 않잖나. 유언장은 작성했다던가?"

"모르겠습니다."

"만약 그자의 이탈리아 친척들이 떼거리로 몰려든다면 자넨 일자리를 잃게 될지도 모르네."

나는 애매모호한 말로 방어하며 물러섰다. "곰곰이 생각할 거리를 많이 주셨는데 말입니다. 그래도 어르신이 언제 착수할 계획이신지 조금이라도 귀띔해주셨으면 좋겠습니다."

"이거는 말해주지. 발전은 운송에 의지하는 바가 상당히 크다네."

"글쎄요, 고속도로가 밖으로 뻗어 있습니다만."

"그래도 먼 길을 와야 하지. 우리가 끌어들이고 싶은 돈을 가진 사람들은 비행기로 오길 원할걸세."

"하지만 우리는 공항이 없잖습니까?"

"그렇지."

"더군다나, 주위를 둘러싼 작은 산들을 밀어버리지 않고서는 공항을 지을 만한 땅도 없습니다."

"엄청난 공사비가 들지. 인건비도 어마어마할 테고."

"그렇다면 도대체 무슨 계획인 겁니까?"

"이선, 부디 나를 믿고 용서해주게. 지금은 말해줄 수 없네. 그러나 내 분명 약속하네만 자네가 자본금만 좀 모을 수 있다면 말일세, 자네가 처음부터 유리한 자리에 설 수 있도록 내 힘쓰겠네. 아주 확실한 장소가 있다는 건 알려줄 수 있어. 그런데 해결할 문제가 있어."

"이런, 제게는 과분한 말씀인 것 같습니다."

"오래된 집안끼리는 뭉쳐야 하는 법이야."

"마룰로 씨도 함께하는 겁니까?"

"말도 안 되네. 그자는 자기 패거리들과 독자적으로 하고 있어."

"그 사람들도 꽤 잘하고 있습니다. 그렇지 않습니까?"

"내가 생각하는 것보다는 성공적이지. 하지만 외국놈들이 슬금슬금 기어들어오는 건 보고 싶지 않아."

"그러면 7월 7일이 행동개시일입니까?"

"내가 그렇다고 말했던가?"

"아닙니다, 제가 그냥 상상해본 겁니다."

"암, 그랬을 테지."

그 말과 함께 메리가 벽지를 고르는 일에서 돌아왔다. 우리는 정중한 인사를 다 갖춘 뒤 집으로 천천히 걸어왔다.

"두 분이 더할 나위 없이 친절하시지 뭐예요. 은행장님이 뭐라고 하세요?"

"전에도 했던 똑같은 말이지 뭐. 시작을 하려면 당신 돈을 써야 한다는데, 나는 그렇게 하지 않을 거야."

"당신이 내 생각을 한다는 건 알아요, 여보. 하지만 그분의 충고를 받아들이지 않는다면 당신은 바보예요."

"충고가 마음에 들지 않아. 어르신이 틀렸다고 해봐. 당신 보호책이 없어지는 거야."

"분명 말하겠는데요, 이선, 만약 당신이 하지 않는다면, 내가 돈을 가지고 가서 그분에게 직접 드리고 말 거예요. 맹세할 수 있어요."

"생각 좀 하게 해줘. 당신이 사업에 얽히는 건 원하지 않아."

"생각할 필요도 없어요. 돈은 공동예금 계좌에 있어요. 당신 운세가 뭐라고 했는지도 알잖아요."

"아, 맙소사, 또 운세 타령이군."

"어쨌든, 난 믿어요."

"만약 내가 당신 돈을 잃게 되면, 당신은 나를 증오할걸."

"그런 일은 없어요. 당신은 내 행운인걸요! 마지가 그렇게 말했다고요."

"마지가 한 말은, 내 머릿속에, 대문짝만 하게, 죽을 때까지 박혀 있어."

"농담하지 마세요."

"농담하는 게 아닌데. 실패한 우리가 누리는 달콤함을 운세 따위로 망치지 말자고."

"돈 조금 번다고 망칠 게 뭐가 있는지 모르겠어요. 많은 돈도 아니고, 딱 충분할 만큼인데요." 나는 대답하지 않았다. "왜, 아니에요?"

내가 말했다. "왕의 따님이시여, 딱 충분한 돈이라는 것은 결코 없소이다. 기준은 딱 두 개뿐. 돈이 한 푼도 없거나 돈이 충분하지 않거나."

"세상에, 그건 맞지 않아요."

"그게 맞는 거야. 얼마 전에 죽은 텍사스 억만장자 기억나? 호텔에서 살면서 떠돌이 생활을 했어. 유언장도, 상속인도 남기지 않았는데 말이야, 그에게는 돈이 충분하지 않아서 그랬던 거야. 가지면 가질수록 충분하지 않게 된다고."

아내가 비꼬면서 말했다. "거실에 달 새 커튼과 우리 네 식구 모두 같은 날 목욕을 하면서 내가 설거지까지 할 수 있을 만큼 커다란 온수기를 원하는 게 당신은 죄라고 생각하나 봐요."

"죄를 고발하는 게 아니야, 이 답답아. 사실을 말하고 있는 거지, 자연법칙."

"당신은 사람의 본성은 털끝만큼도 존중하지 않죠."

"사람의 본성이 아니라, 메리, 자연법칙이지. 다람쥐는 필요한 것보다 열 배가 넘는 히코리 열매를 저장해. 땅다람쥐는 배가 터질 만큼 가득 차도 양 볼에다 먹이를 자루처럼 집어넣지. 게다가 영리한 꿀벌들은 자기들 먹으려고 얼마나 많은 꿀을 모으는지 알아?"

메리는 혼란스럽거나 당황하게 되면 문어가 먹물을 내뿜듯 화를 내뿜고는 시커먼 연기 뒤로 숨어버린다.

"당신은 넌더리가 나요." 그녀가 말했다. "좀 행복해지려고 해도 그렇게 놔두질 않아."

"여보, 그런 게 아니라니까. 내가 두려운 건 절망적인 불행, 돈이 가지고 오는 갑작스러운 공포와 보호, 그리고 질투라고."

아내도 분명 무의식적으로 두려웠던 게 틀림없다. 그녀가 내 아픈 곳을 골라 비수 같은 말로 날카롭게 비꼬며 공격했다. "콩 한 알도 없는 식료품 가게 점원이 부자가 되면 얼마나 불행할까 걱정하고 있다니. 당신은 원하기만 하면 언제든지 일확천금을 주울 것처럼 굴어요."

"그렇게 할 수 있어."

"어떻게요?"

"그게 걱정이야."

"방법도 모르면서. 그게 아니라면 전에 분명 해봤거나. 하지만 당신은 허풍만 떨 뿐이죠. 항상 허풍만 떨어."

일부러 감정을 상하게 하는 말에 나는 화가 치밀었다. 속에서 열이 오르는 게 느껴졌다. 지독스레 추한 말들이 독액처럼 솟아올랐다. 불쾌한 증오심도 느껴졌다.

메리가 말했다. "봐요! 저기 가요! 당신 봤어요?"

"어디? 뭐가?"

"저 나무 옆을 지나 우리 집 뜰로 들어갔어요."

"뭔데 그래, 메리? 말해봐! 뭘 봤어?"

어스름 속에서 나는 아내가 짓는 미소, 여성의 믿을 수 없을 만큼 아름다운 그 미소를 보았다. 그 미소를 지혜라 부르긴 하지만, 그것보다는 오히려 지혜를 불필요한 것으로 만들어버리는 이해심이다.

"아무것도 본 게 없잖아, 메리."

"다람쥐 한 마리를 봤는데 사라져버렸어요."

나는 아내 어깨에 팔을 두르고 방향을 틀었다. "한 바퀴 돌고 들어갑시다."

우리는 밤의 터널 속을 산책하면서 아무런 말도 하지 않았다. 아니 그럴 필요가 없었다.

8

 어렸을 때 나는 신나게 작은 동물들을 사냥해 죽였다. 토끼, 다람쥐, 작은 새, 나중에는 오리와 기러기까지 뼈와 피, 털과 깃털이 마구 뒤범벅이 된 채 산산조각이 났다. 증오나 원한, 죄책감도 없이 저지른 그 일에서 잔인한 독창성이 묻어났다. 그런데 전쟁이 파괴에 대한 내 욕망을 움츠리게 했다. 나는 단것에 물려버린 아이가 되버렸나보다. 총을 쏘는 소리는 더 이상 흉포한 행복의 함성이 아니었다.

 새봄이 찾아오자 토끼 두 마리가 펄쩍 펄쩍 뛰면서 우리 집 뜰을 매일같이 방문했다. 녀석들은 메리가 심어놓은 카네이션을 제일 좋아해서 뿌리가 드러나도록 먹어치웠다.

 "녀석들 좀 없애버려요." 메리가 말했다.

 나는 윤활유가 끈적거리는 12구경 엽총을 꺼내고 세월의 더께가 낀 5호 산탄 총알을 몇 개 찾았다. 오후 나절 뒷계단에 앉아 있다가 토끼 두 마리가 나란히 보이자 한 방에 명중시켰다. 그러고는 털북숭이 사체를 커다란 라일락 나무 아래에 묻었다. 속이 괴로웠다.

 생물을 죽이는 데 서툴러서 그런 것뿐이다. 남자는 어떤 것에든 익숙해질 수 있다. 학살이나 시체 묻기, 심지어 사형집행을 하는 것에도. 고문도 익숙해지면 그저 직업에 불과하다.

 아이들이 잠자리에 들자 내가 말했다. "잠깐 나갔다 올게."

 메리는 어디로 가는지 왜 가는지 묻지 않았다. 며칠 전처럼. "늦어요?"

"아니, 안 늦어."

"기다리지 않을게요. 졸려요." 아내가 말했다. 일단 나아갈 방향을 받아들이게 되자 아내는 더 앞서 나아가는 것 같았다. 나는 여전히 토끼 때문에 괴로웠다. 아마도 창조를 통해 균형을 되찾으려고 파괴를 저지른 사람에게는 당연한 일인가 보다. 하지만 그것이 나의 충동이었나?

나는 길을 더듬어 데니 테일러가 사는 악취 나는 오두막을 찾아갔다. 군용 간이침대 옆에 놓인 접시에서 촛불이 하나 타고 있었다.

데니는 꼴이 말이 아니었다. 창백한 얼굴에 배짝 말라 병들어 있었다. 피부는 백랍그릇같이 윤이 났다. 더러운 장소와 불결한 이불을 덮고 있는 더러운 사람에게서 풍기는 냄새를 메스꺼워하지 않기란 힘든 일이었다. 데니는 눈에 생기가 없었다. 나는 그가 정신착란에 빠져 실없는 소리를 지껄일 줄 알았다. 데니 테일러가 자신의 어조와 말투로 명료하게 이야기하자 충격이었다.

"여기는 뭐하러 왔어, 이쓰?"

"너를 도와주고 싶어."

"안 되는 거 알 텐데."

"넌 아파."

"내가 모를 것 같아? 누구보다 더 잘 알고 있어." 그는 간이침대 뒤를 손으로 더듬더니 3분의 1쯤 남은 올드 포레스터

위스키를 한 병 꺼냈다. "한잔해?"

"아니, 데니. 그건 비싼 위스키잖아."

"난 친구들이 있거든."

"누가 준 건데?"

"네가 알 바 아니야, 이쓰." 그는 한 모금을 힘들게 들이켰다. 그러자 안색이 돌아왔다. 그가 웃었다. "친구 하나가 사업 이야기를 하고 싶어 했지만 내가 녀석을 속였지. 녀석이 이야기를 꺼내기도 전에 내가 술에 취해 나가떨어졌거든. 그게 얼마나 쉬운지도 녀석은 몰랐어. 사업 이야기를 하고 싶나, 이쓰? 내 다시 잽싸게 나가떨어져주지."

"나에 대한 감정이 있기나 한 거야, 데니? 신뢰는? 어떤, 그러니까 감정이 있기나 해?"

"물론. 그러나 사업에 관한 일이라면 나는 술주정뱅이에 불과해. 술주정뱅이는 술에 가장 민감하고."

"내가 돈을 마련한다면 말이야. 치료를 받으러 가겠어?"

얼마나 재빨리 그가 정신을 차렸는지 무서울 지경이었다. "그렇게 하겠노라 말하겠지, 이쓰. 하지만 넌 주정뱅이들을 몰라. 난 그 돈으로 전부 술을 마셔버릴 거야."

"그러면, 병원이나 어디 다른 곳에 그 돈을 냈다고 쳐."

"내 분명히 말하지만 말이야. 최고 시설에 간다 해도 며칠 안에 나와버릴걸. 술주정뱅이를 믿어서는 안 돼, 이쓰. 너는 그걸 이해할 수 없겠지만. 내가 무슨 짓을 하거나 무슨 말을 한다 해도, 나는 기어나올 거야."

"벗어나고 싶지 않은 거야? 데니?"

"아마. 넌 내가 뭘 원하는지 알 것 같은데." 그가 다시 병을 들어올리자, 나는 다시 뒤이어 일어난 반응에 깜짝 놀랐다. 그는 내가 예전에 알았던 그 데니로 돌아갔을 뿐만 아니라 날카롭고 아주 명확한 감각과 지각으로 내 생각을 읽어냈다. "믿어서는 안 돼." 그가 말했다. "잠시만 이런 것뿐이니까. 알코올은 기운이 솟게 했다가 곧 가라앉게 만들지. 그 모습을 볼 때까지 이곳에 머물지는 마. 지금 당장은 그런 일이 일어날 것 같지 않아 보이지. 기분이 좋을 때는 나도 믿지 않아." 그러더니 촛불에 촉촉하게 빛나던 그의 두 눈이 나를 들여다보았다. "이선." 그가 말했다. "나를 고치기 위해 돈을 내주겠다 이거지. 넌 그럴 만한 돈이 없어, 이선."

"마련할 수 있어. 메리가 자기 오빠에게 물려받은 게 좀 있으니까."

"그래서 그 돈을 내게 주겠다고?"

"그래."

"술주정뱅이를 절대로 믿지 말라고 내가 말해줘도? 네 돈을 받아먹고는 네 마음을 무너지게 만들어버릴 거라고 장담해도?"

"지금이야말로 내 마음을 무너뜨리는 거야, 데니. 네 꿈을 꿨어. 우리는 옛날에 놀던 곳에 있었지. 기억나?"

그는 병을 들어올렸다가 내려놓으면서 말했다. "아니, 아직은 아니야, 아직은 아니라고. 이쓰. 절대, 절대로 술주정뱅이는 믿지 마. 그놈이, 그러니까 내가 끔찍하게, 죽은 듯 너부러져 있어도, 여전히 교활하고 비밀스러운 마음이 돌아가고 있으니까. 결코 정다운 마음이 아니라고. 지금, 바로 이 순간은, 내가 네 친구였던 사람이지만. 술에 취해 정신을 잃었다는 건 거짓말이야. 아, 정신을 잃긴 했지만, 술병에 대해서는 알고 있잖아."

"잠깐." 내가 말했다. "더 술을 마시기 전에 말이야. 안 그러면, 그러니까, 네가 나를 의심하게 될지도 몰라서 그러는데. 베이커 씨가 술병을 가지고 왔지, 안 그래?"

"맞아."

"네가 서명을 해주길 원했을 테고."

"그래, 하지만 내가 정신을 잃었다고." 그가 킬킬거리더니 다시 병을 들어올려 입술에 가져다댔다. 촛불 빛에 가장 작은 거품까지 다 보였다. 그가 한 모금밖에 안 마신 거다.

"그 이야기도 하고 싶었는데, 데니. 그 사람이 원하는 게 거기야?"

"어."

"뭣 때문에 그곳을 팔지 않은 거지?"

"네게 말한 줄 알았는데. 그 땅은 나를 신사로 만들어줘. 신사다운 행동만 빠진 신사."

"팔지 마, 데니. 쥐고 있어."

"그 땅에 네가 웬 관심? 왜 팔면 안 돼?"

"네 자존심을 위해서야."

불만의 겨울 341

"남아 있는 자존심 따위는 없어. 신분만 남았지."

"아니, 있어. 내게 돈을 달라고 하면서 너는 부끄러워했어. 그게 바로 자존심이지."

"아니, 말했잖아. 그건 속임수였어. 내 분명히 말하지만, 주정뱅이들은 교활해. 내 모습에 너는 난처해했지. 그리고 내가 부끄러워한다고 생각해서 너는 내게 1달러를 준 거야. 난 부끄럽지 않았어. 단지 술을 원했던 것뿐이라고."

"그 땅은 팔지 마, 데니. 값비싼 땅이니까. 베이커는 그걸 알아. 가치가 없으면 아무것도 사지 않는 사람이니까."

"무슨 값어치가 있는 건데?"

"근처에서 유일하게 공항이 들어설 수 있는 평평한 땅이야."

"그렇군."

"네가 버티기만 하면, 완전히 새롭게 시작할 수 있어, 데니. 손에 쥐고 있어. 네가 치료를 받고 나오게 되면 한밑천 잡게 될 거니까."

"하지만 마련할 방법이 없어. 그냥 땅을 팔아 다 술 마시는 데 써버릴까 해. '가지가 부서지면 요람이 떨어지고, 그러면 아기도 떨어지고, 요람도 모두.'" 그가 날카로운 소리로 노래를 부르면서 웃었다. "너도 그 땅을 원하는 거지? 이쓰? 그래서 여기에 온 거고?"

"나는 네가 건강하길 바라는 거야."

"나는 건강해."

"설명 좀 들어봐, 데니. 네가 그저 부랑자라면, 너는 뭐든

네가 하고 싶은 대로 해도 돼. 하지만 앞을 내다보는 어떤 무리가 원하고 필요로 하는 것을 네가 가지고 있다고."

"테일러 들판이지. 그리고 나는 그 땅을 쥐고 있을 거고. 그러면 나도 앞을 내다보는 거군." 그가 술병에다 애정 어린 시선을 던졌다.

"데니, 아까 말했잖아. 그곳은 공항을 지을 수 있는 유일한 땅이야. 해결의 열쇠가 되는 땅이라고. 그 사람들은 그 땅을 손에 넣어야만 해. 그 땅이 없으면 산을 깎아야 하는데 그럴 여력이 없으니까."

"그렇다면 그 사람들의 숨통을 쥐고 비틀어버려야겠다."

"잊어버린 게 있어, 데니. 재산이 있는 사람은 귀중한 선박이나 마찬가지야. 네가 필요로 하는 치료를 받을 수 있도록 시설에다 너를 집어넣는 것이 가장 친절한 일이라고 말하는 것을 난 벌써 들었어."

"감히 그렇게는 못할걸."

"아, 당연히 할 사람들이야. 그 일을 고결하다고 여기면서 말이지. 너도 절차를 알 텐데. 판사가 말이야, 너도 그 사람 알 거야, 재산을 다루기에 네가 무능력하다고 판결을 내리겠지. 판사가 보호인을 한 사람 지명할 텐데, 누가 될지 난 짐작이 간다. 그리고 이 모든 것에 비용이 들 테니, 그 비용을 갚기 위해 당연히 네 땅을 팔아야 할 테고, 누가 그 땅을 살지도 역시 짐작이 가."

반짝이는 눈에 입을 반쯤 벌린 채 데니가 귀를 기울였다.

이제 그는 눈길을 돌렸다.

"나를 겁주려는 거구나, 이쓰. 시간 잘못 골랐어. 내 몸이 차갑게 식고 세상이 온통 녹색으로 토한 것 같은 아침에 나를 잡으러 와. 지금은 말이지, 술병이 곁에 있어서 내 힘이 열 배나 세다고." 그가 술병을 칼처럼 휘둘렀고 가늘게 뜬 두 눈이 촛불 속에서 번득였다. "이쓰, 내가 말했나? 그런 거 같은데, 술주정뱅이는 특별한 종류의 사악한 지능을 가지고 있다고."

"하지만 난 무슨 일이 일어날지 네게 이야기한 것뿐이야."

"네 말에 동의는 해. 옳은 말이야. 요점을 잘 짚었어. 하지만 나를 겁주기보다는 내 속에 있는 작은 도깨비를 눈뜨게 했어. 주정뱅이를 구제불능이라 여기는 놈들은 미친 거야. 주정뱅이는 특별한 능력을 가진 아주 특별한 사람이거든. 난 반격할 수 있어. 지금 당장 그렇게 하고 싶은데."

"좋았어! 바로 그게 내가 듣고 싶던 말이야."

그가 라이플 총 끝에 달린 가늠쇠로 보듯 위스키 병의 목 너머로 나를 보았다. "메리 돈을 내게 빌려주겠다는 건가?"

"그래."

"담보도 없이?"

"물론."

"그 돈을 돌려받을 가능성이 1,000분의 1도 안 된다는 걸 알아도?"

"그래."

"술주정뱅이에게는 아주 추한 게 하나 있는데, 이쓰. 널 믿지 못하겠어." 그가 자신의 마른 입술을 핥았다. "이 두 손에 그 돈을 쥐어줄 건가?"

"말만 해."

"그렇게 하지 말라고 말했는데."

"그래도 할 거야."

이제 그가 병을 거꾸로 뒤집자 커다란 거품이 유리병 속에서 일어났다. 술을 마시고 나니 그의 눈이 더 번득거렸지만 뱀의 눈처럼 차갑고 냉담했다.

"이번 주에 돈을 마련할 수 있나? 이쓰?"

"그래."

"수요일?"

"물론."

"지금 2달러 있나?"

딱 그만큼 있었다. 1달러짜리 지폐 한 장, 50센트, 25센트, 10센트 두 개와 5센트 하나, 그리고 3페니. 쑥 내민 그의 손에다 전부 쏟아부었다.

그가 술병을 끝까지 비우더니 바닥에다 떨어트렸다. "아무튼 네놈이 똑똑하다고 생각한 적이 난 한 번도 없다, 이쓰. 기본 치료비용으로만 약 1,000달러가 든다는 걸 알기나 하는 거야?"

"당연하지."

"이거 재밌는데, 이쓰. 이건 체스가 아니라 포커야. 내가

불만의 겨울

예전에는 포커를 꽤 잘했는데 말이야, 너무 잘했었지. 너는 내가 땅을 담보로 건다는 데 내기를 걸었어. 그리고 술 1,000달러어치를 마시면 내가 죽을 거라는 것에도. 그러고 나면 공항이 네게 떨어지겠지."

"그건 비열한 짓이야, 데니."

"내가 비열하다고 경고했을 텐데."

"내 말을 믿어줄 수는 없는 거야?"

"어. 하지만 네 말 그대로 기억해두지. 넌 내 예전 모습을 기억하고 있어, 이쓰. 나는 너를 기억 못할 줄 알아? 넌 마음속에 재판관이 들어앉아 있는 녀석이었어. 좋아. 목이 마르군. 병은 비었고. 난 나갈 거야. 나는 1,000달러짜리라고."

"알았어."

"수요일, 현금으로."

"가지고 오마."

"각서나, 서명이나, 그 어떤 것도 없어. 그리고 이선, 내 예전 모습을 기억하고 있다고 착각하지 마. 여기 있는 이 친구는 죄다 변했으니까. 나는 충성심도 공평함도 없어. 네가 얻는 건 떠들썩한 웃음뿐이야."

"노력이라도 해달라고 부탁하는 거야."

"좋아, 내 약속하지, 이쓰. 하지만 술주정뱅이 약속이 무슨 가치가 있는지 너를 설득할 수 있다면 좋을 텐데. 현금이나 가져와. 원하는 대로 있다가 가. 내 집은 네 집이니까. 나는 나간다. 수요일에 봐, 이쓰." 그는 이불을 뒤로 내팽개치고는 낡은 군용 간이침대에서 천천히 몸을 일으키더니 비틀거리는 걸음으로 나갔다. 바지 지퍼도 올리지 않은 채로.

나는 한동안 앉아 있었다. 접시에 낀 기름 위로 촛농이 흘러내리는 걸 보면서. 한 가지만 빼면 그가 말한 것은 모두 사실이었다. 나는 바로 그것에다 내기를 걸었다. 데니가 그렇게 많이 변한 건 아니다. 그 잔해 어딘가에 데니 테일러가 여전히 있었다. 나는 데니가 자신을 절단낼 수 있다고는 믿지 않았다. 나는 데니를 사랑하기에 그가 말한 그대로 할 준비가 되었다. 진심이다. 멀리서 그가 맑고 높은 가성으로 노래하는 소리가 들렸다.

"더 빠르게, 어여쁜 배야, 날개 편 새처럼. '앞으로' 선원들이 외치네! 왕으로 태어난 청년을 싣고 바다 너머 스카이 섬으로."

잠시 쓸쓸히 있던 나는 촛불을 끄고 중심가를 지나 집으로 걸어갔다. 경찰차에 탄 윌리가 아직 깨어 있었다.

"요즘 자주 돌아다니는 것 같아, 이쓰." 그가 말했다.

"왜 그런 건지 알잖아요."

"그럼. 봄이잖나. 젊은 남자의 계절."

메리는 입가에 미소를 띤 채 잠들어 있었지만, 내가 슬그머니 옆자리에 눕자 반쯤 깨어났다. 속이 여전히 괴로웠다. 냉혹하리만치 고통스러운 괴로움. 메리가 옆으로 눕더니 풀냄새가 나는 자신의 따뜻한 몸으로 나를 끌어당겼다. 나는 그녀가 필요했다. 괴로움이 누그러지게 될 건 알았으나, 지금 당장은 그녀가 필요했다. 아내가 정말 깨어났던 건지는 모르겠지만 잠을 자면서도 그녀는 내 필요를 알았다.

이윽고 아내가 눈을 뜨면서 말했다. "배고플 거 같아요."

"그래, 헬렌."

"뭐가 먹고 싶어요?"

"양파 샌드위치. 호밀 빵으로 만든 양파 샌드위치 두 개."

"당신 따라서 나도 먹어야 되겠네요."

"당신은 먹고 싶지 않아?"

"물론 먹고 싶죠."

그녀는 계단을 가만히 내려갔다가 잠시 후에 샌드위치와 우유 한 통, 그리고 유리잔 두 개를 가지고 돌아왔다.

양파가 꽤 매웠다. "메리, 마누라." 내가 입을 열었다.

"삼키고 나서 말해요."

"사업에 대해서 아무것도 알고 싶지 않다는 뜻이야?"

"어머, 알고 싶어요."

"그럼, 실마리가 하나 풀렸어. 1,000달러가 필요해."

"베이커 씨가 당신에게 말한 거예요?"

"어느 정도는. 하지만 개인적이기도 하고."

"그러면, 수표를 써요."

"안 돼, 여보. 당신이 현금으로 인출했으면 해. 그리고 은행에다는 새 가구나 카펫 뭐 그런 걸 산다고 말하고."

"하지만 아니잖아요."

"그렇게 될 거야."

"비밀인 거예요?"

"그런 방법을 원한 사람은 당신이라고."

"네, 그야, 그래요. 좋아요. 그쪽이 더 나아요. 양파가 정말 맵네요. 베이커 씨가 승인을 해줄까요?"

"해준다면 해줄 거고."

"언제 필요해요?"

"내일."

"이 양파는 못 먹겠어요. 그런데 벌써 냄새가 심하게 나는 것 같네요."

"당신은 내 사랑이야."

"마룰로 생각이 안 떠나요."

"무슨 소리야?"

"우리 집에 온 것도. 사탕을 가지고 온 것도."

"하느님은 신비로운 방법으로 일하시잖아."

"죄 받을 소리 하지 말아요. 부활절 아직 안 끝났어요."

"끝났고 말고. 새벽 1시 15분인데."

"세상에나! 얼른 자야겠어요."

"아! 그것이 문제로다. 셰익스피어가 쓴 대사지."

"당신은 뭐든 농담거리로 만들어."

그렇지만 농담이 아니었다. 아프면서도 그런 줄 몰랐던 괴로움이 여전히 이어졌기에, 때때로 나는 이렇게 자문해야 했다. 내가 왜 아파하는 거지? 남자들이 무엇에나 익숙해질 수 있긴 해도, 그러는 데 시간이 걸린다. 예전에 다이너마이트

불만의 겨울 349

공장에서 니트로글리세린을 운반하는 일을 했었다. 일이 까다로워서 급여가 높았다. 처음에는 한발 한발 내딛을 때마다 걱정이 됐지만 일주일 정도 지나자 단지 일에 불과했다. 뭐, 식료품점 점원 일에도 익숙해지지 않았는가. 익숙하지 못한 것에 비하면 익숙한 것은 무엇이든 호감이 간다.

어둠 속에서 붉은 점이 눈앞에 어른거리는 동안, 나는 사람들이 양심의 문제라고 부르던 것에 관해 질문을 던져보았는데, 아무런 상처도 찾지 못했다. 막상 길을 정하고 나니, 내가 방향을 바꿀 수 있을지도, 심지어 나침반을 90도로 틀어버릴 수 있을지도 모른다는 생각도 들었지만, 할 수 있다 한들 그렇게 하고 싶지는 않았다.

나는 새로운 차원에 접어들었고 그래서 얼이 빠졌다. 그것은 마치 사용하지 않은 근육을 찾아냈다거나 날고 싶은 아이의 꿈이 이루어진 것과 같았다. 나는 종종 사건, 장면, 대화를 재생해서 처음에 놓쳐버렸던 상세한 내용을 포착할 수 있다.

메리는 마룰로가 달걀 모양 사탕을 가지고 우리 집에 온 것을 이상하게 생각했는데, 나는 메리가 느낀 감정을 신뢰한다. 내가 그 양반을 속인 적이 없던 터라 사탕이 감사의 선물인 줄로만 알았다. 그렇지만 메리의 질문 덕분에 알고는 있었지만 지나쳐버린 무엇인가를 다시 살펴보게 되었다. 마룰로는 지나간 것을 보답하지 않았다. 앞으로 다가올 일에 뇌물을 주는 사람이었다. 내가 그에게 쓸모가 있다는 것만 빼면 그 사람은 내게 아무런 관심이 없었다. 나는 사업에 대해 그가 가르쳐준 내용과 시칠리아에 대해 주고받은 이야기를 다시 떠올려보았다. 어디쯤에선가 그는 스스로에 대한 확신을 잃어버렸다. 무언가 내게 원하는 것이 있거나 필요한 것이 있었다. 알아낼 방법이 있다. 평상시라면 거절할 만한 것을 내가 부탁했는데 그가 들어준다면 그건 그자가 균형을 잃고 깊이 동요하고 있다는 뜻이리라. 나는 마룰로를 제쳐놓고 마지를 생각해보았다. 마지. 그 이름만으로 그녀 나이를 어림해볼 수 있다. "마지, 나는 항상 그대 꿈을 꾼다오, 마지. 이 세상이라도 드리리다……."

나는 천장에 어른거리는 붉은 점들 위로, 다른 것은 전혀 보태지 않기 위해 애쓰면서 마지가 나오는 장면들을 재생해보았다. 오랫동안, 아마 이 년 정도, 영 헌트라는 부인이 아내와 친구로 지냈다. 두 사람이 나누는 대화를 제대로 들은 적은 없었다. 그러다가 갑자기 마지 영 헌트가 나타나더니 마지가 되었다. 틀림없이 성 금요일 전에도 가게에 왔을 테지만, 기억이 나지 않는다. 바로 그날은 마치 그녀가 자기 자신을 공표한 날이었다. 그 여자도 이전에는 내가 그녀를 보는 방식으로 나를 봤겠지. 그런데 그날 이후로 그녀가 존재했다……. 주동자이자 선동자로. 그녀는 무엇을 원했었나? 할 일이 없는 여자가 저지르는 단순한 장난일까? 아니면 계획에 따라 움직였던 건가? 틀림없이 그 여자가 내게 자신을 공표한 것 같다. 내가 그녀를 의식하고 계속 생각하게 만들어버렸다. 두 번째 카드 점을 칠 때도 그녀는 평소처럼 세련되고 숙련되게 할 요량으로, 성실하게 점을 치기 시작했을 것이다. 그런데 무슨 일이 벌어졌다. 점괘를 갈가리 찢어버리는 일이. 메리가 불안을 야기하는 말을 했던 것도 아니고, 나도 마찬가지였다. 그 여자가 정말 뱀의 환상을 본 것일까? 그렇다면 가장 단순하게 설명이 될 뿐더러 아마 참일지도 모른다. 어쩌면 정말로 직관력이 있어서 다른 사람의 마음속을 마음대로 드나들었을지도 모른다. 내가 변화하고 있다는 사실을 그 여자가 중간에 알아챘으니 그렇게 믿고 싶기도 했지만, 그저 우연일 수도 있었다. 그렇지만 갈 생각도 없던 몬토크로 급히 올라가 순회 판매원을 만나고, 마룰로에게 비밀을 털어놓은 까닭은 뭐였을까? 어쨌든 그녀가 털어놓을 생각이 없던 비밀을 털어놓았다고는 믿지 않는다. 다락 책꽂이 어딘가에 누군가의 전기가 있는데, 베링이었나? 아니, 바라노프, 알렉산드르 바라노프다. 1800년 언저리쯤에 살았던 러시아 총독. 아마 알래스카를 마녀 감옥으로 썼다고 언급했을지도 모르겠다. 지어내기에는 너무 믿기 어려운 이야기라 말이다. 꼭 찾아봐야 한다. 메리를 깨우지 않고 지금 슬그머니 올라가볼까 하고 마음이 동했다.

바로 그때 낡은 오크 계단 발판이 삐걱거리는 소리가 들리더니, 두 번째 세 번째 소리로 이어졌다. 기온 변화로 집이 가라앉으면서 나는 소리가 아니라는 것을 깨달았다. 틀림없이 엘런이 잠결에 걷는 소리였다.

물론 딸을 사랑하지만, 그 애가 질투가 많으면서 동시에 그걸 숨기고 다정하게 굴 만큼 영리하게 태어난 것 같아 나는 이따금 딸이 무섭다. 딸아이는 항상 제 오빠를 질투하는데, 때로는 나도 질투한다는 느낌이 든다. 성에 대한 딸아이의 집착은 아주 어린 나이에 시작된 것 같다. 아마 아버지들은 언제나 느낄 것이다. 딸아이가 아주 어렸을 때, 남자 성기에 대해 아무 거리낌 없이 관심을 보여 당황스러웠다. 그러다가 딸아이는 비밀스러운 변화에 접어들었다. 이제는 잡지에 나오는 천사처럼 순수한 소녀다움은 없었다. 집은 부글부글 끓고, 벽은 불안함 속에서 흔들거렸다. 중세에는 사춘기 소녀들이 마법에 빠져들기 쉽다고 여겼다는 글을 읽은 적이 있는데 그렇지 않다고는 나도 확신할 수 없다. 한동안 우리집에는 농담으로 폴터가이스트라 불렀던 것이 있었다. 걸려 있던 그림이 떨어지고, 접시가 바닥에 떨어져 산산조각이 났다. 다락에서 쿵쿵거리는 소리가 났고 지하실에서 쾅쾅 치는 소리가 들렸다. 지금도 그 원인은 모르지만, 엘런이 남몰래 오가는 걸 주목해서 볼 만큼 나는 딸아이를 유심히 지켜보았다. 딸아이는 밤 고양이 같았다. 그 애가 떨어지고 깨지고 쿵쾅거리는 일에 책임이 없다는 것을 알고 나는 안심했다. 하지만 그 애가 집에 없으면 그런 일도 일어나지 않았다. 폴터가이스트가 들어왔을 때 딸아이가 그저 멍하니 허공을 쳐다보고 앉아 있을지도 모를 일이나, 하여튼 언제나 그곳에는 딸아이가 있었다.

청교도 해적 조상의 유령이 오래된 홀리 저택에 출몰했었다는 이야기를 어릴 적에 들었던 기억이 나는데, 전해지는 이야기에 따르면, 집안을 배회하면서 신음소리를 내던 점잖은 유령이었다고 한다. 보이지 않는 그의 무게에 계단이 삐걱거리고 죽음이 임박할 때 그가 벽을 두드리는 소리가 나긴 했어도, 모두 고상하고 적절한 행동이었다. 그런데 폴터가이스트는 아주 달랐다. 심술궂고 악의를 품은 데다 장난이 심하고 복수에 불탔다. 하찮은 것은 절대 깨트리지 않았다. 그러고는 사라져버렸다. 난 한 번도 폴터가이스트가 존재한다고 믿었던 적이 없었다. 그저 가족끼리 하는 농담이었지만, 그래도 그것은 존재했고 액자가 깨지고 도자기들이 산산조각 났다.

그것이 떠나자, 엘런이 지금처럼 잠결에 돌아다니기 시작했다. 천천히 그러나 분명한 발걸음으로 계단을 내려가는 소리가 들렸다. 동시에 곁에 있던 메리가 깊은 한숨을 내쉬며 나지막이 중얼거렸다. 산들바람이 일면서 천장에 드리워진 싹이 튼 나뭇가지 그림자를 흔들었다.

나는 침대에서 조용히 미끄러져 나와 잠옷 가운을 살며시 걸쳤다. 사람들이 다들 믿는 대로 몽유병 환자를 깜짝 놀라게 해 깨워서는 안 된다고 나도 믿었으니까.

내가 딸을 좋아하지 않았다는 말로 들렸을지는 몰라도, 나는 딸을 좋아한다. 그 애를 사랑한다. 다만 그 애를 이해할 수 없어서 딸아이가 좀 두렵다.

벽 쪽 가장자리로 계단을 밟으면 삐걱거리는 소리가 나지 않는다. 내가 여자애들 꽁무니를 쫓아다니다가 읍내 뒤쪽 울타리를 넘어 집으로 돌아오던 소년 시절에 발견한 것이다. 아직도 메리를 방해하지 않고 싶을 때면 그 방법을 이용한다. 지금도 그렇게 해서 손가락으로 벽을 짚어가며 계단 아래로 조용히 내려갔다. 가로등이 서 있는 쪽에서 어슴푸레한 빛이 레이스를 드리우듯 새어 들어와서는 창문에서 멀어질수록 어둑어둑한 어둠 속으로 흩어져버렸다. 그러나 나는 엘런을 볼 수 있었다. 아마도 흰색 잠옷 탓인지 딸아이가 빛나는 것 같았다. 얼굴은 그림자가 졌지만 팔과 손이 빛을 받았다. 딸아이는 유리 장식장 앞에 서 있었다. 거기에는 보잘것없는 가보가 보관되어 있다. 고래 뼈에 새겨진 수공예 조각품, 향유고래 조각, 그리고 노와 작살, 선원, 뱃머리에 있는 작살잡이까지 모두 갖춘 배가 있었다. 그것들은 고래 뼈로 보이는 이빨과 바다코끼리의 구부러진 송곳니에 새겨진 것이었다. 그리고, 말아놓은 돛과 밧줄은 거무스름해져 먼지가 꼈지만 니스칠을 해서 반짝거리는 조그만 벨 아데어 호 모형이 안에 들어 있다. 옛날 선장님들이 중국 바다까지 가서 향유고래를 잡고 난 뒤 동양에서 가지고 온 중국산 골동품들도 있었다. 흑단과 상아 잡동사니, 웃고 있거나 엄숙한 모습의 신들, 평온한 모습의 지저분한 불상, 장미 석영과 동석과 옥, 그래, 꽤 좋은 옥에 새긴 꽃들과 아름다운 반투명의 얇은 컵들. 그 가운데 일부, 그러니까 작고 못생겼지만 살아 있는 것 같은 저 말들은 아마 값이 나갈지도 모른다. 하지만 그렇다고 한들 우연에 지나지 않을 것이다. 아니, 우연임에 틀림없다. 어떻게 고래잡이 선원들이 좋은 것과 나쁜 것을 알아내겠는가? 알 수 있나? 정말 알았던 걸까?

내게 장식장은 언제나 파렌티*에 관한 거룩한 장소였다. 조상들의 데스마스크와 원래는 달에서 떨어진 돌이었던 라레스**와 페나테스.*** 심지어 교수형으로 죽은 남자가 사정한 정액에서 자라난 완벽한 작은 사람 모습의 맨드레이크 뿌리와 진짜 인어도 장식장에 들어 있었다. 이제는 꽤 초라해지긴 했지만 사람 상반신과 물고기 하반신을 합쳐 꿰매 교묘하게 만든 것이다. 세월이 흘러감에 따라 오그라들어 바늘땀이 드러나긴 해도, 잔인하게 미소 짓고 있는 인어 입가로 여전히 작은 이빨이 보였다.

내 생각에 모든 가정마다 세대에서 세대를 이어 내려오면서 흥분과 위로, 영감을 주는 신비한 힘을 지닌 물건이 있는 것 같다. 우리 집에 있는 물건은, 어떻게 이야기하면 좋을까, 아마도 석영이나 경옥 또는 동석같이 반투명한 돌로 만든 일종의 보석구슬이다. 원형 모양에, 지름 10센티미터, 가장 둥글게 많이 튀어나온 곳은 높이가 3.8센티미터이다. 그리고 표면에는 끝없이 뒤섞여 있는 모양이 새겨져 있어서 움직이는 듯 보이나 어디에도 닿지 않았다. 살아 있지만 머리와 꼬

* '친족'이라는 뜻이다.
** 가정, 가족, 노상을 지키는 로마의 수호신이다.
*** 로마 가정의 수호신이다.

리도 없고 시작과 끝도 없었다. 이 반질반질한 돌은 만져도 미끈거리지 않고 살을 만진 듯 살짝 진득거리는데, 만지면 항상 따뜻했다. 들여다볼 수는 있어도 속까지 꿰뚫어볼 수는 없다. 아마 내 조상들 중 어느 뱃사람이 중국에서 가지고 온 것 같다. 돌은 신비로웠다. 보기에도 좋고, 만지거나, 뺨에 대고 비벼도, 또는 손가락으로 쓰다듬어도 좋았다. 이 이상하고 신비로운 구슬은 유리 장식장 안에서 살았다. 내가 꼬마였을 적부터 소년을 지나 어른이 되도록 이 구슬을 손으로 만질 수는 있었어도 결코 가지고 다닐 수는 없었다. 그리고 구슬의 색깔과 얽혀 있는 모양과 질감이 내 필요에 따라 변했다. 한때는 구슬을 유방이라 생각했고, 소년 시절에는 흥분 속에서 가슴 아파했던 여음상*도 되었다. 아마도 나중에는 뇌 또는 심지어 시작도 끝도 없이 움직이는 수수께끼 같은 것으로 진화했다. 구슬 자체가 불가해한 문제여서, 그것을 파괴하는 답이나 제한시킬 수 있는 끝도 시작도 필요하지 않았다.

유리 장식장에는 식민지 시대부터 내려오는 황동 자물쇠가 달려 있었고 머리 부분이 정사각형인 황동 열쇠가 항상 그 자물쇠에 꽂혀 있었다.

잠들어 있는 딸이 그 신비한 보석구슬을 손에 들고 손가락으로 쓰다듬으면서 마치 구슬이 살아 있기라도 하는 듯 어루만졌다. 딸아이는 덜 성숙한 자신의 가슴에다 구슬을 눌렀다

---

* 여성 생식기를 의미하는 힌두교 상징이다.

가, 귀밑 뺨에 대보고는 새끼 강아지처럼 코로 문지르더니 기쁨과 갈망의 신음소리 같은 노래를 낮게 흥얼거렸다. 딸아이 속에 파괴가 깃들어 있었다. 처음에는 그 애가 구슬을 산산조각 내거나 숨기려고 할까 봐 겁이 났었지만, 이제 보니 딸이 두 손에 쥐고 있는 것은 어머니, 연인, 아이였다.

나는 딸아이를 놀라게 하지 않고 깨울 방법을 고민했다. 그런데 왜 몽유병자들을 깨워야 하는 거지? 스스로를 해칠까 염려가 되어서 그런 건가? 깨어날 때 말고, 이렇게 잠들어 있는 상태로 다쳤다는 이야기는 한 번도 들어본 적이 없다. 그렇다면 내가 왜 훼방을 놓아야 하나? 고통이나 두려움으로 가득 찬 악몽이 아니라 깨어 있을 때는 이해 불가능한 기쁨과 교제인데 말이다. 내게 무슨 사명이 있어서 그것을 망친단 말인가? 나는 조용히 뒤로 물러서서 내 커다란 의자에 앉아서 기다렸다.

어슴푸레한 방 안이 각다귀 떼처럼 소용돌이치며 움직이는 환한 빛 입자들로 들끓는 것 같았다. 아마 실제로 그곳에 존재하는 것이 아니라 내 눈 속에서 헤엄치고 있는 피곤함의 가시일 뿐이라고 생각하지만, 그래도 정말 있는 것 같았다. 그런데 엘런에게서는 정말 빛이 나오는 것 같아 보였다. 딸아이가 입고 있는 흰색 잠옷에서뿐만 아니라 아이의 피부에서도 말이다. 나는 딸의 얼굴을 볼 수 있었는데 사실 컴컴한 방에서는 가능한 일이 아니었다. 내게는 어린 소녀의 얼굴로도, 늙은 여인의 얼굴로도 보이지 않았다. 그 얼굴은 성숙하고 완전한 모양을 갖추고 있었다. 딸은 입술을 굳게 다물고 있었다. 평상시와 다르게.

잠시 후 엘런은 그 신비한 물건을 원래 자리에 빈틈없이 정확하게 되돌려놓고는 유리 장식장 문을 닫고 황동 열쇠를 돌려 잠갔다. 그런 다음 몸을 돌려 내가 앉아 있던 의자를 지나 계단으로 올라갔다. 나는 두 가지를 짐작해볼 수 있었다. 첫째, 딸은 아이가 아니라 성숙한 여인처럼 걸었고, 둘째, 딸아이가 걸어가자 빛도 아이에게서 빠져나갔다. 이 두 가지는 내 마음에서 온 인상일지 모르겠으나, 세 번째는 아니다. 그 애가 계단을 올라갈 때 나무가 삐걱거리는 소리가 전혀 나지 않았다. 틀림없이 벽과 가까운 쪽, 발판이 평평하지 않은 쪽으로 올라간 게 틀림없었다.

나는 몇 분 후 뒤따라 올라가 아이가 침대에 누워 이불을 바로 덮고 잠들어 있는 것을 보았다. 딸아이는 입으로 숨을 내쉬고 있었고 그 얼굴은 잠자고 있는 아이의 얼굴이었다.

나는 갑작스러운 충동에 계단을 도로 내려와서 유리 장식장을 열었다. 보석구슬을 내 손에 쥐어보았다. 엘런의 몸이 남긴 온기로 따스했다. 나는 어렸을 적 하던 대로, 끝없이 흐르는 모양을 집게손가락 끝으로 따라가면서 위안을 얻었다. 그것 때문에 엘런과 가깝게 느껴졌다.

그 돌이 딸아이를 내게…… 홀리 가문으로 가깝게 데려왔던 것일까? 궁금하다.

9

 월요일이 되자 배반의 봄이 겨울을 향해 휙 되돌아서더니 철석같이 믿고 있던 나무들의 연한 잎사귀를 차갑게 내리는 비와 으스스한 돌풍으로 갈가리 찢어버렸다. 배짱 두둑하고 호색한인 참새 수컷들이 잔디밭에서 추잡한 짓을 할 요량이었다가 넝마 조각처럼 바람에 날려 흩어졌고, 변덕스러운 날씨에 분노가 솟구친 녀석들은 수다스럽게 지껄였다.

 나는 시찰을 돌고 있던 레드 베이커에게 인사를 건넸는데, 녀석 꼬리가 전쟁터 깃발처럼 비스듬히 바람에 흩날렸다. 내리는 빗속에 눈을 가늘게 뜨고 쳐다보는 녀석을 알고 지낸지도 꽤 되었다. 내가 말했다. "이제부터 너와 내가 표면상으로는 친구가 될 수 있을 거다. 하지만 네게 꼭 알려야 옳은 것 같아 하는 말인데 우리가 나누는 미소에는 잔인한 경쟁이 숨어 있지, 이익충돌 말이야." 나는 더 이야기할 수도 있었지만 녀석이 하던 일을 마치고 안전한 곳에 숨고 싶어 안달을 했다.

 모프가 제시간에 맞춰 나왔다. 어쩌면 나를 기다리고 있었는지도 모른다. 아마 그랬으리라. 그가 말했다. "빌어먹을 날씨입니다." 그가 입고 있던 매끄러운 실크 비옷이 펄럭거리며 다리 주위로 부풀어 올랐다. "우리 사장님을 따로 만났다고 들었습니다."

 "충고가 필요해서요. 은행장님이 차도 주시더군요."

 "그러실 분이죠."

"충고가 어떤 건지 알잖아요. 어쨌든 하고 싶은 일을 하라고 맞장구치는 충고만을 원한다 이거예요."

"투자같이 들리는군요."

"메리가 새 가구를 사고 싶어 해요. 여자가 무언가를 가지고 싶어 할 때는, 그것이 좋은 투자인 것처럼 꾸미더라고요."

"여자만 그러는 건 아닙니다. 나도 그러니까."

"어쨌든, 아내 돈이라서 말이죠. 싼 물건을 알아보려고 가게마다 둘러보고 싶어 하네요."

중심가 모퉁이에 이르렀을 때 랩 장난감 가게에서 떨어져 나온 양철 간판이 교통사고라도 난 것처럼 시끄러운 쇳소리를 내며 굴러다니는 것이 보였다.

"있잖습니까, 그쪽 사장님이 고향 이탈리아로 여행을 떠난다고 들었습니다."

"모르겠는데요. 한 번도 간 적이 없는 양반이라 이상해요. 가족끼리 아주 가깝더군요."

"커피 한잔 마실 시간 있습니까?"

"청소를 해야 해서요. 휴일 다음 날 아침은 바쁘거든요."

"이런, 제발! 통 좀 크게 사세요. 베이커 사장님과 개인적인 친분도 있는데 커피 한잔 마실 시간쯤이야 낼 수 있잖습니까." 그 말을 활자 그대로 쩨쩨하게 한 건 아니었다. 그는 어떤 말이든 좋은 의도로 순수하게 들리게 할 수 있었다.

나는 평생을 살면서도 포매스터 커피숍에서 모닝커피 한잔 마신 적이 없었는데 아마 읍에서 내가 유일한 사람일 것이다. 그곳은 사람들이 습관처럼 들르는 클럽이었다. 우리가 구석에 있는 일인용 높은 의자에 걸터앉자 미스 린치가—우리는 학교를 같이 다녔다—받침 접시에 커피를 한 방울도 쏟지 않고 따라주었다. 크림이 담긴 작은 병이 잔 옆에 비스듬히 세워져 있었어도, 그녀는 종이로 싼 각설탕 두 개를 주사위처럼 던져줬고 모프가 "스네이크 아이"●라고 외쳤다.

미스 린치, 미스 린치. 이 '미스'라는 부분은 이제 그녀의 이름이자 그녀의 일부가 되었다. 아마 결코 지우지 못할 것이다. 그녀는 해가 지날수록 코가 더욱 붉어졌는데, 술 때문이 아니라 코가 막혀서 그랬다.

"안녕, 이선." 그녀가 말했다. "축하할 일이라도 있는 거야?"

"이 사람이 나를 끌고 왔어." 이렇게 말하다가 친절해보이고 싶은 생각에 이렇게 덧붙였다. "애니."

그녀가 총에라도 맞은 것처럼 고개를 홱 젖히더니, 이윽고 내 말을 이해하고는 미소를 지어 보이자, 이럴 수가, 붉은 코며 모든 것이 5학년 때 모습 그대로였다.

"만나서 반가워, 이선." 그녀는 이렇게 말하며 종이 냅킨으로 코를 닦았다.

"아까 그 말에 깜짝 놀랐습니다." 모프가 말했다. 그는 각설탕 종이를 만지작거렸다. 손톱이 말끔하게 정돈되어 있었다. "일단 어떤 생각이 머릿속에 들어와 고정되어버리면 그

● 주사위 두 개에서 모두 1이 나오는 경우를 가리킨다.

것을 사실이라고 여기게 됩니다. 그런데 참이 아닐 경우 깜짝 놀라게 되죠."

"무슨 말인지 모르겠는데요."

"나도 모르겠습니다. 빌어먹을 종이껍질 같으니. 왜 그냥 그릇에다 담아놓지 않는 겁니까?"

"그러면 사람들이 설탕을 더 넣을걸요."

"그럴 겁니다. 내가 한때 알던 남자는 한동안 설탕만 먹고 살았습니다. 그 사람은 자동판매 식당에 가곤 했는데 말이죠. 10센트짜리 커피 한 잔을 절반쯤 마신 다음 설탕을 가득 넣어버리는 겁니다. 적어도 굶어 죽지는 않았죠."

여느 때처럼 그 남자가 모프였는지 난 궁금했다. 손톱을 손질하고 다니는, 냉정하고 나이를 안 먹는 이상한 남자. 정신 작용이나 사고 기술만 본다면, 교육을 상당히 받은 남자 같다. 그런데 주변부 사람들의 언어를 쓰면서 박학함을 숨겼다. 머리는 잘 돌아가도 이해하기 힘든 막말을 하는 무식한 사람들의 말. "그래서 설탕을 한 덩어리만 넣는 건가요?" 내가 물었다.

그가 싱긋 웃었다. "다들 저마다의 원칙이 있습니다." 그가 말했다. "나는 누가 어떻게 피곤해지게 됐는지 따위는 신경 안 씁니다. 그렇게 된 사정이 있을 테니까. 그렇게 도로 표지판 따위는 무시하고 자기만의 원칙을 따라가다 보면 속아 넘어가게 되죠. 아마 그래서 내가 당신 사장에게 속았나 봅니다."

나는 오랫동안 집 밖에서는 커피를 마시지 않았다. 맛이 별로였다. 맛은 하나도 없고 뜨겁기만 해서 셔츠에 쏟기까지 했는데, 색이 갈색이었다.

"무슨 말인지 잘 모르겠어요."

"내가 그 생각을 어디서부터 하게 됐는지 좀 따져보았습니다. 아마 당신 사장이 이곳에 산 지 사십 년이 됐다고 말한 탓일 겁니다. 삼십오 년이나 삼십칠 년이면 괜찮은데 말입니다, 사십 년은 아니거든요."

"내 머리가 그리 좋지 않은가 본데요."

"그렇다면 1920년이 될 겁니다. 아직도 감이 안 옵니까? 그러니까 은행에서는 범죄를 예방하려고 사람들을 철저히 조사해야 합니다. 사기꾼들을 잡아내기 위해서 말이죠. 그러다 보면 금방 법칙 같은 게 생겨나요. 생각할 필요도 없습니다. 딱딱 들어맞게 되니까. 물론 틀리는 경우도 생기죠. 아마 그 사람 어쩌면 1920년에서 왔을지도 모릅니다. 내가 틀릴 수도 있긴 하지만."

나는 커피를 다 마셨다. "청소하러 갈 시간이군요." 내가 말했다.

"당신도 나를 속인다니까." 모프가 말했다. "질문이라도 하면 비싸게 굴기라도 할 텐데. 그런 것도 없으니, 내가 말해드릴 수밖에. 1920년은 긴급이민법이 처음 나온 해입니다."

"그래서요?"

"1920년이었다면 들어올 수 있었겠죠. 1921년이었다면 아마 못 들어왔을 거고."

"그런데요?"

"그러니까, 내 족제비 같은 두뇌에 따르면, 그 사람이 1921년 이후 뒷문으로 들어왔다 이거죠. 그래서 집에 못 가는 겁니다. 돌아갈 여권을 구할 수 없으니까."

"세상에, 은행원이 아니라 다행입니다."

"당신이라면 아마 나보다 더 훌륭한 은행원이 될 겁니다. 나는 말이 너무 많습니다. 만약 그 사람이 돌아간다면, 내가 완전히 틀린 거죠. 기다려요, 나도 갑니다. 커피는 내가 냅니다."

"잘 있어, 애니." 내가 말했다.

"또 들러, 이쓰. 너는 어떻게 한 번도 오질 않더라."

"알았어."

길을 건너는데 모프가 말했다. "저명하신 그 이탈리아 양반에게 내가 추방을 미끼로 멍청한 실수를 저질렀다고 고자질하기 없깁니다, 네?"

"내가 뭐하러 그러겠어요?"

"나는 왜 그랬을까요? 그 보석함에는 뭐가 들었습니까?"

"템플 기사단 모자입니다. 깃털이 누래요. 희게 할 수 있나 물어보려고요."

"기사단에 속해 있는 겁니까?"

"가문 대대로 그렇거든요. 조지 워싱턴이 그랜드마스터가 되기 전부터 프리메이슨이었습니다."

"워싱턴이 그랬습니까? 베이커 씨도 속해 있나요?"

"그분 가문도 마찬가지입니다."

우리는 이제 골목에 들어섰다. 모프가 은행 뒷문 열쇠를 찾아 호주머니를 뒤졌다. "아마 그래서 금고를 여는 게 무슨 지부 집회 같나 봅니다. 촛불도 들어야 좋을 텐데 말이죠. 무슨 거룩한 의식 같다니까요."

"모프." 내가 말했다. "오늘 아침은 터무니없는 이야기를 많이 하는데요. 부활절이 지나도 전혀 정결해지지 못했어요."

"8일 뒤면 알게 됩니다." 그가 말했다. "아니, 정말이라니까요. 9시 정각이 되면 가장 신성한 그곳 앞에 모자를 벗고 섭니다. 자물쇠가 열리고 베이커 신부님이 무릎을 꿇고 금고를 열면 우리는 모두 위대한 화폐의 신께 절을 올리고."

"정신이 나갔군요, 모프."

"그럴지도 모르죠. 빌어먹을 낡은 자물쇠. 얼음 깨는 송곳으로 열 수는 있어도 열쇠로는 안 열리죠." 그는 열쇠를 넣고 이리저리 비틀면서 문이 홱 열릴 때까지 발로 걸어찼다. 그러고는 주머니에서 클리넥스 휴지를 한 장 꺼내 용수철 자물쇠가 있던 곳에 휴지를 쑤셔넣었다.

나는 이렇게 물어보려다가 멈췄다. 위험하지 않습니까?

그는 질문을 듣지 않고도 답을 했다. "망할 물건이 열린 상태로는 잠기지 않거든요. 물론 금고가 열리고 나면 열쇠가 잠겼는지 베이커 씨가 확인합니다. 마를로에게 내가 비열하게 의심이나 했다고 말하지 마세요, 알겠습니까? 지불 능력이 워낙 좋은 양반이니까요."

"알았어요, 모프." 나는 그렇게 대답한 뒤 골목 반대편 가게 샛문이 있는 쪽으로 방향을 틀면서, 항상 가게 안으로 들어오려고 시도하는 고양이가 있나 찾아보았지만 녀석은 없었다.

안으로 들어가니 가게가 새롭게 바뀐 것처럼 보였다. 나는 예전에는 결코 보지 못했던 것들을 보면서도 나를 걱정스럽게 하거나 화나게 했던 것들은 보지 못했다. 안 될 게 뭔가? 새로운 눈으로 세상을 보라, 없으면 새로운 안경을 끼고라도. 그러면 펑! 새로운 세상이다.

물이 새는 낡은 칸막이 화장실 밸브가 부드럽게 쉭쉭 거렸다. 수도계량기가 물을 재는 것도 아니고 신경 쓰는 사람도 없으니 마룰로는 새 밸브로 갈지 않을 것이다. 나는 가게 앞으로 가 구식 저울에서 홈이 나 있는 900그램짜리 저울추를 하나 들어올렸다. 변기 물을 내리기 위해 잡아당기는 오크나무 줄에 연결된 쇠사슬에다 추를 매달았다. 물이 쏴 쏟아져 내리더니 계속 물이 흘러내렸다. 소리를 듣기 위해 가게 앞으로 돌아가자 변기 속에서 시끄럽게 거품을 내는 물소리를 들을 수 있었다. 다른 어떤 것으로도 착각할 수 없는 소리였다. 그런 다음 나는 저울추를 저울 위 제자리에 돌려놓고 계산대 뒤 설교단에 섰다. 선반에 있던 내 회중들이 선 채로 기다리고 있었다. 불쌍한 녀석들, 녀석들은 도망도 칠 수 없었다. 신도 좌석에 줄지어 선 아침식사거리 가운데 미소 짓는 미키마우스 가면이 그려진 상자가 있었고, 그 미소가 유독 눈을 끌었다. 그것을 보자 앨런에게 한 약속이 떠올랐다. 꼭대기 선반에서 물건을 집을 때 사용하는 기다란 집게를 찾아 상자를 하나 내린 다음 창고에 있는 내 외투 밑에다 세워두었다. 설교단으로 돌아와보니, 그다음 줄에 서 있던 미키마우스가 나를 내려다보며 웃고 있었다.

나는 통조림 뒤로 손을 뻗어 금전등록기에 넣을 회색 잔돈 주머니를 꺼내다가, 문득 떠오른 생각에 손을 더 깊이 넣어 내 기억에 항상 그곳에 있었던 기름이 잔뜩 낀 낡은 38구경 권총을 찾아냈다. 권총은 은박이 거의 벗겨진 아이버 존슨이었다. 권총을 꺾어보니 카트리지가 녹청이 껴 초록빛이 돌았다. 탄창도 오래 묵은 기름때 탓에 돌리기가 힘들었다. 나는 평판이 좋지 않을 뿐더러 위험할지도 모르는 이 물건을 금전등록기 아래 서랍에 넣고는, 깨끗한 앞치마를 꺼내 윗부분을 단정하게 접어 끈을 가린 다음 허리에 묶었다.

이 땅의 권력자들이 내린 결정과 행동, 군사 작전에 의심을 가져보지 않은 사람이 어디 있을까? 그것들은 이성적인 추론으로 태어나 덕의 지시를 받는 걸까, 아니면 우연, 공상, 상상, 또는 우리가 혼잣말하는 이야기의 산물일까? 성공적인 은행털이에 필요한 법칙을 모프가 이야기했을 때부터 시작했으니, 내가 정확히 얼마 동안 상상의 놀이를 해왔는지 알고 있다. 성인이라면 보통 인정하지 않을 유치한 쾌감 속에서 모프의 말을 몇 번이고 되새겼다. 그것은 가게 생활과 병행한 놀이였고 일어나는 모든 일도 그 놀이에 제대로 들어맞아 보였다. 물이 새는 화장실이며, 앨런이 원하는 미키마우스 가면, 은행 금고를 여는 자세한 설명까지. 차츰차츰 새로운 각도에서 일이 벌어지고, 골목 문 자물쇠에는 클리넥스가 껴 있었다. 오늘 아침까지만 해도 오로지 마음속에만 있었던 놀이가 점점 커져갔다. 저울추를 변기 사슬에다 매단 것은 머릿속에서만 하던 발레를 몸으로 옮겨본 첫 번째 동작이었다. 낡은 권총을 꺼낸 것이 두 번째고. 그리고 이제 나는 시간 배분을 고민하기 시작했다. 놀이가 정밀함을 갖춰갔다.

나는 아버지가 물려주신 바늘이 두껍고 검은색 숫자가 크게 적힌 철도용 회중시계를 여전히 가지고 다녔다. 아름답지는 않지만 시간을 알려주는 것만큼은 탁월했다. 오늘 아침에는 가게를 쓸기 전에 윗옷 주머니에다가 시계를 넣었다. 그러고는 시간을 확인하면서 9시 5분 전 앞문을 열고 인도를 따라 침착하게 비질을 시작했다. 주말 동안 쌓인 먼지를 보면 놀랄 정도인데, 비까지 왔던 터라 먼지가 질벅했다.

은행이란 얼마나 경이로운 정밀 기계인가. 내 아버지의 철도용 회중시계처럼 말이다. 9시 오 분 전 베이커 씨가 느룹나무길에서 바람 부는 쪽으로 들어섰다. 해리 로빗과 이디스 알덴이 지켜보고 있었던 게 틀림없다. 그들이 포매스터 식당에서 나오더니 길 중간쯤에서 그와 만났다.

"안녕하세요, 은행장님." 내가 외쳤다. "안녕하세요, 이디스. 안녕하세요, 해리."

"좋은 아침이네, 이선. 자네 호스가 필요하겠군!" 그들이 은행으로 들어갔다.

나는 빗자루를 가게 입구에 세워놓고, 저울에서 추를 집어 금전등록기 뒤로 가서는 서랍을 열고 신속하지만 침착하게 팬터마임을 해나갔다. 창고로 걸어가 변기 사슬에다 추를 걸었다. 앞치마 자락을 위로 올려 배에다 고정시키고 비옷을 입은 다음, 뒷문으로 가 조금 열었다. 시계의 검은색 분침이 12시를 지났을 때 소방서 종이 댕댕 울리기 시작했다. 나는 골목을 건너면서 먼저 여덟 걸음을 센 다음 속으로 스무 걸음을 셌다. 손은 움직였지만 입술은 움직이지 않았다. 10초를 센 다음 다시 손을 움직였다. 이 모든 것을 마음속으로 보았다. 손이 움직이는 동안 나는 세어보았다. 스무 걸음, 빠르지만 침착하게, 그런 다음 여덟 걸음 더. 나는 뒷문을 닫고 비옷을 벗은 다음, 앞치마를 내리고 화장실로 가서 쇠사슬에서 저울추를 떼어내 물이 내려가는 것을 멈추게 했다. 그리고 계산대 뒤로 돌아가 서랍을 열어 모자 상자를 여닫고 끈으로 묶은 뒤, 가게 입구로 가서 빗자루를 들고 시계를 보았다. 9시 2분 21초였다. 아주 좋다. 하지만 조금 더 연습하면 이 분 내로 줄일 수 있을 것이다.

인도 청소를 겨우 반쯤 끝냈을 무렵, 스토니 서장이 포매스터 식당에서 건너왔다.

"좋은 아침이네, 이쓰. 버터 반 파운드와 베이컨 1파운드, 우유 한 병, 그리고 계란 한 다스 좀 빨리 싸주게. 마누라가 죄다 떨어졌다는군."

"물론이지요, 서장님. 잘 지내십니까?" 나는 물건을 꺼낸 다음 봉투 입구를 휙 열었다.

"그래." 그가 대답했다. "방금 전에 왔었는데 자네가 화장실에 있는 소리가 나던데."

"삶은 달걀 흔적을 지우는 데 일주일은 걸릴 거라서요."

"맞는 말이야." 스토니가 말했다. "화장실에 가야지, 화장실에 가야 해."

그래 거기까지는 괜찮았다.

서장이 나가는 길에 이렇게 말했다. "자네 친구, 데니 테일러 왜 그러는 거야?"

"무슨 말씀인지……. 한잔했던가요?"

"아니, 꽤 멀쩡해 보이던걸, 차림도 상당히 단정하고. 내가 차 안에 있었는데 말이야. 서명하는 걸 봐달라고 하더군."

"무슨 일이요?"

"나도 몰라. 서류 두 장이 있었는데 거꾸로 놓여 있어서 보질 못했지."

"서류 두 장이요?"

"그래, 두 장. 데니가 두 번 서명하는 것을 내가 지켜봤지."

"맑은 정신이던가요?"

"그래 보였네. 머리도 자르고 넥타이도 맸더군."

"믿을 수 있다면 좋겠습니다, 서장님."

"나도 그래. 불쌍한 녀석. 아마 사람들은 절대 포기하지 않을걸. 집에 가야겠군." 그러고는 서둘러 나가버렸다. 스토니는 부인이 스무 살이나 젊다. 나는 하던 일로 돌아가 인도에 있던 큼직큼직한 쓰레기 조각들을 쓸어냈다.

기분이 더러웠다. 아마도 첫 번째는 항상 어려운 것 같다.

내 예상대로 손님들이 몰려왔다. 뉴베이타운에 사는 사람들의 집에 물건이 죄다 동난 것 같았다. 과일과 야채가 정오가 되도록 배달이 되지 않아서 거의 남아 있지 않았다. 그렇지만 가게에 있는 물건만으로도 손님들은 나를 뛰어다니게 만들었다.

마룰로가 10시경에 왔는데 이상하게도 나를 도와 무게를 달거나 포장을 하고 금전등록기를 눌러 돈을 계산했다. 오랫동안 그는 가게 일을 도와주지 않았었다. 보통은 부재지주처럼 가게를 한 바퀴 돌아보고는 나가버렸다. 그런데 오늘 아침에는 새로 들어온 신선식품 상자를 정리하는 걸 도와줬다. 어딘가 불안해 보이는 마룰로는 내가 보지 않을 때 나를 살펴보는 것 같았다. 그와 이야기할 시간은 없었지만 나를 주시한다는 것을 느낄 수 있었다. 내가 뇌물을 거절한 사실을 심문하는 것이 틀림없다고 나는 짐작했다. 모프 말이 맞는 듯했다. 어떤 부류의 사람은 만약 당신이 정직했다는 사실을 들으면, 그렇게 하도록 부추긴 부정행위를 찾아낸다. '그렇게 해서 그가 얻어내는 것이 뭘까?' 같은 태도는 자신의 목숨을 포커 게임의 패처럼 다루는 사람들에게 특히 강하게 나타나는 것이 분명하다. 그 생각에 나는 웃음이 터졌지만 입 밖으로 또는 표정으로는 전혀 드러내지 않았다.

11시쯤 메리가 새 날염 옷을 입고 환하게 빛나는 모습으로 들어왔다. 아름답고 행복해 보이는 아내는 즐겁지만 위험한 일을 저지른 마냥 살짝 숨이 가빠 보였는데, 정말 그랬다. 아내가 내게 갈색 봉투를 내밀었다.

"당신이 좋아할 것 같아서요." 그녀가 말했다. 아내는 누군가가 진짜 마음에 들지 않을 때면 하는 방식으로 마룰로를 향해 환하고도 경쾌한 미소를 지어 보였다. 그녀는 마룰로를 좋아하거나 신뢰하지 않았다. 단 한 번도. 아내란 남편의 상사나 비서를 결코 좋아할 수 없어서 그런 것이리라.

내가 말했다. "고마워, 여보. 당신은 참 생각이 깊다니까. 지금 당장 나일 강으로 가서 배를 태워주지 못해 미안해."

"당신은 바쁘잖아요." 아내가 답했다.

"아무튼, 뭐 떨어진 건 없어?"

"물론 있어요. 여기, 적어 왔어요. 밤에 집에 올 때 가져오실래요? 지금은 너무 바빠서 물건을 챙겨줄 수 없잖아요."

"그런데 말이야, 달걀 삶은 건 이제……."

"물론이죠, 여보. 앞으로 일 년 동안은 절대."

"부활절 토끼들이 정말 바빴겠군."

"마지가 오늘 밤 포매스터에서 저녁을 사주고 싶다네요. 우리를 대접한 적이 없다고 말하더라고요."

"좋아." 내가 대답했다.

"자기 집은 너무 좁대요."

"그래?"

불만의 겨울 373

"나 때문에 당신 일을 못하는군요." 아내가 말했다.

마룰로의 두 눈이 내 손에 있는 갈색 봉투에 꽂혀 있었다. 나는 봉투를 앞치마 아래 주머니에다 쑤셔넣었다. 그는 은행 봉투라는 것을 알았다. 도시의 쓰레기장에서 쥐를 뒤쫓는 사냥개처럼 그의 마음이 움직이는 것이 느껴졌다.

메리가 말했다. "사탕을 주셔서 감사하다는 말씀도 못 드렸네요, 마룰로 사장님. 아이들이 좋아했답니다."

"부활절 즐겁게 지내라고 보낸 거지 뭐." 그가 말했다. "봄에 어울리게 옷을 입었군."

"어머, 감사합니다. 하지만 옷이 젖었어요. 비가 그친 줄 알았는데, 다시 내리지 뭐예요."

"내 비옷 입어, 메리."

"괜찮아요. 그냥 소나기인데요 뭘. 손님들에게 가보세요."

손님들이 더 몰려들었다. 베이커 씨가 들어왔다가 줄지어 기다리는 사람들을 보더니 나가버렸다. "나중에 다시 오겠네." 그가 외쳤다.

그런데 정오까지 죽 손님들이 들어오다가, 늘 그렇듯이 갑자기 뚝 손님이 끊겼다. 점심시간이었다. 거리에도 인적이 드물었다. 아침나절 내내 처음으로 아무도 무언가를 원하지 않았다. 나는 아까 뜯어놓았던 우유를 더 마셨다. 나는 가게에서 가져가는 것은 어떤 것이든 표시해뒀다가 내 월급에서 뺐다. 마룰로는 내게 도매가로 계산해줬다. 엄청난 차이였다. 만약 마룰로가 그렇게 해주지 않았다면 내 월급으로는 우리

가족이 먹고살 수 없었을 것이다.

그가 계산대에 등을 기대고 팔짱을 질렀다가 팔이 쑤셨는지 두 손을 주머니에 아플 정도로 세게 찔러넣었다.

내가 말했다. "도와주셔서 정말 감사합니다. 이렇게 손님이 몰린 건 처음 봤어요. 감자 샐러드 남은 거만 계속 먹을 수 없어서겠죠."

"일을 잘하는군, 풋내기."

"제 일이니까요."

"아니, 손님들이 다시 오잖나. 손님들은 자네를 좋아해."

"저에게 익숙해서 그런 겁니다. 제가 항상 여기에 있으니까요." 그러고 나서 나는 시험 삼아 살짝 운을 떼었다. "하루라도 빨리 시칠리아의 뜨거운 태양이 보고 싶으시겠어요. 시칠리아는 뜨겁잖습니까. 전쟁 때 거기 있었거든요."

마룰로가 눈길을 돌렸다. "아직 결정 못했네."

"아니 왜요?"

"뭐, 떠난 지 너무 오래됐거든. 사십 년이야. 이제 거기엔 아는 사람도 없어."

"친척들이 있잖습니까."

"친척들도 나를 몰라."

"저는 이탈리아에서 휴가를 보낼 수 있다면 소원이 없겠습니다. 총이나 군장 따위는 없이요. 그나저나 사십 년이면 긴 세월이네요. 몇 년도에 오신 건가요?"

"1920년⋯⋯. 오래 전이지."

아무래도 모프가 바로 맞힌 것 같다. 은행원과 경찰과 세관 직원들은 직감이란 게 있나 보다. 그러자 또 다른 것도 어쩌면 좀더 깊이 알아내보고 싶어졌다. 나는 서랍을 열어 낡은 권총을 꺼내 계산대 위에다 던졌다. 마룰로가 뒷짐을 졌다.

"그게 뭔가, 풋내기?"

"사장님에게 총기소지 허가증이 없다면 하나 받으셔야 한다고 생각했어요. 설리번 법이 엄해서 말이죠."

"그거 어디서 났나?"

"오랫동안 여기 있었습니다."

"난 한 번도 본적이 없어. 내 건 아니네. 자네 거지?"

"제 것도 아닙니다. 저도 본 적이 없었으니까요. 틀림없이 주인이 있겠죠. 총이 이렇게 있으니 허가증을 신청하는 게 좋지 않겠습니까? 사장님 총이 아닌 건 확실한가요?"

"분명히 말하는데 한 번도 본 적 없어. 나는 총을 좋아하지 않아."

"그것 참 재밌습니다. 덩치 커다란 마피아 남자라면 다들 총을 좋아하는 줄 알았는데."

"무슨 말이야? 마피아라니? 자네 내가 마피아라고 말하는 거야?"

나는 악의 없는 농담을 하나 크게 터트렸다. "제가 들은 바로는 말이죠. 시칠리아 사람들은 죄다 마피아라더군요."

"미친 소리. 마피아라고는 한 명도 모르는구먼."

나는 총을 서랍 속에 던져넣었다. "살다 보니 별일이 다 있습니다!" 내가 말했다. "뭐, 저도 총을 가질 생각은 전혀 없습니다. 그냥 스토니 서장에게 넘겨주는 게 낫겠습니다. 어디 뒤에서 나왔다고 말해야겠어요, 사실 그렇게 찾은 거니까."

"그렇게 해." 마룰로가 말했다. "평생 단 한 번도 본 적이 없으니까. 가지고 싶지도 않고. 내 건 아닐세."

"알겠습니다." 내가 말했다. "처리하겠습니다."

설리번 법에 따라 총기소지 허가증을 얻으려면 여권 발급에 필요한 서류만큼이나 꽤 많은 서류가 필요하다.

사장은 안절부절못했다. 아마도 자질구레한 일들이 연달아 다닥다닥 붙어서 너무 많이 일어났나 보다.

뉴베이타운의 공주님이신 나이 지긋한 미스 엘가가 돛을 활짝 편 듯 당당한 모습으로 들어섰다. 미스 엘가와 세상 사이에는 안전유리 두 장이 간격을 두고 서 있었다. 미스 엘가는 달걀 한 다스를 놓고 흥정을 했다. 나를 어린 꼬마 때부터 알고 있던 터라, 다른 누구로는 전혀 생각하지 않았다. 나도 변할 수 있다는 사실에 미스 엘가가 놀라면서 기뻐하는 것이 보였다.

"고맙구나, 이선." 미스 엘가가 말했다. 두 눈이 슬쩍 커피 분쇄기와 마룰로를 향하더니 동일한 관심을 보였다. "이선, 아버지는 어떠시니?"

"잘 있으세요, 미스 엘가." 내가 대답했다.

"인사를 전해드리렴. 착하기도 하지."

"네, 꼭 그렇게 하겠습니다." 나는 그녀의 시간 감각을 다시 맞춰주려 하지 않았다. 사람들 말에 따르면 전기시계가 나온 지 벌써 몇 년이나 지났는데도 그녀는 여전히 일요일 밤마다 대형 괘종시계 태엽을 감아준다. 시간 속에 정지된 그런 방식이 나쁠 리는 없으리라. 아니 전혀 나쁘지 않다. 지금처럼 끝없이 이어지는 오후라면. 미스 엘가는 나가기 전에 커피 분쇄기를 향해 근엄하게 고개를 끄덕였다.

"머리가 돌았어." 마룰로가 집게손가락으로 관자놀이를 눌러 돌리면서 말했다.

"아무것도 변하지 않았습니다. 다친 사람도 없고."

"자네 아버지는 죽었잖아. 저 여자에게 자네 아버지가 죽었다고 말하는 게 어때?"

"제 말을 믿는다 한들 잊어버릴 겁니다. 미스 엘가는 항상 아버지 안부를 물어요. 제 할아버지 안부를 묻지 않게 된 것도 얼마 전 일입니다. 그 심술쟁이 영감의 친구였다고 사람들이 말하더군요."

"머리가 돌았다니까." 마룰로가 말했다. 그런데 무슨 까닭에선지 미스 엘가의 비정상적인 시간 감각을 이야기하다 보니 마룰로가 침착해졌다. 사람이 얼마나 단순한지 또는 복잡한 존재인지 알기란 어렵다. 확신이 너무 지나치면 대개 잘못되기 마련이다. 내 생각에 마룰로는 사람에게 접근하는 방법을 버릇과 습관을 통해 세 가지로 정리한 것 같았다. 명령, 아첨, 그리고 매수. 그리고 이 세 가지 방법은 마룰로가 의지할 정도로 충분히 잘 통했던 것이 틀림없다. 나와의 관계에서는 어딘가에서 첫 번째 방법을 잊어버렸다.

"자네는 좋은 풋내기야." 그가 말했다. "좋은 친구이기도 하고."

"늙은 선장이었던 할아버지가 말씀하곤 했습니다. '친구를 잃지 않고 싶거든 결코 시험하지 마라.'"

"현명한 말이군."

"그분이 현명하셨거든요."

"일요일 내내 생각해보았는데 말이야, 풋내기. 교회에서도 계속 생각했지."

그가 리베이트를 고민했다는 것을 알았기 때문에, 아니 적어도 그랬으리라는 짐작에, 그의 시간을 덜어주기 위해 내가 그 말을 먼저 꺼냈다.

"그 멋진 선물에 대해 말이죠, 네?"

"그래." 그가 감탄의 눈길로 나를 쳐다보았다. "자네도 똑똑하구먼."

"내 자신에게 도움이 될 만큼 똑똑하지는 않습니다."

"자네 여기 얼마나 오래 있었나, 십이 년?"

"맞습니다. 너무 오래죠. 변화를 줄 때가 됐어요, 그렇지 않습니까?"

"그런데 푼돈 한 푼 가져간 적 없고 장부에 기록하지 않고 집에 가져간 물건 하나 없네."

"제 부정한 돈벌이 수단이 정직이거든요."

"농담하지 말게. 내 말이 틀림없으니까. 나는 확인을 해.

그래서 알아."

"제 양복 왼쪽 깃에다 훈장이라도 달아주시겠습니다."

"모두 훔쳐가. 누군 많게, 누군 적게. 하지만 자네는 아니야. 내 틀림없이 안다고!"

"아마 죄다 훔쳐가려고 기다리는 모양이지요."

"농담하지 말라니까. 내 말은 틀림없으니까."

"알피오. 사장님에게 제가 보석인 건 맞습니다. 그렇다고 저를 너무 윤이 나게 닦지 마세요. 본성이 드러날지도 모르니까요."

"나와 동업하는 게 어떤가?"

"무슨 일에요? 제 월급은요?"

"그건 어떻게든 해결할 수 있어."

"그럼 제 것을 털지 않고는 사장님 것을 훔칠 수가 없겠군요."

그가 재밌어하며 웃었다. "자넨 똑똑해, 풋내기. 하지만 훔치지는 않지."

"제 말을 흘려들으셨군요. 제가 죄다 차지하기 위한 계획일지도 모른다니까요."

"자네는 정직해, 풋내기."

"제 말이 그 말이라 이겁니다. 제가 가장 정직할 때, 사람들이 저를 믿지 않아요. 분명히 말하지만, 알피오, 진의를 숨기기 위해서라면, 진실을 말해야 하죠."

"무슨 말이야?"

"아르스 에스트 셀라레 아르템."*

그가 입술로 따라 해보더니 웃음을 터트렸다. "허." 그가 외쳤다. "허! 허! 히크 에라트 데몬스트란둠."**

"시원한 콜라 한잔하시겠어요?"

"여기에 좋지 않아!" 마룰로가 양팔로 배를 턱 감쌌다.

"위가 나쁠 만큼 늙지도 않았습니다. 쉰 살도 안 됐잖습니까."

"쉰둘이야, 위도 안 좋아."

"그렇군요." 내가 말했다. "1920년에 왔다면 열두 살이었겠습니다. 시칠리아에서는 라틴어를 일찍 배우나봐요."

"합창단이었지." 그가 대답했다.

"저도 합창단에서 십자가를 운반하곤 했는데. 저는 콜라를 마실 겁니다, 알피오." 내가 말했다. "사장님이 제가 가게를 되사게끔 길을 알아보고 있으시니 저도 알아보겠습니다. 하지만 조심하세요. 저는 돈이 없습니다."

"우리가 해결하면 돼."

"그렇지만 저에게 돈이 생길 겁니다."

그의 두 눈이 내 얼굴에 못 박혀 움직일 생각을 하지 않는 것 같아 보였다. 그러더니 마룰로가 부드럽게 말했다. "이오 로 크레도."***

● '기교를 보이지 않는 것이 참다운 예술'이라는 뜻이다.
●● '여기서 증명되었도다'란 뜻이다.
●●● '나는 그것을 믿는다'란 뜻이다.

영광스럽지 않은 힘이 내 속에서 소용돌이쳤다. 나는 콜라 병을 따 기울여 마시면서, 마룰로의 눈에 비친 갈색 병을 내려다보았다.

"자네는 좋은 풋내기야." 그가 이렇게 말하면서 나와 악수를 하고는 가게 밖으로 나가버렸다.

갑작스런 충동에 내가 그를 부르며 뒤쫓았다. "팔은 어떠세요?"

그가 깜짝 놀란 표정으로 뒤돌아섰다. "안 아파." 그러고는 계속 걸어가면서 혼잣말로 되뇌었다. "이젠 안 아파."

그가 흥분해서 돌아왔다. "그 돈 받게."

"무슨 돈 말입니까?"

"5퍼센트 말이야."

"왜요?"

"그 돈을 받아야 해. 그래야 가게를 조금씩 내게서 되살 수 있어. 그리고 6퍼센트를 달라고 끝까지 요구하게."

"싫습니다."

"내가 허락하는데 자네가 왜 싫다는 거야?"

"저는 필요 없어요, 알피오. 그 돈이 필요하면 받겠지만, 필요 없으니까요."

그가 깊이 한숨을 내쉬었다.

그날 오후는 오전만큼 바쁘지 않았지만, 그렇다고 한가하지도 않았다. 3시와 4시 사이에는 언제나 한가한 시간이 생기기 마련인데 보통 이십 분에서 삼십 분 정도다. 왜 그런지는 모르겠다. 그러다 다시 손님들이 들어오지만 퇴근하고 집에 가는 사람들이거나 할 수 없이 서둘러 저녁을 장만하려는 주부들이다.

베이커 씨가 이 휴식 시간에 들어왔다. 그는 냉장고에 있는 치즈와 소시지를 쳐다보면서 가게에 손님이 두 사람만 남을 때까지 기다렸다. 두 사람은 물건을 대충 고르는 손님으로 무엇을 사야할지 모르면서, 무언가가 품안으로 뛰어올라 자신을 사라고 다그치기를 기대하는 듯 물건을 집었다가 내려놓는 사람들이었다.

마침내 손님들이 장을 보고 나갔다.

"이선." 그가 말했다. "메리가 1,000달러 인출한 거 아냐?"

"네, 어르신. 저에게 그렇게 할 거라고 말했습니다."

"그 돈으로 뭘 할 건지도 아나?"

"그럼요, 은행장님. 몇 달 동안 그 이야기를 했거든요. 어르신도 여자들이 어떤지 아시잖습니까. 가구가 조금 낡았을 뿐인데, 여자들이 새것을 사기로 결정하는 순간, 낡은 가구는 사용 불가능한 것이 되어버리고 말지요."

"자네는 지금 그런 데 돈을 쓰는 게 어리석다고 보지 않나? 좋은 기회가 생길 거라고 어제 내 자네에게 말했는데."

"그건 아내 돈입니다, 어르신."

"내가 도박 같은 걸 이야기한 게 아닐세, 이선. 나는 틀림없이 성공할 투자에 대해 이야기했네. 자네 부인이 그 1,000달러로 일 년 안에 가구를 산다 쳐도 여전히 1,000달러가 있는 걸로 아네만."

"베이커 은행장님, 아내가 자기 돈을 쓰는데 제가 금지할 수는 없습니다."

"아내를 설득할 수 없었나? 논리적으로 설명하는 건?"

"그건 전혀 생각하지 못했습니다."

"딱 자네 아버지같이 들리는군, 이선. 우유부단한 소리야. 자네가 다시 일어설 수 있도록 내가 돕는다면 자네의 우유부단함은 용납할 수 없네."

"그러시군요, 어르신."

"게다가 자네 부인이 그 돈을 이곳에서 쓸 것 같지도 않아. 아니, 할인점을 돌아다니다가 현금으로 지불할걸세. 무슨 물건을 고를지는 아무도 모르지. 여기 가게 주인이 값을 더 달라고 할지는 몰라도 불량품을 사면 바꿀 수가 있잖나. 단호하게 나서게, 이선. 돈을 다시 예금하도록 만들어! 아니면 내게 돈을 맡기라고 하던가. 자네 부인이 결코 후회하지 않을 테니."

"아내 오빠가 남겨준 돈입니다, 어르신."

"나도 알아. 자네 부인이 돈을 인출할 때 내 설명을 해보려고 했네. 그런데 푸른 눈동자가 멍해지더니 이것저것 좀 둘러보겠다는 거야. 주머니에 1,000달러가 없으면 어디 둘러보지도 못하는 건가? 마누라가 그러면 자네라도 분별력이 있어야지."

"제가 서툴러서 그런 것 같습니다, 베이커 은행장님. 저희는 결혼하고 나서부터 돈이 전혀 없었거든요."

"어쨌든, 어서 빨리 배우는 게 좋겠군. 안 그러다가는 머지않아 한 푼도 남지 않을 테니. 어떤 여자들에게는 돈을 쓰는 습관이 마약과도 같단 말이야."

"메리는 그런 습관을 가질 기회조차 없었습니다, 어르신."

"뭐, 그렇게 될 거야. 피맛을 보게 해보게나. 곧 살인마로 변하지."

"베이커 은행장님, 진심으로 하시는 말씀은 아니시겠죠."

"진심이네."

"메리보다 돈을 꼼꼼하게 쓰는 주부는 없습니다. 메리는 그렇게 살아야 했으니까요."

무슨 이유에서인지 베이커 씨 감정이 폭발했다. "내가 실망한 건 바로 자네야, 이선. 한자리라도 차지하고 싶다면, 자네 집에서부터 우두머리가 되어야 해. 새 가구쯤이야 잠시 미룰 수 있잖나."

"저는 그렇지만 집사람은 아닙니다." 은행원들 눈에서 엑스레이 선이 나와 돈을 찾아낼 수 있을지도 모르고 그래서 내 옷 속에 있는 봉투를 그가 볼 수 있을지도 모른다는 생각이 떠올랐다. "아내에게 설명해보도록 하겠습니다, 베이커 은행장님."

"돈을 아직 쓰지 않았다면 말이지. 지금 집에 있나?"

"버스를 타고 리지햄튼에 간다고 했습니다."

"야단났군! 1,000달러가 날아가는구먼."

불만의 겨울

"아니, 아직 재산이 좀 있습니다."

"그건 중요하지 않아. 자네가 가진 유일한 기회는 돈이란 말일세."

"돈은 돈을 낳습니다." 내가 부드럽게 말했다.

"그렇고말고. 돈이 보이지 않게 되는 순간 자네는 가망 없어, 평생을 점원으로 살아야지."

"일이 이렇게 되어서 죄송합니다."

"뭐, 엄하게 못 박아두게."

"여자들은 재밌습니다, 어르신. 어제 어르신이 돈 버는 것에 대해 하신 말씀을 듣고 아내가 돈 버는 게 쉽다고 생각했나 봅니다."

"아무튼, 자네가 아내를 깨어나게 해야 해. 돈이 없으면 자넨 아무것도 할 수 없으니까."

"어르신, 시원한 콜라 드시겠습니까?"

"좋아, 그러지."

그는 음료수를 병째 마시지는 않았다. 할 수 없이 포장되어 있던 소풍용 종이컵을 뜯어야 했다. 하지만 그 덕에 그의 화가 약간 가라앉았다. 그가 물러가는 천둥처럼 낮게 중얼거렸다.

교차로에서 흑인 부인 두 사람이 들어오자 그는 콜라와 분노를 삼켜야 했다. "아내에게 이야기하게." 사납게 한마디 뱉은 그가 성큼성큼 걸어 나가더니 길을 건너 집으로 향했다. 나는 그가 의심스러운 나머지 화를 낸 건가 궁금했지만 그렇지는 않은 것 같았다. 오히려 자신의 명령이 먹히지 않았다고 느낀 나머지 화가 난 것 같다. 충고를 받아들이지 않는 사람 앞에서는 분노할 수 있는 법이니까.

흑인 부인들은 상냥했다. 교차로 근처에 흑인들이 모여 사는데, 아주 좋은 사람들이다. 자기들 가게가 있어서 우리와 별로 거래는 하지 않아도, 이따금 인종상의 충성심 때문에 자신들이 너무 많이 희생을 하는 것은 아닌가 살펴보려고 물건을 비교하면서 사가기도 한다. 물건을 사는 것보다 값을 물어보는 일이 더 많았지만 이해가 됐다. 게다가 길게 쭉 뻗은 날씬한 다리에 아름다운 부인들이었다. 영양부족으로 보낸 어린 시절이 인간의 몸, 또는 인간의 정신을 위해 어떤 일을 할 수 있는지 생각해보면 놀랍기 그지없다.

문을 닫기 바로 전 메리에게 전화를 했다. "우리 비둘기, 내가 좀 늦겠는데."

"포매스터에서 마지랑 저녁 먹는 거 잊지 마세요."

"기억하고 있어."

"얼마나 늦을 건데요?"

"십 분에서 십오 분. 항구에 있는 준설기가 보고 싶어서 좀 걸을까 해."

"왜요?"

"살 생각이거든."

"어머!"

"생선도 몇 마리 사다 줄까?"

"뭐, 괜찮은 가자미가 보이면 그래줘요. 요즘 잡히는 게 그것뿐이거든요."

"좋았어. 이제 갈게."

"그리고 어슬렁대지 마세요. 씻고 옷도 갈아입어야 하니까. 알다시피 포매스터라고요."

"알았어, 내 사랑 예쁜이. 당신이 1,000달러나 쓰게 놔뒀다고 베이커 씨가 닦달을 하던데."

"세상에, 심술쟁이 영감 같으니!"

"메리, 메리! 낮말은 새가 듣고 밤말은 쥐가 들어."

"그 양반에게 할 수 있는 일이 뭔지 이야기해줘요."

"그렇다고 하지도 못할걸. 게다가 당신이 바보인 줄 알아."

"뭐라고요?"

"그리고 나는 우유부단한 놈이지, 우유부단한 놈. 당신도 내가 어떤지 알잖아."

그녀가 사랑스러운 목소리로 까르르 웃었다. 내 영혼에 기쁨의 전율이 솟게 하는.

"빨리 와요, 여보." 그녀가 말했다. "집에 빨리 와요." 남자에게 이런 아내가 있다니 어떤가! 나는 전화를 끊고 나서, 온몸에서 힘이 다 빠져나갈 듯 행복한 기분에 젖어 전화기 옆에 서 있었다. 만약 그런 상태가 있다면 말이다. 메리를 만나기 전 내 삶이 어땠는지 떠올려봤지만 기억이 나질 않았고, 그녀 없는 삶이 어떨지 그려봐도 검은색으로 테두리쳐 있는 상태라는 것 말고는 상상이 되질 않았다. 다들 어느 시점에 이르면 자신의 묘비명을 쓴다. 내 묘비명은 아마 이러할 것이다.
"안녕 찰리."

해가 서쪽 언덕으로 넘어갔지만 가루같이 퍼져 있는 거대한 구름이 햇살을 퍼올려 항구와 방파제와 먼 바다에까지 뿌리는 바람에 흰 파도가 장미처럼 분홍빛이었다. 부두 옆 물속에 박힌 말뚝들은 통나무 세 개씩을 모아 꼭대기에다 쇠테를 두른 것으로 겨울에 끼는 얼음을 잘라내기 위해 철탑처럼 경사가 졌다. 말뚝 꼭대기마다 갈매기가 꼼짝 않고 서 있었는데, 대부분 티 하나 없이 새하얀 가슴팍에 깨끗한 회색 날개를 가진 수컷이었다. 녀석들도 온전히 자신의 것인 말뚝을 마음대로 팔거나 임대를 하는지 갑자기 궁금했다.

어선 몇 척이 들어와 있었다. 나는 살아오는 내내 그 어부들을 모두 알고 지냈다. 그리고 메리가 옳았다. 가자미밖에 없었다. 조 로건에게서 괜찮은 놈 네 마리를 산 다음 그가 생선을 발라주는 동안 옆에 서 있었다. 조의 칼이 물속에서 움직이듯 쉽게 등뼈를 따라 미끄러졌다. 봄철에는 딱 한 가지 주제밖에 없다. 민어는 언제 들어오나? "라일락이 활짝 피면 민어가 온다네"라고 우리는 말하곤 했지만, 그렇다고 그것을 믿을 수는 없다. 내게는 평생 동안 민어들이 오지 않았거나 막 떠나버린 것만 같다. 게다가 얼마나 아름다운 생선인지 모른다. 송어처럼 늘씬하고 깨끗한 데다 은빛의 광택이 난다. 냄새도 좋다. 어쨌든 민어는 철이 아니었다. 조 로건은 아직 한 마리도 잡지 못했다.

"난 복어가 좋아." 조가 말했다. "웃긴 건 말이지, 복어를 복어라고 말해주면 아무도 건드리질 않는데, 바다의 닭고기라고 하면 손님들이 복어를 놓고 싸운다니까."

"딸은 어떤가, 조?"

"아, 좋아졌다가도 이내 다시 나빠지는 것 같아. 너무 괴로워."

"유감이야."

"뭐라도 할 수 있는 일이 있다면……."

"그래……. 불쌍한 것. 여기 봉투. 여기다가 가자미를 넣어줘. 딸아이에게 사랑한다고 전해주게, 조."

조는 내게서 마치 약 같은 뭐 그런 것을 끄집어내고 싶다는 듯 두 눈을 한참 들여다봤다. "그러지, 이쓰." 그가 말했다. "딸아이에게 말하지."

방파제 뒤에서는 군 소유의 준설기가 작업 중이었는데, 거대한 스크루가 구멍을 내면서 진흙과 조개껍질을 퍼내면 펌프가 평저선에 있는 관을 통해 그 쓰레기들을 밀어내 시커멓게 타르 칠을 한 물가 쪽 칸막이 벽 너머로 내던지고 있었다. 야간 항행등과 정박등을 켜고 빨간 공 두 개를 달아놓아 작업 중임을 표시했다. 흰색 모자와 앞치마 차림을 한 창백한 요리사가 맨팔로 난간 위에 기대서서는 용솟음치는 물을 내려다보며 이따금씩 그 소용돌이 속으로 침을 뱉었다. 바람이 해안 가까이로 불었다. 진흙과 죽은 지 오래된 조개껍데기와 색이 변한 해초가 한데 뒤섞여 나는 악취가 애플파이를 구울 때 나는 향긋한 계피 냄새와 뒤섞여 준설기 쪽에서 바람을 타고 날아왔다. 수로에 구멍을 뚫으면서 거대한 스크루가 웅장하게 돌았다.

유연하게 떠가던 요트의 돛이 저녁 노을빛을 받아 일순간 분홍빛으로 물들더니 바람 쪽으로 방향을 돌리면서 그 빛을 잃어버렸다. 나는 뒤로 발걸음을 옮겨 새 정박지와 오래된 요트 클럽과 계단 옆으로 갈색 칠을 한 기관총이 쌓여 있는 재향군인회관을 지나 왼쪽으로 방향을 틀었다.

소형선박조선소에서는 다가올 여름을 맞이해 보관하고 있던 소형선박을 새로 칠하고 정비하느라 인부들이 늦게까지 작업 중이었다. 난데없이 찾아온 초봄 추위 탓에 페인트칠이나 니스 칠만 하고 있을 수밖에 없었다.

나는 조선소를 지나 잡초가 자란 땅을 가로질러 항구 변두리를 향해 걸어가다가 데니의 오두막집 뒤쪽으로 천천히 다가갔다. 그러고는 데니가 원할 것 같아 오래된 노래를 휘파람으로 불렀다.

내 짐작이 맞는 것 같았다. 오두막은 비어 있었지만 데니가 잡초 속에, 아마도 주위에 흩어져 있던 덩치 큰 각목 사이에 숨어 누워 있는 것이 똑똑히 보이기라도 하는 양 나는 확신이 들었다. 그리고 내가 떠나자마자 그가 돌아오리라는 것을 알았기에, 나는 주머니에서 갈색 봉투를 꺼내 그의 더러운 침대 위에 놓은 다음, "안녕, 데니. 행운을 빈다"라고 부드럽게 말한 순간 외에는, 여전히 휘파람을 불며 그 자리를 떠났다. 나는 계속 휘파람을 불면서 거리로 되돌아와 훌륭한 저택들이 있는 폴록길을 지나 느릅나무길에 위치한 내 집, 홀리 저택으로 향했다.

메리가 주위에서 소용돌이치고 있는 파편과 거대한 바람에 둘러싸인 채 태풍의 눈 한가운데에서 조용히 그리고 천천히 회전하고 있었다. 아내는 흰색 나일론 슬립과 슬리퍼 차림으로 초토화를 시키고 있었다. 새끼 돼지들이 잔뜩 몰려 젖을 빠는 것처럼 새로 감은 머리칼이 헤어롤에 주렁주렁 감겨 있었다. 식당에서 외식을 해본 지가 언제인지 기억이 나질 않는다. 외식할 여유가 없다 보니 그런 습관도 잊고 지냈다. 메리가 미친 듯이 흥분한 탓에 아이들은 그녀가 일으킨 허리케인 가장자리에서 안절부절못하고 있었다. 아내는 아이들을 먹이고 씻기고 명령을 내렸다가 명령을 철회했다. 부엌에는 다리미질을 하고 의자 등받이에 걸어둔 내 소중하고 귀중한 옷과 함께 다리미판이 서 있었다. 메리가 급히 움직이던 발걸음을 멈추고 다리미를 휘둘러 옷을 다렸다. 아이들도 너무 흥분한 나머지 음식을 먹을 수 없는 지경이었으나, 명령에 따라야 했다.

나는 최고라고 불리는 정장이 다섯 벌이다. 식료품 가게 점원이 가지기에는 꽤 많다. 나는 의자 등받이에 걸려 있는 정장들을 손가락으로 만져보았다. 각각 올드 블루, 스위트 조지 브라운, 도리언 그레이, 베링 블랙, 그리고 도빈이라 불린다.

"곰돌이야, 어떤 것을 입어야 하지?"

"곰돌이요? 아휴! 격식을 갖추는 건 아니고, 월요일 밤이니까. 스위트 조지나 도리언이 좋을 것 같아요. 그래요, 도리언으로 해요. 격식을 갖추지 않고도 충분히 예절바르니까."

"거기에 물방울무늬 나비넥타이를 하고?"

"그럼요."

엘런이 끼어들었다. "아빠! 나비넥타이는 안 돼요! 나이가 너무 많아요."

"아니야. 아직 나이도 젊고 쾌활하고 방정맞기까지 한걸."

"우스꽝스러운 황새 같아 보일 거라고요. 나는 같이 안 가서 기뻐요."

"나도 그렇구나. 왜 내가 늙은 황새 같다고 생각하니?"

"뭐 아빠가 늙은 건 아니지만, 나비넥타이를 하기에는 너무 나이가 많으니까요."

"넌 심술궂은 꼬마 순응주의자야."

"아무튼 아빠가 우스꽝스러운 황새가 되고 싶다면 뭐."

"그게 바로 아빠가 원하는 바다. 메리, 내가 우스꽝스러운 황새가 되는 거 원하지 않아?"

"아빠 좀 내버려 둬. 목욕도 하셔야 돼. 침대 위에 셔츠 꺼내놨어요."

앨런이 말했다. "나라사랑 글짓기를 반이나 했어요."

"그거 잘됐구나. 다가오는 여름에는 네게 일 좀 시킬 생각이거든."

"일이요?"

"가게에서 말이야."

"아!" 그다지 열렬한 반응은 아니었다.

엘런이 놀란 듯 헐떡거렸지만 막상 우리가 관심을 보이자 아무런 말도 하지 않았다. 메리는 우리가 나간 사이에 아이들이 해야 할 것과 하지 말아야 할 것 여든다섯 가지를 반복했고 나는 씻기 위해 위층으로 올라갔다.

딱 하나뿐인 나의 소중한 푸른색 물방울무늬 넥타이를 매고 있는데 엘런이 문에 기대고 섰다. "아빠가 더 젊다면 그렇게 나쁘지는 않을 텐데." 딸아이 말에 무시무시한 여성스러움이 담겨 있었다.

"너는 행복하게 사는 남편을 괴롭히게 될 거다. 우리 예쁜이."

"고등학교 3학년도 그런 건 안 매요."

"맥밀런 수상자는 맨다."

"그건 달라요. 아빠, 책에서 뭘 베끼면 부정행위예요?"

"설명해보렴!"

"그러니까, 만약 어떤 사람이요, 만약 내가 글짓기를 하는데 책에서 뭘 좀 가져온다면…… 그런 건 어때요?"

"어떻게 가져오냐에 달렸지."

"아빠 말처럼 설명해주세요."

"'아빠가 말씀하신 대로' 설명해달라고?"

"네."

"그러니까, 네가 인용부호를 달고 누가 그렇게 썼는지 각주를 단다면 위엄과 권위를 더하는 일이 될 수 있지. 내 생각에 우리나라 사람들이 쓴 글 가운데 절반은 선집이거나 아니면 인용문일 거야. 자 이제 내 넥타이가 마음에 드니?"

"만약 그런 부호를 안 달았다면요……."

"그렇다면 그것도 역시 물건을 훔치는 것과 마찬가지로 도둑질이 될 수 있다. 네가 그랬다는 건 아니겠지? 안 그래?"

"네."

"그러면 뭐가 문제인 거야?"

"감옥에 들어갈 수도 있어요?"

"아마……. 그렇게 해서 돈을 번다면 말이지. 그런 짓은 하지 말거라, 우리 딸. 이제는 아빠 넥타이가 어떤 것 같니?"

"아빠는 그냥 구제불능인 거 같아요." 딸아이가 말했다.

"다른 식구에게 갈 생각이라면 말이다. 네 끔찍한 오빠에게 가서 아빠가 그 형편없는 미키마우스 가면을 가져왔다고 창피한 줄 알라고 말해줘라."

"아빠는 남의 말을 안 들어요. 제발 좀 들어보세요."

"잘 듣는데."

"아니, 전혀 아니거든요. 후회하실 거예요."

"안녕, 레다. 백조에게 인사 전해주렴."

포동포동한 젖살이 육감적인 딸아이가 어슬렁거리며 나갔다. 나는 계집아이들에게 홀딱 반한다. 홀딱 반하고 보면 계집아이들이다.

메리는 정말 아름다웠다. 정말 아름다워서 빛이 났다. 그녀

안에 있는 빛이 모공 밖으로 새어나왔다. 아치를 이룬 가로수 아래로 가로등 불빛 비추는 느릅나무길을 따라 내려가면서 그녀는 내 팔을 잡았고, 맹세컨대 출발구로 다가서는 순혈종 경마들의 당당하고 부드러운 발걸음처럼 우리 다리가 움직였다.

"당신은 로마로 와야 하오! 이집트도 당신에게는 크지 않으니. 거대한 세상이 부르고 있소이다."

아내가 키득거리며 웃었다. 틀림없이 우리 딸이 명예스러워할 만한 웃음이었다.

"앞으로 더 자주 외출하게 될 거야, 여보."

"언제요?"

"부자가 되면."

"언제 부자가 되나요?"

"곧. 구두 신는 법도 가르쳐주지."

"10달러 지폐로 시가에 불도 붙일 거예요?"

"20달러짜리로."

"난 당신이 좋아요."

"제길, 부인. 그렇게 말하면 안 되지. 당신 나를 정말 무안하게 하네."

얼마 전 포매스터 주인들은 가게를 오래된 정통 식당으로 보이게 하고자 길가 쪽으로 유리병을 사용해서 만든 조그만 사각 유리창의 내닫이창을 달았다. 그렇게 한 덕에 가게가 예스럽게 보이긴 했지만 안에 앉은 손님들은 휘어진 유리 탓에 얼굴이 왜곡되어 보였다. 어떤 얼굴은 턱만 잔뜩 부각되고,

다른 얼굴은 멍하게 뜬 큰 눈만 보였어도, 그 덕분에 오래된 포매스터 식당은 유서 깊은 정통 식당으로 보였고 창틀 상자에 담긴 제라늄과 로벨리아도 식당 외관에 일조했다.

초대한 사람답게 마지는 손톱 끝까지 치장을 하고 우리를 기다리고 있었다. 그녀는 동행을 우리에게 소개시켜줬는데, 뉴욕에서 온 하톡 씨란 사람으로 태양등 밑에서 태운 피부에 지방 대지주가 심는 옥수수알처럼 이가 골랐다. 하톡 씨는 무언가에 몰두한 채 어떤 막이 쳐진 사람처럼 보였지만 오가는 모든 말에 감탄 어린 웃음으로 대답했다. 그렇게 해서 그는 이 모임에 기여했고 전혀 나쁘지 않았다.

"처음 뵙겠어요." 메리가 말했다.

하톡 씨가 웃었다.

내가 말했다. "선생이 동행한 사람이 마녀라는 사실을 아시길 바랍니다."

하톡 씨가 웃었다. 우리는 모두 기분이 좋았다.

마지가 말했다. "창가 자리를 달라고 했어요. 저기예요."

"마지, 일부러 꽃까지 가져다 놓았나 봐."

"메리, 네가 보여준 친절에 보답할 수만 있다면 뭐라도 해야지."

자리로 가는 동안에도 그리고 마지가 우리를 의자에 앉히는 동안에도 두 사람은 이런 식으로 대화를 나눴고, 하톡 씨는 그때마다 웃음을 지었는데, 분명 재기가 뛰어난 사람이었다. 나는 그에게 말을 시키려다가 나중으로 미뤘다.

불만의 겨울 397

새하얀 식탁보 위로 식사가 훌륭하게 차려진 식탁에는 은으로 만들지 않은 식기마저 은빛 광택이 났다.

마지가 말했다. "제가 이 자리를 주최한 사람으로 당연히 우두머리니까 여러분이 원하건 원하지 않건 마티니를 주문하겠어요." 하톡 씨가 웃었다.

마티니가 왔다. 작은 유리잔이 아니라 수반처럼 큰 잔에 레몬 껍질을 감아 나왔다. 처음 한 모금 마셨을 때는 흡혈박쥐에게 물린 듯 알알하고 마취가 된 듯 약간 멍했지만, 그다음부터는 술이 감칠맛 나면서 바닥으로 갈수록 아주 맛있어졌다.

"두 잔씩 마셔요." 마지가 말했다. "여기 음식이 꽤 괜찮긴 해도 그렇게 대단한 건 아니거든요."

그때 나는 항상 술집을 열고 싶었던 계획을 이야기하면서 손님들은 마티니를 두 잔밖에 마실 수 없게 할 거라고 덧붙였다. 그러면 떼돈을 벌 텐데.

하톡 씨가 웃었고 아직 내가 첫 번째 레몬 껍질을 씹고 있는 와중에 우리 자리로 커다란 잔이 네 잔 더 나왔다.

두 번째 잔을 한 모금 마시자 하톡 씨의 말수가 늘었다. 저음의 힘찬 목소리는 배우나 가수, 또는 사람들이 바라지 않는 물건을 파는 외판원 목소리 같았다. 심지어는 병자의 머리맡에서 울리는 목소리라고 해도 무방할 것이다.

"영 헌트 부인이 알려줬는데 여기서 사업을 하신다면서요." 그가 말했다. "매혹적인 곳입니다. 전혀 훼손되지 않았어요."

내가 하는 사업이라는 것이 정확히 무엇인지 그에게 말해주려는 찰나 마지가 선수를 쳤다. "홀리 씨는 우리 군에 떠오르는 실력가세요." 그녀가 말했다.

"그렇습니까? 홀리 씨, 무슨 사업을 하시는데요?"

"다요." 마지가 말했다. "뭐든 다 취급하지만 드러내놓고는 아니죠, 다 아시겠지만." 그녀의 두 눈이 술기운에 반짝거렸다. 메리의 눈은 이제 막 술기운이 돌기 시작했으니, 먼저 와 있던 두 사람, 아니 적어도 마지는 우리가 오기 전에 두 잔 정도 더 마셨던 것 같다.

"뭐, 그렇게 말해주니 아니라고는 말 못하겠습니다." 내가 말했다.

하톡 씨가 다시 웃었다. "부인이 아름다우십니다. 그것만 해도 반은 이긴 겁니다."

"완전히 이긴 거죠."

"이선, 우리가 싸우는 줄 아시겠어요."

"이런, 싸우는데 뭘!" 술잔을 반쯤 쭉 들이키자 열기가 눈 뒤에서 솟구치는 것이 느껴졌다. 나는 유리병 바닥이 박힌 조그만 유리창을 쳐다보았다. 어른거리는 촛불이 천천히 회전하는 것처럼 보였다. 어쩌면 자기 체면인지도 모른다. 귓가에 들리는 내 목소리를 내 밖에서 귀 기울여 들었으니까. "마지 부인은 동쪽 마녀입니다. 마티니는 술이 아니에요. 독약이지." 나는 여전히 어슴푸레 빛나는 유리창을 쳐다보았다.

"어휴, 이런! 난 오즈의 여왕 오즈마라고 늘 생각했는데.

동쪽 마녀는 나쁜 마녀 아니었어요?"

"당연히 그랬습니다."

"나중에 녹아버리지 않았나요?"

굴곡진 유리 사이로 어떤 남자가 인도를 걸어가는 모습이 보였다. 왜곡되어 보이는 유리창 때문에 완전히 보기 흉했지만, 그 남자는 머리를 살짝 왼쪽으로 기울인 채 신기하게도 발 바깥쪽으로 걸었다. 데니가 그렇게 걸었다. 자리에서 벌떡 일어나 그를 뒤쫓아 달려 나가는 내 모습이 보였다. 느릅나무 길 모퉁이까지 쫓아가는 내 모습이 보였지만, 데니는 아마 두 번째 집 뒤뜰로 숨었는지 자취를 감췄다. 내가 외쳤다. "데니! 데니! 그 돈 돌려줘. 제발이야, 데니, 다시 돌려줘. 그 돈은 가지면 안 돼. 독이 묻었어. 내가 독을 발랐다고!"

웃음소리가 들렸다. 하톡 씨가 웃는 소리였다. 마지가 말했다. "어머, 차라리 오즈마가 되겠어요."

나는 냅킨으로 눈가에 흐른 눈물을 닦고 말했다. "술을 눈에 적실 게 아니라 입으로 마셔야겠습니다. 따갑습니다."

"당신 눈이 온통 빨개요." 메리가 말했다.

나는 그 모임 속으로 돌아갈 수 없었지만 내 자신이 이야기하는 소리가 들렸다. 나의 메리가 눈부시게 아름다운 모습으로 웃는 소리가 들리는 것을 보니 내가 웃기고 심지어 매력적인 사람 같았다. 그래도 나는 그 자리로 되돌아갈 수 없었다. 마지는 그것을 눈치챘나 보다. 내색하지는 않았지만 그녀가 계속 나를 쳐다보았다. 망할 년. 마녀가 틀림없었다.

우리가 무엇을 먹었는지 모르겠다. 화이트 와인이 기억나는 걸 보니 생선요리였나 보다. 깨지기 쉬운 유리잔이 프로펠러처럼 빙글빙글 돌았다. 그리고 브랜디도 있었다. 나는 틀림없이 커피를 마셨을 테고, 그러고는 끝났다.

메리와 하톡 씨가 앞서서 나가는 사이, 마지가 물었다. "어디 갔었어요?"

"무슨 말인지 모르겠습니다."

"당신은 없었어요. 겨우 일부만 여기 있었어."

"물러가거라, 마녀야!"

"알았다고요, 친구 양반." 그녀가 대답했다.

집으로 돌아오는 길에 나는 틈마다 그림자를 살펴보았다. 메리가 내 팔에 매달려서는 약간 비틀거리며 걸음을 옮겼다. "정말 즐거운 시간이었어요." 아내가 말했다. "이렇게 즐거웠던 적은 처음이에요."

"좋은 시간이었어."

"마지는 초대를 한 주인답게 완벽했어요. 나도 그런 저녁식사를 베풀 수 있을지 모르겠어요."

"정말 그랬어."

"게다가 여보, 이선. 당신이 웃길 수 있다는 건 알았지만 당신 정말 계속 우리를 웃겼어요. 하톡 씨는 레드 베이커 이야기에 웃다가 힘이 다 빠져버렸대요."

내가 그런 이야기도 했나? 어떤 이야기를 한 거지? 틀림없이 하긴 했다. 아, 데니……. 그 돈 좀 돌려줘! 제발!

"코미디 쇼보다 더 재밌었어요." 메리가 말했다. 우리 집 현관에 들어섰을 때 나는 메리가 흐느낄 만큼 세게 그녀를 그러안았다. "여보, 넘어지겠어요. 아프다고요. 아이들은 깨우지 말아요."

나는 아내가 잠들 때까지 기다렸다가 몰래 빠져나와 오두막으로 가 그를 찾아보고, 심지어 경찰까지 부를 작정이었다. 하지만 나는 어리석지 않았다. 데니는 떠났다. 그가 떠나버린 것을 나는 알았다. 나는 어둠 속에 누워 눈 속에서 붉고 노란 작은 점들이 헤엄치고 있는 것을 지켜보았다. 내가 무슨 짓을 했는지 나는 알았고, 데니 역시 그것을 알았다. 나는 토끼 학살 사건을 떠올렸다. 처음에만 그렇게 괴로운 것 같다. 직면해야 하는 일이다. 사업과 정치에서 정상에 있는 왕좌를 차지하려면 사람들 사이를 뚫고 자신만의 길을 인정사정없이 개척해나가야 하는 법이다. 일단 그 자리를 차지하면, 위대하고도 인정 넘치는 사람이 될 수 있다. 그러나 일단 그 자리를 차지해야 한다.

10

템플턴 비행장은 뉴베이타운에서 겨우 64킬로미터 떨어진 곳으로, 제트기로는 약 오 분 정도 걸리는 거리다. 치명적인 각다귀 떼처럼 제트기가 오가는 횟수가 점점 늘었다. 내 아들 앨런처럼 나도 그 전투기을 동경하고 심지어 사랑할 수 있으면 좋겠다. 전투기들의 목적이 한 가지 이상이라면 그럴 수 있을지 몰라도, 그것들의 유일한 기능이라고는 죽이는 것이고, 죽이는 것이라면 나도 식상할 정도로 해봤다. 나는 앨런이 하듯이 전투기가 나는 소리보다 앞선 곳을 살펴 그것을 찾아내는 방법을 배우지 못했다. 전투기는 마치 보일러가 폭발하는 소리처럼 쾅 소리를 내며 음속 장벽을 통과한다. 밤에 그것들이 지나가면 내 꿈속까지 들어오는데 나는 영혼이 궤양에 걸리기라도 한 것처럼 슬프고 고통스러운 기분으로 잠에서 깬다.

아침 일찍 전투기들이 쾅 소리를 내며 맹렬히 날아가자 나는 몸을 떨면서 벌떡 깨어났다. 그것들 탓에 우리가 경탄해하면서도 너무나 두려워했던 독일군의 88밀리미터 다목적 대공포 꿈을 꾼 것이 틀림없다.

밝아오는 아침 햇살 속에 누워 윙 하고 멀어져가는 적의에 찬 방추형 모양의 늘씬한 전투기 소리를 듣고 있자니 식은땀이 나면서 몸이 따끔거렸다. 그 전율이 지구상의 모든 사람들의 피부 아래, 마음속이 아니라, 피부 아래 깊숙이 어떻게 자리 잡게 된 건지 생각해보았다. 그 전율은 전투기라기보다는 전투기가 지닌 목적 때문에 생겨났다.

어떤 상황이나 문제가 너무 벅차면, 인간들은 자신을 보호하기 위해 그것을 생각하지 않는다. 그런데 문제는 안으로 파고들어가 이미 그 속에 있던 많은 다른 것들과 더불어 잘게 다져지게 되고 결국 밖으로 나오는 것은 불만과 불안, 죄책감, 그리고 무엇인가를, 그것이 어떤 것이든 다 사라져버리기 전에 얻어내고자 하는 강박증이다. 아마도 공장 조립 라인처럼 돌아가는 정신분석학자들은 환자들 콤플렉스는 전혀 다루지 않고 언젠가 핵폭발의 버섯구름이 되어버릴지도 모를 핵탄두를 다루고 있나 보다. 내가 보는 모든 사람들은 새해 전야에 술 취한 사람들처럼 초조하고 불안하며 조금 시끄럽고 유쾌하게 미쳐 있는 것 같다. 옛 친구들은 잊어버리고 옆집 부인에게 키스를 하세.

나는 내 부인에게 고개를 돌렸다. 잠을 자면서도 웃고 있지 않았다. 입이 축 늘어져 있고 질끈 감은 눈 주위로 피곤할 때 생기는 주름이 생긴 것을 보니 아내는 아픈 것 같았다. 아플 때마다 그런 모습이니 말이다. 물론 자주 있는 일은 아니지만, 아프기 전까지는 세상에서 가장 건강한 아내였다가 세상에서 가장 아픈 아내로 변한다.

또다시 전투기들이 소리를 뚫고 폭발해나갔다. 우리가 불에 익숙해지는 데는 아마 오천 년이 걸렸을 테지만 불보다 터무니없을 만큼 훨씬 더 흉포한 이 힘을 만들어내는 데는 십오 년도 채 안 걸렸다. 이 힘을 도구로 이용할 기회가 생기기나 할까? 사고의 법칙이 물질의 법칙이라면, 영혼 속에서도 핵분열이 일어날 수 있을까? 내게, 우리에게 일어나고 있는 일이 바로 그것인가?

오래전 데보라 대고모가 해준 이야기가 기억난다. 지난 세기 초 우리 가문 가운데 몇 사람은 캠벨파 신자였다. 어린아이였을 적 일이지만 데보라 대고모는 세상의 종말이 어느 날 어떻게 찾아왔는지 기억하고 있었다. 대고모의 부모는 모든 것을 다 거저 줘버렸다. 침대보만 빼고 가진 것을 죄다. 그들은 그 침대보를 몸에 걸치고 예언된 시각에 맞춰 세상의 종말을 맞이하기 위해 언덕을 올랐다. 침대보를 입은 사람 수백 명이 기도를 하고 노래를 불렀다. 밤이 찾아오자 더 큰 소리로 노래를 부르며 춤을 췄고 시간이 가까워져 유성이 하나 떨어지자, 대고모가 말하길 다들 비명을 질렀다고 한다. 대고모는 그 비명소리를 기억하고 있었다. 늑대들이 우는 소리, 하이에나가 우는 소리 같았다고 대고모는 말했다. 하이에나가 우는 소리를 한 번도 들어본 적이 없으면서도. 그러다가 마침내 그 순간이 왔다. 하얗게 차려입은 남자와 여자와 아이들이 숨을 멈췄다. 그 순간이 계속 흐르고 흘렀다. 아이들 얼굴이 새파랗게 질렸지만 그 순간은 지나가버렸다. 모든 것이 끝났고 그들은 자신들의 멸망에 대해 속고 말았다. 그들은 새벽녘 언덕을 살금살금 걸어내려와 남들에게 줘버렸던 옷을 되찾기 위해, 냄비와 프라이팬과 황소와 나귀를 되찾기 위해 애썼다. 그들이 얼마나 기분이 나빴을지 나는 이해가 되었다.

전투기 탓에 이 기억이 떠올랐다. 살육을 저지르기 위해 그 모든 엄청난 노력과 시간과 돈을 들이다니. 우리가 전투기를 사용하지 않게 된다면 속았다는 기분이 들까? 우리는 우주에 로켓은 쏘아 올릴 수 있으면서도 분노나 불만은 치료할 수 없다.

나의 메리가 눈을 떴다. "이선." 그녀가 말했다. "마음속으로 이야기하고 있군요. 무슨 이야기인지 몰라도 시끄러워요. 그만 생각해요. 이선."

나는 아내에게 술을 끊으라고 말하고 싶었지만 아내가 너무 비참해 보였다. 농담을 가려야 할 때가 언제인지 내가 항상 모르긴 해도. 이번에는 이렇게 말했다. "머리야?"

"네."

"배는?"

"네."

"온몸이 다 아파?"

"온몸이 다 아파요."

"뭐 좀 갖다 줄게."

"무덤을 갖다 줘요."

"누워 있어."

"안 돼요. 애들 챙겨서 학교에 보내야 해요."

"내가 해."

"당신은 출근해야 하잖아요."

"내가 해, 한다니까."

잠시 후 아내가 말했다. "이선, 일어날 수 없을 거 같아요. 기분이 너무 안 좋아요."

"의사 불러?"

"아니요."

"당신 혼자 둘 수는 없어. 엘런이 곁에 있으면 안 될까?"

"안 돼요. 시험이 있어요."

"마지 영 헌트에게 전화해서 오라고 하는 건?"

"전화 끊었어요. 새로 뭘 단대요."

"가서 부탁할게."

"이렇게 일찍 깨우면 친구 누구라도 죽여버릴걸요."

"문 밑에다 메모를 밀어넣으면 되지."

"아뇨. 그러지는 마세요."

"별일도 아니잖아."

"아니, 아니요. 그러지 마세요. 그러지 말아줘요."

"당신을 혼자 둘 수 없다니까."

"이상하네요. 기분이 나아졌어요. 당신에게 소리를 쳐서 그런가 봐요. 어머, 정말이에요." 아내가 그렇게 말하더니 증명을 하겠다는 듯 자리에서 일어나서 잠옷 가운을 걸쳤다. 훨씬 나아 보였다.

"여보, 당신은 놀라워."

면도를 하다 베는 바람에 얼굴에다 피에 젖은 휴지 조각을 붙이고 아침을 먹으러 내려갔다.

내가 지나가도 모프는 현관에 서서 이를 쑤시고 있지 않았다. 나는 기뻤다. 그를 만나고 싶지 않았다. 혹시라도 그에게 따라잡힐까 서둘렀다. 골목에 난 샛문을 여니 문 밑으로 갈색 은행 봉투가 있었다. 봉투는 봉인되어 있었는데 은행 봉투들이란 두꺼운 법이다. 주머니칼로 봉투를 째서 열어야 했다.

학생들이 쓰는 줄 공책에 심이 부드러운 연필로 적은 종이가 세 장이었다. 유언장이 한 장. "나는 올바른 정신으로……." 그리고 "나는 다음을 고려해서……." 약속어음이 한 장. "나는 보답하는 데 동의하므로 맹세하는 바……." 두 장 모두 깔끔하고 정확한 글씨로 서명이 되어 있었다. "이쓰에게. 네가 원하는 거다."

얼굴 피부가 게의 등껍질처럼 딱딱하게 느껴졌다. 귀중품 보관실 문을 닫을 때처럼 천천히 샛문을 닫았다. 첫 번째 두 장을 조심스럽게 접어 지갑에 넣고, 나머지 한 장은 구겨서 변기에 넣고 줄을 잡아당겼다. 물통이 높게 달려있고 변기 속은 일종의 계단 모양이다. 공처럼 뭉친 종이가 가장자리에 맴돌면서 내려가기를 거부하다가 마침내 사라졌다.

화장실에서 나와 보니 샛문이 조금 열려 있었다. 닫은 줄 알았는데. 문으로 다가가자 작은 소리가 나 위를 올려보니, 망할 놈의 고양이가 꼭대기 저장 선반에 앉아 매달려 있는 베이컨을 발톱으로 낚아채고 있었다. 녀석을 골목으로 내몰기 위해 손잡이가 긴 빗자루로 한바탕 뒤를 쫓아야 했다. 녀석이 나를 지나 재빨리 달려 나가자 빗자루로 내리쳤는데, 맞추지는 못하고 문설주에 빗자루 손잡이만 부러지고 말았다.

그날 아침에는 통조림들에게 설교하지 않았다. 내용이 떠오르지 않았다. 호스를 꺼내 가게 앞 인도와 도랑을 물로 씻어냈다. 오랫동안 소홀히 해서 쓰레기가 가득 들어찬 가게 구석구석을 청소했다. 그리고 나는 노래도 불렀다.

"이제 우리 불만의 겨울은
요크의 태양 덕분에 영광스러운 여름이 되었도다."●

노래가 아니라는 것은 알지만, 노래로 불렀다.

● 셰익스피어의 희곡 〈리처드 3세〉 1막 1장 첫 대사이다.

2부

11

뉴베이타운은 사랑스러운 곳이다. 한때 거대한 항구였던 이곳은 앞바다에 있는 섬 하나가 북동풍을 막아준다. 밀물과 썰물 때 항구와 바다의 좁은 수로 사이로 조류가 맹렬히 드나들면서 생겨난 호수들 주위로 집이 흩어져 있다. 이곳은 사람들로 북적거리는 도시 같은 읍이 아니다. 오래전에 사라져버린 고래잡이 어부들의 훌륭한 저택들 외에는 대부분 주택들이 작고 단정하게 오크나무 몇 종류, 단풍나무와 느릅나무, 히코리와 사이프러스 같은 우람한 노목들 사이로 자리 잡고 있으며, 옛 거리에 심은 지 오래된 느릅나무 말고는 토착 수목이 주로 오크나무다. 사람의 손을 타지 않은 오크나무들이 워낙 많고 거대했을 때는 조선소 예닐곱 군데가 널빤지며 모나게 굽은 나무, 용골과 내용골을 근처에서 끌어다 썼다.

지역사회도 사람들처럼 건강할 때와 아플 때가 있고, 심지어 청년기와 노년기, 희망에 찰 때와 낙담에 빠질 때가 있는 법이다. 뉴베이타운 같은 읍 몇 군데가 서구 세계를 밝힌 고래 기름을 공급하던 때가 있었다. 옥스퍼드와 캠브리지 학생들이 사용하던 램프가 미국의 이 변경 식민지에서 기름을 공급받았다. 그러다가 석유가 펜실베이니아에서 쏟아져나왔고, 값싼 등유가 고래 기름의 자리를 차지하더니 바다 사냥꾼 대부분을 은퇴시켜버렸다. 병 또는 절망이 뉴베이타운을 덮쳤고 읍은 그 상태에서 회복하지 못했다. 그리 멀지 않은 곳에 있는 다른 읍들이 다른 생산품과 에너지로 성장하고 번성하는 동안, 가로돛식 범선과 고래에만 전적으로 의지하고 살았던 뉴베이타운은 무기력 속에 가라앉고 말았다. 뉴욕에서 뱀처럼 꿈틀거리며 빠져나오는 인구도 뉴베이타운은 옛 기억 속에 그대로 남겨둔 채 지나가버렸다. 그리고 보통 그러하듯, 뉴베이타운 사람들도 그런 식이 좋다고 자신들을 설득했다. 그래서 여름 한철 다녀가는 관광객들의 소음과 쓰레기, 번쩍거리는 네온사인 불빛, 그들이 펑펑 쓰는 돈과 야단법석을 피할 수 있었다. 호수 주위로는 새 집이 몇 채 들어섰다. 그렇지만 계속해서 꿈틀거리며 뻗어나가는 인구가 조만간 뉴베이타운도 삼켜버리리라는 것을 모두 알고 있었다. 지역 사람들은 그 전망을 갈망하면서도 동시에 몹시 싫어했다. 근처 읍들은 부유했다. 관광객들에게서 가로챈 돈이 넘처났고, 전리품에 우쭐거리면서 벼락부자들이 지은 거대한 저택들을 번쩍거리면서 자랑했다. 올드베이타운은 미술과 도자기류와 팬지 사업을 일으켰는데, 넌더리날 정도로 발이 넓은 레스보스 섬 이민자들이 수제 직물과 함께 몇 가지 사소한 가정분란도 짜냈다. 뉴베이타운은 옛 시절과 가자미, 그리고 언제 민어가 나오기 시작할지 이야기했다.

갈대가 무성한 호수 가장자리로, 청둥오리가 둥지를 틀더니 새끼와 함께 함대를 이끌고 나오고, 사향뒤쥐는 땅을 파 마을을 이루고 살면서 이른 아침을 가르며 유연하게 헤엄쳐 다녔다. 물수리는 몸을 내밀고 목표물을 겨냥하고 있다가 물고기를 향해 쏜살같이 하강하고, 갈매기들은 하늘 높이 물고 올라간 대합조개와 가리비를 땅으로 떨어트려 깨뜨린 다음 먹는다. 수달 몇 마리가 은밀한 털복숭이들이 속삭이는 것처럼 물을 가르고 나아갔다. 토끼들이 뜰마다 침입했고 회색 다람쥐들은 읍 거리를 작은 물결처럼 뛰어다녔다. 수꿩들이 날개를 퍼덕거리며 울음소리를 뱉어낸다. 왜가리는 가늘고 긴 쌍날칼처럼 얕은 물속에 균형을 잡고 서 있고, 밤이 되면 알락해오라기들이 외로운 유령처럼 울어댔다.

뉴베이타운은 봄이 늦듯이 여름도 늦지만, 일단 여름이 찾아오면, 부드럽고도 길들여지지 않은 특별한 소리와 냄새와 느낌이 있다. 6월 초에는 잎사귀와 풀잎과 꽃의 세계가 폭발하고 날마다 해넘이도 다르다. 저녁에는 메추라기들이 명성 그대로 아름답게 울고 어두워진 뒤에는 쏙독새들이 노랫소리로 담을 세운다. 오크나무들도 잎사귀가 무성해지면서 풀밭 위로 기다란 꽃차례를 늘어뜨린다. 그러면 온갖 집에서 나온 개들이 서로 만나 소풍을 가는데, 숲 속을 행복에 겨워 멍하니 헤매다가 때로는 며칠이고 집으로 돌아오지 않기도 한다.

6월이 되면 남자는 본능에 떠밀려 잔디를 깎고, 땅에 씨를 뿌리고, 두더지와 토끼며 개미, 딱정벌레, 새 그리고 그에게서 정원을 빼앗기 위해 모여든 온갖 것들과 맞붙어 전투를 벌인다. 여자는 가장자리가 말린 장미꽃잎을 보면서 살짝 마음이 녹아 한숨을 쉬는데, 그녀의 얼굴은 꽃잎이 되고 두 눈은 수술이 된다.

6월은 찬란하다. 시원하고 따스하며, 달콤한 것과 해로운 것, 집을 짓는 것과 약탈하는 것들이 자라면서 번식하느라 축축이 젖은 채 환호성을 내지른다. 몸매가 드러나는 바지를 입고 서로 손을 꼭 잡은 소녀들이 어깨에 올린 작은 라디오에서 나오는 사랑 노래가 귓가에 구슬피 울리는 동안 중심가를 돌아다닌다. 생기가 흘러넘치는 소년들은 탱거 드러그스토어 의자에 앉아 장차 여드름이 될 것을 빨대로 섭취하고 있다. 그들은 염소 눈같이 흔들리지 않는 시선으로 소녀들을 쳐다보면서 서로서로 얕보는 말을 주고받지만 속으로는 동경심에 울먹거린다.

6월에는 알 앤 수나 포매스터로 사업가들이 맥주를 마시기 위해 들렀다가, 자리를 잡고 위스키를 들이키다 보면 오후 나절에는 땀이 범벅인 채 흠뻑 취한다. 오후부터 먼지투성이 차들이 밀 길 끝에 멀리 외따로 위치한 페인트칠도 안 된 외벽에 창문마다 블라인드가 쳐진 황량한 집 안마당으로 슬며시 기어가는데, 그곳에는 읍 매춘부 앨리스가 문제를 안고 찾아온 물어뜯긴 사내들을 받아준다. 그리고 하루 종일 방파제에서 떨어진 곳에 닻을 내린 배에서는 남자와 여자들이 바다를 구슬려 저녁거리를 얻어낸다.

6월에는 페인트칠을 하고 깎고 다듬으며, 궁리를 하고 계획을 세운다. 시멘트 블록과 두께 5센티미터, 폭 10센티미터 짜리 목재를 집에 가져오지 않거나 봉투 뒷면에 타지마할을 대충 그려놓지 않은 사람은 드물다. 백 척이나 되는 작은 배들이 배를 아래로 용골을 위로 하고 물가에 누워 있으면, 구리 페인트를 칠한 밑바닥이 번쩍거리고, 움직임 없이 열을 지은 채 느긋하게 바람에 말라가는 배를 보면서 배 주인들은 몸을 쭉 펴고 미소 짓는다. 학교는 고집스러운 아이들을 월말이 가까워질 때까지 여전히 잡아놓는데, 시험기간이 되면 반항의 거품이 일어 감기가 유행하지만, 마지막 날이면 전염병은 사라진다.

6월에는 행복한 여름 씨앗이 발아한다. "영광스러운 독립기념일에 어디를 둘러볼까? 휴가 계획을 세울 때가 다 됐는데." 6월은 잠재력의 어머니여서, 새끼오리들이 물속에 있는 거북의 무는 턱을 향해 용감하게 수영하고, 상추는 가뭄을 향해 돌진하며, 토마토가 거세미나방 애벌레를 향해 도전적으로 줄기를 뻗어나가는 동안, 가족들은 모기들의 시끄러운 교향곡 소리를 들으며 초조하게 보내야 하는 산의 밤에 비해 모래의 훌륭함과 따가울 만큼 햇볕에 타는 것이 지닌 장점을 비교해본다. "올해는 쉬고 말겠어. 너무 지치는 일은 없게 할 거야. 올해는 내 자유시간인 이 주 동안 애 녀석들이 성가시게 굴지 않도록 하겠어. 나는 일 년 내내 일을 한다고. 휴가는 내 시간이야. 나는 일 년 내내 일만 한단 말이야." 휴가 계획이 지난 기억들을 극복하고 나면 세상은 모두 평안하다.

뉴베이타운은 오랫동안 잠들어 있었다. 그곳을 정치적으로, 도덕적으로, 경제적으로 다스린 남자들이 너무나 오래도록 같은 자리에 있다 보니 그들만의 방식으로 굳어버렸다. 읍장, 의회, 판사들, 경찰들이 그대로였다. 읍장이 비품을 읍에다 팔고, 판사들이 교통법규 위반 딱지를 고쳐주는 일을 너무나 오랫동안 해온 탓에 적어도 법전에서 말하는 것처럼 그것이 불법관행이라는 것도 기억하지 못했다. 정상인이라는 사람들이 그 일을 비정상이라고는 전혀 생각하지 않았다. 사람들은 모두 도덕적이다. 다만 이웃사람들이 그렇지 않을 뿐.

황금빛 오후가 따뜻한 여름 호흡을 내쉬었다. 방학이 올 때까지 아이들을 학교에 붙잡아두지 않고, 일찍 여름휴가를 나선 몇몇 사람들이 거리를 돌아다니고 있었는데, 이방인들이었다. 작은 배와 커다란 선외모터를 트레일러에 싣고 차가 몇 대 지나갔다. 냉동편육과 가공치즈, 크래커와 정어리 통조림 등 이선은 눈을 감고서라도 사는 물건만으로 손님들이 여름 관광객이라는 것을 알아냈을 것이다.

날씨가 따뜻해지면서 오후면 매일 하던 대로 조이 모피가 간단한 먹을거리를 사러 들어왔다. 그가 음료수 병을 들고 냉장고를 향해 흔들면서 말했다. "음료수 판매대 좀 들여놓으세요."

"팔을 두 개쯤 더 붙여 네 개로 일하거나, 아니면 콩 꼬투리 가르듯 두 명의 점원으로 쪼개지거나 하라고요? 잊어버렸군요, 나의 이웃 조이 씨. 나는 가게 주인이 아닙니다."

"그렇게 해야 됩니다."

"왕들의 죽음에 대한 내 슬픈 이야기를 해줘야겠어요?"

"당신 이야기는 압니다. 복식부기라면 아무것도 구별 못할 정도로 몰랐잖습니까. 고생하는 것을 배워야 했으니까. 아니 잠깐만……. 그런데 이제 배웠군요."

"조금 도움이 되네요."

"이게 당신 가게라면, 돈을 벌 텐데 말입니다."

"하지만 내 것이 아니에요."

"옆에다 가게를 차리면, 손님을 죄다 끌어모을 겁니다."

"왜 그렇게 생각하죠?"

"사람들은 아는 사람에게 사기 때문입니다. 그걸 호의라고 부르는데, 통한다 이겁니다."

"전에는 통하지 않았어요. 읍 사람들 모두 나를 알긴 했는데…… 내가 파산해버렸죠."

"그건 기술의 문제입니다. 당신은 어떻게 사는지를 몰랐으니까."

"어쩌면 지금도 모를지도."

"안다니까요. 자신이 배웠다는 것조차 모르고 있긴 합니다만. 그런데 마음은 여전히 망한 상태라 이겁니다. 내버려요, 홀리 씨. 버리란 말입니다, 이선."

"고맙습니다."

"나는 당신이 좋습니다. 그건 그렇고 마룰로는 언제 이탈리아에 간답니까?"

"아무 말 없었어요. 말 좀 해줘요, 조이……. 마룰로가 얼마나 부유한 겁니까? 아니, 하지 마세요. 고객에 대해 말하면 안 될 테니까."

"친구를 위해서라면 규칙이야 깨트릴 수 있습니다, 이선. 내가 그 사람 사정을 다 알지는 못하지만, 우리 은행 계좌만 봐도 부자라고 말할 수 있습니다. 온갖 것에다 손을 뻗었더 군요. 여기 부동산 조금, 저기 빈터도 가지고 있고, 해변에 위치한 주택 몇 채, 그리고 당신 허리에다 두를 만큼 목록이 긴 1차 부동산저당채권이 있습니다."

"어떻게 아는 거예요?"

"안전금고 때문입니다. 은행의 큰 금고 하나를 그가 대여 했거든요. 마룰로가 금고를 열 때면 본인이 가진 열쇠 하나와 내가 가진 다른 하나가 필요합니다. 솔직히 엿보긴 했습니다. 아마 나는 뼛속 깊이 엿보기를 좋아하는 놈인가 봐요."

"하지만 모두 정직하게 번 것이죠? 안 그래요? 내 말은 그러니까…… 당신도 늘 읽어보는 거겠지만…… 그러니까, 마약이나 밀수, 뭐 그런 건 아닌가 해서 말이죠."

"그건 잘 모르겠습니다. 마룰로가 사업 이야기는 하지 않으니까. 얼마를 인출했다가 얼마를 도로 예금할 뿐입니다. 거래를 하는 다른 은행이 어딘지도 나는 모릅니다. 마룰로 통장 잔고가 얼마인지는 이야기하지 않았습니다."

"저도 물어보지 않았어요."

"맥주 한 잔 마셔도 됩니까?"

"가져가신다면. 종이컵에 드리죠."

"법을 어기라고 부탁하지는 않겠습니다."

"바보 같은 소리 마세요!" 이선이 맥주 캔에 구멍을 몇 개

뚫었다. "누가 들어오면 밑으로 내리세요."

"고마워요. 당신 생각이 많이 났습니다, 이선."

"왜죠?"

"아마 내가 참견쟁이라 그런가 봅니다. 실패란 마음의 상태입니다. 개미귀신이 모래에다 파놓은 덫 같은 거죠. 당신은 계속 뒤로 미끄러질 뿐입니다. 거기서 빠져나오기 위해 한번 뛰어올라보세요. 그런 도약을 해야만 합니다, 이선. 일단 빠져나오고 나면 성공이란 것도 마음의 상태라는 걸 알게 될 겁니다."

"그것도 덫입니까?"

"그렇게 본다면…… 더 나은 종류라고 할 수 있죠."

"누군가가 그렇게 뛰어올랐는데, 다른 사람이 짓밟히게 될 수도 있어요."

"하느님이 참새가 떨어지는 것을 지켜보긴 하지만, 하느님도 그것을 어떻게 할 수는 없습니다."

"내게 무슨 말을 하려는 건지 알아듣고 싶네요."

"나도 그렇습니다. 이해가 된다면, 내 자신에게 해볼 수 있을 텐데 말입니다. 은행 출납계원들은 사장이 될 수 없죠. 자본금이 많은 사람이라야 되는 거지. 아마 나는 이런 말을 하고 싶은가 봅니다. 지나가는 건 어떤 거든 붙잡아라. 다시 돌아오지 않을지도 모른다."

"당신은 철학자예요, 조이, 금융 철학자."

"그만하세요. 손에 없는 것이 있다면 그것을 생각해보라 이

겁니다. 사람만이 사물에 대해 생각하니까. 대부분 사람들이 과거 속에서 90퍼센트, 현재에서 7퍼센트를 사는 탓에, 미래를 위해 남은 거라고는 겨우 3퍼센트뿐이라는 거 당신도 알 겁니다. 내가 들어본 말 가운데 사첼 페이지˚가 한 말이 가장 지혜롭더군요. 그는 이렇게 말했습니다. '뒤돌아보지 마라. 누군가가 뒤쫓아오고 있을지도 모른다.' 이제 돌아가봐야겠군요. 베이커 사장님이 내일부터 며칠간 뉴욕에 가 있을 겁니다. 벌레처럼 바쁜 양반이시죠."

"무슨 일로요?"

"내가 어떻게 압니까? 다만 내가 우편물을 분류하거든요. 올버니에서 사장님 우편물이 많이 오더군요."

"정치 쪽인가요?"

"나는 분류만 합니다. 읽어보지는 않고. 장사가 늘 이렇게 나쁩니까?"

"4시쯤은 그렇죠, 뭐. 한 십 분 지나면 나아질 거고."

"거봐요, 배운 게 있다니까. 내 장담하건데 파산하기 전에는 몰랐을 겁니다. 또 봅시다. 공짜로 타고 싶으면 황금 고리를 잡으세요."

예상대로 5시와 6시 사이에 손님이 반짝 몰렸다. 이선이 과일 상자를 안으로 들이고 가게 문을 닫은 다음 녹색 가리개를 내려도 서머타임으로 한 발짝 물러선 태양은 여전히 하늘

● 미국 야구계의 전설적인 투수이다.

불만의 겨울 421

높이 떠 있고 거리는 한낮처럼 환했다. 그는 목록을 보며 집으로 가져갈 물건을 모은 다음 커다란 봉투 하나에 모두 담았다. 그러고는 앞치마를 벗고 외투와 모자를 쓰더니, 계산대 위에 걸터앉아 선반에 놓인 회중을 노려보았다. "설교는 없다!" 그가 말했다. "사첼 페이지가 한 말만 기억해라. 나는 뒤돌아보지 않는 것을 배워야 할 것 같다."

그는 접어서 지갑에 넣어두었던 종이 두 장을 꺼내, 유산지로 작은 봉투를 만들고 거기에 종이를 넣었다. 그러고 나서 냉장고 기계장치가 들어 있는 에나멜 문을 연 뒤, 압축기 뒤쪽 모서리에 유산지 봉투를 슬쩍 밀어 넣고 다시 문을 닫았다.

그는 금전등록기 아래 선반에다 급하게 공급처에 주문할 경우를 대비해서 보관해둔, 페이지 모서리가 접힌 먼지투성이 맨해튼 전화번호부를 찾아 꺼냈다. U자 아래로, United States를 찾은 다음, 다시 밑으로 법무부를 찾는다. 그 밑으로 죽 열거된 '독점금지국, 연방법원, 세관, 구류사무국, 연방수사국'을 손가락으로 훑어내려가면서 연방수사국 밑 '이민귀화국, 웨스트브로드웨이 20번지, BA 7-0300, 휴일주말야간 OL 6-5888'에 멈췄다.

그가 크게 말했다. "시간이 늦었으니까 OL 6-5888······ OL 6-5888." 그러더니 통조림들을 향해 쳐다보지는 않고 이렇게 말했다. "만약 모든 것이 적합하고 떳떳하다면, 아무도 다치지 않는다."

이선은 샛문으로 나가 문을 잠갔다. 식료품이 담긴 봉투를 들고 길을 건너 포매스터 호텔식당으로 갔다. 식당은 칵테일을 마시는 손님들도 시끄러워졌지만 공중전화 부스가 있는 조그만 호텔 로비는 객실 담당직원마저 보이지 않았다. 그는 유리문을 닫고, 식료품 봉투를 바닥에 내려놓은 다음, 선반 위에 잔돈을 펼친 뒤, 10센트를 넣고, 전화번호판 '0'을 돌렸다.

"교환원입니다."

"아! 교환원, 뉴욕에 전화하려는데요."

"번호를 돌려주시겠습니까?"

그래서 그렇게 했다.

이선은 식료품 봉투를 들고 퇴근했다. 오후가 길면 참 좋다! 잔디가 워낙 많이 자라 발자국이 찍혔다. 그가 메리에게 진하게 입을 맞췄다.

"나의 올챙이." 그가 말했다. "잔디가 무성해졌어. 앨런에게 깎으라고 시킬까?"

"글쎄요, 시험기간이라서. 학기말이다 뭐다, 당신도 어떤지 잘 알잖아요."

"방에서 나는 시끄럽게 돼지 멱따는 소리는 뭐야?"

"목소리를 정확하게 내는 도구를 가지고 연습하는 거예요. 앨런이 종업식 행사에서 공연을 하거든요."

"뭐, 그럼 잔디는 내가 직접 깎아야 되겠군."

"미안해요, 여보. 하지만 아이들이 얼마나 바쁜지 당신도 알잖아요."

"맞아, 녀석들이 얼마나 바쁜지 슬슬 알아가는 참이지."

"당신 기분이 안 좋아요? 오늘 힘들었던 거예요?"

"어디 보자. 아니, 그랬던 거 같지는 않은데. 하루 종일 서 있었을 뿐이지. 잔디깎기 기계를 밀어야 한다고 생각하니 기뻐서 펄쩍 뛰고 싶지는 않군."

"우리도 자동으로 하나 사요. 존슨 씨네는 위에 탈 수 있는 게 있대요."

"정원사와 정원사 조수도 있어야 해. 내 할아버지 때는 있었지. 탈 수 있다고? 잔디깎기에 타려고 앨런 녀석이 잔디를 깎겠군."

"앨런에게 짓궂게 그러지 말아요. 겨우 열네 살이에요. 그 나이 때는 다 그렇잖아요."

"아이들이 귀엽다는 오류는 누가 만든 것 같아?"

"당신 정말 기분이 안 좋군요."

"어디 보자. 그래, 그런 것 같네. 게다가 저 꽥꽥거리는 소리에 미칠 거 같아."

"연습하는 거잖아요."

"당신이 아까 말했어."

"아이에게 괜히 화풀이하지 마세요."

"알았어, 그래도 그렇게 하면 좋긴 할 텐데 말이야." 이선이 거실 문을 밀고 들어서니, 앨런이 혀에 리드를 고정시키고는 거의 알아들을 수 없는 말을 큰 소리로 외치고 있었다.

"세상에 그게 뭐냐?"

앨런이 그것을 손바닥 위에 뱉었다. "픽스 상자에 들어 있던 거요. 복화술에 쓰는 거예요."

"픽스는 먹었니?"

"아니요. 안 좋아하거든요. 아빠, 난 연습을 해야 해요."

"잠깐만 멈춰라." 이선이 의자에 앉았다. "너는 살면서 뭘 할 생각이냐?"

"네?"

"미래 말이야. 학교에서 말 안 해주냐? 미래는 네 손 안에 있어."

엘런이 거실 안으로 미끄러져 들어오더니 안짱다리 고양이처럼 소파 위에 다리를 아무렇게나 축 늘어뜨리고 앉았다. 엘런은 강철도 잘라낼 것 같은 소리로 한바탕 웃었다.

"텔레비전에 나가고 싶어 해요." 딸아이가 말했다.

"열세 살밖에 안 된 애가 퀴즈쇼에서 13만 달러나 땄어요."

"알고 보니 부정행위를 한 거였대요." 엘런이 말했다.

"뭐, 그래도 13만 달러를 땄다고."

이선이 부드럽게 말했다. "도덕적으로 전혀 걸리는 게 없는 거냐?"

"뭐, 그래도 돈이 많잖아요."

"정직하지 못한 짓이라고는 생각하지 않고?"

"쳇, 다들 그렇게 한다고요."

"그렇다면 자신을 공짜로 넘겨주는데도 받아주는 이가 없는 사람들은? 그 사람들은 정직하지도 않지만 그렇다고 돈을 벌지도 못해."

"그거야 자기 운인 거예요. 사람이 어쩔 수 없는 그런 거라고요."

"그래, 어쩔 수 없는 거야, 그렇지?" 이선이 말했다. "네 태도도 그런가 보네. 똑바로 앉아! '아버지'라는 말은 어디 흘려먹었냐?"

소년은 깜짝 놀란 표정으로 아버지가 진담인지 살펴보고는, 불만이 가득한 모습으로 몸을 곧추세웠다. "아닙니다, 아버지." 앨런이 대답했다.

"학교생활은 어떠냐?"

"괜찮은 거 같아요."

"너는 우리나라를 얼마나 사랑하는지를 주제로 글짓기를 하고 있었지. 그런데 우리나라를 파괴하겠다는 생각에 그 과제를 그만둔 거야?"

"파괴라니 무슨 말이에요…… 아버지?"

"너는 정직하지 못한 것을 정직하게 사랑할 수 있니?"

"아빠, 다들 그렇게 해요."

"그런다고 바람직한 일이 되는 거냐?"

"뭐, 똑똑한 녀석들 몇 명 말고는 아무도 트집 잡지 않아요. 글짓기는 끝냈어요."

"잘했다, 보고 싶구나."

"보내버렸어요."

"사본이 있을 텐데."

"없어요, 아버지."

"잃어버리면 어떻게 하려고?"

"그런 생각은 안 해봤는데요. 아버지, 다른 애들은 캠프에 다 가는데 나도 가고 싶어요."

"보낼 형편이 안 돼. 다른 아이들이 다 가는 것도 아니다. 몇 명만 가는 거지."

"우리 집에 돈이 좀 있으면 좋겠어요." 앨런은 두 손을 내려다보며 입술을 핥았다.

엘런이 눈을 가늘게 뜨고 집중했다.

이선은 아들을 찬찬히 살펴보았다. "곧 그렇게 할 생각이다." 그가 말했다.

"아버지?"

"올 여름 가게에서 일하도록 자리를 얻어주지."

"뭐라고요? 일요?"

"'무슨 말씀이세요? 일이요?'라고 물어봐야지. 물건도 옮기고 선반정리에 청소도 하고, 만약 네가 일을 잘하면, 손님을 받을 수도 있다."

"나는 캠프에 가고 싶어요."

"게다가 10만 달러도 따고 싶고."

"어쩌면 글짓기 대회에서 입상할지도 몰라요. 그러면 적어도 워싱턴에는 갈 수 있어요. 그것도 일종의 방학인 거죠."

"앨런! 행동과 예의범절, 정직, 게다가 힘에 이르기까지 변하지 않는 규칙이 있다. 네가 그 규칙에 대해 적어도 립서비스는 할 수 있도록 가르쳐줘야 할 것 같구나. 너는 일을 하게 될 거다."

소년이 올려다보았다. "그렇게 하실 수 없어요."

"뭐라고?"

"아동노동법이요. 열여섯 살이 되기 전까지는 취업허가증도 받을 수 없다고요. 아버지는 내가 법을 어기길 원해요?"

"그러면 부모님을 돕는 남자 여자 아이들이 죄다 반은 노예고 반은 범죄자라는 거냐?" 이선의 분노는 사랑처럼 적나라하고 냉혹했다. 앨런이 눈길을 돌렸다.

"그런 뜻은 아니었어요, 아버지."

"그래, 아니라는 거 안다. 앞으로도 그럴 거고. 너는 스무 대를 이어온 홀리와 앨런 가문에 꽉 찍힌 거야. 그분들은 명예로우셨지. 너도 언젠가 그렇게 덕망 있는 사람이 될지 모르고."

"네, 아버지. 방에 올라가도 될까요, 아버지?"

"그러렴."

앨런이 계단을 천천히 올라갔다.

앨런이 사라지자, 엘런이 다리를 프로펠러처럼 빙글빙글 돌렸다. 아이는 아가씨처럼 똑바로 앉아 치마를 내렸다.

"헨리 클레이*의 연설문을 읽고 있어요. 정말 좋은 사람인

● 미국의 유명한 정치가이다.

것 같아요."

"그래, 그렇지."

"내용이 기억나세요?"

"잘 기억은 안 나는데. 읽은 지 한참 되어서 말이야."

"대단한 사람이에요."

"그래도 어린 여학생이 읽을거리는 아닌 것 같은데."

"정말 대단한 사람이에요."

이선은 긴 하루의 피곤이 밀려와 자리에서 일어났다.

부엌에 들어가니 메리가 눈이 충혈된 채 화가 나 있었다.

"다 들었어요." 그녀가 말했다. "당신이 무슨 생각으로 그러는 건지 모르겠어요. 앨런은 겨우 어린애라고요."

"이제 시작할 시간이야, 여보."

"여보라고 부르지 말아요. 폭군은 참을 수 없으니까."

"폭군? 이런, 세상에!"

"그 애는 어린 사내아이에요. 그런데도 당신은 아이를 공격했어요."

"지금은 기분이 나아졌을 거야."

"무슨 소린지 모르겠네요. 당신은 그 애를 벌레처럼 뭉개 버렸다고요."

"아니야, 여보. 세상이 어떤 곳인지 잠깐 보여줬을 뿐이야. 그 애는 잘못된 세상을 세워가고 있었어."

"당신이 대체 뭐라고 세상이 어떤 곳인지 알아요?"

이선이 아내를 지나쳐 뒷문으로 나갔다.

"어디 가요?"

"잔디 깎으러."

"피곤하다면서요."

"그래…… 그랬지." 그는 어깨너머로 고개를 돌려 방충문 뒤에 서 있는 그녀를 올려다보았다. "남자란 외로운 존재야." 그렇게 말하면서 미소를 짓고는 잔디깎기 기계를 꺼내러 갔다.

메리는 부드럽고 나긋나긋한 풀을 칼날이 윙윙거리며 자르는 소리를 들었다.

소리가 문밖 계단에서 멈췄다. 이선이 외쳤다. "메리, 메리, 내 사랑. 당신을 사랑해." 곧 칼날이 윙윙거리면서 우거진 풀 사이로 맹렬하게 돌진했다.

12

마지 영 헌트는 매력적이고 정보에도 밝으며 똑똑한 여자였다. 워낙 똑똑해서 언제 그리고 어떻게 자신의 똑똑함을 드러내야 할지도 알았다. 그녀가 결혼생활에 실패한 이유는 남자들 때문이었다. 병약한 첫 번째 남편에 이어, 두 번째는 더 약한 나머지 죽어버렸다. 그녀에게 데이트가 그냥 생겼던 것은 아니다. 빈번한 전화통화와 편지, 쾌유를 기원하는 카드 그리고 미리 계획한 우연한 만남 등으로 자신의 존재를 점점 부각시키면서 데이트도 계획적으로 했다. 그녀는 집에서 죽을 만들어 아픈 사람들에게 가져다줬고 생일을 기억했다. 이러한 방법으로 자신이 존재한다는 것을 사람들이 알게 만들었다.

그녀는 읍내 여자들 가운데 그 누구보다 배를 날씬하게 관리했고, 피부는 깨끗하고 윤이 났다. 이는 빛나는 데다가 목도 처지지 않고 팽팽했다. 수입의 상당한 양을 머리, 손톱, 마사지, 크림 그리고 연고에 부었다. 다른 여자들은 이렇게 말했다. "생긴 것보다 나이가 더 들었을 거야."

크림과 마사지, 운동을 해도 더는 가슴 근육이 받쳐주지 않자, 가슴이 당당하면서도 맵시가 좋도록 수술로 높이 고정시켰다. 화장을 하는 데 점점 더 시간이 걸렸다. 머릿결은 텔레비전 광고 제품이 보증해주는 대로 온통 반들반들 광택이 나고 고불거렸다. 즐겁게 웃으면서 저녁을 먹고 춤을 추며, 사소한 매력들을 그물처럼 펼쳐 남자 파트너를 끌어당기는 데이트를 그녀는 무정하게 반복하고 있었다. 누가 알아챌 수 있었을까? 적당하게 간격을 두고 돈을 쓰고 나면, 신중하게 선별한 파트너와 잠자리를 가졌다. 그러고는 다시 이전의 일상적인 관계로 돌아갔다. 머지않아 이러한 잠자리가 그녀의 미래의 안전과 안정을 잡아채는 덫이 되리라. 그런데 이 가망 있는 게임이 누비이불의 아가리를 벗어나버렸다. 그녀가 점점 유부남이나 허약한 사람, 아니면 소심한 사내들과 데이트를 하게 된 것이다. 게다가 시간이 없다는 것을 그 누구보다 마지 자신이 더 잘 알고 있었다. 도움을 구하려고 점을 쳐봐도 타로 카드는 답을 주지 않았다.

마지는 사내들을 많이 알고 지냈다. 그들 대부분이 떳떳하지 못하거나, 허영심에 상처를 입었거나, 자포자기한 사람들이라, 그녀는 전문 해충 박멸가처럼 자신의 사냥감에 대한 경멸이 점점 더 커졌다. 사내들도 놀림감이 되고 싶어 안달이 난 터라 그녀는 더 이상 승리감을 느끼지 못했다. 단지 일종의 진절머리나는 동정심만 느낄 뿐. 이들이 그녀의 친구였고 동료였다. 그녀는 이들이 자신의 친구라는 것이 알려지지 않도록 그들을 보호했다. 사내들이 그녀에게 아무것도 요구하지 않았기에 그녀도 최선을 다했다. 마음 깊숙이 자신을 존중하는 마음이 없었던 탓에 그들을 비밀에 부친 것이었다. 데니 테일러가 그중 한 명이었고, 알피오 마룰로나 스톤월 잭슨 스미스 소장 그리고 다른 사람들도 있었다. 그들이 그녀를 신뢰하듯 그녀도 그들을 신뢰했고, 그러한 비밀스러운 친구들이 있다는 것만큼은 그녀가 기운을 회복하고 싶을 때 물러설 수 있는 마음에서 우러나온 정직한 사실이었다. 이 친구들은 두려움이나 거리낌 없이 그녀에게 이야기했다. 그들에게는 그녀가 바로 잘 받아주고 판단하지 않으며 침묵을 지키는…… 일종의 안데르센의 우물이었던 까닭이다. 사람들 대부분에게 비밀스러운 악덕이 있듯이, 마지 영 헌트는 미덕을 감추고 있었던 셈이다. 그리고 바로 이런 조용한 비밀 때문에 그녀가 다른 누구보다도 뉴베이타운, 아니 심지어 웨섹스 군郡에 대해 더 많이 알고 있었을 테고, 이 지식은 그녀가 자신의 이익을 위해 사용하지도, 사용할 수도 없었기에 왜곡되지 않았다. 그렇지만 다른 분야에서라면, 그녀 손안에 들어오는 모든 것이 쓸모가 있었다.

그녀가 세운 이선 앨런 홀리 계획은 우연히 심심하던 차에 시작되었다. 이선이 짐작했던 대로 자신의 능력을 시험해보기 위해 장난으로 그녀가 시작한 것이다. 많은 우울한 사내들이 위로와 확신을 찾아 그녀에게 왔었는데 그들은 발기부전으로 무력해진 채, 삶의 다른 영역마저 감염시켜버린 성적인 충격에 속수무책으로 묶여 있었다. 그런데 마지가 사소한 칭찬과 안심이 되는 행동만으로도 쉽게 그들을 해방시켜 채찍으로 무장한 아내들에게 맞서 싸우도록 해줬다. 그녀는 진정으로 메리 홀리를 좋아했고, 메리를 통해 이선을 점차 알게 되었다. 이선은 다른 종류의 충격, 즉 그에게서 힘과 확신을 앗아간 사회경제적인 속박에 묶여 있었다. 할 일도 없고, 애인도 없고, 아이도 없는 그녀는 이 불구자를 해방시켜 다른 새로운 결과를 향해 이끌 수 있지 않을까 궁금한 마음이 들었다. 그것은 놀이이자 일종의 퍼즐, 시험이었고, 친절함이 아니라 단지 호기심과 게으름의 산물이었다. 이 사람은 우월한 사내였다. 그를 이끈다면 어쩌면 그녀의 우월함이 증명될 수 있을 테고. 그녀에게는 그 우월함이 더욱 더 필요했다.

아마도 그녀만이 이선에게서 일어난 변화의 깊이를 아는 유일한 사람이었다. 자신의 소행으로 그렇게 됐다고 생각한 탓에 그녀는 섬뜩해졌다. 쥐가 사자의 갈기를 키운 것이다. 그녀는 이선이 입은 옷 아래로 움직이는 근육을 보았고, 그의 두 눈 깊숙이 자라나는 냉혹함을 느꼈다. 점잖은 아인슈타인도 물질의 성질에 대해 그가 꿈꾸던 개념이 히로시마에서 번쩍였을 때 그렇게 느꼈으리라.

마지가 메리 홀리를 아주 좋아했어도 그녀에 대한 동정은 일절 느끼지 않았고 연민은 아예 없었다. 불행이란 여자들에게 있어 참을 수 있는 자연 현상이었다. 특히 다른 여자들에게 일어날 때는 말이다.

구항에서 아주 가깝고, 풀이 무성한 커다란 정원에 둘러싸인 작고 단정한 자신의 집에서, 그녀는 자신이 지닌 도구를 검사하느라 화장용 거울 쪽으로 몸을 기울여 들여다보고 있었다. 크림과 파우더와 아이새도 그리고 검은색을 덧칠한 속눈썹 사이로 숨어 있던 주름, 탄력 없는 피부가 눈에 띄었다.

잔잔한 바다 한가운데 있는 바위 주위로 점점 밀려오는 조수처럼 세월이 슬금슬금 기어오르는 듯했다. 중년에는 원숙함이라는 무기가 존재하나, 이것을 사용하는 데는 그녀에게 없는 기술과 훈련이 필요하다. 젊음과 흥분으로 가득했던 몸이 무너져내리면서 벌거벗은 채 썩어가는 굴욕을 당하기 전에, 그녀는 그것들을 배워야 한다. 혼자 있더라도 결코 긴장을 풀지 않았기에 여태껏 그녀는 잘 감추고 지낼 수 있었다. 이제 실험을 해본다는 생각으로 입을 힘주어 늘어뜨려보고, 눈꺼풀을 반쯤 감아보았다. 높이 쳐들었던 턱을 낮추자 밧줄처럼 꼬아놓은 주름이 생겨났다. 앞에 있는 거울 속으로 이십 년이나 늙어버린 자신이 보였고 싸늘하게 속삭이는 소리가 앞으로 기다리고 있는 것이 무엇인지 말해주자 그녀는 몸서리를 쳤다. 너무 오랫동안 미루고 있었던 것이다. 여자에게는 반드시 유리 진열장이 있어야 한다. 조명과 받침대, 검은색 벨벳, 아이들을 키우고, 희끗희끗해지는 머리와 불어나는 살, 낄낄 웃으면서 슬그머니 좀도둑질도 하고, 사랑, 보호 그리고 사소한 변화, 차분하고 힘들게 하지 않는 남편 또는 남편보다 더 차분하고 요구사항이 별로 없는 유언장과 신탁자금. 그 속에서 나이를 먹어야 한다. 홀로 늙어가는 여자는 아무 쓸모없이 버려진 쓰레기이자, 그녀의 고통에 혀를 차고 투덜거려주며 아픔을 토닥여주는 절뚝발이 충복 하나 없는 쭈글쭈글한 음란함이다.

뱃속이 두려움으로 뜨거워졌다. 첫 번째 남편을 만났을 때는 운이 좋았다. 남편은 몸이 약했고 그녀는 곧 그 허약함을 조절하는 밸브를 찾아냈다. 남편이 속수무책으로 사랑에 빠져 있던 터라, 그녀가 이혼을 원했을 때 위자료설정에 재혼 항목도 요구하지 않았다.

두 번째 남편이 짐작했던 대로 사실 그녀는 개인 재산이 있었다. 두 번째 남편이 죽으면서 그녀에게 남긴 것은 별로 없었지만, 첫 번째 남편에게 매달 받는 위자료 덕에 그녀는 남부럽지 않게 살면서 옷도 잘 입고, 느긋하게 돌아다녔다. 그렇지만 첫 번째 남편이 죽는다면! 그 사실로 인해 두려움이 몰려왔다. 밤이건 낮이건 꾸는 악몽…… 매달 확인해야 하는 악몽이었다.

1월에 매디슨가와 57번가가 만나는 뉴욕의 거대한 교차로에서 전남편을 보았다. 그는 늙고 수척해 보였다. 마지는 언젠가는 죽을 전남편에 시달렸다. 그놈이 죽는다면 돈도 멈출 것이다. 자신이야말로 이 세상에서 그의 건강을 위해 전심으로 기도하는 유일한 사람일지도 모른다고 생각했다.

전남편의 야위고 침묵 어린 얼굴, 그리고 죽은 두 눈이 기억의 화면 위로 떠오르면서 뱃속의 뜨거운 부분을 건드렸다. 그 개새끼가 정말 죽고 만다면……!

거울 쪽으로 몸을 구부리고 있던 마지가 순간 멈춰서 자신의 의지를 투창처럼 내던졌다. 턱을 쳐들자 주름이 사라진다. 두 눈이 빛나고 얼굴 피부는 두개골 가까이로 들러붙는다. 어깨도 반듯하게 폈다. 그녀는 자리에서 일어나 푹신푹신한 붉은 카펫 위로 솜씨 좋게 원을 그리며 왈츠를 췄다. 맨발 위로 분홍빛 발톱이 반짝거렸다. 너무 늦기 전에 급히, 아주 급히 서둘러야 한다.

그녀는 옷장을 활짝 열고 독립기념일 주말을 위해 아껴뒀던 옷과 굽이 뾰족한 구두, 맨살보다 더 맨살 같은 스타킹을 꺼냈다. 이제 그녀에게서 권태는 사라졌다. 푸주한이 칼을 갈듯 빠르고 효과적으로 옷을 입었고 푸주한이 엄지로 칼날을 만져보듯 전신거울에 자신의 모습을 비춰보았다. 기다려주지 않을 남자를 위해 재빠르게 그러나 서두름 없이 움직이더니, 이제 다시…… 정보에 밝고 영리하며, 세련되고 자신감 넘치는, 늘씬한 다리에 티 하나 없이 새하얀 장갑을 낀 숙녀답게 무심한 듯 느리게 움직였다. 그녀가 지나쳐가는 남자치고 그녀를 다시 쳐다보지 않는 사람은 한 명도 없었다. 밀러 형제 상사의 트럭 운전기사는 목재를 싣고 덜컹거리며 지나가다가 휘파람을 불었고 남자 고등학생 둘은 영화배우처럼 가늘게 뜬 눈으로 그녀를 노려보면서 반쯤 벌린 입속으로 넘쳐나는 침을 고통스럽게 꿀꺽 삼켰다.

"저 여자 어때?" 한 명이 말했다.

"그래!" 다른 한 명이 대답했다.

"너 같으면 어떻게……"

"그래!"

숙녀는 그냥 돌아다니지 않는다. 뉴베이타운에서는 그렇다. 아무리 사소하고 하찮은 일일지언정 일을 보러 어딘가로

불만의 겨울 437

가야 한다. 중심가를 따라 또각또각 걸어가면서 그녀는 지나가는 사람들에게 인사를 하고 말을 건넸으며 자동적으로 그들을 정밀하게 살펴보았다.

홀 씨는 물건을 외상으로 산 지 꽤 됐다.

스토니는 강인한 수컷 같은 남자지만, 어떤 여자가 경찰 월급이나 연금으로 살겠는가? 게다가 그는 친구다.

해롤드 벡은 부동산이 꽤 있지만, 정말 괴짜다. 이 세상에서 그 사실을 모르는 사람은 아마 그 사람 혼자뿐이리라.

맥도웰은…… "정말 반가워요, 선생님. 밀리는 잘 있나요?"……불가능하다. 스코틀랜드 사람인 데다 인색하고, 아내에게 쥐여 산다. 죽지 않고 영원히 살 것 같은 병약자다. 그는 비밀스러운 사람이었다. 아무도 그가 어떤 가치를 지녔는지 몰랐다.

눈이 이슬처럼 빛나는 도널드 랜돌프는…… 술집에서 옆자리에 앉아 있으면 멋지다. 술집 신사라 만취상태에도 예절을 지키는 사람이지만, 의자에 앉혀 집에다 놔두고 싶은 게 아니라면 쓸모없는 남자였다.

해롤드 루스는…… 〈타임〉 편집장과 친척이라고 하던데, 누가 그리 말했었나, 본인 입으로였나? 완고한 사내로 부족한 말재주에 비해 지혜롭다는 명성을 누리고 있었다.

에드 완터너는…… 거짓말쟁이에 사기꾼 그리고 도둑놈이다. 돈이 아주 많다는 소문이 난 데다 아내가 죽어가고 있긴 했지만, 에드는 아무도 믿지 않았다. 키우는 개가 도망치지 않으리라는 것도 믿지 않았다. 그래서 개를 묶어놓고 울부짖게 내버려뒀다.

 폴 스트레이트는…… 공화당 실세였다. 아내는 이름이 버터플라이로…… 별명이 아니었다. 버터플라이 스트레이트는 세례명이 버터플라이로, 분명 사실이었다. 뉴욕 주지사가 공화당이면 폴은 잘 나갔다. 도시 쓰레기 처리장이 그의 소유로, 트럭 한 대분의 쓰레기를 버리는 데 비용이 25센트다. 소문에 따르면 쥐들이 위험할 정도로 들끓게 되자, 폴은 쥐를 총으로 사냥할 수 있는 허가증을 팔면서, 손전등과 라이플총도 대여해주었고, 총에 필요한 22구경 탄약통까지 들여놓았다고 한다. 그가 워낙 대통령처럼 보여 많은 사람들이 그를 아이크*라고 불렀다. 그렇지만 데니 테일러가 술에 살짝 취했을 때 그를 늙은이들 중 가장 고결한 폴이라고 불렀는데, 딱 맞아떨어졌다. 그가 자리에 없을 때는 고결한 폴이 그의 이름이 되었다.

 마룰로는…… 평소보다 더 아파 보였다. 그는 늙고 병들었다. 그의 두 눈은 45구경 총으로 배를 저격당한 듯한 남자의 눈빛이었다. 그가 자신의 가게에 들어가보지도 않고 지나갔다. 마지가 멋진 엉덩이를 씰룩이면서 가게로 들어갔다.

 이선이 낯선 사람과 이야기 중이었는데, 짙은 머리칼에 아직 젊은 축에 속한 사내는 아이비리그 바지에 챙이 좁은 모자

● 미국 34대 대통령 아이젠하워의 애칭이다.

불만의 겨울　439

차림이었다. 사십대 나이에 엄격하고 강인하며, 자신이 하는 일이라면 무엇에든 헌신할 남자였다. 계산대 위로 몸을 기울인 채 이선의 편도선을 관찰하고 있는 것처럼 보였다.

마지가 말했다. "안녕하세요! 바쁘시군요. 나중에 다시 올게요."

은행에 가면 한가로이 돌아다니는 여자가 할 수 있는 수만 가지 쓸데없는, 그러나 합법적인 일이 있다. 마지는 골목 입구를 건너 대리석과 광택 나는 강철로 만든 사원으로 들어섰다.

그녀를 보자 조이 모피가 창살이 쳐진 자신의 출납계원 창구 안을 환히 밝혔다. 저 멋진 미소에 멋진 성격, 얼마나 훌륭한 애인인 데다가 남편으로 삼기에는 또 얼마나 형편없는 사람인가! 마지는 그를 독신으로 남기 위해 싸우며 죽어갈, 천성이 독신인 사람으로 제대로 평가했다. 부인과 같이 묻힐 일은 전혀 없을 조이.

그녀가 말했다. "부탁인데요, 손때가 묻지 않은 깨끗한 신권 있나요?"

"어디 보겠습니다, 부인. 어딘가에서 틀림없이 봤는데 말이죠. 얼마나 필요하신 겁니까?"

"6온스 정도요, 선생님." 그녀는 새끼 염소 가죽으로 만든 흰색 가방에서 수표책을 꺼내 20달러짜리 수표를 작성했다.

조이가 웃었다. 그는 마지가 좋았다. 그렇게 자주는 아니지만 가끔 그녀와 만나 저녁을 먹고 잠자리를 가졌다. 물론 그녀의 재치도 좋았고 함께 시간을 보내는 것이 좋았다.

조이가 말했다. "영 헌트 부인, 그렇게 말씀하시니 판초 비야*와 함께 멕시코에 있었던 제 친구가 생각나는군요. 그 친구 기억나십니까?"

"알지도 못하는데요."

"허풍이 아닙니다. 그 친구가 내게 이야기해준 겁니다. 친구가 말하길 판초가 북쪽에 있었을 때, 20페소짜리 지폐를 찍어냈다고 합니다. 워낙 많이 찍어내서 부하들이 돈을 세는 것을 포기했어요. 어쨌든 세는 거라면 하고 싶지 않았던 거죠. 그래서 저울에다 돈을 달아야 했답니다."

마지가 말했다. "조이, 자서전을 쓰지 그러세요."

"젠장, 아니죠, 영 헌트 부인. 내가 다섯 살이 되었을 때인데. 이건 일화라 이겁니다. 그런데 인디언이긴 해도 아름답고 몸매가 끝내주는 부인이 찾아와서 이렇게 말했답니다. '장군님, 장군님께서 제 남편을 처형하는 바람에 나는 아이 다섯을 키워야 하는 불쌍한 과부가 되었어요. 이렇게 해야 민중을 위한 혁명을 이룰 수 있는 건가요?' 판초는 지금 나처럼 그 여자 재산을 철저히 조사했습니다."

"조이, 이건 융자에 관한 일이 아니라고요."

"압니다. 이야기라니까요. 판초가 부관에게 말했답니다, '돈 5킬로를 달아서 여자에게 줘라.' 이야, 상당한 액수였죠. 부하들이 철사로 돈 꾸러미를 잘 묶어주자 여자가 돈 꾸러미

---

* 멕시코의 혁명가이다.

를 끌면서 나가더랍니다. 그때 다른 부관이 앞으로 나와 경례를 하고 말했습니다. '장군님, 우리는 저 여자 남편을 쏘지 않았습니다. 남자가 술에 취해 있었습니다. 그래서 모퉁이에 있는 감옥에다 넣었습니다.' 판초는 돈 꾸러미를 끌고 걸어가는 부인에게서 결코 두 눈을 떼지 않았습니다. 그가 말했죠. '가서 남자를 쏴버려. 저 불쌍한 과부를 실망시킬 수는 없다.'"

"조이, 당신은 구제불능이야."

"진짜 이야기라니까요. 나는 믿는데." 그는 그녀가 쓴 수표를 쳐다보았다. "이걸 20달러, 50달러, 100달러 지폐 중 어느 것으로 바꿔드릴까요?"

"25센트짜리로 주세요."

그들은 서로 희희덕거렸다.

사무실에 있던 베이커 씨가 반투명 유리창 밖을 내다보았다.

이제 목표물이 나타났다. 예전에 베이커가 문법적으로야 틀린 데가 없지만 애매모호한 말로 그녀를 집적거린 적이 한 번 있었다. 베이커는 돈이 많았다. 물론 아내가 있기는 하지만, 마지는 이 세상에 사는 베이커들을 알고 있었다. 여하튼 그들은 하고 싶은 것을 하기 위해 도덕적인 이유를 항상 들먹일 수 있는 사람들이었다. 마지가 그를 거절해서 기뻤다. 그래서 그는 여전히 명부에 올라 있었다.

그녀는 조이가 건네준 5달러 지폐 네 장을 챙긴 다음 그 늙은 은행가를 향해 걸음을 옮겼지만, 바로 그 순간 아까 이선과 말을 주고받던 사내가 조용히 은행으로 들어와 그녀 앞을 지나더니, 명함을 보인 다음 베이커 씨 사무실로 안내되고는 문이 닫혀버렸다.

"그럼, 내 발에 입 맞춰줘요." 그녀가 조이에게 말했다.

"웨섹스 카운티에서 제일 예쁜 발이죠." 조이가 말했다. "오늘 밤 만날까요? 춤도 추고 밥도 먹고, 어떻습니까?"

"안 돼요." 그녀가 대답했다. "저 사람은 누구예요?"

"한 번도 본 적 없는데요. 은행 감독관처럼 챙겼군요. 이럴 때면 나 자신이 정직해 기쁘고 게다가 내가 더하기와 빼기를 할 수 있어서 더 기쁩니다."

"있잖아요, 조이, 당신은 정숙한 여자라도 끔찍한 도망자로 만들어버릴 거야."

"그게 바로 제가 기도해 마지않는 소망입니다, 부인."

"또 봐요."

그녀는 밖으로 나가 골목을 건너서는, 마룰로 가게로 다시 들어갔다.

"안녕, 이쓰."

"안녕하세요, 마지."

"그 잘생긴 남자는 누구였어요?"

"수정 구슬은 가지고 다니지 않나 봐요."

"비밀요원?"

"더 나쁜 거죠. 마지, 사람들이 경찰이라면 일단 무서워하지 않습니까? 내가 별짓 한 게 없어도, 경찰은 무서워요."

"그 곱슬머리에 착하게 생긴 사내가 정말 형사란 말이에요?"

"꼭 그런 건 아닙니다. 연방요원이라더군요."

"이선, 무슨 일을 꾸미고 있는 거죠?"

"꾸미다니? 제가요? 뭐 때문에 '꾸미고 있다'라고 하는 겁니까?"

"그자가 뭘 원했어요?"

"내게 물어본 것은 맞지만 그자가 원하는 게 뭔지는 나도 몰라요."

"뭘 물어봤는데요?"

"내가 사장을 얼마나 오래 알고 지냈나? 사장을 아는 사람이 또 누가 있나? 뉴베이타운에 사장이 언제 왔나?"

"그래서 뭐라고 말해줬어요?"

"적과 싸우기 위해 입대했을 때는, 그를 몰랐다. 고향에 돌아와보니 그가 있더라. 내가 파산하자, 그가 가게를 인수해서 내게 일자리를 주더라고 했습니다."

"무슨 일인 거 같아요?"

"누가 알겠습니까."

마지는 그와 눈을 마주치지 않으려고 애썼다. 그녀는 생각했다. 저 사람은 바보인 척하고 있어. 낯선 남자가 원하는 게 정말 뭐였을까?

그가 워낙 조용하게 말하는 바람에 그녀는 소스라치게 놀랐다. "나를 믿지 않는군요. 마지, 아무도 진실은 믿지 않는 법입니다."

"진실이라고요? 닭고기를 한 마리 잘라보면요, 이쓰, 같은 고기라 해도, 어떤 부분은 고기가 검고 어떤 부분은 희다고요."

"그런 거 같군요. 사실, 나도 걱정이에요, 마지. 나는 이 일이 필요합니다. 알피오에게 만약 무슨 일이라도 일어난다면, 나는 거리에서 발을 구를걸요."

"부자가 될 거라는 거 잊어버린 거예요?"

"부자가 아니면 기억하기 힘들죠."

"이선, 당신이 예전 일을 기억하는지 궁금하네요. 부활절이 코앞이던 봄이었어요. 내가 가게에 왔더니 당신은 나를 예루살렘의 딸이라고 불렀어요."

"성 금요일이었습니다."

"기억하는군요. 어쨌든, 제가 찾아봤어요. 마태복음에 나오더군요. 꽤 아름다운 구절이었지만…… 무서웠어요."

"맞습니다."

"도대체 무슨 생각으로 그런 말을 한 거예요?"

"데보라 대고모 때문입니다. 그분은 일 년에 한 번씩 나를 십자가에 못 박거든요. 지금도 그렇습니다."

"농담도 잘하셔. 그때는 농담이 아니었으면서."

"네, 농담이 아니었죠. 그리고 지금도 마찬가지고."

그녀가 쾌활하게 말했다. "있잖아요, 내가 당신에게 읽어줬던 점괘가 그대로 이루어질 거예요."

"저도 알고 있습니다."

불만의 겨울 445

"내게 빚을 졌다고 생각하지 않으세요?"
"물론 그렇죠."
"언제 갚으실 거죠?"
"뒤쪽 창고로 들어가시겠습니까?"
"당신은 그럴 수 없을 텐데요."
"들어가지 않겠다는 건가요?"
"네, 이선. 그리고 당신도 들어가지 않을 거예요. 당신은 단 한 번도 물불 가리지 않고 덤벼든 적이 없는 사람이에요."
"배울 수 있을지도 모릅니다, 어쩌면."
"하고 싶다고 해서 간통을 저지를 사람이 아니라고요."
"시도는 해볼 수 있습니다."
"사랑이나 증오만이 당신을 자극할 수 있을 텐데, 둘 다 느리고 우아하게 진행되어야지만 생겨날걸요."
"아마도 그런 것 같군요. 어떻게 알았습니까?"
"내가 어떻게 아는지는 나도 몰라요."

그가 냉장고 문을 열고 콜라를 꺼내자마자 곧 차가운 김이 하얗게 병에 서렸다. 병을 따서 그녀에게 건네주면서 그가 두 번째 병을 땄다.

"내게 원하는 게 뭡니까?"
"당신 같은 남자는 처음 봤어요. 그렇게 사랑을 받거나 아니면 미움을 받는 것이 어떤 건지 알고 싶어요."
"당신은 마녀가 틀림없어요! 휘파람으로 바람을 일게 해보시죠?"

"난 휘파람을 못 불어요. 눈썹으로 대다수 남자들 마음속에 작고 시시한 폭풍은 일으킬 수 있어도. 당신 마음속에 불을 지피려면 어떻게 해야 하죠?"

"이미 지폈는지도."

그는 숨기는 기색 없이 그녀를 자세히 살펴보았다. "벽돌로 지은 별채 같아." 그가 말했다. "부드럽고 매끈하면서 강하고 튼튼해."

"어떻게 알아요? 나를 만져보지도 못했으면서."

"내가 손을 댄다면, 죽자고 도망치는 게 좋을걸요."

"내 사랑."

"헛소리는 집어치워요. 뭔가 잘못됐습니다. 나도 내 매력에 대해서는 건방질 정도로 잘 알고 있으니까. 뭘 원하는 겁니까? 당신은 군침 넘어갈 만큼 멋진 여자인 건 맞지만, 머리까지 좋은 여자거든. 뭘 원하는 거죠?"

"난 당신의 운수를 알려줬고 그건 이루어질 거예요."

"그래서 빌붙어서 빨아먹고 싶다 이겁니까?"

"네."

"이제야 당신을 믿을 수 있겠군." 그가 눈을 치켜떴다. "내 마음 깊은 곳에 있는 메리." 그가 말했다. "당신의 남편, 당신의 사랑, 당신의 소중한 벗을 돌보아주오. 내 속에서 일어나는 악과 외부에서 들어오는 해로부터 나를 지켜주오. 당신이 도와주길 기도한다오, 나의 메리. 왜냐하면 사내란 불어오는 바람에도 시달리는 이상한 욕구가 있거든. 게다가 사방에 자신의 씨를 뿌려야 하는 시대의 아픔을 지고 있다오. 오라 프로 메."*

"당신은 사기꾼이야, 이선."

"나도 압니다. 하지만 겸손한 사기꾼이지 않습니까?"

"난 당신이 이제 두려워요. 전에는 안 그랬는데."

"이유를 모르겠군요."

그녀의 표정이 타로 점을 칠 때처럼 변한 것을 그는 알아챘다.

"마룰로."

"마룰로가 왜요?"

"내가 물어보고 싶은 질문이에요."

"잠시만 기다려주세요. 달걀 여섯 개, 버터 하나, 좋습니다. 커피는요?"

"네, 커피 캔 하나도요. 선반에 있는 걸로 사고 싶어요. 웜덤 콘비프 해시**는 어때요?"

"아직 먹어보지 않았습니다. 다들 아주 좋다고 하더군요. 잠시만 기다려주세요, 베이커 은행장님. 사모님께서 웜덤 콘비프 해시를 사가지 않으셨습니까?"

"잘 모르겠는데, 이선. 나는 앞에 놓인 것만 먹는다네. 영헌트 부인, 날마다 아름다워지는구려."

"친절하신 말씀이세요, 은행장님."

- * '나를 위해 기도해주오'란 뜻이다.
- ** 절인 소고기를 다진 것을 말한다.

"진심이요. 게다가…… 옷도 정말 잘 입으시고."

"저도 은행장님 보면서 그렇게 생각했는데. 물론 은행장님이 아름다우신 건 아니지만 훌륭한 재봉사를 두셨나 봐요."

"그런 것 같구려. 그만큼 돈을 주니까."

"옛날에 누군가 말했던 '예절이 사람을 만든다'라는 말 기억하세요? 이제 보니 그 말이 바뀌었어요. 재봉사들이 남자를 원하는 대로 만드네요."

"잘 만든 양복의 문제점은, 너무 오래간다는 거지. 이 옷은 십 년이나 됐다오."

"믿을 수가 없는걸요, 베이커 은행장님. 베이커 사모님은 잘 지내시고요?"

"워낙 잘 지내서 문제일 정도지. 영 헌트 부인, 내 아내에게도 놀러가고 좀 그래줘요. 외로워하니까. 요즘 교양 있는 대화를 나눌 수 있는 사람들이 그리 많지 않아요. 위컴이 그 말을 했었지. 윈체스터 대학 교훈이거든."

그녀가 이선에게 몸을 돌렸다. "이 사실을 아는 다른 미국 은행장이 있으면 데려와봐요."

베이커 씨 얼굴빛이 붉어졌다. "내 아내가 세계명작을 구독했다오. 대단한 독서가야. 좀 찾아봐줘요."

"그렇게 할게요. 내 건 봉투에 담아주세요, 홀리 씨. 집에 가는 길에 찾으러 오겠어요."

"알겠습니다, 부인."

"젊은 여자가 대단해." 베이커 씨가 말했다.

불만의 겨울

"부인이 메리와 잘 지냅니다."

"이선, 정부에서 일하는 사람이 여기 왔던가?"

"네."

"원하는 게 뭐였나?"

"모르겠습니다. 마룰로 사장님에 대해 물어보더군요. 저는 알려줄 것이 없었습니다."

베이커 씨는 말미잘이 입을 열고 깨끗하게 빨아먹은 게 껍질을 내뱉듯이 마지의 모습을 지워버렸다. "이선, 데니 테일러 만난 적 있나?"

"아뇨, 없습니다."

"녀석이 어디에 있는지 아나?"

"아뇨, 모릅니다."

"나는 그를 만나야 해. 혹시 어디에 있을지 짐작 가는 곳 없나?"

"저는 그 친구를, 그러니까…… 5월 이후로 못 봤습니다. 다시 치료를 받으려고 하더군요."

"어디서 받는지 아는가?"

"말해주지 않았습니다. 하지만 치료받고 싶어 하더군요."

"공공기관에서 말인가?"

"그런 것 같지는 않은데요, 어르신. 저에게 돈을 좀 빌려갔으니까요."

"뭐야!"

"제가 돈을 좀 빌려줬습니다."

"얼마나?"

"무슨 말씀이신지?"

"미안하네, 이선. 자네들은 오랜 친구 사이지. 미안해. 녀석이 또 돈이 있던가?"

"그런 것 같습니다."

"얼마인지는 모르고?"

"모릅니다, 어르신. 그저 제 느낌에 돈이 더 있는 것 같았습니다."

"그가 어디 있는지 알게 되면, 제발 알려주게."

"그렇게 되면 말씀드리겠습니다, 베이커 은행장님. 연락할 시설과 전화번호 목록을 뽑아보실 수도 있을 텐데요."

"현금으로 빌려갔나?"

"네."

"그러면 소용없네. 이름을 바꿨을 거야."

"왜죠?"

"집안이 좋은 사람들은 늘 그런다네. 이선, 메리에게서 그 돈을 얻은 건가?"

"네."

"싫어하지 않던가?"

"아내는 모릅니다."

"이제야 자네 머리가 돌아가는군."

"어르신에게 배운 겁니다."

"뭐, 잊지 말게나."

불만의 겨울 451

"아마 조금씩 제가 배우고 있나 봅니다. 제가 얼마나 모르고 있었나를 대부분 깨닫고 있는 중이지만요."

"그래, 좋은 일이지. 메리는 잘 있고?"

"아, 끄떡없이 튼튼합니다. 아내를 데리고 짧게라도 휴가를 다녀오고 싶습니다. 읍내를 벗어나보지 못한 게 한참이거든요."

"그런 날이 오게 될 거야, 이선. 나는 독립기념일에 메인에 다녀올 생각일세. 시끄러워서 더는 못 참겠어."

"어르신 같은 은행원들은 정말 운이 좋은 것 같습니다. 최근에 올버니에 다녀오시지 않았습니까?"

"누가 자네에게 알려줬나?"

"모르겠습니다……. 어디에선가 들었어요. 아마 사모님이 메리에게 말씀한 것 같기도 하고."

"그럴 리가 없네. 몰랐으니까. 어디서 들은 건지 좀 떠올려보게나."

"그냥 제 상상인지도 모릅니다."

"이거 신경이 쓰이는구먼, 이선. 어디서 들었는지 곰곰이 생각해봐."

"생각이 안 납니다, 어르신. 무슨 문제라도 있습니까?"

"내가 왜 걱정하는지 자네에게만 털어놓음세. 그게 사실이라 그래. 주지사가 나를 불렀다네. 심각한 일이지. 도대체 어디에서 말이 나간 건지 모르겠군."

"누가 어르신을 그곳에서 만나기라도?"

"내가 아는 한은 없네. 급히 갔다 왔으니까. 이건 심각한 일일세. 내 자네에게 한 가지 알려주지. 이 말이 나간다면 그 출처가 어디인지 내 모를 리 없을걸세."

"그렇다면 무슨 일인지 듣고 싶지 않습니다."

"이제 올버니에 대해서도 알고 있으니 자넨 선택할 여지가 없네. 주 정부가 군과 읍 행정을 조사하고 있어."

"왜요?"

"내 생각에는 올버니까지 퍼진 것 같아."

"정치에 대한 건 아니랍니까?"

"주지사가 하는 거라면 무엇이든 정치라 부를 수 있겠지."

"베이커 은행장님, 왜 공개적으로 할 수 없는 거죠?"

"내 이유를 말해주지. 저 위쪽에서 말이 새나가면 검사관이 일에 착수했을 때는 기록 대부분이 사라져버리게 될걸세."

"그렇군요. 차라리 저에게 알려주시지 않았더라면 좋았겠습니다. 제가 수다스러운 사람은 아니지만 그래도 모르는 편이 나았겠습니다."

"그 문제라면 나도 마찬가질세, 이선."

"선거가 7월 7일입니다. 그전에 터질까요?"

"모르겠네. 그야 주정부에 달렸지."

"마룰로 사장님도 얽혀 있다고 보십니까? 저는 이 일자리를 잃을 수 없습니다."

"그런 것 같지는 않아. 그 사람은 연방정부 사람이었네. 법무부에서 나왔더군. 자넨 그 사람에게 신분증도 요구 안 했던 게야?"

"생각을 못했습니다. 휙 보여주긴 했지만 제대로 못 봤습니다."

"이런, 확인했어야지. 항상 확인해야 하네."

"어르신이 휴가를 떠나실 줄은 짐작도 못했는걸요."

"아, 별 문제 아닐세. 독립기념일 주말에는 아무 일도 일어나지 않으니까. 그 뭐야, 일본 놈들도 주말에 진주만을 습격하지 않았나. 다들 떠나고 없다는 걸 놈들도 알았던걸세."

"저도 메리를 어디 좀 데리고 가고 싶습니다."

"아마 나중에 그리 되겠지. 자네 머리 좀 굴려서 테일러가 어디 있나 좀 알아봐주게."

"그게 그리 중요한가요?"

"그렇다네. 지금 당장은 이유를 말해줄 수 없네만."

"그렇다면, 그 친구를 꼭 찾고 싶네요."

"그러니까, 자네가 그 녀석만 찾아낸다면 이 일자리도 더는 필요 없게 될지 모른다네."

"그렇다면야, 틀림없이 찾아보겠습니다, 어르신."

"바로 그거야, 이선. 틀림없이 그러리라 믿네. 그리고 녀석이 어디 있는지 찾았으면, 내게 전화하게…… 낮이든 밤이든, 언제라도 말일세."

13

생각할 시간이 없다고 말하는 사람들은 이상하다. 나는 갑절로 생각할 수 있는데 말이다. 채소 무게를 달거나, 손님들과 하루를 보내고, 메리와 싸우거나 사랑을 나누며, 아이들을 다룬다 한들…… 한편으로는 끊임없이 생각하고, 궁금해하고, 궁리하는 것을 결코 멈추지 않는다. 틀림없이 다른 사람들도 마찬가지이리라. 생각할 시간이 없다는 것은 아마도 생각하고자 하는 마음이 없다는 뜻이겠지.

나는 낯선 미지의 세계에 들어서버렸다. 아마도 어쩔 수 없이. 질문들이 끓어오르면서 주목해달라고 다그쳤다. 그런데 이 세계가 내게는 너무 새로운 곳이라 이곳에 오래 산 거주자들이라면 아마 어린아이였을 때 해결해서 치워버렸을 문제를 가지고 나는 씨름했다.

나는 내 행위에 순서를 정하고 매번 방향을 틀 때마다 그것을 통제할 수 있으리라 생각했었다. 원할 때는 멈출 수도 있으리라 여겼다. 그런데 이제 무시무시한 확신이 점점 들기 시작했으니, 즉 그 순서라는 것이 사람과 같은 하나의 생물이 되어 자신만의 목적과 방법을 가지면서 자신의 창조자로부터 독립해버릴지도 모른다는 확신이었다. 게다가 또 다른 골치 아픈 생각도 떠올랐다. 정말로 내가 그것을 시작한 건가, 아니면 그저 저항하지 못했던 것뿐인가? 내가 움직이게 만드는 사람일지 모르나, 나 역시 움직이게 되지 않았던가? 길게 뻗은 길 위에 서면 교차로도 갈림길도, 어떤 다른 선택도 없는 것 같았다.

첫 번째 평가에서 선택은 내려졌다. 윤리란 무엇인가? 단지 말에 불과한 건가? 내 아버지의 약점, 즉 관대한 마음과 다른 사람들도 역시 관대하리라는 근거 빈약한 포부를 평가하는 일은 명예로웠나? 아니다, 단지 아버지가 빠질 구덩이를 파는 데에나 훌륭하게 쓰였다. 아버지는 스스로 구덩이에 빠졌다. 아무도 아버지를 밀지 않았다. 구덩이에 빠진 아버지 옷을 벗기는 것이 부도덕한 짓이었던가? 전혀 그렇지 않았다.

이제 서두름 없이 침착하게 뉴베이타운이 포위되고 있다. 존경할 만한 사람들이 그것을 추진했다. 성공한다면 그들은 부정한 놈들이 아닌 현명한 사람들로 인정받게 될 것이다. 그런데 그들이 간과했던 요인이 끼어든다면, 부도덕하고 비열한 짓일까? 아마 성공하느냐 마느냐에 달렸을 것이다. 이 세계 사람들 다수에게 성공은 결코 나쁜 것이 아니다. 히틀러가 아무런 견제 없이 의기양양하게 전진했을 때 얼마나 많은 존경할 만한 사람들이 그에게서 미덕을 찾아냈었는지 나는 기억한다. 그리고 무솔리니가 집권하자 기차가 정시에 운행했으며, 비시는 프랑스 국익을 위해 나치와 협력했고, 그리고 스탈린이 그밖의 무슨 짓을 했든, 그는 강했다. 힘과 성공…… 그것들은 도덕보다 우위에 있고, 비평보다 우위에 있다. 그렇다면 당신이 무엇을 하는가가 아니라, 당신이 그것을 어떻게 하고 무엇이라 부르는지에 달려 있다. 사람들 마음 깊숙이 멈추게 하거나 벌을 내리며 감독하는 어떤 것이 있을까? 없는 것 같다. 실패했을 때만 벌이 가해진다. 사실 범인이 잡히지 않으면 어떤 범죄도 성립되지 않는다. 뉴베이타운에서 일어나는 움직임 속에 어떤 사람들은 피해를 보고, 심지어 누군가는 파멸해야 했지만, 그렇다고 그 변화를 조금도 저지하지 못했다.

나는 이것을 양심의 갈등이라 부를 수 없었다. 일단 그 양상을 알아차린 다음 받아들이고 나니, 길이 분명히 드러났고 위험은 뚜렷해졌다. 그것이 스스로 계획을 세우는 것처럼 보였을 때 가장 놀랐다. 하나가 다른 하나에서 자라났고 모든 것이 서로 맞아떨어졌다. 나는 그것이 자라나는 것을 지켜보면서 다만 살짝 만져주며 인도했을 따름이다.

내가 계획한 일이 이질적이긴 해도 키가 큰 말을 탈 때 사용하는 등자처럼 필요한 것임을 나는 충분히 숙지했다. 그러나 일단 올라타면, 등자는 필요 없어지고 만다. 혹 이 과정을 멈출 수 없을지는 몰라도, 다시 이런 일을 일으킬 필요는 절대 없다. 나는 이 음침하고 위험한 나라의 국민이 될 필요도 없었고 되고 싶지도 않았다. 나는 다가올 7월 7일의 비극과는 아무 상관도 없었다. 내 순서에 포함된 일이 아니었으나, 그것을 고대하면서 이용할 수 있으리라.

우리가 가진 신화 가운데 종종 그릇된 것으로 판명되는 낡은 신화가 바로 사람의 생각이 그 얼굴에 드러난다는 둥, 눈이 영혼의 창이라는 둥이라 여기면서 믿는 것이다. 전혀 그렇지 않다. 오직 병색만 드러나거나 종류가 다른 병인 패배 또는 절망만 드러난다. 드물게 몇몇 사람만이 저 아래를 느끼고, 변화를 감지하거나 비밀스러운 신호를 들을 수 있다. 짐작컨대 메리가 변화를 느끼긴 했지만 그것을 오해했고, 마지영 헌트가 알아차리긴 했지만…… 그건 그 여자가 마녀라서 가능했던 것으로, 사실 그 때문에 꺼림칙하다. 그 여자는 마력을 지녔을 뿐만 아니라 똑똑하기까지 한 것 같다. 그래서 더 꺼림칙하다.

내 짐작에 베이커 은행장은 아마 틀림없이 독립기념일 주말이 시작되는 금요일 오후에 휴가를 떠날 듯했다. 선거전에서 효능을 발휘하려면 폭풍은 금요일이나 토요일에 들이닥쳐야 할 테고, 베이커 씨가 그 충격을 피하고 싶어 할 것이라고 보는 것이 당연히 논리적이었다. 물론 내게는 크게 문제없었다. 예상을 하고 행한 것이긴 하지만, 은행장이 목요일 밤에 떠날 것을 대비해, 그날 필요한 몇 가지 움직임을 취하긴 했다. 토요일 일이야 내가 워낙 능숙하고 노련하게 하는 것이라 잠을 자면서도 그대로 할 수 있었다. 혹여 그 일이 조금이라도 두렵다면, 하찮은 무대공포증에 불과한 것이었다.

6월 27일 월요일, 내가 가게 문을 열자 곧 마룰로가 들어왔다. 그는 가게를 두리번거리면서 선반과 금전등록기, 냉장고를 낯설게 쳐다보더니 창고로 들어가 둘러보았다. 당신이 그 얼굴을 보았다면 난생처음 그곳을 보는 사람이라 여겼을 것이다.

내가 말했다. "독립기념일에 여행갈 계획이세요?"

"왜 그렇게 말하나?"

"뭐, 여유가 있으면 다들 그러더라고요."

"아! 내가 어딜 가겠나?"

"남들 가는 곳은요? 캐스킬스, 아니면 몬토크에 가서 낚시를 하는 거죠. 참치 떼가 그득할 겁니다."

돌진하는 13킬로그램짜리 물고기와 싸움을 벌이는 상상만으로도 관절염 통증이 그의 팔을 타고 오르는 바람에 그는 양팔을 굽히면서 움찔거렸다.

이탈리아는 언제 갈 계획인지 물어보려다가, 너무 지나친 것 같았다. 대신 다가가서 오른쪽 팔꿈치를 가볍게 잡았다. "알피오." 내가 말했다. "사장님은 바보입니다. 뉴욕에 가서 최고 전문가를 만나는 게 어떻습니까? 고통을 멈출 수 있는 방법이 틀림없이 있을 겁니다."

"믿지 않아."

"잃을 게 뭐 있습니까? 가보세요. 해보시라고요."

"자네가 무슨 상관이야?"

"상관은 없습니다. 그렇지만 멍청한 이탈리아 놈을 위해 여기서 오랫동안 일을 하고 있거든요. 누렁이라도 그렇게 아프다면, 고통이 전해질 겁니다. 사장님은 가게에 들어와서 팔을 움직이고 있는데 나는 물건 정리하는 데 삼십 분밖에 남지 않았습니다."

불만의 겨울

"자네 내가 좋나?"

"젠장, 아닙니다. 월급 올려달라고 아부하는 겁니다."

그가 사냥개 같은 눈으로 나를 쳐다보았다. 가장자리가 충혈된, 홍채와 눈동자가 모두 진한 갈색 눈. 그가 무슨 말을 할 듯 보였지만 곧 마음을 고쳐먹었다. "자네는 좋은 풋내기야." 그가 말했다.

"그런 건 믿지 마세요."

"좋은 풋내기라니까!" 그가 난데없이 목소리를 높이더니 자신이 보인 감정에 충격이라도 받은 듯 가게 밖으로 나가버렸다.

데이비슨 부인에게 줄 줄기콩 900그램을 달고 있는데 마룰로가 큰 걸음으로 급히 돌아왔다. 그는 문간에 서서 내게 소리쳤다.

"내 폰티액 가져가게."

"네?"

"일요일과 월요일에 어디 다녀오라고."

"그럴 여유가 없는데요."

"애들도 데리고 가. 자네가 내 폰티액 가져갈 거라고 차고에다 말해뒀어. 기름도 충분해."

"잠깐만요."

"닥쳐. 애들도 데려가." 그가 종이를 씹어 뭉친 것처럼 생긴 무언가를 내게 던지자 줄기콩 사이로 떨어졌다. 데이비슨 부인이 다시 거리를 내달리는 그를 쳐다보았다. 나는 줄기콩 사이에서 그 초록색 뭉치를 집었다. 정사각형으로 단단히 접어놓은 20달러짜리 지폐 세 장이었다.

"저 양반 왜 저러나?"

"흥분을 잘하는 이탈리아 사람이잖아요."

"그러게. 돈을 다 던지다니!"

한 주가 다 가도록 그는 나타나지 않았지만, 문제없었다. 내게 아무런 말없이 떠난 적은 한 번도 없었으니까. 마치 퍼레이드가 지나가는 것을 보는 듯했다. 그냥 자리에 서서 지나가는 것을 보는데 다음에 등장할 무대차가 뭔지 다 알아도 그저 똑같이 지켜만 본다.

폰티액은 짐작도 못했다. 마룰로가 남에게 차를 빌려준 적은 한 번도 없었다. 이상한 때였다. 무언가 외부의 힘이나 의도가 일어나는 사건들을 장악해서 소들이 적재용 미끄럼대에 몰려 있는 것처럼 사건들도 바싹 붐비듯 모이게 한 것 같았다. 나는 그 반대도 참이라는 것을 안다. 때로는 아무리 신중하고 상세하게 계획을 세운다 한들 그 힘이나 의도가 빗나가면서 망쳐버린다. 그래서 우리가 행운과 불행을 믿나 보다.

6월 30일 목요일, 평상시처럼 새벽녘 흑진주 같은 빛 속에서 잠을 깨니, 이제 한여름에 접어든 때라 아주 이른 시각이었다. 의자와 장롱이 시커멓고 흐릿하게 보였고 그림들은 겨우 더 알아볼 만했다. 땅 위로 바람 한 점 일지 않는 아주 드문 새벽녘이라, 창문에 처진 흰색 커튼이 마치 숨을 쉬기라도 하는 듯 들이마시고 내쉬는 것처럼 보였다.

나는 잠에서 빠져나오면서, 두 세계가 주는 이점을 누렸다. 층층이 쌓여 있는 하늘 같은 꿈결과 현세에 붙박여 있는 정신. 나는 늘어지게 기지개를 켰다. 온몸이 상당히 얼얼했다. 밤사이 줄어든 피부를 낮 시간에 맞게 펴내기 위해 근육을 부풀리는 것 같았고, 기분 좋게 근질거렸다.

나는 우선 흥미로운 것이나 중요한 것이 있는지 신문을 스윽 살펴보듯 기억나는 꿈을 떠올려보았다. 그러고 나서는 아직 일어나지 않은 일을 생각하면서 밝아올 하루를 살폈다. 다음으로 내 밑에 있던 부하 중 가장 훌륭했던 부사관에게 배운 방법을 따라했다. 그의 이름은 찰리 에드워즈. 나이가 중년에 접어든 원사로 전투에 나가기엔 나이가 좀 많긴 했어도 훌륭한 군인이었다. 그는 예쁜 아내와 자식이 줄줄이 넷이나 있는 대가족의 가장이었고, 원하기만 하면 식구들을 향한 사랑과 그리움에 마음 아파할 수도 있었다. 그가 내게 해준 이야기였다. 그러나 목숨이 걸린 일을 하다 보니 사랑 때문에 주의를 산만하게 할 겨를이 없었다. 그래서 한 가지 방법에 도달하게 되었다. 아침에, 그러니까 공습경보 때문에 잠에서 벌떡 깨지만 않는다면, 그는 자신의 생각과 마음을 가족에게 열었다. 그는 차례대로 한 사람씩, 그들이 어떻게 생겼었는지, 어떤 모습으로 지내고 있을지 곰곰이 떠올렸다. 그리고 그들을 어루만지면서 자신의 사랑이 변함없다고 안심시켰다. 마치 장식장에서 소중한 물건을 하나하나 집어 들어 각각의 보물을 쳐다보면서 만져보고 입을 맞춘 다음, 다시 넣는 것처럼 말이다. 그리고 마지막으로 가족 모두에게 잠시 안녕을 고하면서 장식장 문을 닫았다. 이렇게 하는 데 총 삼십 분밖에 걸리지 않았고 그러고 나면 하루 종일 가족 생각을 다시 할 필요가 없었다. 그는 생각과 감정의 갈등 속에 괴로워하는 일 없이 전력을 다해 자신이 해야 하는 일에 집중할 수 있었다……. 사람을 죽이는 일에 말이다. 그는 내가 만났던 군인 중에 최고였다. 그 방법을 나도 쓸 수 있을지 허락을 구하자 승낙해줬다. 그가 전사했을 때, 나는 그가 훌륭하고 유능한 삶을 살다가 갔다는 생각밖에 들지 않았다. 그는 자신의 기쁨을 얻고 사랑을 맛보며 빚을 갚고 떠났지만, 과연 얼마나 되는 사람들이 그런 삶에 접근해보기나 했을까?

찰리 원사의 방법을 항상 사용하는 것은 아니지만, 이 목요일처럼 주의가 산만해지지 않아야 할 때는, 하루가 그 문을 살짝 열며 시작될 때 잠에서 깨어나 찰리 원사가 했던 것처럼 나도 가족을 하나하나 방문해보았다.

나는 연대순으로 내 가족을 방문해서, 우선 데보라 대고모에게 인사를 했다. 대고모 이름은 이스라엘의 사사 데보라를 따라 지은 것으로, 사사란 군대를 이끄는 지도자였다고 전에 읽었던 적이 있다. 아마 대고모는 자신의 이름대로 살았던 것 같다. 대고모는 분명 군대도 이끌 수 있는 분이었으리라. 그분은 생각이라는 군대를 통솔했다. 눈에 보이는 이익이 없는 것을 내가 즐겁게 배우는 까닭도 대고모의 영향을 받은 것이다. 비록 엄격하긴 했어도 호기심이 충만했던 대고모는 그렇지 않은 사람들을 상대하지 않았다. 나는 대고모에게 절을 했다. 늙은 선장에게는 허공을 향해 축배를 들었고 내 아버지에게는 고개를 숙였다. 심지어 내가 어머니라고 알고 있는 과거의 비어 있는 구멍에도 본분을 다해 방문했다. 나는 어머니를 전혀 몰랐다. 내가 알 수 있기도 전에 어머니는 돌아가셨고, 어머니가 있어야 할 과거의 그 자리에는 구멍만 남겨져 있었다.

하나가 거슬렸다. 데보라 대고모와 늙은 선장과 내 아버지가 선명하게 그려지지 않았다. 사진처럼 또렷해야 하는데 그분들의 윤곽선이 흐릿하게 흔들렸다. 뭐, 아마 오래된 사진처럼 마음도 기억 속에서 흐려지나 보다. 배경이 스멀스멀 피사체를 삼키기 위해 덮치듯이. 그분들을 영원히 붙들고 있을 수는 없었다.

메리가 그다음 차례여야 했지만 나는 아내를 나중에 찾아보기 위해 제쳐두었다.

나는 앨런을 떠올렸다. 아들의 어릴 적 얼굴, 인간도 완전해질 수 있음을 내게 확신시켜줬던 즐거움에 흥겨웠던 그 얼굴이 생각나지 않았다. 아들은 커가면서 변한 모습으로 나타났다……. 부루퉁하고 건방지고 골을 잘 내고 자신이 겪고 있는 사춘기의 고통과 혼란스러움 속에 쌀쌀맞고 비밀스러웠다. 덫에 걸린 개처럼 근처에 있는 사람을 비롯해 자기 자신마저 물어뜯어야 하는 괴로운 시절. 내 마음속에 그려본 모습에서조차 아들은 그 비참한 불만으로부터 벗어나질 못했기에, 나도 안다고만 말한 채 아들에게서 눈을 돌렸다. 그 시절이 어찌나 나쁜지 나도 기억하고 있기에 도와줄 수가 없다. 아무도 도와줄 수 없다. 나는 네게 단지 끝날 것이라고 말해줄 수밖에 없구나. 그렇지만 너는 믿지 않겠지. 평화롭게 가거라……. 비록 이 시기 동안 우리가 서로를 견디지 못하더라도 내 사랑과 함께 가거라.

엘런을 생각하자 기쁨이 밀려왔다. 딸아이는 예쁠 것이다. 제 엄마보다 더 예쁠 것이다. 그 어린 얼굴이 마지막 모습을 갖춰 자리를 잡으면 데보라 대고모에게 있던 이상한 권위도 깃들게 될 테니까. 딸아이의 변덕, 잔인함, 신경질은 상당히 아름답고 귀한 존재가 가지는 구성요소다. 나는 안다. 잠이 든 딸아이가 온전히 만족한 여인의 모습으로 분홍빛 부적을 그 작은 가슴에 품고 서 있는 것을 내가 보았으니까. 그 부적이 내게 중요했고 아직도 중요하듯 엘런에게도 중요하다. 내 안에 무엇이라도 불멸하는 것이 있다면 그것을 이어갈 사람은 아마 엘런이리라. 내가 인사를 하면서 양팔로 딸아이를 감싸자, 딸아이는 진짜처럼 내 귀를 간질이며 키득거렸다. 나의 엘런. 나의 딸.

오른쪽에 누워 잠결에 웃고 있는 메리에게 나는 고개를 돌렸다. 그곳은 바로 아내의 자리로, 하루 일과를 모두 마치고 드디어 잠자리에 들 때, 내 왼팔이 자유롭게 쓰다듬을 수 있도록 그녀가 내 오른팔에 머리를 베는 곳이다.

며칠 전, 가게에서 모양이 구부러진 바나나 칼에 집게손가락을 베이는 바람에 손가락 끝 볼록한 부분에 굳은살처럼 딱지가 앉았다. 그래서 나는 귀에서 어깨로 이어지는 아내의 사랑스러운 곡선을 아내가 놀라지 않게 부드럽게 그러면서도 간지럽지 않을 만큼 힘 있게 집게손가락으로 어루만졌다. 아내가 언제나처럼 한숨을 쉬었다. 속 깊은 곳에서 모아져 나온 숨을 나지막이 실컷 늘어지게 내뱉었다. 어떤 사람들은 잠에서 깨어나면 속상해하지만, 메리는 그렇지 않다. 그녀는 좋은 날이 될 것이라는 기대감으로 하루를 맞이한다. 나는 이러한 사실을 알기에, 그녀가 품은 확신이 옳음을 입증하려고 작은 선물을 해주고자 노력한다. 그리고 특별한 때를 위해 선물을 감춰두기도 하는데, 지금 내 마음의 지갑 속에서 꺼낸 이런 선물처럼 말이다.

그녀가 잠에 취해 흐릿한 두 눈을 떴다. "벌써?"라고 묻더니, 날이 얼마나 밝았는지 보려고 창문을 흘깃 쳐다봤다. 장롱 너머로는 그림이 걸려 있다. 나무와 호수 그리고 호수 속에 작은 소가 서 있는 그림. 침대에 누워서도 쇠꼬리가 보이는 것으로 미루어 날이 밝았음을 나는 알아차렸다.

"아주 기쁜 소식을 그대에게 가져왔다오, 나의 날다람쥐."

"말도 안 돼."

"내가 그대에게 거짓말을 했던 적이 있던가?"

"아마도요."

"이 기쁜 소식을 들을 만큼 잠이 깼나?"

"아뇨."

"그렇다면 보류해둬야겠군."

아내가 왼쪽 어깨를 대고 돌아눕자 그녀의 부드러운 살에 깊은 주름이 생겼다. "당신은 농담을 너무 많이 해요. 마치 잔디밭에 시멘트라도 바를 것처럼······."

"그런 거 아니야."

"아니면 귀뚜라미 농장이라도 시작하려······."

"아니. 하지만 포기한 지 오래된 계획들은 당신도 기억하고 있겠지."

"이것도 농담이에요?"

"글쎄, 워낙 이상하고 마술 같은 일이라 당신의 믿음에 버팀목을 받쳐야만 할 텐데."

이제 아내의 두 눈은 잠에서 깨어나 맑아졌고 입술 주위는 웃을 준비를 하느라 작게 떨렸다. "말해봐요."

"당신 마룰로라는 이탈리아계 사람 알지?"

"미쳤나 봐······. 당신 바보 같아요."

"이 소식이 그렇다는 걸 알게 될 거야. 마룰로가 한동안 이곳을 떠난다고 말했어."

"어디로 간대요?"

"그 말은 없었어."

"언제 돌아와요?"

"나 좀 헷갈리게 하지 마. 그런 말도 없었어. 그 사람이 한 말, 그리고 내가 항의했지만 그 사람이 명령한 건 말이야, 우리가 마룰로의 차를 타고 휴가 기간 동안 행복한 여행을 다녀

와야 한다는 거지."

"설마 그럴 리가요."

"당신 슬프게 만드는 거짓말이나 해줘?"

"하지만 왜요?"

"그건 당신에게 말할 수 없고. 보이스카우트 선서에서부터 교황 서약에 이르기까지 내가 걸고 맹세할 수 있는 것은 밍크 시트가 깔린 폰티액이 신선한 기름을 탱크에 가득 채우고 여왕마마께서 만족하기만을 기다리고 있다는 거야."

"하지만 어디를 가죠?"

"그거야 내 사랑스러운 벌레 같은 마누라께서 결정하실 일이지. 오늘, 내일, 그리고 토요일 내내 계획을 세워보라고."

"하지만 월요일도 휴일이요. 그러면 꼬박 이틀이라고요."

"그거야 그렇지."

"우리가 그런 여유가 있어요? 모텔에서 자거나 뭐 그래야 된단 말이에요."

"있건 없건, 그렇게 할 거야. 난 비자금 주머니가 있거든."

"웃기셔, 당신 주머니 사정이야 나도 아는데요. 그 사람이 차를 빌려줬다니 상상이 안 되네요."

"나도 그래, 하지만 빌려줬다고."

"부활절에 사탕도 가지고 온 거 잊지 마세요."

"아마 노망이 들었나 봐."

"그 사람이 원하는 게 뭔지 궁금해요."

"그건 내 아내가 궁금해할 가치가 없는 일인데. 아마 우리가 자기를 사랑해줬으면 하나 보지."

"준비할 게 태산이네요."

"아마 그럴 거야." 아내가 온갖 일어날 법한 일을 향해 불도저처럼 기세 좋게 파고들어 생각하는 것을 볼 수 있었다. 나는 그녀의 관심에서 벗어났고 다시 받을 일도 없어 보였는데, 그건 좋은 일이었다.

아침식사 자리에서 내가 두 번째 커피를 비우기도 전에 아내는 벌써 미국 동부 지역 여행지 절반을 골랐다가 취소했다. 지난 몇 년간 내 불쌍한 여보는 즐거운 일이 별로 없었다.

내가 말했다. "클로에, 지금 당신의 주목을 받는 게 어렵다는 건 알지만 말이야. 아주 중요한 투자 제안이 들어왔어. 당신 돈이 좀더 필요한데 말이야. 저번 투자는 잘 되고 있고."

"베이커 씨도 아세요?"

"그분 생각이야."

"그러면 가져가요. 당신이 수표에 사인해요."

"얼마인지 알고 싶지 않아?"

"아마도요."

"무슨 투자인지도 알고 싶지 않고? 액수가 얼마나 큰지, 주식상장, 그래프, 예상 수익률, 재정 상태, 뭐 그런 것도?"

"이해하지 못할 건데요 뭐."

"이런, 당연히 할 수 있어."

"뭐, 이해하고 싶지도 않을 거예요."

"사람들이 당신을 월스트리트의 암여우라고 부르는 것도

당연해. 얼음같이 차갑고 다이아몬드같이 날카로운 사업정신이라니…… 이거 으스스한걸."

"우리는 여행을 가요." 아내가 말했다. "이틀 동안이나 여행을 간다고요."

이런 아내를 어찌 사랑하지 않고, 받들지 않을 수 있겠는가? "누구야 메리가……? 뭐하는 여자야?" 나는 이렇게 노래를 부르면서 빈 우유병을 모아 일터로 갔다.

조이와 익숙해지고 싶은 마음에 그를 따라잡아야겠다고 마음먹었지만, 내가 일 분 늦었거나 그가 일 분 더 빨랐던 것이 틀림없었다. 내가 중심가로 들어서니 그는 커피숍으로 들어가고 있었다. 나는 뒤따라 들어가 조이 옆자리에 앉았다. "당신 때문에 습관이 됐어요, 조이."

"안녕하세요, 홀리 씨. 커피가 꽤 맛있습니다."

나는 예전 학교 다닐 적 여자친구에게 인사를 했다. "안녕, 애니."

"단골이 되려나 봐, 이쓰?"

"그럴지도. 블랙커피 한 잔 줘."

"블랙 말이지."

"절망의 눈처럼 시커먼 블랙."

"뭐라고?"

"블랙으로 달라고."

"커피에 하얀 게 조금이라도 보이면, 이쓰, 내가 한 잔 더 줄게."

"모프, 잘 지내요?"

"똑같죠. 아니 더 나빠졌습니다."

"서로 일을 바꿀까요?"

"그렇고 싶네요. 긴 주말이 시작되기 바로 전에."

"당신만 힘든 건 아니죠. 사람들이 음식을 잔뜩 사들이고 있으니까."

"그렇겠네요. 그 생각은 못 했습니다."

"소풍 때 먹을거리며, 피클, 소시지 그리고 제발 좀 하느님, 마시멜로까지. 당신도 오늘 엄청 바쁠 것 같아요?"

"월요일이 독립기념일인 데다가 날씨까지 좋은데, 농담하는 겁니까? 게다가 설상가상, 전능하신 하느님은 산에 가서 휴식과 기분전환을 하고 싶다고 하시네요."

"베이커 은행장님이요?"

"제임스 G. 블레인*은 아니니까요."

"은행장님을 만나고 싶군요. 만나야 해요."

"뭐, 할 수 있거든 어디 한번 잡아보시죠. 4분의 4박으로 치는 탬버린처럼 뛰어다니고 있으니까."

"당신 부서로 샌드위치를 배달해줄 수 있어요, 조이."

"안 그래도 부탁할지 모릅니다."

"이번에는 내가 계산할게요." 내가 말했다.

"좋습니다."

● 미국의 유명한 정치가이다.

우리는 길을 함께 건너 골목으로 들어섰다. "목소리가 가라앉았어요, 조이."

"맞습니다. 다른 사람들 돈 만지는 게 신물이 나는군요. 주말에 끝내주는 데이트가 있는데 녹초가 되어서 흥이 나지도 않을 것 같습니다." 그가 껌 종이를 자물쇠 안에 밀어넣고 들어가면서 말했다. "또 봐요." 그러고는 문을 닫았다. 나는 뒷문을 열었다. "조이! 오늘 샌드위치 필요합니까?"

"괜찮습니다." 그가 바닥에 칠한 기름 냄새가 풍기는 어두침침한 실내에서 크게 외쳤다. "아마 금요일에요, 토요일은 꼭 해주세요."

"정오에 폐점하잖아요?"

"말했잖습니까. 은행은 문을 닫아도 모피는 아니라고."

"그러면 저에게 들르세요."

"고마워요. 고마워, 홀리 씨."

그날 아침은 "좋은 아침이야 제군들, 쉬어!"라는 말밖에 선반 위에 있는 내 병사들에게 할 말이 없었다. 9시가 되기 몇 분 전, 나는 앞치마 차림에 빗자루를 들고 가게 앞으로 나가 인도를 쓸었다.

베이커 씨가 어찌나 규칙적인지 시계바늘처럼 똑딱이는 소리가 들릴 것 같고 그의 가슴팍에는 분명 시계태엽이 감겨 있을 것이다. 8시 56분, 57분, 이제 그가 느릅나무길을 내려왔다. 8시 58분, 길을 건넜다. 8시 59분…… 그가 유리문 앞에 이르자, 나는 빗자루를 어깨에 멘 채로 그를 막아섰다.

"베이커 은행장님, 말씀을 나누고 싶습니다."

"좋은 아침이네, 이선. 잠시 기다려줄 수 없나? 안으로 들어오게."

뒤따라 들어서니, 마치 종교의식처럼…… 조이가 말한 그대로였다. 시계 바늘이 9시를 지나자 직원들이 차렷 자세나 마찬가지로 서 있었다. 거대한 철제 금고에서 찰각하는 소리와 함께 윙윙거리는 소리가 났다. 그러자 조이가 비밀스럽게 번호를 누르고 빗장을 푸는 핸들을 돌렸다. 가장 신성한 곳이 장엄히 열리더니 베이커 씨가 집결된 돈으로부터 경례를 받았다. 나는 성찬식을 기다리는 겸손한 신자처럼 가로대 밖에 서 있었다.

베이커 씨가 돌아보았다. "자, 이선. 무엇을 도와줄까?"

내가 부드럽게 말했다. "개인적으로 드릴 말씀이 있는데, 제가 가게를 떠날 수가 없습니다."

"다음으로 미룰 수 없나?"

"죄송하지만 그럴 수 없습니다."

"자넨 보조를 둬야 해."

"저도 압니다."

"잠시 시간이 나면 들르겠네. 테일러 소식은?"

"아직 없습니다. 하지만 몇 군데 연락을 취해놨습니다."

"들러보도록 하겠네."

"감사합니다, 어르신." 하지만 나는 그가 올 것을 알았다. 그는 채 삼십 분도 지나지 않아 찾아왔고, 가게에 있던 손님들이 모두 나갈 때까지 우두커니 서 있었다.

"자…… 이선, 무슨 일인가?"

"베이커 은행장님, 의사나 변호사나 목사님에게는 비밀엄수 의무가 있습니다. 은행원에게도 그런 의무가 있습니까?"

그가 미소를 지었다. "이선, 고객의 관심사를 두고 이러쿵저러쿵 이야기하는 은행원 들어봤나?"

"아니요."

"그럼, 가끔 한 번씩 물어봐서 어디까지 알아낼 수 있는지 해보게나. 게다가 그런 관례를 떠나, 난 자네 친구일세, 이선."

"저도 압니다. 제가 조금 신경이 과민한가 봅니다. 휴가를 가진지가 워낙 오래되어서 말이지요."

"휴가라고?"

"툭 털어놓고 말씀드리겠습니다, 베이커 은행장님. 마룰로에게 문제가 생겼습니다."

그가 내게 다가왔다. "무슨 문제?"

"저도 정확히는 모릅니다, 어르신. 아마 불법입국에 관련된 것 같습니다."

"자네가 어떻게 아나?"

"마룰로가 말해줬습니다……. 자세히는 아닌데. 어르신도 그 양반을 아시잖습니까."

나는 그의 마음이 펄쩍 뛰면서 이런 저런 조각들을 모아 서로 맞춰보는 게 눈에 보였다. "계속 해보게." 그가 말했다. "바로 국외추방 문제라네."

"그런 것 같습니다. 베이커 은행장님, 사장님은 저에게 잘해줬습니다. 사장님을 해치는 일은 하지 않을 겁니다."

"자네 자신을 위해서라면 당연히 해야지, 이선. 그가 무슨 제안을 했나?"

"단순한 제안은 아니었습니다. 여러 차례나 우회적으로 넌지시 돌려 말한 것에서 유추해야 했는데요. 결국 제가 5,000달러를 현금으로 즉시 마련할 수 있다면 이 가게를 소유할 수 있다는 것을 알아냈습니다."

"마치 마룰로가 급히 도망칠 것처럼 들리는 이야기인데……. 그렇다고 자네가 알 수는 없을 테고."

"저는 정말 아무것도 모릅니다."

"그렇다면 공모혐의는 전혀 없겠군. 그 사람이 자네에게 뭐 자세하게 이야기한 것도 없을 테고."

"전혀 없습니다, 어르신."

"그런데 어떻게 그런 액수가 나온 건가?"

"그야 쉽습니다, 어르신. 그게 가진 돈 전부니까요."

"하지만 더 싼 가격에 얻을지도 모르는데?"

"그럴지도 모르죠."

그가 재빨리 가게를 둘러보면서 값을 매겼다. "만약 자네 생각이 맞는다면, 자네가 거래에 유리한 입장이네."

"저는 그런 것을 잘 못합니다."

"자네도 알겠지만 나는 은밀한 거래는 찬성하지 않아. 내가 그 사람하고 이야기를 해볼 수 있을 것 같은데 말일세."

불만의 겨울 475

"사장님은 이곳에 없습니다."

"언제 돌아오나?"

"저는 모릅니다, 어르신. 사장님이 가게에 들를 수도 있고, 제게 현금이 있다면 그 양반이 거래를 할지도 모른다는 건 모두 제 추측일 뿐임을 기억해주세요. 아시다시피 사장님이 저를 좋아하거든요."

"나도 아네."

"제가 기회를 이용해먹는 거라고 생각하기는 싫습니다."

"자네 사장이야 다른 사람하고라도 거래를 할 거야. 그자라면 1만 달러쯤은 쉽게 받아낼걸세……. 누구에게라도."

"그렇다면 제가 너무 희망이 큰가 봅니다."

"속 좁게 생각하지 말게나. 일인자인 자네를 위해야지."

"이인자를 위해야 합니다. 그 돈은 메리 거니까요."

"그래. 그렇고말고. 자네 생각은 뭐였나?"

"그러니까, 은행장님께서 날짜와 액수란은 비워져 있는 서류를 좀 작성해주십사 하고 생각했습니다. 그러면 제가 금요일날 돈을 인출하고 말이죠."

"하필 왜 금요일인가?"

"뭐, 그것도 단지 추측에 불과합니다만, 사람들이 다들 휴일에는 여행을 떠난다는 식의 말을 사장님이 했었습니다. 그래서 그때 나타날지도 모르겠다고 제가 판단한 겁니다. 은행에 사장님 계좌가 없습니까?"

"전혀 없다네. 바로 최근에 인출해갔지 뭔가. 주식을 산다고 말하더군. 전에도 항상 그렇게 해서 인출해간 돈보다 더 많은 돈을 입금하는 사람이라 내가 다른 생각은 전혀 하지 못했구먼." 베이커 씨는 냉장고에 붙어 있는 혈색 좋은 라인골드 아가씨*의 두 눈을 뚫어지게 쳐다보았지만, 미소를 지으며 초대하는 그녀에게 응대하지는 않았다. "자네 이 거래에서 참패할 수 있다는 것도 알고 있지?"

"무슨 말씀입니까?"

"일단, 마룰로가 이 가게를 여러 명에게 팔았을 수도 있고, 다음으로 가게가 저당에 잡혀 심각한 상태일 수도 있네. 게다가 부동산 소유권에 대한 조사도 없고 말일세."

"그건 군 서기 사무실에 가면 찾아볼 수 있을 겁니다. 베이커 은행장님, 어르신께서 얼마나 바쁘신지 저도 잘 압니다. 다만 저는 제 가족을 위해 어르신과의 친분을 이용할 수밖에 없습니다. 게다가 어르신만이 그런 문제를 다룰 줄 아는 유일한 친구십니다."

"부동산 권리증서에 대해서는 톰 왓슨에게 전화해봄세. 제길, 이선, 때가 안 좋아. 나는 내일 밤 짧게 여행을 다녀올 생각이라. 자네 말이 사실이고 그놈이 사기꾼이라면, 자넨 털리게 될지도 모르네. 땡전 한 푼 없는 빈털터리로 말일세."

"그렇다면 포기하는 게 더 낫겠습니다. 그런데 어쩌면 좋습니까, 베이커 은행장님. 저는 식료품 점원일이 질렸습니다."

---

* 미국 라인골드 맥주의 광고 모델을 가리킨다.

"내 포기하라고 말하진 않았네. 기회를 잡으라고 말했지."

"제가 이 가게를 손에 넣는다면 메리가 아주 행복해할 겁니다. 하지만 어르신 말씀이 옳습니다. 아내 돈으로 도박을 할 수는 없습니다. 그냥 연방정부 공무원들이나 불러야겠습니다."

"그렇게 되면 자네는 가지고 있는 기회마저 잃게 되네."

"어째서 말입니까?"

"그 사람이 추방된다면 중개인을 통해 재산을 처분할 수 있는데, 그렇게 되면 이 가게는 자네가 지불할 수 있는 값보다 훨씬 비싸게 팔릴걸세. 그 사람이 달아나는 건 자네도 아직 모르는 일이고. 알지도 못하면서 어떻게 연방정부 공무원들에게 말할 수 있나? 게다가 그자가 걸렸는지는 자네도 모르잖은가."

"맞습니다."

"사실, 자네는 그자에 대해 아무것도 모르네……. 아무것도. 자네가 내게 해준 이야기라곤 모호한 억측뿐이야. 안 그런가?"

"네."

"그렇다면 잊어버리는 게 좋아."

"아무 기록도 없이 현금으로 지불하면…… 잘못되지 않을까요?"

"수표에 쓰면 된다네. 가령 'A. 마룰로와 식품점 거래에 투자' 뭐 이렇게. 그러면 자네 목적에 대한 기록이 되는 셈이지."

"이렇게 했는데도 일이 잘못되면."

"그러면 돈을 재예치하면 돼."

"이 일이 위험을 걸 만한 가치가 있다고 생각하십니까?"

"뭐…… 모든 일이 모험이야, 이선. 그만한 액수를 가지고 다니는 것도 모험이지."

"그건 제가 알아서 하겠습니다."

"내가 여행을 떠나는 게 아닌데 말일세."

손님들은 여전히 몰리는 시간에 들어왔다. 그동안 아무도 가게에 들어오지 않더니, 이제 여섯 명이 들어왔다. 여자 셋, 남자 노인, 그리고 아이 둘. 베이커 씨가 바짝 다가와 나직이 말했다. "내가 100달러 지폐로 준비해서 일련번호를 적어놓겠네. 그러면 그자가 잡혔을 때 다시 찾을 수 있지." 그는 여자 세 명에게 근엄하게 고개를 끄덕이고, 노인에게는 "좋은 아침입니다, 조지"라고 말하더니, 아이들의 거친 머리칼을 손가락으로 아무렇게나 쓰다듬었다. 베이커 씨는 아주 영리한 남자다.

14

7월 1일. 이날은 머리 가르마처럼 한 해를 가른다. 나는 이 날이 나 자신에게 하나의 경계 표시가 되리라 예견했다. 어제의 나, 그리고 내일은 또 다른 나. 나는 무를 수 없는 수를 둬 왔다. 시간과 우연한 사건들이 함께 거들면서, 내게 도움을 주는 것 같았다. 내가 하고 있는 일을 내 자신으로부터 숨기기 위해 정직함을 외면한 적은 결코 없다. 아무도 내가 선택한 방향으로 나를 나아가게 하지 않았다. 안락함과 위엄 그리고 안전을 위한 완충물을 얻기 위해 일시적으로 내 품행과 태도, 습관을 변화시켰다. 가족이 안락하고 안전해야만 위엄을 찾을 수 있다는 것을 알았기 때문에 가족을 위해 그런 변화를 수긍할 수 있었다. 그러나 내 목표는 한정되어 있으니, 일단 성취만 되면 내 행동을 되돌릴 수 있을 것이다. 그렇게 할 수 있음을 나는 알고 있다. 내가 전쟁에서 사람을 죽이긴 했어도, 그것이 나를 살인자로 만들지 못했듯이. 순찰병들을 내보내면서 몇 명이 죽으리라는 것을 알았음에도 희생의 기쁨은 내 속에서 전혀 일지 않았다. 내가 저지른 일을 결코 기뻐할 수도, 용서하거나 묵과할 수도 없었다. 중요한 것은 무엇을 위해 목표가 한정되었는지를 알고, 일단 목표가 성취되면 그 자리에서 당장 과정을 멈추는 것이었다. 그러나 안전과 위엄을 얻자마자 곧 멈추는 것은…… 내가 무엇을 하고 있는지를 알고 내 자신을 속이지 않아야 가능하리라. 사상자란 분노나 증오 또는 잔인함이 아닌, 어떤 과정으로 인해 생기는 희생자임을 전투를 통해 나는 알았다. 그리고 그것을 받아들이는 순간, 승자와 패자, 살인자와 살해당한 자 사이에 사랑이 있음을 나는 믿는다.

그러나 데니가 휘갈겨 쓴 서류는 아프다. 마룰로의 고마워하던 눈빛도.

군인들이 전투가 벌어지기 전날 밤 뜬눈으로 밤을 새운다고 하지만 나는 아니었다. 잠은 완전히 빠르고 무겁게 찾아왔고, 동트기 전 나를 상쾌한 모습으로 놓아주었다. 나는 평소처럼 어둠 속에 누워 있지도 않았다. 전에도 그랬듯이 내 삶을 찾아가고 싶은 욕구가 솟았다. 나는 침대에서 조용히 빠져나와 화장실에서 옷을 입고 계단을 내려갔다. 벽 쪽으로 붙어 걸었다. 장식장으로 가 자물쇠를 열고 장밋빛 보석구슬을 더듬어 찾으면서 나는 깜짝 놀랐다. 구슬을 호주머니에 넣고는 장식장 문을 닫아 잠갔다. 평생 동안 구슬을 꺼내 가지고 다녀본 적이 결코 없었던 데다가 바로 이날 아침에 그렇게 하리라고도 전혀 생각지 못했기 때문이다. 기억의 인도를 따라 어두운 부엌을 지나 뒷문으로 해서 어슴푸레한 뜰로 나갔다. 통통한 잎사귀들을 아치 모양으로 늘어뜨린 느릅나무들이 시커먼 동굴 같았다. 그때 마룰로가 빌려준 폰티액이 있었다면 나는 뉴베이타운 밖으로 차를 몰고 나가 내 최초의 기억이 깨어나는 세상으로 갔으리라. 주머니에 담긴 살처럼 따뜻한 부적 위로 끝없이 이어지는 구불구불한 모양을 손가락으로 더

듣어보았다. ……부적?

어린아이였을 적 나를 골고다로 보냈던 데보라 대고모는 단어를 기계처럼 정확하게 사용했다. 대고모는 무의미한 말을 결코 용납하지 않았고 내가 부정확한 단어를 사용하는 것도 절대 허락하지 않았다. 늙은 여자가 힘은 어찌나 세던지! 만약 대고모가 불멸을 원했다면, 내 머릿속에서 이루어 진 셈이다. 대고모는 내가 손가락으로 그 혼란스러운 모양을 더듬고 있는 것을 보더니 이렇게 말했다. "이선, 그 이상한 물건은 네 부적이 될 수 있을 거다."

"부적이 뭐예요?"

"답을 말해주면, 네 어중간한 주의력으로는 반밖에 배우지 못할 거다. 찾아보거라."

일단 호기심을 불러일으키고는 내 스스로 그것을 채우도록 시킨 데보라 대고모 덕분에 정말 많은 단어들이 내 것이 되었다. 물론 나는 이렇게 대답했었다. "상관없어요." 하지만 대고모는 내가 혼자 슬그머니 그 단어를 찾아보리라는 것을 알고 철자를 불러줬다. T-a-l-i-s-m-a-n.● 대고모는 아주 신경을 써서 단어를 사용했다. 정교한 물건을 서툴게 다루는 것을 싫어했던 것처럼 단어를 오용하는 것도 몹시 싫어했다. 이제 수십 년이 지나고 나니 그때가 떠오르면서 내가 '부적'의 철자를 잘못 썼다는 것도 눈에 보인다. 아라비아에서 온

● 행운을 가져다준다는 부적을 이르는 단어이다.

원래 단어는 맨 끝에 알뿌리 같은 것이 달린 구불구불한 선에 불과했다. 그 노인네의 시퍼런 서슬에 그리스어로 쓰인 것도 발음해볼 수 있었다. '천체와 성위星位의 영향 아래 거기서 나오는 비술적 힘이 담겨 있다는 형상이나 문자를 돌이나 기타 물체에 새긴 것으로, 지니고 있는 사람이 악을 피하거나 행운을 가져오기 위해 호부護符처럼 주로 휴대한다.' 이렇게 찾아보고 나면 그다음에는 '비술' '천체' '성위' 그리고 '호부'를 찾아봐야 했다. 항상 그런 식이었다. 연달아 터지는 폭죽처럼 단어 하나는 다른 단어들을 촉발했다.

나중에 내가 "부적을 믿으세요?"라고 물었더니 대고모는 이렇게 대답했다. "내 믿음이 그것과 무슨 관계가 있겠냐?"

나는 그것을 대고모 손에 올렸다. "이 그림인지 글자 같은 게 무슨 뜻이에요?"

"이건 내 것이 아니라 네 부적이야. 네가 바라는 대로 부적은 뜻을 지닌단다. 장식장에 도로 넣어두어라. 그것이 너를 기다려줄 테니까."

이제 느릅나무 동굴 속을 걸어가자니 대고모가 과거 모습 그대로 생생히 살아났고, 바로 그것이야말로 진정한 불멸이었다. 구슬에 새겨진 무늬는 위아래로 이어졌다가 한 바퀴 돌아 다시 위로 아래로, 마치 머리도 꼬리도 시작도 끝도 없는 뱀처럼 구불거렸다. 그런데 나는 난생처음으로 구슬을 가지고 나왔다……. 악을 피하기 위해서? 행운을 가져오려고? 나는 점치는 것도 믿지 않았고, 불멸이라는 말을 떠올리면 항상 실망한 자들을 위한 역겨운 약속 같아 보인다.

빛으로 테를 두른 동쪽 경계는 7월이었다. 6월이 밤사이에 떠나갔으니 말이다. 6월이 황금이라면 7월은 황동이고, 6월이 은이라면 7월은 납이다. 7월 잎사귀들은 무겁고 통통하고 무성하다. 둥지가 비어 갓 날기 시작한 뭉툭한 어린 새들이 어설프게 뒤뚱대고 있으니, 7월에 부르는 새들의 노래는 열정 없이 반복하는 허풍소리다. 7월은 결코 가망이나 성취의 달이 아니다. 과일이 자라긴 하나 달거나 색이 고운 것도 아니고, 옥수수는 노란색 어린 꽃차례가 달린 흐느적대는 녹색 다발일 뿐이다. 호박도 말라버린 꽃을 여전히 배꼽 중앙에 왕관처럼 쓰고 있다.

나는 통통하게 물이 올라 만족스러운 듯 보이는 폴록길을 따라 걸어갔다. 다리야 여전히 늘씬하지만 두꺼워지는 배는 코르셋을 입어도 감출 수 없는 여인처럼, 중년기를 맞이한 꽃으로 축축 처진 덩굴장미가 황동빛으로 밝아오는 새벽빛에 드러났다.

천천히 걷다 보니 말이 아니라 느낌으로 내 자신이 고별이 아닌…… 작별 인사를 하고 있다는 것을 알았다. 고별은 마지못해 내뱉는 달콤한 소리다. 작별 인사는 짧은 최후의 말로, 과거를 미래와 묶고 있는 줄을 날카로운 이빨로 끊어내는 소리다.

나는 구항에 왔다. 무엇에게 작별을 하는가? 나도 모른다. 기억이 나질 않았다. 나는 그곳에 가고 싶었으나, 바다와 공생하는 사람이라면 조류가 밀물 때라 그곳이 어두운 물아래 가라앉았다는 것쯤은 알리라. 지난밤 내가 보았던 달은 외과 의사가 쓰는 구부러진 바늘처럼 겨우 나흘 동안 자란 것이지만, 그곳의 동굴 입구까지 조류를 끌어당길 만큼 튼튼했다.

혹시나 하는 기대 속에 데니의 오두막을 방문할 필요는 없었다. 날이 충분히 밝아진 탓에 데니가 비틀거리며 밟고 지나가던 길 위로 곧게 서 있는 풀이 보였으니까.

구항에는 쇠고리가 달린 범포를 덮어쓴 돛에 선체가 늘씬한 여름 선박이 점점이 흩어져 있었고, 아침 일찍 나온 남자들이 여기저기에서 하부 활대를 정리하고 지브*와 주돛을 조종하는 밧줄을 감으면서, 자신들의 큰 지브를 구겨져버린 거대한 흰색 둥지처럼 자루에서 꺼냈다.

신항이 더 분주했다. 전세 어선들이 승객들을 태우기 위해 바짝 묶여 있었다. 승객들은 반쯤은 혼이 나간 여름 낚시꾼들로 뱃삯을 치르고 갑판을 물고기로 가득 채운 다음 오후 나절에는 자루며 바구니에 담고도 산더미처럼 쌓인 도미와 복어 그리고 감성돔이며, 성게, 심지어 늘씬한 돔발상어까지 잡아 어떻게 해야 할지 멍하니 고민하다가 죄다 게걸스럽게 배를 갈라 죽인 다음, 기다리고 있던 갈매기들에게 다시 던져버린다. 갈매기들은 이 여름 낚시꾼들이 대량으로 낚은 물고기에 넌더리낼 줄 알고 떼를 지어 몰려들어 기다린다. 누가 자루에

• 뱃머리의 삼각형 돛을 말한다.

가득한 물고기를 깨끗이 씻어 비늘을 벗기고 싶어 하겠는가? 물고기를 잡는 것보다 나눠주는 것이 더 어렵다.

만은 이제 기름처럼 매끈해졌고 황동빛이 그 위로 쏟아졌다. 수로 가장자리로 녹색 부표와 적색 부표들이 흔들림 없이 서 있었고, 물 밑으로는 똑같이 생긴 반영이 뒤집어진 모습으로 비쳤다.

나는 깃대와 전쟁 기념비가 있는 곳으로 방향을 틀어 살아남은 영웅들 가운데 내 이름을 찾아냈다. '대위 E. A. 홀리'라는 글자가 은색으로 새겨져 있었고, 그 아래에는 집으로 돌아오지 못한 뉴베이타운 출신 군인 열여덟 명의 이름이 금색으로 새겨져 있었다. 대부분이 아는 이름이었다. 내가 그들을 알았을 때는 다른 군인들과 다를 바 없었으나…… 이제 그들의 이름은 남들과 달리 금색으로 새겨져 있었다. 짧은 순간이나마 나도 게으름뱅이와 꾀병을 피우는 병사, 겁쟁이와 영웅이 모두 한데 금색으로 모여 있는 아래쪽에 대위 E. A. 홀리라는 금색 이름으로 함께 있었으면 좋겠다고 생각했다. 용감한 사람들은 죽음을 당할 뿐 아니라 그렇게 될 가능성도 더 높다.

뚱뚱한 윌리가 차를 몰고 와 기념비 옆에 주차하더니 조수석에서 깃발을 꺼냈다.

"안녕, 이쓰." 그가 황동 고리를 채우고 깃발을 깃대 꼭대기로 천천히 올리자, 깃발은 교수형을 당한 사람처럼 흐느적거리며 축 처졌다. "간신히 올라갔네." 윌리가 숨을 헐떡거리며 말했다. "저 깃발을 봐. 이틀만 더 게양하고 나면, 새 깃발이 올라갈 거야."

"별이 쉰 개인 거 말인가요?"

"당연하지. 나일론으로 된 커다란 녀석인데, 이것보다 두 배나 크지만 무게는 절반도 안 나가."

"윌리, 잘 지내요?"

"불평을 하면 안 되지만…… 할 수밖에 없어. 이 영광스러운 독립기념일이란 게 항상 엉망진창이거든. 월요일이 되면 사고며 싸움, 술꾼…… 다른 데서 온 술꾼들이 넘쳐나겠지. 가게까지 태워줄까?"

"고마워요. 우체국에 들렀다가 커피를 마실 생각이었어요."

"좋아. 태워주지. 커피도 사주고 싶지만 스토니가 불도그 암놈처럼 성질이 더러워."

"뭐가 문제인데요?"

"누가 알겠나. 며칠 어디 다녀오더니 성질도 더러워지고 더 사나워졌어."

"어디를 갔다 와서?"

"말하지 않더군. 하지만 성질이 나빠져서 돌아왔어. 우편물을 찾는 동안 기다려주지."

"괜찮아요, 윌리. 주소를 써서 붙일 게 좀 있어서요."

"그럼 그렇게 해." 그는 차를 후진시켜 중심가로 미끄러지듯 멀어졌다.

우체국은 여전히 어둑어둑했고 새로 기름을 바른 바닥 위로 표지가 하나 서 있었다. 위험. 바닥이 미끄러움.

이 낡은 우체국이 세워진 이후로 사서함 7번을 사용했다. 나는 다이얼을 돌려 '사서함 소유자' 앞으로 온 계획과 약속이 담긴 우편물 한 뭉치를 꺼냈다. 들어 있던 것은 그게 전부였다. 휴지통에나 들어가야 할 것들. 나는 커피를 마실 생각으로 중심가로 갔으나, 마지막 순간에 마음이 바뀌어서, 또는 이야기를 나누고 싶지 않아서, 아니…… 나도 왜 그랬는지 모르겠다. 그냥 포매스터 커피숍에 들어가고 싶지 않았다. 남자란 얼마나 칠칠치 못한 충동질로 모든 걸 엉망진창으로 만드는가……. 물론 여자도 마찬가지겠지만.

내가 인도를 쓸고 있으니 베이커 씨가 느릅나무길에서 재깍거리며 나와 시한 자물쇠 예식에 참석하려고 들어갔다. 문간에 있는 매대에 머스크멜론을 건성건성 쌓을 무렵에는 녹색의 구식 현금 수송 장갑자동차가 은행 앞에 멈췄다. 특공대원처럼 무장한 호송원 두 사람이 차 뒤에서 나와 돈이 담긴 회색 자루를 들고 은행으로 들어갔다. 약 십 분 뒤에 그들은 밖으로 나와 리벳으로 고정된 요새 속으로 다시 들어가 차를 몰고 사라졌다. 모프가 돈을 세고 베이커 씨가 확인을 한 다음 영수증을 줄 때까지 호송원들은 옆에서 기다리고만 있었을 것이다. 돈을 관리하기란 몹시 골치가 아픈 일이다. 모프가 말했듯이 다른 사람들 돈에 정나미가 뚝 떨어질지도 모른다. 그런데 자루의 크기와 무게로 짐작해볼 때, 은행이 중요한 휴가를 맞아 대량 인출을 예상한 것이 틀림없었다. 만약 내가 평범한 은행강도라면, 지금이 은행을 털 기회다. 그러나 나는 평범한 은행강도가 아니었다. 내가 은행강도에 대해 알고 있는 것은 모두 친구 조이 덕분이었다. 그 사람도 마음만 먹었으면 위대한 강도가 되었을 텐데. 왜 자신의 이론을 시험해 볼 겸 은행을 털지 않는지 나는 궁금했다.

그날 아침 장사는 정신없었다. 내가 예상했던 것보다 더 심했다. 태양이 뜨겁게 내리쬐기 시작하면서 바람 한 점 불지 않는 날씨는 원하든 원하지 않든 사람들을 휴가로 내모는 날씨였다. 손님들이 줄을 서서 기다렸다. 조수가 필요하다는 것이 확실해졌다. 앨런이 일하지 않겠다면, 녀석을 해고하고 다른 사람을 구해야겠다.

베이커 씨가 11시경에 가게로 서둘러 들어왔다. 나는 손님 몇 사람을 그냥 놔둔 채 그와 함께 창고로 들어가야 했다.

그가 커다란 봉투와 작은 봉투를 내 두 손에 쥐어주면서, 워낙 서두르다 보니 마치 속기하듯이 외쳤다. "톰 왓슨 말로는 증서엔 문제가 없네. 위조된 건지는 모르더군. 그렇게 생각하지는 않는다는데. 여기 양도증서일세. 내가 표시한 곳에 서명하게. 돈도 일련번호를 적어놓았네. 이건 완벽하게 준비한 수표네. 서명만 해. 미안하네만 내가 급해, 이선. 이런 일은 질색이라니까."

"정말 제가 진행해야 한다고 생각하십니까?"

"빌어먹을, 이선, 온갖 수고를 다 해줬더니만······."

"죄송합니다, 어르신. 죄송합니다. 어르신이 옳다는 거 압니다." 나는 수표를 우유 깡통이 담긴 상자 위에다 놓고 지워지지 않는 연필로 서명을 했다.

베이커 씨가 아무리 급하다 한들 수표를 확인하지 못할 정도로 서두르지는 않았다. "우선 2,000을 먼저 제시하게나. 그리고 한 번에 200씩 값을 올리게. 물론 자네 통장 잔고에는 500밖에 없다는 걸 알 테고. 돈이 모자라면 하느님이 도와주시겠지."

"잔고가 텅 비게 된다면, 가게를 담보로 돈을 빌릴 수 없습니까?"

"이자로 옴짝달싹도 못하고 싶다면야 물론 그렇게 할 수 있네."

"어떻게 감사를 드려야 할지 모르겠습니다."

"약하게 나가지 말게, 이선. 그자가 자네 앞에서 우는 소리 못하게 하란 말일세. 그자는 웅변가가 될 수도 있다네. 이탈리아 놈들은 죄다 그래. 자네 자신만 생각하게나."

"정말 감사합니다."

"가야겠네." 그가 말했다. "정오에 길이 막히기 전에 고속도로를 달리고 싶구먼." 그는 밖으로 나가다가 모든 멜론을 두 번씩 들춰보며 문간에 서 있던 윌로우 부인을 치어 넘어뜨릴 뻔했다.

그날은 조금도 차분하게 가라앉지 않았다. 아마 거리 가득 넘쳐나던 열기가 사람들을 초조하게 만들어 시비를 걸게 만드는 듯했다. 당신도 그 모습을 본다면 휴일이 아니라, 재난에 대비해 식료품을 사재기한다고 생각했으리라. 모피에게 샌드위치를 가져다주는 건 하고 싶어도 불가능했다.

나는 손님들 시중을 들어야 했을 뿐 아니라, 계속 경계를 게을리하지 않아야 했다. 많은 손님들이 우리 동네를 방문한 여름 휴가객들로, 지켜보고 있지 않으면 물건을 훔친다. 그건 어쩔 수 없나 보다. 게다가 필요한 물건만 훔치는 것도 아니다. 푸아그라와 캐비아 그리고 양송이같이 작은 병에 담긴 고급 식품들은 가장 손을 많이 탄다. 그래서 마를로는 그런 물건들을 손님들이 들어오지 못하는 계산대 뒤쪽에 두었다. 가게 좀도둑을 잡아서 장사를 잘하는 것이 아니라고 마를로가 가르쳐줬다. 그렇게 하면 모두가 불안하게 되는데, 아마도…… 그러니까…… 머릿속으로는 다들 잘못이 있기 때문일지 모른다. 유일한 방법은 다른 손님을 탓하는 것이리라. 하지만 나는 누군가가 선반에 너무 바싹 다가서면, 이렇게 말하면서 물건을 훔치고 싶은 충동을 미연에 방지할 수 있었다. "그 칵테일 양파는 할인상품입니다." 그러면 내가 마치 그의 마음을 읽었다는 듯 손님이 펄쩍 띈다. 나는 의심이 가장 싫다. 의심은 불쾌하다. 나를 화나게 한다. 마치 한 사람이 많은 사람을 해치는 것처럼.

하루가 슬프다는 듯 저물면서, 시간이 천천히 흘러갔다. 5시가 넘어 스토니 서장이 들어왔다. 야윈 몸에 속이 쓰린 것마냥 험상궂은 표정이었다. 그는 냉동식품을 샀다. 알루미늄 접시에 조리한 스테이크, 당근, 으깬 감자를 담아 얼린 것들이었다.

내가 말했다. "일사병이라도 걸리신 것 같습니다, 서장님."

"글쎄, 아닌데. 괜찮아." 그는 비참해 보였다.

"두 개로 드릴까요?"

"하나만. 아내는 어디 갔어. 경찰은 휴일도 없군."

"정말 안됐습니다."

"차라리 잘됐어. 이렇게 사람들이 떼지어 몰려다니면, 어차피 난 집에도 자주 못 들어가니까."

"어디 다녀오셨다면서요."

"누가 그래?"

"월리가요."

"그 자식은 그 큰 입 좀 닫고 있는 걸 배워야 해."

"악의로 한 말은 아니었는데요."

"머리가 나빠 누구를 해치지도 못해. 감옥에 들어가지도 못할걸."

"누군 머리가 좋나요?" 고의로 한 말이었지만 예상했던 것보다 반응이 더 컸다.

"이선, 그게 무슨 말이야?"

"그러니까 법이 워낙 많아서 뭘 어기지 않고서는 숨도 못 쉰다 이거죠."

"그렇지. 워낙 많으니 제대로 알지도 못할 지경이지."

"서장님, 물어볼 게 있었는데요······. 가게를 치우다가, 온통 먼지투성이에 녹이 잔뜩 낀 낡은 권총을 하나 찾았습니다.

마룰로 사장님은 자기 총이 아니라는데, 제 것도 분명 아니거든요. 어떻게 해야 하는 겁니까?"

"면허증을 신청할 생각이 아니라면 내게 넘겨줘."

"내일 집에서 가지고 오겠습니다. 기름이 담긴 깡통에 넣어놨어요. 스토니 서장님, 그런 걸로 뭘 하는 겁니까?"

"아, 일단 훔친 건지 아닌지 확인한 다음, 바다에 던져버리지." 그가 기분이 나아진 듯 보이긴 했지만, 그날은 길고도 무더운 하루였다. 나는 그렇게 내버려둘 수 없었다.

"이 년 전인가요 북쪽 지방 어딘가에서 일어난 사건 기억나십니까? 경찰이 압수한 총을 팔았었는데."

스토니는 악어처럼 상냥한 미소를 천진난만한 쾌활함과 더불어 지어 보였다. "일주일이 지옥 같았다네, 이쓰. 지옥 같았어. 만약 나를 괴롭힐 작정이라면, 제발, 그러지 말게나. 지난 한 주일이 이미 생지옥 같았으니까."

"죄송합니다. 서장님. 정신이 말짱한 시민이 도와드릴 거라도 없습니까? 함께 술이라도 마셔드릴까요?"

"정말이지 그러면 얼마나 좋겠나. 술에 취하는 것 말고는 다른 더 좋은 생각도 없는데 말일세."

"그렇게 하시죠?"

"자네도 아나? 아니지, 자네가 알리가. 어디서 왜 오는지만 알아도 좋겠네그려."

"무슨 말씀이세요?"

"잊어버려, 이쓰. 아니…… 잊어버리지 말게. 자네는 베이커 은행장님 친구잖아. 은행장님이 뭐 거래하는 거라도 있나?"

"그렇게 친한 친구는 아닙니다, 서장님."

"마룰로는? 마룰로는 어디 있나?"

"뉴욕에 갔습니다. 관절염 검사를 받고 싶다네요."

"맙소사. 나는 몰랐네. 정말 몰랐어. 세상에, 선만 닿았다면, 어디로 뛸지 알 수 있을 텐데 말이야."

"스토니 서장님, 횡설수설을 하시는군요."

"그래, 맞아. 벌써 너무 많이 지껄였어."

"제가 그렇게 똑똑하지는 않지만 혹시 후련하게 마음이라도……"

"아니, 전혀, 아니네. 설사 그들이 누군지 내가 안다 해도 그 사람들이 누설한 책임을 내게 돌리지는 않을 거야. 잊어버려, 이쓰. 나는 그저 걱정이 많을 뿐이니까."

"스토니 서장님, 저에게 비밀을 알릴 수는 없습니다. 그 뭡니까…… 대배심인가요?"

"그렇다면 자네도 아나?"

"조금요."

"뭐가 배후에 있는 건가?"

"발전입니다."

스토니가 내게 바싹 다가서더니 내 팔을 그 강철 같은 손으로 억세게 잡는 바람에 팔이 아팠다. "이선." 그가 매섭게 말했다. "내가 좋은 경찰이라고 생각하나?"

"최고죠."

"나도 그게 목표야. 그렇게 되고 싶어. 이쓰…… 친구들을 까발려서 제 목숨 부지하는 게 옳다고 보나?"

"아니요, 아닙니다."

"나도 그러네. 나는 그런 정부는 존경하지 않아. 그런데 무서운 건 말이야, 이쓰…… 내가 하는 짓을 나 자신도 존경할 수 없기 때문에, 내가 더는 훌륭한 경찰이 될 수 없다는 거야."

"그 사람들이 서장님을 궁지에 빠뜨렸나요?"

"자네가 말한 대로야. 법이 워낙 많아서 하나 어기지 않고는 심호흡도 할 수 없어. 하지만 제기랄! 그놈들은 내 친구들이었단 말이야. 이선, 아무에게도 말하지 않을 거지?"

"그럴 리가요. 서장님, 냉동식품을 잊으셨네요."

"그래!" 그가 말했다. "집에 가서 신발을 벗고 텔레비전에 나오는 경찰들은 어떻게 하는지 봐야겠어. 있잖나, 때로는 텅 빈 집이 멋진 휴식처라니까. 또 보자고, 이쓰."

나는 스토니가 좋았다. 나는 그가 좋은 경찰이라고 생각한다. 나는 선이 어디로 닿을지 궁금했다.

가게를 닫으면서 문간에 있던 과일 상자를 들이고 있자니, 조이 모피가 어슬렁거리며 들어왔다.

"어서요!" 나는 이렇게 말하고 나서 가게 이중문을 닫고 짙은 녹색 가리개를 내렸다. "작은 목소리로 이야기하세요."

"도대체 무슨 일입니까?"

"누가 뭘 사러 올지도 모르거든요."

"맞아요! 무슨 말인지 압니다. 아 정말! 난 정말 긴 휴가가 질색입니다. 사람들 나쁜 성질의 끝을 보여준다 이겁니다. 신이 나서 휴가를 떠났다가 빈털터리로 녹초가 되어서 집에 돌아오니까요."

"내 귀염둥이들에게 덮개를 씌우는 동안 시원한 음료수라도?"

"나쁠 거 없죠. 차가운 맥주 있습니까?"

"테이크아웃만 되는데요."

"그렇게 하지요. 캔만 따주세요."

내가 양철 캔에 삼각형 모양으로 구멍 두 개를 뚫어주자 그가 캔을 뒤집더니, 목으로 맥주를 쭉 쏟아부었다. 그는 "아!"라는 소리와 함께 계산대 위로 캔을 놓았다.

"우리도 여행을 가게 됐어요."

"그것참, 안됐군요. 어디로 말입니까?"

"모르겠어요. 아직 그 문제로 싸워보질 않아서."

"뭔가가 벌어지고 있습니다. 뭔지 알고 있습니까?"

"실마리 좀 줘보세요."

"그럴 수 없습니다. 나도 느낌뿐이니까. 목덜미 뒤가 머리카락 때문에 간지러운 것처럼 말이죠. 그것으로도 조짐은 충분합니다. 다들 살짝 어긋나고 있다 이겁니다."

"아마 상상에 불과할지도 몰라요."

"어쩌면요. 하지만 은행장은 휴가도 없습니다. 황급히 어디론가 가버리더군요."

나는 웃었다. "장부는 확인해봤어요?"

"뭐라도 아는 게 있습니까? 확인은 했습니다만."

"설마 농담이겠죠."

"예전에 알고 지내던 작은 읍내 우체국장이 있었습니다. 그 우체국에 이름이 랠프라고 조무래기 녀석이 일을 했었는데…… 옅은 색 머리칼에, 안경을 끼고, 턱은 쪼그마한 놈이, 편도는 갑상샘종처럼 부어 있던 녀석이었습니다. 이 녀석이 우표를…… 그것도 아마 1,800달러어치 우표를 훔쳤다고 낙인이 찍혔습니다. 그런 짓을 할 놈이 아니었는데 말입니다. 겨우 조무래기였으니까."

"그 아이가 훔치지 않았다는 건가요?"

"훔치지 않았다 한들 훔친 거나 마찬가지였습니다. 나는 좀 신경이 예민합니다. 할 수만 있다면 절대로 낙인찍히는 일 따위는 당하지 않을 거고."

"그래서 결혼을 한 번도 하지 않은 건가요?"

"생각해보니, 그것도 이유 중 하나가 됩니다그려."

나는 앞치마를 접어 금전등록기 아래 서랍에 집어넣었다.

"의심을 하려면 시간과 노력이 너무 많이 들어요, 조이. 나는 그럴 시간이 없어요."

"은행에서는 그래야 합니다. 한 번만 져주세요. 그저 귓속말만 하면 되니까."

"지금 의심스럽다는 말은 하지 마세요."

"그냥 직감입니다. 뭐든지 조금이라도 표준에서 비틀어지면, 나는 경보가 울리니까."

"살기 참 어렵네요! 진담은 아니겠죠?"

"아마도요. 그냥 내 뜻은 뭐라도 들은 게 있으면 내게 이야기해달라...... 그러니까, 내 일과 조금이라도 관련된 거라면 말입니다."

"어쩌면 나는 아는 건 죄다 누구에게나 말할 사람이에요. 그 때문인지 아무도 내게 이야기를 하지 않아요. 집으로 가는 겁니까?"

"아뇨, 길 건너 식사나 하러 가야겠습니다."

나는 가게 앞 불을 껐다. "골목으로 나가도 상관없죠? 있잖아요, 손님들이 몰려오기 전 미리 아침에 샌드위치를 만들어드리죠. 호밀빵에 햄 한 장, 치즈 한 장, 상추와 마요네즈, 맞죠? 그리고 우유 큰 거로 하나."

"당신은 은행에서 일해야 합니다." 그가 말했다.

조이가 혼자 산다고 해서 다른 사람들보다 더 외로운 건 아닌 것 같다. 그가 포매스터 문간에서 나를 놔두고 들어가버리자 그와 함께 들어가고 싶은 마음이 잠시 스쳤다. 집이 엉망일 것 같았다.

정말 그랬다. 메리는 여행 계획을 다 짜놓았다. 몬토크 곶 근처에 관광목장이 하나 있는데 사람들이 성인 서부극이라 부르는 프로그램에 나오는 복잡한 시설들이 다 있었다. 이곳이 미국에서 현재 운영 중인 가장 오래된 소 방목장이라는 우스갯소리가 있다. 텍사스가 발견되기 전에는 이곳도 목장이었다. 찰스 2세가 제일 처음 허가증을 내렸다. 원래 뉴욕에 공급되는 소 떼들이 여기서 풀을 뜯어먹었고 목동들은 고용 인원이 한정되어 있어 배심원처럼 추첨으로 뽑았다. 물론 이제는 은제 박차며 카우보이 비품만 가득한 곳이지만, 붉은 소 떼가 여전히 황무지에서 풀을 뜯고 있긴 하다. 메리는 이곳 숙소에서 일요일 밤을 묵으면 멋질 거라고 생각했다.

엘런은 뉴욕으로 가, 호텔에 방을 잡고, 타임스퀘어에서 이틀을 보내고 싶어 했다. 앨런은 어디든 전혀 가고 싶어 하지 않았다. 그건 자신이 살아 있다는 것을 증명하면서 관심을 받고자 하는 녀석의 방법 중 하나다.

집은 온갖 감정들로 끓어올랐다. 엘런은 천천히 닭똥 같은 눈물을 뚝뚝 흘리고 있었고, 메리는 지치고 짜증이 나서 얼굴이 시뻘겋게 달아올라 있는데, 앨런은 뚱하니 구석에 앉아 조그만 라디오를 귀에다 가져다 대고는 히스테리에 가깝게 사랑과 이별을 쿵쿵거리며 애처롭게 외쳐대는 노래를 귀청이 찢어질 만큼 크게 듣고 있었다. "진실이라 약속하며 가져간 당신, 외로이 사랑하는 내 마음 바닥에다 내동댕이쳤네."

"막 포기하려던 참이었는데." 메리가 말했다.

"애들은 그저 돕고 싶었던 걸 거야."

"일부러 어렵게 하려는 것처럼 보인다구요."

"난 뭘 해보지도 못하는데요." 엘런이 콧방귀를 뀌며 말했다.

앨런이 거실에서 라디오 소리를 키웠다. "……외로이 사랑하는 내 마음 바닥에다 내동댕이쳤네."

"여보, 아이들은 지하실에 가둬놓고 우리끼리 떠나면 안 될까?"

"지금은 그랬으면 참 좋겠어요." 아내는 외로이 사랑하는 마음이 쿵쿵거리며 내지르는 라디오 소리 때문에 목소리를 더 높여야 했다.

아무 징조도 없이 속에서 화가 치솟아올랐다. 나는 아들놈을 갈기갈기 찢어 녀석의 시체를 바닥에다 집어던져 짓밟아주려고 거실로 성큼성큼 걸어갔다. 막 문 안으로 걸음을 떼는데 음악이 멈췄다. "잠시 방송을 중단하고 속보를 알려드리겠습니다. 뉴베이타운 읍과 웨섹스 군 공무원들이 오늘 오후 교통법규 위반을 무마해주고 읍과 군 관공서 계약에서 뇌물과 리베이트를 받는 등 비리 혐의에 관한 대배심 질의에 답변하기 위해 소환되었습니다……."

드디어 터졌다. 읍장, 읍 의회, 치안판사, 그리고 그들이 저지른 일까지 모두. 나는 멍하니 흘려들었다……. 마음이 무거웠다. 그들의 혐의가 사실일지는 모르지만, 워낙 오랫동안 해온 터라 그들은 잘못됐다고 생각하지 않았다. 그리고 설사 그들이 결백하다 해도 지방선거 전까지는 무혐의처분을 받기 어렵고, 무혐의 처분을 받는다 한들 그 혐의는 사람들 기억에 남는다. 그들은 에워싸였다. 분명 그 사실을 알 것이다. 스토니 이름이 나오나 귀를 기울여봐도 나오지 않는 걸 보니 그가 면책권과 이름을 맞바꿨다는 것을 나는 짐작할 수 있었다. 잔뜩 신경이 곤두서서 그렇게 외로워한 것이 당연했다.

메리가 문간에서 듣고 있었다. "어머나!" 아내가 말했다. "이런 소동도 정말 오랜만이네요. 이선, 당신은 진짜라고 생각해요?"

"상관없어." 내가 말했다. "그게 중요한 게 아니니까."

"베이커 은행장님이 어떻게 생각하실지 궁금해요."

"휴가를 가셨더군. 그래, 나도 그분이 어떤 생각을 하고 있을지 궁금해."

앨런은 음악이 중단되자 차분히 있지를 못했다.

뉴스와 저녁과 설거지에 가족여행 문제가 미뤄지다 보니 결정을 내리거나 눈물을 더 쏟으며 싸움을 벌이기에는 시간이 너무 늦어버렸다.

잠자리에 들자 나는 온몸이 떨렸다. 따뜻한 여름밤 속을 야만적인 공격이 차갑고 냉정하게 오싹하니 헤집고 스며들었다.

메리가 말했다. "여보, 온몸에 소름이 돋았어요. 독감 바이러스라도 옮았어요?"

"아니, 그 사람들 기분이 어떨지 막 떠올려봤을 뿐이야. 정말 끔찍했을 거야."

"그만해요, 이선. 다른 사람들 문젯거리를 당신 어깨에다 얹을 수는 없어요."

"아니, 나도 그럴 수 있어."

"당신이 정말 사업가가 될 수 있을지 궁금하네요. 당신은 너무 민감해요, 이선. 당신이 저지른 범죄가 아니라고요."

"내 생각에는 말이야. 아마도 그건…… 모두가 저지른 일 같아."

"무슨 말인지 모르겠어요."

"나도 그런 거나 마찬가지야, 여보."

"아이들하고 같이 있어줄 사람만 있다면."

"다시 말해줘요, 콜럼바인*!"

"당신하고만 휴가를 보낸다면 얼마나 좋을까. 그래본 지가 까마득하다고요."

"친척 중에 결혼하지 않은 할머니들이 별로 없으니 원. 어떻게든 알아봐. 녀석들을 잠깐이라도 통조림에 넣거나 소금이나 식초에 절여놓으면 얼마나 좋을까. 메리, 마돈나,** 어떻게든 애를 써줘. 나는 정말 낯선 곳에서 당신하고 단둘만 있고 싶어 못 견디겠어. 모래언덕을 거닐고 밤에는 알몸으로 수영도 하고 양치류로 만든 잠자리에서 당신과 뒹굴고 싶다고."

"여보, 나도 알아요, 안다고요. 당신이 힘들었던 거 알아요. 내가 모른다고 생각하지는 말아줘요."

"그래, 나를 꽉 안아줘. 다른 방법을 생각해보자고."

"아직도 떨고 있네요. 추워요?"

"추우면서 뜨겁고, 배는 부른데 허전하고…… 그리고 피곤해."

● 이탈리아 가면 희극에 등장하는 여자 어릿광대를 가리킨다.
●● '나의 부인'이라는 뜻이다.

"다른 방법을 생각해봐야겠어요. 정말이에요. 물론 아이들을 사랑하긴 하지만……."

"나도 알아, 그리고 내 나비넥타이도 맬 수 있고……."

"그 사람들 감옥에 갈까요?"

"우리가 그렇게 한다면야……."

"그 사람들을요?"

"아니. 그럴 필요까지는 없어. 다음 주 목요일까지는 나올 수 없는데, 목요일이 선거일이잖아. 바로 그것 때문인 거지."

"이선, 당신이 빈정거리다니. 당신은 그런 사람이 아니잖아요. 자꾸 더 빈정거릴 거면 우리 꼭 어디 좀 다녀올까 봐요……. 정말이지 당신이 말하는 투로 보니 농담이 아니군요. 나야 당신 농담하는 거 잘 알잖아요. 당신 진심이네요."

두려움이 나를 덮쳤다. 속을 내보인 것이다. 그렇게 놔둘 수는 없었다. "아, 말해줘요, 생쥐 양, 나랑 결혼해주겠소?"

그러자 메리가 말했다. "어머나! 어머머!"

속이 드러날지도 모른다는 생각이 들자 갑자기 두려워졌다. 나는 눈이 영혼의 거울이 아니라고 믿는 척해왔었다. 내가 본 기묘하고 작은 여자 모형 가운데 가장 무시무시한 것은 천사의 얼굴과 눈을 가지고 있었다. 어떤 이들은 피부와 뼛속까지 뚫고 들어가 마음 한가운데를 읽을 수 있긴 하지만, 그런 사람들은 드물다. 대부분 사람들은 자신에 대해서가 아니라면 호기심이 없다. 한 번은 스코틀랜드 혈통의 캐나다 여자가 자신을 괴롭혔던 이야기를 하나 해줬는데 그 이야기에 나도 괴로웠다. 그녀는 자라면서 사람들이 모두 호의적이지 않은 눈으로 자신을 쳐다본다고 느낀 나머지 얼굴이 빨개지다가 결국 눈물을 흘리고 다시 빨개지곤 했었는데, 그녀가 고통스러워하는 것을 지켜본 스코틀랜드 할아버지가 엄한 목소리로 이렇게 말했다. "남들이 네 생각을 하지 않는다는 것만 알아도 너는 그리 걱정하지 않을 거다." 그 말에 그녀는 버릇을 고쳤고 그 이야기에 나도 내 사생활에 대해 안심하게 되었다. 그 말이 사실이니 말이다. 그런데 자신이 키우는 꽃으로 둘러싸인 집에서 평범하게 사는 메리가 내 어조를 알아챘거나, 아니면 살을 에는 듯한 찬바람을 느껴버렸다. 이건 위험했다. 내일이 끝나기 전에는.

만일 내 계획이 치명적일 만큼 완벽하게 갑자기 무르익었다면 나는 말도 안 된다며 물리쳤으리라. 사람들은 그런 짓을 하지 않는다. 다만 비밀스러운 놀이를 한다. 내 놀이는 조이가 말해준 은행털이 규칙에서 시작했다. 일이 권태로운 탓에 그 놀이를 해보았는데 주변에서 일어나는 모든 일이 척척 맞아떨어졌다. 앨런과 녀석이 원한 쥐 가면에서부터, 물이 새는 화장실, 녹슨 권총, 곧 다가올 휴일이며, 조이가 골목 출입구 자물쇠에 종이뭉치를 끼워넣는 것까지. 나는 놀이라 생각하고 시간을 재보고, 직접 해보면서 실험을 했다. 그런데 경찰들과 총격전을 벌이는 무장강도들도……. 그들도 꼬마였을 때는 장난감 권총으로 총을 빨리 뽑아 쏘는 연습을 하다가 능숙하게 된 나머지 그 기술을 사용할 수밖에 없었던 건 아닐까?

 언제 내 놀이가 놀이인 것을 멈췄는지 모르겠다. 아마도 가게를 사게 될지도 모르고 그러면 운영할 돈이 필요하리라는 것을 깨달았던 때인가 보다. 사실 완벽하게 세운 계획을 실험도 해보지 않고 버리기란 어렵다. 그리고 이것이 정직하지 못한 행동, 즉 범죄로 보인다면…… 사람에 대한 범죄가 아니라, 오로지 돈에 대한 범죄일 뿐이었다. 아무도 다치지 않을 터였다. 돈은 보험에 들어 있다. 진짜 범죄는 사람에 대해, 데니와 마룰로를 향해 저지르는 것이었다. 내가 전쟁터에서 저질렀던 짓을 할 수 있다면, 도둑질은 아무것도 아니었다. 그리고 이 모든 것이 일시적이었다. 그중 어떤 것도 결코 되풀이될 리가 없는. 사실 더는 놀이가 아니라는 것을 내가 깨닫기 전에, 순서와 장비와 타이밍이 거의 완벽에 가까워졌다. 장난감 권총놀이를 하던 소년이 손에 45구경 권총을 쥐고 있음을 발견한 것이다.

 물론 사고가 생길 수도 있었지만, 그런 거야 길을 건너거나 나무 아래를 걷다가도 생긴다. 내가 두려움이 없었던 건 아닌 것 같다. 무수히 연습을 했어도, 첫 공연날 밤 무대 옆에 선 배우가 느끼는 무대공포증처럼, 나도 정말 숨을 쉴 수가 없었다. 그리고 상상할 수 있는 모든 불운을 죄다 살펴보고 제거한 면에서 그 일은 연극과 같았다.

 잠들지 못할까 걱정하면서 나는 잠이 들었다. 그것도 아주 깊이 꿈도 꾸지 않고, 게다가 늦잠까지. 날이 밝기 전 어둠 속에서 마음을 차분하게 할 요량으로 명상을 할 계획이었다. 그런데 눈을 번쩍 떠보니, 호수에 있는 암소 꼬리가 적어도 삼십 분 동안 모습을 드러내고 있었다. 나는 고성능 폭탄이 터지면서 이는 강풍과도 같은 충격 속에 깨어났다. 때로 그렇게 잠에서 깨어나면 근육이 다 쑤신다. 내가 침대를 흔드는 바람에 메리가 잠에서 깼다. "무슨 일이에요?"

"늦잠을 잤어."

"말도 안 돼요. 이른 시간인데요."

"아니야, 내 반쪽. 오늘은 내게 괴물 같은 날이라고. 세상은 오늘 행복하게 식료품을 사들이겠지. 일어나지 마."

"아침을 든든히 먹어야 해요."

"내가 뭘 먹을지 알아? 포매스터에서 커피를 한 상자 분량만큼 사고 마룰로의 선반을 늑대처럼 노략질하는 거지."

"정말요?"

"내 귀여운 생쥐, 푹 쉬고 나서 사랑하는 우리 아이들로부터 피할 수 있는 방법을 찾아봐요. 우리는 그게 필요해. 진심이야."

"나도 알아요. 열심히 생각해볼게요."

아내가 여름철에 맞게 몸을 편안히 보호해주는 것을 입으라고 뭐라도 제안하기도 전에 나는 옷을 입고 나섰다.

조이가 커피숍에 있었고 자기 옆 의자를 툭툭 쳤다.

"앉을 수 없어요, 모프. 늦었거든요. 애니, 커피 1리터쯤 박스에 담아줄 수 있어?"

"너무 많을 텐데."

"괜찮아. 좋고말고."

그녀는 작은 종이 상자 두 개에 커피를 채워 담아 봉투에 넣어주었다.

조이가 커피를 다 마시고 내게 걸어왔다.

"오늘 아침에는 주교님 없이 미사를 올려야겠네요."

"아마 그럴 겁니다. 그나저나, 뉴스 듣고 어땠습니까?"

"받아들일 수가 없어요."

"내가 냄새가 난다고 했던 거 기억합니까?"

"나도 뉴스를 들었을 때 그 생각했어요. 직감이 장난이 아닌데요."

"이 일을 하다 보면 늘게 됩니다. 베이커도 이제 돌아올 수 있고. 과연 돌아올지 궁금하군요."

"돌아오다니요?"

"그쪽에 대해서는 전혀 냄새를 못 맡았습니까?"

나는 망연자실한 눈빛으로 그를 쳐다보았다. "내가 뭔가를 놓치고 있는 게 틀림없는데 그게 뭔지조차 모르고 있네요."

"맙소사."

"내가 뭔가를 알아차려야 한다는 뜻인가요?"

"바로 그겁니다. 송곳니의 법칙은 철회되지 않으니까."

"아이고, 이런! 내가 놓치고 있는 새로운 세상이 있군요. 나는 그저 당신이 상추와 마요네즈를 둘 다 넣는 걸 좋아하는지 기억해내느라 말이죠."

"둘 다입니다." 그가 캐멀 담뱃갑의 비닐 포장을 벗기더니 자물쇠 구멍 속에 밀어넣기 위해 비닐 포장을 뭉쳤다.

"가야겠어요." 내가 말했다. "차를 염가 판매하는데 말이죠. 상자 뚜껑을 오려서 가져오면, 하나를 더 준다 이겁니다! 아는 숙녀 분들 없습니까?"

"물론, 알죠. 하지만 아마 그네들이 가장 받고 싶지 않은 상품일겁니다. 샌드위치는 가지고 올 필요 없습니다. 내가 가지러 갈 테니까." 그가 문으로 들어갔고 용수철 자물쇠는 전혀 딸깍거리지 않았다. 나는 조이야말로 내게 최고의 스승이었다는 사실을 그가 절대로 알아내지 못하길 바랐다. 그는 지식을 알려줬을 뿐만 아니라, 부지불식간에 시범을 보여줬고, 나를 위한 길을 준비해줬다.

아는 사람들이라면야, 즉 전문가들은 돈만이 돈을 낳는다는 데 동의했다. 가장 좋은 방법은 항상 가장 단순한 방법이다. 놀라울 만큼 단순한 것이 가장 큰 힘이다. 그러나 내가 틀림없이 믿고 있는 바 마룰로가 자신의 잘못이 아님에도 불구하고 벼랑 너머 어둠 속으로 걸어 들어가기 전까지는 단지 상세한 백일몽에 불과했다. 가게를 내 것으로 만들 수 있을지도 모른다는 사실이 확실해진 듯 보이자, 그제야 몽상에 불과하던 꿈이 현실이 되었다. 다음과 같은 질문은 괜찮긴 해도 뭘 잘 모르는 소리일지 모른다. 가게를 손에 넣을 수 있는데, 돈은 왜 필요한가? 베이커 씨라면 이해할 테고, 조이도 마찬가지다……. 게다가 그런 문제라면, 마룰로도 물론이고. 운영

자금이 없는 가게는 전혀 가게를 소유하지 않는 것보다 더 나빴다. 아피아 가도*처럼 뻗은 파산의 길을 따라서 무방비로 벌인 사업의 무덤이 늘어서 있다. 나도 이미 그곳에 무덤 하나를 팠다. 가장 멍청한 군인이라도 박격포나 예비군이나 보충병 없이는 돌파 작전에 전력을 다하지 않건만, 많은 신생 사업들이 그 짓을 하고 있다. 일련번호를 기록해둔 메리의 돈이 불룩하니 바지 뒷주머니에 들어 있어도, 마룰로라면 자신이 원하는 만큼 그 돈을 얻어내리라. 그렇게 해서 첫 달을 맞이한다고 치자. 도매업자들은 신용이 증명되지 않은 단체에게 너그럽지 않다. 그러니 나는 여전히 돈이 필요로 할 수밖에 없을 테고, 바로 그 돈이 재깍거리는 철문 뒤에서 나를 기다리고 있었다. 비록 백일몽으로 계획하긴 했지만, 그것을 얻을 수 있는 순서를 면밀히 살펴보고 나니 몹시 신뢰할 만했다. 은행털이가 법에 어긋난다고 해도 별로 신경 쓰이지 않았다. 마룰로도 문제될 것이 없었다. 피해자가 아니라면 본인이 직접 계획했을 사람이니까. 데니는 신경이 쓰였다. 어차피 녀석은 끝나버렸다고 내가 확신할 수 있어도 말이다. 베이커 씨가 데니에게 나와 똑같은 일을 시도해보았으나 수포로 돌아갔었다는 사실이 불필요하게 많은 변명거리를 내게 주긴 했다. 그래도 데니는 내 속에서 타들어가는 무언가였기에 전투에서 승리한다 한들 거기서 입은 부상은 받아들여야 하듯 나

* 고대 로마의 가장 중요한 길이었다.

도 그것을 용납해야 했다. 그것과 함께 살아가야 했지만, 아마도 시간이 지나면 아물거나 포탄 조각이 연골로 둘러싸이게 되듯이 기억이라는 벽으로 둘러싸이게 되리라.

시급한 것은 바로 돈이었고, 그것을 얻고자 전기회로처럼 신중하게 행동을 준비해서 시간을 맞췄다.

효력이 뛰어나 모피의 법칙을 기억하고 있던 나는 한 가지를 더 추가하기까지 했다. 제1원칙, 전과가 없어야 할 것. 뭐, 나는 전혀 없다. 제2원칙, 공모자나 비밀을 털어놓은 사람이 있어서는 안 된다. 나야 확실히 없었다. 제3원칙, 애인들도 없어야 한다. 글쎄, 내 주위에서 애인이라 부를 수 있는 사람은 마지 영 헌트가 유일하지만, 그 여자 슬리퍼에다 샴페인을 따라 마실 것 같지는 않다. 제4원칙, 돈을 펑펑 쓰지 말 것. 이것도 뭐, 나는 해당 사항 없다. 도매업자들에게 대금을 지불하기 위해 서서히 쓸 테니. 돈을 보관할 장소도 있었다. 템플 기사단 모자 상자에는 벨벳을 씌운 판지 받침대가 들어 있는데, 크기와 모양이 내 머리만 하다. 받침대를 미리 떼어내 합성 접착제로 가장자리를 발라놨으니 언제라도 다시 붙이면 된다.

사람들이 알아보는 거야…… 미키마우스 가면이 있으니 됐다. 아무도 다른 건 볼 수 없을 테니까. 마룰로가 입는 낡은 면 비옷은…… 황갈색 비옷이야 뭐든 다 똑같아 보이니 상관없고…… 장갑은 두루마리의 뜯어 쓰는 일회용 비닐장갑이면 된다. 가면은 며칠 전에 시리얼 상자에서 잘라뒀고 남은 상자와 시리얼은 화장실에다 내려버렸는데, 가면과 장갑도 그렇게 버릴 것이다. 낡은 은제 아이버 존슨 권총은 검은색 물감으로 칠해놓았고 화장실에 있는 크랭크케이스 오일 통에 집어넣어 스토니 서장에게 기회가 닿는 대로 전해주면 된다.

나는 나만의 마지막 법칙을 추가했다. 돼지처럼 욕심을 부리지 말 것. 돈을 너무 많이 담지 말고 액수가 큰 화폐는 피하라. 10달러짜리나 20달러짜리로 6,000에서 1만 달러 정도만 손에 넣어도 충분하고 그러면 돈을 운반하거나 숨기기에도 간편하다. 냉장고 위에 있는 두꺼운 케이크 상자라면 바꿔치기하기에 좋은 가방이 될 테고 다시 냉장고 위로 모습을 나타냈을 때는 속에 케이크가 들어 있으리라. 나는 목소리를 바꿔보기 위해 갈대피리같이 생긴 그 끔찍한 복화술 도구로 연습을 해보았으나 결국 포기하고 아무 말 없이 손짓만을 쓰기로 했다. 모든 준비가 끝났다.

나는 베이커 씨가 없어 섭섭할 지경이었다. 은행에는 모프와 해리 로빗과 이디스 알덴만 있을 것이다. 몇 분의 1초까지 계획을 다 세웠다. 9시 오 분 전 빗자루를 가게 입구에 세워놓을 것이다. 몇 번이고 연습을 해보았다. 앞치마를 걷어 올린 다음 저울추를 화장실 쇠사슬에 걸어 계속 물을 내리게 한다. 누구라도 가게에 들어오면 그 물소리를 듣고서 나름대로 짐작을 하리라. 외투와 마스크, 케이크 상자, 총, 장갑. 9시 정각에 골목을 가로질러 뒷문을 밀어젖혀 열고는 가면을 쓰고, 시한 자물쇠가 윙윙 울린 뒤 조이가 금고 문을 활짝 막 열어젖혔을 때 들어간다. 은행 직원 세 명에게 총을 휘두르며 누우라고 손짓한다. 그들이 문제를 일으키지는 않을 것이다. 조이가 말했다시피, 돈은 보험에 들어 있어도 그는 그렇지 못하니까. 돈을 집어 케이크 상자에 담아 골목을 건넌 다음, 장갑과 가면은 변기 물로 내려버리고, 총은 오일 통에 넣고 외투를 벗는다. 앞치마를 밑으로 내린 뒤 돈은 모자 상자에, 케이크는 케이크 상자에, 빗자루를 집어들고, 도난경보장치가 울렸을 때 사람들 눈에 띌 수 있도록 인도를 계속 쓴다. 전체 걸리는 시간은 일 분 사십 초. 시간을 정해 확인했고, 또다시 확인해보았다. 신중히 계획을 세워 시간 배분도 했으나, 여전히 조금 숨이 막혀, 가게 앞문을 열기 앞서 가게 안을 쓸어냈다. 주름이 새로 생겨도 눈에 띄지 않도록 어제 입었던 앞치마를 입었다.

그런데 당신이 믿을지 모르겠지만, 깃이 높고 빳빳한 셔츠 차림의 내가 움직이고 있던 태양을 여호수아처럼 쏘아 맞히기라도 한듯 시간이 계속 정지해 있었다.* 아버지가 물려주신 커다란 시계의 분침이 꽁지를 빼면서 아침이 오는 것을 저항했다.

내 신자들에게 큰 목소리로 설교를 한 지도 오래되었지만, 이날 아침에는 아마도 초조해서 그랬는지 설교를 했다.

"친구들." 내가 말했다. "너희가 이제 목격하게 될 일은 비

---

* 이스라엘 지도자 여호수아가 전쟁 중에 태양을 멈추게 한 장면이 구약성경에 나온다.

밀이다. 난 너희가 침묵을 지키리라 믿는다. 너희 중 도덕적 문제가 관련되어 있다고 생각하는 녀석이 있다면, 나는 이의를 제기해 그놈을 여기서 떠나게 만들 것이다." 나는 잠시 말을 멈췄다. "이의 없나? 만약 굴이나 양배추가 이 문제를 낯선 이들과 의논하는 것이 내 귀에 들어왔다가는 저녁식사용 포크로 사형에 처해질 것이다.

이제 너희 모두에게 감사하고 싶다. 우리는 포도원의 비천한 일꾼으로 함께했다. 나도 너희처럼 하인이었다. 그러나 이제 변화가 다가오고 있다. 나는 이제부터 이곳의 주인이 될 것이나, 약속하는바 훌륭하고 친절하고 이해심 많은 주인이 될 것이다. 시간이 가까워졌구나, 내 친구들이여. 커튼이 올라간다……. 잘 있거라." 그런데 빗자루를 들고 앞문으로 걸어가는데, 내가 외치는 소리가 귓가에 들렸다. "데니…… 데니! 내 속에서 나와." 몸이 워낙 심하게 떨리는 바람에 가게 문을 열기 전 잠시 빗자루에 몸을 기댔다.

아버지 시계의 검고 땅딸막한 시침이 9시를, 그리고 길고 가는 분침이 육 초 전을 알렸다. 시계를 들여다보고 있으니 내 손바닥 위에서 시계의 심장이 뛰는 것을 느낄 수 있었다.

15

 그날은 개가 고양이와 다르고, 개와 고양이 모두 국화나 해일이나 성홍열과 다르듯 다른 날과 달랐다. 휴일이 낀 긴 주말에 비가 내리는 것은 다른 여러 주를 비롯해 우리 주에서도 틀림없는 법이다. 그렇지 않고서야 어떻게 수많은 사람들이 비에 흠뻑 젖어 비참해질 수 있겠는가? 7월의 태양이 무수한 작은 깃털구름과 싸워 물리쳐 구름을 허둥지둥 도망치도록 몰아냈지만, 허드슨 강 유역에서부터 비를 머금고 온 강압적인 소나기구름이 번개로 무장을 하고 벌써부터 우르릉대면서 서쪽 가장자리를 기웃거리고 있었다. 법이 올바르게 준수되려면, 고속도로와 해변으로 싱싱한 여름빛 옷차림에 불만 가득한 사람들이 최대치로 모여들 때까지 소나기 구름은 기다리고 있어야 한다.
 다른 가게들은 대부분 9시 30분까지 문을 열지 않았다. 내가 다짜고짜 삼십 분이나 일찍 가게 문을 열고 푼돈 장사를 해온 것은 마룰로의 방침 때문이다. 나는 그것을 바꿀 작정이었다. 이대로는 다른 가게들 기분만 더 나빠질 뿐 벌어들인 돈도 떳떳하지 못하다. 마룰로가 설사 그 사실을 알았다 한들 신경 쓰지 않았을 것이다. 그는 이방인으로 이탈리아 놈인 데다가 범죄자, 폭군, 가난한 사람들을 착취하는 새끼, 개새끼 중의 개새끼였다. 내가 그를 파멸시켰으니, 그가 저지른 잘못과 범죄가 두 눈을 뜰 수 없을 정도로 선명하게 드러나는 것도 당연했다.

낡은 분침이 아버지 시계 가장자리를 따라 조금씩 나아가는 느낌이 들더니, 내가 근육을 잔뜩 긴장시킨 채 재빠르고 부드럽게 임무를 수행할 순간을 기다리면서 사납게 비질하고 있음을 깨달았다. 입으로 숨을 쉬자 공격을 앞두고 기다릴 때처럼 복부가 폐를 밀어붙였다.

독립기념일을 앞둔 토요일 아침은 돌아다니는 사람들이 거의 없었다. 처음 보는 노인이 낚싯대와 초록색 플라스틱으로 된 낚시 상자를 들고 지나갔다. 흐느적거리는 오징어 조각 하나를 매달아 물에 담근 채 하루 종일 앉아 있기 위해 부두로 가는 길이었다. 그는 고개를 들지도 않았지만, 나는 억지로 관심을 끌어냈다.

"큰 놈 몇 마리 잡으세요."

"뭘 낚은 적이 없소." 그가 말했다.

"간혹 줄무늬농어가 올라옵니다."

"믿을 수가 없군."

쉽게 흥분하는 낙천주의자이긴 해도, 그의 관심을 낚아챘으니 됐다.

다음으로 제니 싱글이 인도를 따라 천천히 지나갔다. 그녀는 발 대신 피아노 바퀴가 달린 양 움직였다. 아마도 뉴베이타운에서 가장 믿음직하지 못한 증인이리라. 한번은 가스 오븐을 켜고 불붙이는 것을 잊어버린 적도 있었다. 성냥을 어디다 뒀는지 기억했더라면 지붕을 뚫고 날아가버렸을 여자다.

"안녕하세요, 제니 양."

"안녕하세요, 데니."

"난 이선입니다."

"그야 당연하죠. 케이크를 구우려고요."

나는 그녀의 기억을 파내 상처를 내보려고 시도했다. "무슨 케이크요?"

"그러니까, 《패니 파머》*에 나오는 건데, 포장지에 붙어 있던 라벨이 떨어져버려 정확히 뭔지 모르겠어요."

만일 내게 증인이 필요하게 된다면, 저 여자는 어떤 증인이 될까? 게다가 왜 '데니'라고 말한 거지?

인도 위 은박지 조각 하나가 비질에도 꿈쩍하지 않았다. 허리를 굽혀 손톱으로 주웠다. 고양이 베이커가 없으니 생쥐 은행 직원들은 멋대로 늑장을 부리고 있었다. 그들이야말로 내가 원하던 사람들이었다. 그들은 9시 정각이 채 일 분도 남지 않은 시간에 커피숍을 박차고 나와 거리를 가로질러 전속력으로 달려 나갔다.

"달려요, 달려, 달리라고!" 내가 외치자 그들은 은행 문으로 돌진하면서 겸연쩍게 웃었다.

이제 때가 됐다. 전체를 한꺼번에 생각해서는 안 된다. 연습해왔던 대로 한 번에 하나씩 각각에 맞게 하자. 나는 조마조마해서 울렁거리는 배 속을 진정시켰다. 우선 사람들이 볼

● 미국의 유명한 요리책이다.

수 있게 빗자루를 문설주에다 기대어둔다. 나는 천천히, 침착하게 움직였다.

곁눈으로 보니 거리를 따라 차가 한 대 다가오기에 지나갈 수 있게 걸음을 멈췄다.

"홀리 씨!"

구석에 몰린 갱들이 영화에서 하는 것처럼 나는 몸을 휙 돌렸다. 먼지로 뒤덮인 진녹색 시보레 자가용이 도로변에 미끄러지며 섰는데, 이럴 수가! 아이비리그 분위기를 풍기던 그 정부 요원이 차에서 내리는 것이었다. 내가 딛고 서 있던 돌바닥이 물에 비친 그림자처럼 흔들렸다. 온몸이 마비된 채 그가 인도를 걸어오는 것을 지켜보았다. 몇 년은 걸릴 것처럼 보이긴 했으나, 아주 간단했다. 오래도록 땅속에 묻혀 있던 유물이 공기와 맞닿을 때처럼 내가 장기간에 걸쳐 세운 완벽한 계획이 눈앞에서 먼지로 변해버렸다. 화장실로 뛰어들어가 일을 해치워버릴까 싶었다. 성사되지 못했으리라. 모피의 법칙을 폐기할 수는 없었으니까. 생각은 대략 빛의 속도로 이동하는 것이 틀림없다. 그리도 오랫동안 심사숙고했고 워낙 많이 연습을 해봐서 그저 한 번만 더 반복하면 완성되는 계획을 버려야 한다는 것이 충격이긴 하지만, 나는 결국 그 계획을 철회했다. 선택의 여지가 없었다. 그러면서 빛의 속도로 이동하는 생각이 이렇게 말했다. 저 사람이 일 분이라도 늦게 오지 않아 정말 다행이야. 만약 그랬다면 범죄소설에서 일어나는 치명적인 사고가 됐겠지.

이 와중에 그 젊은 사내는 딱딱한 걸음걸이로 인도를 가로질러 네 걸음을 옮겼다.

무언가가 그에게 드러나 보인 것이 틀림없었다.

"무슨 일입니까? 홀리 씨? 아파 보이는데요."

"설사 때문에." 내가 말했다.

"그걸 참을 사람은 아무도 없지요. 어서 가보세요. 기다리겠습니다."

나는 화장실로 급히 달려가 문을 닫고, 물 내리는 소리를 내기 위해 줄을 잡아당겼다. 불도 켜지 않았다. 나는 어둠 속에 앉아 있었다. 떨리는 속이 협조해주었다. 얼마 지나지 않아 정말로 볼일을 보고 싶어졌다. 일을 보고 나니 속에서 고동치던 압박감이 천천히 가라앉았다. 나는 모피의 법칙에 부칙을 하나 더했다. 우연한 일이 터질 경우 계획을 수정해라……. 즉시.

전에도 일어났던 일이긴 한데 위기나 엄청난 위험에 처하게 되면 나는 거기에서 벗어나 관심 많은 낯선 이가 되어 '나'라는 관찰대상의 감정에는 무관한 채 내 자신과 동작 및 마음을 지켜보았다. 나는 어둠 속에 앉아 그 관찰대상이 자신의 완벽한 계획을 접어 상자에 담아 뚜껑을 덮고는 눈앞에서뿐만 아니라 생각에서도 그것을 밀어 내치는 것을 바라보았다. 그러니까 어둠 속에서 일어나 지퍼를 올리고 바지 주름을 정돈하면서 얄팍한 합판 문에 손을 가져다 댈 때쯤, 나는 바쁜 하루를 맞이할 준비가 된 식료품점 점원이 되어 있었다는 말이다. 전혀 비밀이라곤 없이. 정말 그랬다. 젊은 사내가 뭘 원하는지 궁금하긴 했지만, 경찰에 대한 저급한 두려움에서 비롯된 창백한 염려 때문이었다.

"기다리게 해서 죄송합니다." 내가 말했다. "뭘 먹어서 이런 건지 모르겠군요."

"바이러스가 유행이랍니다." 그가 말했다. "제 아내도 저번 주에 그랬거든요."

"이런, 바이러스가 힘이 아주 세네요. 하마터면 옷에다 일을 볼 뻔 했습니다. 그나저나 무엇을 도와드릴까요?"

그는 무안해하면서도 미안스러워서 주뼛대기까지 했다. "사람은 우스운 짓을 하기 마련입니다." 그가 입을 열었다.

나는 세상에는 별별 사람이 다 있는 법입니다, 라고 말하고 싶은 충동을 억눌렀는데…… 그러길 잘한 것이 그 사람 다음 말이 이랬기 때문이다. "제 일을 하다보면 별의별 사람을 다 만나게 되거든요."

나는 계산대 뒤로 걸어가 가죽으로 된 템플 기사단 모자 상자를 발로 차 닫았다. 그러고 나서 양 팔꿈치로 카운터에 기댔다.

이상했다. 오 분 전만 하더라도 나는 다른 사람들의 눈으로 나를 바라보았다. 그래야만 했다. 그들이 무엇을 보는가가 중요했기 때문이다. 그래서 인도를 가로질러 오는 이 사내가 음울하기 그지없는, 절망스러운 운명이자 적이며 괴물이었다. 그런데 내 계획을 몸의 일부로 내보내면서 감춰버리고 나니,

그가 이제 별개의 대상으로 보였다. 좋든 나쁘든 더는 나와는 상관없는 사람으로. 아마도 내 나이쯤일 테지만, 하나의 주의, 하나의 양식, 아마도 하나의 폐쇄적인 작은 집단에서 형성된 사람인 듯했다. 야윈 얼굴에 정성껏 짧게 다듬은 머리칼이 곧게 서있고, 리넨 천을 성기게 짜 만든 버튼다운칼라의 흰색 셔츠에는, 아내가 골라준 넥타이를 하고 있었는데, 집을 나설 때 아내가 틀림없이 매만지면서 정돈해주었을 것이다. 양복은 진회색이었고 손톱은 집에서 다듬었지만 괜찮게 손질을 한 데다가 왼손의 두꺼운 결혼 금반지와 양복 깃 버튼 홀에 보이는 가느다란 줄은 그가 원하지 않은 장식을 했음을 넌지시 드러냈다. 입과 짙푸른 두 눈동자는 단호함을 띠도록 훈련을 받았지만, 지금은 그렇게 보이지 않아 오히려 더 이상했다. 어떤 면에서 그는 구멍이 하나 열려 있었다. 짧게 각진 철근을 완벽하게 간격을 두고 배열하듯 질문에 질문을 던지던 그때 그 남자가 아니었다.

"전에 여기 왔었죠." 내가 말했다. "무슨 일을 하나요?"

"법무부에서 왔습니다."

"정의를 위해 일하는 겁니까?"

그가 웃었다. "네, 적어도 그것이 제 소망입니다. 그런데 공식적인 일로 온 것은 아니고…… 사실 위에서 승인을 해줄지도 확신이 안 섭니다. 오늘이 쉬는 날이거든요."

"무엇을 도와드릴까요?"

"좀 복잡합니다. 어디서부터 시작해야 될지 모르겠군요.

법전에도 나오지 않습니다. 홀리 씨, 제가 십이 년 동안 공무를 맡고 있지만 이런 일을 해본 적은 단 한 번도 없습니다."

"무슨 일인지 말씀해주신다면 제가 도와드릴 수 있을 겁니다."

그가 나를 보며 미소를 지었다. "말을 꺼내기가 어렵군요. 뉴욕에서 세 시간을 운전해 왔습니다만, 돌아가는 길도 휴가 교통체증 때문에 세 시간을 운전해야 합니다."

"심각한 것 같은데요."

"그렇습니다."

"저번에 성함을 왈더라고 했던 것 같은데."

"리처드 왈더입니다."

"저는 곧 밀려오는 손님에 정신 차릴 틈도 없을 겁니다. 왈더 씨. 왜 아직까지 손님들이 발길 한 번 없는지 이상할 지경이에요. 간단한 핫도그나 파는 일이긴 합니다만. 어서 시작하시는 게 좋을 겁니다. 무슨 골치 아픈 일이라도?"

"제 일을 하다 보면 온갖 사람들을 다 만납니다. 거친 사람들이며 거짓말쟁이들, 협잡꾼이나 사기꾼, 멍청한 사람, 똑똑한 사람. 아시겠죠?"

"아뇨, 모르겠는데요. 이보세요, 왈더 씨, 도대체 뭐가 문제인 겁니까? 나도 멍청한 사람은 아닙니다. 베이커 은행장님과 이야기했습니다. 마룰로 사장님을 쫓고 있는 거죠?"

"그래서 잡았습니다." 그가 부드럽게 대답했다.

"뭣 때문에요?"

"불법입국입니다. 제가 한 것도 아니죠. 위에서 서류를 던져줘서 처리했을 뿐이니까. 그를 재판하거나 심리하지는 않을 겁니다."

"추방당하는 건가요?"

"네."

"사장님이 싸워볼 수는 없나요? 내가 도와주는 건요?"

"없습니다. 원하지 않더군요. 유죄라고 인정했습니다. 그는 떠나고 싶어 합니다."

"이런, 나는 이제 끝장이군요!"

손님이 여섯인가 여덟 명쯤 들어왔다. "내가 경고했죠." 나는 그에게 외치고 나서, 손님들이 필요로 하는 것이나 혹은 그렇다고 생각되는 것을 고르도록 도와줬다. 핫도그와 햄버거 빵을 산더미같이 주문해놔서 정말 다행이었다.

왈더가 큰 소리로 말했다. "야채겨자절임은 얼마입니까?"

"라벨에 써 있어요."

"39센트입니다, 부인." 그가 말했다. 그러더니 무게를 재고 봉투에 담고 계산하는 일을 계속 했다. 그가 금전등록기로 계산을 하기 위해 내 앞으로 왔다. 그가 멀어지자 나는 쌓여 있던 더미에서 봉투를 하나 꺼내 서랍을 연 다음, 봉투를 마치 냄비 장갑처럼 사용해 낡은 권총을 집어들어 화장실로 가져가 기다리고 있던 크랭크케이스 오일 통에다 넣었다.

"잘하는데요." 내가 자리로 돌아와서 말했다.

"학교를 마치고 슈퍼마켓에서 일한 적이 있습니다."

"그래 보이네요."

"누구 도와줄 사람 없습니까?"

"아들 녀석에게 오라고 할 겁니다."

손님들은 항상 줄줄이 들어오지, 결코 같은 간격을 두고 한 사람씩 오는 법이 없다. 점원은 그다음 올 무리를 맞이하기 위해 그사이에 준비를 갖춘다. 두 사람이 어떤 일을 함께하게 될 경우 서로 비슷해지면서 사고의 격차가 좁혀진다. 흑인과 백인이 같은 중대를 이루어 전투에 나설 경우 더는 서로 싸우는 법이 없다는 것을 군대도 발견했다. 왈더가 토마토 무게를 재고 봉투에 있는 물건 값을 더하자 내 속에 자리 잡고 있는 경찰에 대한 두려움이 사라졌다.

첫 번째 손님 무리가 떠나갔다.

"하고 싶은 말이 있으면 빨리 하는 게 좋겠는데요." 내가 말했다.

"이곳에 오겠다고 마룰로 씨에게 약속했었습니다. 그 양반은 이 가게를 당신에게 주고 싶어 합니다."

"당신 정신이 나갔군요. 죄송합니다, 부인. 제 친구에게 한 말입니다."

"아, 네, 그럼요. 저, 우리 식구가 다섯인데…… 애가 셋이거든요. 그러면 소시지가 몇 개 필요할까요?"

"아이들에게는 다섯 개 씩, 남편 분께는 세 개, 그리고 부인 드실 건 두 개. 총 스무 개입니다."

"애들이 다섯 개 씩이나 먹을까요?"

불만의 겨울

"아이들은 먹을 수 있다고 생각할걸요. 소풍가시는 겁니까?"

"네."

"그러면 불에 떨어져버리는 것도 있을 테니 여유로 다섯 개는 더 필요하겠습니다."

"싱크대 막혔을 때 붓는 세제는 어디 있어요?"

"저쪽 뒤에 세제와 암모니아가 있는 곳이죠."

우리의 대화는 이렇게 끊겼고 그럴 수밖에 없었다. 손님들이 편집해주는 대화는 다음과 같이 이어졌다.

"제가 충격을 받은 것 같습니다. 저는 대부분 나쁜 놈들을 다루는 일을 합니다. 도둑놈과 거짓말쟁이와 사기꾼들 사이에 살다 보면, 정직한 사람을 만나게 될 경우 엄청난 충격을 받게 되죠."

"무슨 말씀입니까? 정직이라뇨? 우리 사장은 뭘 공짜로 줘 본 적이 없는 양반입니다. 모진 사람이죠."

"그건 압니다. 우리가 그렇게 만든 겁니다. 그가 한 말을 나는 믿습니다. 이곳에 오기 전부터 자유의 여신상 주춧돌에 적힌 글을 알고 있었다고 하더군요. 독립선언서도 사투리로 다 외울 수 있었고, 권리장전이 가슴에 불을 지폈답니다. 그런데 이 나라에 들어올 수가 없었다네요. 그래서 어떻게든 들어온 겁니다. 한 남자가 그를 도와줬는데…… 가지고 있던 것을 다 빼앗고는 해안까지 걸어가라고 해서 파도 속으로 밀어버렸답니다. 미국식을 이해하기까지 상당한 시간이 걸렸지만, 그래도 그는 배웠습니다……. 배우고 만 겁니다. '사람이라면 돈을 벌어야 해! 오로지 자기 자신만을 생각하라고!' 그렇게 그는 배웠습니다. 멍청이가 아니니까요. 그렇게 자신만을 돌본 거죠."

손님들 때문에 말이 드문드문 흩어져버려 극적인 클라이맥스는 이루어내지 못했다. 그저 짧게 이어진 몇 마디 말일 뿐.

"그래서 누군가가 그를 신고했을 때도 상처를 받지 않았습니다."

"신고를 하다니요?"

"당연하죠. 전화 한 통이면 되니까 말입니다."

"누가 그런 겁니까?"

"누가 알겠습니까? 법무부는 하나의 기계입니다. 다이얼만 맞춰두면 자동세탁기처럼 단계를 착착 밟아갑니다."

"왜 도망치지 않았죠?"

"지쳐 있습니다. 뼛속까지 지쳐 있어요. 그리고 진절머리가 나기도 했고. 모아둔 돈이 좀 있답니다. 시칠리아로 돌아가고 싶어 합니다."

"가게 문제는 아직도 이해가 안 가는데요."

"마를로는 나 같은 사람입니다. 사기꾼들은 내가 제거할 수 있죠. 그게 내 일이니까. 정직한 사람이 내 일을 망치면서 나를 산산조각 내버릴 겁니다. 바로 그런 일이 그 사람에게 일어난 거죠. 한 사내가 그를 속이려고 들지도 않고, 물건을 훔치지도, 불평을 하지도, 사기를 치지도 않았던 겁니다. 마룰로는 그 어리석은 사람에게 자유인의 땅에서 자기 자신을 돌보는 법을 가르쳐보려 했지만 이 얼간이가 배우지를 못했어요. 오랫동안 당신이 그를 두렵게 했습니다. 그는 당신이 사기 친 게 뭔가 알아보려 애썼지만, 결국 당신이 저지른 부정한 일이라곤 정직뿐이라는 걸 깨달았어요."

"사장이 틀렸다면요?"

"그렇게 생각하지 않더군요. 마룰로는 자신이 한때 믿었던 것에 대해 당신이 일종의 기념비가 되어주길 바랍니다. 차에 양도증서가 있어요. 당신은 제출만 하면 됩니다."

"이해가 안 가네요."

"나도 내가 이해를 하는지 아닌지 모르겠습니다. 왜 그 사람이 어떻게 이야기하는지 알잖습니까……. 옥수수가 튀듯이 하잖아요. 나는 그가 설명해보려고 애쓴 것을 옮기려 하는 것뿐입니다. 이건 마치 사람이 어떤 특정한 방향으로 특정한 방식을 따라 만들어진 것 같습니다. 만약 그 방식을 바꾼다면, 무언가 폭발하면서 기어가 마모되고 아프게 되는 거죠. 이건 그러니까…… 마치 셀프로 하는 경범죄 즉결 심판소라고나 할까요. 위법 행위를 저지르면 벌금을 내야 한단 말입니다. 당신은 그 사람의 선금 같은 겁니다. 그래야 불이 꺼지지 않으니까."

"왜 여기까지 차를 몰고 왔습니까?"

"정확하게는 모르겠습니다. 그냥 그렇게 해야 했죠……. 아마도…… 불이 꺼지지 않게 하려고 말입니다."

"아, 맙소사!"

가게가 시끄럽게 떠드는 아이들과 축축하게 젖은 여자들로 어두워졌다. 적어도 정오까지는 차분히 정돈된 순간이 더는 찾아오지 않으리라.

왈더가 밖에 있는 차로 가더니, 다시 돌아와 몹시 흥분해 있는 여름철 아줌마들의 물결을 가르며 계산대로 다가왔다. 그는 끈으로 묶은 두꺼운 주름 서류봉투 하나를 내려놓았다.

"가야겠습니다. 이런 체증이라면 네 시간은 운전해야겠네요. 아내가 화가 단단히 났습니다. 나중에 해도 되는 일이라고 말하더군요. 하지만 그럴 수 없었습니다."

"저기요, 물건 좀 사려고 벌써 십 분이나 기다렸다고요."

"곧 도와드리겠습니다, 부인."

"혹시 전할 말이라도 있는지 물어봤더니 이렇게 말하더군요. '잘 있으라고 전해주시오.' 당신은 전하고 싶은 말 없습니까?"

"잘 가시라고 전해주세요."

형편없이 숨긴 뱃살들의 물결이 다시 주위를 둘러쌌고 그편이 내게는 차라리 다행이었다. 나는 봉투를 금전등록기 아래 서랍에 떨어뜨렸다. 그리고 더불어…… 황량함도.

16

 날이 빨리 지나갔지만 그래도 끝없이 이어졌다. 문 닫는 시간은 문 여는 시간과 아무 상관이 없었고, 워낙 오래전 일이라 기억도 잘 나지 않았다. 가게 앞문을 닫으려는데 조이가 들어오기에 아무 말 없이 맥주 캔에 구멍을 뚫어 그에게 건네준 다음, 나도 하나 마시려고 구멍을 냈다. 이제껏 그래본 적이 한 번도 없었다. 마룰로와 가게에 관해 말해보려 했지만, 도저히 할 수 없었다. 진실 교환을 원하던 조이와 나눴던 이야기마저도.
 "피곤해 보입니다." 그가 말했다.
 "그런 것 같네요. 저 선반들 좀 보세요……. 싹쓸이를 해갔어요. 사람들이 원하지도 필요하지도 않는 것들을 사가더군요." 나는 금전등록기에 들어 있던 돈을 회색 범포 주머니에 담은 뒤, 베이커 씨가 가져다 준 돈을 넣고, 맨 위에다는 주름 서류봉투까지 집어넣은 다음 끈으로 주머니를 묶었다.
 "아무렇게나 놔두면 안 됩니다."
 "그렇겠죠. 숨기면 돼요. 맥주 더 하실래요?"
 "물론입니다."
 "동감이네요."
 "당신은 이야기를 너무 잘 들어줍니다." 그가 말했다. "내가 지어낸 이야기도 믿어진다니까요."
 "어떤 이야기 말입니까?"

"가령 내 직감 같은 거 있잖습니까. 아침에 뭐가 하나 꽂히더군요. 일어날 때부터. 꿈인가 했는데, 너무 강하더란 말입니다. 목덜미 뒤 머리카락 때문에 간지러운 느낌도 들고 뭐 기타 등등. 오늘 같은 날은 은행 업무가 마비되는 일이 결코 없을 거라 내 장담했습니다. 알고 있었으니까요. 침대에 누운 채로도 확신이 들었다 이겁니다. 우리는 발로 누르는 경보기를 실수로 밟는 일이 없도록 경보기 밑에다 작은 쐐기를 고정시켜 둡니다. 그런데 오늘 아침에는 처음으로 그것들을 빼냈습니다. 그만큼 자신했기 때문에 만반의 준비를 한 거죠. 자, 이것을 어떻게 설명할 수 있겠습니까?"

"아마 누군가가 계획을 세웠는데 당신이 그 사람 마음을 읽는 바람에 그 사람이 포기했나보네요."

"당신은 뭘 어긋나게 추측해도 기분 나쁘지 않고 편하게 해준다니까."

"어떻게 알았어요?"

"하느님만 아시겠죠. 어쩌면 당신에게 그동안 척척박사로 통하다 보니 내 스스로도 믿게 됐나 봅니다. 하지만 정말이지 몸이 벌벌 떨렸습니다."

"있잖아요, 모프. 너무 피곤해서 비질도 할 수 없군요."

"오늘 밤에는 그 돈을 여기에 두지 마세요. 집으로 가져가세요."

"알았어요, 그렇게 말한다면야."

"아직도 무언가 이상한 기분이 든단 말이죠."

불만의 겨울

나는 모자를 넣는 가죽상자를 열고 내 깃털 달린 모자와 함께 돈주머니를 넣은 다음 끈으로 단단히 묶었다. 조이가 나를 지켜보면서 말했다. "나는 뉴욕에 가서 호텔 방을 하나 잡은 다음 꼬박 이틀 동안 신발을 벗은 채 타임스퀘어 건너편에 있는 폭포를 쳐다볼 겁니다."

"여자 친구분과요?"

"그건 취소했습니다. 위스키 한 병하고 아가씨를 부를 겁니다. 그 둘에게는 이야기를 할 필요가 없으니까 말입니다."

"저번에 말했지만…… 우리는 짧게 여행을 다녀올지 몰라요."

"그러면 좋겠군요. 당신에게 필요한 겁니다. 갈 준비는 됐습니까?"

"몇 가지만 하면 돼요. 조이, 휴가 잘 다녀오세요. 신발도 꼭 벗으시고."

우선 메리에게 전화를 걸어 조금 늦겠다고 말해야 했다.

"알았어요, 하지만 서두르세요. 꼭이요, 꼭. 뉴스가 있어요. 뉴스, 뉴스."

"여보, 지금 이야기해줄 수 없어?"

"안 돼요. 당신 얼굴을 보고 싶단 말이에요."

나는 미키마우스 가면을 금전등록기에다 걸어 숫자가 나타나는 작은 창을 덮어버렸다. 그러고는 외투와 모자를 걸치고 가게 불을 끈 다음 계산대 위에 앉아 두 다리를 대롱대롱 흔들었다. 헐벗은 채 시커메진 바나나 줄기가 한쪽 옆에서 나를 슬쩍 찔렀고 금전등록기는 책버팀처럼 내 왼쪽 어깨를 맞대고 있었다. 가리개가 올려 있어서 여름철 오후 늦게 비추는 빛이 십자 모양 창살 사이로 걸러 들어왔고, 사방은 내가 바라는 바대로 급하게 소리가 빠져나가버린 듯 아주 고요했다. 금전등록기가 내 왼쪽을 누르는 바람에 왼쪽 호주머니에서 무언가 뭉툭한 것이 느껴졌다. 부적이었다……. 나는 두 손으로 그것을 쥐고서 가만히 쳐다보았다. 어제 필요하리라 생각했던 것이다. 제자리에 돌려놓는 것을 내가 잊어버렸던 것일까, 아니면 몸에 지니고 있던 것이 우연은 아니었던 것일까? 모르겠다.

손가락으로 구슬의 모양을 따라가니 언제나처럼 구슬은 내게 힘을 실어줬다. 한낮에는 장미처럼 분홍빛이었지만, 저녁이 되자 색이 어두워져 속에 피가 조금 들어간 것처럼 자주빛이 도는 붉은색이 되었다.

마치 하룻밤 사이 집이 사라지고만 정원에 있기라도 한듯, 재배열, 즉 계획의 변화가 내게 필요하리라고는 생각지도 못했었다. 다시 집을 지을 때까지 비바람을 가려줄 방편을 세워야 했다. 나는 새로운 것들을 천천히 받아들여 그것들을 세어보면서 식별할 수 있을 때까지 바쁜 일과 속에 물러나 있었다. 하루 종일 습격을 당한 선반들이 터져버린 틈을 무수히 드러냈다. 굶주린 무리가 돌파해 들어간 방어물마다 덧니가 난 듯 보이기도 했고, 성벽으로 둘러싸인 마을이 대포 공격을 받고 난 뒤 모습 같기도 했다.

"전사한 우리 동지들을 위해 기도하자." 내가 말했다. "얼마 남지 않은 용감한 케첩, 용맹한 피클과 조미료 및 작지만 담대한 케이퍼 식초절임이여. 우리는 봉헌할 수 없고, 신성하게 할 수도 없고…… 아니 이게 아니다. 오히려 우리 살아 있는 자들이…… 아니 이것도 아닌데. 알피오…… 당신에게 고통의 끝과 행운을 빕니다. 물론 당신이 틀렸어요. 하지만 그것이 당신에게는 찜질약이 되어줄 겁니다. 이제껏 희생물이었으니 이렇게 희생을 하셨군요."

거리를 지나다니는 사람들 때문에 가게 내부 빛이 깜박거렸다. 나는 왈더가 한 말과 그 말을 할 때 지어 보이던 표정을 떠올리려고 낮의 잔해 속을 거슬러 들어갔다. "마치 셀프로 하는 경범죄 즉결 심판소라고나 할까요. 위법행위를 저지르면 벌금을 내야 한단 말입니다. 당신은 그 사람의 선금 같은 겁니다. 그래야 불이 꺼지지 않으니까요." 바로 이렇게 말했다. 사기꾼들로 가득한 안전한 세계에 살다가 정직이라는 한 줄기 빛이 번득이자 동요하게 된 왈더란 사람이 말이다.

그러니 불은 꺼지지 않을 것이다. 마룰로가 그렇게 말했을까? 왈더는 깨닫지 못했지만, 마룰로가 뜻하는 바를 그는 알고 있었다.

나는 부적에 그려진 뱀을 따라가보다가 처음, 곧 끝으로 되돌아왔다. 그것은 오래된 불이었다……. 삼천 년 전 늑대로부터 양 떼를 지키는 수호신 루페르쿠스에게 봉헌하기 위해

길을 나선 마룰리 가문은 매음굴을 지나 팔라틴 언덕*에 있는 루퍼칼 동굴**로 갔다. 그래서 그 불은 꺼지지 않았다. 비열하고 무식한 이탈리아 놈 마룰로도 똑같은 이유로 똑같은 신에게 희생을 드렸다. 나는 다시 두꺼운 목에 어깨가 아픈 커다란 상체 위로 그가 고개를 드는 것을 보았고, 그 고귀한 머리와 이글거리는 눈…… 그리고 그 불을 보았다. 나는 무엇으로 보상해야 할지 그리고 언제 청구를 받게 될지 궁금해졌다. 내 부적을 구항으로 가져가 바다 속에 던져버린다면…… 그거면 받아들여질까?

나는 가리개를 내리지 않았다. 긴 연휴에는 경찰들이 안을 들여다볼 수 있게 가리개를 올려놓았다. 창고가 어두웠다. 샛문을 잠그고 거리를 반쯤 건넜는데 계산대 뒤에 모자 상자를 두고 온 것이 생각났다. 나는 상자를 가지러 되돌아가지 않았다. 그렇게 해서 질문을 던진 셈이다. 그 토요일 저녁 바람이 일기 시작했는데, 남동쪽에서부터 날카로운 소리를 내며 강렬하게 이는 것을 보니 틀림없이 휴가객들을 젖게 할 비를 몰고 올 모양이었다. 화요일에는 회색 고양이를 위해 우유를 내놓고 가게에 녀석을 손님으로 초대해야겠다.

● 전설에 따르면 고대 로마의 시조인 쌍둥이 형제는 이곳에 로마를 세웠다.
●● 로마의 시조인 쌍둥이 형제 로물루스와 레무스가 늑대의 젖을 먹으며 자란 곳이다.

17

 어떻게 남들은 모두 다르면서…… 동시에 모두 똑같이 비밀을 지키는지 나는 확실히 모르겠다. 추측만 해볼 뿐이다. 그러나 고통스러운 진실을 피해보려고 내가 얼마나 움찔움찔하며 몸부림칠지, 그래도 결국 선택의 여지가 없게 되면, 그 진실이 사라지기를 바라면서 미루려 하리라는 것을 분명히 안다. 다른 사람들이라면 점잔을 빼며 "내일 시간 날 때 생각해보겠어"라고 말하고는, 피할 수 없이 다가오는 잠잘 시간을 앞두고 격하게 노는 아이처럼 바라는 미래나 편집된 과거를 의지하는 걸까?

 집으로 꾸물거리며 향하는 내 발걸음이 진실의 지뢰밭을 향했다. 불운의 씨앗이 미래에 뿌려졌다. 그러니 지난날 안전한 의지가 되었던 곳을 향해 달려가는 것도 당연했다. 그런데 그 길 위를 떡하니 가로막고 있는 데보라 대고모. 거짓말 무리를 쏘아 맞히는 위대한 사격의 명수인 대고모가 의문으로 가득한 눈초리를 번득이고 있었다.

 나는 손목시계 줄과 안경테가 진열된 보석상 진열창 안을 남들의 눈초리가 따갑지 않을 때까지 쳐다보았다. 바람이 불고 습한 저녁이 뇌우를 낳고 있었다.

 지난 세기 초엽에만 해도 데보라 대고모처럼 호기심과 지식의 섬을 이룬 사람들이 꽤 있었다. 어쩌면 동료들이 살던 세상으로부터의 단절이 그 소수의 무리를 책 속으로 몰아넣었거나, 때론 삼 년씩 때론 영원히 집으로 돌아오는 배를 향한 그 끝없던 기다림이 그들을 우리들 다락이나 채우고 있는 책 속으로 밀어넣었으리라. 대고모는 대고모 중에서도 대고모, 아폴론 신전의 무녀로, 터무니없지만 신비로운 말을 내게 해줬었는데, 나중에 되새겨보니 터무니없음은 사라지고 신비로운 뜻만 남았다.

"메 베스와 나드레 파 위름 수르 페이르 워드."● 이렇게 말하는 대고모의 어조에는 파멸이 깃들어 있었다. 그런 뒤 이어지던 "세오 레오 지프 히오 블로데스 온비리지스 어빌 레스트 히레 라드테오우."●● 아직까지도 내가 기억하고 있는 것을 보니, 분명 마력이 있는 말이 틀림없다.

뉴베이타운 읍장이 머리를 숙인 채 게가 기어가듯 허둥지둥 지나가다가, 내가 먼저 건넨 인사에 겨우 답을 해줬다.

나는 반 블록 앞에서부터 내 집, 오래된 홀리 저택을 느낄 수 있었다. 어젯밤에만 해도 우울함의 거미줄 속에 움츠리고 있었건만, 멀리서 우렛소리가 들리는 이 밤에는 집이 흥분을 발산하고 있었다. 집도 오팔처럼 하루 중 시간에 따라 색깔이 달라진다. 메리가 인도에 울리는 내 걸음소리에 깜박거리는 불길처럼 재빨리 방충문을 열었다.

"꿈에도 짐작하지 못할걸요, 당신!"이라고 말하며 아내가

● '악의를 품은 뱀이 그럴듯한 말로 나를 속였네'란 뜻의 고대 영어이다.
●● '그 암사자, 피맛을 본다면, 지키는 이부터 먼저 찢어발기리'란 뜻의 고대 영어이다.

두 손을 내미는데, 마치 꾸러미라도 들고 있는 듯 손바닥이 안을 향했다.

내 마음속에 있던 말이라 나는 이렇게 대답했다. "세오 레오 지프 히오 블로데스 온비리지스 어빌 레스트 히레 라드테오우."

"뭐, 꽤 괜찮은 추측이긴 한데 정답은 아니라고요."

"우리를 몰래 사모하던 사람이 공룡 한 마리를 줬나 보군."

"틀렸어요. 하지만 그만큼 놀라운 일이랍니다. 그래도 당신이 씻기 전에는 말해주지 않을 거예요. 이 소식은 마땅히 몸을 깨끗이 하고 들어야 하니까."

"내게 들리는 거라곤 엉덩이가 시퍼런 비비 한 마리가 부르는 사랑 노래인데." 물론 소리가 들렸다. 반항심에 가득한 앨런이 자신의 영혼을 들볶고 있는 떠들썩한 소리가 거실에서 들려왔다. "진지하게 사귀자는 말 네게 하려는데, 사람들은 말했지 내 마음 내가 모른다고. 우리 함께 있을 때마다 너의 눈길에 난 안절부절못하건만, 사람들은 말하지 내 마음 내가 모르리라고."

"하늘 같은 부인님, 녀석을 태워버려야겠어."

"안 돼요. 내 이야기를 듣고 나면 그렇게 하지 못할걸요."

"어떻게 좀 이야기해주면 안 되겠어?"

"안 돼요."

나는 거실을 가로질러갔다. 내가 인사를 건네자 아들은 씹다 버린 껌 조각처럼 날카롭게 반응했다.

"외로이 사랑하는 네 마음 좀 치워줬음 좋겠구나."

"네?"

"네, 아버지! 지난번에 들어보니, 누군가가 가져다가 마룻바닥에 내동댕이쳤다더라."

"최고 히트곡이에요." 아들이 말했다. "전국에서 제일 히트라고요. 이 주 만에 백만 장이 팔렸어요."

"멋지다! 미래가 네 두 손에 달려 있어 기쁜데." 나는 계단을 올라가면서 다음 후렴 부분을 따라했다. "우리 함께 있을 때마다 너의 눈길에 난 안절부절못하건만, 사람들은 말하지 내 마음 내가 모르리라고."

엘런이 손에 책을 한 권 들고 내 뒤로 몰래 다가왔다. 손가락 하나를 페이지 사이에 찔러넣은 채. 나는 그 애가 쓰는 방법을 안다. 내가 흥미롭다고 여길지 모르는 질문을 물어 보고 나서는 무엇이 됐든 메리가 내게 말하고자 하는 것을 슬쩍 흘릴 것이다. 엘런에게는 자기가 먼저 말을 꺼내는 것이 승리나 다름없었다. 딸아이가 고자질쟁이라는 뜻은 아니지만, 그렇긴 하다. 나는 딸아이에게 양손의 집게손가락을 엑스자로 교차시켜 흔들었다.

"타임."

"하지만, 아빠……."

"타임이라고 했어요, 귀여운 아가씨. 그리고 진심이다." 나는 문을 쾅 닫고 외쳤다. "남자에게 화장실은 자신만의 요새라고." 딸아이가 웃는 소리를 들었다. 아이들이 내 농담에 웃어도 나는 그네들을 믿지 않는다. 나는 비누칠도 하지 않고 얼굴을 빡빡 문질렀고 잇몸에 피가 날 때까지 칫솔질을 했다. 면도를 하고 나서, 깨끗한 셔츠를 입고 딸이 싫어하는 그 나비넥타이를 맸다. 반항을 하겠다는 선전포고로.

메리는 조바심이 나서 제자리에 가만히 있지를 못했다.

"믿지 못할 거예요, 당신."

"세오 레오 지프 히오 블로데스 온비리지스. 말해봐."

"마지는 친구 중에서 가장 좋은 사람이에요."

"내가 인용을 하나 하지. '뻐꾸기시계를 발명한 사람은 죽었다. 오래되긴 했지만 희소식이로다!'●"

"당신은 짐작도 못할 거라니까⋯⋯. 마지가 일요일날 애들을 데리고 기차로 뉴욕에 가서, 친구 아파트에서 하룻밤 잔 다음, 월요일에는 록펠러 센터에 게양된 별 쉰 개짜리 새 국기도 보고 행진도 보고 또⋯⋯ 온갖 걸 다 할 거래요."

"믿을 수가 없군."

"이것보다 더 좋은 일이 또 있겠어요?"

"최고로 좋은 일이고말고. 그러면 생쥐 양, 우리는 몬토크 황무지로 도망치는 거고?" "벌써 전화해서 방도 예약 다 해놨어요."

"이건 정신착란이겠지. 터질 것만 같아. 몸이 부풀어오르는 게 느껴진다고."

● 미국 작가 마크 트웨인이 남긴 말이다.

나는 가게에 대해서도 아내에게 이야기할까 싶었지만, 뉴스가 너무 많으면 변비에 걸릴 것이다. 기다렸다가 황무지에 가서 말하는 게 좋겠다.

엘런이 부엌으로 미끄러져 들어왔다. "아빠, 장식장에 있던 그 분홍색 덩어리가 없어졌어요."

"내가 가지고 있지. 여기 내 주머니에 말이다. 자, 도로 가져다놓으렴."

"우리에게는 절대 다른 데 가지고 가지 말라고 했잖아요."

"지금도 마찬가지야."

딸애는 부적을 뺏다시피 낚아채 거실로 갔다.

메리의 두 눈이 나를 이상하게, 침울하게 쳐다보았다. "이선, 그걸 왜 가져갔었어요?"

"행운을 위해서지, 내 사랑. 게다가 효험이 있었다고."

18

7월 3일 일요일은 마땅히 그래야 하듯 비가 왔다. 평소보다 더 축축한 굵은 빗방울. 젖은 벌레 같은 차량들이 이어졌다 끊기는 사이로 우리가 슬쩍 비집고 들어서니, 마치 새장 속에서 자란 새들이 풀려났을 때처럼 살짝 근사하기도 하고 무력하기도 하고 길을 잃은 듯도 했다. 자유가 이를 드러내며 적의를 보이자 두렵기까지 했다. 메리는 갓 다린 무명옷 냄새를 풍기며 곧게 앉아 있었다.

"당신 행복해……? 당신 즐거워?"

"애들 소식이 궁금해요."

"그래. 데보라 대고모는 그런 기분을 행복한 고독이라고 부르셨지. 여보, 날아오르라고, 당신 어깨에 길게 너불대는 천은 날개란 말이야, 이 멍청이."

아내가 미소를 지으면서 가까이 얼굴을 들이밀었다. "좋긴 하지만, 아이들 소식이 궁금해요. 지금쯤 뭘 하고 있을까요?"

"우리가 뭘 하는지 궁금해하는 거 빼곤 당신이 상상할 수 있는 건 뭐든지 하고 있을걸."

"아마 그럴 거 같아요. 애들이 별로 흥미 있어 하지도 않았어요."

"그렇다면 애들과 겨뤄보는 거야. 오 나일의 뱀이여, 내 그대의 바지선이 가까이 미끄러져 오는 것을 보았을 때, 오늘이 우리의 날이라는 것을 알았다오. 옥타비아누스는 오늘 밤 그리스 염소치기에게 빵을 구걸할 거요."

"당신은 정신이 나갔어요. 앨런은 어디 갈 때 쳐다보는 법이 없어요. 신호등 불도 안 보고 차량 속으로 곧장 걸음을 옮길지도 몰라요."

"나도 알아. 게다가 불쌍한 꼬마 엘런은 발이 안쪽으로 굽었잖아. 뭐, 그 애는 마음씨가 좋고 얼굴도 예쁘지. 아마 누군가 사랑에 빠져서 그 애 발을 잘라낼지도 몰라."

"어머! 조금만 걱정하게 해줘요. 그래야 기분이 더 좋아질 거 같아요."

"정말 딱 들어맞는 말인데. 그러면 일어날 수 있는 모든 끔찍한 일을 우리 죄다 생각해볼까?"

"당신 내 뜻이 뭔지 알면서."

"물론이야. 하지만, 여보, 당신이 애들을 낳았잖아. 여자들만 할 수 있는 거라고. 우리 귀여운 녀석들."

"당신만큼 자식들을 사랑하는 사람은 아무도 없어요."

"나는 치사한 놈이라 죄책감이 열 배는 돼."

"나는 당신이 좋아요."

"뭐, 그런 건 내가 찬성하는 걱정거리지. 저기 길게 뻗은 땅이 보여? 가시금작화와 헤더 덩굴이 어떻게 뿌리를 내리고 있는지 또 모래가 작고 딱딱한 물결처럼 밑에서부터 잘려나간 모습도 봐. 비가 땅에 떨어지자마자 곧장 옅은 안개 속으로 튀어오르는군. 나는 항상 저곳을 다트무어나 엑스무어와 같다고 여겼어. 사진으로 본 것 말고는 직접 가본 적도 없으면서 말이야. 고향 데번을 떠나 이곳에 처음으로 정착한 사람들도 여기서 틀림없이 고향을 느꼈을 거야. 저곳도 유령이 출몰하는 곳일까?"

"만약 그렇지 않다면 당신이 그렇게 만들어요."

"진심이 아니라면 칭찬을 해서는 안 돼."

"지금은 그렇지 않은걸요. 옆으로 빠지는 길 잘 찾아보세요. '무어크로프트'라고 적혀 있을 거예요."

물론 샛길이 나타났다. 롱아일랜드에서도 물렛가락의 가는 끝처럼 생긴 그 지역이 좋은 점은 비가 땅속으로 스며들어 진흙이 전혀 없다는 점이다.

우리는 인형의 집처럼 조그마한 집 하나를 통째로 빌렸는데, 전국에다 광고를 해놓은 트윈 베드는 세탁을 갓 한 깅엄 체크무늬 이불이 깔려 있고 머핀처럼 두툼했다.

"트윈 베드는 찬성할 수 없어."

"바보 같긴……. 손을 뻗어 닿을 만큼 가까운데."

"그것보다 엄청 더 잘할 수 있다 이거야. 이 음탕한 마누라."

우리는 지나치게 격식을 차린 채 백포도주를 잔뜩 들이켜가며 바닷가재구이를 저녁으로 먹었다. 메리 눈을 반짝이도록 하기 위해 백포도주가 엄청 들었고, 아내에게 코냑도 억지로 권하다 보니 내 머리마저 빙글빙글 돌 지경이었다. 숙소 번호를 기억한 사람은 메리였고 열쇠 구멍을 찾은 것도 메리였다. 내가 술에 너무 취한 나머지 그녀를 내 마음대로 가지지 못한 것은 아니지만, 만약 메리가 원했다면 피할 수 있었으리라.

이윽고 메리가 아픔과 더불어 밀려오는 편안함 속에 내 오른팔 위로 머리를 대고 깜박 졸다가 웃으면서 작게 하품 소리를 냈다.

"무슨 걱정이라도 있어요?"

"별생각을 다 하네. 당신은 잠에 들기도 전에 꿈을 꾸는군."

"당신, 날 행복하게 해주려고 정말 애쓰고 있네요. 그런데 당신 속을 들여다볼 수가 없어요. 걱정거리 있어요?"

이상하면서도 통찰력 있는 시간, 잠이 슬슬 밀려온다.

"그래, 걱정거리가 있어. 이제 안심이 돼? 당신이 말을 옮기는 건 원하지 않지만 말이야, 하늘이 무너져내리면서, 하늘 조각이 하나 내 머리 위로 떨어졌지 뭐야."

메리는 목신과도 같은 미소를 지으며 어느덧 색색 잠들어버렸다. 나는 팔을 빼낸 다음 침대 사이에 섰다. 비도 이제 그쳐 지붕에서만 물방울이 똑똑 떨어졌고, 조각달이 작은 물방울 수십억 개 사이로 반짝거렸다. "보 레브,* 내 사랑. 하늘이 우리 위로 무너지는 일은 없도록 하자고!"

내가 누울 침대는 차가운 데다 너무 부드러웠지만 뾰족한 달이 바다로 도망치는 구름 속으로 돌진해 들어가는 것을 볼 수 있었다. 게다가 나는 알락해오라기가 귀신처럼 우는 소리도 들었다. 나는 양손 손가락을 교차했다……. 잠시 타임이

---

* '좋은 꿈 꾸라'는 뜻의 프랑스어이다.

다. 곱절로 타임이라고. 내 머리 위로 떨어진 건 겨우 콩알 하나였다.

새벽녘에 천둥소리가 울렸어도, 나는 듣지 못했으리라. 잠에서 깨니 주위가 온통 황금빛으로 빛나는 초록으로, 색 짙은 헤더 덩굴과 연초록의 양치류와 노르스름한 붉은색을 띠던 축축이 젖은 모래 언덕에, 그리 멀지 않은 곳에서는 대서양 바다가 두들겨 편 은처럼 반짝반짝 빛나고 있었다. 우리 숙소 옆에 서 있던 몸통이 꼬인 늙은 오크나무는 뿌리 가까이로 배게 만큼이나 큰 이끼가 덮고 있었는데, 회색빛 도는 유백색 이끼가 산등성이처럼 굴곡을 이뤘다. 인형의 집들로 이루어진 작은 동네 사이로 굽은 자갈길이 그 모든 집들을 번식시킨 지붕에 널을 깐 방갈로를 향해 이어졌다. 이곳에 사무실이며, 엽서, 선물, 우표가 있었다. 우리 인형들이 식사를 하는 푸른색 체크무늬 식탁보가 차려진 식당도 있었다.

지배인이 경리를 보는 사무실에서 무슨 목록을 확인하고 있었다. 숙박부를 기록할 때 알아챘었는데, 그 남자는 머리칼이 가늘었고 수염은 깎을 필요도 없어 보였다. 한눈에 봐도 능글맞고 사근사근한 그 남자가 들뜬 우리 모습을 보고는 은밀한 여행이라도 하는가 싶어 몹시 기대를 하는 탓에 하마터면 나는 숙박부에다 '존 스미스와 부인'이라고 적어 그에게 기쁨을 선사할 뻔 했다. 지배인은 코를 벌름거리며 죄의 냄새를 맡으려고 했다. 사실 그 기다랗고 부드러운 코로 두더지처럼 앞을 보는 것 같았다.

"안녕하세요."

그가 코를 들어 나를 향해 조준했다. "안녕히 주무셨습니까?"

"더할 나위 없이요. 아내에게 아침식사를 쟁반에 담아 가져다줄 수 있을까 해서요."

"저희는 7시 30분부터 9시까지 식당에서만 식사를 제공합니다."

"하지만 내가 직접 아침을 가져다준다면……."

"그건 규정에 어긋납니다."

"이번 한 번만 어길 수 없을까요? 다 알면서 그래요." 이 말은 그가 듣기 원할 것 같아서 덤으로 보태줬다.

지배인은 답례에 충분히 만족했다. 눈이 촉촉해지면서 코가 떨렸다. "부인이 좀 수줍어하시는군요, 그렇죠?"

"뭐, 다 알잖습니까."

"주방장이 뭐라고 말할지 모르겠군요."

"부탁하면서 안개 자욱한 산꼭대기 위로 1달러가 발끝을 들고 서 있다고 전해주세요."

그리스인 주방장은 1달러에 관심을 표했다. 이윽고 나는 자갈길을 따라 커다란 냅킨이 덮인 쟁반을 나르다가 통나무로 만든 벤치에 내려놓은 다음 내 사랑을 위한 성대한 아침식사를 아름답게 꾸미기 위해 아주 작은 풀꽃들을 꺾어 꽃다발을 만들었다.

아마도 아내는 깨어 있었을 테지만, 어쨌든 두 눈을 뜨고 이렇게 말해줬다. "커피 냄새가 나요. 어머! 어머나! 이렇게 멋진 남편이 다 있을까…… 게다가…… 꽃까지." ……결코 향기로움을 잃는 법이 없는 그 귀여운 소리들.

우리는 아침을 먹고 커피를 마시고 또 마셨다. 침대에 기대어 있는 메리가 딸보다 더 어리고 더 순수해 보였다. 우리는 서로 공손하게 얼마나 잘 잤는지 이야기를 주고받았다.

드디어 때가 됐다. "편안하게 누워. 슬픈 소식과 기쁜 소식이 있어."

"좋아요! 바다라도 산 거예요?"

"마룰로가 곤란하게 됐어."

"네?"

"오래전에 무단으로 미국에 왔다는 거야."

"그러니까…… 뭐라고요?"

"이제 나라에서 그를 내보낼 거라는군."

"추방이요?"

"그래."

"하지만 그건 끔찍해요."

"좋은 건 아니지."

"우리는 어쩌죠? 당신은 어떻게 할 거예요?"

"노는 시간은 끝났어. 마룰로가 내게 가게를 팔았어…… 아니 당신에게 가게를 팔았다고 해야지. 그건 당신 돈이니까. 마룰로는 재산을 현금으로 바꿔야 하는데 나를 좋아하잖아. 사실상 내게 그저 줬다고 볼 수 있지…… . 3,000달러에 말이야."

"세상에 그럴 수가. 그러니까…… 그러니까 당신이 가게 주인이라고요?"

"그래."

"당신 이제 점원이 아니군요! 점원이 아니에요!"

아내는 고개를 돌려 베개 속에 얼굴을 파묻고 흐느껴 울었다. 목줄이 떨어져나간 노예의 울음소리 같은 가슴에서 우러나오는 격한 오열.

나는 인형의 집 현관으로 나가 아내가 준비할 때까지 태양 속에 앉아 있었다. 아내는 울음을 그친 뒤 얼굴을 씻고는 머리를 빗고 가운을 걸친 다음, 문을 열고 나를 불렀다. 그런데 그녀는 달라져 있었다. 항상 달라질 것이다. 그녀가 말로 할 필요는 없었다. 목의 모양이 말해주고 있었다. 메리는 이제 고개를 들 수 있었다. 우리가 다시 가문 좋은 사람들이 된 것이다.

"마룰로 씨를 돕기 위해 뭐라도 할 수 없는 건가요?"

"아무래도 할 수 없을걸."

"어떻게 생긴 일이죠? 누가 찾아냈대요?"

"나도 몰라."

"그는 좋은 사람이에요. 그분에게 그렇게 하면 안 되는데. 그분은 어떻게 받아들이신대요?"

"위엄을 갖춰서. 훌륭하게."

우리는 그렇게 하리라 생각했던 대로 해변을 걷고 모래사장에 앉아 빛나는 작은 조개껍질을 주워 마땅히 그래야 하는 바 서로에게 보여주었다. 마치 창조주가 칭찬을 바라며 귀를 기울이고 있기라도 한 듯 자연에 대해, 바다, 공기, 빛, 바람이 식혀주는 태양에 대해 틀에 박힌 경이로움을 덧붙여가며 이야기를 나눴다.

메리는 집중하지 못했다. 아마도 새 신분으로 집에 돌아가서, 여자들의 달라진 표정을 보며 중심가를 지날 때 바뀐 말투로 건네는 인사를 듣고 싶은가 보다. 내 생각에 아내는 더 이상 "불쌍한 메리 홀리, 너무 힘들게 일을 해"가 아니었다. 아내는 이선 앨런 홀리 부인이 되었고 앞으로 계속 그럴 것이다. 그리고 나는 그 자리를 지킬 수 있게 해줘야 한다. 계획을 잡아 돈을 낸 일정이라 아내가 그날 하루를 보내긴 했지만, 그녀가 뒤집어서 살펴보고 있던 진짜 조개껍질은 앞으로 다가올 빛나는 날들이었다.

우리가 푸른색 체크무늬 식탁보가 차려진 식당에서 점심을 먹는 동안, 메리가 보여준 지위와 신분에 대한 확신 넘치는 태도에 두더지 씨는 실망하고 말았다. 죄의 냄새를 맡고 너무나 기뻐하며 떨던 그 부드러운 코도 탈골이 되었다. 그가 품었던 망상은 우리 자리로 와서 홀리 부인 앞으로 온 전화가 있음을 알릴 때 완전히 깨지고 말았다.

"우리가 여기 있다는 걸 누가 아는 거야?"

"그야 당연히, 마지죠. 애들 때문에 말해줄 수밖에 없었어요. 어머! 정말 간절히 바라지만…… 당신도 알다시피, 그 애가 어디 갈 때 앞을 보지 않잖아요."

아내가 별처럼 떨면서 돌아왔다. "당신 절대로 맞추지 못할걸요. 절대로."

"좋은 소식이라는 건 맞출 수 있어."

"마지가 이렇게 말하지 뭐에요, '뉴스 들었어? 라디오 들었니?' 목소리를 들어보니 나쁜 뉴스가 아니라는 건 알 수 있었어요."

"일단 뭔지 말해준 다음 그 여자가 어떻게 말했는지 떠올려보면 안 될까?"

"믿을 수가 없어요."

"내가 믿도록 해줄 순 없어?"

"앨런이 표창을 받았대요."

"뭐? 앨런이? 말도 안 돼!"

"전국…… 글짓기 대회에서…… 표창을 받았다고요."

"아니야!"

"받았다니까요. 다섯 명만 표창을 받았는데…… 거기다 시계에, 텔레비전에까지 나간대요. 당신 믿겨져요? 우리 가족에서 유명인이 나오다니."

"믿을 수가 없군. 그러니까 지저분하게 빈둥거린 건 모두 가짜였다는 거야? 완전 대단한 배우잖아! 녀석이 외로이 사랑하던 마음은 전혀 바닥에 내동댕이쳐진 게 아니었어."

"놀리지 말아요. 생각해보라고요. 우리 아들이 전국에서 표창을 받은 남자아이들 다섯 가운데 하나라니……. 게다가 텔레비전에도 나오고."

"게다가 시계까지! 녀석이 시계를 볼 줄 아는지 궁금한데."

"이선, 당신 그렇게 놀리면, 사람들은 아들에게 당신이 질투하는 거라고 생각할 거예요."

"나는 그냥 깜짝 놀랐을 뿐이야. 난 녀석의 문체가 아이젠하워 장군 수준쯤이라고 생각했었거든. 앨런에게 대필작가는 없잖아."

"난 당신을 알아요, 이선. 당신은 애들 골려주는 게 놀이인 사람이에요. 하지만 애들을 버릇없게 만든 것도 당신이라고요. 남몰래 말이죠. 알고 싶어요……. 당신이 그 애 글짓기 도와준 거예요?"

"도와줬다고! 그 애는 내가 보지도 못하게 했어."

"뭐…… 그렇다면 다행이네요. 당신이 아들을 위해 써줬다고 젠체하는 건 보고 싶지 않았거든요."

"정말 놀라운데. 우리 자식에 대해 우리가 그다지 아는 게 없다는 걸 증명해주는군. 앨런은 어떻게 하고 있대?"

"그야, 공작처럼 우쭐해하지요. 마지가 워낙 흥분해서 제대로 이야기도 못하더라고요. 신문사들에서 그 애 인터뷰를 하고 싶어 하고…… 게다가 텔레비전, 텔레비전에도 출연한대요. 아들이 나오는 걸 볼 수 있는 텔레비전마저 우리는 없다는 거 당신 알고나 있어요? 마지가 자기 텔레비전으로 봐도 된다고 하더군요. 우리 집에서 유명인이 나오다니! 이선, 우린 텔레비전을 사야 해요."

"하나 살 거야. 내일 아침 당장 사지, 아니 당신이 하나 주문하는 게 어때?"

"우리가…… 이선, 당신이 가게 주인이라는 걸 잊고 있었네요. 깨끗이 잊고 있었어요. 당신 실감이 나요? 유명인사라니."

"녀석과 함께 살 수 있길 바랄 뿐이야."

"당신, 앨런이 기뻐할 수 있게 해줘야 해요. 집으로 출발해야겠어요. 애들은 7시 18분 기차로 올 거예요. 있잖아요, 앨런을 환영하려면 우리가 가 있어야 한다고요."

"그리고 케이크도 굽고."

"그럴 거예요."

"거기다가 종이 장식도."

"당신 샘이 나서 고약하게 구는 건 아니죠, 네?"

"아니야. 극복했어. 그냥 집 전체에다가 종이 장식을 달면 멋질 것 같아서."

"하지만 밖은 안 돼요. 그러면…… 과시하는 듯 보일 거예요. 마지는 우리가 모른 척하고 있으면서 앨런보고 말하게 하는 게 어떠냐고 하던데요?"

"동의하지 않아. 아마 부끄러워할 거야. 마치 우리가 신경 쓰지 않는 것 같기도 하고. 안 돼. 앨런은 환호성과 승리의 함성과 케이크가 있는 집으로 와야 해. 문을 연 가게가 있으면 폭죽이라도 사야겠어."

"노점상들이……."

"그렇고말고. 집에 가는 길에 남은 게 있다면 말이야."

메리가 식사기도라도 하는 듯이 잠시 고개를 숙였다. "당신은 가게 주인이 되고 앨런은 유명인사가 되다니. 이 모든 일이 한꺼번에 일어날 줄 누가 짐작이라도 했겠어요? 이선, 우리 집으로 출발해야겠어요. 애들이 왔을 때 우리가 있어야죠. 당신 왜 그렇게 쳐다봐요?"

"그냥 파도처럼 밀려드는 생각 때문에……. 우리는 남들에 대해 아는 게 거의 없어. 몸이 떨리면서 우울해지는걸. 당연히 신나야 하는 크리스마스에 웨일스 쥐들이 몰려오곤 했던 기억이 나는군."

"그게 뭐에요?"

"데보라 대고모가 벨트슈메르츠[•]를 발음할 때면 그렇게 들렸어."

"그게 뭔데요?"

"당신 무덤 위를 거위가 걸어다녀 갑자기 소름이 돋는다는 거지."

"아! 그거요! 이런, 이해가 안 돼요. 우리가 이제껏 살면서 오늘이야말로 가장 멋진 날이니까요. 그걸 알지 못한다면…… 은혜를 모르는 거죠. 자 이제 미소를 짓고 그 웨일스 쥐들을 쫓아버려요. 웃겨요, 이선. '웨일스 쥐들'이라니. 계산하세요, 당신. 나는 짐을 챙겨야겠어요."

나는 작은 사각형 모양으로 단단하게 접혀 있던 돈으로 계

• 자아와 세계의 모순에서 오는 염세주의적인 감정을 뜻한다.

산을 했다. 그리고 두더지 씨에게 물어보았다. "선물 코너에 폭죽 남은 거 있나요?"

"아마도요. 어디 보자……. 여기 있습니다. 몇 개나 필요하십니까?"

"있는 거 다 주세요." 내가 말했다. "우리 아들이 유명인사가 됐거든요."

"정말요? 어떤 유명 인사말입니까?"

"세상에서 유일한 유명인이죠."

"딕 클라크●처럼 유명한 연예인인가요?"

"체스맨●●이나 딜린저●●●처럼요."

"농담이시군요."

"텔레비전에도 출연할 겁니다."

"어디 방송국이요? 몇 시에 말입니까?"

"모릅니다……. 아직은요."

"꼭 보겠습니다. 이름이 뭡니까?"

"내 이름과 똑같아요. 이선 앨런 홀리…… 앨런이라고 부르죠."

"이런, 선생님과 앨런 부인을 모시게 되어 영광이었습니다."

"홀리 부인인데요."

● 미국 음악계의 전설적인 DJ겸 방송인이다.
●● 미국의 악명 높은 범죄자이다.
●●● 미국의 은행 강도 및 살인범이다.

"그렇고말고요. 또 다시 찾아주시길 바랍니다. 여러 유명 인사들이 이곳에 머물렀답니다. 그분들은 평온을 찾아······ 이곳에 오시죠."

반짝반짝 빛을 내며 뱀같이 느릿느릿 기어가는 차량 행렬을 따라 집으로 향하는 황금빛 길 위에서 메리는 몸을 곧게 세우고 앉아 자랑스러워했다.

"폭죽 한 상자를 샀어. 백 개도 넘더군."

"바로 그거예요, 여보. 베이커 씨 부부가 돌아오셨는지 궁금하네요."

19

 아들은 훌륭하게 처신했다. 편하고 친절하게 우리를 대했다. 복수를 하지도, 처형을 명하지도 않았다. 아들은 자신이 누리게 된 명예와 우리가 건넨 칭찬을 당연한 권리로 받아들였다. 허영심 없이 물론 지나친 겸손도 없이. 폭죽 백 개가 검은색 막대기에서 쉿쉿 소리를 내면서 다 타들어가기도 전에 아들은 거실에 있는 자신의 의자로 가서 라디오를 켰다. 녀석이 우리의 죄를 용서해준 것이 분명했다. 나는 이보다 더 점잖게 위대함을 받아들이는 소년을 본 적이 없었다.
 참으로 경이로운 밤이었다. 만약 앨런이 천국으로 쉽게 올라간 것이 놀라운 일이었다면, 엘런의 반응은 더 놀라웠다. 몇 년간 어쩔 수 없이 자세히 관찰한 바에 따른다면 엘런 양은 시기심이라는 폭풍 속에 갈가리 찢기면서, 오빠의 위대함을 얕잡아볼 수 있는 방법을 찾아내야 했다. 딸이 나를 속였다. 그 애는 오빠를 축하하고 있었다. 마법과 같은 저녁을 보내고 난 다음, 67번가에 있는 우아한 아파트에 앉아 늦은 시각에 하는 텔레비전 뉴스를 아무 생각 없이 보고 있는데, 앨런의 승리가 발표되는 것을 들었다고 이야기해준 사람이 엘런이었다. 자신들이 무슨 말을 했고 표정이 어땠으며 깃털을 가지고서라도 자신들을 쓰러뜨릴 수 있었으리라고 시시콜콜 말해준 사람도 엘런이었다. 앨런이 표창을 받은 다른 아이들 네 명과 어떻게 등장하게 될지, 수백만 명이 보고 듣는 가운데 앨런이 글짓기를 어떻게 읽을지를 엘런이 이야기하는 동안, 앨런은 조용히 떨어져 앉아 있었고, 메리는 이야기가 멈출 때마다 행복하게 혀를 차며 맞장구를 쳤다. 나는 마지 영 헌트를 흘깃 쳐다보았다. 카드 점을 칠 때처럼 자신 속에 침잠해 있었다. 그러다 어두운 정적이 방안으로 기어들어왔다.

"정적을 피할 방법이 없군." 내가 말했다. "이거 시원한 루트비어를 돌려야겠는데."

"엘런이 가져올 거예요. 엘런 어디 있지? 얘가 연기처럼 들락날락거리네."

마지 영 헌트가 초조해하며 자리에서 일어섰다. "이건 가족 파티 자리인데. 난 가봐야겠어."

"하지만 마지, 너도 우리 중 한 사람이야. 엘런은 어딜 간 거야?"

"메리, 내가 배 뒤쪽에 실린 하찮은 짐짝이라는 건 인정하고 싶지 않아."

"어머나, 지겨운 거구나. 내가 자꾸 까먹네. 덕분에 우린 정말 잘 쉬었어, 정말이야."

"정말 좋았습니다. 절대 놓칠 수 없는 시간이었죠."

마지는 자리를 뜨고 싶어 했다. 그것도 빨리. 우리가 건넨 감사 인사와 앨런의 감사를 받더니 달아나버렸다.

메리가 조용히 말했다. "가게 이야기를 하지 않았어요."

"그냥 내버려 둬. 주교님을 터는 것과 같을 테니까. 그건 주교님 권리야. 엘런은 어딜 간 거야?"

"자러 갔어요." 메리가 말했다. "생각이 깊기도 하지. 여보, 당신 말이 맞아요. 앨런, 엄청난 하루였네. 자러 갈 시간이야."

"여기 좀 앉아 있고 싶어요." 앨런이 상냥하게 말했다.

"하지만 넌 쉬어야 해."

"쉬고 있는 건데요."

메리가 도와달라고 나를 쳐다보았다.

"이럴 때 사나이들의 영혼은 시험에 들게 되지. 녀석을 먼지 풀풀 날리게 손봐주든가, 아니면 우리에게서도 녀석이 승리를 얻도록 내버려두든가."

"저애는 아직 어린 소년이라고요. 쉬어야 해요."

"저애에게 필요한 게 몇 가지 있겠지만, 휴식은 해당되지 않아."

"아이들이 쉬어야 한다는 건 다들 아는 사실이에요."

"다들 아는 사실이야말로 가장 틀리는 경우가 많지. 과로해서 죽은 아이 봤어? 없잖아……. 어른들만 그런다고. 아이들은 너무 영리해서 그렇게 되지 않아. 자신들이 필요할 때 쉬니까."

"하지만 자정이 넘었어요."

"그래, 여보, 그리고 우리 아들은 내일 정오가 지날 때까지 늦잠을 잘 거고. 당신과 나는 6시에 일어나야 되지."

"그러니까 애를 저렇게 내버려두고 당신은 자러 가겠다는 거예요?"

"우리가 자신을 낳아준 것에 대해 녀석이 복수를 해야 하거든."

"무슨 소린지 모르겠네요. 복수라니요?"

"당신 자꾸 화를 내니 말인데 여기서 우리 협약을 맺자고."

"맞아요. 당신은 정말 바보처럼 굴고 있어요."

"우리가 침실로 올라간 뒤 삼십 분 안에 녀석이 잠자리로 기어들어가지 않으면, 내 당신에게 4,700만 826달러와 80센트를 주지."

그런데 이런, 내가 지고 말았으니 아내에게 돈을 줘야 한다. 잘 자라는 인사를 건네고 난 뒤 삼십오 분 뒤에 우리의 유명인사 발밑에서 계단이 삐걱거렸다.

"당신이 맞을 때마다 난 당신이 미워요." 메리가 말했다. 그녀는 밤새 귀를 기울이고 있을 작정이었다.

"내가 맞은 건 아냐, 여보. 오 분 차이로 졌군. 내 기억으로는 그래."

이윽고 아내는 잠이 들었다. 그녀는 엘런이 계단을 살금살금 내려가는 소리를 듣지 못했지만, 나는 들었다. 나는 어둠 속에서 내 붉은 점들이 움직이는 것을 지켜보고 있었다. 그런데 나가보지는 않았다. 장식장 황동 자물쇠가 희미하게 딸각거리는 소리에 내 딸이 배터리를 충전하고 있다는 것을 알았으니까.

붉은 점들이 활발하게 움직였다. 거기에 집중하자 점들이 획 지나가면서 피했다. 늙은 선장이 나를 피하고 있었다. 선명하게 떠오르지 않는다. 그러니까…… 부활절 이후로 말이다. 해리엇 고모 같지 않다……. 그분은 천국에 계시겠지……. 그런데 내가 내 자신과 친하지 않을 때는 늙은 선장도 선명하게 떠오르지 않는다. 그건 내 자신과 맺은 관계에 대한 시험과도 같은 것이다.

이 밤 나는 억지로 늙은 선장을 떠올렸다. 침대 내 자리에서 최대로 뻗을 수 있는 한 몸을 뻣뻣하게 쭉 펴고 누웠다. 내 몸의 모든 근육을, 특히 목과 턱 근육을 팽팽하게 만들고는 배 위로 주먹을 쥐고 늙은 선장을 억지로 떠올렸다. 찬바람 나는 그 작은 눈동자와 뾰족뾰족한 흰색 턱수염, 그리고 한때 힘 꽤나 쓰는 건장한 사나이였음을 보여주는 앞으로 굽은 어깨를. 심지어 할아버지가 잘 쓰지 않았던 모자, 광택이 나는 짧은 챙에 황금색 닻 두 개를 어떻게 엮어 만든 H가 달린 파란색 모자도 씌워드렸다. 그 늙은 양반이 머뭇거렸지만, 나는 애써 그를 오게 만들어 나만의 그곳이 있는, 부서져 내리는 구항 방파제 위에 세웠다. 자갈 더미 위로 할아버지를 꼼짝없이 앉힌 다음 일각고래 뿔 지팡이 손잡이에다 컵 모양으로 움츠린 두 손을 고정시켰다. 지팡이는 코끼리도 쓰러뜨릴 수 있는 물건이었다.

"증오할 거리가 필요합니다. 유감스러워하면서 이해심을 보이는 건…… 애들이나 하는 짓이에요. 열기를 가라앉히기 위해 진짜 증오할 만한 것을 찾고 있습니다."

기억은 또 다른 기억을 산란한다. 선명하고 상세한 한 가지

인상으로 시작만 하면, 단번에 마음속에 떠오르면서 영화처럼 앞으로도 뒤로도 갈 수 있다. 일단 시작하면 말이다.

늙은 선장이 움직였다. 그가 지팡이로 가리켰다. "방파제 너머 저 세 번째 바위와 만조 때 포티 곶 꼭대기를 연결해보면, 그 선에서 반 련 떨어진 곳에 배가 누워 있다. 물론 잔해지만 말이다."

"할아버지, 반 련이면 어느 정도의 길이입니까?"

"그야 물론, 50길이지. 배는 흔들릴 수 있도록 닻을 내렸고 조류가 밀려오고 있었다. 이 년 동안 운이 나빴지. 고래 기름통 절반이 비었으니까. 자정 무렵, 배에 불이 붙었을 때 나는 뭍에 있었다. 기름에 불이 붙으면서 배는 동네를 대낮처럼 환하게 비춘 데다가 기름 막을 따라 타오른 불길은 오스프레이 곶까지 치솟았지. 부두를 태울까 두려워 뭍으로 끌어올리지도 못했다. 이제 용골과 붙임용골은 저 밑에 있지……. 깊이 잠든 채. 사람 손이 타지 않은 쉘터섬 숲에서 자란 오크나무로 만든 것들인데 말이다. 모나게 굽은 나무도 물론이고."

"어떻게 발화됐을까요?"

"한 번도 발화됐다고 생각해본 적 없다. 나는 뭍에 있었어."

"누가 배에 불을 지르고 싶어 했을까요?"

"그야, 소유주들이지."

"할아버지도 소유주셨잖아요."

"절반만 가지고 있었지. 나는 배를 불태울 수 없었어. 그 목재들을 보고 싶구나……. 지금은 어떤 상태인지 보고 싶어."

"이제 가셔도 됩니다, 선장님, 할아버지."

"증오할 거리로는 너무 부족한데."

"없는 것보다야 낫죠. 제가 그 용골을 끌어내겠어요……. 곧 부자가 되면 말이에요. 할아버지를 위해 그렇게 할 겁니다. 세 번째 바위와 만조 때 포티갑 꼭대기를 연결한 선에서 50길 떨어진 곳." 나는 자고 있지 않았다. 늙은 선장을 사라지지 못하게 하려고 주먹과 팔뚝을 배에다 세게 누르고 있었다. 하지만 이윽고 할아버지를 보내드리고 나니 잠이 찰싹찰싹 밀려왔다.

파라오가 어떤 꿈을 꾸고 나서 전문가들을 불러들이자 그들은 꿈이 무슨 뜻이며 왕국이 어떻게 될지 파라오에게 설명했다. 파라오가 왕국이니 그렇게 하는 게 맞았다. 우리 가운데 누군가도 꿈을 꾸고 나면 그것을 전문가에게 가져가는데, 그러면 그가 우리 자신이라는 나라에서 그 꿈이 어떤 의미인지 말해준다. 나는 전문가가 필요 없는 꿈을 꿨다. 대다수 현대인들처럼 나도 예언이나 마술을 믿지 않으면서도, 그것대로 따르느라 시간의 반을 보낸다.

봄에 앨런은 기분이 처지고 외로웠던 나머지, 자신은 신과 부모를 벌하기 위해 무신론자가 되었노라고 알렸었다. 나는 아들에게 괜한 모험을 하고 다니지 말라고 했다. 그러다가는 사다리 아래로 걷지 않거나 검은 고양이를 봤을 때 엄지손가락에 침을 뱉지 않고 초승달을 향해 소원을 빌지 않는 것도 할 여유가 없게 되리라 말해주면서.

꿈을 가장 두려워하는 사람들은 자신들이 꿈을 전혀 꾸지 않는다고 믿고자 한다. 나는 내 꿈을 아주 쉽게 설명할 수 있지만, 그렇다고 무서움이 덜해지는 것은 아니다.

어떻게 된 건지는 모르겠지만, 데니로부터 주문이 하나 떨어졌다. 자신이 비행기를 타고 떠나는데 내게 원하는 것이 있다는 거였다. 내가 직접 만들어야 하는 것들로 말이다. 그는 메리에게 줄 모자를 원했다. 안에는 양모를 댄 고동색 스웨이드 양가죽이어야 했다. 내가 가지고 있는 양가죽 안감을 댄 낡은 슬리퍼 같은 가죽이어야 했고, 모양은 창이 긴 야구모자 같아야 했다. 거기다가 풍력계도 원했다……. 빙글빙글 돌아가는 작은 금속 컵들 말고 대나무 조각에 정부 우편엽서로 쓰이는 얇고 빳빳한 판지를 붙인 손으로 만든 풍력계여야 했다. 데니는 내게 전화를 해서 이륙하기 전에 만나자고 했다. 나는 늙은 선장의 일각고래 뿔 지팡이를 가지고 갔다. 지팡이는 우리 집 현관에 있는 코끼리 발 우산꽂이에 있다.

그 코끼리 발 우산꽂이를 선물로 받았을 때 커다란 상아빛 발톱을 본 나는 아이들에게 이렇게 말했다. "이 발톱에 매니큐어를 처음으로 칠하는 자식은 사정없이 맞는다……. 알겠나?" 아이들이 내 말을 듣는 바람에, 내가 직접 발톱에 색칠을 해야 했다……. 메리의 화장대에서 가져온 선홍색 매니큐어로.

나는 마룰로의 폰티액을 타고 데니를 만나러 갔고, 공항은 뉴베이타운 우체국이었다. 차를 주차하면서 꼬임이 있는 일각고래 뿔 지팡이를 뒷좌석에 놓자 못되게 생긴 경찰 두 명이 순찰차를 타고 다가와 이렇게 말했다. "좌석에 두면 안 됩니다."

"법에 어긋나는 건가요?"

"어디 잘난 척하고 싶다 이거군!"

"아닙니다. 그냥 물어보는 겁니다."

"아무튼, 좌석에는 두지 마시오."

데니는 우체국 뒤에서 소포를 분류하고 있었다. 그는 양가죽 모자를 쓰고 판지로 만든 풍향계를 돌리고 있었다. 아주 마른 얼굴에 입술이 잔뜩 갈라져 있었지만 두 손은 벌에 쏘이기라도 한 마냥, 뜨거운 물주머니처럼 부어 있었다.

그가 악수를 하기 위해 일어났고 내 오른손은 따뜻한 고무 같은 덩어리에 덮였다. 그가 내 손에 무언가를 놓았는데, 작고 무겁고 차가운 것으로 열쇠 크기만 했지만 열쇠는 아니었고…… 가장자리가 날카로운 모양에 연마한 느낌이 나는 금속이었다. 그것을 보지는 않고 만져보기만 했기에 뭔지는 모르겠다. 나는 몸을 앞으로 숙여 그의 입술에 입을 맞췄는데 온통 갈라지고 거칠어진 그의 마른 입술이 느껴졌다. 그때 나는 잠에서 깼다. 차갑게 식은 몸을 부들부들 떨면서. 새벽이 왔다. 호수는 볼 수 있었지만 소가 서 있지 않았고, 나는 그 말라서 갈라진 입술을 여전히 느낄 수 있었다. 즉시 자리에서 일어났다. 침대에 누워 입술을 떠올리고 싶지 않았으니까. 나는 커피를 내리지도 않고 코끼리 발 우산꽂이로 가서 지팡이라 불리는 그 사악한 몽둥이가 여전히 거기에 있는 것을 봤다.

새벽이 약동하는 시간, 아침 바람이 아직 불지 않아 덥고 습했다. 은회색 빛 거리에 인도는 인류의 침전물로 번들거렸다. 포매스터 커피숍이 문을 열지 않긴 했지만, 어차피 나는 커피를 마실 생각이 없었다. 나는 골목으로 들어가 샛문을 열고…… 앞쪽을 살폈는데 계산대 뒤에 가죽 모자 상자가 보였다. 커피 깡통을 하나 따서 커피는 쓰레기통에 부어버렸다. 그러고는 연유 깡통에 구멍을 두 개 뚫고 커피 깡통에다 부은 다음, 샛문에 버팀목을 괴어 열어놓고, 입구에다 깡통을 놓아두었다. 고양이가 골목에 있긴 했지만, 내가 가게 안으로 들어가기 전까지는 우유 근처로 오지 않았다. 나는 가게 안에서 녀석을 지켜볼 수 있었는데, 회색 골목에서 회색 고양이가 우유를 핥아먹었다. 녀석이 고개를 들자 수염에 우유가 묻어 있었다. 녀석은 바닥에 앉아 입을 훔치고는 발바닥을 핥았다.

나는 모자 상자를 열고 장부에 기록하고 난 다음 클립으로 고정해둔 토요일 영수증 뭉치를 꺼냈다. 갈색 은행 봉투에서 100달러짜리 지폐 서른 장을 꺼내고 나머지 스무 장은 도로 넣었다. 이 3,000달러는 가게의 수입과 지출이 맞게 될 때까지 내 여유자금이 될 것이었다. 메리의 나머지 2,000달러는 은행 계좌로 돌아갈 것이고, 내가 할 수 있는 한 가능한 빠르고 무사히 이 3,000달러도 계좌에 다시 넣을 것이다. 새 지갑에 지폐 서른 장을 넣고 바지 뒷주머니에 꽂으니 주머니가 아주 불룩해졌다. 그러고 나서 나는 창고에 있던 상자들을 꺼내와 죄다 찢어서 연 다음, 고갈된 선반들을 다시 채웠다. 다시 주문해야 하는 물건들을 포장지 조각에다 적었다. 수거 트럭이 가져갈 크고 작은 상자를 골목에 쌓은 다음, 커피 깡통에 우유를 다시 채웠지만 고양이는 돌아오지 않았다. 녀석은 배불리 먹었거나 아니면 훔친 것만 좋아하는 놈인가 보다.

분명 예년과는 다른 해가 있는 법이다. 하루가 다른 날과 다를 수 있듯이 기후와 동향 그리고 분위기가 다른 해 말이다. 올해 1960년은 변화의 해였다. 비밀스러운 두려움이 백일하에 드러나고, 잠재되어 있던 불만이 서서히 두려움으로 변하는 해. 내게만 아니 뉴베이타운에서만 그런 것이 아니었다. 대통령 지명을 곧 앞둔 데다가 불만이 분노로 변하는 분위기였는데 분노는 흥분을 일으키기 마련이다. 게다가 우리나라에만 국한되지도 않았다. 불만이 분노로 변하면서 어떤 행동이든 폭력적일 수만 있다면 그 행동을 통해 분노를 표출하고자 전세계가 동요와 불안으로 들썩였다. 아프리카, 쿠바, 남아메리카, 유럽, 아시아, 중동이 경마 출발구에 선 말들처럼 모두 들떠 있었다.

7월 5일 화요일이 다른 날보다 더 큰 날이 되리라는 것을 나는 알았다. 심지어 일어나기도 전에 무슨 일이 생길지 알고 있었다고 생각하지만, 일이 일어나고 나서였으니 내가 진짜로 알았던 건지는 결코 확신할 수 없으리라.

아주 정밀하고 충격방지 처리가 된 시계처럼 시간에 맞춰

불만의 겨울

움직이는 베이커 씨가 은행 개점 시간보다 한 시간 앞서 가게 문을 두드리라는 것을 내가 미리 알고 있었다고 생각한다. 가게 문을 열기도 전에 그가 문을 두드렸다. 나는 그를 안으로 들인 다음 문을 닫았다.

"정말 끔찍하군." 그가 말했다. "연락이 안 됐어. 듣자마자 돌아온 거네."

"어르신, 무슨 끔찍한 일 말씀입니까?"

"이런, 스캔들 있잖나! 그 사람들은 내 친구들이야, 오래된 친구들이지. 무슨 일이든 해야 하네."

"선거 전에는 조사도 받지 않을 겁니다……. 고소만 당한 거니까요."

"나도 알아. 그들이 결백하다는 것을 성명서로 내야 하지 않겠나? 필요하다면 유료광고를 해서라도 말일세."

"어디다가요, 어르신? 〈베이 하버 메신저〉는 목요일까지 발행도 하지 않습니다."

"흠, 그래도 뭔가를 해야 하네."

"맞습니다."

너무나 형식적이었다. 내 생각을 그도 분명 알았으리라. 그런데도 내 눈과 마주친 그의 표정은 진정으로 근심에 잠긴 듯 보였다.

"우리가 뭔가를 하지 않으면 그 미친 극단론자들이 읍 선거를 망칠 거야. 우리는 새 후보들을 내야 해. 선택의 여지가 없어. 오래된 친구들에게 이러는 게 정말 끔찍하네만, 인텔리

극단주의자들이 끼어들게 놔둘 수 없다는 것을 그 친구들이 제일 먼저 알 거야."

"그분들과 말씀해보시는 건 어떻습니까?"

"상처를 입은 데다가 화가 나 있네. 궁리할 시간조차들 없었지. 마룰로는 돌아왔나?"

"친구를 보냈더군요. 제가 이 가게를 3,000달러에 샀습니다."

"잘됐어. 헐값에 샀군. 서류는 받았나?"

"네."

"놈이 도망치더라도 지폐 번호가 적혀 있으니 됐어."

"도망치지 않을 겁니다. 떠나고 싶어 하더군요. 마룰로는 지쳤습니다."

"나는 그자를 믿어본 적이 없네. 무슨 일에 관계하는지 알 수가 없었다니까."

"어르신, 그가 사기꾼이었습니까?"

"교활했지. 어느 쪽과도 손을 잡는 놈이었네. 재산을 처분한다면 엄청 나갈 텐데 3,000이라니…… 그건 거저 준걸세."

"저를 좋아했습니다."

"그런 게 틀림없어. 누구를 보냈던가? 마피아?"

"공무원이요. 있잖습니까, 마룰로는 저를 믿었습니다."

베이커 씨가 얼굴을 찡그렸다. 평소답지 않았다. "내가 왜 이 생각을 못했지? 자네가 바로 그 사람이군. 좋은 집안에, 믿을 수 있고, 재산도 있고, 사업가에 존경까지 받고 있지. 자네는 우리 읍에서 적이 하나도 없어. 당연히 자네가 돼야 하고말고."

"그 사람이라니요?"

"읍장감이란 말일세."

"저는 고작 토요일부터 사업가가 됐습니다."

"무슨 말인지 자네 알잖나. 자네 주위로 훌륭한 새 얼굴들을 모을 수 있지. 세상에, 완벽한 방법이로구먼."

"식료품 가게 점원에서 읍장이 되는 게 말입니까?"

"아무도 홀리 가문 사람을 식료품 가게 점원으로 여긴 적 없다네."

"제가 그랬습니다. 메리도 그렇고요."

"하지만 자넨 점원이 아니잖나. 저 미친 과격파들이 준비하기 전에 오늘 발표해야겠어."

"저는 심사숙고를 해야 합니다."

"시간이 없네."

"전에는 누구를 생각하고 계셨습니까?"

"전에 언제?"

"의회가 무너지기 전에 말입니다. 나중에 말씀드리죠. 토요일에 워낙 바빴거든요. 저울까지 팔 뻔 했습니다."

"이선, 자넨 이 가게를 멋지게 만들 수 있어. 건물을 올려서 팔라고 충고하고 싶네. 자네는 워낙 큰 거물이 되어서 손님 시중들 일이 없을걸세. 그나저나 데니 소식은 없는가?"

"아니요. 아직까지는 없습니다."

"그놈에게 자네가 돈을 주는 게 아니었어."

"그런 것 같지는 않은데요. 제가 좋은 일을 했다고 생각했습니다."

"그거야 물론이지. 물론 좋은 일이었네."

"베이커 은행장님, 어르신……. 벨 아데어 호에 무슨 일이 있었던 겁니까?"

"무슨 일이 있었냐니? 그야, 불에 탔지."

"항구에서 말이죠……. 어르신, 어떻게 시작된 겁니까?"

"그런 질문을 하기엔 우스운 때군. 나야 들은 것 밖에 모르네. 너무 어려서 기억도 잘 못해. 그 낡은 배들이 기름에 흠뻑 젖어 있었지. 아마 어떤 선원이 성냥을 떨어트린 것 같아. 자네 할아버지가 선장이었지. 뭍에 계셨을 거야. 막 바다에서 돌아왔거든."

"어획량이 아주 저조했던 항해였습니다."

"나도 그렇게 들었네."

"보험금을 타는 것은 어려웠습니까?"

"글쎄, 늘 조사관을 보내긴 하네만, 내 기억으로는. 시간이 좀 걸리긴 했어도 우리는 돈을 탔네. 홀리가와 베이커가가 말일세."

"제 할아버지는 누군가 배에 불을 질렀다고 생각하셨습니다."

"도대체 왜 그런 짓을 한단 말인가?"

"보험금 때문에요. 포경업이 사양길이었으니까요."

"그분이 그런 말을 한 건 내 결코 들어본 적이 없네."

"결코 들어본 적이 없단 말씀입니까?"

"이선……. 자네 무슨 말을 하고 싶은 건가? 먼 옛날에 일어났던 일을 왜 꺼내는 거야?"

"배를 불태우는 건 끔찍한 일입니다. 그건 살인입니다. 저는 언젠가 꼭 용골을 꺼내 올릴 겁니다."

"용골이라니?"

"그 배가 어디에 있는지 압니다. 앞바다로 반 련 떨어진 곳입니다."

"그렇게 하고 싶은 까닭이 뭔가?"

"오크 목재가 온전한지 보고 싶습니다. 사람 손 타지 않은 쉘터섬 숲에서 자란 오크나무였습니다. 용골만 살아 있다면 배는 완전히 죽은 것이 아닙니다. 금고 문이 열리는 것을 축복하시려면 그만 가시는 게 좋겠습니다. 저도 가게를 열어야 하네요."

그러자 그의 톱니바퀴가 작동하면서 베이커 씨가 재깍거리며 은행으로 향했다.

지금 생각해보니 비거즈가 오리라는 것도 예상했었다. 그 불쌍한 사내는 한참 동안 출입구를 지켜보고 있었으리라. 그리고 베이커 씨가 떠나기를 바라며 어딘가 엿볼 수 있는 데서 기다리고 있었던 것이 틀림없었다.

"내게 화는 내지 마세요."

"제가 왜 그래야 합니까?"

"그쪽이 화가 났던 이유를 이해할 수 있습니다. 내가 그다지…… 흥정에 능하지 못하거든요."

"아마 그런 것 같군요."

"내 제안 생각해봤습니까?"

"네."

"어떻게 생각하세요?"

"6퍼센트가 더 좋을 거 같습니다."

"비비디앤디에서 그렇게 해줄지 모르겠는데요."

"그거야 회사에 달린 거죠."

"회사는 5.5퍼센트를 원할걸요."

"그럼 나머지 0.5퍼센트는 당신이 깎으면 되겠군요."

"맙소사. 촌동네 점원인 줄로만 알았더니. 너무 깎으시는군요."

"싫으면 그만두시든가."

"원 참, 주문할 양은 얼마나 됩니까?"

"금전등록기 옆에 일부 적어놓은 목록이 있습니다."

그가 포장지 조각을 살펴보았다. "아무래도 제가 걸려든 것 같군요. 그런데 형씨, 내가 출혈이 크다 이겁니다. 오늘 주문을 싹 받을 수는 없습니까?"

"내일은 더 많을 겁니다."

"거래처를 완전히 바꾸겠다는 뜻입니까?"

"당신이 잘해준다면야."

"형씨, 정말 사장을 마음대로 주무르나 봅니다. 무사히 넘어갈 수 있겠어요?"

"두고 봐야죠."

"아무튼, 그 순회 판매원 친구에게 어쩌면 다시 시도를 할 수 있겠는데요. 형씨는 청어처럼 냉담한 게 분명합니다. 내 분명히 말하지만 그 여자 완전 끝내줍니다."

"내 아내 친구입니다."

"아! 그렇군요! 어떤 건지 알겠습니다. 집에서 너무 가까우면 좋지 않죠. 형씨 정말 영리한데요. 전에 내가 몰랐다면 이제는 알겠습니다. 6퍼센트라. 제길. 내일 아침입니다."

"시간이 나면 오늘 오후 늦게도 될 겁니다."

"내일 아침으로 합시다."

토요일에는 손님들이 터질 듯 들어왔었다. 이 목요일은 전체 박자가 변했다. 사람들이 여유를 가졌다. 그들은 스캔들에 대해 이야기하고 싶어 했다. 나쁘고 끔찍하며 슬프고 수치스러운 일이라고 말하면서 그것을 즐겼다. 오랫동안 스캔들이 일어나지 않았었다. 로스앤젤레스에서 곧 열릴 민주당 전국 전당대회 이야기를 꺼내는 사람은 아무도 없었다……. 단 한 명도. 물론 뉴베이타운이 공화당 동네이긴 하지만, 사람들은 대부분 집과 가까운 곳에서 일어나는 일에 흥미가 있었던 것 같다. 우리는 아는 사람의 무덤 위에서 신나게 춤을 췄다.

정오 시간에 스톤월 잭슨 서장이 들어왔는데 피곤하고 슬퍼 보였다.

나는 계산대 위에다 오일 깡통을 올린 다음 철사 가닥으로 낡은 권총을 꺼내보였다.

"여기 증거가 있습니다, 서장님. 가져가주세요, 네? 이것 때문에 불안하다니까요."

"이런, 좀 닦아 보겠나? 이것 보게! 이건 사람들이 싸구려 권총이라고 부르던 아이버 존슨이군. 주위에 이 가게를 꺼리는 사람이라도 있는 거야?"

"아뇨, 없습니다."

"마룰로는 어디 있지?"

"출타 중입니다."

"자네 잠시 가게 문을 닫아야 할 것 같은데 말일세."

"서장님, 무슨 일입니까?"

"그러니까, 찰리 프라이어네 아들이 오늘 아침 집에서 도망쳤는데 말이지. 어디 시원하게 마실 거 좀 없나?"

"당연히 있습니다. 오렌지, 크림, 레몬, 콜라 중에 뭘?"

"세븐업으로 주게. 찰리는 웃긴 놈이야. 아들 톰은 여덟 살이지. 세상이 자기를 등진 줄로 생각하고는 해적이 되려고 아들놈이 도망칠 준비를 했다 이거야. 남들 같았으면 엉덩이를 한 대 갈겨줬을 텐데, 찰리는 안 그랬다네. 이거 열어주지 않을 건가?"

"죄송합니다. 여기 있습니다. 찰리가 저랑 무슨 상관이 있습니까? 물론 그를 좋아하긴 합니다만."

"그러니까, 찰리가 남들처럼 하지 않는다 이거야. 그는 톰을 고치는 제일 좋은 방법이 녀석을 도와주는 거라고 생각해.

그래서 아침을 먹고 나서 침낭과 거한 점심 도시락을 함께 준비했다는군. 톰은 자기 방어를 한답시고 일본 놈들이 쓰는 긴 칼을 가져가고 싶어 했지만, 칼이 질질 끌리는 바람에 대검으로 만족했다 하더라고. 찰리는 녀석이 순조롭게 출발할 수 있도록 차에 태우고 읍 바깥까지 태워줬지. 아들을 테일러 들판 가까이에다 내려줬는데…… 자네도 알잖나, 그 낡은 테일러네 땅 말이야. 그때가 오늘 아침 9시경이었어. 찰리는 잠시 꼬마 녀석을 지켜봤지. 녀석이 제일 먼저 한 거라곤 자리를 깔고 앉아 샌드위치 여섯 개와 삶은 달걀 두 개를 먹어치운 거였다네. 그러고 나서는 작은 침구 꾸러미와 대검을 챙겨 들판을 가로질러 가버렸고 찰리는 집으로 돌아왔지."

드디어 결론이다. 나는 알았다, 알고말고. 끝나게 되어 안도감마저 들었다.

"11시경 녀석이 길 위로 징징거리며 나와서는 집으로 차를 얻어 타고 왔다네."

"뭔지 알 것 같습니다. 스토니…… 데니입니까?"

"아무래도 그런 것 같아. 그 낡은 집 아래 저장고에 말이야. 단 두 병만 비운 위스키 한 상자와 수면제 한 통이 있었고. 이런 걸 물어봐야 해서 참 유감이군, 이쓰. 워낙 오래 그런 상태로 있어서 무언가 녀석을 물었어, 얼굴을 말이지. 아마 고양이들일 거야. 녀석에게 있던 상처나 점 같은 거 기억하나?"

"전 녀석을 보고 싶지 않습니다, 서장님."

"그래, 누군들 그러고 싶겠나? 상처는 기억나나?"

"왼쪽 무릎 위로 철조망에 찢겨서 생긴 상처가 기억납니다. 그리고…… 그리고…….” 난 소매를 걷어 올렸다. “이 문신과 똑같이 생긴 하트 모양이 있습니다. 어렸을 때 같이 한 겁니다. 면도날로 잘라 잉크를 넣어 문질렀습니다. 아직도 꽤 선명합니다, 보이세요?”

“뭐…… 그거면 되겠군. 다른 건 없나?”

“아…… 왼쪽 팔 밑에 상처가 크게 하나 있습니다. 갈비뼈를 조금 잘라냈어요. 새로 약이 나오기 전에 늑막 쪽에 폐렴이 걸렸었는데 배농관을 집어넣었거든요.”

“그래, 갈비뼈를 잘라냈다면 확실하겠군. 내가 직접 다시 가볼 필요는 없을 거야. 검시관 녀석더러 가라고 해야지. 대니로 확인되면 자네 그 상처들에 대해 증언을 해야 할 거야.”

“좋습니다. 하지만 그 녀석 얼굴을 보도록 시키지만 말아주세요, 스토니. 녀석은…… 알다시피…… 제 친구였습니다.”

“물론이지, 이쓰. 자네가 읍장 선거에 출마한다고 들었는데 뭐라 할 말 없나?”

“저도 처음 듣습니다. 서장님…… 여기 잠시만 있어 주시겠습니까……?”

“가봐야 하는데.”

“제가 길 건너에서 술 한 잔만 하면 되니까 딱 이 분만요?”

“아! 그럼! 알겠네. 그럼…… 어서 가보게. 새 읍장과 친하게 지내야 되지 않겠나.”

나는 술을 한 잔 마시고 나서 작은 병으로도 하나 사가지고 왔다. 스토니가 가고 나자, 종이에 2시에 돌아옴이라고 적어 내건 다음, 문을 닫고 가리개를 내렸다.

나는 내 가게 계산대 뒤 가죽 모자 상자 위에 앉았다. 내 가게의 으스레한 녹색 어둠 속에 앉았다.

20

 3시 십 분 전 나는 샛문으로 나가 모퉁이를 돌아서는 은행 정문으로 들어갔다. 청동 출납 창구 속에 있던 모프가 돈과 수표 다발, 갈색 봉투 그리고 입금 전표를 받았다. 그는 손가락을 Y자 모양으로 벌려 조그만 통장들을 펼친 뒤 종위 위로 사각사각 소리를 내며 작게 각진 숫자들을 만년필로 기록했다. 통장을 내게 내주면서 신중하면서 은근한 눈빛으로 나를 올려다보았다.
 "그 일은 이야기하지 않겠습니다, 이선. 그가 당신 친구였다는 거 아니까요."
 "고마워요."
 "슬그머니 나가버린다면 우리 은행장 님을 피할 수 있을 겁니다."
 그러나 그렇게 하지 못했다. 내가 아는 한 모프가 그에게 벨을 눌렀을지도 모르니까. 사무실의 반투명 유리문이 활짝 열리면서, 마른 몸에 단정한 회색 양복을 입은 베이커 씨가 조용히 말했다. "이선, 시간 좀 내주겠나?"
 미뤄봤자 소용이 없었다. 나는 서리가 낀 그의 은신처로 걸어 들어갔다. 그가 워낙 조용히 문을 닫는 바람에 나는 문에 걸쇠가 걸리는 소리도 듣지 못했다. 책상에는 판유리가 깔려 있었는데, 그 밑에는 타이프로 친 숫자 목록이 껴 있었다. 그가 사용하는 높이가 긴 의자 옆으로 마치 어미젖을 빨아먹는

불만의 겨울 577

쌍둥이 송아지들처럼 손님 의자 두 개가 사다리꼴 모양으로 서 있었다. 손님 의자는 편안했지만 베이커 씨 의자보다 낮았다. 의자에 앉으니 베이커 씨를 올려다봐야만 했고 그것으로 나는 탄원의 자리에 놓이게 되었다.

"슬픈 일이야."

"네."

"자네가 모든 비난을 받아야 한다고 보지는 않네. 아마 어떻게든 일어났을 일이야."

"아마도요."

"자네는 올바른 일을 했다고 생각하는 줄로 믿네만."

"녀석에게 기회가 있는 줄 알았습니다."

"물론 자네는 그리 생각했지."

목구멍으로 증오가 치솟아오른다. 분노보다는 역겨움이 담긴 누런 맛처럼.

"인간의 비극이자 낭비가 돼버린 이번 일과 별개로 말일세, 어려운 상황이 발생했네. 녀석에게 친척이 있는지 자네 아는가?"

"없는 것 같은데요."

"돈이 있으면 다들 친척이 있는 법일세."

"녀석은 돈이 없었습니다."

"테일러 들판이 있었지. 저당도 잡히지 않은 채로."

"그랬던가요? 뭐, 들판과 저장고……."

"이선, 전 지역을 운행하는 공항을 계획하고 있다고 내 자네에게 말했네. 거기가 평평한 곳이야. 그곳을 사용할 수 없다면, 활주로를 내기 위해 산을 미는데 수백만 달러가 들어가게 될걸세. 게다가 지금은, 녀석에게 상속인이 전혀 없다고 해도, 법원의 승인을 받아야 해. 수개월이 걸려."

"알겠습니다."

그는 분노가 치솟았다. "자네가 제대로 알기나 하는지 궁금하군! 자네가 품었던 그 착한 의도 덕분에 자넨 그 땅을 하늘 높이 날려버렸어. 종종 내 생각해보네만, 세상에서 가장 위험한 존재가 바로 바른 생활을 하는 사람이네."

"아마도 어르신이 맞나 봅니다. 저는 가게로 돌아가야겠습니다."

"이젠 자네 가게네."

"맞습니다, 그렇죠? 아직 익숙해지지가 않습니다. 자꾸 잊어버려요."

"그래, 자넨 잊어버려. 자네가 녀석에게 준 돈은 메리 돈이지. 이제 메리는 두 번 다시 그 돈을 못 보게 될걸세. 자네가 날려버린 거네."

"데니는 메리를 좋아했습니다. 그 돈이 메리 거라는 것도 알았습니다."

"메리에게 퍽이나 좋은 일이겠구먼."

"저는 녀석이 농담을 하는 줄 알았습니다. 이걸 제게 주더군요." 나는 지금처럼 꺼내야 하리라는 것을 알고 넣어두었던 종이 두 장을 안주머니에서 꺼냈다.

베이커 씨가 유리가 덮인 책상 위에 종이를 펼쳤다. 종이를 읽어내려가면서 그의 오른쪽 귀 옆 근육이 씰룩거리는 바람에 귀가 재빠르게 움직였다. 그의 두 눈이 이제 종이를 되짚어 갔다. 이번에는 허점을 찾으면서.

그 개자식이 나를 쳐다봤을 때 그는 두려워하고 있었다. 이제껏 존재하는 줄 몰랐던 누군가를 본 것이다. 이 낯선 사람에게 적응하느라 잠시 시간이 걸렸지만, 그는 솜씨가 좋았다. 바로 적응했다.

"자네가 부르는 값은 얼만가?"

"51퍼센트입니다."

"어디서 말인가?"

"법인이든 합자든 뭐가 됐든 간에 거기서 51퍼센트죠."

"말도 안 되네."

"어르신은 공항을 원하십니다. 저는 유일하게 가능한 장소를 가지고 있죠."

그가 휴대용 클리넥스 한 장으로 안경을 조심스럽게 닦더니 안경을 썼다. 그러나 나를 보지는 않았다. 그는 나만 빼놓은 채 내 주위 사방을 보았다. 마침내 그가 질문을 던졌다. "이선, 자네가 무슨 짓을 하고 있는지 알고 있었나?"

"네."

"그래서 기분이 좋은가?"

"녀석에게 위스키 한 병을 쥐어주면서 서류에 사인하게 하려고 애썼던 사람이 느꼈던 기분을 지금 느끼는 것 같습니다."

"녀석이 자네에게 말하던가?"

"네."

"녀석은 거짓말쟁이일세."

"그렇다고 말하더군요. 자신이 거짓말쟁이라며 제게 경고도 했습니다. 어쩌면 이 서류에 속임수가 있는지도 모릅니다." 나는 그가 보는 앞에서 종이를 부드럽게 낚아채 연필로 써진 그 더러운 종이 두 장을 접었다.

"물론 속임수야 있지, 이선. 그 서류는 결점 하나 없이, 날짜도 기록되어 있고, 증인도 있는 명백한 거네. 아마 녀석이 자네를 증오했나 보네. 사람을 붕괴시키는 것이 아마도 녀석의 속임수 같아."

"베이커 어르신, 우리 집안사람들은 그 누구도 배를 불태우지 않았습니다."

"이야기 좀 하지, 이선. 우리 사업을 하는걸세. 돈을 버는 거지. 작은 읍이 그 들판을 둘러싼 산 위로 도약하는 거야. 자네가 이제 읍장이 되어야 할 것 같군."

"할 수 없습니다, 어르신. 그러면 이익충돌금지 원칙에 위배될 겁니다. 꽤 슬픔에 잠긴 사람들 몇몇이 바로 지금도 위반사항을 찾아내고 있죠."

그가 한숨을 쉬었다……. 목에 있는 무언가를 깨우기가 두려운 듯 조심스럽게 내쉬는 숨이었다.

나는 자리에서 일어나 탄원하는 사람이 앉는 의자 뒤로 가

죽을 덧댄 곡선 모양의 의자 등에 손을 올렸다. "기분이 나아지실 겁니다, 어르신. 제가 유쾌한 바보가 아니라는 사실에 익숙해지시면 말이죠."

"왜 내게 비밀을 털어놓을 수 없었던 건가?"

"공범자가 생기면 위험합니다."

"그렇다면 자네가 범죄를 저질렀다고 느끼는 거군."

"아니요. 범죄는 다른 누군가가 저지르는 거죠. 저는 가게를 열어야 합니다. 제 가게라도 말이죠."

손을 문손잡이로 가져다 대는데 그가 조용히 물었다. "누가 마룰로를 밀고했나?"

"어르신이 하신 줄로 알고 있습니다." 그가 벌떡 일어섰지만, 나는 내 뒤로 문을 닫고 내 가게로 돌아갔다.

21

 이 세상 그 누구도 메리만큼 파티나 축하 기분을 내지는 못하리라. 아내가 보석처럼 빛나는 까닭은 그녀가 무엇을 이바지해서가 아니라 받기 때문이다. 두 눈이 빛나고, 미소를 머금은 입술은 또렷해지며, 재빠르게 터트리는 웃음은 형편없는 농담에도 힘을 실어준다. 파티로 들어서는 입구에 메리와 더불어 있기만 한다면 누구든 자신이 원래 모습보다 매력적이고 재치 있다고 느끼게 되면서, 실제 그렇게 변한다. 이보다 더 큰 이바지는 메리가 하지도, 할 필요도 없다.
 내가 집으로 돌아왔을 때 홀리 저택은 온통 축제 분위기로 빛났다. 색깔이 밝은 큰 비닐 깃발들이 천장 한가운데 전등에서부터 천장 돌림띠까지 덮개처럼 줄줄이 매달려 있고, 작고 화려한 비닐 깃발들도 줄지어 계단 난간에 걸려 있었다.
 "믿을 수 없을 거예요." 메리가 외쳤다. "엘런이 에소 주유소에서 얻어왔어요. 조지 샌도가 빌려줬다고요."
 "이게 다 뭐하는 거야?"
 "모든 것을 위해서죠. 명예로운 일이잖아요."
 아내가 데니 테일러에 대해 들었는지, 들었으면서도 이야기를 꺼내지 않는 건지 모르겠다. 물론 내가 그를 축하 파티에 초대하지 않았는데도, 그는 밖에서 어슬렁거리고 있었다. 나중에 그를 만나러 밖에 나가야 한다는 걸 알면서도 그를 안으로 불러들이지 않았다. "당신, 마치 엘런이 표창을 받은 거 같다고 생각할걸요." 메리가 말했다. "자신이 유명인이 된들 이렇게까지 엘런이 자랑스러워하지는 못할 거예요. 그 애가 구운 케이크 좀 보세요." 높다랗고 큰 흰색 케이크 위에는 빨간색, 초록색, 노란색 그리고 파란색으로 영웅이라고 쓰여 있었다. "여름이긴 하지만 통닭구이, 드레싱 그리고 닭 내장으로 만든 그레이비 그리고 으깬 감자를 먹을 거예요."

"좋아, 여보, 좋고말고. 그런데 젊은 유명인께서는 어디에 계시나?"

"그러니까, 그 애도 변했다니까요. 목욕을 하고 저녁식사를 위해 옷을 갈아입고 있어요."

"이거 경이로운 날인데요, 무녀님. 노새가 새끼를 낳고 새 혜성이 하늘로 떨어지는 것도 어딘가에서 찾을 수 있겠습니다. 저녁식사 전에 목욕이라. 상상 좀 해봐!"

"당신도 옷을 갈아입고 싶어 할 것 같은데요. 와인도 한 병 준비했는데 연설이나 축배나 뭐 그런 걸 하려고요. 뭐 비록 우리끼리긴 하지만." 아내는 완전히 온 집 안을 파티로 넘쳐나게 만들었다. 나도 목욕을 하고 나서 그 일부가 되기 위해 계단을 급히 올라가고 있지 뭔가.

앨런 방을 지나면서 문을 두드리자, 투덜거리는 소리가 나기에 들어가보았다.

아들이 자신의 옆모습을 보기 위해 손거울을 들고 거울 앞에 서 있었다. 아마 메리의 마스카라 같은 무슨 시커먼 것으로 콧수염을 좁다랗게 칠하고, 눈썹도 시커멓게 칠한 다음 사탄의 뿔처럼 바깥 부분을 위로 들어올렸다. 내가 들어서니 녀석은 세상사를 통달한, 냉소적인 매력을 발하며 거울을 향해 미소를 짓고 있었다. 게다가 내 파란색 물방울무늬 나비넥타이까지 맨 채로. 내게 걸렸는데도 당황한 기색이 없었다.

"연습해보는 거예요." 아들은 그렇게 말하면서 손거울을 내려놓았다.

"아들아, 워낙 흥분하다 보니 네가 얼마나 자랑스러운지 이야기를 못 해준 것 같구나."

"이건…… 뭐, 이건 시작일 뿐이에요."

"솔직히, 네가 대통령만큼 글을 잘 쓸 줄은 짐작하지도 못했다. 기쁜 만큼 놀랍기도 하구나. 네 글을 세상 사람들에게 언제 읽어주는 거지?"

"일요일 4시 30분에 전국으로 중계방송돼요. 난 뉴욕에 가야 해요. 특별 비행기로 날 태워간대요."

"연습은 잘 하고 있니?"

"아, 난 잘할 거예요. 이건 시작일 뿐이니까."

"글쎄, 전국에서 다섯 명 안에 들려고 도약한 것 같은데."

"전국 중계방송이라고요." 아들이 말했다. 아들은 솜으로 콧수염을 지우기 시작했는데 나는 녀석이 화장 도구며, 아이섀도, 화장용 기름, 콜드크림까지 갖추고 있는 걸 보고 깜짝 놀랐다.

"모든 일이 우리에게 동시에 일어났어. 내가 가게를 샀다는 거 알고 있니?"

"네! 들었어요."

"그런데, 깃발이며 축하 장식품을 내리고 나면, 네 도움이 필요할 것 같다."

"무슨 말이에요?"

"전에도 말했잖니, 가게일 좀 도와달라고."

"그 일은 못 하겠는데요." 아들은 이렇게 대답하더니, 손거울로 이를 꼼꼼히 살펴보았다.

"뭘 못 하겠다고?"

"초대 손님으로 두 번 나가야 되고 그러고 나면 '내 직업은 무엇일까요?'와 '미스터리 손님'에도 출연해야 해요. 또 십대 퀴즈쇼라는 새로운 프로그램도 이제 할 건데, 내가 거기 사회를 보게 될지도 모른다고요. 그러니까 내가 시간이 없다는 거 아시겠죠." 아들이 머리에 뭔가 끈적끈적한 것을 스프레이로 뿌렸다.

"그렇다면 네 진로는 모두 정해졌구나, 그런 거지?"

"아까 말했잖아요. 이건 시작일 뿐이라고."

"오늘 밤에는 네 녀석과 전쟁을 벌이지 않으마. 나중에 이야기해보자."

"NBC 방송국 사람이 아빠하고 통화하려고 계속 전화했었어요. 아마 계약 문제인 것 같아요. 내가 나이가 안 되니까."

"내 아들아, 학교 생각은 해봤냐?"

"계약만 따내면 누가 그게 필요하겠어요?"

나는 방을 빨리 빠져나와 문을 닫고 욕실로 들어가서 내 부들부들 떨리는 분노를 통제하기 위해 한기가 깊이 스며들도록 찬물을 틀어 얼굴을 식혔다. 잠시 후 메리의 향수 냄새를 맡으며 내가 깨끗이 반짝이는 모습으로 다시 나타났을 때 통제력은 돌아와 있었다. 식사를 하기 몇 분 전, 엘런이 내 의자 팔걸이에 앉더니 내 무릎 위로 넘어와 두 팔로 나를 둘렀다.

"정말 사랑해요, 아빠." 딸이 말했다. "신나지 않아요? 게다가 앨런 오빠 정말 멋지지 않아요? 태어날 때부터 정해져 있었나 봐요." 그런데 바로 이 애를 내가 아주 이기적이고 살짝 짓궂기까지 한 소녀라고 생각했다니.

케이크를 막 자르기 전에 나는 젊은 영웅에게 건배를 들고 행운을 빌면서 이렇게 말을 마쳤다. "이제 우리 불만의 겨울은 요크의 아들 덕분에 영광스런 여름이 되었도다."

"그건 셰익스피어인데." 엘런이 말했다.

"그래, 요 바보 녀석들아, 하지만 어느 작품에서, 누가, 어디서 말한 거지?"

"난 알 턱이 없어요." 앨런이 말했다. "그건 구닥다리들이나 아는 거니까."

나는 메리를 도와 접시를 부엌으로 옮겼다. 아내는 아직도 홍조를 띠고 있었다. "초조해하지 말아요." 아내가 말했다. "자기 진로를 찾을 테니까. 그 애는 괜찮을 거예요. 제발 인내심을 가져요."

"그렇게 할게, 내 거룩한 아가씨."

"뉴욕에서 어떤 남자가 전화를 했었어요. 아마 앨런 때문인가 봐요. 그 애를 위해 비행기를 보내준다니, 신나지 않아요? 난 당신이 가게 주인이라는 것도 익숙하지 않아요. 게다가…… 당신이 읍장이 될 거라는 소문이 퍼진 것도 알고 있다고요."

"난 아니야."

"글쎄 열두 번이나 들었는걸요."

"사업상 거래가 있는데 그걸 하면 읍장을 하는 건 불가능해. 잠시 나갔다 와야겠어, 여보. 모임이 있거든."

"당신이 다시 점원으로 돌아와 주길 바라게 될지도 모르겠네요. 그러면 당신 밤에는 집에 있을 테니까. 그 사람이 다시 전화하면 어떻게 하죠?"

"미뤄도 돼."

"그 사람은 아닐걸요. 늦으실 거예요?"

"글쎄. 어떻게 풀리는가에 달린 일이라."

"데니 테일러 일은 슬프지 않아요? 비옷 챙겨가세요."

"슬픈 일이지."

현관에서 나는 모자를 쓴 다음 코끼리 발 속에 세워져 있던 늙은 선장의 일각고래 뿔 지팡이를 충동적으로 빼 들었다. 엘런이 내 옆에 모습을 드러냈다.

"아빠랑 같이 가도 돼요?"

"오늘 밤은 안 된다."

"정말 사랑해요, 아빠."

나는 잠시 내 딸아이의 두 눈을 깊이 응시했다. "나도 사랑한다." 내가 말했다. "네게 보석을 가져다주마……. 좋아하는 거라도 있니?"

딸아이가 낄낄거렸다. "지팡이를 가져가려고요?"

"자기 보호 차원에서." 나는 그 소용돌이 꼴의 긴 앞니를 날이 넓은 칼처럼 들고 몸을 피했다.

"오래 있다가 오실 거예요?"

"그리 오래는 아니야."

"지팡이는 왜 가져가요?"

"장식으로. 자랑도 하고, 위협과 두려움을 위해. 또 무기를 지녀야 하는 퇴화된 욕구 때문이란다."

"아빠가 돌아오실 때까지 기다릴게요. 분홍색 덩어리 만져봐도 돼요?"

"아, 아니 기다리지 마, 내 작은 귀염둥이. 분홍색 덩어리? 탈리스만 말이니? 그럼, 그렇게 해."

"탈리스만이 뭐예요?"

"사전에서 찾아봐. 철자는 아니?"

"T-a-l-e-s-m-a-n."

"아니다, t-a-l-i-s-m-a-n이야."

"그냥 뜻을 말해주세요."

"찾아보면 더 잘 알게 될 거야."

딸은 나를 두 팔로 감싸고 꼭 껴안더니 곧 내보내줬다.

밤이 내 주위를 짙고도 축축하게 둘러쌌다. 습한 공기가 닭 스프처럼 끈적거렸다. 느릅나무길의 무성한 잎사귀 사이로 숨어 있던 가로등들이 습기를 잔뜩 머금은 원광을 솜털같이 발하고 있었다.

일자리가 있는 남자는 전형적인 낮 세상을 알지 못한다. 그러니 당연히 아내에게서 뉴스와 사고방식을 얻어야 한다. 무슨 일이 일어났는지 그리고 누가 그것에 대해 뭐라고 말했는지 아내가 알고 있긴 하지만, 그것들이 아내의 여자다움으로 걸러지기 때문에, 일하는 남자 대부분은 여자들의 눈으로 낮 세상을 보기 마련이다. 그러나 가게나 직장이 문을 닫는 밤이 되면, 그제야 남자의 세계가 떠오른다······. 잠시나마.

소용돌이 모양의 일각고래 앞니 지팡이를 손에 쥐고 있으니 기분이 좋다. 지팡이에 달린 무거운 은제 손잡이는 늙은 선장의 손때가 묻어 윤이 났다.

오래전 낮 세상에 살았을 때는, 세상이 워낙 버거운 나머지 풀밭을 쳐다보곤 했었다. 얼굴을 아래로 하고 그 푸른 줄기에 바짝 다가가면 나는 더 이상 거인이 아닌, 개미와 진딧물과 쥐며느리와 하나가 되었다. 그리고 사나운 풀 정글에서 찾은 기분전환이 내겐 평화를 뜻했다.

이 밤 나는 구항과 나만의 그곳을 원했다. 생명과 시간과 조류가 순환하는 피할 수 없는 세계가 기진맥진한 나를 쓰다듬어 줄 수 있는 곳.

나는 중심가로 빨리 걸어갔고, 포매스터를 지나면서는 건너편으로 녹색 가리개가 쳐진 내 가게를 흘긋 쳐다보았을 뿐이다. 소방서 앞에서 뚱뚱한 윌리가 시뻘건 얼굴로 돼지같이 땀을 흘리며 경찰차 안에 앉아 있었다.

"이쓰, 또 어슬렁거리는 거야?"

"넵."

"데니 테일러 일은 슬프기 짝이 없군. 좋은 놈이었는데."

"정말 끔찍하죠." 이렇게 대답하고 나는 급히 걸음을 재촉했다.

차 몇 대만이 바람을 일으키며 돌아다닐 뿐 산책하는 사람들은 전혀 없었다. 아무도 감히 땀을 내며 걸으려고 하지 않았다.

나는 기념비에서 돌아 구항 쪽으로 걸어가다가 요트 몇 척과 앞바다에 있는 어선에서 발하는 정박등을 보았다. 그런데 누군가 폴록길에서 나와 내 쪽으로 걸어오는 모습이 보였는데 걸음걸이와 자세를 보니 마지 영 헌트였다.

그녀는 내게 지나갈 기회도 주지 않고 내 앞에서 멈췄다. 어떤 여자들은 더운 밤에도 시원해 보일 수 있다. 아마 그녀가 입고 있던 치마가 경쾌하게 움직였기 때문인가 보다.

그녀가 말했다. "당신, 날 찾고 있는 것 같은데요." 그녀가 삐져나온 머리칼 한 가닥을 쓸어넘겼다.

"왜 그렇게 말하는 겁니까?"

그녀가 몸을 돌려 내 팔을 잡더니 손가락에 힘을 주며 계속 걸으라고 재촉했다. "그런 느낌이 드니까요. 포매스터에 있었어요. 당신이 지나가는 모습에 나를 찾고 있을지도 모른다 싶어, 한 블록을 급히 돌아 당신을 가로막은 거예요."

"내가 어느 길로 갈지 어떻게 알아서?"

"나도 몰라요. 그냥 알았어요. 매미가 우는 소리 좀 들어봐요……. 날도 덥고 바람 한 점 없는데 매미까지 울다니. 걱정하지 말아요, 이선. 곧 불빛 밖으로 나갈 테니까. 원한다면 내 집으로 와요. 마실 거 한잔 줄게요……. 키가 큰 정열적인 여자가 키 큰 잔에 부어주는 차가운 술."

나는 그녀의 손가락이 쥐똥나무 산울타리 그림자 속으로 나를 인도하도록 내버려뒀다. 땅 가까이 피어 있던 무슨 노란색 꽃이 어둠을 불태웠다.

"여기가 내 집이에요……. 차고 위로 쾌락의 궁전이 있답니다."

"내가 왜 당신을 찾고 있다고 생각한 겁니까?"

"나 아니면 나 같은 누군가 때문이죠. 이선, 투우 본 적 있어요?"

"전쟁 직후 아를에서 한 번."

"두 번째 남편이 날 데리고 가곤 했었어요. 그 사람이 좋아했거든요. 내 생각에 투우는 별로 용감하지 않으면서 그렇게 되고 싶어 하는 남자들을 위한 것 같아요. 한 번 본 적이 있으면 내 말뜻 알겠죠. 투우사가 망토로 유인하는 탓에 있지도 않은 무언가를 죽이려고 황소가 애쓰고 난 다음 기억나요?"

"네."

"황소가 얼마나 혼란스럽고 불안해하는지, 간혹 그냥 서서 반응을 기다리는 모습은요? 그런데 그때 황소에게 말을 주지 않으면 황소는 심장이 터져버리고 말 거예요. 녀석이 뿔로 들이받을 무언가 단단한 것이 없다면 녀석의 영혼은 죽어버린다고요. 뭐 그러니까, 내가 그 말이에요. 그리고 그런 종류의 사내들을 나는 받아들이죠. 혼란스럽고 곤혹스러워하는 사내들. 내 속에 뿔을 들이밀 수 있게 되면, 그건 작은 승리거든요. 그러고 나면 사내들은 물레타*와 에스파다**를 향해 돌아갈 수 있답니다."

"마지!"

"잠깐만요. 열쇠를 찾고 있단 말이에요. 인동덩굴 냄새 좀 맡아봐요."

"하지만 난 승리를 이루었단 말입니다."

"그래요? 망토에 뿔을 들이박고…… 그걸 짓밟았나요?"

"어떻게 아는 겁니까?"

"남자들이 나나 다른 마지들을 찾는 걸 나는 그냥 알아요. 계단 조심해요, 좁으니까. 맨 위에서 머리 부딪치지 않도록 하고요. 자, 여기 스위치가 있는데…… 어때요? 쾌락의 궁전이랍니다, 부드러운 조명과 머스크 향이…… 태양이 없는 바다까지 이어지죠!"

"당신은 정말 마녀인 것 같군요."

"당신은 내가 누군지 귀신같이 잘 안다니까. 작은 읍에 사는 가난하고 불쌍한 마녀. 여기, 창문 가까이로 앉아요. 내가

● 투우사가 사용하는 막대에 매단 붉은 천을 가리킨다.
●● 마지막에 소를 찔러 죽이는 투우사를 이른다.

가짜 바람을 틀어드리죠. 나는 남들이 말하는 것처럼 '가서 좀 편한 옷으로 갈아입고' 나서, 키 큰 잔에 시원한 스컬버스터를 담아 내드릴게요."

"그 단어는 어디서 들은 겁니까?"

"어디서 들었는지 아실 텐데."

"녀석과 잘 아는 사이였습니까?"

"조금요. 여자는 남자의 일부밖에 몰라요. 그리 자주 알 수는 없어도, 때론 그 일부가 제일 좋은 것일 때도 있긴 해요. 데니가 그랬어요. 그는 나를 믿었으니까."

그 방은 다른 사람들이 사는 삶의 조각들이 각주처럼 달린, 다른 방들의 기억을 담은 사진첩이었다. 창가에 있던 선풍기가 나지막이 속삭이듯 으르렁거렸다.

그녀는 길고 헐렁하게 너울거리는 푸른색 옷을 입고 곧 돌아왔는데 향내도 가득 몰고 왔다. 내가 그 냄새를 들이마시자 그녀가 말했다. "걱정 말아요. 메리는 내가 뿌린 걸 맡아본 적이 전혀 없으니까. 자, 마셔요……. 진토닉. 잔을 토닉으로 문지르긴 했지만, 진이에요. 진만 넣었어요. 얼음을 흔들어보면 시원할 거예요."

나는 맥주를 마시듯 단번에 술을 비웠는데 술의 건조한 열기가 내 어깨 위에서부터 팔을 타고 내려와 피부가 빛나는 것이 느껴졌다.

"당신에게 필요할 것 같더군요."

"그런 것 같습니다."

"난 당신을 용맹한 황소로 만들 거예요……. 저항도 해서 당신이 승리했다고 느끼게 할 거라고요. 황소에게는 그게 필요하답니다."

나는 내 두 손을 응시했다. 상자를 여느라 긁히고 베인 작은 상처들이 교차하고 있었고, 손톱도 그리 깨끗하지 않았다.

그녀는 내가 소파에 떨어트렸던 앞니 지팡이를 들었다.

"당신의 풀 죽은 열정에 이건 필요 없었으면 좋겠어요."

"이제는 내 적인 겁니까?"

"내가요? 뉴베이타운 사람들의 애인인 내가 당신의 적이라고요?"

내가 워낙 오래 침묵을 지키다보니 그녀가 점점 불안해하는 것을 느낄 수 있었다. 그녀가 말했다. "천천히 생각해요. 대답이야 평생해도 되니까. 한 잔 더 줄게요."

그녀가 건넨 술잔을 받고 나니 입술과 입이 워낙 말라 입을 열기 전에 한 모금을 마셔야 했다. 다시 입을 열자 쉰 목소리가 나왔다.

"원하는 게 뭡니까?"

"사랑을 찾아 안주하고 싶어요."

"아내를 사랑하는 남자에게서요?"

"메리? 당신은 그 애를 알지도 못해요."

"아내는 부드럽고 상냥하고 좀 무력한 사람입니다."

"무력하다고요? 그 애는 고무처럼 질겨요. 당신 엔진은 덜 걱거리다 산산조각 나버려도 그 애는 그 뒤로도 한참 잘 버틸

걸요. 날갯짓 한 번 하지 않고도 바람을 사용해 높이 떠 있는 갈매기 같은 여자랍니다."

"그건 사실이 아닙니다."

"큰 문제가 닥쳐 당신은 불끈해도 그 애는 수월하게 해낼 걸요."

"원하는 게 뭡니까?"

"나를 유혹하지 않을 건가요? 이 착하고 친절한 마지를 당신 엉덩이로 올라타서 당신의 증오심을 후려쳐버리지 않겠어요?"

내가 협탁 위에 반쯤 마신 술잔을 내려놓자, 그녀는 뱀처럼 빨리 술잔을 들어 그 아래로 재떨이를 놓고는, 둥근 물기 자국을 손으로 지워버렸다.

"마지…… 당신에 대해 알고 싶습니다."

"농담하지 마세요. 당신의 성과를 내가 어떻게 생각하는지 알고 싶으면서."

"당신이 누구인지 알기 전까지는 당신이 원하는 게 뭔지도 알 수가 없어요."

"이 사람 진심인가 봐……. 총과 카메라를 가지고 마지 영헌트 속으로 잠깐 여행을 떠나볼까요. 나는 착한 아이, 똑똑한 아이에 춤은 중간쯤 되는 형편없는 댄서였어요. 사람들이 소위 말하는 나이 많은 남자를 만나 결혼을 했죠. 그는 나를 사랑하지 않았어요……. 나와 사랑에 빠진 거지. 착하고 똑똑한 아이에겐 수월한 일이었죠. 나는 춤추는 걸 그리 좋아하지 않았고 일하는 건 확실히 좋아하지 않았어요. 내가 그 사람을 버렸을 때 그는 너무 혼란스러웠던 나머지 합의서에 재혼 조항도 넣지 않더군요. 다른 사내를 만나 결혼해서 거대한 소용돌이 같은 삶을 살다 보니 그 사내가 죽었어요. 이십 년 동안 매달 첫째 날 수표가 들어왔죠. 이십 년 동안 나는 구혼자들로부터 선물 몇 개를 집어든 거 말고는 일이라곤 전혀 하지 않았죠. 이십 년이나 흐른 것 같지 않은데, 그렇게 됐어요. 난 더 이상 착한 어린아이가 아니고."

그녀는 작은 부엌으로 가 손에 얼음을 세 개 들고 오더니, 자신이 마시던 잔에 집어넣고 진을 그 위에 콸콸 부었다. 투덜거리고 있던 선풍기가 썰물로 인해 드러난 바다의 바닥 냄새를 실어왔다. 그녀가 부드럽게 말했다. "당신은 돈을 많이 벌게 될 거예요, 이선."

"거래에 대해 아는 겁니까?"

"가장 고귀한 로마사람들이라고 해도 일부는 비열하죠."

"계속해보세요."

그녀가 손을 획 움직이자 컵이 넘어지면서, 얼음이 벽에 부딪혀 주사위처럼 튀어올랐다.

"지난주에 전남편이 발작을 일으켰어요. 그 사람이 차갑게 식으면 수표도 멈춰요. 나는 나이도 많고 게으르고 게다가 겁에 질렸어요. 당신을 예비 명단에 올려놨지만, 난 당신을 믿지 못하겠어요. 당신이 규칙을 깨버릴지도 몰라요. 정직하게 변해버릴지 모른다고요. 분명히 말하자면 나는 무서워요."

불만의 겨울 597

자리에서 일어서자 다리가 무거웠다. 흔들거리지는 않았다……. 그냥 무겁고 멀게만 느껴졌다.

"무슨 일을 같이 하고 싶은 겁니까?"

"마룰로도 내 친구였어요."

"그렇군요."

"나랑 침대로 가지 않을래요? 나 잘해요. 다들 그렇게 말하는데."

"나는 당신이 싫지 않습니다."

"그래서 나는 당신을 못 믿겠어."

"손을 잡고 무언가 해볼 수 있을 겁니다. 나는 베이커가 싫습니다. 아마 당신이 그를 속일 수 있을 거고."

"말하는 것 좀 봐. 술을 마셔도 소용이 없군요."

"나는 행복할 때 술이 취합니다."

"당신이 데니에게 어떻게 했는지 베이커가 알아요?"

"네."

"그가 어떻게 받아들일까요?"

"괜찮을 겁니다. 하지만 등을 돌리고 싶지는 않습니다."

"알피오가 당신을 저버렸어야 했는데."

"무슨 뜻입니까?"

"그냥 내 추측이에요. 하지만 내 추측에 돈을 걸어도 좋아요. 걱정은 하지 말고, 말하지 않을 테니까. 마룰로는 내 친구라고요."

"무슨 뜻인지 알겠군요. 당신은 칼처럼 사용하려고 증오를 쌓아올리고 있습니다. 그런데 마지, 당신이 가진 건 고무 칼입니다."

"이쓰, 내가 그걸 모를 것 같아요? 하지만 난 직감에 내 돈을 걸었다고요."

"내게 알려주겠습니까?"

"그러는 편이 낫겠네요. 내 장담하건대 홀리 가문은 대대손손 당신을 혼쭐낼 거고, 그들이 멈추고 나서도 당신은 젖은 밧줄을 들고 소금으로 상처를 문지르게 될 거예요."

"만약 그렇게 된다 한들…… 당신이 무슨 상관입니까?"

"당신은 이야기할 친구가 필요할 텐데 이 세상에서 그 욕구를 만족시켜줄 사람은 나 하나뿐이니까. 비밀이란 끔찍스럽게도 외로운 거랍니다, 이선. 게다가 돈도 별로 들지 않아요. 수수료만 조금 주면 돼요."

"이제 가봐야 할 것 같습니다."

"잔은 비워요."

"마시고 싶지 않군요."

"내려가다가 머리 부딪히지 마세요, 이선."

계단을 반쯤 내려왔는데 그녀가 나를 따라왔다. "지팡이는 놔두고 갈 생각이었어요?"

"맙소사, 아닙니다."

"자요. 나는 지팡이가 뭐랄까…… 희생물인 줄 알았어요."

밤에 내리는 비로 인동덩굴 냄새가 향기롭다. 다리가 너무 후들거려 일각고래 지팡이가 정말 요긴했다.

불만의 겨울 599

뚱뚱한 윌리는 이마에서 흐르는 땀을 닦기 위해 조수석에다 두루마리 휴지까지 준비해놓았다.

"그 여자가 누군지 내 안다는 데 내기를 걸겠어."

"저를 이기겠는데요."

"근데, 이쓰, 어떤 사내가 자네를 찾아다녀……. 커다란 크라이슬러를 탄 녀석인데 운전사도 딸려 있던걸."

"원하는 게 뭐던가요?"

"몰라. 내가 자넬 봤는지 알고 싶어 하더군. 난 한 마디도 하지 않았지."

"크리스마스에 선물 하나 받겠는데요, 윌리."

"그런데 이쓰, 발은 왜 그래?"

"포커를 쳤거든요. 쥐가 났어요."

"그래! 그럴 때가 있지. 그 사내를 보면 집에 갔다고 이야기할까?"

"내일 가게로 오라고 말해주세요."

"크라이슬러 임페리얼이었어. 덩치가 더럽게 크고 화물열차만큼 길더군."

조이 보이가 포매스터 앞 보도에 서 있었다. 맥이 빠져 눅눅해 보였다.

"시원한 거 마시러 뉴욕에 간 줄 알았는데요."

"너무 덥습니다. 그렇고 싶은 마음이 들지 않더군요. 들어와서 한잔합시다. 이선. 내가 좀 우울합니다."

"술 마시기에는 너무 더운데요, 모프."

"맥주도 말입니까?"

"맥주를 마시면 열이 올라서요."

"내 인생 이야기 좀 들어보세요. 패를 다 보이고 나면…… 갈 데가 없습니다. 이야기할 사람도 없고."

"결혼하세요."

"그러면 아무에게도 터놓고 이야기할 수 없게 됩니다."

"당신 말이 맞는 것 같군요."

"기가 막히게 맞다 이겁니다. 결혼한 사내처럼 외로운 사람은 없다니까요."

"그걸 어떻게 알죠?"

"내 눈에 보이니까 말입니다. 지금도 한 사람 눈앞에 있네요. 아무래도 차가운 맥주 한 병 들고 가서 마지 영 헌트가 놀아줄 수 있나 봐야겠어요. 그 여자가 자고 있지는 않을 테니 말이죠."

"아마 읍내에 있지 않을 겁니다, 모프. 내 아내에게 말하길…… 아마 그랬을 겁니다만…… 더위가 끝날 때까지 메인에 가 있기로 했다는군요."

"망할 년. 뭐…… 그 여자가 없으면 술집 주인이 있습니다. 허송한 세월의 슬픈 이야기나 해줘야겠습니다. 그 사람이 들어주지는 않지만. 잘 가요, 이쓰. 하느님과 함께 가세요! 멕시코에서는 이렇게들 말하지요."

내가 조이에게 왜 그런 말을 했는지 고민하는 동안 일각고래 지팡이가 보도 위를 가볍게 두드리며 구두점을 찍어줬다.

그녀는 입을 열지 않을 것이다. 그러면 자신이 하던 흥정이 깨질 테니. 그녀는 수류탄의 핀을 쥐고 있어야 했다. 이유는 모르겠다.

중심가에서 느릅나무길로 돌아서자 오래된 홀리 저택 옆 도로변에 세워진 크라이슬러가 보였다. 화물열차보다는 영구차 같았고, 빗방울과 고속도로에서 튀어 올라 묻은 기름얼룩에 검은색 차체가 번쩍이지는 않았다. 주차등 유리도 불투명했다.

야심한 시각이 분명했다. 느릅나무길에 위치한 집들은 잠이 들어 불빛이 전혀 흘러나오지 않았다. 내 몸이 젖은 걸 보니 어딘가에서 물웅덩이를 밟았었나 보다. 걸을 때마다 신발에서 질척거리는 소리가 났다.

쾨쾨한 앞 유리창 속으로 운전사 모자를 쓴 사내를 봤다. 그 거대한 차 옆에 서서 손등으로 유리창을 두드리자 전기로 움직이는 윙 소리가 나며 창이 내려갔다. 내 얼굴 위로 에어컨에서 나오는 부자연스럽게 차가운 바람이 느껴졌다.

"내가 이선 홀리입니다. 나를 찾고 있습니까?" 어둠 속에서 치아가 보였다. 가로등 불빛에 번쩍이며 드러난 치아.

문이 홱 열리면서 마른 체격에 잘 만든 양복을 입은 남자가 차에서 내렸다. "저는 던스콤입니다. 브로크 앤드 슈윈 텔레비전 지국에서 나왔습니다. 드릴 말씀이 있습니다." 그가 운전사를 쳐다보았다. "여기 말고, 안에 들어갈 수 있습니까?"

"그러세요. 다들 자고 있을 테니까요. 조용히 말씀해주신다면야……"

 남자는 나를 따라서 푹신푹신한 잔디 위로 판석이 깔린 길을 걸었다. 현관에는 야간등이 환했다. 안으로 들어가면서 나는 코끼리 발 속에 일각고래 지팡이를 넣었다.

 스프링이 밑에 깔린 내 커다란 의자 너머로 독서등을 켰다.
 집 안은 조용했지만, 내게는 마치 잘못된 조용함…… 초조한 조용함 같았다. 나는 위층 침실문 앞 계단통을 흘깃 올려다보았다.
 "이렇게 늦게 오시다니 중요한 일인가 보군요."
 "네."
 이제 남자가 보였다. 그의 특사는 치아였다. 지쳤지만 경계하고 있는 두 눈의 도움을 받지 않고서도.
 "이것은 비밀로 지켜주셨으면 좋겠습니다. 선생님께서도 잘 아시다시피 올해는 나쁜 해였습니다. 밑에서는 퀴즈 스캔들로 무너지고 방송국과 음반회사 간의 뇌물수수 사건까지 터지자 연방의회에서 위원회까지 만들었습니다. 우리는 죄다 살펴보아야 하죠. 위험한 시기이니 말입니다."
 "원하시는 것을 말씀해주셨으면 좋겠는데요."
 "선생님께서는 아드님이 쓴 나라사랑 작문을 읽어보셨습니까?"
 "아니요. 저를 놀라게 하고 싶어 하더군요."
 "놀라게 하고말고요. 우리가 왜 찾아내지 못했는지 모르겠어요. 아무튼 그러지 못했습니다." 남자가 반으로 접힌 파란색 표지를 내게 건넸다. "밑줄 친 부분을 읽어보시죠."

나는 의자에 주저앉아 표지를 열었다. 활자로 보이는 새로 나온 기계 중 하나로 인쇄나 타자를 해서 작성되었는데, 양 가장자리를 거칠게 그은 연필 자국에 더럽혀 있었다.

사랑하는 우리나라
이선 앨런 홀리 2세

"개인이란 무엇인가? 확대경 없이는 보이지도 않는 원자이며 우주의 표면 위에 붙은 점에 지나지 않는다. 시작도 없고 끝도 없는 측정 불가능한 영원에 비하자면 시간 속 찰나에도 미치지 못하고, 증발해서 바람에 의해 태어나는 심연 속의 물 한 방울이자, 자신이 튀어나온 먼지에게로 곧 돌아가게 마련인 모래 한 알이다. 이리도 작고, 이리도 보잘것없으며, 이리도 덧없고, 이리도 미미한 존재가 앞으로 장구히 존립할 거대한 나라가 전진하는 것에 대항하며, 우리의 허리에서 태어나 장구하게 이어질 후손들이 세계가 존재하는 동안 지속하는 것에 대항할 수 있는가? 우리의 조국을 바라보자. 우리 스스로를 고결하고 사심 없는 존엄한 애국자들로 격상시켜보자. 그래서 모든 임박한 재난에서 우리 조국을 구해내자. 조국을 위해 자신을 기꺼이 희생할 각오가 없다면 우리는…… 그 어느 누구든…… 무슨 가치가 있단 말인가?"

내가 페이지를 펄럭이며 넘기자 사방에 그어진 검은 자국이 눈에 보였다.

"알아보시겠습니까?"

"아니요. 익숙하긴 합니다……. 아마 지난 세기 어딘가에서 나왔을 법한 내용인데요."

"그렇습니다. 헨리 클레이입니다. 1850년 연설문이죠."

"나머지도요? 모두 클레이입니까?"

"아닙니다……. 이것저것 모은 거죠. 대니얼 웹스터 조금, 제퍼슨 조금. 그리고 하느님 맙소사, 링컨의 두 번째 취임연설도 조금 있습니다. 어떻게 통과한 건지 저는 모르겠습니다. 아마 응모한 글이 수천 개가 넘어서일 겁니다. 제때 잡아내 십년감수했습니다……. 골치 아팠던 퀴즈쇼 문제에 반 도렌[●]이 연루된 사건 등 온갖 일을 다 겪고 나서 말이죠."

"소년이 쓸 법한 산문체 같지 않네요."

"어떻게 이런 일이 생겼는지 모르겠습니다. 게다가 엽서를 받지 못했다면 그대로 빠져나갈 뻔했죠."

"엽서요?"

"그림엽서였습니다. 엠파이어스테이트 빌딩 사진이 있는."

"누가 보냈나요?"

"익명으로 왔습니다."

"어디서 발송된 겁니까?"

"뉴욕입니다."

● 1950년대 퀴즈쇼 조작에 연루된 유명 출연자이다.

"보여주세요."

"문제가 발생하는 경우를 대비에 안전한 곳에 보관중입니다. 선생님도 문제를 일으키고 싶지는 않으시겠죠? 안 그렇습니까?"

"원하시는 게 뭔가요?"

"이 모든 일을 선생님께서 잊어주셨으면 합니다. 우리도 모든 것을 그만두고 잊어버릴 겁니다……. 선생님께서 그렇게 해주신다면."

"잊어버리기 쉬운 일이 아닙니다."

"맙소사, 그러니까 제 말 뜻은 입을 닫고 있어달라 이겁니다……. 우리를 성가시게 마시고. 정말 괴로운 해입니다. 선거가 있는 해에는 아무나 어떤 것이든 파낼 수 있으니 말입니다."

나는 짙은 푸른색 표지를 덮고 그에게 돌려주었다. "당신네들을 전혀 성가시게 하지 않겠습니다."

그의 치아가 짝을 맞춘 진주들처럼 드러났다. "그러실 줄 알았습니다. 그렇게 위에다 말했었죠. 선생님을 좀 찾아봤습니다. 이력이 좋으시더군요……. 집안도 훌륭하시고."

"이제 가주시겠습니까?"

"선생님 기분을 제가 이해한다는 건 알아주셔야 합니다."

"감사합니다. 나도 댁의 기분을 압니다. 당신이 은폐할 수 있는 것은 존재하지 않습니다."

"선생님 화를 풀지 않고 가고 싶지는 않군요. 홍보가 제 일이라서 말이죠. 우리가 서로 해결을 잘 볼 수도 있습니다. 장학금이나 뭐 그런…… 품위 있는 것으로 말이죠."

"죄가 임금인상을 위해 파업에라도 들어갔습니까? 아닙니다. 그냥 지금 당장 나가주세요……. 부탁입니다!"

"해결을 잘 볼 수도 있다니까요."

"물론 그러시겠죠."

나는 그를 내보내고 다시 의자에 앉아 불을 끈 다음 집 안 소리에 귀를 기울였다. 집이 심장처럼 쿵쿵거렸다. 아니 어쩌면 내 심장 소리와 낡은 집이 바스락거리는 소리였는지도 모른다. 나는 장식장으로 가서 부적을 꺼내려고…… 자리에서 일어섰다.

뭔가 우두둑 부서지는 소리와 함께 겁에 질린 망아지가 나지막이 우는 소리, 그리고 복도를 빠르게 걸어가는 소리가 나더니 조용해졌다. 계단을 올라가는데 신발이 질척거렸다. 나는 엘런이 자는 방으로 가서 불을 켰다. 딸이 이불 밑에 공처럼 몸을 말고, 머리를 베개 밑에 파묻고 있었다. 내가 베개를 들어올리려 하자 딸아이가 달라붙어 떨어지지 않는 바람에 홱 잡아당겨야만 했다. 딸의 입언저리에서 피가 한 줄기 흘러내렸다.

"화장실에서 미끄러졌어요."

"그래. 많이 다쳤니?"

"그런 것 같지는 않아요."

"다른 말로 하면, 내가 상관할 바 아니라는 거구나."

불만의 겨울

"오빠를 감옥에 가게 할 수는 없었어요."

앨런은 삼각팬티만 입은 채 벌거벗은 몸으로 자신의 침대 가장자리에 앉아 있었다. 녀석의 눈을 보자…… 구석에 몰렸다가 마침내 빗자루와 싸울 준비를 한 쥐가 떠올랐다.

"치사한 고자질쟁이!"

"다 들었니?"

"치사한 고자질쟁이가 무슨 짓을 했는지 들었어요."

"네가 한 짓도 들었니?"

구석에 몰린 쥐가 공격을 했다. "누가 신경 쓰는 줄 알아요? 다들 그렇게 한다고요. 다 그렇게 산단 말이에요."

"너는 그렇게 믿는 거니?"

"아빠는 신문도 안 읽어요? 모두 정상에 오른다고요……. 신문 좀 읽어보세요. 신문을 읽어보면 기분이 날아간다니까요. 아빠도 틀림없이 그래본 적 있을 거예요. 다들 그러니까. 모두를 대신해 벌을 받지는 않을 거예요. 난 아무것도 신경 쓰지 않는다고요. 저 치사한 고자질쟁이만 빼곤."

잠에서 천천히 깨어나는 메리가 벌써 일어나 있었다. 아마도 자지 않았나 보다. 아내는 앨런 방에 있었다. 침대 가장자리에 걸터앉은 채. 가로등 불빛에 얼굴 위로 움직이는 나뭇잎 그림자와 더불어 아내 모습도 또렷이 보였다. 아내는 바위였다. 강한 조류에서 꿈쩍 않는 거대한 화강암 바위. 그건 사실이었다. 그녀는 고무처럼 질기고, 미동도 없이, 완고하며, 안전했다.

"이선, 잠자리로 올 건가요?"

그래, 아내도 듣고 있었다.

"바로는 아니야, 여보."

"또 나갈 거예요?"

"그래······. 산책하러."

"당신은 자야 해요. 아직도 비가 오는데. 나가야 해요?"

"응. 어디 가봐야 해."

"비옷 챙기세요. 아까는 잊고 나갔더군요."

"그래, 여보."

아내에게 입을 맞추지는 않았다. 이불을 덮은 채 공 모양으로 움츠린 아이 곁에서는 그럴 수 없었다. 그러나 아내의 어깨를 만지고 아내의 얼굴을 어루만졌는데 그녀는 고무처럼 질겼다.

나는 면도날 꾸러미를 가지러 잠시 화장실에 들렀다.

메리가 원했던 대로 비옷을 챙기기 위해 현관 벽장을 여는데, 허둥지둥 재빠른 움직임으로 엘런이 쏜살같이 내 품을 파고들더니 툴툴거리면서 콧물을 훌쩍거렸다. 딸아이는 내 가슴팍에 피가 흐르는 코를 파묻고 내 두 팔꿈치가 꼼짝 못하게 팔로 감쌌다. 그런데 딸아이는 조그만 몸을 온통 떨고 있었다.

나는 현관 야광등 아래에서 딸애 앞머리를 잡아 고개를 들어올렸다.

"나도 데려가요."

"바보야, 그럴 수 없어. 하지만 부엌으로 가면 얼굴을 씻어 주마."

"나도 데려가라고요. 아빠는 돌아오지 않을 거잖아요."

"우리 강아지, 무슨 뜻이지? 아빠 당연히 돌아올 거야. 언제나 그렇잖아. 가서 자거라. 그러면 기분이 나아질 거야."

"날 안 데리고 갈 거예요?"

"내가 가는 곳 사람들이 너를 받아주지 않을 거다. 잠옷을 입고 밖에 서 있고 싶니?"

"가지 마세요."

딸이 다시 나를 꽉 껴안고는 두 손으로 내 팔과 옆구리를 부드럽게 어루만지더니, 주먹을 쥐고 내 옆 주머니에 손을 넣는 바람에, 딸아이가 면도날을 찾아낼까 봐 나는 두려웠다. 그 애는 언제나 어루만지고 쓰다듬는 소녀, 놀라운 여자아이다. 딸아이가 갑자기 나를 놓아주더니 눈물 없는 차분한 눈으로 고개를 들고 물러섰다. 그 애의 더러운 작은 뺨에 입을 맞추자 말라붙은 피가 입술에 닿았다. 그러고 나서 나는 문으로 향했다.

"지팡이는 필요 없어요?"

"그래, 엘런. 오늘 밤은 그래. 자거라."

나는 빠르게 도망쳤다. 딸아이로부터 그리고 메리로부터 도망쳐 나온 것 같다. 메리가 조심스럽게 계단을 내려오는 소리를 들을 수 있었으니까.

22

 물이 들어오고 있었다. 나는 만의 따뜻한 물속을 걸어 그곳으로 기어올라갔다. 입구를 들락날락거리며 천천히 부서지던 물결이 내 바지 사이로 흘러들어왔다. 바지 뒷주머니에 있던 두툼한 지갑이 엉덩이를 누르며 부풀어올랐다가 물을 빨아들이면서 내 무게에 눌려 얇아졌다. 여름 바다는 구스베리 크기만 한 작은 크기에 덩굴손과 가시세포를 매달고 있는 해파리로 가득했다. 녀석들이 내 다리와 배를 휩쓸자, 작은 불길처럼 매섭고 쓰라리게 쏘는 것이 느껴졌고, 느리게 움직이는 물결은 그곳으로 밀려왔다가 밀려나갔다. 빗줄기는 이제 가는 이슬비로 변해 별과 읍내 불빛을 모두 모아서는 고르게 퍼뜨려…… 짙은 백랍 빛깔처럼 광택이 났다. 세 번째 바위가 보이긴 했어도, 그곳에서는 벨 아데어 호의 용골이 가라앉은 곳의 위 지점까지 선을 그을 수 없었다. 그런데 별 하나가 눈에 들어왔다……. 수평선 너머로 늦게, 너무 늦게 떠오른 별. 돛을 단 배 하나가 느리고 엄숙한 엔진 소리를 내며 들어오고 있었다. 비죽비죽 쌓여 있는 방파제 너머로 돛에 달린 등을 볼 수 있었지만, 붉은 등과 초록 등은 내 시야 아래로 있었다.
 창으로 찔러대는 해파리에 피부가 불타올랐다. 닻이 풍덩 빠지는 소리가 나면서 돛에 달린 등이 꺼졌다.
 마룰로의 불이 여전히 타오르고 있었다. 늙은 선장의 불과 데보라 대고모의 불도.

집단으로 모인 불, 세계가 이루는 모닥불이 있다는 것은 사실이 아니다. 모두 자신만의 불, 저만의 불만 외롭게 들고 다닌다.

파닥파닥 떼를 지어 모여 먹이를 먹는 작은 물고기들이 해안을 따라 획획 움직였다.

내 불은 꺼졌다. 심지보다 더 시커먼 것은 없다.

나는 속으로 말했다. 집으로 가고 싶다고……. 아니, 집이 아니라, 불이 있는 그 반대쪽으로.

불이 꺼져버리면 원래 꺼져 있었을 때보다 훨씬 더 어둡다. 세상은 불이 꺼진 낙오자들로 가득하다. 고대 로마의 마룰리 가문도 더 나은 방법을 알았으리라……. 적절하면서 명예롭게 은퇴를 할 시기가 온다. 극적이지도 않고, 자신이나 집안에 대한 형벌도 아닌…… 단순한 작별 인사. 따뜻한 목욕을 하면 혈관이 열리듯, 따뜻한 바다에 면도날 하나.

밀물을 타고 쉿 거리며 큰 파도가 밀려들어와서는 다리와 엉덩이를 들어 올리더니 옆으로 밀어내면서 축축하게 젖어 접어놓았던 비옷을 쓸어가버렸다.

나는 한쪽 엉덩이를 들고 면도날을 꺼내기 위해 주머니에 손을 넣었는데 덩어리가 만져졌다. 그러자 불을 지닌 아이의 어루만지는 손길이 놀랍게도 떠올랐다. 그것은 잠시 내 젖은 주머니에서 나오기를 거부했다. 이윽고 내 손에서 그 덩어리가 그곳에 있던 모든 빛을 하나하나 모으자 그것은 붉은색…… 짙은 붉은색으로 보였다.

물결이 크게 일더니 그곳의 맨 구석으로까지 나를 밀쳤다. 이윽고 바닷물의 속도가 빨라지기 시작했다. 나는 빠져나오기 위해 물과 싸웠다. 빠져나와야 했다. 내가 가슴팍까지 철썩이며 밀려드는 물에서 비틀비틀 기어나가자 거센 파도가 오래된 바다 동굴 벽으로 나를 밀쳤다.

나는 돌아가야 했다……. 새 주인에게 그 부적을 돌려줘야 했다.

그렇지 않으면 또 다른 불빛이 꺼질지도 모르니.

사회 비평가로서의 존 스타인벡

김욱동(영문학자, 문학비평가)

문학지리학적 관점에서 미국 문학을 살펴보면 흥미로운 사실을 한 가지 발견하게 된다. 한국과 일본만 해도 문학은 주로 수도나 수도권을 중심으로 전개되었다. 그러나 미국 문학은 어느 특정 지역에 국한되지 않고 이 지역 저 지역 두루 옮겨다니며 발전했다. 18세기 후반 영국의 식민주의 굴레에서 막 벗어난 뒤 미국에서는 지식인을 중심으로 정치적으로뿐만 아니라 문화적으로도 독립하자는 목소리가 여기저기서 터져 나왔다. "칼로 영국을 정복했으니 이제는 펜으로 영국을 정복할 때가 되었다"는 목소리가 신문지상에 자주 오르내렸다.

이런 염원은 19세기에 들어오면서 좀더 구체적인 모습으로 나타나기 시작했다. 1820년대와 1830년대에 걸쳐 미국은 비로소 처음으로 '자국自國의 문학'이라고 할 수 있는 문학 작품을 출간하기 시작했다. 《스케치북》(1819~1820)으로 우리에게도 잘 알려진 워싱턴 어빙, 미국 시인으로서 처음으로 국제적 명성을 얻은 윌리엄 컬런 브라이언트, '레더스타킹' 연작소설을 써서 자연의 소중함을 일깨워준 제임스 페니모어 쿠퍼를 비롯한 이른바 '니커보커 작가들'이 뉴욕을 중심으로 영국과 유럽의 영향권에서 벗어나 비로소 미국적 소재와 미국적 경험에 바탕을 둔 미국 문학을 발표하기 시작했다.

그러나 1850년대 중엽에 이르러 미국 문학은 그 주도권이 뉴욕에서 보스턴으로 옮겨갔다. 이 무렵 보스턴을 중심으로 한 북동부 뉴잉글랜드 지방이 미국 문학의 메카로 점차 자리 잡기 시작했다. 문학사가文學史家들이 흔히 '미국의 문예부흥'이니 '뉴잉글랜드 문예부흥'이니 하고 부르는 이 무렵, 미국 문학사에서 일찍이 그 유례를 찾아보기 드물게 뛰어난 작품이 한꺼번에 쏟아졌다. 가히 미국 문학의 찬란한 황금기라고 할 만한 이 시기에 너새니얼 호손, 허먼 멜빌, 랠프 월도 에머슨, 헨리 데이비드 소로 같은 작가들이 그야말로 미국 문학을 굳건한 반열에 올려놓았다. 또한 이 시기는 에밀리 디킨슨과 월트 휘트먼 같은 시인들이 활약한 때이기도 하다.

20세기로 접어들면서 미국 문학은 시카고 작가들에게 그 바통을 넘겨주었다. 줄잡아 1912년부터 1925년까지 계속된 '시카고 문예부흥'이라고 부르는 현상이 바로 그것이다. 이 무렵 시카고를 중심으로 중서부의 중소 도시 출신 작가들이 눈에 띌 만큼 크게 활약했다. 《시스터 캐리》(1900)와 《미국의 비극》(1925)으로 잘 알려진 시어도어 드라이저, 《와인스버그, 오하이오》(1919)의 작가 셔우드 앤더슨 같은 소설가들, 칼 샌드버그와 에드거 리 매스터스를 비롯한 시인들이 '시카고 문예부흥' 전통을 굳건히 세우는 데 크게 이바지했다. 이 밖에도 업튼 싱클레어나 윌러 캐더 또는 배철 린지 같은 소설가나 시인 역시 넓은 의미에서는 이 테두리에 넣어도 크게 틀리지 않을 것 같다.

그러다가 미국 문학은 그동안 이렇다 할 활동이 없이 문학적 미개척지로 남아 있던 남부로 그 활동 무대를 옮겼다. 미국의 저명한 저술가요 편집자인 H. L. 멩켄은 일찍이 20세기 초까지만 해도 미국 남부는 "예술적인 면에서나 지적인 면에서나 또는 문화적인 면에서나 거의 사하라 사막 같은 불모지에 지나지 않았다"고 지적한 적이 있다. 남부의 이런 예술적 진공 상태에서 그야말로 혜성처럼 나타난 작가가 바로 윌리엄 포크너이다. 1920년대 중엽 그의 출현과 더불어 비로소 남부는 기나긴 문학적 동면에서 깨어나 미국의 다른 지역과 어깨를 나란히 하며 문학 활동을 펼쳐나가기 시작했다. 아니, 어쩌면 1920년대 말이나 1930년대부터는 포크너를 중심으로 한 남부 작가들이 미국 문학을 거의 이끌어가다시피 했다고 해도 그렇게 틀린 말이 아닐 것이다. 포크너 말고도 토머스 울프, 제임스 브랜치 커벨, 어스킨 콜드웰, 엘런 글래스고, 플래너리 오코너, 카슨 맥컬러스 같은 작가들, 테네시 윌리엄스 같은 극작가가 남부 문학을 더욱 풍요롭게 장식했다. 문학사가들이 이런 현상을 두고 흔히 '남부 문예부흥'이라고 부르는 것도 그다지 무리는 아니다.

남부를 중심으로 활짝 꽃을 피운 미국 문학은 이번에는 캘리포니아를 중심으로 한 서부로 그 무대를 옮겼다. 러일전쟁을 취재하기 위하여 한국을 방문한 잭 런던을 비롯하여 프랭크 노리스, 링컨 스티븐스, 호퀸 밀러, 브렛 하트, 대실 해밋 같은 작가들이 서부를 중심으로 크게 활약을 했다. 좀더 넓은 의미에서는 '미국의 셰익스피어' 또는 '미국 문학의 링컨'으로 일컫는 마크 트웨인도 이 범주에 들어간다. 그리고 '서부 르네상스'라고 할 이 무렵 누구보다도 가장 눈부시게 활약한 작가가 존 스타인벡(1902~1968)이다. 스타인벡을 제외하고 서부 문예부흥을 언급하는 것은 마치 호손을 제외하고 뉴잉글랜드 문예부흥을 언급하거나 포크너를 제외하고 미국 남부 문예부흥을 언급하는 것과 크게 다르지 않을 것이다.

1

존 스타인벡은 1902년 2월 미국 캘리포니아 주 샐리나스에서 아버지 존 어니스트 스타인벡 3세와 어머니 올리브 해밀턴의 외아들로 태어났다. 그의 성姓에서도 엿볼 수 있듯이 그의 선조는 독일계 이민자였다. 할아버지 요한 아돌프 그로슈타인벡은 미국 땅에 처음 뿌리를 내리면서 독일 이름을 버리고 미국식 이름인 '스타인벡'으로 바꾸었다. 지금도 독일

라인-베스트팔리아 북부 지방 메트만에 가면 '그로슈타인 벡'이라는 가족 농장이 남아 있다. 한편 할머니와 어머니 쪽은 영국과 아일랜드계의 혈통이었다. 스타인벡이 태어나 어린 시절을 보낸 중서부 캘리포니아 샐리나스 계곡과 그 주변은 캘리포니아 주에서도 가장 중심적인 농업지대로 그의 작품에서 핵심적인 무대가 된다. 더러 예외가 없는 것은 아니지만 그의 작품은 거의 대부분 샐리나스 계곡, 몬터레이, 그리고 샌호퀸 계곡의 일부 지역을 중심 배경으로 펼쳐진다. 이 세 지역을 흔히 '스타인벡 컨트리'라고 일컫는 까닭이 바로 여기에 있다. 스타인벡과 캘리포니아 주는 떼려야 뗄 수 없을 만큼 서로 깊이 관련되어 있다.

스타인벡은 1920년에 미국의 사학 명문인 스탠퍼드 대학교 영문학과에 입학했지만 강의를 듣기보다는 목장, 도로 공사장, 목화밭, 제당 공장 등에서 일했다. 결국 그는 졸업을 하지 못하고 학교를 떠나고 말았다. 이런 경험이 뒷날 그가 작가가 되는 데 소중한 밑거름이 되었음은 두말할 나위가 없다. 작가에게 필요한 것은 먹물 냄새 나는 제도 교육이 아니라 땀 냄새 물씬 풍기는 삶의 현장이라는 사실을 다시 실감하게 된다. 스타인벡이 여러 작품에서 스페인어로 '파이사노스'로 일컫는 농민과 빈민의 삶을 생생하게 묘사할 수 있었던 것은 이렇게 청년 시절 사회 밑바닥에서 일하는 그들과 생활하면서 그들의 삶을 몸소 겪었기 때문이다.

스타인벡 문학을 특징짓는 가장 중요한 요소 가운데 하나는 다름 아닌 장소에 대한 감각이 뛰어나다는 점이다. 흔히 '장소 감각'으로 일컫는 이 요소는 모든 작가가 지니고 있는 것은 아니다. 마크 트웨인이나 윌리엄 포크너 같은 몇몇 작가들한테서만 찾아볼 수 있는 타고난 재능이다. 대개 그들은 특정한 장소에 깊이 뿌리를 박고 살면서 그 경험을 바탕으로 작품을 쓰기 마련이다. 이 두 작가처럼 남달리 장소 감각이 뛰어난 스타인벡은 두 번째 작품 《천국의 목장》(1932)을 시작으로 태평양 연안 중서부 캘리포니아 지방을 지리적 배경으로 삼았다. 그렇기 때문에 이 지역의 역사적 배경과 문화적 환경을 이해하지 않고서는 그의 작품을 제대로 이해하기 어렵다.

캘리포니아 주의 여러 지명에서도 엿볼 수 있듯이 이 지역은 본디 스페인 식민지였다. 1542년 스페인의 탐험가 후안 로드리게스 카브리요가 샌디에이고 만灣을 처음 여행했고, 1769년에는 스페인의 성직자 후니페로 세라가 캘리포니아에 살고 있던 인디언들에게 기독교를 전파하려고 선교소를 세웠다. 그러다가 1822년 멕시코 영토가 되었다. 이 무렵 캘리포니아 주는 네바다 주, 유타 주, 애리조나 주, 와이오밍 주까지 포함하는 아주 큰 지역으로 그 이름도 '알타칼리포르니아'로 불렀다. 1848년 멕시코-미국 전쟁에서 미국이 승리하면서 미국 영토가 되었다. 지금도 크게 달라지지 않았지만 스타인벡이 활동하는 20세기 전반기만 해도 캘리포니아 주는 스페인 문화, 좀더 정확히 말해서 라틴아메리카 문화가 막강한 힘을 발휘하고 있었다. 이런 역사적 배경을 지닌 캘리포니아는 스타인벡의 작품 세계에서 가장 중요한 요소다. 단순히 지리적 배경일 뿐만 아니라 상상력의 원동력 같은 역할을 한다. 그의 작품을 읽노라면 대지에 대한 애틋한 사랑, 대지의 비옥함과 풍요에 대한 기쁨과 예찬, 그리고 그런 대지에 굳건히 뿌리내리고 살아가는 민중에 대한 따스한 애정을 엿볼 수 있다.

스타인벡은 요즈음 기준으로 보자면 짧다면 짧은 예순여섯 해를 사는 동안 고향 캘리포니아를 별로 떠난 적이 없다. 1925년 작가가 되려는 청운의 꿈을 품고 화물열차를 얻어 타고 뉴욕 시로 갔지만 사정은 그렇게 녹록지 않았다. 건설 현장에서 막노동꾼으로 일하기도 하고 《아메리칸》이라는 신문의 기자 노릇도 하며 작가로서의 길을 모색했지만, 서부 출신의 문학청년이 뉴욕 같은 대도시에서 작품을 출판하기란 마치 하늘의 별을 따는 것만큼이나 어려웠다. 작가로서의 꿈을 모두 접고 스타인벡은 그 이듬해 다시 고향으로 돌아올 수밖에 없었다. 제2차 세계대전 중 1943년에는 《뉴욕헤럴드트리뷴》의 전쟁 특파원 자격으로 유럽에 머물렀다. 1947년에는 사진작가 로버트 카파와 함께 소비에트를 방문하기도 했다. 1959년에는 일 년 가까이 영국 서머싯 지방에서 거주했는데 그는 이곳에서의 생활이 자신의 삶에서 가장 행복한 시절이었다고 회고한 적이 있다. 1951년에 뉴욕 시로 이주한 뒤 다시 롱아일랜드 끝자락 항구 도시 색하버로 거처를 옮기기 전까지 스타인벡은 거의 대부분 캘리포니아에서 살면서 작품 활동을 했다.《미지의 신에게》(1933)의 첫머리에서 작중인물 조지프 웨인은 방금 구입한 땅에 대하여 "저 아래 깊이, 바로 지구의 중심까지 그 땅은 내 것이지"라고 부르짖는다. 웨인의 이 말은 작가 자신이 고향 캘리포니아를 두고 하는 말로 받아들여도 크게 틀리지 않을 것이다.

스타인벡 문학의 두 번째 특징은 자전적 요소가 강하다는 점이다. 물론 자전적 요소를 찾아볼 수 없는 작가란 거의 없지만 특히 스타인벡은 대부분의 작품에서 자신이 직접 겪은 사건이나 주위 사람들이 겪은 사건을 즐겨 작품의 소재로 삼았다. 스물일곱 살 때 문단에 정식 데뷔하여 사망하기 전까지 그는 모두 27권에 이르는 책을 출간했다. 그중 중편소설과 장편소설이 16권이고, 단편집이 5권, 논픽션이 6권이다. 단편소설이건 중편소설이건 장편소설이건 길이와 관계없이 그의 허구적 작품은 대부분 자전적이라고 해도 크게 틀리지 않다. 그의 작품에는 작가가 살아온 고단한 삶의 궤적이 각인되어 있다.

그런가 하면 스타인벡은《진주》(1947)에서 볼 수 있는 것처럼 어렸을 적에 전해들은 민담이나 전설을 작품의 소재로 삼기도 한다. 심지어는 이런 작품조차 좀더 자세히 읽어보면 작가 자신의 삶이 녹아 있음을 알 수 있다. 흥미롭게도 그의 처녀 소설《황금의 잔》(1929)과 마지막 작품《불만의 겨울》(1961)만이 자전적 요소에서 벗어나 있다. 앞의 작품에서는

17세기 영국 해군 제독이며 사략선私掠船 선장인 헨리 모건이 남아메리카 파나마를 약탈한 사건을 다루며, 뒤의 작품에서는 뉴욕 시 롱아일랜드를 지리적 배경으로 삼는다.

이렇게 비옥한 캘리포니아를 지리적 배경으로 삼고 자신과 주변 인물의 삶을 작품 소재로 삼아 스타인벡은 박진감 넘치는 삶의 드라마를 펼쳐나간다. 그의 작품에서 주제는 두 축을 중심으로 전개된다. 한 축은 공통적인 인간의 가치에 대한 관심, 즉 동료 인간에 대한 따뜻한 관용과 사랑과 이해다. 이 주제는 《분노의 포도》(1939)에서 타락한 목사 짐 케이지가 "어쩌면 모든 인간은 누구나 그 일부에 지나지 않는 하나의 거대한 영혼에 속해 있는지 모른다"고 말하는 대목에서 단적으로 엿볼 수 있다. 스타인벡은 때로는 지나칠 정도로 드러내 놓고 이 주제를 언급하기 때문에 때로는 감상주의자라는 비판을 받기도 한다. 스타인벡 문학의 주제에서 또 다른 축은 미국 사회의 모순과 병폐를 폭로하여 사회를 개혁하려는 의지다. 동시대에 활약한 어느 작가보다도 그는 사회비판적 성격이 강하다.

그러나 이 두 축은 서로 대척점에 있다기보다는 같은 뿌리에서 갈라져 나온 두 줄기라고 할 수 있다. 사회개혁 의지는 어디까지나 동료 인간에 대한 따뜻한 배려와 애정에서 비롯하기 때문이다. 만약 이 두 주제와 대조되는 주제를 찾는다면 아마 인간을 생물학적 메커니즘으로 파악하려는 그의 태도가 될 것이다. 적어도 이 점에서 스타인벡은 인간을 유전과 환경의 희생자로 파악하려는 자연주의자로 보아도 크게 틀리지 않다. 거의 평생 동안 해양생물학에 깊은 관심을 기울인 데에서도 알 수 있듯이, 그는 인간도 자연의 일부, 궁극적으로는 생태계를 구성하는 한 요소로 파악하려고 했던 것이다.

2

미국 문학사에서 존 스타인벡이 차지하는 위치는 아주 독특하다. 흔히 '미국 현대 문학의 삼총사'로 일컫는 F. 스콧 피츠제럴드, 윌리엄 포크너, 어니스트 헤밍웨이 바로 뒤를 이어 활약한 스타인벡은 그들보다 겨우 몇 해 뒤늦게 활동을 했지만, 문학적 경향이나 태도에서는 선배 작가들과 사뭇 다르다. 좀더 구체적으로 말하자면 스타인벡은 피츠제럴드보다는 다섯 살, 포크너보다는 네 살, 그리고 헤밍웨이보다는 세 살 나이가 적다. 그러므로 거의 동시대에 활약했다고 봐도 무방하다. 그런데도 스타인벡의 작품은 선배 작가들의 작품과 비교해볼 때 판이하게 다르다. 한편 스타인벡은 피츠제럴드와 포크너와 헤밍웨이 같은 대가의 그늘에 가려 제대로 빛을 보지 못했다.

스타인벡은 피츠제럴드와 포크너와 헤밍웨이 같은 선배 작가들처럼 제2차 세계대전에 참가하지 않았다. 참가하지 않은 것이 아니라 참가할 수 '없었다'고 말하는 쪽이 더 정확할 것이다. 20세기로 접어든 직후, 그러니까 1902년에 태어난 스타인벡은 제1차 세계대전이 일어났을 때 겨우 열두 살이었고, 휴전이 되었을 때는 열여섯 살의 고등학생이었다. 헤밍웨이는 나이를 속이고 참전했지만 스타인벡은 나이를 속이기에도 너무 어렸던 것이다. 전쟁이 휴전에 들어간 뒤 미국은 유럽과는 달리 경제적으로 호황을 누렸으며, 선배 작가들은 이런 경제적 호황에 힘입어 그런 대로 물질적 풍요를 한껏 누릴 수 있었다. 다시 말해서 그들은 흔히 '재즈 시대'로 일컫는 1920년대에 직접 또는 간접으로 덕을 보았다. 그들이 예술의 메카라고 불렀던 프랑스 파리를 비롯해 유럽의 여러 도시를 이웃집 드나들듯이 자유롭게 여행하거나 그곳에서 살면서 문학 활동을 할 수 있었던 것도 하나같이 이 무렵 풍요로운 미국의 경제력 때문이었다.

그러나 스타인벡은 선배 작가들처럼 풍요의 열매를 좀처럼 맛볼 수 없었다. 풍요의 열매를 맛보기는커녕 오히려 풍요가 태풍처럼 휩쓸고 지나간 뒤 신산스러운 삶을 맛보며 살아야 했다. 지난 십 여 년 동안 풍요를 개가하던 미국은 1929년 10월 마침내 철퇴를 맞았기 때문이다. 뉴욕의 월스트리트 증권가가 몰락하면서 경제대공황을 맞이한 미국은 이후 십 여 년 동안 대공황의 어두운 터널을 통과해야 했다. 스타인벡은 미국이 경제적으로 크나큰 시련을 겪던 1930년대 사회를 묘사한 가장 대표적인 작가다. 이 무렵 자본주의에 대한 회의와 비판이 고개를 쳐들면서 사회주의가 부쩍 관심을 받기 시작했다. 1930년대를 흔히 '붉은 십 년'으로 일컫는 것도 그렇게 무리가 아니다.

미국 자본주의에 회의를 느낀 것은 스타인벡도 예외가 아니었다. 링컨 스티븐스나 아서 밀러 같은 좌파 작가들, 좌파 저널리스트, 심지어 좌파 노동 운동 지도자들과 어울리면서 그의 사회의식은 점차 깊어갔다. 여기에는 스티븐스의 아내 엘러 윈터의 역할도 적지 않았다. 스타인벡은 한 번도 사회주의나 공산주의자를 자처한 적은 없었지만 공산주의의 조직인 미국작가동맹LAW에 가입하는가 하면, 《분노의 포도》를 집필할 무렵에는 인민전선의 당원이기도 했다. 인민전선이란 1935년 공산주의 인터내셔널(코민테른) 제7차 대회에서 파시즘에 맞선 비공산당 좌파와의 동맹을 결성하기로 하면서 국가별로 만들어진 조직을 말한다. 미국 공산당도 산업별 노동조합의 조직에 박차를 가하는 한편, 대중 운동에서도 지도력을 발휘하기 시작했다. 그러나 미국 공산당과 인민전선의 활동은 1939년 히틀러와 스탈린이 독소獨蘇 불가침 조약을 맺으면서 급속도로 위축되었다. 스타인벡은 인민전선이 붕괴한 뒤에도 작가동맹의 회원으로 계속 남아 있었다.

이때부터 미 연방 수사국FBI은 스타인벡을 '요주의 인물' 명단에 올려놓았다. 뒷날 공개된 비밀문서에 따르면 이 무렵 연방수사국에서는 스타인벡을 공산주의자로 의심하는 한편, 나치와 공산주의자들이 급진적이고 좌편향적이라고 할 그의 작품을 반미선동에 이용할 것을 우려했다. 공개된 문서에는 스타인벡이 공산주의자 색출로 악명 높았던 에드거 후버 연방수사국장의 감시에 항의하면서 프랜시스 비들 법무장관에게 보낸 편지도 있다. 후버는 스타인벡을 아무리 조사를 해도 트집 잡을 만한 비리가 나오지 않자, 해마다 세금 보고를 제대로 하는지 감시하기도 했다. 화가 난 스타인벡은 비들에게 보낸 편지에서 "에드거의 부하들이 내 뒤를 밟지 않게 해줄 수 없습니까? 정말 짜증이 납니다"라고 말하며 불쾌감을 드러냈다.

이렇게 스타인벡이 자본주의를 비판하면서 사회 문제에 관심을 기울인 데에는 물론 경제대공황이 직접적인 영향을 끼친 것은 사실이지만 그가 태어나 자란 환경도 한몫을 했다. 캘리포니아 지방은 멕시코를 비롯한 남아메리카 이민자들이 많이 사는 곳이었다. 농사일과 과일 농업에 기반을 둔 농경사회인 캘리포니아는 이민자의 값싼 노동력에 의존할 수밖에 없었다. 이런 과정에서 농장주와 이민 노동자 사이에는 크고 작은 마찰과 갈등이 일어났다. 그의 두 번째 작품 제목 그대로 캘리포니아는 '천국의 목장', 즉 지상의 낙원이었다. 날씨가 온화한 데다가 땅이 비옥해 곡식이나 채소 농사와 과일도 풍작이고 농작물을 수확하는 데 필요한 일자리도 많았다. 그런데도 자본주의의 구조적인 모순 때문에 캘리포니아의 농민들은 열악한 환경에서 일하면서 굶주림에 허덕이고 있었다. 말하자면 '풍요 속의 빈곤'을 맛보고 있었던 것이다. 어린 시절부터 이런 마찰과 갈등을 목격하면서 자란 스타인벡은 자신도 모르게 자본주의에 대한 비판을 키우는 한편 힘없는 노동자들에게 애정을 품게 되었다. 노동자들이나 빈민들을 그저 관념적으로만 이해하려고 한 것이 아니라 그들과 함께 직접 어울리며 그들의 열악한 삶을 체험했다. 비록 졸업장은 받지는 못했어도 미국의 사학 명문인 스탠퍼드 대학교를 다닌 지식인인 그가 이렇게 사회 밑바닥 계층과 함께 어울리면서 그들의 삶을 이해하기 위해 노력을 쏟았다는 것은 그것만으로 충분히 값진 의미를 지닌다.

스타인벡이 자본주의 비판과 사회의식을 가장 잘 형상화한 작품은 두말할 나위 없이 《승산 없는 싸움》(1936)과 《분노의 포도》(1939)다. 전자의 작품에서 그는 공산주의 조직가인 주인공이 사과밭 과수원 노동자들의 파업을 조직하는 과정을 그린다. 이 소설이 출간되자 스타인벡은 미국의 보수적인 우익 비평가들로부터 맹렬한 비난을 받았지만, '캘리포니아 커먼웰스 금상'을 받았고 곧 베스트셀러 리스트에 오르면서 독자들의 관심을 받았다. 만약 삼 년 뒤 《분노의 포도》가 출간되지 않았더라면 어쩌면 이 작품이 스타인벡의 대표작이 되었을 것이라고 평가하는 학자들도 있다.

《분노의 포도》는 두말할 나위 없이 스타인벡 문학을 대표하는 가장 뛰어난 작품이다. 이 작품에서 스타인벡은 경제대공황 기간 동안 농업 기계화에 밀려 땅을 빼앗기고 서부로 밀려갈 수밖에 없는 가난한 농부 일가의 절망과 분노를 묘사한다. 미국 문학사에서 이 작품만큼 그렇게 신랄하게 그리고 설득력 있게 미국 자본주의 사회의 구조적 모순을 고발한 작품은 찾아보기 쉽지 않다. 1968년 12월 스타인벡이 사망했을 때 찰스 푸어는《뉴욕타임스》에 쓴 애도 기사에서 "존 스타인벡의 첫 번째 위대한 작품이 그의 마지막 위대한 작품이었다. 하지만 아,《분노의 포도》야말로 이전에도 지금도 얼마나 훌륭한 작품인가!"라고 찬사를 아끼지 않았다.

3

스타인벡의 문학에서 '백조의 노래'라고 할《불만의 겨울》은 얼핏 보면 그의 작품 세계에서 조금 벗어난 것 같다. 가령 그는 캘리포니아 같은 서부가 아니라 뉴욕 같은 동부 지방을 중심적 배경으로 삼는다. 작품에서 벌어지는 사건도 흙냄새 물씬 풍기는 농장이 아니라 뉴욕 시에서 두 시간 남짓밖에 떨어져 있지 않은 항구 도시에서 벌어진다. 그 이전의 작품들이 구체적이고 특수적인 성격이 강하다면, 이 마지막 작품은 좀 더 추상적이고 보편적이고 우화적인 특성이 강하다. 그런가 하면 이 소설에는 그 이전의 작품들과는 달리 문학적, 역사적, 종교적 언급이 유난히 많다. 작가나 작품으로 좁혀 보더라도 성경을 비롯하여 고대 그리스와 로마 신화, 토머스 맬러리가 편집한 중세 로망스《아서 왕의 죽음》(1485), 단테 알리기에리, 윌리엄 셰익스피어, 허먼 멜빌, 마크 트웨인, 심지어는 T. S. 엘리엇의 《황무지》(1922)의 그림자가 어른거린다.

이 작품이 출간되자마자 적지 않은 서평가들이 호의적으로 반응했지만 스타인벡은 여전히 불만을 품고 있었다. 그는 "《불만의 겨울》에 대한 서평을 읽으면 무척 의기소침하게 된다. 심지어는 호의적인 서평조차도 그렇다. 이번 작품에 대한 서평들은 특히 실망스럽다"고 불편한 심기를 드러냈다. 스타인벡이 이렇게 서평에 불만을 털어놓은 것은 이전 작품과는 달리 이 소설에서는 새로운 방향을 모색했기 때문이다. 그런데도 서평가들은 이 점을 거의 눈치채지 못한 채 플롯이나 주인공이 겪는 도덕적 위기에만 초점을 맞추고 있었던 것이다.

그러나 《불만의 겨울》을 좀더 꼼꼼히 살펴보면 스타인벡 특유의 특징을 지니고 있음을 알 수 있다. 그중에서도 특히 비수를 찌르는 듯한 날카로운 사회비판 의식을 빼놓을 수 없다. 스타인벡의 모든 작품 가운데에서 이 소설만큼 미국 사회를 그토록 신랄하게 비판하는 작품도 찾아보기 어렵다. 《분노의 포도》에서는 좀더 드러내놓고 미국 자본주의를 비판한다면, 《불만의 겨울》에서는 좀더 묵시적으로 자본주의를 비판한다. 또한 전자에서는 미국 역사에서 일찍이 그 유례를 찾아볼 수 없는 경제대공황기를 시대적 배경으로 삼고 있다면, 후자에서는 미국이 그 어느 때보다 경제적 풍요를 구가하던 1960년대 초엽을 시대적 배경으로 삼고 있다.

그러나 뛰어난 작가들이 흔히 그러하듯이 스타인벡도 《불만의 겨울》에서 시간적·공간적 제약에서 벗어나 좀더 보편적인 인간 문제를 다룬다. 그는 이 작품에서 비단 미국 자본주의에 대한 '불만'에 그치지 않고 더 나아가 인간이라면 누구나 품기 마련인 '불만'을 형상화한다. 이런 보편적 주제는 작품이 시작하기 전 첫머리에서 단적으로 엿볼 수 있다. 스타인벡은 누나 엘리자베스에게 이 작품을 헌정하고 난 뒤 "[이 작품에서] 묘사된 인물과 장소를 찾아보려고 한다면 여러분이 사는 동네를 찾아보고 여러분 마음을 살펴보라. 이 책이 다루는 곳은 오늘날 미국 대부분의 지역이다"라고 잘라 말한다. 1949년 노벨문학상 수상 연설에서 윌리엄 포크너가 천명한 말을 빌린다면 "서로 갈등하는 인간 마음의 여러 문제"가 바로 스타인벡이 이 작품에서 다루는 중심 주제라고 할 수 있다.

《불만의 겨울》의 주제를 좀더 쉽게 이해하기 위해서는 스타인벡이 어떻게 이 작품을 구상했는지 살펴보는 것이 좋을 것 같다. 앞에서 이미 지적했듯이 1959년 그는 가족과 함께 영국 서머싯에서 살았다. 이때 그는 토머스 맬러리가 편찬한 《아서 왕의 죽음》의 자료를 수집하는 등 그 작품 연구에 힘을 쏟았다. 어렸을 때 한 숙모한테서 그 책을 선물로 받은 스타인벡은 평생 아서 왕의 전설에 유난한 흥미를 느꼈다. 그래서 그는 중세 영어로 된 이 작품을 현대 영어로 옮기려고 시도했다. 그 이듬해 미국에 돌아왔을 때 스타인벡은 1960년의 미국 사회가 아서 왕 시대와 크게 다르지 않다는 사실을 깨닫고 절망을 느꼈다. 다시 말해서 아서 왕의 궁정에 만연하던 탐욕, 야심, 위선, 부도덕 등은 미국 사회에서도 독버섯처럼 자라고 있었던 것이다.

스타인벡이 미국에 돌아오자마자 미국의 매스미디어는 이른바 '찰스 반 도런 스캔들'로 시끌벅적했다. 1959년 컬럼비아 대학교 영문학과 교수인 반 도런 교수가 미 의회에서, 이 무렵 인기를 끌고 있던 텔레비전 퀴즈 게임 쇼 〈21〉에 출연해 거짓말을 했다고 고백했다. 반 도런은 이 쇼의 프로듀서들로부터 퀴즈의 정답을 미리 받았다는 것이다. 얼핏 대수롭지 않은 사건 같지만 미국 사학 명문 대학의 교수가 대중을 상대로 거짓말을 했다는 것은 학계와 지식인 사회에 그야말로 크나큰 충격이 아닐 수 없었다. 스타인벡이 보기에 이 무렵 미국 사회는 겉으로는 정치적으로나 군사적으로는 세계의 맏형으로 군림하고 또 경제적으로도 풍요를 구가하고 있었지만, 한 꺼풀만 벗겨놓고 보면 공허와 부도덕이 굳게 자리 잡고 있었다. 초기 청교도들과 개척자들이 품고 있던 정직과 성실은 아무리 눈을 씻고 찾아보아도 찾을 수 없고 어느덧 물질주의와 그것에서 비롯한 부패와 타락이 판을 치고 있었다. 스타인벡은 미국 사회에 만연해 있는 부패, 타락, 허위, 위선, 기만, 부도덕 등을 고발하는 작품을 쓰고 싶었고, 그래서 쓴 작품이 바로《불만의 겨울》이었던 것이다.

이렇듯《불만의 겨울》은 미국 자본주의 사회의 슬픈 자화상이다. 이 작품에서 스타인벡은 이선 앨런 홀리라는 평범한 미국인이 성 금요일에서 7월 4일 미국 독립기념일에 이르는 기간 동안 겪는 도덕적 갈등을 중심 플롯으로 다룬다. 작가가 일부러 미국에서 가장 중요한 국가 명절을 시간적 배경으로 삼은 데에는 그럴 만한 까닭이 있다. 부활절 직전의 성 금요일은 예수 그리스도가 십자가에서 처형당한 날이다. 또 독립기념일은 미국이 영국의 식민주의의 굴레로부터 벗어난 날이다. 두말할 나위 없이 전자가 죽음을 상징한다면 후자는 해방과 부활을 상징한다.

이선 홀리 가문은 한때 뉴욕 시 근교 롱아일랜드에서 내로라하는 가문이었다. 그의 선조는 종교적 자유를 찾아 험난한 대서양을 건너 신대륙에 건너온 청교도였다. 미개척지에 '새 가나안' 또는 '새 예루살렘'을 건설하려는 원대한 꿈을 품고 있었다. 정신적으로뿐만 아니라 물질적으로 굳건히 무장한 그의 할아버지는 포경 산업으로 막대한 재산을 모았다. 정직하고 근면하게 살았을 뿐만 아니라 험난한 세파를 헤치고 용기 있게 산 할아버지는 이선에게는 롤모델이었다. 그러나 갈수록 태산이라는 말도 있듯이, 그의 아버지는 할아버지가 모은 재산을 모두 탕진하고, 이선 대에 내려와서는 집안 형편이 더욱 말이 아니게 되어서 이선은 하버드 대학교를 졸업했으면서도 지금 선조가 소유하던 식료품 가게에서 점원 노릇을 하는 위치로 전락하고 말았다. 이 소설의 화자의 말대로 가게에서 이선은 "제6시가 될 때까지 소금쟁이처럼 분주"한 시간을 보낸다. 지금 그 가게는 이탈리아에서 불법으로 이민 온 알피오 마룰로라는 사람이 소유하고 있다. 이선과 그 가족으로서는 여간 자존심 상하는 일이 아니다.

이렇게 가세가 기운 이선 홀리는 집안 안팎에서 잃어버린 선조의 영광을 되찾으라는 압력을 받는다. 특히 아내 메리는 그에게 "아무리 위대한 신사라도 돈 한 푼 없다면 무능한 사람에 불과하다고요"라고 말하면서 그의 무능과 가난을 탓한다. 아들은 아들대로 아버지가 변호사나 은행원이 아닌 것을 부끄럽게 생각한다. 이선은 자신이 "땅 없는 목장주가 되었고, 군대 없는 장군이 되었으며, 걸어다니는 승마인이 되었다"고 생각한다. 한마디로 '홀리' 가문은 이제 허울뿐 실속이 전혀 없는 상태로 전락해버린 것이다.

그래서 이선은 마침내 가장家長으로서의 체면을 살리고 가문의 명예를 회복하기로 결심한다. 그런 목적을 성취하는 길은 바로 물질적 성공을 이룩하는 것이다. 자신을 합리화하면서 그는 "이 세계 사람들 다수에게 성공은 결코 나쁜 것이 아니다"라고 스스로에게 타이른다. 실제로 청교도들은 물질적 성공을 그렇게 부정적으로 보지 않았다. 부자는 하느님의 축복을 받았기 때문에 부자가 된 것이고, 가난한 사람은 하느님의 저주를 받아 그렇게 되었다는 생각이 널리 퍼져 있었다. 19세기 미국의 대표적인 지성인이라고 할 랠프 월도 에머슨조차 거지에게 주는 돈을 '사악한 돈'이라고 말하면서 가난한 사람들에게 절대로 적선하지 말라고 경고했다. 그래서 17세기 청교도들은 자신이 하느님의 축복을 받았다는 증거를 남에게 보이기 위해서라도 열심히 일하여 재산을 모으려고 했다. 막스 베버를 비롯한 몇몇 사회학자들의 지적대로 청교도들의 이런 생각 때문에 미국은 그렇게 짧은 시간에 자본주의를 발전시킬 수 있었던 것이다.

그런데 문제는 그런 목적을 달성하기 위하여 이선 홀리가 사용하는 수단과 방법에 있다. 그는 목적을 위해서라면 어떤 수단과 방법을 사용해도 좋다고 생각한다. 다시 말해서 수단과 방법이 목적을 정당화해줄 수 있다는 논리다. 그러면서 대부분의 부자들이 재산을 모은 것도 부당한 방법을 사용했기 때문이라고 합리화한다. 이선이 사용하는 수단과 방법은 어떤 기준으로 보더라도 양심과 법의 테두리에서 크게 벗어난다. 이선은 "잡아먹는 자와 잡아먹히는 자가 있다. (……) 잡아먹는 자는 잡아먹히는 자보다 부도덕한가?"라고 묻는다. 두말할 나위 없이 이 물음에 대한 대답은 그렇지 않다는 것이다. 적자생존의 냉혹한 자연 법칙을 받아들이는 이선에게 힘이 있으면 성공하고, 성공하면 어떤 행동도 정당화될 수 있다.

힘과 성공…… 그것들은 도덕보다 우위에 있고, 비평보다 우위에 있다. 그렇다면 당신이 무엇을 하는가가 아니라, 당신이 그것을 어떻게 하고 무엇이라 부르는지에 달려 있다. 사람들 마음 깊숙이 멈추게 하거나 벌을 내리며 감독하는 어떤 것이 있을까? 없는 것 같다. 실패했을 때만 벌이 가해진다. 사실 범인이 잡히지 않으면 어떤 범죄도 성립되지 않는다.

이선은 궁극적으로 '정의가 힘'이 아니라 이와는 반대로 '힘이 곧 정의로 통한다'는 논리를 받아들인다. 그에게 윤리나 도덕은 한낱 말에 지나지 않을 뿐이다. 예를 들어 이선은 자신이 일하는 가게 주인이 불법 이민자라는 사실을 이민국에 고발하여 그를 추방한 뒤 그 가게를 자신이 인수한다. 빈손으로 대서양을 건너 미국에 온 알피오 마룰로는 손수레로 샌드위치 장사를 해 조금씩 돈을 모아 가게를 장만했다. 그러므로 이 가게는 그에게 '아메리칸 드림'의 상징이라고 할 수 있다. 미국에서 추방당하면서 마룰로가 이선을 그 동안 자신과 가게를 위하여 희생적으로 일한 선량하고 정직한 점원이라고 간주하고 그에게 무상으로 가게를 넘겨준다는 것은 참으로 아이러니가 아닐 수 없다.

더구나 이선은 어렸을 적부터 가장 친한 친구인 대니 테일러가 소유한 땅을 속여서 빼앗는다. 대니의 집안은 한때 이선의 집안처럼 뉴베이타운에서 부유했다. 해군사관학교를 중퇴한 대니는 삶의 의욕을 모두 상실한 채 고향에 돌아와 지금은 술로 나날을 보낸다. 이선은 대니가 술주정뱅이로 마을 사람들로부터 경멸받는 것을 악용하여 마을에서도 가장 중요한 땅을 가로챈다. 작품 첫머리에서 마룰로가 이선에게 하는 "돈은 친근하지 않아. (……) 돈은 상냥하지 않아. 돈에게 친구는 없어. 더 많은 돈만 있을 뿐이지"라고 말하는 까닭을 알 만하다. 대니에게 이 땅은 마지막 남은 그의 자존심과 다름없다. 그렇기 때문에 뉴베이타운의 지도자들이 이곳에 비행장을 건설하고 싶어 하지만 대니는 한사코 그 땅을 팔려고 하지 않는다. 그런가 하면 이선은 심지어 은행을 강탈할 계획까지 세우기도 한다.

부전자전이라는 말도 있듯이 이렇게 부정직하고 부도덕하기는 이선 홀리의 아들 앨런도 마찬가지다. 열심히 노력하여 어떤 목적을 달성하기보다는 수단과 방법을 가리지 않고 목적을 쉽게 성취하려고 한다. 가령 앨런은 집안 식구들에게 텔레비전 퀴즈쇼에 출현하여 막대한 상금을 받고 싶다는 말을 여러 번 한다. 앨런은 마침내 〈사랑하는 나의 조국〉이라는 글을 써서 전국 글짓기 콘테스트에서 입상하기에 이른다. 그런데 그는 헨리 클레이를 비롯하여 대니얼 웹스터, 토머스 제퍼슨, 에이브러햄 링컨 등의 유명한 연설을 조금씩 짜깁기하여 글을 썼다. 표절 행위가 발각되었을 때 앨런은 양심의 가책을 느끼기는커녕 운이 없어서 발각된 것을 억울해 할 뿐이다. 아들의 부정직한 행동을 알게 되어 깊은 절망에 빠진 이선은 마침내 집을 떠나 자살을 결심하기에 이른다.

《불만의 겨울》은 한편으로는 미국 자본주의 사회의 모순을 날카롭게 비판하고 다른 한편으로는 인간의 약점을 폭로하고 조롱한다. 이선 홀리의 행동에서 볼 수 있듯이 이 무렵 미국인들은 개인의 성실성보다는 물질적 성공에 훨씬 더 큰 가치를 두고 있었다. 지나치게 개인주의가 발달한 나머지 공동선 公同善에 대한 관심을 좀처럼 찾아보기 어렵다. 이런 도덕적 무정부주의는 1970년대 초엽 부정직한 정치가들이 벌인 워터

게이트 스캔들로 다시 미국 사회를 얼룩지게 한다. 또한 이런 가치 혼돈 속에서 인간에 대한 신념을 지키려는 마틴 루터 킹 목사 같은 흑인 인권 운동가들이 총탄에 무참히 쓰러지기도 한다. 스타인벡이 이 소설에서 묘사하는 도덕적 풍경은 20세기 초엽 T. S. 엘리엇이 노래한 〈황무지〉처럼 황량하고 을씨년스럽다고 할 수밖에 없다.

그러나 달리 생각해 보면 《불만의 겨울》은 그렇게 비관적이지만은 않다. 스타인벡은 절망의 어둠 속에서 한 가닥 희망의 빛을 보여 주기 때문이다. 이런 희망의 빛은 이선의 딸 메리 엘런 홀리에게서 찾아볼 수 있다. 메리는 홀리 집안 식구 중에서 세속과 물질주의의 때가 묻지 않은 유일한 인물이다. 이선은 자살을 결심하고 호주머니에 면도칼을 집어넣고 바닷가로 향한다. 그런데 호주머니를 뒤지다가 뜻하지 않게 집을 떠나기 전 엘런이 슬쩍 넣어둔 가문의 부적을 발견한다. 이 부적을 발견하자 이선은 자살할 생각을 접고 그것을 엘런에게 넘겨주기 위해 밀려드는 바닷물에서 몸을 비틀거리며 기어 나온다.

물결이 크게 일더니 그곳의 맨 구석으로까지 나를 밀쳤다. 이윽고 바닷물의 속도가 빨라지기 시작했다. 나는 빠져나오기 위해 물과 싸웠다. 빠져나와야 했다. 내가 가슴팍까지 철썩이며 밀려드는 물에서 비틀비틀 기어나가자 거센 파도가 오래된 바다 동굴 벽으로 나를 밀쳤다. 나는 돌아가야 했다…….

새 주인에게 그 부적을 돌려줘야 했다. 그렇지 않으면 또 다른 불빛이 꺼질지도 모르니.

이렇게 집으로 돌아가기 위하여 안간힘을 써가며 바다에서 빠져나오는 이선의 몸부림에서 어렴풋하게나마 삶에 대한 희망과 새로운 의지를 읽을 수 있다. 여기에서 '새 주인'이란 다름 아닌 그에게 부적을 전해준 딸 엘런이다. 그 가문의 부적에는 아직 빛바래지 않은 선조의 청교도 정신이 살아 숨 쉰다. 그리고 앞으로 엘런이 홀리 가문의 청교도 전통을 계승하게 될 것이다. 이선의 말대로 만약 그녀에게 부적을 전해주지 못한다면 자신의 경우처럼 "또 다른 불빛이 꺼질지도" 모른다. 이렇게 불빛이 꺼지지 않게 하려고 스타인벡은 《불만의 겨울》을 썼던 것이다.

그러고 보니 '불만의 겨울'이라는 이 작품의 제목은 자못 상징적이다. 윌리엄 셰익스피어는 15세기 영국의 장미전쟁을 둘러싼 왕위 쟁탈전을 그린 희곡 작품 《리처드 3세》(1597)를 "이제 우리 불만의 겨울은 요크의 태양 덕분에 찬란한 여름이 되었도다"라는 유명한 대사로 시작한다. 셰익스피어가 창조해낸 최고의 악당이라는 리처드 3세는 이 독백을 빌려 자신의 형 에드워드가 이끄는 요크 가문이 랭커스터 가문과 왕권을 놓고 벌인 장미전쟁에서 승리한 것을 이렇게 비유했던 것이다. 스타인벡은 바로 이 구절에서 '불만의 겨울'이라는 제목을 빌려왔을 뿐만 아니라, 한 장면에서 주인공의 입을 빌려 이 구절을 노래로 읊조리게 하기도 한다. 영국 낭만주의 시인 퍼시 비시 셸리는 "겨울이 오면 봄은 멀지 않으리"라고 노래하지 않았던가. 불만으로 가득한 겨울도 머지않아 희망의 새봄으로 바뀔 것이다.

스타인벡은 1951년에 적은 한 일지에서도 "아주 극소수의 사람만이 성숙한다. 그들이 꽃을 피우고 다시 씨를 맺는 것만으로 충분하다……. 그러나 때로는 깨달음이 생겨난다. 물론 자주 생겨나지도 않고 항상 설명할 수도 없지만 말이다"라고 말한다. 이선은 비록 뒤늦기는 하지만 그런 깨달음을 얻는 작중인물 중의 한 사람이다. 그는 개인의 양심이나 성실성 또는 도덕성을 온전히 지키면서 물질적 성공을 거둔다는 것은 마치 물과 불이 결합하는 것처럼 양립하기 어렵다는 사실을 깨닫는다.

스타인벡은 1962년도 노벨문학상을 받았다. 노벨문학상은 한 작가의 특정한 작품에 수여하는 업적상이 아니라 작품 활동 전반에 수여하는 공로상이다. 그러나 그가 이 상을 받은 데에는 《불만의 겨울》이 크게 이바지했다. 스웨덴의 스톡홀름에서 행한 수상 연설문에서 스타인벡은 작가의 임무에 대하여 이렇게 천명했다.

"작가란 인간의 마음과 정신이 위대할 수 있다는 입증된 인간 능력을 선언하고 찬양하는 일에 헌신해야 합니다. 즉 패배 속에서도 굴하지 않는 용맹과 용기, 그리고 동정과 사랑을 베풀 수 있는 능력 말입니다. 나약함과 절망에 맞서 싸우는 끝없는 전투에서 이런 능력이야말로 희망과 대항의 빛나는 깃발입니다. 인간이 완전하게 되리라는 가능성을 열정적으로 믿지 않는 작가는 문학에 헌신하는 사람도 아니며 문학계의 일원도 아니라고 나는 생각합니다."

스타인벡의 이런 문학관이 가장 잘 드러나 있는 작품이 《불만의 겨울》이다. 언뜻 보면 그가 여기에서 말하는 '입증된 인간 능력'은 이 작품에서 묘사하는 내용과는 정반대인 것 같다. 그러나 좀더 따져보면 스타인벡은 이선 홀리의 비윤리적이고 부도덕한 행위를 보여줌으로써 역설적으로 '인간이 완전하게 되리라는 가능성'을 조심스럽게 탐색한다고 할 수 있다. 물론 그렇기 되기 위해서는 시간이 필요하다. 이선 당대에서는 이루어지길 기대하기 어렵고 메리 엘런 같은 다음 세대에 이르러 기대해볼 만하다. 그녀야말로 허위와 기만의 시대에 '희망과 대항의 빛나는 깃발'이기 때문이다.

4

《붉은 망아지》(1937)는 존 스타인벡의 작품 세계에서 비교적 초기작에 속한다. 그의 초기 작품 대부분이 흔히 그러하듯이 이 작품도 캘리포니아 주 샐리나스와 몬터레이 그리고 그 근교에서 일어나는 사건을 다룬다. 다만 다른 초기 작품들과 차이가 있다면 장르 형식과 주제에서 조금 다르다. 이 작품은 장편소설이라기보다는 중편소설에 해당한다. 〈선물〉〈깊은 산〉〈약속〉〈대장〉 등 모두 네 작품으로 구성되어 있는 4부작이다. 처음 세 작품은 1933년에서 1936년 사이에 잡지에 발표되었고, 마지막 작품을 포함하여 완전한 책으로 출간된 것은 그로부터 일 년 뒤다. 이들 네 작품과 함께 스타인벡은 《천국의 목장》에 수록한 단편소설 한 편을 이 책의 마지막에 수록하기도 했지만, 사족과 같은 이 마지막 작품은 뒷날 펭귄 출판사에서 출간할 때 생략해버렸다.

좀더 엄밀히 말하자면 《붉은 망아지》는 중편소설도 아니고 그렇다고 단편소설 네 편을 한데 묶어놓은 작품집도 아니다. 그 중간 어디에 위치해 있다고 말하는 쪽이 더 정확할 것이다. 영국에서는 일찍이 모더니즘의 대부 제임스 조이스가 《더블린 사람들》(1914)에서, 미국에서는 셔우드 앤더슨이 《와인스버그 오하이오》(1919)에서, 또 어니스트 헤밍웨이가 《우리 시대에》(1925)에서 이런 새로운 장르를 시도하여 관심을 끈 적이 있다. 윌리엄 포크너도 《패배하지 않는 사람들》(1938)과 《모세여 내려가라》(1942)에서 이 장르를 실험했다.

이 새로운 장르는 무엇보다도 구성이 느슨한 것이 특징이다. 한두 사건이 일관된 플롯으로 진행되는 대신 에피소드 식으로 산만하게 전개되기 마련이다. 《붉은 망아지》에 수록된 네 작품을 관류하는 한 공통점을 찾는다면 열 살 된 '조디 티플린'이라는 소년을 주인공을 삼고 있다는 점이다. 조디가 아버지의 캘리포니아 농장에서 겪는 일련의 사건을 중심 플롯으로 다룬다. 작중인물로는 조디 외에 그의 아버지 칼 티플린과 그의 어머니, 말 전문가로 농장에서 일하는 빌리 벅, 조디의 외할아버지, 지타노 노인 등이 등장한다.

나이 어린 소년이나 소녀가 등장하는 작품이 흔히 그러하듯이 《붉은 망아지》도 주인공이 온갖 경험을 겪으며 도덕적으로 성장해가는 과정을 다룬다. 첫째, 조디는 그가 롤모델로 삼고 있던 빌리 벅에게 볼 수 있듯이 이 세상에 완벽한 인간이란 없다는 귀중한 교훈을 배운다. 또한 아버지한테 선물로 받은 붉은 망아지처럼, 아무리 신바람 나고 좋은 것도 영원히 지속될 수 없다는 사실을 함께 깨닫게 된다. 둘째, 조디는 아버지 같은 성인보다도 자신 같은 나이 어린 청소년이 아무런 편견 없이 순수한 눈으로 낯선 사람을 대할 수 있고 이해할 수 있다는 사실을 배운다. 셋째, 조디는 모든 삶은 궁극적으로 죽음에 이를 뿐만 아니라 때로는 그 죽음 뒤에 또 다른 새로운 삶이 탄생된다는 사실을 깨닫는다. 그리고 마지막으로, 조디는 '성인이 된다'는 것은 곧 책임과 고통과 좌절의 세계에 들어가는 것을 뜻한다는 사실을 배운다. 한마디로 스타인벡은 조디 티플린의 이야기를 빌려 한 사춘기 소년이 성인 세계로 입문하는 과정을 다룬다. 그렇다면 이 소설은 순진의 세계에서 경험의 세계로, 낙원의 세계에서 실낙원의 세계로 이행하는 모습을 다룬다고 할 수 있다. 이 점에서 이 작품은 입문소설 또는 성장소설로 보아 크게 틀리지 않을 것이다.

그동안 《붉은 망아지》는 비단 청소년뿐만 아니라 성인들한테서도 많은 관심을 받았다. 또한 문학 작품에 그치지 않고 다른 형식으로 만들어지기도 했다. 가령 1949년 로버트 미첨과 피터 마일스 등이 주연한 영화로 만들어져 인기를 끌었다. 이 영화의 음악은 미국의 작곡가 애런 코플랜드가 맡았는데, 뒷날 그는 이 영화 음악을 오케스트라를 위한 조곡으로 다시 편곡하기도 했다. 1973년에는 텔레비전을 위한 영화로 다시 만들기도 했다. 이 영화에는 헨리 폰다, 모린 오해러, 제리 골드스미스 같은 쟁쟁한 배우들이 등장하여 작품의 재미를 한껏 돋웠다. 최근에는 미국 대통령 버락 오바마가 하퍼 리의 《앵무새 죽이기》(1960)와 함께 《붉은 망아지》를 구입해 읽었다고 해 큰 화제가 되기도 했다.

존 스타인벡 연보

1902   미국 캘리포니아 주 샐리나스에서 아버지 존 스언트 스타인벡 3세와 어머니 올리브 해밀턴의 외동아들로 태어났다.

1919   스탠퍼드 대학교 영문학과에 입학했으나, 학교에 나가지 않고 목장, 도로 공사장, 제당 공장 등에서 일하며 서민들의 생활을 경험한다.

1922   학교에 복학하여 대학 생활을 풍자한 우화적 단편들을 발표한다.

1925   대학교를 중퇴하고, 작가의 꿈을 안고 뉴욕으로 가 신문사 기자로 취직한다. 하지만 주관적인 기사를 쓴다는 이유로 해고되고, 막노동으로 생계를 잇는다. 단편소설을 출판하려고 했으나 출판사들로부터 거절당한다. 여러 곳을 전전하며 화물선 선원, 산장지기 등 여러 가지 일을 하면서 생활한다.

1929   첫 번째 소설인 《황금의 잔Cup of Gold》이 출간된다.

1930   캐럴 헤닝과 첫 번째 결혼을 한다.

1932   캘리포니아를 배경으로 한 소설 《천국의 목장The Pastures of Heaven》이 출간된다.

1933   《미지의 신에게To a God Unknown》가 출간된다.

1935   몬터레이 사람들의 이야기를 그린 《토르티야 평원Tortilla Flat》이 출간된다. 이 작품으로 대중적인 인기를

얻게 되면서 경제적으로 안정된 생활을 하게 된다.

1936 노동쟁의 문제를 다룬 《승산 없는 싸움In Dubious Battle》이 출간되어 베스트셀러가 된다. 하지만 노동자와 자본가 양 진영으로부터 맹렬한 비난을 받게 된다.

1937 《생쥐와 인간에 대하여Of Mice and Men》가 출간된다. 이후 원고를 3막의 희곡으로 각색해 재출간하고, 뒤이어 이 작품을 무대에 올려 뉴욕에서 초연한다. 《생쥐와 인간에 대하여》의 희곡을 완성한 후, 오클라호마 주 이주민들과 함께 서부로 간다. 후에 이 경험을 토대로 《분노의 포도The Grapes of Wrath》를 집필한다.

1938 단편집 《긴 계곡The Long Valley》이 출간된다.

1939 《분노의 포도》가 출간되고, 이 작품으로 퓰리처상을 수상한다.

1940 《분노의 포도》가 존 포드 감독, 헨리 폰다가 주연을 맡은 동명의 영화로 개봉되고, 《생쥐와 인간에 대하여》 역시 루이스 마일스톤 감독의 동명 영화로 개봉되어 호평을 받는다.

1941 영화 시나리오 겸 사진집인 《잊혀진 마을The Forgotten Village》과 해양 생물 채집기 《코르테스의 바다Sea of Cortez》가 출간된다.

1942 항공기지의 훈련을 다룬 르포 《폭탄 투하Bombs Away》가 출간된다. 소설 《달이 지다The Moon Is Down》를 발표한다.

1943 뮤지컬 배우 그윈돌린 콩거와 두 번째 결혼을 하고, 뉴욕으로 이주한다. 《뉴욕헤럴드트리뷴》의 종군기자로

	북아프리카, 영국, 이탈리아 등을 돌아다닌다.
1945	《통조림 골목Cannery Row》이 출간된다.
1947	《제멋대로 가는 버스The Wayward Bus》와 《진주The Pearl》가 출간된다. 《뉴욕헤럴드트리뷴》과 계약을 맺고 소련을 취재한다.
1948	《러시아 기행A Russian Journal》이 출간된다.
1950	희곡 〈밝게 타오르다Burning Bright〉를 발표한다. 일레인 스코트와 세 번째 결혼을 한다.
1951	《'코르테스의 바다'의 일지The Log from the Sea of Cortez》가 출간된다.
1952	《에덴의 동쪽East of Eden》이 출간된다.
1954	《즐거운 목요일Sweet Thursday》이 출간된다.
1955	영화 〈에덴의 동쪽〉이 개봉된다. 《새터데이리뷰》에서 논설을 맡아 쓰게 된다.
1957	《피핀 4세의 짧은 치세The Short Reign of Pippin IV: A Fabrication》가 출간된다.
1958	전쟁 르포 《옛날에 전쟁이 있었다Once There Was a War》가 출간된다.
1960	미국 대륙 일주를 한다. 후에 이 경험을 토대로 《미국을 찾아 떠난 찰리와의 여행Travels with Charley in Search of America》을 집필한다.
1961	《불만의 겨울The Winter of Our Discontent》이 출간된다.
1962	《미국을 찾아 떠난 찰리와의 여행》이 출간된다. 노벨문학상을 수상한다.
1966	《미국과 미국인America and Americans》이 출간된다. 《뉴

	스데이》 특파원으로 베트남 전쟁을 취재하기 위해 베트남으로 간다.
1967	소련의 기관지 《프라우다》의 베트남 전쟁 관련 기사를 비난하는 반론을 발표한다.
1968	심장마비로 뉴욕의 자택에서 사망한다.
1969	《소설의 기록: '에덴의 동쪽'의 편지Journal of a Novel: The East of Eden Letters》가 출간된다.
1975	《자파타 만세!Viva Zapata!》가 출간된다.
1976	《아서 왕과 그의 고귀한 기사들의 행동The Acts of King Arthur and His Noble Knights》이 출간된다.
1989	《일하던 시절: '분노의 포도' 일지Working Days: The Journals of The Grapes of Wrath》가 출간된다.

김욱동 해설

한국외국어대학교 영문학과와 동대학원을 졸업하고 미국 미시시피 대학교에서 영문학 석사학위를, 뉴욕 주립대학교에서 영문학 박사학위를 받았다. 현재 서강대학교 명예교수 및 한국외국어대학교 통번역학과 교수로 재직하며 《동물농장》《오 헨리 단편선》 외 다수의 작품을 우리말로 소개했고, 《녹색 고전》《번역의 미로》 등의 저서로도 독자들과 소통하고 있다.

이진 《붉은 망아지》 옮김

이화여자대학교를 졸업하고 광고대행사에서 근무하다가 현재 전문 번역가로 활동하고 있다. 옮긴 책으로 존 버든의 《658, 우연히》《악녀를 위한 밤》, 다이앤 세터필드 《열세번째 이야기》, 그밖에 《사립학교 아이들》《잃어버린 것들의 책》《갈림길》 등 다수의 작품이 있다.

이성은 《불만의 겨울》 옮김

창원대학교 영어영문학과를 졸업하고 서강대학교 대학원에서 영어영문학 석사학위를 받았다. 대학 강단에서 영어를 가르쳤고, 현재는 전문번역가로 활동하고 있다. 옮긴 책으로 루이스 베이어드의 《검은 계단》, 잭 런던의 《비포 아담》《별 방랑자》 등이 있다.

붉은 망아지 · 불만의 겨울

1판 1쇄 발행 2013년 10월 21일 **1판 2쇄 발행** 2025년 5월 1일

지은이 존 스타인벡 **옮긴이** 이진 이성은

발행인 박강휘
편집 이승현 **디자인** 조명이
마케팅 박유진 이헌영 **홍보** 박상연 이수빈

발행처 김영사
주소 경기도 파주시 문발로 197(문발동) 우편번호10881
등록 1979년 5월 17일(제406-2003-036호)
주문 및 문의 전화 031)955-3100 팩스 031)955-3111
편집부 전화 02)3668-3270 팩스 02)745-4827
전자우편 literature@gimmyoung.com
비채 블로그 blog.naver.com/viche_books
인스타그램 @drviche @viche_editors 트위터 @vichebook
ISBN 979-11-85014-36-4 04840 책값은 뒤표지에 있습니다.

비채는 김영사의 문학 브랜드입니다.